grafit

Bibliografische Information der Deutschen Nationalbibliothek
Die Deutsche Nationalbibliothek verzeichnet diese Publikation
in der Deutschen Nationalbibliografie; detaillierte bibliografische Daten
sind im Internet über http://dnb.d-nb.de abrufbar.

FSC www.fsc.org MIX Papier aus verantwortungsvollen Quellen FSC® C083411

Cäcilienstraße 48, D-50667 Köln
Internet: http://www.grafit.de
E-Mail: info@grafit.de

Umschlaggestaltung: Nele Schütz Design
unter Verwendung von Adobestock/eyetronic
Gestaltung Innenteil: DÜDE Satz und Grafik, Odenthal
Druck und Bindearbeiten: CPI – Clausen & Bosse, Leck
ISBN 978-3-89425-772-9
Überarbeitete Neuausgabe
Die Originalausgabe erschien 2016 unter gleichem Titel
bei bookshouse.
1. Auflage 2021

Silke Ziegler

Am Ende der Unschuld

Kriminalroman

grafit

Silke Ziegler lebt mit ihrer Familie in Weinheim an der Bergstraße. Zum Schreiben kam sie 2013 durch Zufall, als sie während eines Familienurlaubs im Süden Frankreichs auf ihre erste Romanidee stieß. Wenn sie nicht gerade in ihre französische Herzensheimat reist oder an einem ihrer Romanprojekte schreibt, geht sie gern wandern oder liest.

Für alle starken Frauen, die unbeirrt ihren Weg gehen

Prolog

Paris

Simone spürte das vertrocknete Gras, das wie kleine, stumpfe Nadeln in ihren Rücken stach. Seit über zwei Wochen hatte es nicht mehr geregnet. Verzweifelt richtete sie ihren Blick in den Himmel, der sich in undurchsichtigem Schwarz über ihr erstreckte, bis sie einen einsamen Stern entdeckte. War er der einzige Beobachter dieser unwirklichen Szene? Wie hatte es nur so weit kommen können? Wie hatte die ganze Situation so außer Kontrolle geraten können?

Als Simone versuchte, mit der Zunge ihre trockenen Lippen zu befeuchten, berührte sie versehentlich die Platzwunde, die er ihr mit seiner Faust zugefügt hatte. Die Schmerzen trieben ihr Tränen in die Augen. Ihre Wangen wurden feucht. Wie konnte er ihr das nur antun? Er liebte sie doch. Oder nicht? Zumindest hatte sie das bis eben geglaubt.

Vorsichtig probierte sie sich unter ihm zu bewegen. Doch sein schwerer Körper drückte sie nur noch stärker auf den Boden.

Während Simone mutlos die Augen schloss, musste sie an das winzige Wunder denken, das in ihrem Körper heranwuchs. Inständig hoffte sie, dass es noch zu klein war, um mitzubekommen, was seiner Mutter in diesem Moment widerfuhr. Dass es nicht spüren konnte, wie die Frau, die ihm das Leben schenken würde, auf die furchtbarste Weise geschändet wurde. Verzweifelt startete sie einen weiteren Versuch, ihn zur Vernunft zu bringen.

»Liebling?«

Als er kurz innehielt, um ihr ins Gesicht zu sehen, erschrak sie zu Tode. In seinen Augen war nichts als blanker Hass zu erkennen.

»Was …?«, begann sie schwach.

»Halt's Maul, du Schlampe. Du hast alles kaputtgemacht.«

Seine Stimme klang kalt. Brutal drückte er ihre Hände mit seiner Rechten über ihrem Kopf fester ins trockene Gras. Unerträgliche Schmerzen durchfuhren ihren Körper. Rücksichtslos behielt er seinen Rhythmus bei, bis er nach einer gefühlten Ewigkeit endlich von ihr abließ. Ohne Vorwarnung gab er ihre Hände frei und ordnete in aller Ruhe sein Haar.

Reglos lag sie vor ihm und fixierte fassungslos den Stern über sich, der weiterhin strahlte und funkelte, als sei in den letzten zehn Minuten nicht ihr gesamtes bisheriges Leben zerstört worden. Sie hob ihren dröhnenden Kopf und sah an sich hinunter. Ihr Kleid war zerrissen und verschmutzt. Behutsam tastete sie ihr Gesicht ab. Außer der offenen Stelle an ihrer Lippe entdeckte sie eine dicke Beule an ihrer rechten Wange, obwohl sie sich nicht erinnern konnte, dass er sie dort ebenfalls getroffen hatte. Doch wenn sie ehrlich war, wusste sie auch nicht mehr, wann er ihr das Kleid zerrissen hatte. Wahrscheinlich hatte sich ihr Verstand in jenem Augenblick verabschiedet, als der Mann, den sie für die Liebe ihres Lebens gehalten hatte, völlig ausgerastet war.

Warum genau war die Situation eskaliert? Was hatte sie falsch gemacht? Sie hatte doch nur ihr süßes Geheimnis mit ihm teilen wollen. Wollte mit ihm Zukunftspläne schmieden und sich gemeinsam mit ihm dem Glück werdender Eltern hingeben. Doch statt sich mit ihr über die freudige Nachricht zu freuen, hatte sich seine Miene voller Wut verzerrt. Er hatte ihr seine Faust ins Gesicht gerammt, sodass ihre Lippe aufgeplatzt war. Hatte sie zu Boden gestoßen, um wie ein wildes Tier besinnungslos über sie herzufallen.

Vorsichtig blickte sie zu ihm hoch. Mittlerweile hatte er seine Hose hochgezogen und sah wieder aus wie ein gewöhnlicher Partygast, der den lauen Sommerabend in der Gesellschaft kultivierter Menschen verbringen würde. Doch sie wusste es jetzt besser. Nun kannte sie sein wahres Naturell. Ein hässliches, brutales Gesicht, verborgen hinter der Fassade eines nach außen hin liebevoll und charmant wirkenden Mannes. Eines Mannes, der gesellschaftlich anerkannt und bewundert wurde. Ein Mann, der aufgrund seines Berufes oft in der Öffentlichkeit stand und allseits geachtet wurde. Wie wollte er diesen Zwischenfall erklären?

Als sie versuchte aufzustehen, gehorchten ihre Beine nicht. Simone erwartete, dass er ihr aufhelfen würde. Doch erneut sah sie in seinem Blick nichts als Hass und Verachtung. Die sonst so sanften Augen wirkten im fahlen Mondlicht der Nacht kalt und gefährlich.

Von der Terrasse schallte Gelächter zu ihnen herüber. Die Feier war in vollem Gange. Niemand schien bemerkt zu haben, dass sie im Unterholz verschwunden waren. Wie sollte sie nur ihre ramponierte Erscheinung verbergen?

»Könntest du mir vielleicht unauffällig ein neues Kleid aus meinem Zimmer besorgen?«, bat Simone mit schwacher Stimme und blickte ihn hilfesuchend an. »Bitte.«

Sein Lachen ließ das Blut in ihren Adern gefrieren. »Wie kann man nur so naiv sein? Denkst du tatsächlich, ich lasse mir von dir meine ganze Zukunft zerstören? Jahrelang habe ich schwer geschuftet, um mir meinen guten Ruf zu erarbeiten. Für eine dahergelaufene Hure wie dich werde ich bestimmt nicht alles aufgeben.«

Bei seinen Worten musste sie schwer schlucken. Sie versuchte erneut, sich aufzurichten, doch er stieß sie brutal zurück zu Boden. Angsterfüllt krallte sie ihre schmerzenden Finger in den trockenen Untergrund.

»Wie soll ich denn in diesem Aufzug unbemerkt ins Haus gelangen?«

Erneut lachte er auf und fuhr sich durchs Haar, dem man die

vorherige Anstrengung nicht mehr ansah. »Denkst du wirklich, ich lasse dich jetzt zurück zu der Feier gehen, damit du allen brühwarm Lügen über mich erzählen kannst?«

Simone begann am ganzen Körper zu zittern. »Hör zu, ich erzähle niemandem etwas. Die Sache kann unter uns bleiben. Ich warte hier, bis alle Gäste gegangen sind.« Sie erkannte selbst, wie verzweifelt ihre Stimme klang.

»Du scheinst wirklich noch dümmer zu sein, als ich gedacht habe.« Bedauernd schüttelte er den Kopf. »Dieses Ding«, er zeigte mit der Hand auf ihren Bauch, »zwingt mich leider zu drastischeren Maßnahmen. Du weißt, dass ich nie Kinder wollte.« Er machte einen Schritt auf sie zu. Der Mond schien hinter ihm hoch oben am Himmel und ließ seine dunkle Silhouette groß und bedrohlich erscheinen.

Simone wich zurück. Sie konnte kaum glauben, was hier gerade passierte. Drohte er ihr tatsächlich, sie umzubringen? »Nein, bitte. Ich schwöre dir, von mir erfährt niemand etwas. Es ist doch auch dein Kind. Das kann dir doch nicht gleichgültig sein«, setzte sie wimmernd zu einem letzten Versuch an. Ihre Stimme klang heiser, sie konnte sich selbst kaum noch hören.

Er näherte sich einen weiteren Schritt. »Tut mir leid, Simone, das Risiko ist zu groß. Ich habe zu hart gearbeitet, um mir von dir alles kaputtmachen zu lassen.« Im selben Moment beugte er sich zu ihr hinab und drückte mit beiden Händen auf ihren Kehlkopf.

Als sie den weichen Stoff ihres Seidenschals an ihrer Haut spürte, war es bereits zu spät. Sie konnte nicht schreien, da die Schlinge um ihren Hals ihr die Luft abschnitt. Panisch versuchte sie, ihn mit ihren Händen von sich zu stoßen. Doch er war stärker, sie hatte keine Chance. Reflexartig schlugen ihre Beine auf den harten Boden. Sie spürte, wie ihr schwindlig wurde. Unaufhaltsam verließen die Lebensgeister ihren Körper.

Der letzte Gedanke, bevor sie das Bewusstsein verlor, galt ihrem ungeborenen Kind, das sie nicht hatte retten können. Das von seinem eigenen Vater eiskalt zum Tode verurteilt worden war.

1

Frankfurt, fünf Jahre später

»Verdammter Mistkerl!«

Wütend warf Milla Seifert ihr Handy auf den Schreibtisch und ließ keine zwei Sekunden später ihre dunkelbraune Umhängetasche folgen. Elke Rank, ihre Kollegin beim *Mainkurier*, blickte hinter dem Bildschirm hervor und betrachtete Milla stirnrunzelnd.

»Sebastian?«

Milla ließ sich auf ihren Stuhl fallen. Sie nahm ihre Brille von der Nase und legte sie vor sich auf den Tisch. Mit geschlossenen Augen stützte sie den Kopf in die Hände und verharrte einige Sekunden in dieser Position.

Elke hakte nicht weiter nach. Die beiden Frauen bildeten seit einem Jahr ein Team und arbeiteten eng zusammen. Inzwischen kannten sie sich auch privat sehr gut, und Elke wusste von Millas gescheiterter Ehe mit Sebastian Kampert, einem notorischen Fremdgeher. Meistens war er der Grund für Millas schlechte Laune, da sich die Scheidung bereits seit drei Jahren hinzog und dadurch immer wieder an Millas Nerven zerrte.

»Mein Vater schafft es zum wiederholten Mal nicht, mit seiner Tochter Weihnachten zu feiern. Dank Cynthia.« Milla spuckte den Namen aus, als handele es sich um eine todbringende Krankheit, während sie hastig nach ihrer Brille griff und sie wieder aufsetzte. Aufgebracht nestelte sie an ihrem dunkelbraunen Haar herum und schob einige Strähnen hinters Ohr, nur damit diese sich sofort wieder verabschieden konnten, um Milla erneut an der Wange zu kitzeln.

Elke rollte mit ihrem Stuhl ein Stück nach vorn, um Milla

ansehen zu können. Die Schreibtische der beiden Frauen standen sich Kante auf Kante gegenüber.

»Wer ist Cynthia?«

Milla verzog ihren Mund zu einem spöttischen Lächeln. »Cynthia Berger. Seit sechs Monaten die Auserwählte meines Vaters. Dreiunddreißig Jahre alt. Meine Stiefmutter in spe ist zwei Jahre jünger als ich. Ist das nicht grandios?«

Elke schwieg.

Millas Mutter war sehr früh gestorben. Seit ihrem Tod hatte Gerd Seifert es auf drei neue Ehen und ebenso viele Scheidungen gebracht.

»Cynthia.« Milla lachte bitter, bevor sie fortfuhr: »Die Dame möchte dieses Jahr an Weihnachten in der Sonne liegen, da sie keine Lust auf den Stress hier in Deutschland hat. Also lieber Cocktails am Strand als Glühwein auf dem Weihnachtsmarkt.« Resigniert schaute sie zu ihrer Kollegin, die sie noch immer schweigend musterte. »Ziehe ich diese Schlappschwänze irgendwie an? Mein eigener Vater bevorzugt es seit fünfzehn Jahren, das Fest der Liebe mit seinen jungen Gespielinnen zu verbringen, anstatt die Feiertage auch nur ein einziges Mal dazu zu nutzen, seiner Tochter einen Besuch abzustatten. Bin ich denn so unwichtig?«

Milla spürte, wie ihre Augen feucht wurden. Krampfhaft blickte sie zur Decke, um zu verhindern, dass sich ihre grenzenlose Enttäuschung einen Weg bahnen konnte, der in Tränen endete.

Elke stand auf und kam auf sie zu. »Vergiss ihn. Eine Tochter wie dich hat er doch gar nicht verdient.« Behutsam ging sie neben Milla in die Hocke und legte ihre Hand auf deren Unterarm. »Warum kommst du Weihnachten nicht zu uns? Rüdiger würde sich auch freuen. Wir haben ein paar Freunde eingeladen. Wir stellen zwar keinen Baum auf, aber Plätzchen, Geschenke und gute Laune gibt es bei uns garantiert im Überfluss.«

Dankbar blickte Milla ihre Kollegin an. »Das ist sehr lieb von dir, Elke. Vielen Dank für dein Angebot. Ich überlege es mir auf jeden Fall. Vielleicht fahre ich aber auch einfach ein paar Tage allein weg, da ich mit Weihnachten sowieso kaum noch schöne Erinnerungen verbinden kann. Es wäre einfach eine gute Gelegenheit gewesen, etwas Zeit mit meinem Vater zu verbringen, da wir uns doch eh so selten sehen.«

Elke erhob sich seufzend und kehrte an ihren Platz zurück. »Meiner Meinung nach wird Weihnachten sowieso überbewertet. Wo gibt es denn noch die Vorzeige-heile-Welt-Familie, die selig lächelnd unter dem Baum sitzt und selbst gebackene Plätzchen vertilgt? Ganz ehrlich, ich kenne keine einzige.« Milla nickte zustimmend, während Elke fortfuhr: »Eigentlich sollte man den Abend so gestalten, dass jeder sich wohlfühlt. Egal, in welcher Konstellation. Unter Freunden, in der Kneipe, wie auch immer. Du kennst ja den Spruch mit der Familie, die man sich nicht aussuchen kann.«

»Ganz schwach kann ich mich an einige schöne Feste erinnern, als meine Mutter noch lebte«, erwiderte Milla. »Aber das ist jetzt beinahe dreißig Jahre her. Vielleicht sind es tatsächlich diese verklärten, unerreichbaren Kindheitserinnerungen, die uns vorgaukeln, dass wir auch als Erwachsene aus Weihnachten den schönsten Tag des Jahres machen müssen. Dadurch setzen wir uns noch mehr unter Druck, und der Frust steigt ins Grenzenlose.« Sie schwieg einen Moment und überlegte. »Vielleicht hat mein Vater sogar recht. In die Sonne zu fliegen und Weihnachten ausfallen zu lassen ist vielleicht gar keine so schlechte Idee, um diese Zeit einigermaßen unbeschadet zu überstehen.« Mit diesen Worten aktivierte sie ihren Computer und räumte die Tasche, die noch immer auf ihrem Schreibtisch lag, zur Seite. »Wie weit bist du mit den Recherchen zu unserem neuen Bürgermeisterkandidaten?«, wandte sie sich dann an Elke.

Ganz überraschend hatte sich kurz vor Schluss der Bewerbungsfrist ein parteiloser Kandidat für die nächste Oberbürgermeisterwahl in Frankfurt aufstellen lassen. Elke und Milla hatten vor drei Tagen die Aufgabe bekommen, den Mann näher zu durchleuchten und einen Artikel über ihn zu verfassen. Da Milla lieber emotionalere Themen bearbeitete, hielt sich ihre Begeisterung für diesen Job in Grenzen. Doch sie war nun einmal Journalistin und musste flexibel sein. Seit Langem schon wartete sie sehnsüchtig auf das eine große Thema, das ihr endlich zum Durchbruch verhelfen würde.

Elke seufzte. »Lars Schmitt. Der Name ist bei dem Mann Programm. Unscheinbar, langweilig, unauffällig. Ich frage mich, wie wir eine halbe Seite füllen sollen, wenn der Mann so nichtssagend wie ein mausgrauer Finanzbeamter ist, der noch nie über den eigenen Tellerrand hinausgesehen hat.«

Milla blickte aus dem Fenster. Die Büros des *Mainkuriers* befanden sich im zweiten Stock in einem der vielen Wolkenkratzer »Mainhattans«. Auf dem Fußweg eilten Passanten mit hochgeschlagenen Mantelkragen und versteinerten Mienen vorüber. Es war ein grauer, trüber Novembertag. Das Thermometer zeigte Temperaturen knapp über dem Gefrierpunkt an. Milla hasste diese Jahreszeit. Als sie noch mit Sebastian zusammengelebt hatte, war es anders gewesen. Nach der Arbeit hatten sie ihre Abende oft zu Hause verbracht, hatten sich vor ihren Kachelofen gesetzt, Tee getrunken und sich von ihrem Tag erzählt. Diese harmonische, gemütliche Zweisamkeit konnte nur an kalten, düsteren Tagen wie heute entstehen.

Nachdenklich legte Milla den Kopf schief. Warum musste sie ausgerechnet jetzt an diese wenigen Momente des Glücks denken? War ihre gemeinsame Zeit mit Sebastian nicht vor allem von Lügen, Tränen und Einsamkeit geprägt gewesen? Wie oft hatte er abends angerufen und sich entschuldigt, er habe noch eine Sitzung oder er müsse zu einem dringenden Geschäftsessen? Wie oft hatte sie ihn dabei ertappt, dass er nicht wie behauptet in der Bank war, obwohl er ihr hoch und heilig versprochen hatte, es käme nie wieder vor? Nein, harmonisch war ihre Beziehung selten gewesen. Doch es waren diese kurzen Augenblicke der Vertrautheit, die Milla schmerzlich vermisste.

Inzwischen war sie seit drei Jahren allein, doch die kalte Jahreszeit machte ihr immer wieder aufs Neue zu schaffen. Natürlich, sie hatte gute Freunde, teilweise noch aus Kindheitstagen. Aber eine Familie konnten auch sie nicht ersetzen. Schon immer hatte Milla sich eine große Familie gewünscht. Vater, Mutter und eine Horde Kinder. Sie selbst hatte keine Geschwister, und der frühe Tod ihrer Mutter war sehr traumatisch für sie gewesen, da diese immer ihre wichtigste Bezugsperson gewesen war. Es hatte lange gedauert, bis ihr Leben wieder einigermaßen in normalen Bahnen verlaufen war. Ihr Vater musste arbeiten, sodass es bei den Großeltern gelegen hatte, sich um Milla zu kümmern und dafür zu sorgen, dass sie eine möglichst unbeschwerte Kindheit genießen konnte. Milla liebte ihre Großeltern und war ihnen unendlich dankbar für alles, was sie für sie getan hatten. Doch ihre Mutter hatte ihr trotz der Fürsorge von Oma und Opa immer gefehlt.

Jetzt war Milla selbst Mitte dreißig, kinderlos und stand kurz vor ihrer Scheidung. Nicht gerade das, was sie für sich in diesem Alter erhofft hatte.

Frustriert blickte sie zurück auf ihren Bildschirm und betrachtete den Mann, der ihr entgegensah. Graublondes Haar, blasse Hautfarbe, stechend helle Augen. Nein, wahrlich nicht der Typ Mensch, den sie sich als neuen OB vorstellen konnte.

»Milla?«

»Hm?«, erwiderte sie abwesend.

»Bevor ich es vergesse: Als du weg warst, war Karsten hier und hat nach dir gefragt.«

Karsten Maler war der Chefredakteur beim *Mainkurier*. Milla runzelte die Stirn. »Was wollte er denn?«

Elke zuckte mit den Schultern. »Keine Ahnung. Ich hatte aber den Eindruck, es ginge um etwas Wichtiges. Am besten rufst du ihn gleich an und teilst ihm mit, dass du wieder im Haus bist.«

Milla drückte die Kurzwahltaste, während sie mit der anderen Hand unruhig ihre Brille zurechtrückte.

»Milla, bist du wieder zurück?«, ertönte die Stimme ihres Chefs am anderen Ende der Leitung.

»Ja, ich war nur kurz etwas essen. Du hast mich gesucht?«

Karsten räusperte sich. »Ja, hör zu. Ich würde gerne etwas mit dir besprechen. Könntest du bei mir vorbeikommen?«

Normalerweise war ihr Vorgesetzter ein Freund der klaren Worte. Diese Geheimnistuerei sah ihm überhaupt nicht ähnlich.

»Ja, klar. Jetzt gleich?«

»Wenn es geht, ja, bitte.«

Milla legte auf. Karstens Worte hatten ihre Neugier geweckt.

»Und? Was wollte er?«, fragte Elke.

»Keine Ahnung. Er hat nichts gesagt, nur dass ich gleich zu ihm kommen soll. Seltsam, oder?«

Normalerweise sahen sie Karsten zweimal die Woche bei den Redaktionssitzungen. Wenn es Probleme gab, konnten sie sich selbstverständlich jederzeit an ihn wenden. Doch es geschah äußerst selten, dass er seine Mitarbeiter zu Einzelgesprächen in sein Büro zitierte.

»Vielleicht bekommst du ja eine Beförderung«, mutmaßte Elke.

Milla grinste. »Ja, klar, zur Tippse des Monats, oder was?«

Elke lachte ebenfalls.

Milla stand auf und zupfte nervös an ihrer Bluse herum.

»Du siehst gut aus. Los, geh schon. Ich platze vor Neugier«, raunte Elke ihr zu.

»Herein!«

Zaghaft öffnete Milla die Tür und trat in das Büro ihres Chefs ein. Karsten saß im selben Stockwerk wie sie, auf der dem Main zugewandten Seite.

Bei Millas Anblick erhob Karsten sich eilig von seinem Schreibtischstuhl und kam lächelnd auf sie zu. »Milla, schön, dass du da bist.«

Misstrauisch sah sie sich in dem Raum um, an dessen Wänden Titelseiten der letzten Jahre hingen. Der *Mainkurier* erschien alle zwei Wochen und verstand sich selbst als Informationsjournal für Frankfurt und Umgebung. Inoffiziell sprach Karsten oft vom »Frankfurter *Stern*«. Insgeheim bezweifelte Milla jedoch, dass der *Stern* diesen Vergleich gutheißen würde. Dafür waren sie ihrer Meinung nach doch eine Nummer zu klein.

Karsten zeigte mit der Hand auf die einladende schwarze Ledersitzgruppe, die sich vor dem Fenster befand. »Bitte setz dich doch. Möchtest du etwas trinken?«

Milla wurde es mulmig zumute, die Situation behagte ihr ganz und gar nicht. Sie verneinte, während sie sich instinktiv für die Zweisitzer-Couch entschied, die ihr aus unerklärlichem Grund sicherer erschien als der einzeln stehende Sessel. Als sie saß, konnte sie gerade noch das entfernte Ufer des Mains erkennen. Karsten nahm ihr gegenüber im Sessel Platz und folgte ihrem Blick.

»Eine schöne Aussicht, nicht wahr?«

Milla nickte langsam. »Selbst bei diesem Wetter ist der Blick unglaublich.«

Karsten setzte sich bequemer zurecht und schlug die Beine übereinander.

Milla wartete auf eine Äußerung ihres Chefs.

»Wie lang bist du jetzt bei uns, Milla?«

Überrascht von der Frage kniff sie die Augen zusammen. Hatte er sie zu sich einbestellt, um Small Talk zu führen?

»Etwas länger als ein Jahr«, antwortete sie und sah Karsten offen an. An seiner Miene konnte sie nicht erkennen, was er im Schilde führte.

»Es gefällt dir bei uns, oder?«

Nervös strich sich Milla eine Strähne hinters Ohr. Worum ging es hier? Wollte er sie etwa feuern? Entschlossen entschied sie, in die Offensive zu gehen. Angriff war in diesem Fall hoffentlich die beste Verteidigung.

»Warum bin ich hier, Karsten?«

Ihr Vorgesetzter schien zu überlegen, wie er anfangen sollte. Er zögerte kurz, bevor seine nächste Frage Milla völlig unvorbereitet traf. »Kennst du Robert Hoffmann?«

Karsten stellte sein linkes Bein zurück auf den Boden und beugte sich abwartend mit dem Oberkörper nach vorn.

Milla sah ihn überrascht an.

»Sagt dir der Name Robert Hoffmann etwas? Der ehemalige Enthüllungsjournalist«, wiederholte Karsten seine Frage.

Immer noch verwundert nickte sie. Robert Hoffmann. Wie lange hatte sie nicht mehr an ihn gedacht? Doch ganz vergessen hatte sie ihn auch nicht. Wie lange war ihre Begegnung her? Milla überlegte. Damals war sie noch nicht mit Sebastian verheiratet gewesen. Bis heute war sein letzter Satz, den er ihr damals zum Abschied gesagt hatte, in ihrem Gedächtnis eingebrannt. »Dein Verlobter muss ein sehr glücklicher Mann sein.«

Ja, dachte sie jetzt bitter, so glücklich, dass er sie ohne Gewissensbisse mit seinen Sekretärinnen, Kolleginnen und Gott weiß wie vielen anderen Frauen betrogen hatte.

Robert Hoffmann, der Abend in Paris. Der Journalistenkongress. Ja, sie kannte Robert Hoffmann.

»Milla, hast du mich verstanden?«

Karstens Worte rissen sie aus ihrem Grübeln. »Tut mir leid, Karsten. Mir war gerade etwas eingefallen. Du hattest Robert Hoffmann erwähnt?«

Karsten sah sie stirnrunzelnd an. »Ich habe dich gefragt, ob du ihn kennst.«

»Ja, ich kenne ihn«, bestätigte sie zögernd.

»Du weißt, dass er in Frankreich im Gefängnis sitzt?«

»Er soll vor einigen Jahren seine Freundin ermordet haben.«

Karstens Augen verengten sich. »Er wurde wegen Vergewaltigung und Mordes an seiner Verlobten zu lebenslanger Haft verurteilt.«

Milla schloss kurz die Augen. Mord, Vergewaltigung. Erneut dachte sie an den Mann, dem sie vor neun Jahren in der Lobby des Pariser Hotels begegnet war. Nach wie vor konnte sie keine Verbindung herstellen zwischen dem gut aussehenden, charmanten Journalisten, der ihr damals unmissverständlich zu verstehen gegeben hatte, dass sie ihn interessierte, und diesem abscheulichen Verbrechen, das vor fünf Jahren ganz Frankreich zutiefst schockiert hatte.

Sie riss sich zusammen. »Was ist mit ihm?«

»Wir möchten einen Artikel über ihn veröffentlichen. Einen Leitartikel, der über das damalige Verbrechen und über den Häftling Robert Hoffmann berichtet. Wie es ihm mittlerweile geht. Was er fünf Jahre danach zu der Tat zu sagen hat. Eventuell auch Interviews mit Familienangehörigen des Opfers und des Täters sowie mit Zeugen von damals.«

Was hatte Milla damit zu tun? »Soll ich die Koordination der Termine übernehmen? Der Artikel über Lars Schmitt ist beinahe fertig. Unglücklicherweise gibt es über den Mann nicht allzu viel zu berichten.«

»Dafür umso mehr über Robert Hoffmann. Du sollst nicht die Koordination übernehmen, Milla. Du sollst den Artikel schreiben«, erklärte Karsten nachdrücklich.

Milla glaubte, sich verhört zu haben. »Wie meinst du das? Ich soll den Artikel schreiben? Ich bin doch erst seit einem Jahr bei euch. Hier arbeiten wesentlich erfahrenere Kollegen.

Soll ich etwa ins Gefängnis spazieren und Hoffmann dort befragen?«

Grinsend stand Karsten aus seinem Sessel auf und ging auf Milla zu. Während er sich neben sie setzte, sah er sie prüfend an. »Genau das wirst du machen, meine Liebe. Der Gefängnisdirektor, übrigens ein überaus kompetenter Mann, ist bereits über dein Kommen informiert.«

Milla war sprachlos. Ein Leitartikel über das schlimmste Verbrechen der letzten Jahre mit Hintergrundinformationen und Interviews mit dem prominenten Täter. Hatte sie nicht all die Jahre auf solch eine Chance gewartet? Gut, sie hätte sich vielleicht ein etwas weniger brutales Thema gewünscht. Aber möglicherweise lag genau in dieser Thematik ihre Chance. Sie konnte versuchen, den Menschen zu zeigen, der sich hinter der Maske des brutalen Mörders verbarg, die Emotionen herausarbeiten, die zweifelsfrei bei allen Beteiligten bis heute vorhanden waren. Ihres Wissens hatte Hoffmann bis zum Schluss seine Unschuld beteuert. Vielleicht war es sogar von Vorteil, dass sie Robert Hoffmann bereits vor diesem furchtbaren Verbrechen in einem unverfänglichen Umfeld kennengelernt hatte. Gedankenverloren wiederholte sie: »Ich kenne Robert Hoffmann.«

»Das sagtest du bereits.«

»Nein, ich meine, ich kenne ihn persönlich. Ich bin ihm vor vielen Jahren einmal auf einem Journalistenkongress in Paris begegnet.«

Karsten horchte auf. »Tatsächlich?«

»Ja.« Millas Blick schweifte über das trübe Wasser des Mains, das gemächlich seinem nie endenden Weg folgte. »Er stand damals noch ganz am Anfang seiner Karriere. Hatte erst ein oder zwei seiner berüchtigten Artikel herausgebracht. Kurz darauf ging es mit ihm steil bergauf.«

»Ja, der Mann hatte eine wirklich beachtliche Laufbahn hingelegt, bevor er sich durch seinen Ausraster ins Aus katapultierte.« Karsten kratzte sich am Kinn und sah Milla aufmerksam an.

Sie erwiderte seinen Blick. Er war nur fünf Jahre älter als sie, wirkte durch seine kurz geschorenen grauen Haare allerdings um einiges älter. Ihres Wissens war er verheiratet und hatte ein kleines Kind.

»Warum ich, Karsten?«

Er rückte ein Stück von ihr ab und zögerte kurz. »Markus hat dich vorgeschlagen. Er meinte, du hättest eine Chance verdient.«

Unsicher schob Milla die Brille auf der Nase ein Stück höher. Markus Bischoff war der Eigentümer des *Mainkuriers*, den sie bei ihrem Bewerbungsgespräch kennengelernt und seitdem vielleicht noch dreimal persönlich gesehen hatte, einmal davon auf der letzten Weihnachtsfeier. Ihr war nicht bewusst gewesen, dass Bischoff sich in irgendeiner Art mit Themen, die seine Zeitung betrafen, beschäftigte. Für sie war er bisher der Chef im Hintergrund, den nur Umsatz und Gewinn interessierten. Anscheinend hatte sie sich getäuscht. »Markus Bischoff hat mich namentlich für einen Leitartikel vorgeschlagen?« Sie konnte es kaum glauben.

Karsten streckte seine langen Beine aus und blickte nach draußen, wo es bereits dämmerte. »Warum wundert dich das? Er war sehr angetan von deinem Artikel über den leukämiekranken Jungen.« Er machte eine Pause. »Hoffmann hat den Interviews übrigens nur unter der Bedingung zugestimmt, dass man ihn nicht als mordendes Monster darstellt.«

Schweigend folgte Milla Karstens Blick und entdeckte einen einsamen Kanuten, der sich mit den immer gleichen monotonen Armbewegungen auf dem Wasser vorwärtsbewegte.

»Ich habe keine Zweifel daran, dass du das schaffst.«

Milla nickte langsam. »Wann?«

»Sofort. Es sei denn, du brauchst noch Bedenkzeit.«

»Nein, Elke kann den Artikel über Schmitt allein fertigstellen. Andere Aufträge habe ich momentan nicht. Ich könnte morgen in Paris sein«, erwiderte sie schnell.

»Bitte reserviere dir ein Hotelzimmer. Wenn möglich, nicht das Ritz. Die Kosten bekommst du selbstverständlich als Spesen nach deiner Reise erstattet.«

»Eine Kollegin aus Montpellier wohnt in Paris. Ich werde sie gleich anrufen. Vielleicht könnte ich bei ihr unterkommen.«

Milla hasste Hotels. Die unpersönlich eingerichteten Zimmer lösten seit jeher ein schreckliches Gefühl der Einsamkeit in ihr aus. Sobald sie wieder an ihrem Schreibtisch saß, würde sie versuchen, Sandrine zu erreichen.

Karsten erhob sich und kehrte zu seinem Schreibtisch zurück. »Natürlich kannst du auch bei deiner Bekannten übernachten, wenn dir das lieber ist. Du musst nur bedenken, dass Hoffmann in Fresnes sitzt. Das ist ein Stück von Paris entfernt. Leider gibt es keine öffentlichen Verkehrsmittel, die eine Anbindung an das Gefängnis haben.« Er nahm eine Mappe in die Hand und kehrte zu Milla zurück. »Nicht, dass das die Insassen stören dürfte. Für ihre Überführung in den Knast sorgt der Staat, und nach Hause würden sie zur Not auch laufen.« Er schlug die Mappe auf. »Hierin sind alle relevanten Informationen enthalten. Alte Artikel über den Fall, Adressen und Kontaktdaten der Angehörigen. Die Namen der Polizeibeamten, die den Fall damals bearbeitet haben. Sieh dir alles in Ruhe an. Wenn du noch Fragen hast, wendest du dich direkt an mich.«

Milla nahm die Mappe und betrachtete sie.

»Milla?«

Sie drehte sich zu Karsten. »Ja?«

»Wir überlassen es dir, wie du den Artikel aufziehst. Vielleicht verschaffst du dir vor Ort erst mal einen Überblick von den Ereignissen damals und überlegst dir, was relevant ist und welche Blickwinkel du wiedergeben möchtest.«

»Ich danke dir«, erwiderte Milla ernst, da sie fest entschlossen war, diese Chance zu nutzen und den besten Artikel ihrer Karriere zu schreiben.

»Du hast es verdient. Mach was draus. Und Milla? Im Gefängnis muss Französisch gesprochen werden, da du mit Hoffmann nicht allein sein wirst und das Personal dem Gespräch folgen können muss.«

Milla nickte. »Kein Problem, das habe ich mir schon gedacht.«

»Viel Erfolg und gute Reise.«

Als sie an ihren Arbeitsplatz zurückkehrte, hatte sie immer noch nicht ganz realisiert, was gerade geschehen war.

Elke blickte ihr neugierig entgegen. »Und?«

In kurzen Sätzen berichtete Milla von dem Gespräch mit Karsten.

Beeindruckt zog Elke ihre Augenbrauen hoch. »Paris? Das ist ja der Wahnsinn. Robert Hoffmann ist natürlich ein anderes Kaliber als unser blasser Herr Schmitt.«

Milla kramte in der Handtasche nach ihrem Telefon, in dem sie Sandrine Marcons Nummer abgespeichert hatte. Sie hielten in unregelmäßigen Abständen telefonischen Kontakt, seit sie nicht mehr zusammen in Montpellier arbeiteten. Seit knapp zwei Jahren war Sandrine bei einem Pariser Modejournal angestellt, während Milla bereits zwei Jahre zuvor mit Sebastian von Montpellier nach Deutschland zurückgekehrt war, da er damals das verlockende Angebot bekommen hatte, bei einer deutschen Großbank in den Vorstand zu wechseln.

Nach dem dritten Klingeln hob Sandrine ab. »Oui?«

Ein Gefühl der Nähe durchströmte Milla, als sie die vertraute Stimme ihrer langjährigen Freundin vernahm. »Sandrine? Hier ist Milla. Wie geht es dir?« Problemlos wechselte sie in die französische Sprache.

»Milla! Wie schön, von dir zu hören. Die letzten Tage habe ich öfter an dich denken müssen. Rate mal, wo ich gerade bin.«

Milla stutzte. »Du bist nicht in Paris?«

»Mon Dieu, nein. Paris im November. Gibt es etwas Schlimmeres?« Sandrines helles Lachen ertönte.

Ja, Frankfurt im November, erwiderte Milla stumm.

»Ich kann fast das Meer sehen«, fuhr Sandrine fröhlich fort.

»Du bist in Südfrankreich?«

Am anderen Ende der Leitung vernahm Milla erneut das ausgelassene Lachen. »Chérie, ich bin in Montpellier. Ist das nicht herrlich? Ich begleite eine Fotoserie, da ich mich hier ja doch recht gut auskenne, wie du weißt.«

Nun musste Milla schmunzeln. Wahrscheinlich gab es in ganz Montpellier niemanden, der diese Stadt so liebte wie Sandrine. Deshalb hatte Sandrine auch lange mit sich gehadert, ob sie das Angebot aus Paris wirklich annehmen sollte. Doch der finanzielle Aspekt hatte sie schließlich überzeugt. Mit dem Ergebnis, dass sie jeden Urlaub, den sie seitdem genommen hatte, ausnahmslos in ihrer Lieblingsstadt im Süden des Landes verbrachte.

»Milla, wie geht es dir? Ich rede mal wieder nur von mir«, bemerkte Sandrine in diesem Moment, doch Milla konnte ihr nicht böse sein. Sogar durchs Telefon verströmte diese Frau eine Lebensfreude und Quirligkeit, die Milla so schmerzlich vermisste, seit sie Hunderte von Kilometern voneinander entfernt wohnten.

»Es geht mir gut, danke. Ich habe einen Auftrag in Paris zu erledigen und hatte gehofft, dass wir uns vielleicht sehen könnten. Aber da du nun …«

»Du kommst nach Paris? Das ist toll. Wann?«, unterbrach Sandrine sie hörbar aufgeregt.

»Mein Chef ist der Meinung, je schneller, desto besser.«

»Hör zu, du kannst auf jeden Fall bei mir wohnen. In ein paar Tagen bin ich auch zurück. Die meisten Aufnahmen haben wir bereits im Kasten. Spätestens drei oder vier Tage, dann komme ich nach Hause.«

Milla fühlte sich unbehaglich. Sollte sie in einer fremden Stadt allein in einer fremden Wohnung schlafen? Andererseits, ein Hotel wäre noch schlimmer.

»Was ist? Komm schon, Milla«, flehte Sandrine.

»Ich möchte dir nicht zur Last fallen.«

»Du fällst mir nicht zur Last. Ich freue mich so. Dann lernst du gleich meinen neuen Mitbewohner kennen. Anfangs ist er etwas zurückhaltend. Aber wenn er erst mal merkt, dass du es gut mit ihm meinst, taut er auf.«

Irritiert schob Milla ihre Brille zurecht. Eigentlich war Sandrine gar nicht der Typ für eine WG. Doch auch wenn sie selbst lange nicht mehr in Paris gewesen war, so kannte sie doch die schwindelerregend hohen Mieten in Frankreichs Hauptstadt.

»Hör zu, Milla. Meine Nachbarin Madame Sullah hat den Schlüssel zu meiner Wohnung. Sie kümmert sich während meiner Abwesenheit um Minou. Aber ich werde sie gleich anrufen und ihr sagen, dass du diese Aufgabe ab sofort übernimmst«, erklärte ihr Sandrine bestimmt.

Milla schluckte. Sie musste in Paris arbeiten. Wie sollte sie sich da noch um den verstockten Mitbewohner von Sandrine kümmern? Doch sie schwieg.

»Was für einen Auftrag hast du denn von deinem Chef bekommen?« Ihre beiden Karrieren hatten sich nach dem Weggang aus Montpellier in verschiedene Richtungen entwickelt. Sandrine beschäftigte sich vorwiegend mit Frauenthemen im Allgemeinen, wozu auch Reiseberichte und Städtebesichtigungen gehörten, da sie seit ihrem Umzug nach Paris für *La Belle*, eine große Frauenzeitschrift, arbeitete. Milla hingegen hatte sich auf zwischenmenschliche Themen mit ernsterem Hintergrund spezialisiert.

Sie zögerte kurz, bevor sie ihrer Freundin antwortete. »Ein Leitartikel über Robert Hoffmann.« Sie sprach den Namen französisch aus, verschluckte das t des Vornamens und das h des Nachnamens.

»Hoffmann?« Milla konnte Sandrines Empörung durch das Telefon hindurch hören. »Was gibt es über dieses Schwein noch zu schreiben, was nicht jeder schon weiß?«

»Sandrine, bitte. Es geht um das Porträt eines Mannes, dessen Leben in dieser Tragödie gipfelte. Mit Interviews der Beteiligten über die furchtbare Tat, den Fakten des Verbrechens und natürlich mit Hoffmanns Stellungnahme«, erklärte sie geduldig.

»Welche Stellungnahme? Willst du ihn etwa im Gefängnis befragen?« Bevor Milla antworten konnte, fuhr Sandrine mit ihrer Schimpftirade fort: »Hoffmann gibt keine Interviews mehr, seit er im Gefängnis sitzt. Was denkst du, wer schon alles bei ihm angefragt hat? Milla, vergiss es. Er wird sich ganz bestimmt nicht mit dir treffen.«

Milla schob sich eine Haarsträhne hinters Ohr. »Wie kommst du darauf, dass er keine Interviews gibt?«

Sandrine lachte bitter auf. »Süße, ich lebe in Paris. Es gibt keine einzige französische Zeitung, die noch nicht bei ihm angefragt hat. Aber es ist ein offenes Geheimnis, dass er jeden hat abblitzen lassen.« Sie machte eine kurze Pause. »Wie heißt dein Arbeitgeber eigentlich?«

»*Mainkurier.*«

Erneut lachte Sandrine auf. »*Mainkurier.* Sei mir nicht böse, Milla. Aber kein Mensch in Frankreich hat je von dieser Zeitung gehört. Ich denke wirklich, du kannst dir die Fahrt hierher sparen. Hoffmann wird mit Sicherheit nicht mit dir reden.«

»Es ist bereits alles arrangiert, Sandrine. Er wird mit mir sprechen«, erwiderte Milla trotzig.

Sandrine schwieg am anderen Ende der Leitung. Nach einigen Sekunden hörte Milla sie laut ausatmen. »Was habt ihr ihm geboten? Ich glaube es einfach nicht! Bisher hat er ausnahmslos alle Anfragen abgelehnt.«

Verunsicherung machte sich in Milla breit. Tatsächlich hatte sie noch keine Sekunde darüber nachgedacht, warum Robert Hoffmann ausgerechnet mit einem kleinen Regionalmagazin wie dem *Mainkurier* zusammenarbeiten wollte. War es vielleicht doch noch nicht sicher, dass er mit ihr reden würde? Wollte Karsten sie nur in Sicherheit wiegen? Vielleicht war es gar ein Test, der zeigen sollte, ob sie in der Lage war, unüberwindbare Hürden zu meistern.

»Ich fahre morgen nach Paris. Dann werden wir ja sehen, ob Hoffmann redet.« Milla würde sich nicht abwimmeln lassen. Sie hatte einen Auftrag bekommen, vielleicht den wichtigsten ihrer Karriere, und sie würde ihn ausführen. Koste es, was es wolle. Kurz ließ sie sich von Sandrine noch erklären, wie sie zu deren Wohnung gelangte, bevor sie das Telefonat beendete.

Nachdem Milla Elke über Sandrines Bedenken informiert hatte, winkte diese ab. »Hör zu, Milla, warum er sich auf das Interview eingelassen hat, kann dir doch egal sein. Dieser Auftrag ist deine Chance! Wenn du sie nutzt, kann das dein Durchbruch sein. Was auch immer sein Motiv ist, im Grunde ist es für dich unerheblich.«

2

Paris

Siebenundzwanzig Stunden später stieg Milla am Gare de l'Est aus dem TGV. Entschlossen umfasste sie den Griff ihrer Reisetasche, atmete tief durch und ließ das geschäftige Treiben um sich herum einen Moment auf sich wirken. Ein gewöhnlicher Donnerstag Ende November in Paris. Die meisten Leute waren auf dem Weg nach Hause.

Während Milla auf den Ausgang zusteuerte, suchte sie einen Fahrkartenautomaten. Die hundert Jahre alte Untergrundbahn war in der französischen Hauptstadt nach wie vor das Verkehrsmittel Nummer eins.

Nachdem sie das Wochenticket gelöst hatte, trat sie auf den Vorplatz hinaus. Eisige Kälte schlug ihr entgegen. Milla schätzte, dass es hier mindestens fünf Grad kälter war als in Frankfurt. Bevor sie sich auf den Weg zur Métrostation machte, drehte sie sich um und betrachtete kurz das alte Bahnhofsgebäude, das vor ihr in den Himmel ragte. Die geschwungenen Rundbögen, die in langen Säulen endeten, das große kreisförmige Fenster über dem Haupteingang. Milla war schon Dutzende Male hier angekommen, doch diesmal war es anders. Diesmal hatte sie einen Auftrag zu erledigen. Einen Auftrag, der ihr ganzes Leben verändern konnte.

Voller Zuversicht dachte sie an die Unmengen von Zeitungsartikeln, die sie während der mehrstündigen Zugfahrt durchforstet hatte. Viele Details waren ihr bisher nicht bekannt gewesen. Milla war regelrecht erschrocken, welche Wellen der Mordfall geschlagen hatte. Simone Dubois, das Opfer, war eine beliebte Schauspielerin gewesen, der ganz Frankreich zu Füßen gelegen hatte. Immer wieder hatte Milla während ihrer Recherchen in das makellose Gesicht der attraktiven Blondine geschaut, bevor sie mit Grauen die Artikel neben den Fotos gelesen hatte. Sie bezweifelte ernsthaft, ob es ihr gelingen würde, Robert Hoffmann unvoreingenommen gegenüberzutreten, ohne den brutalen Killer vor Augen zu haben, den die Zeitungen in sämtlichen Facetten beschrieben hatten.

Auch Hoffmanns Foto war mehrmals in den Artikeln aufgetaucht. Bei seiner Verhaftung hatte er noch genauso ausgesehen, wie Milla ihn in Erinnerung hatte. Groß, attraktiv, hellblondes dichtes Haar, der intensive Blick aus diesen unverschämt grünen Augen. Nein, selbst wenn sie wollte, sie konnte sich Robert Hoffmann nach wie vor nicht als brutalen Frauenmörder vorstellen. Andererseits gab es mehr als genug Beweise, die sein Anwalt vor Gericht nicht glaubwürdig hatte widerlegen können. Hoffmann war schuldig, daran bestand nicht der geringste Zweifel.

Der grausamste Aspekt an der ganzen Geschichte war Milla bis heute überhaupt nicht bekannt gewesen. Simone Dubois war bei ihrer Ermordung im vierten Monat schwanger, dies hatte sich allerdings erst bei der Autopsie herausgestellt. Niemand in ihrem Umfeld hatte von der Schwangerschaft gewusst. Auch Hoffmann behauptete bis heute, dass Simone ihm nichts von dem Kind erzählt hatte.

Milla schloss kurz die Augen. Irgendwo in ihrem Hinterkopf bahnte sich ein unangenehmer Schmerz seinen Weg. Genervt hängte sie sich den Gurt der Laptoptasche um den Hals, umschloss die Reisetasche fester und stieg die Treppe zur Métro hinab.

Wie erwartet war der ankommende Zug so voll, dass Milla sich nur unter größter Anstrengung einen Stehplatz direkt an der Tür erkämpfen konnte. Sie musste zweimal umsteigen, bis sie in der richtigen Bahn saß, die sie nach Joinville-le-Pont bringen würde. Sandrine wohnte in einer kleinen Seitenstraße des Vorortes, der südöstlich von Paris lag.

Als Milla in der Schnellbahn endlich einen Sitzplatz ergattert hatte, lehnte sie sich erschöpft zurück. Ihr gegenüber saß ein junger Mann, der ununterbrochen auf seinem Handy herumtippte. Fasziniert beobachtete sie, wie seine Finger über die Tasten flogen. Ob schon einmal jemand auf die Idee gekommen war, die Geschwindigkeit zu messen, mit der junge Leute heutzutage ihre Nachrichten in die Welt hinausschickten? In diesem Moment fühlte Milla sich mindestens fünfzig Jahre älter, als sie tatsächlich war.

Als ihr Handy klingelte, schaute sie überrascht aufs Display. Irene. Milla seufzte leise. Ihre Noch-Schwiegermutter rief mal wieder im ungünstigsten Moment an. Doch wenn sie jetzt nicht dranging, würde Sebastians Mutter es den ganzen Abend weiter versuchen. Irene Kampert konnte sehr hartnäckig sein, wenn es darum ging, Milla davon zu überzeugen, es noch einmal mit ihrem Sohn zu versuchen. Unwillig nahm sie das Gespräch an. »Hallo, Irene, wie geht es dir?«

»Milla, wo bist du? Ich habe bereits in der Redaktion angerufen. Doch deine Kollegin sagte, du seist momentan beruflich unterwegs. Ich störe doch nicht?«

Milla verdrehte die Augen, während der junge Mann ihr gegenüber sie unverhohlen anstarrte. »Irene, ich sitze gerade in der Métro. Ich habe einen großen Auftrag bekommen und werde einige Zeit nicht in Frankfurt sein«, erklärte sie geduldig.

»In der Métro? Du meinst, du bist in Paris?« Irene klang wenig begeistert.

Milla nickte. »Ja, ich bin auf dem Weg zu Sandrine, da ich einige Tage bei ihr wohnen werde.«

Am anderen Ende der Leitung ertönte ein zufriedenes Geräusch. »Das ist gut. Dann bist du nicht allein in der Großstadt.« Irene schwieg für einen Moment, bevor sie fortfuhr: »Was ist das denn für ein Job? Ich dachte, ihr seid ein Regionalmagazin.«

Ja, das dachte ich eigentlich auch, stimmte Milla ihr stumm zu, doch stattdessen erwiderte sie: »Hör zu, ich muss gleich aussteigen. Am besten, ich erzähle dir alles, wenn ich wieder zu Hause bin.«

»Weiß Sebastian auch, wo du bist?« Ihre Schwiegermutter konnte es nicht lassen.

»Sebastian und ich haben uns vor drei Jahren getrennt. Daher geht es ihn überhaupt nichts mehr an, was ich wo mache. Wenn du mir einen Gefallen tun möchtest, dann sag deinem Sohn, dass er endlich die Scheidungspapiere unterschreiben soll«, antwortete Milla gereizt.

Irene seufzte. »Ach, Milla, vielleicht solltet ihr einfach noch mal miteinander sprechen. Ihr wart ein so tolles Paar.«

»Das hat dein Sohn leider anders gesehen. Vielleicht erinnerst du dich, dass er es war, der mich immer wieder betrogen und belogen hat«, entgegnete sie mit sarkastischem Unterton.

»Ich weiß doch. Der Junge war einfach noch nicht reif für die Ehe. Aber glaub mir, er liebt dich noch immer. Er bestätigt es mir jedes Mal, wenn wir über dich reden.«

Milla schnaufte, während sie weiter den Blick ihres Sitznachbarn auf sich spürte. Zum Glück konnte er sie nicht verstehen.

»Diese Diskussion bringt nichts. Sebastian ist schon lange kein Teil meines Lebens mehr. Bitte akzeptiere das.« Sie machte eine Pause. »Ich muss jetzt wirklich Schluss machen. Ich melde mich, wenn ich wieder in Frankfurt bin.« Mit diesen Worten verabschiedete Milla sich von ihrer Schwiegermutter, die jedoch darauf bestand, sie in den nächsten Tagen erneut anzurufen, um zu hören, dass alles in Ordnung war.

Angespannt steckte Milla ihr Telefon weg und blickte in die Finsternis, die draußen vor dem Zugfenster herrschte. Irene Kampert war die Mutterfigur für Milla, die sie selbst so früh verloren hatte. Leider hatte sie einen Fehler: Sie war die Mutter von Sebastian. Seit sie sich kannten, hatte sich Irene immer liebevoll um Milla gekümmert. Auch nach dem Scheitern der Ehe hielten die beiden Frauen weiter Kontakt. Irene Kampert war früh Witwe geworden. Am Anfang ihrer Beziehung hatte Milla die Tatsache, dass Sebastian ebenfalls Halbwaise war, als Schicksalsfügung gesehen, die sie beide miteinander verband. Mittlerweile war ihr klar, dass eine gute Beziehung durch andere Faktoren geprägt wurde als durch zufällige Gemeinsamkeiten im Lebenslauf. Sie mochte Irene von Herzen gern, doch deren ständige Versuche, sie wieder mit Sebastian zusammenzubringen, gingen ihr gewaltig auf die Nerven. Daheim würde sie ein ernstes Wort mit ihr reden müssen.

Wenige Minuten später fiel wieder Tageslicht in das Abteil, da der Zug nun oberirdisch fuhr. Bei der nächsten Haltestelle musste Milla aussteigen. Sie nahm ihre Reisetasche und erhob sich, als der junge Mann ihr unvermittelt zuzwinkerte und sie verschmitzt anlächelte.

Milla sah ihn fragend an.

»Ciao, schöne Frau.«

Überrascht hob sie die Brauen und drehte sich zur Tür. Der Kerl war Deutscher, genau wie sie. Er hatte jedes Wort ihres Telefonats verstanden. Das fing ja gut an!

Als der Bahnhof von Joinville-le-Pont in ihrem Blickfeld auftauchte, schob sie kurz ihre Brille zurecht.

»Nogent-sur-Marne«, ertönte die Stimme vom Band, bevor die Bahn zum Stehen kam.

Zehn Minuten später hielt das Taxi, das Milla am Bahnhof genommen hatte, vor einem weitläufigen Grundstück, das von einer mannshohen Mauer umgeben war. Am Telefon hatte Sandrine von ihrer Wohnung gesprochen. Hatte der Fahrer sich etwa in der Adresse geirrt? Sicherheitshalber wiederholte sie sie erneut. Der Mann nickte.

Sie ging die Mauer entlang, am Nachbaranwesen vorbei und bog links in einen schmalen Weg ein. Als sie am Ende auf eine kleine Parallelstraße stieß, wurde sie endlich fündig. Eilig stieg sie die drei Stufen zur Haustür hinauf. *Sandrine Bonnet.* Hier war sie richtig. Erleichtert steuerte Milla auf das Nebenhaus zu. Hier musste Madame Sullah, die Nachbarin, wohnen. Milla klingelte und wartete.

»Oui?« Eine Frau in einem orangefarbenen Sari öffnete die Tür. Sie hatte schwarzes langes Haar und dunkle Augen. Auf ihrer Stirn leuchtete ein roter Punkt. Milla schätzte die Frau auf Anfang sechzig.

»Bonjour, Madame. Mein Name ist Milla Seifert. Ich bin eine Freundin von Sandrine.«

Die Frau verzog ihren faltigen Mund zu einem freundlichen Lächeln. »Bonjour, Madame. Kommen Sie doch bitte herein. Sandrine hat mir Ihr Kommen bereits angekündigt.«

Sie trat einen Schritt zur Seite. Milla folgte der älteren Dame durch einen knallgelb gestrichenen Flur ins Wohnzimmer.

»Bitte, nehmen Sie doch Platz.« Madame Sullah zeigte auf eine rote Plüschcouch. Vorsichtig setzte Milla sich ans Ende des Sofas und stellte ihre Reisetasche auf den Boden.

»Moment. Ich hole Sandrines Schlüssel. Möchten Sie vielleicht etwas trinken?«

»Nein, danke«, lehnte Milla höflich ab.

Nachdem die ältere Frau den Raum verlassen hatte, wusste Milla nicht, wo sie zuerst hinschauen sollte. Das Zimmer war ein Gesamtkunstwerk indischer Einrichtungskultur: die schweren dunklen Holzmöbel, die dicken farbenfrohen Teppiche und die Unmengen kitschiger Bollywood-Bilder an den Wänden. Hier wurden sämtliche Klischees bedient, die sie je über Indien gehört hatte.

Kurz darauf kehrte Madame Sullah zurück und gab ihr den Schlüssel. »Nehmen Sie sich vor Minou in Acht. Er kann ganz schön verschlagen sein. Lassen Sie sich bloß nicht von seinem harmlosen Aussehen täuschen. Er hat es faustdick hinter den Ohren.« Ihre Stimme klang eindringlich.

Milla nickte genervt. Was war nur mit Sandrines Mitbewohner los?

Sie kehrte zu Sandrines Haus zurück und schloss die Tür auf. »Hallo?« Soweit sie erkennen konnte, befand sie sich in einem kleinen, dunklen Flur.

Vorsichtig tastete sie mit der Hand die Wand ab, bis sie endlich den Lichtschalter fand. Als der Raum hell erleuchtet wurde, musste sie schmunzeln. Der schmale Gang des Hauses trug unverkennbar die Handschrift ihrer Freundin. Über eine der Wände erstreckte sich ein riesiges Holzregal, in dem Unmengen von Schuhen nach Farben sortiert in Reih und Glied standen. Sandrine war schon immer eine Ordnungsfanatikerin gewesen. Müde stellte Milla ihre Reisetasche auf den Boden und legte ihren Laptop daneben.

»Hallo?«, rief sie, diesmal lauter. Doch wieder bekam sie keine Antwort. Vielleicht war Minou nicht zu Hause.

Erleichtert atmete sie aus und betrat das Wohnzimmer. Die gleiche akkurate Ordnung wie im Flur. Sofa, Schränke, Tisch, nirgends lag eine Zeitschrift oder auch nur ein Notizblock herum, der dort nicht hingehörte. Milla seufzte. Sie würde sich zusammenreißen müssen, um das Haus nicht in einen Chaoshaufen zu verwandeln, da sie selbst es eigentlich lieber ungezwungen mochte und nicht allzu aufgeräumt, was für sie gleichbedeutend war mit gemütlich und pflegeleicht. Der Kamin in der Ecke entlockte ihr ein Lächeln. Nun ja, gemütlich konnte sie es sich hier machen.

Als sie ein leises Geräusch aus dem Nebenzimmer hörte, erstarrte sie. War dieser ominöse Mitbewohner doch zu Hause? Aber warum hatte er dann nicht geantwortet, als sie sich bemerkbar gemacht hatte? Nervös schob sie ihre Brille zurecht und straffte ihre Schultern. Erhobenen Hauptes steuerte sie auf den Raum zu, aus dem das Geräusch gekommen war.

»Minou? Hallo?«, versuchte sie es ein letztes Mal.

Als sie durch die Tür in die Küche trat, wich sie erschrocken zurück. Der ganze Fliesenboden war mit kleinen braunen Kügelchen übersät.

»Was ist denn das?« Milla bückte sich und hob eines der runden Gebilde auf. Argwöhnisch betrachtete sie das unförmige Etwas in ihrer Handfläche und runzelte die Stirn. Als sie aus dem Augenwinkel eine Bewegung auf der Arbeitsfläche wahrnahm, fuhr sie hastig herum und glaubte ihren Augen nicht zu trauen. Auf dem Herd saß eine weiße Katze und starrte sie reglos an.

»Ich vermute mal, du bist Minou?« Milla schmunzelte. Also kein verschrobener Mitbewohner, sondern nur ein randalierender Kater. Jetzt entdeckte sie auch die umgefallene Verpackung des Trockenfutters, neben der Minou thronte.

»Du hast wohl Hunger gehabt. Wenn dein Frauchen diese Unordnung hier sehen könnte …« Milla öffnete nacheinander mehrere Schubladen, bis sie schließlich einen kleinen Kehrbesen mit Schaufel fand. Sie seufzte und begann, das Katzenfutter zusammenzufegen. Als sie sich kurz umdrehte, um nach dem Kater zu sehen, starrte dieser sie noch immer aus schmalen Augen an. Milla schüttete das Futter zurück in die Packung und verstaute sie in einem der Küchenschränke.

»Ich hoffe, Türen öffnen gehört nicht zu deinen Spezialitäten.«

Vorsichtig näherte sie sich dem Kater und betrachtete ihn eingehend. Das Fell des Tieres leuchtete weiß wie Schnee, und die stahlblauen Augen blickten Milla unverwandt an. Obwohl sie sich mit Katzen nicht auskannte, war sie sich doch sicher, dass es sich bei diesem Vertreter um ein außergewöhnlich hübsches Exemplar handelte. Sie streckte ihre Hand aus und wartete geduldig ab, wie Minou reagieren würde. Der Kater saß weiter teilnahmslos auf seinem Platz und musterte sie. Als sie ihn leicht berührte, fühlte sich das Fell weich und glatt wie Seide an. Ermutigt durch sein Stillhalten strich sie ihm behutsam über seinen Rücken. Als sie seinen Kopf berührte, schmiegte der Kater sich enger an ihre Hand.

»Na, du bist doch ein ganz Lieber. Ich wurde nämlich mehrfach vor dir gewarnt.« Milla schüttelte den Kopf. Jetzt unterhielt sie sich schon mit einer Katze. Musste sie sich langsam Sorgen machen? Sebastian hätte sicher nur Spott für sic übrig, wenn er sie so sehen könnte.

Sebastian. Wen interessierte eigentlich, was dieser Mistkerl dachte?

Nachdem Milla sich mit den nötigsten Lebensmitteln versorgt hatte und frisch geduscht auf Sandrines Couch saß, schaute sie erneut ihre Unterlagen durch und griff zum Telefon. Angespannt wählte sie die Nummer der Haftanstalt in Fresnes. Umgehend meldete sich eine freundliche Tonbandstimme und begrüßte Milla, als ob sie die Nummer eines Fünf-Sterne-Hotels gewählt hätte. Genervt legte sie auf. Zu gern hätte sie noch heute abgeklärt, ob das Treffen mit Robert Hoffmann morgen früh auch wirklich stattfinden würde. Während sie auf ihre Uhr sah, überlegte sie. Kurz nach sechs. Der Directeur des Gefängnisses schien früh Feierabend zu machen.

Gestern hatte Karsten ihr noch versichert, dass der Termin mit Monsieur Zodaine persönlich abgeklärt worden sei. Sie musste ihrem Chef also wohl oder übel vertrauen. Milla fuhr ihren Laptop hoch. Es dauerte nicht lange, bis der weiße Kater sich langsam an sie heranschlich. »Na, Minou, Lust auf ein bisschen Gesellschaft?«

Bei Millas Worten sprang das Tier auf ihren Schoß und rollte sich zusammen. Während sie seinen weichen Bauch streichelte, blickte sie auf den Bildschirm vor sich, auf dem sie eine blonde Frau anlächelte. Corinne Mercier, Robert Hoffmanns Ex-Freundin, die nach seiner Verhaftung behauptet hatte, dass er sie ebenfalls vergewaltigt habe. Der Artikel war vor fünf Jahren in einem großen französischen Boulevardmagazin erschienen. Vielleicht wäre es interessant, sich mit dieser Dame zu unterhalten. Milla notierte sich den Namen. Während ihrer Recherchen hatte sie bereits einige andere vielversprechende Interviewpartner entdeckt: die Schwester des Opfers, Roberts bester Freund, der ebenfalls am Tatabend auf der Party von Simone Dubois' Eltern gewesen war, Roberts Eltern. Als Milla sich einem Artikel über den Vater des Opfers, Roger Dubois, ein hohes Tier im französischen Außenministerium, zuwenden wollte, klingelte ihr Telefon.

»Ja?«

»Milla? Ich bin's, Sandrine.«

»Bonsoir, Sandrine«, begrüßte sie ihre Freundin.

»Ist alles in Ordnung? Geht es dir gut? Wie benimmt sich Minou?«

Typisch Sandrine. Sie hatte wieder einmal keine Zeit zum Luftholen. »Es ist alles in Ordnung. Dein Haus ist toll. Ein richtiger kleiner Palast. Minou liegt gerade auf meinem Schoß und genießt ein paar Streicheleinheiten.«

Milla hörte ihre Freundin laut ins Telefon schnaufen.

»Minou macht was? Ich glaube, ich habe mich verhört.«

Unsicher blickte Milla den Kater an. »Er liegt hier und lässt es sich gut gehen.«

»Minou lässt sich von niemandem anfassen außer von mir. Bist du sicher, dass du dich im richtigen Haus befindest?«

Milla starrte das Fellbündel auf ihren Oberschenkeln an. »Er liegt hier und schläft«, bestätigte sie erneut.

Am anderen Ende der Leitung machte Sandrine ein undefinierbares Geräusch. »Minou ist das scheueste Katzenvieh in ganz Paris, ach, was sage ich, in ganz Frankreich. Wenn er dich gleich am ersten Tag in sein Herz geschlossen hat, kommt das einem kleinen Wunder gleich.«

Milla hatte selbst noch nie Haustiere besessen, hatte sich noch nie dafür interessiert. Daher verwunderte sie Sandrines Bemerkung.

»Ich wollte mich bei dir entschuldigen«, setzte Sandrine an.

»Warum entschuldigen?«

»Wegen gestern. Ich habe etwas ungehalten auf deinen Auftrag reagiert. Aber schließlich ist das unser Job. Ein Leitartikel, mon Dieu. Das ist eine Riesenchance, die du auf jeden Fall nutzen musst. Man kann es sich schließlich nicht aussuchen, über was man schreibt.«

»Danke, Sandrine. Das weiß ich wirklich zu schätzen. Ehrlich gesagt hätte auch ich mir ein anderes Thema gewünscht. Aber ich möchte auf jeden Fall versuchen, auch mit den Angehörigen des Opfers zu sprechen, damit der Artikel nicht zu einseitig ausfällt. Ich hoffe nur, dass sie auch mit mir reden wollen.«

»Ich kenne Marie Dubois, die Schwester von Simone. Ich habe vor ein paar Monaten eine Fotostrecke mit ihr gemacht, da sie als Model arbeitet. Wenn du magst, kann ich sie für dich anrufen und nachfragen.«

»Super! Danke, das wäre wirklich nett. Weißt du denn schon, wann du in Montpellier fertig bist?«

»Wenn es nach mir ginge, würde ich sofort noch ein paar Tage dranhängen. Du weißt ja, hier ist die Heimat meines Herzens. Aber ich denke, in zwei, drei Tagen bin ich zurück. Wir sind fast fertig.«

Milla freute sich, da sie Sandrine seit einer halben Ewigkeit nicht gesehen hatte. Am anderen Ende der Leitung hörte sie Stimmen im Hintergrund.

»Hör zu, meine Crew wartet. Fühl dich ganz wie zu Hause bei mir. Ich melde mich morgen wieder.« Sandrine machte eine kurze Pause. »Und Milla?«

»Ja?«

»Nimm dich vor Hoffmann in Acht. Er ist ein brutaler Mörder, der andere Menschen ohne Skrupel für seine Zwecke manipuliert. Lass dich bloß nicht von ihm einwickeln.«

Milla schluckte. »Ich werde aufpassen, Sandrine. Ich verspreche es dir.«

3

Am nächsten Morgen wachte Milla sehr früh auf. Sie blickte vom Bett aus dem Fenster und starrte in die Dunkelheit. Die roten Ziffern auf dem Wecker zeigten zehn Minuten nach sechs an. Unruhig drehte sie sich auf die Seite und zog die Decke über sich. Was würde sie heute erwarten?

Gestern Abend hatte sie noch einige Daten zu Fresnes herausgesucht. Drittgrößtes Gefängnis Frankreichs, genauso hoffnungslos überbelegt wie alle anderen Haftanstalten in diesem Land. Das Gefängnis war Ende des 19. Jahrhunderts erbaut und während des Zweiten Weltkriegs von der Gestapo für Vernehmungen und Folterungen französischer Widerstandskämpfer benutzt worden. Ein Ort, mit dem man nur Negatives verbinden konnte, ein Ort des Bösen.

Milla fühlte sich wie durch den Fleischwolf gedreht. Sie hatte schlecht geschlafen, war immer wieder hochgeschreckt. Als Minou gegen zwei Uhr meinte, er müsse zu ihr aufs Bett springen, um es sich in ihrer Kniekehle gemütlich zu machen, war es mit der Nachtruhe vollends vorbei gewesen. Der Kater hatte so laut geschnauft, dass Milla sich genervt ihr Kissen auf die Ohren gedrückt hatte. Doch auch diese Maßnahme hatte das laute Atmen nicht dämpfen können. Sie war es einfach nicht mehr gewohnt, Geräusche eines anderen Lebewesens neben sich im Bett zu hören. Und wenn es nur das Schnaufen eines Katers war.

Milla hob den Kopf und blickte hinter sich. Da lag der Übeltäter, friedlich eingerollt mit geschlossenen Augen, und drückte sich an ihre Waden. Na, immerhin schien er ihre Gegenwart zu genießen. Vorsichtig stieg sie aus dem Bett. Der Kater zuckte nur kurz, legte sich auf die Seite und streckte alle viere von sich. Trotz ihrer Müdigkeit musste Milla beim Anblick des kleinen Kerlchens schmunzeln. Süß war er ja schon.

Nachdem sie geduscht hatte, überlegte sie, was sie anziehen sollte. Schließlich wollte sie Robert Hoffmann den Eindruck einer seriösen und kompetenten Journalistin vermitteln. Sie entschied sich für eine schmal geschnittene beige Hose und eine weiße Bluse, über der sie einen dunkelbraunen Blazer tragen würde. Prüfend blickte sie in den Spiegel und musterte ihr Gesicht. Vorsichtig berührte sie die dunklen Ringe unter ihren Augen. Dann schminkte sie sich und setzte ihre Brille auf.

Als Milla in die Küche kam, erblickte sie Minou, der um seinen Futternapf schlich.

»Guten Morgen, Langschläfer. Hast du Hunger?«

Während sie die Tüte mit dem Trockenfutter aus dem Schrank holte und eine großzügige Portion in die Schüssel schüttete, beobachtete Minou sie ununterbrochen aus seinen schmalen blauen Augen.

»Guten Appetit.«

Milla lehnte sich gegen den Küchenschrank und wartete, bis der Kaffee fertig war. Während sie hörte, wie der Kater geräuschvoll sein Futter fraß, überdachte sie nochmals ihre Strategie. Sie würde bei Hoffman nicht mit der Tür ins Haus fallen, da sie ihn auf keinen Fall verärgern wollte. Milla war fest entschlossen, diese Chance zu nutzen, um endlich zu zeigen, was in ihr steckte. Vor allem musste sie ihn wie jeden anderen Interviewpartner behandeln. Das Verbrechen, das er begangen hatte, sollte sie versuchen auszublenden. Sonst würde sie es wahrscheinlich nicht schaffen, sich auf einer neutralen Ebene mit ihm auseinanderzusetzen. Erst später würde sie ihn dann auf seine Tat ansprechen.

Hoffentlich ging ihr Plan auf. Da sie in ihrer bisherigen Laufbahn bereits Artikel zu unzähligen unterschiedlichen Themen verfasst hatte, war sie in ihrer Denk- und Arbeitsweise flexibel. Doch noch nie war sie mit einem derart brutalen Gewaltverbrechen konfrontiert worden. Daher hoffte sie, dass ihre übliche Taktik, das Thema von seiner emotionalen Seite aufzuziehen, auch in diesem Fall von Erfolg gekrönt sein würde.

4

Zwei Stunden später stieg Milla aus dem Taxi und ließ das riesige Backsteingebäude, das sich vor ihr erstreckte, für einen kurzen Moment auf sich wirken. Auf dem weitläufigen Gelände standen vier große Komplexe parallel zueinander. Milla meinte sich zu erinnern, dass in einem der Gebäude ausschließlich weibliche Häftlinge untergebracht waren. Die anderen drei unterteilten die männlichen Insassen nach der Schwere ihrer Straftaten. Milla vermutete, dass Hoffmann bei den besonders schweren Jungs untergebracht war. Zumindest konnte sie sich kein abscheulicheres Verbrechen vorstellen als jenes, das er begangen hatte. Langsamen Schrittes ging sie auf ein großes, ausladendes Tor zu, wo sie den Haupteingang vermutete. An der Pforte saß ein Justizbeamter in dunkelgrauer Uniform und musterte sie unverhohlen.

»Bonjour, Monsieur, mein Name ist Milla Seifert. Ich bin eine deutsche Journalistin. Robert Hoffmann erwartet mich.«

Der Beamte grinste verächtlich. »Hoffmann ist ganz bestimmt nicht in der Position, jemanden zu erwarten. Außerdem bin ich nicht seine Empfangsdame.«

Verunsichert umklammerte Milla den Riemen ihrer Handtasche fester, fing sich dann aber rasch wieder und blickte den Mann voller Entschlossenheit an. »Monsieur Maler vom *Mainkurier* hat mein Kommen angekündigt. Bitte klären Sie das mit Ihrem Vorgesetzten.« Sie bemühte sich um eine feste Stimme.

Der Beamte brummte etwas Unverständliches vor sich hin. Milla sah ihm an, dass er nicht begeistert war, sich von ihr Befehle erteilen lassen zu müssen. Trotzdem griff er zum Telefon und wählte.

Als der Beamte auflegte, wandte er sich ihr wieder zu. »Directeur Zodaine erwartet Sie in seinem Büro. Ich mache Ihnen jetzt auf. Wenn Sie sich immer geradeaus halten, kommen Sie direkt zum Hauptgebäude. Ich gebe dem diensthabenden Kollegen dort Bescheid. Er wird Sie dann zum Chef bringen.«

Milla bedankte sich und ging durch die Tür, die der Beamte mit einem Knopfdruck öffnete.

Hinter der Mauer erstreckte sich ein riesiges Freigelände, das durch mehrere Zäune in unzählige Gänge und Räume, die großen Käfigen glichen, aufgeteilt war. Der Anweisung des Beamten folgend steuerte sie geradewegs auf ein ausladendes Gebäude zu, vor dem ein weiterer Wärter stand, der gerade in ein Funkgerät sprach. Als sie sich dem Mann näherte, beendete dieser sein Gespräch. Der Beamte trug die gleiche Uniform wie der Mann an der Pforte. Im Gegensatz zu seinem Kollegen war er schwer bewaffnet, wie Milla auffiel.

»Madame Seifert?«

Sie nickte und grüßte zurück.

»Bitte folgen Sie mir. Directeur Zodaine wurde über Ihre Ankunft informiert und erwartet Sie bereits.«

Nachdem der Beamte die Sicherheitstür aus Stahl durch die Eingabe eines Codes geöffnet hatte, folgte ihm Milla in das Hauptgebäude hinein. Sie befanden sich in einem langen schmalen Gang, von dem rechts und links Türen abgingen. Vor einer davon blieb der Beamte stehen, drehte sich zu ihr um und nickte.

Milla bedankte sich bei ihm und klopfte an.

»Oui?«, ertönte eine männliche Stimme.

Milla öffnete die Tür und betrat den Raum. Der Directeur saß hinter einem breiten überladenen Schreibtisch. Bei ihrem Eintreten erhob er sich hastig und steuerte auf sie zu. Henri Zodaine war nicht größer als Milla. Sein kleines rundes Gesicht wurde von einem dichten Bart umrahmt. Auf dem Kopf war er kahl, an den Seiten trug er sein graues Haar raspelkurz. Kluge Augen hinter einer dünnen Metallbrille musterten sie. Sie schätzte den Directeur auf etwa sechzig Jahre. Sie reichten sich die Hände.

»Bonjour, Madame Seifert. Ich hoffe, Sie haben gut zu uns gefunden. Wir liegen hier ja etwas abseits.«

»Bonjour, Directeur Zodaine. Ich bin mit dem Taxi gekommen. Mit den öffentlichen Verkehrsmitteln ist es tatsächlich umständlich von Joinville aus«, erwiderte sie zustimmend.

Zodaine zeigte auf den Stuhl, der vor seinem Schreibtisch stand. »Bitte, nehmen Sie doch Platz, Madame.«

Milla setzte sich und wartete, bis auch er wieder auf seinem Stuhl saß.

»Madame Seifert. Ich möchte Ihnen vorab einige Informationen zu unserer Institution geben. So können Sie sich vielleicht ein besseres Bild von der Einrichtung machen. Außerdem wird Ihnen Hoffmann sicher auch Verschiedenes erzählen. Oft sind solche subjektiven Meinungsbilder ohne weitere Hintergrundinformationen aber schwer einzuordnen.«

Milla rutschte auf ihrem Stuhl etwas zur Seite. »Directeur Zodaine …«, setzte sie an.

»Monsieur Zodaine ist völlig ausreichend«, unterbrach er sie in freundlichem Ton.

»Monsieur Zodaine«, begann sie erneut, »ich weiß es sehr zu schätzen, dass Sie mir Ihre Zeit schenken. Es ist mir durchaus bewusst, dass Sie ein vielbeschäftigter Mann sind. Selbstverständlich werde ich Äußerungen von Hoffmann sehr genau hinterfragen, bevor ich sie wiedergebe.« Zodaine winkte ab, während sie weitersprach: »Ich möchte auf keinen Fall Unruhe in den laufenden Betrieb hineinbringen. Da ich vorhabe, einige Tage in Paris zu bleiben, kann ich mich zeitlich ganz nach Ihren Wünschen richten.«

Der Directeur kratzte sich am Kinn. »Ich weiß nicht genau, was Sie sich vorgestellt haben, aber unsere regulären Besuchszeiten sind grundsätzlich nachmittags. Prinzipiell könnten Sie sich also von unserer Seite aus vormittags mit Hoffmann zusammensetzen. Da Sie unsere Sprache sehr gut sprechen, wird es kein Problem für Sie sein, Ihre Interviews auf Französisch zu führen.« Milla nickte, während Zodaine fortfuhr: »Unser Gefängnis hat Kapazitäten, um tausendeinhundert Gefangene aufnehmen zu können, ein Drittel Frauen, der Rest Männer. Die männlichen Insassen sind in drei Kategorien unterteilt. Hoffmann gehört zur dritten Kategorie, schwere Kapitalverbrechen. Verständlicherweise hat diese Gruppe den größten Personalbedarf.« Zodaine machte eine Pause. »Wie jede andere französische Haftanstalt sind auch wir bis zum Anschlag überbelegt. Momentan leben hier tausendfünfhundertvierundvierzig Insassen.«

Während seiner Erklärung hatte Milla einen Notizblock aus ihrer Tasche gezogen, um sich die wichtigsten Eckdaten aufzuschreiben. Nun hielt sie inne. »Das heißt, das Personal arbeitet am Limit.«

Zodaine lächelte, und Milla bemerkte, dass sich hinter der strengen Miene des Gefängnischefs ein sympathischer Mensch zu verbergen schien, den sie sich auch gut als Großvater vorstellen konnte, der sich liebevoll um seine Enkel kümmerte.

»Da haben Sie recht, Madame. Das Personal arbeitet am Limit. Leider richtet sich der Personalbedarf nicht nach der tatsächlichen Anzahl an Häftlingen, sondern nach der vorgeschriebenen. Wir müssen also mit dem gleichen Personal immer mehr Häftlinge betreuen.« Zodaine blinzelte ihr zu. »Madame, ich erzähle Ihnen dies hier im Vertrauen, denn ich möchte, dass Sie meine Mitarbeiter etwas besser verstehen, wenn Sie sich möglicherweise über deren Verhalten wundern. Zwanzig-Stunden-Schichten sind leider nicht ungewöhnlich. Eine Rund-um-die-Uhr-Bewachung ist grundsätzlich nicht mehr möglich. Nur alle fünfzehn Minuten überprüft ein Beamter die Überwachungskameras. Sie können sich vorstellen, was hier los wäre, wenn das bekannt würde. Dann könnten wir den Laden dichtmachen.«

Nachdenklich rückte Milla ihre Brille zurecht. »Monsieur Zodaine, vielen Dank für Ihr Vertrauen. Ich werde diese Tatsache selbstverständlich nicht in meinem Artikel erwähnen. Darauf können Sie sich verlassen. Es ist absolut nicht meine Art, Ärger zu provozieren. Mein Thema lautet Robert Hoffmann. Diese unfassbar brutale Tat und die unterschiedlichen Zeugenaussagen der Angehörigen.«

Zodaine nickte. »Mit ist schon zu Ohren gekommen, dass Sie Ihre Gesprächspartner außerordentlich fair behandeln, aber lassen Sie sich bloß nicht von Hoffmann für seine Zwecke benutzen. Verstehen Sie mich bitte nicht falsch, Madame. Sie sind sehr attraktiv, und Hoffmann war vor seiner Zeit im Gefängnis kein Frauenverächter.«

Milla musste schmunzeln. »Keine Angst, Monsieur Zodaine. Mein Interesse an Robert Hoffmann ist ausschließlich beruflicher Natur.«

Zodaine lachte auf. »Nichts anderes wollte ich Ihnen unterstellen. Aber Hoffmann ist ein Mensch, der die Leute benutzt, wie es ihm passt, wenn es für ihn von Vorteil ist.«

»Keine Sorge, Monsieur, Sie sind nicht der Erste, der mich vor ihm warnt.« Sie spürte Zodaines prüfenden Blick auf sich. »Allerdings wundert es mich schon, dass Hoffmann sich auf diesen Artikel eingelassen hat. Bisher hat er sämtliche Anfragen der Medien ausnahmslos abgeblockt. Nun ja, nichts für ungut.« Er stützte seine Hände auf dem Schreibtisch auf, was Milla als Hinweis deutete, dass das Gespräch für ihn beendet war. Sie steckte ihren Notizblock zurück in ihre Tasche und erhob sich. Auch der Directeur stand auf und steuerte auf die Tür zu.

»Ein Mitarbeiter wird Sie in den SS3-Trakt bringen, Madame Seifert. Dort wird noch eine Sicherheitskontrolle durchgeführt, bevor Sie dann auf Hoffmann treffen.«

Milla bedankte sich und gab dem Directeur zum Abschied die Hand.

»Sollten Sie weitere Fragen haben, Madame«, Zodaine lächelte, »egal, um was es geht, kommen Sie bitte auf mich zu.«

Als Milla auf den Flur trat, drehte sich der Sicherheitsbeamte, der sie zu Zodaine gebracht und vor der Tür auf sie gewartet hatte, zu ihr um.

»Was bedeutet SS3-Trakt?«, wandte sie sich an ihn.

»SS3 bedeutet Sicherheitsstufe drei, die höchste Stufe, die es gibt. Dort sitzen ausschließlich Häftlinge, die als extrem gefährlich eingestuft wurden.« Er räusperte sich. »Kommen Sie, Madame.«

Milla folgte dem Mitarbeiter aus dem Gebäude hinaus. Trotz

des trüben und regnerischen Wetters, das draußen herrschte, hatte sie das Gefühl, nach ihrem Aufenthalt in dem dunklen Verwaltungsgebäude vom Tageslicht geblendet zu werden. Sie kniff die Augen zusammen und blieb stehen. Als der Beamte bemerkte, dass sie ihm nicht folgte, drehte er sich zu ihr um. »Madame, alles in Ordnung? Wir müssen hier entlang.«

Er zeigte auf einen großen Backsteinbau, der sich etwa zweihundert Meter von ihnen entfernt befand.

»Ja, alles okay«, bestätigte Milla und ging auf den Beamten zu, woraufhin er seinen Weg schweigend fortsetzte.

Kurz darauf öffnete er erneut mithilfe eines Codes eine graue Stahltür am Gebäudeeingang.

Milla fröstelte. Eine Mischung aus Nervosität und Anspannung stieg in ihr auf. Was würde sie erwarten?

Nachdem der Beamte sie hatte eintreten lassen, schloss er sorgfältig die Tür hinter ihnen. Der Vorraum, in dem sie sich befanden, erinnerte Milla ein wenig an die Sicherheitskontrolle an Flughäfen. Direkt vor ihr befand sich ein Scanner mit Fließband. Der Beamte, der danebenstand, blickte ihnen entgegen.

Die Wände waren kahl, der Boden hell gefliest. Die sterile Atmosphäre des Kontrollraumes strahlte eine Tristesse und Hoffnungslosigkeit aus, die zweifellos untrennbar mit dieser Einrichtung verbunden waren. Hinter dem Sicherheitsscanner entdeckte Milla eine weitere Tür, hinter der sie die Gefängniszellen vermutete. Obwohl sie ihren Mantel trug, durchfuhr sie ein Schauder.

»Madame? Würden Sie bitte Ihre Tasche hier ablegen?« Der Justizbeamte war jung, Milla schätzte ihn auf höchstens Mitte zwanzig. Im grellen Licht der Neonröhren wirkte seine Haut teigig und bleich.

»Haben Sie ein Mobiltelefon dabei?«

»In der Tasche.« Milla deutete auf seine Hände, in denen er ihre Tasche hielt.

Nachdem er diese auf das ruhende Band gelegt hatte, bedeutete er Milla, das Telefon herauszuholen. »Telefone sind leider verboten. Ich werde darauf aufpassen, bis Sie wiederkommen. Keine Sorge.« Er lächelte.

Nachdem sie ihm das Handy gegeben hatte, trat sie einen Schritt zurück und wartete.

»Bitte auch den Mantel«, forderte er sie auf.

Als sie auch diesen auf das Band gelegt hatte, ließ der junge Beamte ihre Besitztümer durch den Scanner laufen und untersuchte sie aufmerksam auf seinem Bildschirm.

Als ihre Sachen wieder auf der anderen Seite des Scanners auftauchten, griff sie hastig nach Tasche und Mantel.

»Sie können Ihre Jacke auch gern hierlassen, Madame.«

Milla musste schmunzeln, als sie in das erwartungsvolle Gesicht des Beamten schaute. Sie reichte ihm den Mantel und wartete, während der Wärter eine graue Plastikwanne aus dem Schrank hinter sich holte. Sorgfältig verschloss er alles darin und wandte sich ihr wieder zu.

Nachdem Milla mit dem Körperscanner überprüft worden war, sah der Angestellte sie an. »Sind Sie bereit?« Er strahlte Milla an, als ob er sie zu ihrer eigenen Hochzeit begleiten würde, statt zu einem verurteilten Mörder.

Sie nickte.

Er öffnete die Tür, hinter der Milla die Zellen vermutet hatte.

»Bitte, nach Ihnen.« Ein langer Gang erstreckte sich vor ihnen. Nachdem er die Tür hinter sich wieder geschlossen hatte, wandte er sich zur linken Seite, und Milla folgte ihm durch den kargen, in kaltes Neonlicht getauchten Flur.

»Wie lange arbeiten Sie schon hier, Monsieur?«

Im Gehen drehte er sich zu ihr um. »Letzten Sommer habe ich meine Ausbildung in Paris beendet. Seit August bin ich hier in Fresnes fest angestellt.«

»Der Directeur scheint sehr nett zu sein.«

»Er ist echt in Ordnung. Ich kann mich nicht beschweren.

Viele der Kollegen sind mit den Arbeitsbedingungen unzufrieden, aber mir macht mein Job wirklich Spaß. Und man trifft hier immer wieder auf interessante Leute.«

Milla runzelte die Stirn, da sie sich beim besten Willen nicht vorstellen konnte, was an Gewaltverbrechern interessant sein sollte. Doch sie erwiderte nichts, da sie den Beamten nicht vor den Kopf stoßen wollte. »Was halten Sie von Hoffmann?«, wechselte sie das Thema.

Der junge Mann kratzte sich am Kinn, während er unbeirrt weiterlief. »Robert Hoffmann? Wissen Sie, Madame, Sie werden in ganz Frankreich niemanden finden, der auch nur ein positives Wort über ihn verlieren würde. Aber ich möchte ehrlich sein.« Er blieb stehen und sah Milla direkt an. »Er ist sehr nett. Ich meine, man kann sich gut mit ihm unterhalten. Der Mann hat echt Niveau.«

Als er Millas Überraschung zu bemerken schien, sprach er eilig weiter: »Madame, ich empfehle Ihnen, machen Sie sich Ihr eigenes Bild. Natürlich hat er zweifellos etwas Schreckliches getan. Aber ich bin der festen Überzeugung, dass in jedem Menschen ein Gewalttäter schlummert, der durch das Zusammentreffen verschiedener unglücklicher Umstände zu Dingen fähig sein kann, von denen er vorher nie auch nur geträumt hätte.«

Milla packte ihre Tasche fester und ballte die rechte Hand zur Faust.

»Hoffmann ist anders als die meisten Häftlinge hier. Er hat Stil und Bildung. Ein Großteil der Insassen hatte vor ihrer Inhaftierung auch außerhalb dieser Mauern kein nennenswertes Leben. Hoffmann dagegen hat sehr viel verloren.« Der Beamte blickte sich kurz um, bevor er seine Stimme senkte. »Manchmal tut er mir richtig leid. Er hat es hier nicht leicht. Ein Außenseiter, den die anderen Häftlinge abgrundtief hassen. Und meine Kollegen gehen auch nicht gerade zimperlich mit ihm um.«

Beeindruckt ließ Milla seine Worte auf sich wirken. Trotz

seines jungen Alters schien der Angestellte über enormes Feingefühl und gute Antennen für zwischenmenschliche Schwingungen zu verfügen.

»Hier sind wir, Madame.« Er öffnete eine Tür und ließ Milla eintreten. »Monsieur Hoffmann wird gleich von einem Kollegen zu Ihnen gebracht. Bitte warten Sie hier und verlassen Sie auf gar keinen Fall den Raum. Viel Erfolg. Bis später.«

Milla dankte ihm und ließ ihren Blick über die weiß getünchten Backsteinwände schweifen. In die Mauer rechts von ihr war in etwa zwei Metern Höhe ein kleines Fenster eingelassen. Das einfallende Tageslicht wurde von den dicken Gitterstäben, die an der Außenmauer montiert waren, in einzelne Rechtecke unterteilt, die auf dem abgewetzten PVC-Boden ein graues regelmäßiges Muster hinterließen. Der Raum war erstaunlich groß. Milla zählte zehn Stahltische, um die jeweils vier bis sechs Stühle gruppiert waren. Sie vermutete, dass sie sich im offiziellen Besucherraum der Anstalt befand. Angesichts der hohen Anzahl an Häftlingen nahm sie an, dass wohl nur die wenigsten von ihnen regelmäßigen Besuch bekamen.

Wie musste es sich anfühlen, wenn man Menschen, die man liebte, nur noch in dieser deprimierenden Umgebung sehen durfte? Andererseits, wie fühlte sich ein Häftling, für den dieser Raum die einzige Abwechslung zum tristen Alltag in seiner Zelle darstellte? Eine tiefe Traurigkeit erfasste Milla. Die Welt vor dem Fenster hatte mit den Menschen hier drinnen nichts mehr zu tun.

Milla sehnte sich nach frischer Luft, nach dem Gefühl, das ein leichter Windhauch auf ihrer Haut hinterließ. Ja, sogar der lästige Nieselregen von heute Morgen würde ihr in diesem Moment genügen, um sich ein wenig lebendig zu fühlen, lebendig und frei. Was war los mit ihr? Wie lange war sie hier? Nicht einmal eine halbe Stunde, und schon stand sie kurz vorm Durchdrehen. Das konnte ja heiter werden.

Sie rief sich die vor ihr liegende Aufgabe ins Gedächtnis.

Ein Interview mit einem brutalen Gewaltverbrecher. Ein Fest für jeden Starjournalisten. Und sie, Milla Seifert, hatte diesen Traumauftrag erhalten. Nein, diese Chance durfte sie nicht vermasseln. Daher musste sie jetzt unbedingt Nervenstärke bewahren, koste es, was es wolle.

Während sie eine Zeichnung an der Wand betrachtete, die wohl irgendein Besucher in der Vergangenheit dort hinterlassen hatte, vernahm sie in ihrem Rücken, wie eine Tür geöffnet wurde. Sie drehte sich um.

Robert Hoffmann betrat den Raum. Er trug einen grauen zweiteiligen Arbeitsanzug, eine Hose aus dickem, grobem Stoff und eine dazugehörige langärmlige Jacke. Fußfesseln hinderten ihn an einem normalen Gang.

Als Milla bewusst wurde, dass sie ihn anstarrte, setzte sie ein freundliches Lächeln auf, erhob sich und ging eilig auf ihn zu. Ihm folgte ein älterer Justizbeamter, der ihr kurz zunickte.

Hoffmann hob seine aneinandergeketteten Hände. »Milla, wie schön, dich wiederzusehen.«

Als sie einen weiteren Schritt auf ihn zumachen wollte, ließ sie die bellende Stimme des Gefängnisangestellten innehalten. »Hoffmann, sprich Französisch. Und Sie, Madame, bitte halten Sie Abstand zu dem Gefangenen.«

Ohne ihre Augen von Robert Hoffmann abzuwenden, antwortete sie dem Beamten in perfektem Französisch: »Entschuldigung, Monsieur, aber sind die Fesseln wirklich nötig?«

Hoffmanns Mundwinkel zuckten, und der spöttische Ausdruck, der sein Gesicht nie ganz verließ, verstärkte sich.

Als Milla keine Antwort bekam, drehte sie sich zu dem Beamten um, der nur mit den Schultern zuckte. Sie wandte sich wieder an Hoffmann und zeigte auf den Tisch, der am nächsten stand. »Wollen wir uns setzen?«

»Ich entschuldige mich für die Umgebung, in der wir uns treffen müssen. Damals hätte ich mir für ein Wiedersehen mit dir einen weitaus ansprechenderen Ort gewünscht.«

Langsam humpelte er in seinem Entengang auf den Tisch zu. Milla folgte ihm und nahm ihm gegenüber Platz. Während er seine gefesselten Hände auf dem Tisch ablegte, holte Milla das Aufnahmegerät aus ihrer Handtasche. »Monsieur Hoffmann, vielen Dank für Ihre Bereitschaft, dem *Mainkurier* ein Exklusivinterview zu geben. Da ich aus rein beruflichen Gründen hier bin, würde ich es bevorzugen, dass wir unser früheres privates Aufeinandertreffen an dieser Stelle ausklammern.«

Robert Hoffmann blickte ihr fest in die Augen, während sie ihn musterte. Die letzten Jahre waren an ihm nicht spurlos vorübergegangen. Er sah älter aus, als sie ihn in Erinnerung hatte. Allerdings waren seit ihrem Kennenlernen bei dem Journalistenkongress neun Jahre vergangen. Auch sie war keine fünfundzwanzig mehr. Sein blondes dichtes Haar war kürzer geschnitten als damals, was vermutlich dem Gefängnisaufenthalt geschuldet war. Die größte Veränderung bemerkte sie jedoch in seinen Augen. Dieses Grün, das ihr noch Wochen und Monate nach ihrer ersten Begegnung im Kopf herumgespukt war. Nie zuvor hatte sie vergleichbare Augen gesehen, die so intensiv strahlen konnten. Und genau dieses Strahlen war erloschen. Noch immer blickte er sie an. Fast überkam sie das Gefühl, er könne ihre Gedanken erraten.

»Aha, also ganz professionell. Wie Sie möchten, Madame. Aber vielleicht können wir zumindest beim Vornamen bleiben. Was meinen Sie?«, erwiderte er in spöttischem Tonfall, während sein Blick ihren weiterhin gefangen hielt.

Milla nickte und machte sich an ihrem Aufnahmegerät zu schaffen. Obwohl sie ihren Kopf gesenkt hatte, wusste sie, dass er sie weiter beobachtete.

»Haben Sie etwas dagegen, wenn ich unser Interview aufnehme? Ich halte nicht viel davon, mir Notizen zu machen, sondern möchte mich voll und ganz auf unser Gespräch konzentrieren können«, fragte sie schließlich und sah ihn abwartend an.

»Natürlich. Früher habe ich ebenfalls mit diesen Geräten gearbeitet. Bei schriftlichen Notizen kann man später nicht mehr den Tonfall und die Schwingungen in der Stimme des Befragten nachempfinden. Habe ich recht?« Robert faltete seine Hände wie zum Gebet und lehnte sich in seinem Stuhl zurück.

Seine Frage ignorierend fuhr Milla fort: »Schön. Dann lassen Sie uns beginnen.« Sie sprach kurz die Eckdaten des Interviews auf das Gerät und nannte zum Schluss noch die Uhrzeit. »Robert, fangen wir ganz allgemein an. Wie geht es Ihnen, und wie sieht Ihr Alltag hier in Fresnes aus?«

Erst jetzt bemerkte Milla, dass der Justizbeamte sich an den Tisch hinter sie gesetzt hatte. Robert folgte ihrem Blick, drehte sich aber sofort wieder zu ihr um.

»Danke der Nachfrage, ich kann mich nicht beschweren. Ich bekomme täglich drei Mahlzeiten und habe viel Freizeit. Man könnte also fast behaupten, dass hier paradiesische Zustände herrschen.«

Obwohl Milla den provozierenden Unterton in seiner Stimme registrierte, riss sie sich zusammen. Sie wusste, dass die Chance vertan war, wenn sie keinen Zugang zu ihm fand. Dann konnte sie den Artikel vergessen. Wenn Hoffmann nicht kooperierte, war der Auftrag erledigt, bevor er überhaupt begonnen hatte. Sie konzentrierte sich. »Hören Sie, Robert. Warum nutzen Sie die Chance nicht, um der Welt da draußen mitzuteilen, was Ihnen seit fünf Jahren auf der Seele brennt?« Sie bemühte sich um einen aufmunternden Gesichtsausdruck.

»Milla.« Er sprach ihren Namen voller Wärme aus. »Ich habe heute nichts anderes zu sagen als vor fünf Jahren. Die Welt da draußen«, nun klang seine Stimme bitter, als er ihre Worte wiederholte, »will schon lange nichts mehr von mir wissen.«

Milla betrachtete den Mann, der ihr gegenübersaß. Seine Miene war die eines gebrochenen Menschen. Er wirkte genauso hoffnungslos, wie sie sich wenige Minuten vor seinem Kommen gefühlt hatte.

Instinktiv streckte sie eine Hand aus.

Roberts Blick folgte ihrer Bewegung, als der Justizbeamte sich laut räusperte. »Abstand halten«, knurrte er, noch bevor sie die gefesselte Hand erreicht hatte.

Hastig zog sie ihren Arm zurück und hob beschwichtigend die Hände. Sie entschuldigte sich kurz und versprach, dass es nicht mehr vorkommen würde.

Als sie Robert betrachtete, meinte sie, einen Hauch des früheren Leuchtens kurz aufflackern gesehen zu haben. Jetzt war es an ihr, sich zu räuspern. »Also, wollen wir nun weitermachen?«

Robert schüttelte den Kopf, als ob er es selbst nicht glauben konnte. »Was möchten Sie wissen?« Resigniert hob er seine Schultern.

»Wie sieht Ihr Tagesablauf aus?« Milla hatte die brenzlige Situation entschärft. Ab sofort würde Robert mitarbeiten, obwohl sie nicht sagen konnte, warum. Als sie ihre Hand nach ihm ausgestreckt hatte, schien diese Geste irgendetwas in ihm ausgelöst zu haben.

»Ich habe eine Einzelzelle. Seit meiner zweiten Nacht hier im Staatshotel genieße ich das Privileg, allein schlafen zu dürfen …«

»Warum seit Ihrer zweiten Nacht? Was ist in der ersten vorgefallen?«, unterbrach sie ihn.

Seine Miene spiegelte Gleichgültigkeit wider. »Sie wollen die Wahrheit? Die verfluchte Wahrheit und nichts als die Wahrheit?« Sein Ton wurde schärfer. Einen Moment lang starrte er auf seine Hände, als ob er sich erst daran erinnern müsste, was damals geschehen war. »Ich lag danach sechs Wochen auf der Krankenstation. Der Directeur kam zu dem Schluss, dass er meine Sicherheit nicht anders gewährleisten könne, daher bekam ich eine Einzelzelle.«

Er fixierte weiter seine Finger, die noch immer ineinander verschränkt waren.

»Was ist passiert, Robert? Erzählen Sie es mir.« Sie beugte sich vor.

Der Beamte wollte aufstehen, doch Milla hob abwehrend ihre Hand und sah ihn warnend an. »Directeur Zodaine hat mir bei der Interviewführung völlig freie Hand gelassen. Also halten Sie sich bitte zurück, Monsieur. Ich bin hier, um die komplette Wahrheit zu erfahren. Die Presse- und Redefreiheit ist in Frankreich ein hohes Gut.«

Der Wärter setzte sich murrend wieder auf seinen Stuhl.

»Robert, was ist in dieser Nacht passiert?«, wiederholte Milla ihre Frage und wartete.

Robert nestelte an seinen Handschellen herum. So gleichgültig, wie er sich gab, schien ihn ihre Frage nicht zu lassen, dachte sie insgeheim. Als er erneut zu sprechen begann, vernahm Milla in seiner Stimme einen belegten Unterton.

»Ich kam im Januar hierher. Der Prozess war zu Ende, und ich war zu lebenslanger Haft verurteilt worden.« Sein Blick blieb an einem Punkt knapp über Millas rechter Schulter hängen, bevor er fortfuhr. Sie beschlich der Eindruck, dass er in diesem Moment mit seinen Gedanken zu jener Nacht zurückgekehrt war. »Damals gab es einen Häftling, einen gewissen Jabar. Marokkaner oder Algerier, ich bin mir nicht sicher. Er hatte hier das Sagen, war derjenige, der über Freund oder Feind entschied. Er kannte mich von meinem Artikel, den ich kurz zuvor veröffentlicht hatte.« Vorsichtig hob er beide Hände, um sich über sein Haar zu fahren. Als er sie wieder auf den Tisch zurücklegte, blickte er Milla nachdenklich an. »Nun ja, er war in dem Bericht nicht allzu gut weggekommen, was wohl am Thema gelegen hatte.«

Fragend hob Milla ihre Augenbrauen.

»Gewalt im Gefängnis.« Robert zuckte mit den Achseln und starrte wieder abwesend in den Raum. »Wir waren in jener ersten Nacht in derselben Zelle untergebracht. Er, ich und etwa zehn seiner Gefolgsleute. Jeder durfte sich mal an mir austoben.« Mittlerweile hatte seine Stimme jegliche Gefühlsregung verloren. Sie klang monoton und distanziert, als er weitersprach. »Ich hatte sechs gebrochene Rippen, mein linker Arm war zertrümmert, und mein Gesicht sah aus, als ob es unter einen Schwertransporter geraten wäre. Die Platzwunden und Messerstiche waren dabei nur Nebensache. Wäre in jener Nacht nicht zufällig ein Angestellter vorbeigekommen, hätten sie mich wahrscheinlich totgeprügelt.«

Beklommenheit überkam Milla. Sie blickte auf die Tischplatte zwischen ihnen, da sie nichts zu erwidern wusste. Als sie wieder aufsah, hatte Robert sich so weit gefangen, dass er ihr sogar ein schwaches Lächeln präsentierte.

Er räusperte sich. »Tja, das war mein erstes Abenteuer hier drin. Seitdem läuft es sehr gut. Ich habe meine eigene Zelle. Der Hofgang findet für mich als Soloveranstaltung statt. Nur beim Essen habe ich Kontakt zu Mithäftlingen.«

Milla verspürte einen Hauch von Mitgefühl mit Robert Hoffmann, obwohl ihr bewusst war, dass er der Täter und nicht das Opfer war. Sie musste an Simone Dubois denken, die Frau, die er vergewaltigt und erwürgt hatte. Aus irgendeinem unerfindlichen Grund schaffte er es, dass sie trotzdem Mitleid mit ihm hatte.

Während sie seinen Blick erwiderte, lenkte sie ihre Gedanken bewusst auf das furchtbare Verbrechen, das er verübt hatte. Der Anlass, warum er hier vor ihr saß. Auch er sah sie weiter an, wobei sie erneut das unangenehme Gefühl beschlich, er könne ihre Gedanken erahnen.

Sie wandte ihren Kopf ab und blickte zu dem Justizbeamten, der offensichtlich gelangweilt auf einen Punkt neben der Tür starrte. »Wollen Sie mir etwa weismachen, dass Zodaine Sie absichtlich in die Zelle mit den Schlägern gesteckt hatte, sozusagen als kleine Kostprobe, was die nächsten Jahre hier für Sie bereithalten würden?« Ihre Stimme klang provokant, doch sie musste ihm gegenüber klare Stellung beziehen. Der

Directeur hatte auf sie nicht den Eindruck gemacht, dass er solch unlautere Methoden gutheißen würde.

Sichtlich überrascht von ihrem scharfen Tonfall verzog Robert den Mund zu seinem typischen Grinsen und nickte. »Stimmt, ich vergaß. Sie sind die Frau mit dem Schwarz-Weiß-Denken. Geschieht ihm doch ganz recht, schließlich hat er seine Frau umgebracht. Was beschwert er sich also?«

Während er redete, zitterten seine Hände leicht. So abgebrüht, wie er sich ihr gegenüber verhielt, war er nicht.

»Zodaine kam erst vor vier Jahren hierher. Folglich hatte er nichts mit der damaligen Zelleneinteilung zu tun. Ob es Absicht war oder nicht, kann ich nur vermuten. Modal, der Vorgänger Zodaines, war jedoch eine linke Bazille. Er hätte ahnen müssen, was passieren würde. Wie auch immer. Ich habe es überlebt.« Er zog eine Grimasse. »Worüber einige sicher nicht sehr erfreut waren.«

»Wo arbeitet Monsieur Modal mittlerweile? Oder ist er im Ruhestand? Wäre er eventuell zu sprechen?«

Robert schüttelte den Kopf. »Modal war damals noch jung, Mitte vierzig, schätze ich. Aber er ist bei einem Autounfall gestorben.« Er machte eine Pause. »Das Interview mit ihm wird wohl ausfallen müssen.«

Milla überlegte. »Was ist mit dem jetzigen Directeur? Kommen Sie gut mit ihm zurecht, oder fühlen Sie sich von ihm ebenfalls ungerecht behandelt?« Auf sie hatte Zodaine sehr sympathisch gewirkt, deshalb war Milla gespannt, wie Robert den Anstaltsleiter einschätzte.

Er blickte ihr offen ins Gesicht, als er zu seiner Antwort ansetzte: »Sie mögen ihn. Er wirkt auf Sie wie ein netter älterer Herr, der mit seinen Enkeln zum Fußball gehen könnte.«

Sie fühlte sich ertappt, doch das würde sie sich niemals anmerken lassen. Langsam begann sie zu erahnen, was sein Talent ausmachte. Er las in anderen Menschen wie in einem offenen Buch. Sie würde sich in Acht nehmen müssen, wenn sie sich nicht von ihm manipulieren lassen wollte. Sandrine hatte sie bereits gewarnt. Auch Zodaine hatte ihr nahegelegt, vorsichtig zu sein.

Sie bemühte sich um eine ausdruckslose Miene. »Sie mögen ihn also. Ein fußballspielender Großvater, der nebenbei eine Justizvollzugsanstalt in Paris leitet.«

Robert riss die Augen auf, bevor er sich andeutungsweise vor ihr verneigte. Sie hatte ihn mit seinen eigenen Waffen geschlagen.

»Eins zu null für Sie, Milla. Anscheinend habe ich Sie unterschätzt. Aber Sie haben recht. Er ist mir in der Tat nicht unsympathisch. Dass ich ihn mag, kann ich unter den gegebenen Umständen zwar kaum behaupten, aber an einem anderen Ort zu einer anderen Zeit könnte ich ihn mir als sehr interessanten Gesprächspartner vorstellen.«

Zufrieden lehnte Milla sich zurück. Sie hatte ihn geknackt. Jetzt wusste sie, wie sie ihn zum Reden bringen konnte. Wiege ihn in Sicherheit, bevor du ihn mit einer für ihn unvorhersehbaren Bemerkung aus dem Konzept bringst. Schließlich war sie diejenige, die hier die Fragen stellte, ganz bestimmt würde sie sich nicht von ihm instrumentalisieren lassen. Schweigend betrachtete sie Robert, der ihren Blick erwiderte.

Als sie weiter stumm blieb, ergriff er erneut das Wort. »Sie sind gut, Milla. Sie können es weit bringen. Ich wette, die Leute reden gern mit Ihnen.«

Wieder versuchte er, das Gespräch in eine andere Richtung zu lenken. Demonstrativ schaute sie auf ihre Armbanduhr und seufzte. »Okay, wir haben nicht mehr viel Zeit. Wie ist es nun mit Zodaine? Macht er Ihnen das Leben schwer, oder verhält er sich fair?«

»Zodaine ist in Ordnung. Abgesehen von der Tatsache, dass er mich hier nicht rauslässt, weil er mich für ein Monster hält, habe ich ihm nichts vorzuwerfen.« Er machte eine kurze Pause, bevor er seinen Kopf hob, um sie anzusehen. »Aber mit seiner Meinung steht er schließlich nicht allein da, nicht wahr?«

Milla erkannte eine Traurigkeit in seinen Augen, die nicht so recht zu seinem Auftreten passen wollte, die sie aber in ihrem Innersten berührte. Sie räusperte sich, nannte die Uhrzeit und schaltete das Aufnahmegerät ab.

Als sie sich erhob, bedeutete der Justizbeamte Hoffmann, dass er warten solle.

»Wann sehen wir uns wieder?«

»Morgen Vormittag, wenn es Ihnen recht ist«, erwiderte sie betont sachlich. »Zodaine meinte, nachmittags sei hier immer reguläre Besuchszeit. Daher denke ich, dass sich die Vormittage für unsere Gespräche anbieten.«

»Wie lange bleiben Sie in Paris, Milla?«

»So lange, bis ich genug Material habe. Ich werde noch mit den Angehörigen von Simone sprechen, ebenso mit dem ermittelnden Polizeibeamten. Das wird sicher einige Tage in Anspruch nehmen«, erklärte sie ihm bereitwillig.

Er nickte. »Recherchieren Sie gründlich. Ich weiß, dass Sie einen guten Job machen werden.«

Seine Worte verursachten ihr eine Gänsehaut. Während sie den Raum verließ, konnte sie seinen Blick auf ihrem Rücken spüren.

5

Der Anruf kam um kurz vor eins. Sie war gerade im Begriff, sich auf den Weg zu einer Besprechung zu machen. Als sie die Nummer auf dem Display erkannte, wusste sie, dass es Probleme gab.

Ungehalten nahm sie das Telefonat an. »Oui?«

»Madame, es könnte sein, dass uns Ärger bevorsteht.«

Sie legte ihre Handtasche auf der Kommode im Flur ab, zog sich in ihr Büro zurück und schloss die Tür sorgfältig hinter sich.

»Schießen Sie los. Was ist passiert?«, forderte sie den Anrufer ungeduldig auf.

»Hoffmann hatte heute Besuch von einer deutschen Journalistin. Offenbar bekam sie von Zodaine die Genehmigung, mehrere Interviews mit ihm führen zu dürfen.«

Sie überlegte. Hoffmann saß seit fünf Jahren ein. Bisher hatte er jede journalistische Anfrage abgelehnt. »Wer ist sie? Warum spricht er mit einer Deutschen?«

»Ich kenne sie nicht.« Kurze Pause. »Aber ich werde ihren Namen herausfinden, Madame. Keine Sorge.«

Verärgert wollte sie wissen, worüber Hoffmann mit der Reporterin gesprochen hatte. Nachdem der Anrufer ihr den Inhalt des Gesprächs wiedergegeben hatte, überlegte sie kurz. Obwohl es sich harmlos anhörte, musste sie vorsichtig sein. Hoffmann sollte man nicht unterschätzen. Sicher hegte er irgendwelche Hintergedanken. Niemals würde sich Robert Hoffmann auf ein belangloses Interview mit den Medien einlassen, wenn er nicht eigennützige Motive hätte. »Liefern Sie mir den Namen der Frau sowie ihren Auftraggeber. Durchleuchten Sie sie und geben mir einen kurzen Überblick über ihr bisheriges Leben.« Sie machte eine Pause, bevor sie nachsetzte: »Und lassen Sie die beiden nicht aus den Augen. Ich möchte über jedes Wort informiert werden, das zwischen ihnen gesprochen wird. Haben Sie mich verstanden?«

Hastig versicherte ihr der Anrufer, dass er sich umgehend um die Beschaffung der Informationen kümmern würde.

Genervt legte sie auf. Sie hätte sich schon viel früher um Hoffmann kümmern sollen. Er war nicht der Typ Mensch, der tatenlos seine Haftzeit absitzen würde. Vielmehr wunderte sie sich, dass er sich nicht schon früher zurückgemeldet hatte. Männer wie Robert Hoffmann verursachten immer Ärger.

6

»Madame Mercier?«

Die junge Frau blickte zu Milla auf und nickte.

»Ich bin Milla Seifert. Vielen Dank, dass Sie sich bereit erklärt haben, mit mir zu sprechen«, sagte Milla, während sie sich ihr gegenübersetzte. »Ein sehr schönes Café. Ein Geheimtipp?« Sie sah sich interessiert in dem kleinen Raum um, in dem sich etwa ein halbes Dutzend Tische befand. An den Wänden hingen Fotos von Pariser Sehenswürdigkeiten im Retrolook. Milla zählte allein zehn Bilder des Eiffelturms aus allen erdenklichen Perspektiven.

»Das Café ist einer meiner absoluten Lieblingsplätze hier im Quartier Latin, klein und gemütlich. Und vor allem in keinem touristischen Reiseführer zu finden. Hier treffen Sie nur Pariser.« Die Frau lächelte.

Nachdem Milla das Gefängnis verlassen hatte, war auf ihrem Handy eine Textnachricht von Sandrine eingegangen, die nicht nur für morgen einen Termin mit der Familie Dubois vereinbart, sondern in der Zwischenzeit auch Corinne Mercier kontaktiert hatte. Diese hatte sofort zugesagt, Milla kurzfristig noch heute zu treffen. Das kleine Café in der Rue des Bernardins im Quartier Latin, das sich südlich von Notre Dame befand, war Corinnes Idee gewesen.

Wie Milla bereits gestern aus dem Artikel erfahren hatte, war Corinne Mercier vor Simone Dubois mit Robert Hoffmann zusammen gewesen. Nach deren Ermordung hatte sie behauptet, Robert sei auch ihr gegenüber gewalttätig gewesen.

Jetzt war Milla überrascht, wie jung Mercier war. Sie schätzte sie etwa zehn Jahre jünger als sie selbst. Das würde bedeuten, dass Mercier erst Anfang zwanzig gewesen war, als sie Hoffmann kennengelernt hatte. »Allzu viele Orte wird es hier nicht geben, an denen man den Touristenströmen entkommen kann, nehme ich an.«

Corinne lachte. »Nicht wirklich, schließlich befinden wir uns in Paris, der berühmtesten Stadt der Welt.«

Milla holte ihr Aufnahmegerät heraus und legte es auf den Tisch. »Darf ich?«

Corinne Mercier nickte. »Bitte.«

Als die Bedienung kam, bestellte Milla sich einen Kaffee.

»Madame Mercier …«, begann sie, wurde jedoch sofort von der jungen Frau unterbrochen.

»Bitte, nennen Sie mich Corinne.«

»Einverstanden. Corinne, erzählen Sie mir bitte von Robert Hoffmann. Von Ihrer Beziehung mit ihm, wie Sie sich kennengelernt und auch, wieso Sie sich getrennt haben.«

Während Corinne kurz überlegte, musterte Milla die junge Frau. Corinne Mercier war sehr attraktiv. Mit etwas gutem Willen ging sie fast als jüngere Kopie von Simone Dubois durch. Langes blondes Haar wellte sich bis über ihre schmalen Schultern. Sie war sehr schlank und trug ein elegantes, teuer wirkendes hellblaues Etuikleid. Neben der Französin kam Milla sich wie eine Landpomeranze vor, obwohl auch sie durchaus Modegeschmack besaß. Aber dieser zeitlose Stil, der sie überall und in jeder Situation perfekt gekleidet und doch nicht aufgedonnert aussehen ließ, war wohl tatsächlich allein den französischen Frauen vorbehalten. Sie rückte ihre Brille zurecht.

»Ja, Robert Hoffmann. Ehrlich gesagt war ich ziemlich überrascht, als Sandrine mich anrief und mir mitteilte, dass sich jemand mit mir über ihn unterhalten möchte. Ich meine gehört zu haben, dass er gar keine Interviews gibt.«

Milla erwiderte nichts.

»Wir haben uns kennengelernt, als ich noch ziemlich unbekannt und Robert auf dem Höhepunkt seiner Karriere war. Wir trafen uns auf einer Party.« Kokett stützte sie ihren Kopf mit einer Hand ab und sah Milla neugierig an. »Sie haben ihn bereits getroffen, oder? – Damals war er richtig heiß, mon

Dieu. Und er interessierte sich für mich. Ich muss zugeben, ich war ganz schön verknallt in ihn.« Sie hielt inne und versank in Schweigen.

Milla betrachtete die junge Frau und gab ihr die Zeit, die sie offenbar benötigte.

»Damals war ich noch so jung. Robert Hoffmann wollte mit mir ausgehen. Wow! Ich fand ihn wirklich heiß.«

»Hoffmann ist mittlerweile weiter als der Nordpol davon entfernt, heiß zu sein, Corinne. Außerdem hat er seine Verlobte umgebracht.« Millas Stimme klang sachlich, während sie ihre Gesprächspartnerin abwartend anblickte.

Diese nickte langsam. »Ja, ich weiß.« Stirnrunzelnd erwiderte sie Millas Blick. »Denken Sie, das ist mir nicht bewusst? Immerhin habe ich Simone gekannt. Schließlich habe ich die beiden miteinander bekannt gemacht. Können Sie sich das vorstellen? Hätte ich es nicht besser wissen müssen?« Wieder zögerte sie, erzählte dann aber weiter. »Ich stelle ihm Simone Dubois vor, woraufhin er mich abserviert, weil er voll auf sie abfährt.« Erklärend setzte sie nach: »Natürlich, damals spielte Simone in einer anderen Liga als ich. Aber ich habe mich nach unserer Trennung einfach nur furchtbar gefühlt.«

»Sie sagten nach Hoffmanns Verhaftung aus, dass er auch Sie vergewaltigt habe. Warum haben Sie das nicht schon viel früher angezeigt?«

Corinne presste ihre Lippen aufeinander. Ihre Schultern wirkten plötzlich verspannt. Unruhig wanderten ihre Augen zwischen Milla und der Eingangstür hin und her.

Da Milla den Eindruck gewann, ihr sei das Thema unangenehm, ruderte sie vorsichtig zurück: »Wenn Sie nicht darüber reden möchten …«

Corinne unterbrach sie: »Doch, doch, natürlich. Schließlich ist das der Grund für unser Treffen, oder nicht? Es ist nur … es fällt mir sehr schwer, weil … Ja, es war furchtbar.« Sie verschränkte ihre zitternden Finger ineinander.

Unwillkürlich musste Milla an Robert Hoffmann denken, der seine aneinandergeketteten Hände heute Morgen genauso gekreuzt hatte. Corinnes Stimme riss sie wieder aus ihren Gedanken.

»Zu dem besagten Zeitpunkt waren wir gerade drei Monate zusammen gewesen. Wir hatten uns mit Olivier und Yvonne getroffen und waren gemeinsam in einer Bar …«

»Olivier? Meinen Sie Olivier Jarreau, Roberts Kumpel? Und wer ist Yvonne?«, hakte Milla hastig nach.

»Genau, Robert ist schon seit Ewigkeiten mit Olivier befreundet. Er und Yvonne waren damals noch nicht lange zusammen. Mittlerweile sind die beiden ja verheiratet.« Sie zögerte. »Jedenfalls waren wir also an jenem Abend zu viert unterwegs, bis … ja, bis es mir irgendwann nicht mehr allzu gut ging.« Abwehrend hob sie die Hände. »Nicht, was Sie jetzt denken. Ich hatte definitiv nicht zu viel getrunken. Es ging mir einfach nicht gut. Ich vermute sogar, dass es nicht einmal besonders spät war, sicher weit vor Mitternacht.« Sie schluckte, bevor sie fortfuhr: »Wir verabschiedeten uns von Olivier und Yvonne, und Robert brachte mich nach Hause. Zumindest nehme ich das an, denn ich kann mich an nichts mehr erinnern, nachdem wir die Bar verlassen hatten. Danach weiß ich überhaupt nichts mehr. Absoluter Filmriss.« Entschuldigend hob sie ihre Schultern.

Während Milla die junge Frau vor sich betrachtete, versuchte sie, den Wahrheitsgehalt des eben Gehörten einzuschätzen. »Was ist dann passiert? Sie sagten, Sie wurden vergewaltigt. Aber wie können Sie das wissen, wenn Sie sich an nichts mehr erinnern?«

Corinne fasste sich an die Stirn. »An jenem Abend hat Robert mich angeblich nach Hause gebracht. Allerdings war er am nächsten Morgen verschwunden. Als ich aufwachte, war ich allein.« Trotzig blickte sie Milla an. »Meine Oberschenkel waren mit blauen Flecken übersät. Mein Unterleib brannte.

In dem Moment, als ich in meinem Bett erwachte, wusste ich, dass etwas Schlimmes passiert sein musste, etwas Furchtbares. Ich fühlte mich wund und beschmutzt. Dieses Gefühl hatte ich mir auf keinen Fall eingebildet.«

Zu ihrem Leidwesen war Milla versucht, der jungen Frau zu glauben.

Corinne Mercier zitterte, als sie weitersprach. »Und nein, ich bin nicht zum Arzt gegangen. Und nein, ich habe Robert nicht darauf angesprochen. Nach dieser Nacht habe ich ihn zwei Wochen lang nicht gesehen, da er für einen Artikel unterwegs war.« Sie lehnte sich in ihrem Stuhl zurück. »Wenn Robert arbeitete, konnte es sein, dass er tagelang nichts von sich hören ließ. Doch zwei Wochen waren selbst für ihn eine ungewöhnlich lange Zeit.« Sie stockte kurz. »Wenn ich ehrlich bin, hatte ich schon damals befürchtet, dass er sich überhaupt nicht mehr melden würde.«

»Was denken Sie? Warum hat er das getan?«

Corinne zuckte mit den Achseln. »Das habe ich mich danach sehr oft gefragt. Aber ich kann es Ihnen nicht sagen. Robert ist ein Mensch, der gern die Kontrolle behält. Außerdem hält er sich für intelligenter als alle anderen. Vielleicht wollte er einfach testen, ob er damit durchkommt. Ich bin mir relativ sicher, dass er mir an jenem Abend K.-o.-Tropfen verabreicht hat. Immer und immer wieder habe ich darüber nachgedacht, was passiert sein könnte. Auf keinen Fall hatte ich an jenem Abend so viel getrunken, dass ich mir selbst das Licht ausgeknipst habe.«

»Haben Sie damals irgendjemandem von diesem Vorfall erzählt? Eventuell Yvonne, der Freundin von Olivier?«

Corinne zögerte. »Nein, ich hatte mich so geschämt. Außerdem habe ich Yvonne nur über Robert gekannt. Sie war auch einige Jahre älter als ich, etwa in Ihrem Alter, schätze ich. Wir hatten damals keinen weitergehenden Kontakt.« Bevor sie weiterredete, nippte sie an ihrer Tasse. »Als Robert sich nach diesen zwei Wochen wieder meldete, trafen wir uns nur noch wenige Male. Ungefähr vier Wochen später lernte er Simone kennen und trennte sich von mir.« Corinne fixierte Milla mit einem seltsamen Blick. »Bei mir hat er wenigstens noch K.-o.-Tropfen benutzt«, sagte sie mit bitterem Unterton. »Simone jedoch hatte nicht das zweifelhafte Glück, bewusstlos zu sein. Wahrscheinlich war das ihr Todesurteil.«

7

Während Milla am Abend vor dem wärmenden Kamin in Sandrines Wohnung saß, streichelte sie geistesabwesend Minous seidiges Fell und dachte über das Gespräch mit Corinne Mercier nach.

Die junge Frau hatte ihr erzählt, dass Simone zu Beginn keinerlei Interesse an Robert gezeigt hatte. Allerdings schien er nicht der Typ Mann zu sein, der nach der ersten Abfuhr aufgab. Corinne berichtete Milla weiter, wie er immer wieder am Set aufgetaucht war und Simone so lange umgarnt hatte, bis sie schließlich eingewilligt hatte, mit ihm auszugehen. Die Tatsache, dass er so hartnäckig geblieben war, fand Milla seltsam, da Robert ihres Erachtens sicher keine Probleme gehabt hatte, Frauen kennenzulernen. Bei Simone Dubois schien es ihn richtig erwischt zu haben.

Bei ihrem eigenen ersten Aufeinandertreffen war Milla sehr schnell in seinen Bann gezogen worden. Ja, Robert war heiß. In dieser Hinsicht musste sie Corinne zustimmen. Wäre sie damals nicht verlobt gewesen … Auch sein Interesse an Milla war unübersehbar gewesen. Und auch sie hatte noch lange danach an ihn denken müssen. Ohne Zweifel war er ein faszinierender Mann gewesen. Gewesen? Ja, gewesen. Interessant als Thema für ihren Artikel war er hingegen noch immer, aber sicher nicht mehr als Mann. Schließlich war Robert Hoffmann ein Mörder und Vergewaltiger.

Keine Sekunde zweifelte Milla an Corinne Merciers Version von der mutmaßlichen Vergewaltigung. Sie hatte eine Frau erwartet, die um jeden Preis mit ihrer Geschichte die Öffentlichkeit suchte. Corinne hatte jedoch nicht den Eindruck gemacht, dass sie weiter auf den damaligen Geschehnissen herumreiten wollte. Im Gegenteil, unter den gegebenen Umständen hatte sie sich extrem fair und neutral über Robert geäußert.

Auch die Tatsache, dass Corinne an Simones Todesabend mit ihrem damaligen neuen Freund und jetzigen Ehemann zu Gast auf der Party von Simone Dubois' Eltern gewesen war, zeugte von einem entspannten Umgang mit ihrem Ex-Freund und dessen neuer Lebensgefährtin. Nein, Milla war sich ziemlich sicher, dass Corinne nichts von ihrer Geschichte erfunden hatte. Hätte Robert Simone nicht ermordet, hätte Corinne vielleicht für immer geschwiegen. Nach ihren eigenen Worten hatte sie die Sache nach Simones Tod deshalb öffentlich gemacht, um den Beweisen gegen Robert Hoffmann mehr Gewicht zu verleihen, wollte dem Opfer durch ihre Aussage zumindest einen Hauch von Gerechtigkeit zukommen lassen.

Milla seufzte, als sie spürte, wie Minou seine Schnauze fordernd gegen ihre Hand drückte. Gedankenverloren hatte sie aufgehört, ihn zu kraulen. Nun wollte er sich anscheinend wieder bei ihr in Erinnerung bringen. Während sie erneut begann, mechanisch ihre Hand zu bewegen, schweiften ihre Überlegungen ein weiteres Mal ab. Warum hatte Robert Hoffmann Simone Dubois ermordet? Was brachte einen Menschen zu einer solchen Wahnsinnstat? Sie hatte gelesen, dass die beiden an jenem Abend auf der Party laut mehrerer Zeugenaussagen miteinander gestritten hätten. Robert hatte dies immer geleugnet.

8

Interessiert starrte sie auf das Bild, das sich auf ihrem Desktop geöffnet hatte. Eine attraktive Frau mit langem dunklem Haar blickte ihr entgegen. Die braunen Augen wirkten sanft und klug. Milla Seifert. Der Name sagte ihr nichts. Sie schloss den Anhang mit dem Foto wieder und überflog die Informationen, die in der E-Mail zusammengefasst waren. Eine deutsche Journalistin, die einige Jahre in Frankreich gelebt hatte, lebte in Scheidung und war bei einem kleinen, unbedeutenden Nachrichtenblatt in Frankfurt angestellt. Nichts Spektakuläres, der Artikel über Hoffmann schien der erste dieser Art zu sein. Bisher hatte Seifert nur über weitaus weniger Sensationelles geschrieben. Ein Artikel über ein leukämiekrankes Kind wurde hervorgehoben. Doch da sie sich nicht für die früheren Arbeiten dieser Frau interessierte, verzichtete sie darauf, von der Übersetzungsfunktion Gebrauch zu machen.

Stattdessen öffnete sie ein aktuelleres Foto der Deutschen und musterte das Bild, auf dem die Journalistin das Haar wesentlich kürzer trug und das Gesicht von einer dunklen Brille geprägt wurde, die Seifert ein strengeres, härteres Aussehen verlieh. Erstaunt registrierte sie den Unterschied. Was war in der Zeit zwischen den beiden Bildern passiert? Aus eigener Erfahrung wusste sie, dass, wenn sich das Aussehen einer Frau und in diesem Fall auch ihre Ausstrahlung dermaßen veränderten, meist ein Mann dahintersteckte. Seifert lebte in Scheidung. War der Ex-Mann der Grund für die Veränderung? Nun, letztlich war es ihr gleichgültig.

Wo sollten sich ein Starjournalist wie Hoffmann und eine Reporterin aus der Provinz begegnet sein? Es erschien äußerst unwahrscheinlich, dass die beiden sich bereits vor diesem Interview gekannt hatten. Sie würde auf jeden Fall veranlassen, dass sie kein Wort verpasste, das zwischen der Journalistin und Hoffmann gewechselt werden würde.

Irgendetwas schien sie trotzdem zu übersehen. Wieso sprach er überhaupt mit dieser Frau? Warum stellte er sich ihren Fragen? Hoffmann war gefährlich. Sie würde ihn nicht mehr aus den Augen lassen. Die ersten Schritte hatte sie bereits eingeleitet.

Als ihr Mann sie zum Essen rief, schaltete sie ihren Laptop aus und verließ das Büro.

9

Am nächsten Morgen kam Milla bei strömendem Regen am Gefängnis von Fresnes an. Sie fluchte lautstark, da sie sich für ein knielanges Strickkleid entschieden hatte und nun registrierte, wie die Strumpfhose oberhalb der Stiefel vom Regen durchnässt wurde.

Direkt im Anschluss hatte sie einen Termin mit Marie Dubois, der Schwester des Opfers, und die Zeit war zu knapp, um zwischendurch noch nach Hause zu fahren und sich umzuziehen. Notgedrungen hatte sie sich dazu entschlossen, sich etwas eleganter zu kleiden. Denn die Familie Dubois gehörte zur Elite Frankreichs, wie Sandrine ihr nachdrücklich erklärt hatte. Milla war klar, dass sie für das bevorstehende Interview mit Robert Hoffmann völlig unpassend angezogen war. Sie wappnete sich für einen entsprechenden Kommentar.

Diesmal wurde sie an der Pforte von demselben Wärter wie am Tag zuvor direkt zu dem Gebäudekomplex geschickt, in dem Hoffmann untergebracht war. Der vor der Eingangstür positionierte Beamte brachte sie zu dem jungen Mann, der auch gestern die Sicherheitskontrolle bei ihr durchgeführt hatte. Dieser schien sich über ihren erneuten Besuch zu freuen und stellte sich ihr als Charles Romain vor. Feierlich ergriff Milla seine Hand, die er ihr freudig hinstreckte. Nachdem sie ihren

Mantel und ihr Telefon bei ihm deponiert hatte, führte er sie direkt in das Besucherzimmer.

Als er die Tür hinter sich schloss, zupfte Milla nervös am Saum ihres Kleids, das ihr im grellen Licht der Neonröhren noch einmal zwanzig Zentimeter kürzer erschien. Angespannt strich sie sich eine Haarsträhne hinters Ohr und nestelte an ihrer Brille herum. Sie hatte sich fest vorgenommen, sich nicht wieder aus dem Konzept bringen zu lassen, und wollte mit Robert diesmal über Corinne Mercier und die Tatnacht sprechen.

Während sie ihre Handtasche auf den Stuhl neben sich legte, wurde die Tür geöffnet. Hastig erhob sie sich, als Hoffmann den Raum betrat. Der Justizbeamte, der ihm folgte, starrte sie unverhohlen an.

Wieder zog Milla an dem Kleid, obwohl sie wusste, dass sie nichts mehr ändern konnte. Was hatte sie sich nur dabei gedacht? Schließlich war sie hier nicht auf einem Empfang.

Sie ging Robert Hoffmann entgegen, dessen Füße und Hände wie gestern aneinandergekettet waren. Auch er musterte sie interessiert, und unter seinem Blick fühlte sie sich noch unwohler.

»Bonjour, Robert. Wie geht es Ihnen?« Milla bemühte sich, die unangenehme Situation zu entspannen.

»Bei diesem Anblick schon wesentlich besser. Womit habe ich das verdient?« Er grinste breit.

Milla räusperte sich und deutete auf die Stühle vor dem Tisch. »Ich habe im Anschluss noch einen wichtigen Termin«, hörte sie sich wenige Sekunden später sagen und ärgerte sich im selben Moment darüber, dass sie sich überhaupt vor ihm rechtfertigte. Sie war diejenige, die hier die Kontrolle behalten musste.

Der spöttische Ausdruck auf seinem Gesicht verstärkte sich. »Wichtiger als die Verabredungen mit mir? Tztz. Das kränkt mich nun doch.«

Ohne weiter auf seinen Sarkasmus einzugehen, setzte sie sich und wartete, bis Robert ihr folgte. Nachdem sie das Aufnahmegerät herausgeholt hatte, nannte sie kurz Datum, Uhrzeit und anwesende Personen. »Robert, ich habe mich gestern mit Corinne Mercier getroffen. Sie hat mir einige äußerst interessante Dinge mitgeteilt«, begann sie ohne Umschweife und sah ihn abwartend an.

Robert erwiderte kurz ihren Blick, bevor er seinen Kopf senkte und auf die verketteten Hände starrte. Schweigend betrachtete Milla den Mann ihr gegenüber.

Während Robert Hoffmanns Wangenmuskulatur arbeitete, sah er Milla wieder in die Augen. »Gut, also Corinne. Die Frau leidet unter … Wie soll ich sagen?« Er versuchte, mit seinen Händen einen Kreis neben seiner Schläfe anzudeuten. »Eigentlich wirkte sie ganz normal auf mich, attraktiv, nett, sympathisch, vielleicht etwas jung.« Nachdenklich wiegte er seinen Kopf hin und her.

»Eigentlich? Was soll das heißen?«

»Sicherlich hat sie Ihnen doch erzählt, was ich ihr während unserer Beziehung angeblich angetan habe«, entgegnete er.

Milla hatte mehr von ihm erwartet, seine Reaktion kam ihr merkwürdig schwach vor. Noch einmal wagte sie einen Versuch, ihn aus der Reserve zu locken. »Wollen Sie etwa behaupten, sie habe sich nur eingebildet, vergewaltigt worden zu sein? Sie hat auf mich gestern übrigens einen äußerst vernünftigen Eindruck gemacht. Trotz ihres jungen Alters.« Milla war sich durchaus im Klaren darüber, dass sie ihn provozierte. Aber sie wollte endlich Antworten, und bisher hatte sie von ihm noch nichts wirklich Interessantes für ihren Artikel bekommen.

Robert wedelte mit den Händen, als langweile ihn das ganze Thema. »Ja, sie ist etwas jünger als ich. Na und? Bin ich deshalb ein schlechter Mensch? Ich glaube nicht. Aber was sie sich einbildet oder auch nicht, kann ich nicht beurteilen. Eins weiß ich aber sicher: Ich habe sie nicht vergewaltigt. Warum sollte ich? Wir waren zu jenem Zeitpunkt zusammen, als sie diesen angeblichen Filmriss hatte.« Wieder lächelte er Milla mit diesem überheblichen Ausdruck im Gesicht an. »Ich musste mir noch nie etwas mit Gewalt nehmen.«

Während er sie abwartend ansah, leuchteten seine Augen auf. Seine Worte verursachten Milla eine Gänsehaut. Auf keinen Fall durfte sie jetzt die Fassung verlieren.

»Das sahen der Richter vor fünf Jahren und fünfundneunzig Prozent der französischen Öffentlichkeit aber anders«, erwiderte sie nach einem kurzen Zögern mit sarkastischem Unterton.

Es war gemein und unfair, das wusste sie. Diese Art des Schlagabtauschs war überhaupt nicht ihr Stil. Doch bei diesem Mann kam sie mit ihrer üblichen Vorgehensweise nicht weiter. Irgendetwas an seinem Verhalten untergrub ihre Neutralität, ihre Sachlichkeit. Obwohl sie wusste, dass sie sich nicht professionell verhielt, konnte sie es nicht ändern, mehr noch, war sie sich nicht einmal sicher, ob sie es überhaupt ändern wollte.

Das Leuchten in seinen Augen erlosch. »Oha, das tat weh. Aber wahrscheinlich habe ich es nicht anders verdient«, erklärte er leise.

Sie setzte kurz ihre Brille ab, während Robert sie schweigend beobachtete. Angespannt fuhr sie sich über ihr Gesicht, blinzelte und setzte die Brille wieder auf. »Okay, Robert, möchten Sie noch etwas zu Corinnes Anschuldigung sagen?« Um einen neutralen Ton bemüht, hoffte sie, dass er das leichte Zittern in ihrer Stimme nicht bemerken würde.

Er lehnte sich in seinem Stuhl zurück und schaute kurz zu dem Justizbeamten, der scheinbar unbeteiligt auf einem Stuhl in der Nähe der Tür saß. Milla folgte seinem Blick. Ihr fiel auf, dass die Wände über und über mit Rissen übersät waren. Sie erinnerte sich daran, was sie über das Gefängnis gelesen hatte. Anscheinend war das ganze Gebäude marode und benötigte dringend eine Generalüberholung. Doch in Zeiten leerer Staatskassen war eine Gefängnissanierung sicher das Letzte, was man den Bürgern plausibel verkaufen konnte.

»Ich lernte Corinne auf einer Party kennen.« Roberts Stimme klang seltsam distanziert. »Ich fand sie wirklich süß. Sie haben sie ja bereits kennengelernt. Schon damals war zu erkennen, dass sie Potenzial hat. Keines dieser naiven Blondchen, die meinen, die Filmwelt habe genau auf sie gewartet. Nein, Corinne war intelligent und«, er machte eine kurze Pause, um Milla offen ins Gesicht zu sehen, »wie Sie ganz richtig bemerkt haben, sehr vernünftig. Sie schätzte ihre Chancen durchaus realistisch ein.« Vorsichtig rieb er sich mit seinen Händen über die linke Wange. Leise fluchend warf er dem Justizbeamten einen weiteren wütenden Blick zu.

Milla hob die Hand. »Ich werde mit Monsieur Zodaine sprechen. Vielleicht kann bei meinem nächsten Besuch auf die Handschellen verzichtet werden.«

Robert schüttelte den Kopf. »Das ist der Vorführeffekt. Die französische Justiz hat ihre Schwerverbrecher bestens im Griff. Keine Sonderbehandlung für niemanden.« Sein Lachen klang verächtlich.

Milla erinnerte ihn erneut an ihr Thema. »Corinne?«

Er nickte und sprach weiter: »Ja, Corinne. Wir hatten eine schöne gemeinsame Zeit, obwohl mir von Beginn an klar war, dass wir nicht zusammen alt werden würden.«

»Warum nicht?«

Er zögerte. »Wir hatten unseren Spaß zusammen, aber letztlich war uns beiden klar, dass wir zu verschieden waren. Der letzte Funke, der eine gute Beziehung ausmacht, hatte einfach gefehlt. Solange wir dies akzeptierten, lief es wirklich gut, bis …« Er brach ab. Sein Gesichtsausdruck veränderte sich, seine Lippen begannen zu zittern.

Doch Milla wollte ihn jetzt nicht davonkommen lassen. »Bis Sie Simone Dubois kennenlernten?«

Überraschung spiegelte sich in Roberts Gesicht wider. »Woher …? Ach so, Corinne.«

»Sie haben Corinne verlassen, nachdem sie Sie mit Simone bekannt gemacht hatte. Nicht gerade die feine englische Art.«

Seine Augen fixierten sie, während er weitersprach: »Haben Sie das jemals erlebt? Sie begegnen jemandem, und dieser Jemand lässt Sie nicht mehr los, fasziniert Sie auf eine ganz eigene Art. Ist Ihnen das schon einmal passiert?«

Milla wusste, dass er auf ihre Begegnung auf dem Journalistenkongress anspielte. Und ja, damals hatte sie dieses Gefühl ansatzweise verspürt. Doch das würde sie ihm gegenüber hier und jetzt ganz sicher nicht zugeben. »Da ich verheiratet bin, ist mir dieses Gefühl nicht ganz unbekannt.«

Sichtlich enttäuscht zog er eine Grimasse. »Ach ja, wie geht es dem werten Gemahl überhaupt?«

Doch Milla wollte noch nicht aufgeben. »Simone Dubois war also die große Liebe, für die Sie Corinne Mercier in die Wüste geschickt haben?«

Gleichgültig schaute Robert auf das Aufnahmegerät. »So könnte man es durchaus ausdrücken.«

»Und warum die Vergewaltigung?«, versuchte es Milla noch einmal. »Wollten Sie sich damit selbst beweisen, dass Sie mit einer solch abscheulichen Tat durchkommen?«

»Schreiben Sie doch, was Sie wollen. Ich habe Ihnen bereits gesagt, dass ich niemanden vergewaltigt habe. Niemals würde ich einer Frau etwas so Furchtbares antun.« Er klang wütend.

Milla betrachtete ihn. Robert Hoffmann war wirklich ein verdammt guter Schauspieler. Fast hätte sie ihm sein Leugnen abgenommen.

Sie lehnte sich zurück. Er blieb also weiter bei seiner Unschuldsbeteuerung, sie hatte sich mehr erhofft.

»Enttäuscht?«

»Nicht direkt enttäuscht, aber ich habe tatsächlich angenommen, Sie würden diese Chance nutzen, um endlich Ihre

Sicht der Dinge darzulegen. Anscheinend habe ich mich geirrt.«

Robert lachte bitter. »So schnell geben Sie auf?«

»Ich gebe niemals auf«, widersprach sie schärfer als beabsichtigt und blickte demonstrativ auf ihre Armbanduhr.

»Vielleicht sollten Sie mal darüber nachdenken, warum Corinne erst nach Simones Tod von ihrer angeblichen Vergewaltigung erzählt hat. Würde eine vernünftige Frau, wie Corinne doch eine ist, nicht direkt zu einem Arzt gehen und sich untersuchen lassen?«

Diese Überlegung war in der Tat nicht von der Hand zu weisen. Auch Milla hatte bereits darüber nachgedacht, doch nach ihrem Treffen mit Corinne war sie sich sicher gewesen, dass die junge Frau die Wahrheit gesagt hatte. »Sie hat sich geschämt. So geht es vielen Vergewaltigungsopfern. Obwohl sie das Opfer sind, fühlen sie sich schuldig.«

Gleichgültig zuckte er mit den Achseln. In dem hellen Licht wirkte sein Gesicht versteinert. Milla wurde klar, dass sie nicht mehr an ihn herankommen würde. Die Konfrontation mit der Tatnacht musste sie wohl oder übel auf morgen verschieben. Schweigend schaltete sie das Aufnahmegerät aus und räumte es in ihre Tasche. Da sie nicht wusste, was sie noch sagen sollte, erhob sie sich und stand unschlüssig vor ihm.

Als er seinen Kopf hob, erschrak sie beim Anblick der Traurigkeit, die ihm ins Gesicht geschrieben stand.

»Das Kleid sieht wirklich klasse aus, Milla. Viel Spaß bei Ihrem wichtigen Termin«, sagte er tonlos.

10

Die Gefangenen im Hochsicherheitstrakt von Fresnes hatten einen durchgetakteten Alltag, der keinerlei Spielraum für Abweichungen zuließ. Routine war der Hauptgrund für den reibungslosen Ablauf, den Directeur Zodaine mit seinem Amtsantritt vor wenigen Jahren in der Haftanstalt eingeführt hatte.

Frühstück und Abendessen bekamen die Gefangenen in ihren Zellen serviert. Das Mittagessen bestand aus einer warmen Mahlzeit, die in zwei Schichten gemeinsam im großen Speisesaal eingenommen wurde. Alles war akribisch durchstrukturiert, denn schon die kleinste Störung konnte zu sehr gefährlichen Situationen für die Wärter führen. Früher hatte es in unregelmäßigen Abständen immer wieder Schlägereien zwischen Gefangenen gegeben, die nicht selten auf der Krankenstation endeten. Seit Directeur Zodaine jedoch mithilfe der langjährigen Angestellten einen Sitzplan ausgetüftelt hatte, der Befindlichkeiten, persönliche Abneigungen und die verschiedenen Aggressionsgrenzen der einzelnen Häftlinge berücksichtigte, verliefen die Mittagessen weitgehend friedlich und ohne größere Zwischenfälle.

Umso erstaunter war Robert, als er von seinem Platz aus beobachtete, wie Jabar, der Nordafrikaner, der ihn in seiner ersten Nacht krankenhausreif geprügelt hatte, in der Schlange an der Essensausgabe anstand. Jabar war aus gutem Grund in der zweiten Essensschicht eingeteilt, sodass Robert ihm seit Jahren nicht mehr begegnet war. Als er Milla gestern von seiner ersten Nacht hier in Fresnes erzählt hatte, war er sich nicht einmal sicher gewesen, ob dieser überhaupt noch einsaß.

Lustlos stocherte Robert in seinem Reis herum und verfolgte, wie Jabar an die Reihe kam und kurz mit dem Servierer sprach. Robert wusste, dass Jabar Verbindungen zu vielen Angestellten der Haftanstalt unterhielt. Zweifelsohne war er der ungekrönte König von Fresnes. Keiner würde sich freiwillig mit dem für seine brutalen Gewaltausbrüche bekannten Häftling anlegen.

Als Jabar auf den Tisch von Robert zusteuerte, senkte dieser instinktiv seinen Kopf.

Ein Schatten erschien auf seinem Essen.

»Na, Starreporter. Lange nicht gesehen. Wie geht's?«

Robert blickte auf und zeigte mit der Hand auf den freien Platz ihm gegenüber, da er vermutete, dass sein üblicher Tischnachbar heute wohl nicht auftauchen würde.

Jabar grinste und ließ sich umständlich auf den Stuhl fallen. Als er sein Tablett auf dem Tisch abgestellt hatte, bohrte er wie selbstverständlich mit seiner Gabel in Roberts Essen herum. »Ich darf doch?«

Robert nickte gleichgültig, während er sein Besteck neben den Teller legte. Ihm war der Appetit vergangen. Unauffällig blickte Robert sich um. Keiner der Angestellten beachtete sie. Er sah zurück zu Jabar, der genüsslich erst Roberts Portion und dann seine eigene vertilgte.

»Schade, dass du keinen Hunger hast, Hoffmann. War wirklich gut.« Als Jabar Roberts Blick bemerkte, verzog er den Mund erneut zu einem breiten Grinsen. »Hab gehört, dass du hohen Besuch bekommst. Die Kleine soll ja rattenscharf sein. Ich persönlich finde Brillen zwar absolut abtörnend, aber wem's gefällt!«

Schweigend starrte Robert ihn an.

»Guck nicht so, Hoffmann. Du weißt doch, dass der Flurfunk gut funktioniert.« Jabar lehnte sich über den Tisch, sodass Robert dessen Atem riechen konnte, in dem er den Geruch von Zigaretten und Alkohol erkannte.

Bevor er erneut mit gesenkter Stimme zu sprechen begann, sah Jabar sich um, um sicherzugehen, dass keiner der Wärter ihn im Visier hatte. »Ich gebe dir einen Tipp, Schönling. Schick die Kleine fort. Einige Leute sind sehr besorgt, dass sie unsere schöne Anstalt in falschem Licht darstellen könnte. Wäre doch jammerschade, wenn die Braut einen Unfall hätte. Vielleicht erinnerst du dich auch noch an dein Einstandsgeschenk?« Mit diesen Worten erhob er sich und klopfte Robert auf die Schulter. »Nichts für ungut, Hoffmann.«

Robert saß minutenlang regungslos auf seinem Platz und dachte nach. Die Reaktion war schneller erfolgt, als er erwartet hatte. Aber er war bereit. Das Spiel konnte beginnen.

Als Robert aufstand, um zu seiner Zelle zurückzukehren, unterdrückte er ein triumphierendes Lächeln.

11

Während der Taxifahrer Milla aus der Pariser Innenstadt herausfuhr, hatte sie weder Augen für die am Straßenrand langsam einsetzende Natur noch für die in großen Abständen angelegten Villen, die sich auf riesigen parkähnlichen Grundstücken befanden. Aufgewühlt grübelte sie über das Gespräch mit Robert Hoffmann. Warum konnte sie ihn nicht einfach als brutalen Mörder sehen? Wieso empfand sie immer wieder Mitleid mit ihm? Die Fakten sprachen doch für sich, es gab nicht den geringsten Zweifel an seiner Schuld. Und doch schaffte er es immer wieder, dass sie nicht Simone Dubois, sondern ihn als Opfer sah.

Vor einem etwa vier Meter hohen Tor aus Zink hielt der Taxifahrer an und drehte sich zu ihr um.

»Sind wir da? Ist das *Belle maison*?«

Er bestätigte ihr die Adresse und stieg aus, um an der Sicherheitsanlage zu läuten. Während er wartete, ließ Milla neugierig ihren Blick über die weiß getünchte Steinmauer schweifen. Von ihrem Platz auf der Rückbank konnte sie nicht erkennen, wie weit sich das Grundstück der Familie Dubois erstreckte. So residierte also eine Politikerfamilie der französischen Oberschicht. Bilder der Kennedys und ihrer feudalen Wohnsitze kamen ihr in den Sinn. Ähnlich wie sie hatte auch die Familie Dubois ihre persönliche Tragödie zu ertragen.

Kurz darauf stieg der Fahrer wieder in den Wagen, und das

Tor öffnete sich. Sie fuhren langsam eine breite, von hohen alten Ahornbäumen gesäumte Auffahrt den Hügel hinauf. Nach etwa zweihundert Metern tauchte *Belle maison* auf, das sich als überdimensionierte Villa herausstellte.

Milla stieg aus und bat den Fahrer, vor dem Grundstück auf sie zu warten.

Eine ausladende beige schimmernde Marmortreppe führte zu einer weißen Eingangstür. *Belle maison*, schönes Haus, war die größte Untertreibung, die Milla sich vorstellen konnte. Schön war dieses Anwesen zweifelsfrei, aber der Begriff »Haus« für dieses außergewöhnliche Gebäude war genauso passend wie der Begriff »Straßenkater« für den edlen Minou. Die Villa war dreistöckig, ein bauliches Meisterwerk aus Stahl, Beton und Glas.

Da Milla sich nicht mit Architektur auskannte, konnte sie die Stilrichtung nicht erkennen. Sie hatte eine altherrschaftliche Villa erwartet, die den Mittelpunkt dieses riesigen bepflanzten Gartens bildete. Mit einem modernen Yuppieschloss hätte sie im Traum nicht gerechnet.

Langsam stieg sie die Stufen zum Eingang hoch. Sie läutete und zupfte erneut ihr Kleid zurecht. Im Kopf ging sie noch einmal die ihr bekannten Fakten über die Familie Dubois durch: Vater Politiker, Ehefrau Wohltätigkeitsorganisatorin, zwei Töchter. Die ältere Simone, Schauspielerin und Opfer von Robert Hoffmann, die jüngere Marie, Model.

Als die Tür geöffnet wurde, erstarrte Milla. Hatte sie gestern in Corinne Mercier mit etwas Fantasie die jüngere Kopie von Simone Dubois gesehen, so stand sie nun dem exakten Spiegelbild der Toten gegenüber.

Bevor sie ihre Sprache wiederfand, atmete Simone Dubois' Ebenbild tief durch. »Sie wussten es nicht. Habe ich recht?«

Milla schüttelte den Kopf und stellte sich vor.

Nach kurzem Zögern ergriff die Frau ihre Hand.

»Wieso wurde das nirgends erwähnt? In allen Artikeln, die

ich gelesen habe, spricht jeder von Simones jüngerer Schwester«, setzte Milla vorsichtig an.

»Simone war zwanzig Minuten älter als ich. Da Sie nicht wussten, dass wir eineiige Zwillinge waren, gehe ich davon aus, dass Sie weder mich noch meine Aufträge kennen.« Simones Zwillingsschwester klang gereizt.

Milla zog ihre Schultern hoch. »Pardon. Da ich nicht für Frauenmagazine schreibe, sind Modethemen nicht mein Schwerpunkt. Momentan arbeite ich für ein regionales Nachrichtenmagazin in Frankfurt.«

»Das erklärt natürlich Ihr Interesse an diesem Schwein Hoffmann«, entgegnete Marie Dubois mit süffisantem Unterton, während sie einen Schritt zur Seite machte, um Milla eintreten zu lassen.

Die Eingangshalle war an drei Seiten verglast und erstreckte sich über die gesamte Höhe des Hauses. Milla hatte noch nie etwas Vergleichbares gesehen.

»Bitte folgen Sie mir.«

Milla ging hinter Marie Dubois her in ein weitläufiges Wohnzimmer, dessen Glasfront einen unbeschreiblichen Blick auf ein Gartenparadies der Extraklasse offenbarte. Beeindruckt ließ Milla ihren Blick über die parkähnliche Anlage schweifen. »Wunderschön«, murmelte sie.

»Möchten Sie sich nicht setzen, Madame?«

Schweren Herzens riss Milla sich von dem Anblick los. Sie drehte sich um und ließ den Blick durch das tanzsaalgroße Wohnzimmer wandern, das komplett in Schwarz und Weiß gestaltet war, schwarze Fliesen, auf denen weich aussehende weiße Polstermöbel standen. Auch die rar gesäten Schränke waren in diesen beiden Farben gehalten. Der Raum wirkte wie ein Einrichtungsbeispiel, das Milla einmal bei einem Besuch in einem Fertighaus-Center gesehen hatte. Steril, ohne Leben, kein Anzeichen von Gemütlichkeit, das auf eine regelmäßige Benutzung durch die Hausbewohner hingedeutet hätte.

Nachdem Marie sich in einen der zahlreichen Sessel gesetzt hatte, wartete sie, bis Milla ebenfalls Platz genommen hatte.

Simones Schwester trug eine weiße Lederhose mit schwarzer Bluse. Als ob sie sich absichtlich passend für diesen Raum gekleidet hätte, dachte Milla.

»Mademoiselle Dubois …«

»Madame Dubois«, wurde sie sofort unterbrochen, »ich bin seit einem Jahr verheiratet.«

»Pardon, Madame«, entschuldigte sich Milla, »darf ich unser Gespräch aufzeichnen?«

Gleichgültig zuckte Marie mit den Schultern und schlug ihre langen Beine übereinander, während sie sich in ihrem Sessel zurücklehnte.

Nachdem Milla das Aufnahmegerät eingeschaltet hatte, bedankte sie sich bei Marie für deren Bereitschaft, ihr für ein Interview zur Verfügung zu stehen.

Mit einer wegwerfenden Handbewegung bedeutete diese, dass sie nicht ewig für sie Zeit habe.

»Madame Dubois, mich würde interessieren, wie Ihr Verhältnis zu Robert Hoffmann war, bevor er … nun, vor dieser furchtbaren Tat.«

Marie Dubois strich sich mit einer Hand über ihr langes blondes Haar und hielt einen Moment inne. Die Ähnlichkeit mit Simone war verblüffend, selbst die Frisur war dieselbe. Allerdings strahlte Marie nicht diese besondere Aura aus, die Simone bei ihren Auftritten stets umgeben hatte. Die tote Schwester war eindeutig die Liebenswertere, Charmantere der beiden gewesen. Milla vermutete, dass es zwischen den Schwestern sicherlich einige Konkurrenzkämpfe gegeben hatte. Marie hatte es »nur« zum Model geschafft, wohingegen ihre Schwester mit exakt demselben Aussehen den Schauspielolymp Frankreichs erklommen hatte.

»Hoffmann ist ein brutales Schwein. Was wollen Sie von mir hören? Er hat meine Schwester ermordet. Sicher wird er von mir kein Dankesschreiben erhalten«, unterbrach Marie Dubois Millas Gedanken und sah sie an.

Abwartend erwiderte Milla Maries Blick. Meist redeten die Leute von selbst weiter, wenn man sie nur ließ.

Millas Rechnung ging auf.

»Hoffmann war mir von Anfang an unsympathisch. Er passte einfach nicht zu meiner Schwester, hatte nicht annähernd ihr Format. Als sie ihn kennenlernte, fand sie ihn anfangs nicht sonderlich interessant. Doch er blieb hartnäckig, bis sie irgendwann einwilligte, mit ihm auszugehen. Keine Ahnung, wie er sie letztendlich doch von sich überzeugen konnte.«

»Hat Ihre Schwester Ihnen nichts davon erzählt? Immerhin waren Sie Zwillinge.«

»Was wollen Sie damit sagen? Dass Simone mich über alles hätte informieren müssen, was mit diesem Weiberhelden damals gelaufen ist?« Sie klang wütend.

»Nein, das wollte ich in keiner Weise andeuten. Ich könnte mir nur vorstellen, dass zwischen Zwillingen eine, wie soll ich sagen, eine besondere Verbindung existiert. Ich selbst habe leider keine Geschwister, kann daher nur vermuten.«

Marie runzelte die Stirn. »Mit Sicherheit hatten wir eine besondere Beziehung. Trotzdem kannte ich nicht jedes Detail ihrer Beziehung mit diesem Mistkerl.« Sie zögerte kurz. »Sprechen Sie mal mit Corinne Mercier. Diese kann Ihnen sicher einige interessante Einzelheiten zu Hoffmann erzählen. Sie war Simones Vorgängerin.«

Ohne auf Maries Vorschlag einzugehen, fragte Milla weiter: »Wie oft haben Sie Hoffmann während seiner Beziehung zu Ihrer Schwester getroffen?«

Marie Dubois legte den Kopf schief. »Simone lebte nicht hier draußen. Sie hatte ein Apartment in der Innenstadt. Während ihrer Beziehung mit diesem Schwein haben wir uns nicht so oft gesehen. Sie drehte viel, und ich hatte damals ebenfalls einige Aufträge. Meist trafen wir uns zu zweit kurz auf einen

Kaffee in der Stadt, wenn es gerade passte. Hoffmann selbst bin ich eigentlich nur begegnet, wenn wir hier bei meinen Eltern gemeinsam zum Essen eingeladen waren.« Sie machte eine Pause und kniff die Augen zusammen. »Damals habe ich ihn höchstens fünf- oder sechsmal getroffen, zum letzten Mal bei der Party.«

Je länger Milla Marie betrachtete, desto mehr Kleinigkeiten fielen ihr auf, die sie von ihrer toten Schwester unterschieden. Marie war schmaler als Simone, hatte nicht die weiblichen Kurven der Schauspielerin. Ihr Gesicht wirkte verhärmter, die Wangenknochen zeichneten sich deutlicher unter der porzellanfarbenen Haut ab. Simone hätte sich nicht zum Model geeignet, wohingegen Marie eindeutig die Ausstrahlung fehlte, die gute und erfolgreiche Schauspieler ausmachte. Es schien, als ob beide jeweils ihre wahre Berufung gefunden hatten. »Was genau hat Sie an Hoffmann gestört? Sie deuteten an, dass Sie ihn von Beginn an nicht mochten.«

»Was mich an ihm gestört hat?«, wiederholte Marie wütend. »Zum Teufel, sie war meine Schwester, und der Mann war ein Weiberheld, der alle paar Wochen mit anderen sogenannten Berühmtheiten in den Klatschblättern der Stadt auftauchte. Wie hätte ich eine solche Beziehung gutheißen können?« Ihre Stimme triefte von Sarkasmus.

»Durch andere Aussagen habe ich durchaus den Eindruck vermittelt bekommen, dass er Ihre Schwester aufrichtig geliebt hat. Glauben Sie das nicht?«

Marie Dubois lachte verbittert auf. »Ja, klar, deshalb hat er sie auch vergewaltigt und erdrosselt. Das nenne ich wahre Liebe.« Sie schüttelte den Kopf. »Hoffmann hatte an einem der Abende, als wir hier mit meinen Eltern beim Essen saßen, versucht, sich an mich ranzumachen. Können Sie sich das vorstellen? Simone saß mit Maman und Papa im Esszimmer, während er in der Küche nebenan daran gearbeitet hat, mich flachzulegen. Hört sich das für Sie etwa nach wahrer Liebe an?«

Milla erkannte den Trotz in Maries Augen. Ihre Worte ließen sie innerlich zusammenzucken. Ohne das eben Gehörte zu kommentieren, hakte sie nach: »Hoffmann hat versucht, Sie zu verführen?« Sie beugte sich in ihrem Sessel vor. Während sie auf Maries Antwort wartete, sah sie durch die Glasfront, dass es draußen nach wie vor stark regnete.

»So können Sie es auch nennen. Aber bitte«, zum ersten Mal zeigte Marie Milla gegenüber einen Hauch Schwäche, »meine Eltern wissen davon nichts. Und ich möchte, dass dies auch so bleibt.«

»Haben Sie das der Polizei gegenüber damals nicht erwähnt?«

Marie verneinte knapp.

»Ihre Aussage hätte doch den Vorwurf gegen Hoffmann weiter verstärkt, dass er ein Mann ohne jegliche Moral ist«, fuhr Milla fort, und Marie Dubois ließ erneut ihr bitteres Lachen erklingen.

»Die Beweise waren so erdrückend, dass es keiner weiteren Vorwürfe bedurfte. Meine Schwester«, ihre Stimme zitterte leicht, als sie sprach, »die Leiche meiner Schwester wies am ganzen Körper Spuren seiner DNA auf – an allen nur erdenklichen Stellen.«

Bevor Milla das eben Gehörte bewusst verinnerlichen konnte, wurde die Tür, die zur Eingangshalle führte, abrupt aufgerissen, und ein großer grauhaariger Mann stürmte in den Raum.

Milla erkannte Roger Dubois auf Anhieb.

Während er von seiner Tochter zu Milla sah, blieb er schlagartig stehen.

»Marie.« Er klang überrascht. »Ich wusste nicht, dass du Besuch hast, insbesondere, dass ihr euch hier aufhaltet.«

Erneut blickte er mit fragender Miene zu Milla.

Sie erhob sich und streckte ihm die Hand hin. Als sie ihren Namen nannte, lief Roger Dubois' Gesicht augenblicklich rot an.

Sichtlich aufgebracht wandte er sich an seine Tochter, die trotzig zurückstarrte. »Marie, hatten wir nicht darüber gesprochen, dass wir keine Interviews mehr zu diesem Thema geben? Ich dulde es nicht, dass der Name dieses Hurensohns in meinem Haus fällt. Ich dachte, ich hätte mich gestern deutlich genug ausgedrückt.«

Bei den Worten ihres Vaters war Marie aufgesprungen und stand ihm nun genauso erzürnt gegenüber.

Milla war die Situation unangenehm. Sie machte sich daran, ihre Jacke anzuziehen.

Doch Marie Dubois bedeutete ihr mit einer kurzen Handbewegung, sich nicht von der Stelle zu rühren, bevor sie sich an ihren Vater wandte. »Genau, *du* hattest etwas gegen dieses Interview. *Du* möchtest nicht mehr von Robert Hoffmann sprechen.«

Sie betonte Hoffmanns Namen mit Nachdruck, woraufhin ihr Vater erneut explodierte. »Marie, denk an deine Schwester. Du wirst ihren Namen in diesem Haus nicht durch den Dreck ziehen.«

»Verstehst du denn nicht, dass du diesen Artikel nicht verhindern kannst? Madame Seifert wird ihn schreiben, so oder so. Sollte dann nicht wenigstens auch unsere Sicht dieser furchtbaren Tat erwähnt werden? Willst du nicht zumindest versuchen, Hoffmann in die Suppe zu spucken? Verhindern, dass er uns noch aus dem Gefängnis heraus verhöhnt und verspottet? Hat er uns denn nicht genug angetan?«

Schweigend standen sich Vater und Tochter unversöhnlich gegenüber. Schließlich schüttelte Roger Dubois den Kopf und wollte gerade den Raum verlassen, als eine Frau durch die Tür trat, die Milla auf Anhieb als Mutter der Zwillingsschwestern erkannte. Sie war die etwa dreißig Jahre ältere Ausgabe ihrer Töchter. Auch sie besaß die elegante Ausstrahlung von Simone, trat aber weniger selbstbewusst auf.

Mit besorgter Miene eilte sie nun zu ihrem Mann und legte

ihm eine Hand auf seine Schulter. »Roger, was ist denn hier los? Euer Geschrei hört man ja durch das ganze Haus. Marie, warum regst du deinen Vater dermaßen auf? Und wer sind Sie?«, wandte sie sich an Milla.

Bevor sie antworten konnte, ergriff Roger Dubois das Wort und erklärte seiner Frau nicht besonders freundlich, wer der Besuch war.

Milla vermutete, dass er davon ausging, dass sie ihn nicht verstand. Momentan war sie auch noch nicht daran interessiert, das zu ändern. Daher schwieg sie, als Marie ihre Mutter ansah.

»Warum kann ich nicht mit ihr sprechen?«

Bekümmert senkte Madame Dubois den Blick. »Marie, du weißt doch, was es für hässliche Gerüchte über deine Schwester nach ihrem Tod gab. Dein Vater möchte einfach nicht, dass unsere Familie wieder in den Schlagzeilen auftaucht. Irgendwann muss es doch gut sein.« Sie deutete mit dem Kinn in Millas Richtung. »Warum muss überhaupt über diesen Mistkerl berichtet werden? Wen interessiert denn noch, was er zu sagen hat? Ist es nicht unangebracht und respektlos dem Opfer gegenüber, brutalen Mördern eine Plattform zu bieten? Er wurde vor langer Zeit verurteilt. Was könnte er jetzt noch zu sagen haben, um irgendetwas an dieser schrecklichen Situation zu ändern?«

Mittlerweile liefen der älteren Frau Tränen über die Wangen. Ihr Mann nahm sie beschützend in den Arm und wiegte sie hin und her. Auch Marie hatte während des Monologs ihrer Mutter feuchte Augen bekommen.

Milla betrachtete die Familie, für die das Leben niemals wieder so sein würde wie vor Simones Tod, deren Leben für immer zerstört worden war. Obwohl sie bei den Worten von Madame Dubois aufgehorcht hatte, hielt sie es für einen angemessenen Zeitpunkt, sich zu entschuldigen und das Haus zu verlassen.

Zögernd wandte sie sich an Marie. »Madame Dubois, es

tut mir sehr leid. Ich wollte Ihnen keinen Kummer machen.« Anschließend drehte sie sich zu deren Mutter um. »Madame, entschuldigen Sie bitte meinen Besuch. Seien Sie versichert, dass ich sehr genau prüfen werde, was mir der Mörder Ihrer Tochter erzählt. Auf keinen Fall wird er es ein zweites Mal schaffen, Ihnen Schaden zuzufügen. Darauf gebe ich Ihnen mein Wort.«

Sichtlich überrascht schauten Maries Eltern sie an. Roger Dubois fasste sich als Erster wieder. »Sie sprechen unsere Sprache?« Erbost wandte er sich an seine Tochter. »Hättest du uns das nicht gleich sagen können?«

Marie zuckte gleichgültig mit den Schultern. Roger Dubois hob den Zeigefinger und fuchtelte wenige Zentimeter vor Millas Gesicht herum. »Nichts von dem, was Sie hier soeben gesehen oder gehört haben, werden Sie schreiben. Haben Sie mich verstanden?« Sein Blick hatte etwas Drohendes, doch Milla hielt ihm stand. »Ich denke, Sie wissen, mit wem Sie es zu tun haben. Ab sofort lassen Sie meine Familie in Frieden. Sollte ich nochmals von Ihnen hören, werden Sie es bis zu Ihrem Lebensende bereuen. Gehen Sie und vergessen Sie den Artikel. Was kann Ihnen ein Stück Scheiße schon erzählen, was nicht bereits bekannt wäre?«

Milla schluckte, nickte Marie ein letztes Mal zu und verließ ohne ein weiteres Wort das Haus.

Draußen im Regen atmete sie erst einmal tief durch. Während sie die Auffahrt hinunterlief, überschlugen sich ihre Gedanken. Was war hier gerade passiert? Natürlich, die Familie trauerte um ein Familienmitglied, das brutal ermordet worden war. Doch da war noch etwas anderes gewesen. Was hatte Madame Dubois gesagt? Welche Gerüchte hatte es damals gegeben? Zumindest waren ihr in den Artikeln, die ihr vorlagen, keinerlei Spekulationen in irgendeine Richtung aufgefallen. Und warum drohte ihr Roger Dubois? Ein Politiker seines Formats sollte sich besser unter Kontrolle haben. Milla war sich sicher, dass sie soeben in ein Wespennest gestochen hatte.

Als sie am Taxi ankam, war sie komplett durchnässt. Doch das Rätselraten wegen der ominösen Andeutungen des Ehepaars Dubois ließ Milla die aufsteigende Kälte ignorieren. Ihr fiel nur ein einziger Grund ein, der das Verhalten von Roger Dubois zumindest annähernd plausibel erklären würde: Er hatte Angst. Angst, dass sie bei ihren Recherchen auf etwas stoßen konnte, was bis jetzt geheim gehalten worden war. Milla hatte keine Ahnung, worum es sich dabei handelte, doch ihr Reporterinstinkt war geweckt. Sie würde nicht mehr lockerlassen, bis sie es herausgefunden hatte. Das Geheimnis, das mit Simone Dubois' Tod zusammenhing. Dem Verbrechen, das einst ganz Frankreich erschütterte.

12

Milla schloss die Tür zu Sandrines Haus auf. Die Veränderung stach ihr sofort ins Auge. Ihre Schuhe, die sie im Flur aufgestellt hatte, waren verschwunden. »Sandrine?«

Im gleichen Augenblick stürmte ihre Freundin aus dem Wohnzimmer, eilte auf Milla zu und zog sie in ihre Arme.

Eng umschlungen hielten sie sich fest, bis Minou herangeschlichen kam und hocherhobenen Hauptes um ihrer beider Füße strich. Milla löste sich von Sandrine und betrachtete sie, die übers ganze Gesicht strahlte.

»Wie geht es dir?«, wollte Sandrine wissen, während sie weiter Millas Hand hielt.

»Ich bin so froh, dass du da bist. Ich hatte noch gar nicht mit dir gerechnet, aber der Zeitpunkt für deine Rückkehr könnte nicht besser sein.«

Während der knapp einstündigen Rückfahrt nach Joinville

hatte Milla ununterbrochen über den zu Ende gehenden Tag nachgedacht. Der Auftrag hatte mit einem Mal Dimensionen angenommen, die gar nicht absehbar gewesen waren. Sie spürte Sandrines besorgten Blick auf sich.

»Ehrlich gesagt hatte ich schon befürchtet, dass dir diese Gespräche sehr nahegehen würden. Deshalb habe ich mich beeilt, um so schnell wie möglich nach Hause fahren zu können.«

Ungeduldig zog sie Milla hinter sich her ins Wohnzimmer, ohne weiter auf den Kater zu achten, der ihnen beleidigt folgte, da ihn keine von ihnen beachtete.

Als sie sich gesetzt hatten, fragte Sandrine nach Millas Interviews und ihren Gesprächspartnern.

Milla berichtete von ihren Besuchen im Gefängnis sowie von den Gesprächen mit Corinne und Marie. Ohne sie auch nur einmal zu unterbrechen, hörte Sandrine zu und nickte nur ab und zu zustimmend. Diese Eigenschaft schätzte Milla seit jeher an ihrer Freundin. Sandrine war stets so quirlig, dass man aufpassen musste, überhaupt mit ihr mithalten zu können. Aber wenn es darauf ankam, war sie die beste Zuhörerin und Ratgeberin, die Milla sich überhaupt vorstellen konnte. Als die beiden noch zusammen in Montpellier gearbeitet hatten, war es Sandrine gewesen, die Milla immer wieder darin bestärkt hatte, sich von Sebastian zu trennen, da er ihr durch seine ständigen Affären weder Respekt noch Achtung entgegengebracht hatte. Doch es bedurfte einiger weiterer Jahre des Leidens, bis Milla endlich den längst überfälligen Schlussstrich gezogen hatte.

Als sie ihre Ausführungen beendet hatte, herrschte für einen Augenblick nachdenkliches Schweigen. Minou, der die Gunst des Augenblicks zu nutzen wusste, sprang auf Millas Schoß, die gedankenverloren begann, den Kater zu streicheln. Sie musterte das ernste Gesicht ihrer Freundin, deren rotes Haar im Schein der kleinen Stehlampe, die die einzige Lichtquelle im Raum darstellte, dunkel und geheimnisvoll leuchtete. Der

Kontrast zu Sandrines heller Haut wurde durch diesen Effekt noch verstärkt.

»Ich weiß nicht, was ich sagen soll.« Bekümmert schüttelte Sandrine den Kopf. »Keine Ahnung, was in Dubois gefahren ist. Ein solches Verhalten sieht ihm überhaupt nicht ähnlich. Für gewöhnlich ist er ein sehr besonnener Mensch, bei der Bevölkerung sogar äußerst beliebt. Natürlich hatte die ganze Familie nach dem Tod von Simone schwere Zeiten durchzustehen. Aber dieser Wutausbruch ...« Sie brach ab und versank in Schweigen.

»Welche Gerüchte meinte die Mutter?«, hakte Milla nach. Müde lehnte sie sich zurück und zog ihre Unterschenkel hoch auf die Sitzfläche. Minou sprang erbost davon.

Sandrine hob ihre Schultern. »Ich kann es dir nicht sagen. Natürlich existierten einige Verschwörungstheorien. Die gibt es doch aber immer, wenn ein Prominenter auf eine derart brutale Weise stirbt. Dass zum Beispiel die politische Opposition hinter dem Mord stecken könnte als Warnschuss für Dubois. Das ist doch absoluter Quatsch.« Auch sie setzte sich auf ihrem Sessel zurück und ließ ihren Kopf auf die Lehne fallen, bevor sie fortfuhr: »Es wurde auch gemunkelt, Simone hätte Affären gehabt, die ihr zum Verhängnis geworden sind. Leider gibt es immer irgendwelche Neider, die in einer solchen Situation ihr Gift versprühen müssen. Der Tathergang war dann aber so eindeutig nachgestellt und ihr Mörder so schnell und zweifelsfrei identifiziert worden, dass sämtliche Spekulationen genauso schnell verstummten, wie sie aufgekommen waren.«

»Vor was hat Dubois dann Angst?« Millas Frage hing bleischwer in der Luft.

Mit ernstem Blick sah Sandrine sie an. »Genau das solltest du herausfinden. Aber Milla?« Sie beugte sich vor. »Sei bitte vorsichtig.«

13

Am nächsten Vormittag befand sich Milla gerade auf dem Weg nach Fresnes, als ihr Chef anrief.

»Guten Morgen, Karsten«, begrüßte sie ihn nach einem Blick aufs Display.

»Milla, guten Morgen, wie geht es voran? Ich wollte mal hören, wie es läuft.« Seine Stimme klang fröhlich.

Da sie gestern Abend mit Sandrine noch lange in alten Erinnerungen geschwelgt hatte und erst weit nach Mitternacht ins Bett gekommen war, fühlte sie sich heute früh wie gerädert. Sie bemühte sich, sich nichts anmerken zu lassen. In kurzen Sätzen gab sie die Informationen, die sie bis jetzt zusammengetragen hatte, wieder. Den Zusammenstoß mit Roger Dubois ließ sie fürs Erste unerwähnt.

An seinem Grummeln erkannte sie, dass ihr Vorgesetzter mit ihrem Bericht nicht zufrieden war. »Hör zu, Karsten. Hoffmann ist bisher leider nicht besonders kooperativ. Er überlegt sich sehr genau, was er preisgibt und was nicht. Natürlich werde ich versuchen, noch brisantere Infos aus ihm herauszukitzeln.«

»Für einen Leitartikel brauchst du einen richtigen Aufhänger, etwas, das die Leute sofort anspringt. Nutze die Chance.«

Milla musste an Roger Dubois denken. Hoher Politiker bedroht kleine Provinzjournalistin. Wäre das Aufhänger genug für dich?, dachte sie erzürnt, schwieg jedoch.

»Milla, bist du noch da?«

»Ja, klar bin ich noch da. Ich erreiche gerade das Gefängnis. Lass uns später noch mal telefonieren. Und keine Sorge, ich bleibe an Hoffmann dran.« Sie bemühte sich, zuversichtlich zu klingen.

»Wie meinen Sie das?« Fassungslos starrte Milla Henri Zodaine an. »Sechs bis acht Wochen Trocknungszeit?«

Beschwichtigend erhob der Directeur die Hände. »Madame Seifert, die Gebäude der Haftanstalt sind sehr alt. Wir haben es hier immer wieder mit Wasserschäden und anderen altersbedingten Renovierungsarbeiten zu tun. Leider.« Er nahm seine Brille ab und legte sie vor sich auf den Schreibtisch. »Es wird an allen Ecken und Enden geflickt. Natürlich wäre es sehr viel effektiver, die Gebäude in einem Aufwasch generalüberholen zu lassen. Vorbeugen statt immer wieder nachbessern. Aber sagen Sie das mal unserer Regierung! Die weiß doch überhaupt nicht, wie sie all ihre Haushaltslöcher stopfen soll. Eine Gefängnissanierung ist mit Abstand sicher die unbeliebteste Investition.«

Seine Stimme klang bitter, doch Milla hatte in diesem Moment nicht den Nerv, mit ihm eine Grundsatzdebatte über die korrekte Verwendung von Steuergeldern zu führen. Auch wenn sie seine Verärgerung nachvollziehen konnte, war für sie einzig die unglückselige Tatsache von Relevanz, dass der Besucherraum im Gebäudetrakt SS3 für die nächsten Wochen nicht mehr nutzbar sein würde, da am späten gestrigen Abend im Duschraum, der direkt neben dem Besucherraum lag, ein Wasserrohr geplatzt war. Sie legte den Kopf in die Hände und verharrte für einige Sekunden in dieser Position. Was sollte sie jetzt tun?

Als Milla den Kopf wieder hob, begegnete sie Zodaines Blick. »Monsieur, bitte. Ich hatte nicht einmal die Gelegenheit, Hoffmann wegen seiner Tat zu befragen. Es muss doch irgendwo in diesem Riesenkomplex einen unbenutzten Raum geben, auf den man ausweichen kann.«

Wie sollte sie Karsten bloß erklären, dass die Interviews beendet waren, bevor überhaupt auch nur irgendetwas Brauchbares dabei herausgekommen war? Sie musste an Roberts Gesichtsausdruck denken, als sie gestern gegangen war. Die Traurigkeit, die sie auf eine Art berührt hatte, die mit professionellem Journalismus absolut nicht vereinbar war. Doch genau diese Empathie machte die Qualität ihrer Artikel aus.

Emotionen und Gedanken treffend zu formulieren, die auf den ersten Blick nicht ersichtlich waren. Wobei Milla durchaus bewusst war, dass sie von ihren Lesern nicht erwarten konnte, Mitgefühl mit einem verurteilten Mörder zu entwickeln.

»Madame, glauben Sie mir! Ich kann Sie voll und ganz verstehen. Aber ich hatte Ihnen bereits in unserem ersten Gespräch die Situation in unserer Einrichtung dargelegt. Wir sind chronisch überbelegt und haben viel zu wenig Personal, um sämtliche Sicherheitsbestimmungen erfüllen zu können. Die Anstalt platzt aus allen Nähten. Schließlich können Sie nicht einfach in Hoffmanns Zelle marschieren, um ihm einen kleinen Besuch abzustatten.«

Zodaine hatte sie mit seinen Worten aus ihren Gedanken gerissen, doch beim letzten Satz hielt sie inne. War das die Lösung? »Aber warum geht das nicht? Hoffmann ist in seiner Zelle eingesperrt. Dort werden also alle Sicherheitsmaßnahmen eingehalten, oder etwa nicht?«

Der Gefängnisdirektor kratzte sich am Kinn. »Bei allem Respekt, Madame, aber es geht mir in erster Linie um Ihre Sicherheit und nicht um die Hoffmanns.« Er setzte seine Brille wieder auf und blinzelte kurz. »Ich werde keinen Mitarbeiter finden, der sich freiwillig mit Ihnen und Hoffmann in einer Zelle einschließen lässt. Das ist einfach nicht üblich.«

Zodaine fixierte einen imaginären Punkt auf der Schreibtischplatte, während Milla seinem Blick folgte. Noch wollte sie nicht aufgeben, daher setzte sie erneut an: »Hoffmann ist in seiner Zelle gut gesichert. Ich unterschreibe Ihnen gern, dass ich auf eigenes Risiko und ohne Begleitung eines Wärters die Befragungen in der Zelle durchführe.«

Zodaine musterte sie. »Ist Ihnen eigentlich klar, was Sie da sagen? Warum wollen Sie ein solches Risiko eingehen?«

Ja, warum? Milla wusste keine Antwort auf seine Frage. Abgesehen von der Tatsache, dass sie nach wie vor keine Verbindung zwischen Robert und dieser furchtbaren Tat herstellen konnte, war es wohl ihr unbezwingbarer Wille, diese einmalige Chance zu nutzen, um mit diesem Artikel endlich den entscheidenden Schritt auf dem Weg zur beachteten Journalistin zu schaffen, der man durchaus anspruchsvollere Themen zutrauen konnte. Ihre Entschlossenheit wuchs. Sie straffte die Schultern und sah dem Directeur direkt in die Augen. »Monsieur Zodaine, bitte lassen Sie ein entsprechendes Schriftstück aufsetzen, in dem ich auf jegliche Haftung und Sicherheitsvorkehrungen des Gefängnisses mir gegenüber verzichte. Ich möchte Robert Hoffmann auf eigenes Risiko in seiner Zelle weiter befragen.« Sie machte eine Pause. »Natürlich nur, wenn Hoffmann damit einverstanden ist.«

Henri Zodaine schüttelte den Kopf. »Madame Seifert, ich halte Sie wirklich für eine kluge Frau, oui? Doch Sie verrennen sich gerade. Bei diesem Verbrechen gibt es kein einziges Detail, und sei es noch so unbedeutend, das nicht vor fünf Jahren lang und breit in der Öffentlichkeit dargelegt und diskutiert wurde. Das Gericht hat ein gerechtes Urteil gesprochen. Daher frage ich Sie ganz offen: Was erwarten Sie sich von Ihrer Aktion?«

Ohne nachzudenken, antwortete Milla voller Überzeugung: »Die Wahrheit, Monsieur. Im Gegensatz zu Ihnen habe ich das dumpfe Gefühl, dass es durchaus noch Aspekte bei diesem Mord gibt, die möglicherweise nicht ausreichend beachtet wurden.«

Zodaines Augen verengten sich. »Seien Sie vorsichtig, Madame Seifert. Roger Dubois kann sehr unangenehm werden, wenn der Name seiner Familie in der Presse auftaucht. Ich versichere Ihnen, wenn es in diesem Fall ungeklärte Fragen gegeben hätte, wäre er der Erste gewesen, der auf die Beantwortung selbiger gedrängt hätte.« Sein Blick wurde eindringlicher. »Und glauben Sie mir, Dubois hat die entsprechenden Mittel und den Einfluss, um alle Hebel in Bewegung zu setzen. Es tut mir sehr leid, aber der Fall war so klar und eindeutig wie die Rechenaufgabe eines Erstklässlers.«

Milla musste an das gestrige Gespräch bei der Familie Dubois und an die Andeutungen denken, die Simones und Maries Mutter in der Annahme gemacht hatte, dass Milla sie nicht verstände. Nein, irgendetwas stimmte in dieser Familie nicht. Und Milla würde herausfinden, inwieweit diese Spannungen mit dem Mord zusammenhingen. Das erwähnte sie Zodaine gegenüber jedoch nicht. Stattdessen wiederholte sie ihre Bitte: »Monsieur Zodaine, ich wäre Ihnen sehr dankbar, wenn Sie mir gestatteten, meine Befragung in der Zelle von Hoffmann fortzuführen.«

Eine Stunde später, nachdem sie die von Zodaines Sekretärin eilig aufgesetzte Vereinbarung unterschrieben und Charles Romain die obligatorische Durchsuchung beendet hatte, wurde sie von einem ihr bis jetzt unbekannten Angestellten den Gang hinter dem Flughafenscanner, wie Milla das Hoheitsgebiet von Romain insgeheim nannte, entlanggeführt. Diesmal gingen sie an der Tür zum Besucherraum vorbei und bogen wenige Meter weiter rechts ab. Der Beamte lief voraus, während Milla über das Gespräch mit Zodaine nachdachte. Mangelnden Einsatz konnte Karsten ihr bei all seiner Skepsis nicht vorwerfen. Die weiteren Befragungen würden ohne Sicherheitsvorkehrungen für Milla stattfinden, obwohl sie gewöhnlich überhaupt kein risikobereiter Typ war. Was also war da eben in sie gefahren?

»Hier sind wir. Hinter dieser Tür befinden sich die Zellen der Gefangenen der Sicherheitsstufe drei.«

Die Worte des Beamten rissen Milla aus ihren Gedanken. Sie verfolgte, wie er einen Code eingab, um die weiße Stahltür vor ihnen zu öffnen, die sich vor dem Zellentrakt befand.

»Bitte nach Ihnen, Madame.« Er zeigte in den Bereich dahinter.

Erwartungsvoll betrat sie den verborgenen Teil des Gefängnisses, der für Besucher normalerweise nicht zugänglich war – und wurde enttäuscht. Sie befanden sich erneut in einem Gang, der dem vorherigen stark ähnelte. Rote Backsteinmauern begrenzten den lang gezogenen Flur, von dem auf beiden Seiten unzählige Türen abgingen. Milla konnte nicht bis zum Ende sehen, in ihrem Sichtfeld zählte sie bereits zwanzig Eingänge pro Wand.

Der Angestellte führte sie zur fünften Zelle auf der rechten Seite. Die linke Hand einsatzbereit an der Waffe, die in seinem Holster am Hosenbund steckte, öffnete er mit der Rechten die Zellentür.

»Weg vom Eingang, Hoffmann.« Der Justizbeamte trat einen Schritt zurück, sodass Milla an ihm vorbeigehen und die Zelle betreten konnte. »Madame, ich warte hier draußen. Bitte klopfen Sie an die Tür, wenn ich Ihnen wieder aufschließen soll.« Ihm war anzusehen, dass er ihre Anwesenheit in diesem Bereich nicht guthieß. »Benimm dich, Hoffmann, und halte Abstand.« Erneut wandte er sich an Milla. »Ich hoffe, Sie wissen, was Sie tun.«

Milla nickte wortlos und wartete, bis er die Tür hinter ihr verschlossen hatte. Erst jetzt drehte sie sich um und registrierte Robert, der auf einer Pritsche saß, die offensichtlich sein Nachtlager darstellte. Die komplette Zelle maß nur etwa zwei mal fünf Meter. In der Wand, die der Tür gegenüberlag, befand sich in ungefähr zwei Meter Höhe ein Fenster von maximal einem Viertelquadratmeter, vor dem sich an der Außenmauer dicke Eisenstangen abzeichneten. Auch in die Stahltür war ein kleines Fenster eingelassen. Wie im Film, dachte Milla beklommen, während sie mit einem Blick den kompletten Raum erfasste. Neben der Pritsche befand sich ein schmaler Schrank. An der gegenüberliegenden Seite stand ein kleiner Tisch mit einem Stuhl. Beide Möbelstücke waren im Boden verankert. In der Ecke neben der Tür gab es eine Toilette mit Waschgelegenheit. Das war es. Die Wände der Zelle waren kahl. Weißes Mauerwerk ohne irgendeine Form persönlicher Spuren wie etwa Fotos oder Ähnliches. Ein mulmiges Gefühl machte sich in Milla breit. Robert erhob sich und kam einen Schritt auf sie zu.

»Ich habe Sie wohl unterschätzt. Ehrlich gesagt, hatte ich nicht damit gerechnet, Sie noch einmal zu sehen. Nicht, dass ich mich nicht darüber freuen würde.« Spöttisch grinsend zeigte er auf den Stuhl und bedeutete ihr, Platz zu nehmen.

Da er Deutsch gesprochen hatte, antwortete auch Milla in ihrer Muttersprache: »So schnell gebe ich nicht auf.« Während sie sich setzte, ließ sie ihn nicht aus den Augen. Er platzierte sich wieder auf seinem Bett.

»Tut mir leid, dass ich Ihnen nichts zu trinken anbieten kann. Trotzdem herzlich willkommen in meinem bescheidenen Heim.«

Da Milla nicht wusste, wie oft sie noch die Gelegenheit haben würde, mit ihm zu sprechen, ging sie nicht auf seine ironische Bemerkung ein und legte stattdessen ihr Aufnahmegerät zurecht. Sie wollte keine Zeit mehr vergeuden. Nach einem Blick auf ihre Uhr nannte sie die genaue Zeit und wandte sich dann wieder an Robert. »Sprechen wir über den Abend im Juli vor fünf Jahren, die Nacht, in der Sie Ihre Verlobte brutal vergewaltigt und ermordet haben.« Normalerweise war sie ein feinfühliger und empathischer Mensch, doch dieser Mann weckte eine Seite in ihr, die ihr selbst bisher verborgen geblieben war. Immer wieder musste sie ihn provozieren, um endlich eine Reaktion zu bekommen.

Er schnaufte. »Okay, heute also die harte Tour. Ich dachte, Sie hätten Ihr Schwarz-Weiß-Denken endlich abgelegt, aber da habe ich mich wohl getäuscht.« Er schob seinen Unterkiefer vor. »Denken wir an den kleinen, zweifelsohne bemitleidenswerten leukämiekranken Jungen, dem die böse profitgierige Krankenkasse die ach so dringend benötigte Therapie versagt hatte. Ein Artikel unserer gerechtigkeitsliebenden Starjournalistin hier, und schon lenkt die Kasse ein. Therapie bewilligt, Kind gesund, und die schöne heile Welt von Milla Seifert ist wiederhergestellt.« Voller Verachtung schnaufte er tief durch.

Seine Worte ließen Milla erzittern.

Unbeeindruckt fuhr Robert fort: »Und hier haben wir den bösen, arroganten Vergewaltiger und Mörder. Ja, der Mann ist brutal. Doch unsere Starjournalistin wagt sich todesmutig in die Zelle des Schwerverbrechers. Ist sie nicht furchtlos? Auch hier wird die Welt von Milla Seifert so interpretiert, dass sie wieder in ihre eigene Vorstellung passt. Schwarz und weiß.« Angewidert blickte er sie an, während Milla begriff, was er mit seinen Worten andeuten wollte.

Wut stieg in ihr auf. »Sie denken, Sie stehen über allem, richtig? Doch da muss ich Sie enttäuschen. Sie haben mir bei meinem ersten Besuch gesagt, kein Mensch da draußen«, sie zeigte mit dem Finger Richtung Fenster, »interessiert sich mehr für Sie.« Sie machte eine Pause, bevor sie erbost fortfuhr: »Sie täuschen sich, denn es gibt durchaus Menschen, die sich für Sie interessieren. Mit Ihrem überheblichen Verhalten geben Sie jedoch all denen recht, die Sie hassen und aus tiefstem Herzen verabscheuen. Ich hatte tatsächlich geglaubt, Sie hätten dem Artikel zugestimmt, um der Welt außerhalb dieser Mauern mitzuteilen, dass Sie Ihre Tat zutiefst bereuen, dass Sie die Zeit am liebsten zurückdrehen würden, um alles ungeschehen zu machen.« Milla zuckte mit den Schultern. »Ich habe mich geirrt. Sie wollen nur Ihre Spielchen spielen, um ...«, sie zögerte kurz, »... ja, warum eigentlich? Ich weiß es nicht.« Müde und deprimiert lehnte sie sich zurück.

Roberts Blick wurde intensiver. »Was wollen Sie, Milla?«

»Die Wahrheit. Robert, ich will die Wahrheit.«

Er nickte bedächtig. »Die Wahrheit, richtig. Darum sind Sie hier.« Er streckte seine Beine lang von sich.

Milla wurde bewusst, dass er sich weniger als einen Meter von ihr entfernt befand, ohne Handschellen, ohne Fußfesseln. Doch bevor sie darüber nachdenken konnte, was diese Situation in ihr auslöste, erhob er scharf seine Stimme.

»Welche Wahrheit wollen Sie? Die, dass ich unschuldig bin? Oder die, in der ich Simone kaltblütig von hinten die

Kehle zudrücke, während sie um ihr Leben bettelt?« Er lachte bitter auf. »Oder wie wäre es damit? Im Eifer des Gefechts lasse ich mich zu einer unverzeihlichen Überreaktion hinreißen, wobei Simone ihr Leben lassen muss. Man könnte somit von einer Affekthandlung sprechen.« Den Mund wieder zu einem überheblichen Grinsen verzogen, sprach er weiter: »Welche dieser Wahrheiten passt denn am besten in das Heile-Welt-Denken der Milla Seifert? Suchen Sie sich Ihre Lieblingsversion aus, Madame.« Das letzte Wort spuckte er förmlich aus.

Ihre Wut wuchs. »Was soll das Ganze? Warum bin ich eigentlich hier?«

»Sie wollen die Wahrheit, Milla. Schon vergessen? Die nackte brutale Wahrheit. Eine Wahrheit, die Sie bis zum heutigen Tag Ihres Lebens in Ihrer kleinen Welt niemals für möglich halten würden. Milla Seifert, behütete Kindheit bei ihren Großeltern. Wahrscheinlich aus gesicherten finanziellen Verhältnissen. Milla Seifert, die Journalistin, die die Welt verbessern möchte. Die die Menschen in Gut und Böse einteilen will, ein Wechsel zwischen den Schubladen für alle Zeiten ausgeschlossen. Moralisch absolut integer, widersteht jeder Versuchung.« Robert beugte sich vor, sodass sich sein Gesicht nur noch wenige Zentimeter von Millas entfernt befand. »Wie war ich?« Er sah sie abwartend an.

Milla kochte innerlich. Was bildete sich dieser arrogante Mistkerl ein? Kein Auftrag der Welt war es wert, sich so behandeln zu lassen. Leitartikel hin oder her. Sie würde Karsten mitteilen, dass er sich jemand anderes suchen musste. Ihr Zorn wandelte sich in Entschlossenheit. Sie schaltete das Aufnahmegerät aus und packte es ein, erhob sich und steuerte auf die Tür zu.

Doch Robert war schneller. Mit einem Schritt stand er plötzlich so dicht hinter ihr, dass seine Brust gegen ihren Rücken stieß. Bevor Milla überhaupt reagieren konnte, drängte er sie mit all seiner Kraft gegen die Wand neben dem Waschtisch. Blitzschnell schlang er ihr von hinten seinen rechten Arm um die Kehle. Mit dem anderen hielt er ihren linken Arm fest.

Sie reckte ihren Kopf weiter nach hinten, da seine Ellenbeuge schmerzhaft auf ihren Kehlkopf drückte. Ihr Atem beschleunigte sich. Wie hatte sie sich nur in diese Situation bringen können? Robert Hoffmann war ein verurteilter Mörder. Vorsichtig versuchte sie, ihren Kopf Richtung Tür zu drehen. Doch Robert war nicht dumm. Sie befanden sich genau in der Ecke, die durch das kleine Fenster in der Tür nicht einsehbar war. Der Beamte im Gang konnte nicht erkennen, was in der Zelle vor sich ging. Höchstwahrscheinlich spähte er auch nicht ununterbrochen in den Raum. Es konnte also eine Weile dauern, bis er bemerken würde, dass die beiden nicht mehr auf ihren Plätzen saßen. Milla spürte Panik in sich aufsteigen. Robert, der noch immer dicht hinter ihr stand, verlagerte sein Gewicht und drückte sie fester gegen die Wand. Sie hörte ihn keuchen. Seine Lippen befanden sich nah an ihrem Ohr. Der Kragenstoff seiner Arbeitsjacke rieb über die Haut an ihrem Hals.

»Du willst die Wahrheit, Milla?«

Seine Stimme klang heiser. Verzweifelt versuchte sie, etwas zu erwidern, doch die Angst schnürte ihr die Kehle zu.

»Willst du wissen, wie es Simone in ihren letzten Minuten ergangen ist? Bevor ich ihr von hinten die Kehle zugedrückt habe?« Sein Tonfall wurde fordernder. »Du willst es wissen, richtig, Milla? Du bist doch so todesmutig.«

Hektisch schüttelte sie den Kopf.

Im nächsten Moment ließ er sie los und trat einen Schritt zurück. »Jetzt enttäuschst du mich aber.«

Schwer atmend drehte Milla sich um, lehnte sich mit dem Rücken gegen die Wand und schnappte nach Luft. Für einen kurzen Moment schloss sie die Augen. »Bist du verrückt geworden?« Als sie Robert, der sich in der Zwischenzeit auf seine Pritsche gesetzt hatte, wieder ansah, erkannte sie, dass er mindestens genauso aufgewühlt war wie sie. Er hatte seinen Kopf in den Händen vergraben und sah nun zu ihr auf.

»Milla …« Er stockte. Jegliche Überheblichkeit war aus seiner Miene gewichen. »Es tut mir leid. Ich weiß nicht, was da eben in mich gefahren ist.«

Milla fuhr sich durchs Haar, das ihr gleich darauf wieder ins Gesicht fiel, während sich in der Zelle ein verlegenes Schweigen ausbreitete. Nachdenklich kaute sie auf ihrer Unterlippe, bevor sie einen Entschluss fasste. »Ich denke, es ist besser, wenn ich jetzt gehe, Robert. Es war ein Fehler von mir, anzunehmen, dies könnte der Auftrag meines Lebens werden.« Sie löste sich von der Wand.

Er erhob sich und suchte ihren Blick. Als er einen Schritt auf sie zugehen wollte, bedeutete sie ihm, ihr fernzubleiben.

Er blieb sofort stehen. »Milla, hör zu. Bitte bleib. Ich möchte dir einen Vorschlag machen.«

Sie seufzte, wollte ihn abwimmeln, doch irgendetwas in seiner Stimme ließ sie zögern. »Was für ein Vorschlag?«

Robert zeigte auf den Stuhl neben ihr, doch sie reagierte nicht. »Nein, ich stehe ganz gut. Also, was für ein Vorschlag?«

Robert ließ die Schultern fallen. Seine Hände zitterten leicht. »Ich möchte, dass du diesen Artikel über mich schreibst. Ab sofort werde ich kooperieren.« Er hob seine Hände. »Versprochen, keine Spielchen mehr. Keine dummen Sprüche, keine persönlichen oder beleidigenden Kommentare. Ich meine es wirklich ernst.«

Noch immer zweifelnd ergänzte sie: »Und keine weiteren Überfälle?«

Nachdem er sie sekundenlang angesehen hatte, nickte er. »Keine weiteren Übergriffe.«

»Was willst du dafür? Dieser Sinneswandel kommt doch nicht von ungefähr. Also? Welche Gegenleistung erwartest du?«

Seine Antwort kam ohne Zögern. »Eine faire Berichterstattung über mich.«

»Ich hatte nie etwas anderes vor.«

»Ich weiß. Verdammt, Milla. Ich weiß doch, dass du eine sehr gute und absolut verlässliche Journalistin bist. Ich kann dir nicht erklären, was da eben passiert ist.«

Milla ließ sich auf den Stuhl fallen. Ihre Gedanken überschlugen sich. Auch Robert machte einen bewegten Eindruck. Sein Übergriff hatte etwas in Milla ausgelöst, was sie nicht einzuordnen wusste. »Vielleicht war die Situation damals ähnlich? Vielleicht ist dir auch damals eine Sicherung durchgebrannt?« Sie musste die Gunst der Stunde nutzen, auch wenn das Aufnahmegerät ausgeschaltet war.

»Mir ist keine Sicherung durchgebrannt.« Seine Stimme klang barsch. »Vielleicht hast du gerade bemerkt, dass ich die Situation problemlos entschärfen konnte. Ich bin kein Choleriker, der sich nicht unter Kontrolle hat.«

Sein Tonfall alarmierte sie. »Vielleicht sollten wir unser Gespräch für heute beenden. Bis morgen haben sich die Emotionen hoffentlich wieder beruhigt.«

»Milla.«

Sie zog die Brauen hoch.

»Wirst du mir sagen, was bei deinen Recherchen herauskommt?«

Seine Bitte überraschte sie. »Willst du es denn überhaupt wissen?«

»Wenn du mir von deinen Gesprächen erzählst, kann ich vielleicht die eine oder andere Information ergänzen. Was hältst du davon? So bekommst du ein umfassendes Bild der ganzen Situation und kannst die Zusammenhänge möglicherweise besser einordnen. Am Ende entscheidest natürlich du, was du schreiben willst.« In seinem Blick spiegelte sich Hoffnung wider.

Was hatte sie zu verlieren? Konnte es schaden, mit ihm die

Aussagen der Angehörigen und anderen Befragten durchzusprechen? Schließlich hatte er recht. Letztlich würde Milla bestimmen, was gedruckt würde und was nicht. »Einverstanden. Ich erzähle dir beim nächsten Mal von meinem Besuch bei Simones Familie.«

»Dubois hat mit dir gesprochen? Das wundert mich.« Er zuckte mit den Achseln. »Dein Charme hat ihn wohl überzeugt.«

Während er sie schelmisch anlächelte, vergaß sie für einen Moment, was vor wenigen Minuten geschehen war. »Dubois hat nicht wirklich mit mir gesprochen. Aber darüber reden wir nächstes Mal.« Sie ging zur Tür.

»Milla?«

Sie hielt inne, um sich noch einmal umzudrehen.

»Danke, ich meine es ernst. Ich habe mich heute idiotisch verhalten.« Sein Blick war entwaffnend und, wie sie zu erkennen meinte, voller Ehrlichkeit.

»Heute?«

»Okay.« Schuldbewusst zog er eine Grimasse. »Nicht nur heute.«

Nickend drehte sie sich wieder um. »Meine Mutter ist gestorben, als ich ein kleines Kind war. Deshalb bin ich bei meinen Großeltern aufgewachsen. Mein Vater ist zum dritten Mal geschieden. Meine aktuelle Stiefmutter ist einige Jahre jünger als ich. Und, ach ja, meine Ehe ist seit Jahren ein Scherbenhaufen, da mein Mann mich mit jedem weiblichen Wesen, das ihm über den Weg gelaufen ist, betrogen hat. Nur so viel zu der schönen heilen Welt von Milla Seifert.«

Sie klopfte an die Zellentür und wartete mit gesenktem Kopf, bis der Justizbeamte die Tür aufschloss und sie hinausließ.

14

Robert lag, die Arme hinter dem Kopf verschränkt, auf seiner Pritsche und starrte an die Decke, während er über das eben Geschehene nachdachte. Fast hätte er es verbockt. Was war er nur für ein Idiot! Wenn Milla gegangen wäre, ohne seine Entschuldigung anzuhören, wäre sein schöner Plan zunichte gewesen. Was hatte er sich nur dabei gedacht? Er ließ den Blick über den Beton wandern und zählte die Risse, die sich zum Teil von der einen bis zur anderen Zellenseite erstreckten. Dieses Tricks bediente er sich immer, wenn er merkte, dass Unruhe in ihm aufstieg. Eins, zwei, drei, vier ... Beim zwanzigsten Riss unterbrach er sich.

Milla! Wie hatte sie ihn dermaßen aus dem Konzept bringen können? Als sie aufgestanden war, um zu gehen, war bei ihm tatsächlich eine Sicherung durchgebrannt. Nicht nur, dass er sein Vorhaben hätte begraben können, nein, in jenem Moment hatte er auch unbedingt verhindern wollen, dass sie ihn verließ. Damit war er noch nie zurechtgekommen, wie er sich eingestehen musste. Bei Simone war es ähnlich gewesen. Milla jedoch war nur eine Journalistin, die ein rein berufliches Interesse an ihm hatte. Simone hingegen war die Frau seines Lebens gewesen. Oder etwa nicht? Manchmal war er sich da nicht mehr ganz so sicher. Wäre die Tat zu verhindern gewesen, wenn sie sich damals anders verhalten hätte? Robert wusste es nicht. Und wenn er sich nicht in den Griff bekam, würde er es auch nie herausfinden.

Frustriert drehte er sich auf die Seite und seufzte. Heute beruhigte ihn das Zählen der Risse nicht, was weniger an der nachlassenden Wirkung seines bewährten Rituals lag als an der Frau, die ihn seit drei Tagen mehr aufwühlte, als er sich eingestehen wollte. Inständig hoffte er, dass sie nicht bemerkt hatte, wie sein Körper auf sie reagierte. Er musste an den lauen Maiabend vor vielen Jahren denken, als er Milla zum ersten Mal begegnet war. Noch heute fragte er sich, ob er damals etwas hätte anders machen können, hätte anders machen müssen, um die nachfolgenden Ereignisse verhindern zu können. Vielleicht wäre Milla durch einen anderen Verlauf ihrer Begegnung viel Leid erspart geblieben.

Robert schloss die Augen. Es war müßig, darüber nachzudenken. Er konnte die Vergangenheit nicht mehr ändern. Der Verlauf der Dinge war unaufhaltsam vorangeschritten. Jetzt hatte er sein Schicksal zu akzeptieren. Es sei denn, überlegte er hoffnungsfroh, es sei denn, Milla Seifert erledigte ihre Arbeit gewissenhaft und gründlich. Vielleicht gäbe es dann einen klitzekleinen Hoffnungsschimmer für ihn.

15

Milla staunte angesichts des überdimensionierten Weihnachtsbaums, der am Anfang der Champs-Élysées aufgebaut stand. Es war später Nachmittag. Hunderte von Lichtern funkelten im spärlichen Schein der Straßenlaternen um die Wette. Sie wusste nicht, wo sie zuerst hinschauen sollte. Über die gesamte Allee erstreckte sich unter einer Weihnachtsdekoration, die ihresgleichen suchte, ein riesiger Adventsmarkt, der Milla schier die Sprache verschlug. Tatsächlich war sie noch nie zu dieser Jahreszeit in Paris gewesen. Mittlerweile war sie froh, dass Sandrine sie überredet hatte, mit ihr hierherzukommen.

Nach dem schockierenden Zwischenfall mit Robert war Milla so aufgewühlt gewesen, dass sie sich am liebsten nur noch vor den Kamin gekuschelt hätte, Minou auf dem Schoß und eine heiße Tasse Kaffee in der Hand. Doch Sandrine hatte keine Ausrede gelten lassen, sondern ihre Freundin stattdessen zur Métro geschleppt.

In der Innenstadt angekommen, waren sie zuerst eine Weile im Jardin du Luxembourg spazieren gegangen, den Milla bereits von früheren Besuchen in Paris kannte. Während Sandrine von ihrer Arbeit in Südfrankreich erzählt hatte und Milla fürs Erste von unangenehmen Fragen verschont geblieben war, hatte sie sich wieder ein wenig beruhigen können. Sie kannten sich lange genug, dass Sandrine wusste, wann sie ihre Freundin nicht bedrängen durfte.

Als es zu dämmern begann, hatten sie schließlich den Weihnachtsmarkt auf der Prachtallee zwischen dem Arc de Triomphe und der Place de la Concorde angesteuert. Nun standen sie am Rande des Markts und ließen die festliche Stimmung und die adventlichen Düfte, die dutzendfach in der Luft lagen, auf sich wirken.

»Mon Dieu, was für ein Spektakel.«

Milla spürte den Blick ihrer Freundin auf sich. »Du hast wirklich nicht zu viel versprochen«, stimmte sie abwesend zu.

Sandrines Miene nahm einen besorgten Ausdruck an. »Was ist los, Milla? Was ist im Gefängnis passiert? In den letzten drei Stunden hast du keine zehn Sätze gesagt. Und ich sehe doch, dass du total durch den Wind bist.«

Milla senkte den Kopf, sodass ihr dichtes Haar ihr Gesicht verdeckte. Im nächsten Moment spürte sie Sandrines Hand an ihrem Arm. Mit sanftem Druck zog sie Milla von den Menschenmassen weg. Zielstrebig steuerte sie auf einen leeren, etwas zurückgesetzten Hauseingang zu.

»Also, was ist los? Ich habe dir drei Stunden gegeben. Aber jetzt ist es genug.« Sandrine trat ungeduldig von einem Fuß auf den anderen.

Hilfe suchend drehte sich Milla um und blickte zu den Passanten, die in Strömen an dem Hauseingang vorbeieilten.

»Hier bin ich, Milla. Bitte sieh mich an.« Mittlerweile klang Sandrine genervt.

Milla schob ihre Brille nach oben und wich Sandrines Blick

aus. »Er hat mir demonstriert, was Simone kurz vor ihrem Tod erlebt hat.« Sie fühlte sich hilflos und leer.

Sandrine fuhr sich mit der Zunge über die Lippen, während sie tief durchatmete. »Was soll das heißen? Hat er dich etwa …?« Sie stockte. »Du warst doch nicht allein mit ihm, wo war denn der Justizbeamte?«

Milla berichtete Sandrine von dem Wasserschaden und den damit verbundenen Folgen für sie. Als sie bei ihrem Vorschlag ankam, den sie Henri Zodaine unterbreitet hatte, verlor Sandrine endgültig die Geduld.

Ungehalten umfasste sie Millas Oberarme und schüttelte sie leicht. »Das hat er ja hoffentlich abgelehnt? Milla, sag mir, dass du nicht allein in Hoffmanns Zelle gegangen bist?« Ihre Stimme klang schrill.

Vorbeilaufende Passanten warfen ihnen merkwürdige Blicke zu.

»Sandrine, bitte«, versuchte Milla, ihre Freundin zu beschwichtigen, die sie urplötzlich losließ und mit ihrem rechten Fuß aufstampfte.

Sandrine zeigte mit ihrer Hand in Millas Richtung. »Und? Du warst allein mit ihm, oder? Was ist dann passiert? Er hat dich vergewaltigt, stimmt's?«

An ihrer distanzierten, fast emotionslosen Stimme erkannte Milla, dass Sandrine richtig wütend war. Eilig schüttelte sie den Kopf und erzählte in kurzen Sätzen, was in der Zelle geschehen war.

Etwas ruhiger, aber keinesfalls beschwichtigt sah Sandrine sie mit festem Blick an. »Du wirst dort nicht mehr hingehen, verstanden?«

Als sie zu einer Antwort ansetzen wollte, entdeckte Milla plötzlich Marie Dubois, die in einiger Entfernung vor dem Hauseingang in Begleitung eines Mannes an ihnen vorbeilief. Hektisch zog sie Sandrine zur Seite und linste vorsichtig um die Hausecke.

Sandrine riss sich los. »Was soll denn das jetzt?«, zischte sie hörbar ungehalten.

Doch Milla zog sie bereits hinter sich her aus dem Hauseingang hinaus.

»Milla, hör auf. Was machst du da?« Sandrine hatte sichtlich Mühe, mit Milla Schritt zu halten, die sich im einen Moment suchend umschaute, um im nächsten abrupt stehen zu bleiben.

Als Sandrine zu einer neuen Schimpftirade ansetzen wollte, kam Milla ihr zuvor. »Da drüben steht Marie Dubois mit einem Mann.« Vorsichtig schaute sie über Sandrines Schulter.

Überrascht drehte diese sich um. »Das ist ihr Mann. Ich glaube, er ist Arzt.«

Milla musterte den Ehemann von Marie Dubois. Auf eine gewöhnliche Art sah er gut aus. Er war schlank und hatte dunkles Haar, das sich über seinem Mantelkragen wellte. Die beiden standen dicht nebeneinander an einem der Stände und schwiegen sich an. Maries angespannter Gesichtsausdruck verriet, dass sie wütend war, während ihr Mann teilnahmslos in eine andere Richtung blickte und seiner Frau keinerlei Beachtung schenkte.

»Eine glückliche Ehe sieht anders aus. Was ist los mit den beiden?« Sie musterte ihre Freundin.

Sandrine zuckte mit den Schultern. »Keine Ahnung.«

Schweigend beobachteten sie das Paar, das nur wenige Meter von ihnen entfernt stand und sich ganz offensichtlich nichts zu sagen hatte.

Als Marie und ihr Mann weitergingen und in der Menschenmenge verschwanden, konzentrierte sich Milla wieder auf Sandrine.

»Du gehst dort nicht mehr hin, Milla«, wiederholte Sandrine ihre Bitte von eben. »Du hast jetzt am eigenen Leib erlebt, zu was dieser Mistkerl imstande ist. Befrage die Zeugen und wen du sonst noch auf deiner Liste hast. Aber lass die Finger von Hoffmann.« Sie zupfte Milla am Ärmel. »Bitte.«

Einen Moment lang betrachtete Milla gedankenverloren das rege Treiben um sie herum. Ihr Verstand sagte ihr, dass Sandrine recht hatte. Wie war sie nur auf die hirnverbrannte Idee gekommen, sich mit Hoffmann allein einschließen zu lassen? Mit einem verurteilten Vergewaltiger und Mörder? Letztendlich hatte es sich bewahrheitet, was sie von Beginn an vermutet hatte. Dass er sich nicht unter Kontrolle hatte, war offensichtlich gewesen. Eine andere Reaktion von ihm beunruhigte sie hingegen noch viel stärker. Doch die behielt sie für sich. »Es tut mir leid, Sandrine. Aber ich muss auf jeden Fall noch mal zu ihm, da ich noch nicht mit ihm über die Mordnacht gesprochen …«

Bevor sie ihren Satz zu Ende bringen konnte, wurde sie von Sandrine unterbrochen. »Milla, du verrennst dich in etwas. Ich kann ja verstehen, dass du gründliche Arbeit abliefern willst. Aber dieser Fall ist gelaufen. Lass dich nicht von Hoffmann manipulieren. Er wurde verurteilt, weil er definitiv schuldig ist. Vergiss die Bemerkungen von Dubois und seiner Frau bezüglich der Gerüchte. Du weißt doch gar nicht, was die beiden damit gemeint haben.«

Milla zögerte. »Ich kann nicht. Ich habe gespürt, dass in dieser Familie irgendetwas nicht stimmt. Und ich werde herausfinden, was. Ich habe mit Robert besprochen, dass ich ihn über den Inhalt meiner Befragungen informiere und er mir dazu seine Sichtweise mitteilt.«

»Merkst du denn nicht, was er mit dir macht? *Robert!* Seid ihr schon so vertraut miteinander? Mon Dieu, Milla! Du sollst nur einen Artikel über diesen Mörder schreiben. Es ist nicht deine Aufgabe, den kompletten Fall neu aufzurollen. Mit deinen Befragungen wirst du dir sicher keine Freunde machen. Ich sage es dir noch einmal: Dieses Schwein versucht, dich zu beeinflussen.« Sichtlich verärgert stampfte sie erneut mit ihrem Fuß auf.

»Ich werde diesen Bericht schreiben. Und ich werde herausfinden, was die Familie Dubois zu verbergen hat. Tut mir leid, Sandrine, wenn du das nicht verstehen kannst. Natürlich sind Modeberichte oder Städtebeschreibungen wesentlich ungefährlicher als diese Art der Berichterstattung. Aber ich werde meine Chance nutzen. Ich möchte nämlich nicht mein Leben lang über langweilige Bürgermeisterkandidaten oder uninteressante Möchtegern-Promis schreiben.«

Sandrine schnaubte wütend.

»Robert wird mir nichts antun. Er weiß genau, dass er das bitter bereuen würde und im Gefängnis keine ruhige Minute mehr hätte«, erwiderte Milla in bestimmtem Ton.

Sandrine lachte bitter auf. »Ja, klar. Das wird einen bereits verurteilten Mörder, der nichts zu verlieren hat, mit Sicherheit abschrecken. Aber ich mit meinen unwichtigen Themen habe ja eh keine Ahnung.«

»Sandrine, so habe ich das doch nicht gemeint …«, setzte Milla an.

»Doch, genau so hast du es gemeint.« Sandrine winkte ab. »Aber lass gut sein. Wenn du unbedingt Miss Marple spielen willst, bitte schön. Beschwer dich später nur nicht, wenn das Einzige, was du herausfinden wirst, die Tatsache ist, dass Hoffmann, pardon, Robert ein brutaler Mörder und dazu ein höchst manipulativer arroganter Typ ist.«

Statt auf den sarkastischen Tonfall ihrer Freundin einzugehen, wandte sich Milla schweigend ab und ging auf die Marktstände zu.

Den Heimweg verbrachten sie in angespanntem Schweigen.

Zu Hause zog Sandrine sich mit der fadenscheinigen Begründung zurück, sie müsse morgen früh raus.

Genervt inspizierte Milla die DVD-Sammlung ihrer Freundin, als sie plötzlich einen Film mit Simone Dubois entdeckte. Sie legte die DVD ein und startete den Film.

Kurz darauf schlich Minou sich an und versuchte, es sich

auf Millas Schoß bequem zu machen. Doch sie war zu unruhig für irgendwelche Streicheleinheiten. Beleidigt verschwand der Kater schließlich im Obergeschoss.

Nach wenigen Minuten registrierte Milla, dass sie der Geschichte überhaupt nicht folgte. Immer wieder schweiften ihre Gedanken ab. Kurzerhand schaltete sie den Ton aus und betrachtete die attraktive Schauspielerin, die gerade im Begriff war, einen gut aussehenden dunkelhaarigen Mann zu küssen. Millas Gedanken wanderten zu Robert, dem Mann, der diese Blondine ebenfalls geküsst hatte. Warum hatte er sie ermordet, wenn sie angeblich seine große Liebe war?

Robert. Noch immer war Milla derart durcheinander, wenn sie an ihn dachte, dass sie beschloss, morgen nicht ins Gefängnis zu gehen. Stattdessen würde sie versuchen, mit dem zuständigen Polizeibeamten zu sprechen. Vielleicht konnte dieser ihr etwas zu einem möglichen Motiv oder den so erdrückenden Beweisen sagen. Robert würde ein Tag Abstand sicher ebenfalls guttun. Sie erinnerte sich an seinen Geruch, als er so dicht hinter ihr gestanden hatte. Natürlich hatte in den Fasern seiner Kleidung der typische Gefängnismief gehangen, doch ganz schwach hatte sie seinen eigenen Duft wahrnehmen können. Zu ihrem Leidwesen war dieser alles andere als unangenehm gewesen. Milla verdrängte den Gedanken und konzentrierte sich wieder auf die Handlung auf dem Bildschirm. Simone Dubois diskutierte gerade wild gestikulierend mit dem Mann, den sie noch vor wenigen Minuten so leidenschaftlich geküsst hatte, als gäbe es kein Morgen.

Als Simones Gesicht in Großaufnahme gezeigt wurde, beugte Milla sich hastig vor und stoppte den Film. Minutenlang musterte sie das makellose Gesicht. Zweifellos war Simone eine überaus attraktive Frau gewesen. Sicher hatten Robert und sie überall Aufsehen erregt, wo sie gemeinsam aufgetreten waren. Der gut aussehende bekannte Enthüllungsjournalist und die französische Schauspielikone schlechthin, was für eine

Kombination. Fraglos war ihre Beziehung, was die Öffentlichkeitswirksamkeit betraf, für keinen der beiden von Nachteil gewesen. Aber wie hatte die Situation so außer Kontrolle geraten können, dass nun eine Hälfte dieses Traumpaares tot war und die andere als Mörder hinter Gittern saß?

Während Milla abwesend ihre Brille zurechtschob, ließ sie den Film weiterlaufen und lehnte sich zurück. Sie musste an die Auseinandersetzung mit Sandrine denken. Selbstverständlich verstand sie die Sorgen ihrer Freundin. Auch Zodaine hatte sie mit fast den gleichen Worten gewarnt. Letztlich wusste Milla selbst nicht, wieso sie sich so unvernünftig verhielt. Wesentlich beunruhigender als Roberts eigentlicher Übergriff erschien ihr seine Reaktion, die ihr nicht verborgen geblieben war. Obwohl er versucht hatte, unauffällig ein Stück von ihr abzurücken, war es bereits zu spät gewesen. Als er hinter ihr gestanden und sie an sich gedrückt hatte, war er erregt gewesen. Diese Entdeckung löste nicht etwa Panik in Milla aus, sondern verunsicherte sie auf eine ganz und gar unprofessionelle Art und Weise.

16

Als Milla am nächsten Morgen in die Küche kam, saß Sandrine bereits am Esstisch und kaute sichtlich lustlos auf einem Stück Baguette herum.

»Bonjour.« Milla wusste nicht so recht, wie sie sich verhalten sollte.

Doch Sandrine, quirlig, wie sie war, kam ihr bereits zuvor. Während sie ihr einen Becher mit dampfendem Kaffee hinschob, setzte sie an: »Milla, hör zu. Es tut mir leid.«

»Das muss es nicht …«, sagte Milla erleichtert. »Ich …«

»Doch. Schließlich bist du erwachsen. Du tust, was du für

richtig hältst. Auch wenn ich absolut keine Ahnung habe, was du dir von deinen Besuchen im Gefängnis versprichst, kenne ich dich lange genug. Du bist eine vernünftige Frau. Und du bist zu intelligent, um auf die Manipulationen dieses Mistkerls hereinzufallen.«

Milla schluckte, als sie an ihre Überlegungen von gestern Abend dachte. Auf keinen Fall konnte sie Sandrine sagen, dass sich ihre Gedanken mehr mit Robert als Mann denn als Verbrecher beschäftigt hatten. Sandrine würde sie für komplett verrückt erklären. Vielleicht lag es in Millas Genen, dass sie sich immer wieder auf Männer einließ, die ihr in keiner Weise guttaten. Hatte sie denn nichts aus ihrer Beziehung mit Sebastian gelernt? Ihr Noch-Ehemann hatte sie schamlos betrogen und belogen. Warum konnte Milla nicht endlich einen netten, unkomplizierten Kerl kennenlernen, mit ihm eine Familie gründen und bis ans Ende ihrer Tage glücklich und zufrieden in Frieden leben?

»Milla? Bist du immer noch sauer?«

Milla schaute zu ihrer Freundin, da sie nur deren letzte Worte mitbekommen hatte. »Nein, natürlich nicht«, erwiderte sie hastig. Sie nahm einen Schluck Kaffee und brach sich ein Stück Baguette ab. »Mir tut es auch leid, was ich gestern gesagt habe. Ich wollte deine Arbeit wirklich nicht abwerten.« Sie stockte kurz. »Du machst einen Superjob. Sonst würdest du sicher nicht für das Pariser Frauenmagazin Nummer eins arbeiten.« Unruhig nestelte sie mit ihren Fingern an dem warmen Becher herum. »Ich dagegen? Kein Mensch außerhalb von Frankfurt kennt den *Mainkurier*.« Entschlossen setzte Milla sich aufrecht hin. »Aber das werde ich jetzt ändern.«

Sandrine hatte ihr schweigend zugehört. Minou kam in die Küche. Sofort stand sie auf und machte dem Kater sein Frühstück, das aus einer Schüssel Trockenfutter und einem Schälchen Milch bestand.

Während Milla ihre Freundin beobachtete, fiel ihr etwas ein.

»Sandrine, ich habe mir gestern Abend *Freunde und Liebende* angesehen. Rein optisch waren Simone und Robert wirklich ein spektakuläres Paar. Sicher sind sie doch oft zusammen in der Öffentlichkeit aufgetreten?«

Sandrine zögerte, bevor sie antwortete: »Nein, eigentlich nicht. In der Tat hatte man Hoffmann vor seiner Beziehung mit Simone wesentlich öfter in den Boulevardblättern der Stadt gesehen, natürlich nie allein, sondern immer in Begleitung wechselnder weiblicher Bekanntschaften. Als Außenstehender hätte man tatsächlich das Gefühl bekommen können, dass die Beziehung der beiden etwas Besonderes war. Es wurde nichts nach außen getragen, keinerlei Indiskretionen, auch nicht aus dem persönlichen Umfeld. Umso geschockter waren alle, als bekannt wurde, was Hoffmann getan hatte.« Sandrine stand auf und tigerte in der Küche herum, bis sie sich schließlich an den Kühlschrank lehnte und mit emotionsloser Stimme weitersprach: »Der Tag nach dem Mord war ein Albtraum. Ganz Frankreich befand sich in einer Art Schockstarre. Ähnliches hatte ich nur erlebt, als Prinzessin Diana gestorben war. Niemand wollte es glauben. Es fühlte sich so verdammt falsch an. Wenige Tage zuvor war Simone noch im Fernsehen zu sehen gewesen während eines Wohltätigkeitsabends.«

Selten hatte Milla ihre Freundin so mitgenommen erlebt.

»Hast du sie persönlich gekannt?«

Sandrine nickte. »Ich habe sie einmal auf einer Preisverleihung in Montpellier getroffen. Eine faszinierende Frau. Wir kamen ins Gespräch, waren uns sympathisch, und sie hatte sogar angeboten, mir ein Interview zu geben.«

Überrascht musterte Milla das Gesicht ihrer Freundin. Dass Sandrine Simone gekannt hatte, hatte sie bis jetzt nicht gewusst. »Ging es um einen neuen Film?«

Sandrine lächelte schwach. »Nein, sie wollte mir ein Interview zu ihrer bevorstehenden Hochzeit geben. Dazu hatte sie jedoch keine Gelegenheit mehr. Drei Monate danach war sie tot.«

17

Zwei Stunden später saß Milla auf dem Flur des Polizeireviers im zwölften Arrondissement, das den Namen Reuilly trug. Paris war in zwanzig Arrondissements eingeteilt, deren Nummerierung im historischen Stadtkern in der Gegend des Louvre begann und sich spiralförmig zweieinhalbmal durch die Stadt zog. Daher wurde diese Einteilung auch »escargot de Paris«, Pariser Schnecke, genannt.

Capitaine Luc Royaume, der vor fünf Jahren die Ermittlungen im Mordfall Dubois geleitet hatte, war mittlerweile in diesem Stadtteil beschäftigt, wie Milla bei ihren Recherchen herausgefunden hatte. Da sie nicht riskieren wollte, am Telefon von ihm abgewimmelt zu werden, hatte sie sich kurzerhand die entsprechende Métroverbindung herausgesucht und war bis zur Station Gare de Lyon gefahren.

Es war ein eisiger Tag Anfang Dezember, und Milla hatte trotz ihres dicken Strickpullovers und ihres Wintermantels gefröstelt, als sie die letzten Meter zu Fuß zurücklegte. Der schneidende Wind hatte ihr Tränen in die Augen getrieben.

Angespannt schaute sie jetzt auf ihre Uhr. Die Sekretärin hatte ihr mitgeteilt, dass der Capitaine in einer Besprechung sei, und Milla vor die Wahl gestellt, es später erneut zu versuchen oder auf dem Revier zu warten. Aufgrund der draußen herrschenden Temperaturen hatte sie sich für Letzteres entschieden.

Da Milla heute keine weiteren Termine hatte, machte ihr das Warten nichts aus. Zodaine hatte sie vorhin bereits darüber informiert, dass sie heute nicht nach Fresnes käme. Er hatte ihr zugesichert, es Robert auszurichten.

Als Milla nun ihren Blick durch den grau gestrichenen Flur wandern ließ, von dem ein halbes Dutzend Türen zu den einzelnen Büros führte, klingelte ihr Smartphone.

»Seifert.«

»Madame Seifert? Hier spricht Yvonne Jarreau. Mein Privatsekretär hat mir eine Nachricht von Ihnen weitergeleitet, in der Sie um Rückruf baten.«

Milla verdrehte die Augen. Privatsekretär. In welche Kreise war sie hier nur geraten? »Madame Jarreau, vielen Dank für Ihren Anruf. Ich bin Journalistin und komme aus Deutschland. Im Moment recherchiere ich für einen Artikel über Robert Hoffmann und den Mord an Simone Dubois. Da Ihr Mann schon lange mit Monsieur Hoffmann befreundet ist, würde ich mich sehr freuen, wenn er ein wenig Zeit erübrigen könnte, um mir einige Fragen zu beantworten.«

Am anderen Ende der Leitung herrschte für einen Moment Schweigen, bevor Yvonne Jarreau vorsichtig erwiderte: »Robert, ja. Olivier und er kennen sich tatsächlich schon ewig. Früher ...«, Milla hörte, wie die Frau tief einatmete, »früher, also bevor das mit Simone passiert ist, haben wir uns oft getroffen oder etwas gemeinsam unternommen.« Erneut verstummte sie.

»Madame Jarreau, wäre es möglich, dass ich mit Ihrem Mann sprechen könnte? Ich vermute, er ist einer der wenigen Menschen, die mir beschreiben können, was Robert Hoffmann damals für ein Mensch war. Was ihn ausmachte. Es wäre mir wichtig, auch diese Seite Hoffmanns zu erfassen.«

»Das wird Monsieur Dubois aber nicht gefallen, Madame Seifert. Er ist sehr ... nun, sagen wir mal, eigen, wenn es um seine ermordete Tochter geht.«

»Seien Sie versichert, Madame, dass ich das Opfer keinesfalls verunglimpfen möchte. Hoffmann ist ein Mörder. Aber vielleicht gibt es ja Seiten an ihm, die man so nicht vermuten würde. Und ich wüsste außer seinen Eltern niemanden, der mir dazu etwas sagen könnte.«

»Gut«, erklärte Yvonne Jarreau, »wenn Sie heute Nachmittag Zeit haben, erwarten wir Sie gegen sechzehn Uhr. Ich werde meinen Mann über Ihren Besuch informieren. Er wollte heute etwas früher nach Hause kommen.«

Nachdem Milla sich für den kurzfristig anberaumten Termin bedankt hatte, verabschiedete sie sich. Seit ihrer Ankunft am Donnerstag hatte sie der Familie Jarreau unzählige Male Nachrichten hinterlassen, doch da sich niemand zurückmeldete, hatte Milla schon befürchtet, dass Olivier Jarreau kein Interesse an einem Interview haben könnte. Milla hatte gelesen, dass er bis vor einigen Jahren als erfolgreicher Anwalt Partner in einer großen renommierten Pariser Kanzlei gewesen war, bevor er als Geschäftsführer im Konzern seines Schwiegervaters angefangen hatte, wo er bis heute die gesamte Rechtsabteilung leitete. Auch Yvonne Jarreau war gelernte Juristin. Da sich die beiden nach der Aussage von Corinne Mercier schon ewig kannten, vermutete Milla, dass sie sich während des Studiums kennengelernt hatten, das beide an der berühmten Sorbonne hier in Paris absolvierten. Auch Yvonne Jarreau arbeitete im Unternehmen ihres Vaters.

Mit dem goldenen Löffel im Mund geboren, schoss es Milla durch den Kopf. Was hatte sie selbst mit Mitte dreißig vorzuweisen? Sie straffte ihre Schultern. Aber das würde sich jetzt ändern. Milla Seifert würde endlich zeigen, was in ihr steckte. Wenn schon ihr Privatleben eine einzige Katastrophe war, so würde sie nun zumindest beruflich durchstarten. Und Capitaine Royaume war der nächste, der ihr dabei helfen sollte. Erneut schaute sie auf die Uhr. Seit ihrer Ankunft im Revier war eine knappe Stunde vergangen.

Nur wenige Augenblicke später kam ein älterer Mann Anfang sechzig den Flur entlang. Zielstrebig steuerte er auf sie zu.

»Madame Seifert?«

Milla erhob sich, um ihm die Hand zu geben.

»Ich bin Capitaine Royaume. Gehen wir doch in mein Büro.«

Er zeigte auf eine der Türen, die sich auf der anderen Seite des Ganges befanden. Milla folgte ihm.

In seinem Büro angekommen, bot er ihr den Stuhl vor seinem Schreibtisch an und setzte sich ebenfalls. Sein Schreibtisch war mit Unterlagen übersät. Ganz offensichtlich schien der Capitaine kein Ordnungsfanatiker zu sein. Auch in den Regalen lagen Unmengen von Akten kreuz und quer. Milla fragte sich, wie man in diesem Chaos noch den Überblick behalten konnte. Als sie den Blick des Polizisten auf sich spürte, konzentrierte sie sich auf ihr eigentliches Anliegen und stellte sich in kurzen Sätzen vor. Nachdem sie ihre Ausführungen beendet hatte, lehnte sich der Polizist zurück und nickte leicht.

»Ein Artikel über Robert Hoffmann.« Er brummte etwas Unverständliches vor sich hin. »Ich dachte, er hätte mit seinesgleichen abgeschlossen und wolle nichts mehr mit der Presse zu tun haben.«

Abwartend musterte Milla sein Gesicht. Er war ein gut aussehender Mann mit stahlblauen Augen.

»Ein schlimmer Fall.« Royaume wiegte seinen Kopf leicht hin und her. »Einer der schlimmsten, die ich je bearbeitet habe.«

Planlos schob er einige Akten auf seinem Schreibtisch umher, was Millas Eindruck verstärkte, dass der Beamte ein äußerst unstrukturierter Mensch zu sein schien.

»Haben Sie bereits mit Hoffmann gesprochen?«, wollte der Polizist im nächsten Moment von Milla wissen und beendete sein seltsames Herumgeschiebe der Unterlagen wieder.

Milla nickte und löste endlich ihren Blick von dem völlig überladenen Schreibtisch. »Ich war bereits in Fresnes. Allerdings hoffe ich, dass Sie mir noch einige Informationen geben können, die das Mordmotiv oder den Ablauf der Tat betreffen.«

»Madame, bitte haben Sie Verständnis dafür, dass ich Ihnen nur der Öffentlichkeit bekannte Details nennen darf. Die Untersuchungen sind zwar abgeschlossen, aber es ist nicht möglich, Ihnen sämtliche Ermittlungsergebnisse offenzulegen.«

Milla holte ihr Aufnahmegerät aus der Tasche und legte es an den Rand des Tisches. »Darf ich?« Sie blickte Royaume fragend an.

Dieser erhob sich und bedeutete ihr zu warten. »Bitte haben Sie einen Moment Geduld, Madame. Ich hole mir nur schnell die entsprechende Fallakte. Vielleicht kann ich Ihnen einige Ihrer Fragen beantworten.«

Nachdem er den Raum verlassen hatte, ließ Milla erneut ihren Blick über die vollgestellten Regale wandern, die die Wände des Büros verdeckten. Auch bei näherem Hinsehen konnte sie keine Ordnung und kein System erkennen. Einige Akten lagen kreuz und quer auf den Brettern, andere standen geordnet in Reih und Glied.

Während sie auf die Rückkehr des Beamten wartete, klingelte ihr Smartphone. Karsten! Mist, den hatte sie gestern total vergessen. »Karsten?«

»Guten Morgen, Milla. Du wolltest mich doch anrufen. Markus möchte wissen, wie du vorankommst. Ich habe morgen einen Termin mit ihm. Also, wie läuft es?«

»Im Moment sitze ich gerade auf dem Polizeirevier und spreche mit dem Beamten, der vor fünf Jahren die Mordermittlungen geleitet hat. Mal sehen, ob er mir neue Informationen liefern kann.«

Am anderen Ende der Leitung blieb es still.

»Karsten, bist du noch dran?«, hakte sie verunsichert nach.

»Milla, hör zu. Ich glaube, wir besprechen noch mal kurz, was genau sich Markus vorstellt. Hauptthema sollten schon die Interviews mit Hoffmann sein, aber …«

»Hoffmann hat bisher nichts Spektakuläres von sich gegeben. Ich versuche doch nur, mehr Informationen zu dem Fall zu bekommen«, unterbrach sie ihn.

»Ich möchte dich daran erinnern, dass Markus gewisse, nun ja, gewisse Erwartungen an den Artikel hat. Wie besprochen lassen wir dir selbstverständlich freie Hand bei deinen Befragungen. Aber es ist mit Sicherheit nicht nötig, den kompletten Fall noch einmal neu aufzurollen. Der Artikel soll den Menschen Hoffmann nach fünf Jahren Gefängnis aufgreifen.«

Wut stieg in Milla auf. »Sollte ich dazu nicht erst einmal herausfinden, was für ein Mensch Robert Hoffmann vor der Tat war? Karsten, bitte. Möglicherweise kann ich mit einigen ganz neuen Erkenntnissen aufwarten. Aber dazu brauche ich noch etwas Zeit.«

Nach kurzem Zögern seufzte er. »Also gut, ich vertraue dir. Aber bitte schicke mir heute Abend schon mal eine Kurzzusammenfassung deiner bisherigen Interviews. Ich hoffe, dass Markus sich damit fürs Erste zufriedengeben wird. Ein paar Tage hast du noch. Das Warten lohnt sich hoffentlich.« Mit diesen Worten verabschiedete er sich.

Frustriert legte Milla auf. Nur wenige Augenblicke später klingelte es erneut. Genervt schaute sie aufs Display. Sebastian! Der hatte ihr gerade noch gefehlt. Entschlossen drückte sie den Anruf weg und schaltete ihr Telefon aus. Abwesend strich sie über ihre Hose und wartete.

Endlich kam Capitaine Royaume zurück. Demonstrativ streckte er ihr seine leeren Hände entgegen. Als er an ihr vorbeigehen wollte, stolperte er über ihre Handtasche, die sie neben den Stuhl gestellt hatte. Hastig bückte er sich, um die herausgefallenen Gegenstände wieder einzuräumen. Milla verfolgte ungläubig, wie er ihr Brillenetui, einen Lippenstift, einen Kugelschreiber und Kopfschmerztabletten zurück in die Tasche schob. »Pardon, Madame.«

Sie hasste es, wenn jemand in ihren persönlichen Sachen kramte, doch sie schwieg, da sie Royaume nicht verärgern wollte. Immerhin erhoffte sie sich von ihm nützliche Informationen.

Während er die Tasche wieder an ihren ursprünglichen Platz stellte, murmelte er: »Manchmal bin ich wirklich ein Schussel.«

Mit leicht geröteten Wangen kehrte er zu seinem Schreibtischstuhl zurück und setzte sich umständlich. »Ich muss mich für das Chaos hier entschuldigen, Madame. Auch wenn es nicht danach aussieht, handelt es sich jedoch durchaus um ein geordnetes Durcheinander. Wir sind gerade dabei umzustrukturieren und mussten sämtliche Akten der letzten Jahre kurzfristig in einem der Büros zwischenlagern«, fuhr er fort, ohne sich von ihrer fragenden Miene verunsichern zu lassen. »Unglücklicherweise wurde mein Zimmer für diese Aktion auserkoren.« Er lächelte. »Per Losverfahren.« Entschuldigend hob er seine Schultern. »Jedenfalls befindet sich die Akte zu dem Mordfall Dubois irgendwo in diesen Regalen.« Ohne sich umzudrehen, zeigte er mit seiner rechten Hand hinter sich.

Milla schätzte, dass sich an die tausend Akten in diesem Raum befanden. Es war wohl ausgeschlossen, dass er in diesem Chaos die eine spezielle finden würde. Sie musste sich also wohl oder übel mit seinem Erinnerungsvermögen zufriedengeben.

Der Capitaine lehnte sich in seinem Stuhl zurück und deutete auf das Aufnahmegerät.

»Capitaine Royaume, würden Sie mir bitte erzählen, was sich an jenem verhängnisvollen Abend vor fünf Jahren im Haus der Familie Dubois zugetragen hat?«

Royaume räusperte sich und begann mit seinen Ausführungen.

Es war Yvonne Jarreau gewesen, die damals die Leiche von Simone Dubois auf dem Grundstück der Familie gefunden hatte, als sie sich die Beine vertrat. An jenem Sommerabend gab der Abgeordnete Roger Dubois in seinem Haus eine große Gartenparty. Etwa zweihundert Gäste waren anwesend, unter anderem auch seine Töchter mit Begleitung. Mehreren Zeugenaussagen zufolge hatten sich Simone und Robert Hoffmann massiv gestritten, was dieser danach jedoch leugnete. Keiner der Gäste konnte nähere Angaben zum Grund des Streites machen.

Zu dem Zeitpunkt, als man Simone gerade entdeckt hatte, kam Hoffmann frisch geduscht aus ihrem Zimmer, das sich im Obergeschoss des Hauses befand. Später behauptete er, er habe mit dem Opfer einvernehmlichen Geschlechtsverkehr in ihrem Zimmer gehabt. Simone habe den Raum einige Zeit vor ihm verlassen, um sich wieder unter die Gäste zu mischen. Er selbst habe hingegen noch kurz duschen wollen. Als er das Zimmer verließ, war Simone bereits gefunden worden, und die Gäste warteten auf die Ankunft der Polizei. Für den Tatzeitpunkt hatte er kein Alibi, da er behauptete, er sei in Simones Zimmer gewesen, wo ihn niemand gesehen hatte.

»Deshalb nahmen Sie relativ schnell an, dass er der Täter war?«, hakte Milla nach.

Der Capitaine nickte. »Hoffmanns Aussage stimmte nicht. Ich bin seit über vierzig Jahren bei diesem Verein. Mit der Zeit merkt man, wenn jemand versucht, etwas zu verbergen. Hoffmann hat eindeutig gelogen. Seine Version war in sich nicht stimmig. Wenn es sich so abgespielt hätte, wie er uns weismachen wollte, hätte er eine halbe Stunde unter der Dusche gestanden haben müssen. Unwahrscheinlich, während eine Party in vollem Gange war. Falls«, er deutete mit seinem rechten Zeigefinger in die Luft, »und das schicke ich voraus, falls er mit dem Opfer, wie von ihm behauptet, einvernehmlichen Geschlechtsverkehr gehabt haben sollte und falls Simone Dubois vor ihm den Raum verlassen hätte, hätte sie geradewegs ihrem Mörder in die Hände laufen müssen. Dieser hätte sie von allen Gästen unbemerkt zum anderen Ende des Grundstücks lotsen müssen, um sie dort umzubringen. Ich sage Ihnen, Madame, es handelt sich um ein sehr großes Grundstück. Mit den Schuhen, die Simone Dubois trug, wäre sie sicher zwanzig Minuten unterwegs gewesen. Und unser Unschuldslamm Hoffmann steht die gesamte Zeit unter der Dusche, welche er nachweislich erst kurz nach der Entdeckung des Opfers verlassen hatte.« Erneut fing Royaume an, die Akten auf seinem Tisch zu verschieben.

Milla vermutete, dass ihm gar nicht bewusst war, was er da tat.

»Die Spurensicherung konnte anhand der Temperatur des frisch abgezapften Wassers aus der Leitung sehr genau feststellen, bis wann Hoffmann geduscht hatte. Als er von mehreren Zeugen gesehen wurde, wie er das Zimmer von Simone Dubois verließ, kam er direkt aus dem Bad. Dieser Teil seiner Version hat also tatsächlich gestimmt. Allerdings hat ihn diese Unstimmigkeit im Zeitablauf eben auch mit am meisten belastet. Was hat er davor getan? Es fehlt etwa eine halbe Stunde. Wo war er in dieser Zeit? Sicher nicht unter der Dusche.« Er machte eine kurze Pause. »Außerdem konnte Hoffmann nicht erklären, warum der Rechtsmediziner eindeutige Vergewaltigungsspuren am Opfer gefunden hatte. Von einvernehmlichem Geschlechtsverkehr konnte gar keine Rede gewesen sein.«

»Was ist denn Ihrer Ansicht nach passiert?«

Royaume verschränkte die Hände hinter dem Kopf. »Das war eine typische Beziehungstat. Die beiden streiten. Wahrscheinlich wollten sie nicht, dass die anderen Gäste etwas davon mitbekommen. Also verlassen sie die Party und ziehen sich in eine ruhige Ecke zurück. Die Situation eskaliert, Hoffmann rastet aus. Er fällt über Dubois her und vergewaltigt sie. Als ihm bewusst wird, was er getan hat, sieht er keinen anderen Ausweg, als sie zum Schweigen zu bringen. Er erwürgt sie und geht zum Haus zurück, um unter der Dusche die Spuren seiner Tat zu verwischen.«

Mit angehaltenem Atem war Milla seinen Ausführungen gefolgt. Sie fasste sich an den Hals und schluckte.

Royaume, dem ihre Reaktion nicht entgangen zu sein schien, fuhr mit Mitgefühl in der Stimme fort: »An seiner Schuld besteht kein Zweifel. Wenn jeder Fall so eindeutig wäre wie dieser, hätten wir eine wesentlich höhere Aufklärungsquote.« Er stockte kurz. »Die Leiche des Opfers war komplett mit der DNA von Hoffmann übersät. In ihrem Intimbereich wurde sein Sperma gefunden.« Einen Moment lang starrte er auf die Schreibtischplatte. »Das Einzige, was mich an diesem Fall wirklich gewundert hat, war Hoffmanns Aussage. Von einem Mann seines Formats hätte ich mir eine originellere Erklärung erwartet. Eine überzeugendere Beschreibung des Ablaufs.« Er nickte leicht. »Doch er ist bis zum Schluss bei seiner merkwürdigen Version geblieben.«

»Die aufgrund der Unstimmigkeit in der zeitlichen Abfolge nicht richtig sein konnte«, ergänzte Milla.

»Nein, niemand steht eine halbe Stunde lang unter der Dusche, während im selben Haus eine Party zugange ist.«

»Gab es noch andere Ungereimtheiten, die nicht geklärt werden konnten?«

Royaume fuhr sich mit der Zunge über die Lippen. »Ein Kleidungsstück von Simone Dubois ist verschwunden. Genauer gesagt, ein weißer Seidenschal, den sie an jenem Abend trug. Mehrere Zeugen hatten angegeben, den Schal den ganzen Abend an ihr gesehen zu haben. Doch obwohl wir das ganze Grundstück samt Haus auf den Kopf gestellt haben, ist der Schal verschwunden geblieben.« Er blickte Milla fest in die Augen. »Bis heute.«

Sie erwiderte nichts.

»Wir gehen davon aus, dass sie mit jenem Schal erwürgt wurde. Dass Hoffmann auf ihr kniete und den Schal so lange zuzog, bis sie tot war.« Mit zusammengekniffenen Augen lehnte er sich vor. »Wahrscheinlich hat er den Schal nach der Tat irgendwie entsorgt. Wie, ist mir bis heute ein Rätsel.«

Bei den Worten des Capitaine bahnte sich in Millas Kopf

ein unangenehmer Schmerz an. Sie fasste sich an die Schläfe und schloss für einen Moment die Augen. Dann rief sie sich die gestrige Szene im Gefängnis ins Gedächtnis. »Er hat sie von vorne erwürgt, während er auf ihr kniete?«

Royaume bedachte sie mit einem seltsamen Blick. »Ja. Wie gesagt, er selbst hat die Tat nie zugegeben. Doch die Autopsie war eindeutig. Sie wurde von vorne mit dem Schal stranguliert. Warum fragen Sie?«

Milla schüttelte nur den Kopf. »Warum hat er geduscht? Ihm muss doch klar gewesen sein, dass seine Spuren überall an ihrer Leiche zu finden waren?«

Seufzend hob Royaume die Schultern. »Madame, Menschen in Ausnahmesituationen handeln nicht immer rational. Zu unserem Glück. Ich behaupte gar nicht, dass Hoffmann geplant hatte, sie vorsätzlich umzubringen. Wie bereits gesagt, es sah nach einer typischen Beziehungstat aus. Meiner Meinung nach hat er es durch sein nachträgliches Verhalten jedoch noch schlimmer gemacht. Hätte er zugegeben, dass der Tat ein Streit vorausgegangen war, hätte er sich mit Sicherheit einige Jahre Gefängnis ersparen können. Doch sein stures Leugnen und die fehlende Bereitschaft, Reue zu zeigen, haben schlussendlich zu dem meiner Meinung nach mehr als gerechten Urteil geführt.« Wirkungsvoll ließ er seine Worte verklingen, bevor er nachsetzte: »Und bedenken Sie, Madame, er hat nicht nur seine Verlobte umgebracht. Er hat auch sein ungeborenes Kind getötet.«

»Angeblich wusste er nichts von der Schwangerschaft.«

Der Polizeibeamte zog die Brauen hoch. »Madame, Sie sind selbst eine Frau. Ich weiß nicht, ob Sie Kinder haben. Ich habe vier. Meine Frau konnte es bei keiner Schwangerschaft abwarten, es mir mitzuteilen. Glauben Sie ernsthaft, dass eine Frau, die im Begriff ist zu heiraten, ihrem zukünftigen Mann ihre Schwangerschaft verschweigt?«

»Warum hat er es geleugnet?«

Royaume zuckte mit den Schultern. »Auch dazu hat er sich nie geäußert. Meiner Meinung nach wurde er von seinem Anwalt äußerst schlecht beraten. Mit etwas mehr Offenheit von Hoffmanns Seite aus wäre für ihn wesentlich mehr drin gewesen.« Der Capitaine stand auf und ging zum Fenster. Schweigend blickte er nach draußen, bevor er sich zu Milla umdrehte und auf das Aufnahmegerät deutete.

Sie verstand und schaltete es hastig aus.

»Wissen Sie, Madame«, begann er in nachdenklichem Ton, »ich möchte hier keinesfalls den Eindruck vermitteln, dass seitens der Polizei eine Vorverurteilung Hoffmanns stattgefunden hat. Aber selten war ein Fall von Anfang an so klar wie der Mord an Simone Dubois. Deshalb haben sich die Ermittlungen auch sehr schnell auf ihn als Täter konzentriert. Die Autopsie sowie die Auswertung der Spuren haben unsere Theorie in allen Punkten bestätigt, sodass es nie den geringsten Zweifel an Hoffmanns Schuld gab.«

Während Milla über seine Worte nachdachte, fuhr er fort: »Ich war übrigens ein großer Anhänger von ihm.« Er deutete mit seinem Daumen über seine Schulter. »Seine Artikel waren gut und fundiert recherchiert. Hoffmann ist immer ein fairer Berichterstatter gewesen.« Er nickte anerkennend. »Seine Artikel haben eine Menge bewirkt. Natürlich hat er sich mit seiner Arbeit nicht nur Freunde gemacht. Aber er war mutig, hat heiße Eisen angefasst, an die sich andere niemals herangetraut hätten. Die Korruption im französischen Justizsystem, die Politikerskandale. Hoffmann war ein Großer. Er hätte es noch weit bringen können.« Bedauernd hob er die Arme. »Wenn er nicht an jenem Abend komplett die Beherrschung verloren hätte.«

Als Milla vor das Polizeigebäude trat, bekam sie das Gefühl, dass es noch kälter geworden war, während sie mit Royaume gesprochen hatte. Auch in ihrem Inneren herrschte eine eisige Leere. Hatte sie tatsächlich gehofft, sie würde von dem Ermittler Informationen erhalten, die zumindest geringe Zweifel an Roberts Schuld zulassen würden? Sie schnaufte. Der Fall schien eindeutig. Robert Hoffmann hatte seine schwangere Verlobte brutal vergewaltigt und ermordet.

Während sie darüber nachdachte, wie sie die Zeit bis zu ihrem Termin bei den Jarreaus sinnvoll nutzen konnte, klingelte erneut ihr Telefon. Genervt nahm sie das Gespräch an. »Ja?«

»Milla? Hier ist Sebastian.«

Sie verdrehte die Augen. Warum hatte sie nicht aufs Display geschaut? »Sebastian, was willst du?« Sie versuchte erst gar nicht, ihre schlechte Laune vor ihm zu verbergen.

»Ich muss dringend mit dir reden. Meine Mutter hat mir erzählt, dass du in Paris bist. Was machst du dort? Ist gerade Fashion Week?«

Natürlich, ihr Noch-Ehemann wusste nicht einmal mehr, dass Milla noch nie Modereportagen geschrieben hatte. Warum überraschte sie das nicht? »So ähnlich. Ich recherchiere über Robert Hoffmann, den Journalisten, der vor fünf Jahren seine Verlobte umgebracht hat«, entgegnete sie sarkastisch.

Am anderen Ende der Leitung hörte sie Sebastian tief durchatmen. »Diese Schauspielerin? Wie bist du denn an solch eine schreckliche Geschichte geraten?«

Sebastian hatte sich noch nie für ihre Arbeit interessiert. »Was willst du?«, fragte sie daher erneut in verärgertem Ton, ohne auf seine Bemerkung einzugehen.

»Hör zu. Ich habe dich in den letzten Jahren wirklich mies behandelt. Das ist mir leider jetzt erst klar geworden.«

Um was ging es hier eigentlich gerade? »Und?«

»Es ist so …« Er machte eine kurze Pause. »Ich habe jemanden kennengelernt. Eine Frau.«

Was denn sonst, komm zum Punkt. Ungeduldig trat Milla von einem Fuß auf den anderen. »Das ist ja eine Überraschung.«

Sebastian erwiderte nichts.

»Warum erzählst du mir das? Es ist nicht die erste Frau, die du triffst. – Und sicher auch nicht die letzte«, setzte sie nach.

»Milla, ich werde die Scheidungspapiere unterschreiben und dir einwerfen. Peggy und ich möchten so schnell wie möglich heiraten.«

Peggy, das war ja fast so schlimm wie Cynthia. Milla unterdrückte einen boshaften Kommentar. »Na, endlich. Das hätten wir auch schon viel früher haben können.«

»Es tut mir leid. Ich habe gemerkt, also, Peggy hat mir gezeigt, worauf es in einer Beziehung wirklich ankommt. Mir ist klar geworden, was ich dir all die Jahre angetan habe.«

Hatte Milla sich je in einer absurderen Situation befunden? Sie stand mitten in Paris, der Stadt der Liebe, und musste sich von ihrem Noch-Ehemann, mit dem sie seit neun Jahren verheiratet war und der sie gefühlte hundertmal betrogen hatte, sagen lassen, dass ihm eine andere Frau endlich das Wesen einer Beziehung begreiflich machen konnte. Um dem Ganzen noch eins draufzusetzen, war sie gestern von einem verurteilten Mörder und Vergewaltiger, zu dem sie sich zu ihrem eigenen Entsetzen aus unerfindlichen Gründen hingezogen fühlte, in dessen Zelle angegriffen worden. Konnte es noch schlimmer kommen?

Milla spürte, wie sich in ihrer Kehle ein Lachen entlud, welches sie mit aller Macht zu unterdrücken versuchte. Doch die Hysterie war stärker. Während sie auf dem Gehsteig vor der Polizeibehörde stand, bahnte sich das Gelächter langsam und stoßweise einen Weg aus ihrem Mund. Je stärker sie sich dagegen wehrte, umso lauter kam das Geräusch zwischen ihren Lippen hervor. Sie registrierte, wie einige Passanten sich nach ihr umdrehten. Sie mussten Milla für komplett verrückt halten. Doch sie konnte nichts dagegen tun. Während sie weiter ihr Smartphone in der Hand hielt, musste sie lachen und konnte nicht mehr aufhören.

Nach einer gefühlten Ewigkeit ließ der Zwang langsam nach. Milla fragte sich, ob Sebastian noch am anderen Ende der Leitung wartete. Es war durchaus möglich, dass er den hysterischen Anfall seiner durchgedrehten Noch-Ehefrau weggedrückt hatte.

Doch er hatte ausgeharrt. »Milla? Was ist da bei dir los? Geht es dir nicht gut?«

»Alles in bester Ordnung. Wirf mir einfach die Papiere ein. Ich kümmere mich nach meiner Rückkehr darum.« Sie fasste sich an die Kehle. »Ach, und Sebastian?«

»Ja?«

»Grüß deine Peggy.« Sie beendete das Telefonat – und prustete erneut los.

Endlich hatte sie das Kapitel Sebastian hinter sich gebracht. Ein Kapitel Robert würde sie auf keinen Fall aufschlagen. Schließlich war sie keine dieser Frauen mit Helfersyndrom, die sich auf einseitige Beziehungen mit Häftlingen einließen und diesen glückselig versprachen, ewig und drei Tage auf sie zu warten. Ab sofort würde Milla keine weiteren Probleme mehr in ihrem Leben dulden.

18

Wütend schlug er mit der Faust gegen die Betonwand. Sie würde nicht mehr kommen. Romain, der junge Wärter, hatte ihm mitgeteilt, dass Milla angerufen hatte und sich entschuldigen ließ.

Robert lehnte sich mit dem Unterarm an die Mauer und ließ seinen Kopf dagegen sinken. Er hatte so gehofft, dass sie ihm seine Entgleisung verzeihen würde. Offensichtlich hatte er sich getäuscht. Robert rechnete nicht damit, dass sie überhaupt noch einmal zurückkommen würde. Warum sollte sie auch?

Ohnehin war sie bereits ein großes Risiko eingegangen, indem sie ihn allein in seiner Zelle befragt hatte. Letztlich hatte sein Verhalten sie noch in ihrer Annahme bestätigt, er sei unberechenbar und habe sich nicht unter Kontrolle. Millas Rückzug war die einzig richtige, aus ihrer Sicht die einzig vernünftige Reaktion auf seinen Ausbruch. Seinen Plan konnte er jetzt begraben. Obwohl Robert gestern kurz das Gefühl gehabt hatte, die Sache könne sich in die richtige Richtung entwickeln, musste er sich heute wohl oder übel eingestehen, dass er es vermasselt hatte. Seine vielleicht letzte Chance, und er hatte sie in den Sand gesetzt.

In seine Wut mischte sich noch ein anderes Gefühl. Er konnte es nicht genau benennen, aber er hatte Millas Besuche genossen. Natürlich, seine Eltern kamen auch regelmäßig, um ihn zu sehen. Nur seinetwegen waren sie von München zurück in die Nähe von Paris gezogen. Obwohl sie bereits genug Kummer in ihrem Leben hatten ertragen müssen, hielten sie bis zum heutigen Tage zu ihm, zu ihrem Sohn, einem verurteilten Gewaltverbrecher. Wie hatte er ihnen dies nur antun können?

Vielleicht war es tatsächlich das Beste, dass Milla sich von ihm fernhielt. Ihr Überlebensinstinkt schien über ihre berufliche Neugier gesiegt zu haben. Robert war nicht in der Position, Interesse an einer Frau zu entwickeln, der er nur Kummer bereiten würde. Und der Begriff »Interesse« war noch weit untertrieben, wenn er beschreiben sollte, was er fühlte, wenn er an Milla dachte.

Seit ihrem Treffen damals auf dem Kongress hatte sie sich verändert. Nicht nur äußerlich, obwohl Robert der Meinung war, dass das kurze Haar ihr attraktives Gesicht wesentlich besser zur Geltung brachte als die lange Mähne, die sie damals trug. Mittlerweile strahlte sie auch eine innere Stärke aus, die andere vielleicht sogar als Härte deuten würden, die damals nur unterschwellig vorhanden gewesen war.

Immer wieder hatte er sich gefragt, warum sie in jener Nacht nicht zu ihm gekommen war. Dass zwischen ihnen eine faszinierende Spannung existiert hatte, hatte er sich sicher nicht eingebildet. Anscheinend war Millas Loyalität ihrem damaligen Verlobten gegenüber jedoch stärker gewesen als die Anziehungskraft, die er zweifellos auf sie ausgeübt hatte. Diese Charakterstärke machte sie noch begehrenswerter.

Robert löste sich von der Mauer und ließ sich auf den Stuhl fallen, auf dem gestern noch Milla gesessen hatte. Er hatte auf ganzer Linie versagt. Simone hatte er nicht der Mann sein können, der er gern gewesen wäre. Seinen Eltern war er definitiv nicht der Sohn, den sie verdient hätten. Dass Milla weder damals noch jetzt ein Risiko mit ihm eingehen wollte, war mehr als nachvollziehbar. Beide Male hatte sie rechtzeitig die Reißleine gezogen, wodurch sie zu seinem großen Bedauern weiter in seiner Achtung stieg.

19

Kurz vor sechzehn Uhr erreichte Milla die Adresse, die Yvonne Jarreau ihr am Vormittag am Telefon genannt hatte. Der Boulevard Lannes, wo die Familie wohnte, lag im sechzehnten Arrondissement, in einer der teuersten Wohngegenden von Paris. Sechsstöckige Villen, die meisten aus der Zeit um die Jahrhundertwende, säumten die breite Straße, die unweit des Parks Bois de Boulogne verlief. So also wohnen die Reichen und Schönen von Paris, dachte Milla, während sie das Haus betrachtete, in dem sie in wenigen Minuten einen Termin hatte.

Die Villa war einige Meter von der Straße zurückgesetzt und strahlte etwas Herrschaftliches aus. Hohe Ahornbäume schirmten das Gebäude vor allzu neugierigen Blicken ab. Milla hatte gelesen, dass Yvonne Jarreaus Vater in der Rüstungsindustrie tätig war und innerhalb der letzten dreißig Jahre ein Imperium mit über zehntausend Mitarbeitern aufgebaut hatte. Allein die Rechtsabteilung, der der Schwiegersohn, Olivier Jarreau, vorstand, bestand aus hundertfünfzig Volljuristen.

Nach einem letzten Blick auf die Uhr steuerte Milla langsam auf die Haustür zu und klingelte. Keine Minute später wurde die Tür von einem hageren grauhaarigen Mann um die fünfzig geöffnet. Er trug einen schwarzen Anzug mit weißem Hemd und stand so stocksteif vor ihr, als habe er einen Besen verschluckt.

»Ja, bitte? Haben Sie einen Termin?«, fragte er mit gespitzten Lippen.

Milla vermutete, dass es sich um den Privatsekretär handelte, den Yvonne Jarreau in ihrem Telefonat erwähnt hatte. Sie nannte ihren Namen und setzte nach, dass sie erwartet würde.

Der Sekretär trat einen Schritt zur Seite.

Es hätte sie nicht überrascht, wenn er eine Verbeugung vollführt hätte. Doch er neigte seinen Oberkörper nur leicht nach vorne und hob seine Hand als Aufforderung, dass sie eintreten solle.

Erhobenen Hauptes schloss er die Tür hinter Milla und bedeutete ihr, ihm zu folgen. Beeindruckt ließ sie ihren Blick durch die Eingangshalle wandern, deren Höhe sich über drei Stockwerke erstreckte. Dunkle Eichenmöbel säumten die Wände rechts und links von einer breiten, mit hochflorigem Teppich bedeckten Treppe, die in die oberen Etagen führte. Fehlte nur noch das Prinzenpaar, das der Umgebung entsprechend gekleidet die Treppe hinunterschwebte.

Da Milla noch immer wie angewurzelt in der Mitte der Halle stand, drehte sich der Bedienstete mit hochgezogenen Augenbrauen zu ihr um und forderte sie mit einer Geste auf, ihm nachzugehen. Milla riss sich von dem imposanten Anblick los und betrat hinter dem Angestellten ein Wohnzimmer, das etwa den Ausmaßen eines halben Fußballfeldes entsprach.

Auch hier wurde der hochwertige Parkettboden von dicken Teppichen bedeckt.

»Bitte nehmen Sie Platz, Madame, die Dame des Hauses wird sogleich zu Ihnen kommen.« Wieder deutete er eine Verbeugung an, bevor er, sich langsam im Rückwärtsgang bewegend, das Zimmer verließ.

Milla sah sich in dem großen Raum um. Drei breite mannshohe Türen gaben den Blick auf das Grundstück hinter dem Haus frei. Weitere Fenster hatte der Raum nicht, was ihn etwas düster wirken ließ. Die dunklen Möbel verstärkten die bedrückende Atmosphäre. Beklommenheit machte sich in Milla breit. Sie trat an eine der Türen, die in den Garten führten, und blickte hinaus. Was für ein grauer Tag!

»Madame Seifert?«

Milla zuckte zusammen. Sie hatte nicht bemerkt, dass jemand den Raum beteten hatte. Als ihr bewusst wurde, wie fasziniert sie auf den Bauch der Frau starrte, die ihr gegenüberstand, bemühte sie sich um ein freundliches Lächeln. »Milla Seifert«, stellte sie sich vor und gab Yvonne Jarreau die Hand.

Diese erwiderte ihren Gruß, bevor sie entschuldigend auf ihren Bauch zeigte. Millas Blick schien ihr nicht entgangen zu sein. »Termin ist in zwei Wochen, allerdings könnte er auch bereits jetzt kommen.«

»Jetzt?«, wiederholte Milla irritiert.

»Wenn es nach mir ginge.« Die Frau lächelte. »Keine Sorge, Sie müssen keine Geburtshilfe leisten. Ich meinte, es könnte jederzeit losgehen.«

»Ach so.« Milla erwiderte ihr Lächeln.

»Setzen wir uns doch.« Yvonne Jarreau deutete auf eine dunkelgraue Sitzgruppe in der Ecke neben den Terrassenfenstern.

Bereitwillig folgte Milla ihr und nahm Platz.

»Kann ich Ihnen etwas zu trinken anbieten?«

Milla lehnte höflich ab, da sie vermeiden wollte, dass der

arrogante Pinguin zurückkam. Der Mann war ihr irgendwie unheimlich. Sie nahm ihre Tasche hoch und holte ihr Aufnahmegerät heraus. »Vielen Dank, Madame Jarreau, dass ich so kurzfristig bei Ihnen vorbeikommen durfte. Mir ist bewusst, dass Ihr Mann sehr beschäftigt ist.« Sie stockte kurz. »Wenn ich gewusst hätte, dass Sie …« Unbeholfen zeigte sie auf Yvonne Jarreaus Bauch.

Diese winkte ab. »Keine Sorge. Ich bin schwanger, nicht krank. Da ich momentan nicht mehr allzu oft im Büro arbeite, hat es doch gut gepasst. Mein Mann wird auch gleich kommen.«

Milla erklärte ihr ihr Anliegen und erwähnte auch ihren Besuch bei Capitaine Royaume.

Yvonne Jarreau zuckte mit den Achseln. »Tut mir leid, Madame, aber mit den damaligen Ermittlungen hatten wir nicht allzu viel zu tun. Natürlich wurden wir zu jenem Abend befragt.« Sie schluckte. »Ich habe Simone gefunden. Damals, im Garten.« Sie starrte auf einen imaginären Punkt hinter Milla.

Yvonne Jarreau war eine adrette Frau, die jedoch nicht weiter auffiel. Ihr gesamtes Auftreten war eher gewöhnlich, was man bei einer Frau mit ihrem finanziellen Status nicht vermuten würde. Sie trug eine hellblaue weit geschnittene Umstandsbluse, die ihr bis zur Mitte der Oberschenkel reichte. Auch die schwarze Hose wirkte nicht besonders elegant. Das hellbraune Haar wellte sich über ihren Ohren. Tatsächlich strahlte Yvonne Jarreau nicht diese typische Eleganz aus, die Milla bei den französischen Frauen so bewunderte. Ihr Auftreten stand in krassem Gegensatz zu ihrem familiären Hintergrund, der Macht und Überlegenheit symbolisierte. Ihr Vater war einer der reichsten Industriellen Frankreichs. Ihre Mutter tingelte von Wohltätigkeitsveranstaltung zu Wohltätigkeitsveranstaltung, um überall ihr frisch geliftetes Gesicht in die Kamera zu halten. In Karstens Unterlagen hatte Milla einige Fotos von Yvonne Jarreaus Eltern gesehen.

»Möchten Sie mir davon erzählen, Madame?«, fragte Milla nun behutsam.

»Natürlich. Warum nicht?« Als sie Milla anblickte, verdunkelten sich ihre Augen. »Ich dachte erst, Simone sei schlecht geworden. Als sie da im Gras lag.«

Milla bemerkte, wie Yvonne Jarreaus Lippen bebten.

»Ich habe mehrfach ihren Namen gerufen, aber als ich näher kam und sie nicht antwortete, wusste ich, dass irgendetwas nicht stimmte. Sie ...«

»Madame, bitte. Ich möchte Sie nicht aufregen. In Ihrem Zustand ...«, setzte Milla nach, doch Yvonne Jarreau hob ihre Hände und schüttelte den Kopf.

»Nein, schon gut. Es ist nur ... diesen Anblick werde ich wohl in meinem ganzen Leben nie wieder vergessen. Sie lag da, ihr Kleid war bis über ihre Knie hochgerutscht. Am schlimmsten jedoch waren ihre Augen.« Sie fuhr sich mit der Hand übers Gesicht. »Diese Augen. Sie waren offen, wissen Sie? Aber«, erneut machte sie eine Pause, »aber sie waren tot.« Sie starrte ins Leere. »Ich habe noch nie in meinem Leben solche Augen gesehen.«

Ihr Tonfall ließ Milla schaudern. »Wie haben Sie sie entdeckt? Sie lag ja ein Stück vom Haus entfernt.«

»Damals habe ich viel geraucht.« Yvonne Jarreau seufzte. »Olivier hat es gehasst. Mittlerweile habe ich aufgehört. Aber damals, nun ja. Ich mache mir nichts aus diesen Partys. Nichtssagende Gäste, die nichtssagende Gespräche führen. Ich hatte mir eine Zigarette angesteckt und wollte eine Weile für mich sein.«

»Ihr Mann kam nicht mit?«

»Nein, Olivier mischt sich gerne unter die Leute. In dieser Hinsicht passen wir überhaupt nicht zusammen. Wenn es nach mir ginge, bräuchte ich diese ganzen gesellschaftlichen Anlässe und Verpflichtungen nicht.« Erneut seufzte sie. »Ich bin damit aufgewachsen, dass jedes Wochenende ein anderes wichtiges Essen bei uns zu Hause stattgefunden hat. Immer waren irgendwelche Leute anwesend, die ich nicht kannte. Es gab nicht viele Gelegenheiten, an denen ich meine Eltern für mich allein hatte. Mein Vater hat immer gearbeitet. Meine Mutter kam jeder Einladung nach, egal, wo und wann.«

Milla betrachtete Yvonne Jarreaus Gesicht. Ihre Geschichte hörte sich nicht nach einer glücklichen Kindheit an. Obwohl die Familie nie von finanziellen Sorgen geplagt gewesen war, beschränkte sich Yvonnes Beschreibung der Vergangenheit auf die fehlende elterliche Aufmerksamkeit. Es gehörte doch so wenig dazu, ein Kind glücklich zu machen. Geld war eindeutig kein essenzieller Faktor.

Yvonne streckte sich. »Nun, ich bin wohl ein gebranntes Kind.« Sie lächelte leicht. »Am liebsten sind mir meine eigenen vier Wände. Ich brauche nicht immer Leute um mich herum.«

Der Privatsekretär betrat den Raum.

»Madame, kann ich Ihnen etwas bringen?« Mit starrem Blick wandte er sich an Yvonne, die fragend zu Milla sah.

»Nein, danke.«

Yvonne bedeutete ihm mit der Hand, dass er nicht mehr gebraucht wurde. »Danke, René.«

Leise verließ er in dem ihm eigenen Rückwärtsgang das Zimmer.

»Es gab mehrere Zeugen, die aussagten, dass Simone sich auf der Party mit ihrem Verlobten gestritten hatte. Können Sie mir dazu etwas sagen?«, kehrte Milla zu ihrem eigentlichen Thema zurück.

»Nun, wir, also Olivier und ich, haben natürlich nicht den gesamten Abend mit den beiden zusammen verbracht. Von einem direkten Streit habe ich nichts mitbekommen, aber ich hatte tatsächlich den Eindruck, dass Simone etwas verstimmt war. Zeitweise hat sie sich ein wenig seltsam benommen.«

Interessiert beugte sich Milla vor. »Was meinen Sie damit?«

Yvonne Jarreau legte die Hände auf ihren Bauch. »Sie war

irgendwie anders als sonst. Sie beachtete Robert kaum. Entweder antwortete sie ihm nur kurz angebunden oder überhaupt nicht. Ein paarmal habe ich bemerkt, wie sie vor sich hinstarrte, obwohl wir uns im Prinzip gut amüsiert haben. Sie wirkte in sich gekehrt, ja, abwesend.« Sie hielt inne. »Solche Tage hat wohl jeder von uns mal. Vielleicht war sie einfach nicht in Partylaune.«

»Was meinen Sie? Hat Robert dieses seltsame Verhalten seiner Verlobten ebenfalls bemerkt?«

Yvonne nickte. »Auf jeden Fall. Er hat sie immer wieder an sich gezogen und versucht, sie in das Geschehen einzubinden.«

»Warum hat er geleugnet, dass es Unstimmigkeiten zwischen Simone und ihm gab?« Diese Frage würde auch Robert Milla morgen zu beantworten haben.

Yvonne schien zu überlegen. »Das kann ich Ihnen nicht sagen. Wie gesagt, von einem direkten Streit habe ich nichts mitbekommen.«

In diesem Augenblick öffnete sich die Tür erneut, und ein hochgewachsener schlanker Mann in einem dunkelgrauen Anzug betrat den Raum.

»Salut, die Damen.«

Milla beobachtete Olivier Jarreau, der zielstrebig auf seine Frau zusteuerte. Er beugte sich zu ihr hinunter und küsste sie auf den Mund. »Salut, chérie, wie geht es meiner Frau und meinem Sohn?«

Die Szene berührte etwas in Milla. Wie glücklich konnte sich eine Frau schätzen, deren Mann sie auch nach einer jahrelangen Beziehung mit einer solchen Aufmerksamkeit und Liebe begrüßte? Kurz dachte sie an Sebastian, der ihr vor wenigen Stunden endgültig zu verstehen gegeben hatte, dass sie nicht die Frau seines Lebens gewesen war. Nicht, dass sie dies noch für erstrebenswert gehalten hätte. Doch am Ende dieser Geschichte würde sie allein nach Hause gehen, während Sebastian bereits das nächste Kapitel aufgeschlagen hatte.

»Madame Seifert?« Olivier Jarreau stand vor ihr.

Milla blickte auf und konzentrierte sich auf die anstehende Befragung. Sie erhob sich, erwiderte seinen Händedruck und stellte sich kurz vor.

»Bitte, behalten Sie Platz.« Olivier bedeutete ihr mit einer Geste, sich wieder zu setzen, und ging zur Tür. Als er den Lichtschalter betätigte, bemerkte Milla, wie düster es mittlerweile im Raum geworden war.

»Diese dunklen Möbel machen es noch schlimmer«, merkte Olivier an, während er kurz nach draußen schaute. Dann setzte er sich neben seine Frau.

Zu seinem Anzug trug er ein helles Hemd mit farblich abgestimmter Krawatte. Seine schwarzen Haare waren raspelkurz geschnitten und erinnerten Milla an Roberts Frisur. Olivier Jarreau war ein attraktiver Enddreißiger, der auf sie den Eindruck machte, mit sich und seinem Leben im Reinen zu sein. Nun ja, er war mit einer einflussreichen Millionenerbin verheiratet. Sein Schwiegervater war einer der reichsten Männer Frankreichs. Und in zwei Wochen würde sein Sohn zur Welt kommen. Durchaus Gründe, die die Zufriedenheit eines Menschen immens steigern konnten. Diese oberflächliche Einschätzung wurde dem Ehepaar Jarreau aber nicht gerecht, dachte Milla im nächsten Moment. Die Zusammengehörigkeit, die die beiden ausstrahlten, lag mit Sicherheit nicht nur an dem finanziellen Polster, auf dem sie saßen. Sie bedankte sich bei Olivier Jarreau für seine Bereitschaft, mit ihr zu sprechen.

»Ich kenne Robert seit siebzehn Jahren.« Er zögerte kurz, bevor er weitersprach: »Genau genommen also länger als meine Frau.« Als Yvonne ihre Hand auf seinen Rücken legte, drückte er sie sanft an sich.

»Monsieur Jarreau, bitte beschreiben Sie mir Robert Hoffmann. Was war er damals für ein Mensch? Sie waren gut befreundet, wissen also viel voneinander.«

Olivier setzte sich gerade hin und schlug ein Bein über das

andere, bevor er in ernstem Ton antwortete: »Ich glaube, ich habe noch nie einen Menschen mit einem größeren Gerechtigkeitsempfinden getroffen. Robert erhob seine Stimme für alle, die es nicht selbst konnten. Wenn andere schon aufgaben, machte er noch weiter. Er war unnachgiebig, zielstrebig, ein echter Kämpfer. Das können Sie auch an jedem seiner Artikel erkennen. Haben Sie einige davon gelesen?«

Als Olivier Jarreau sie ansah, fiel Milla auf, dass die Farbe seiner Augen der ihren sehr ähnelte.

Sie nickte. »Ja, ein paar habe ich mir angeschaut.«

»Ich habe ihm immer gesagt, er wäre ein sehr guter Anwalt geworden. Doch davon wollte er nichts hören. Wissen Sie, dass er ursprünglich Jura studiert hat?«

Milla verneinte überrascht.

»Doch«, bekräftigte er, »wir haben einige Semester gemeinsam studiert. Aber Robert bemerkte relativ schnell, dass das Rechtssystem nicht sein Ding war. Als Anwalt müssen Sie Ihren Mandanten vertreten, unabhängig davon, ob er unschuldig ist oder nicht. So sind nun mal unsere Gesetze. Jeder hat ein Recht auf Verteidigung, egal, ob er ein brutaler Serienmörder oder unschuldig ins Visier der Ermittlungen geraten ist. Das muss man akzeptieren. Sonst kann man diesen Beruf nicht ausüben. Robert jedoch wollte Partei für die Opfer ergreifen, Ungerechtigkeiten aufdecken und so weit möglich auch beseitigen.«

Zumindest erklärte dies Roberts Besessenheit von der französischen Justiz. Die meisten seiner Berichte behandelten die korrupten Zustände des nationalen Rechtssystems. Immer wieder hatte er ungeheuerliche Hintergründe diverser Verurteilungen aufgedeckt, die ohne ihn nie an die Öffentlichkeit gekommen wären. Für die Franzosen hatte er die Stimme des Volkes dargestellt. Schon lange hatte die französische Bevölkerung genug von ihren skandalträchtigen Behördenträgern, seien es Politiker, die die Moral mit Füßen traten, oder bestechliche Richter, die ihre Urteile nach der Höhe der Bezahlung ausrichteten.

Nachdem Olivier seine Lobesrede auf Robert beendet hatte, fragte Milla ihn in provozierendem Tonfall: »Was hat Simone Dubois Ihrer Meinung nach an jenem Abend getan, dass der gerechtigkeitsliebende Robert der Meinung war, sie habe den Tod verdient?«

Olivier wechselte einen unsicheren Blick mit seiner Frau. »Madame Seifert, Robert war, nein, falsch, Robert ist ein guter Mensch. Aber ich kann Ihnen nicht sagen, was damals zwischen den beiden vorgefallen ist, warum die Situation so furchtbar eskalieren konnte.«

»Sie denken also, er ist schuldig. Obwohl er bis zum heutigen Tag behauptet, er sei es nicht gewesen.«

Olivier lehnte sich zurück und starrte auf seine Oberschenkel. Seine Frau musterte ihn von der Seite. Schützend legte sie ihren Arm um seinen Nacken.

Als er wieder zu Milla aufsah, hatte sich sein Blick verdunkelt. »Ich bin Anwalt. Aber ich bin auch Roberts Freund. Wenn er sagt, er war es nicht, wird er seine Gründe dafür haben.«

Seine Worte irritierten Milla. »Monsieur Jarreau, halten Sie Robert Hoffmann für schuldig?«

Yvonne Jarreau berührte den Unterarm ihres Mannes, der mit aufeinandergepressten Lippen neben ihr saß und schwieg.

»Ist Robert Hoffmann schuldig?«, wiederholte Milla ihre Frage.

»Das Gericht hat ihn verurteilt. Wen interessiert es da noch, was ich denke?«

»Mich, Monsieur. Mich interessiert es«, antwortete sie mit Nachdruck.

»Was denken Sie, Madame?« Die Frage von Yvonne Jarreau überraschte Milla. Sie spürte deren interessierten Blick auf sich. »Sicher haben Sie ihn doch schon getroffen«, setzte Oliviers Frau nach.

Milla nickte. »Ja, ich war bereits einige Male bei ihm.« Sie zögerte. »Wenn ich ehrlich bin, stellt sich diese Frage für mich nicht. Ich bin Journalistin, keine Anwältin. Tatsache ist, dass Simone Dubois tot ist. – Sie war das Opfer. Monsieur Hoffmann ist lediglich Thema meines Artikels. Im Gegensatz zu Ihnen habe ich keine persönliche Verbindung zu ihm.«

Wen wollte Milla mit ihrer Erklärung überzeugen? Inständig hoffte sie, dass die beiden das Zittern in ihrer Stimme nicht bemerkt hatten. Seit Tagen beschäftigte sie keine andere Frage mehr als die nach Roberts Schuld.

»Ich wünschte, er wäre nicht schuldig. Er war, er ist mein Freund.« Als Olivier Milla endlich ansah, war jeglicher Ausdruck aus seinem Gesicht gewichen. »Aber ich fürchte, er war es.« Er hob bedauernd die Schultern. »Da mein Vertrauen in unser Rechtssystem berufsbedingt relativ groß ist, muss ich leider davon ausgehen, dass in seinem Fall kein Fehlurteil getroffen wurde.«

Er sackte sichtlich in sich zusammen.

Milla bekam Mitleid. Indem Olivier Robert für schuldig erklärte, musste er sich wie ein Verräter ihrer Freundschaft fühlen. »Besuchen Sie ihn ab und zu in Fresnes?«, wechselte sie hastig das Thema. Das Medieninteresse müsste enorm sein, wenn Olivier Jarreau, Leiter der Rechtsabteilung eines großen Unternehmens und Verfechter der französischen Justiz, einen verurteilten Mörder in Fresnes besuchte.

»Zu Beginn seiner Haftzeit habe ich ihn einige Male besucht. Aber …« Er brach ab. »Aber es war schwierig«, fuhr er schließlich fort. »Sie waren schon dort, Madame. Es ist, ja, es ist einfach bedrückend. Robert hat mir letztlich zu verstehen gegeben, dass ich nicht mehr kommen sollte.«

Yvonne nahm die Hand ihres Mannes und strich sanft über die Innenfläche. Nachdenklich verfolgte Milla die Bewegung. »Ihre Freundschaft ist somit beendet.« Es war eine Feststellung, keine Frage.

Olivier nickte. »Ja, so fühlt es sich irgendwie an.« Er hob die Schultern. »Ich meine, wie soll man eine Freundschaft pflegen, wenn jemand nur noch unter Beobachtung Besuch bekommen darf? Es gab nichts mehr zu reden. Ich hatte jedes Mal ein komisches Gefühl, wenn ich Robert von meinem Leben, meinem Job, meiner Familie erzählt habe. Belanglosigkeiten aus dem Alltag. Aus meinem Alltag.« Erneut wechselte er einen langen Blick mit seiner Frau. Die Stimmung war auf dem Tiefpunkt.

Milla begriff langsam, welch enorme Auswirkungen dieses Verbrechen auf die vielen Beteiligten hatte. Eine Familie hatte ihre Tochter verloren. Eltern mussten mit der Tatsache fertigwerden, dass ihr Sohn ein Schwerverbrecher war. Freundschaften wurden zerstört. Für keinen der unmittelbar Beteiligten würde das Leben je wieder so sein wie vor dieser Tat.

»Robert war immer einer von den Guten. Was jedoch an jenem Abend passiert ist, weiß ich nicht«, unterbrach Olivier Jarreau das bedrückende Schweigen. »Seit fünf Jahren stelle ich mir diese Frage. Was ist damals geschehen? Hätte die Tat nicht verhindert werden können?«

Olivier Jarreaus Fragen klangen noch lange in Millas Kopf nach, während sie in der Métro in Richtung Joinville saß. Ursprünglich hatte sie geplant, nach der Befragung der Jarreaus Montmartre zu besuchen, da sie den Blick über die Stadt liebte, den man von dort genießen konnte. Das Gespräch hatte sie jedoch so mitgenommen, dass ihr nicht mehr nach Einkehr oder Ruhe zumute war.

Was war damals geschehen? Seit ihrer Ankunft vor vier Tagen war sie der Antwort auf diese Frage keinen Schritt näher gekommen. Karsten erwartete morgen früh einen ersten Bericht über ihre neu gewonnenen Erkenntnisse. Ob es Milla passte oder nicht, sie würde den Großteil des Abends an ihrem Laptop verbringen müssen. Obwohl sie ursprünglich nicht damit gerechnet hatte, konnte sie den Artikel weitaus emotionaler gestalten, als das Thema zu Beginn hätte vermuten lassen. Auch fünf Jahre nach dem Mord lagen bei den meisten Beteiligten noch immer die Nerven blank, wenn man mit ihnen über die damaligen Geschehnisse sprach.

Ihr fielen wieder die Worte von Capitaine Royaume über den Zustand des Leichnams von Simone Dubois ein. Milla zog einen Stapel Unterlagen aus ihrer Tasche. Hastig überflog sie einige Blätter, bis sie fand, wonach sie gesucht hatte. Entschlossen nahm sie ihr Telefon zur Hand und wählte.

»Lambert.«

»Professeur Lambert? Mein Name ist Milla Seifert.« Mit wenigen Worten stellte sie sich vor und erklärte ihm ihr Anliegen. Da der Rechtsmediziner sekundenlang nichts erwiderte, befürchtete Milla schon, er habe wieder aufgelegt. »Professeur? Sind Sie noch da?«, hakte sie verunsichert nach.

»Oui, Madame. Wissen Sie, ich bin schon seit einigen Jahren im Ruhestand. Ich glaube nicht, dass ich Ihnen bei Ihren Recherchen helfen kann.«

Er klang zögerlich, doch Milla wollte noch nicht aufgeben. »Professeur Lambert, ich habe mit Capitaine Royaume gesprochen, der mir dringend geraten hat, Sie zu den Untersuchungsergebnissen im Fall Dubois zu befragen«, behauptete sie dreist, in der Hoffnung, dass die beiden Männer keinerlei Kontakt miteinander pflegten und Millas kleine Lüge nicht aufflog. »Ich würde wirklich sehr gern mit Ihnen sprechen. Sicher dauert es auch nicht lang.«

Wieder herrschte für einige Augenblicke Schweigen am anderen Ende der Leitung. Dann: »Capitaine Royaume, aha. Nun, ich weiß nicht, wie der gute Mann darauf kommt, dass ich etwas zu berichten hätte, was nicht sowieso schon bekannt wäre.«

Milla schätzte den Professor vom Klang seiner Stimme her auf mindestens siebzig.

»Der Mord an Simone Dubois war eine meiner letzten

Untersuchungen, bevor ich in Pension gegangen bin. Dieser Fall war so eindeutig, dass es keiner weiteren Zeugenaussage bedurft hätte, um diesen Dreckskerl hinter Gitter zu bringen.« Während er sprach, war er lauter geworden.

»Professeur Lambert, bitte. Wie gesagt, es dauert bestimmt nicht lange. Ich wäre Ihnen wirklich dankbar, wenn Sie mir ein paar Minuten Ihrer Zeit opfern könnten. Der Artikel über Robert Hoffmann soll von handfesten Fakten untermauert werden. Ihre Darstellung wäre mit Sicherheit äußerst nützlich für mich.« So schnell wollte Milla einfach noch nicht lockerlassen.

»Also gut.« Er seufzte. »Morgen früh um neun Uhr könnte ich etwas Zeit für Sie erübrigen. Am Mittag fahre ich für einige Tage zu meiner Tochter aufs Land.«

Milla überkam das ungute Gefühl, dass es ihn große Überwindung gekostet hatte, ihr zuzusagen. »Vielen Dank, Professeur Lambert. Ich weiß Ihr Entgegenkommen wirklich sehr zu schätzen.«

Er brummte etwas ins Telefon, was sie nicht verstand, bevor er ihr seine Adresse nannte.

Als Milla sich verabschieden wollte, ergriff er überraschend erneut das Wort. »Vielleicht ist jetzt tatsächlich der richtige Zeitpunkt für die Wahrheit, Madame.«

Noch bevor sie etwas erwidern konnte, hatte der alte Mann auch schon aufgelegt. Irritiert steckte sie ihr Telefon weg. Was hatte er mit seiner letzten Bemerkung gemeint? Welche Wahrheit? Gab es tatsächlich noch Aspekte an diesem Fall, die der Öffentlichkeit bis heute nicht bekannt waren? Oder waren es nur die bedeutungslosen Worte eines möglicherweise verwirrten pensionierten Arztes, der das Interview als willkommene Abwechslung zu seinem monotonen Alltag betrachtete?

20

Sie beugte sich so weit vor, dass ihr Ohr fast die Lautsprecher berührte. Verdammt, was war da los? Warum hatte Zodaine dieser Seifert genehmigt, Hoffmann in seiner Zelle aufzusuchen? Was dachte sich diese Frau? Der Mann war ein verurteilter Vergewaltiger. Wie kam diese Journalistin dazu, ein solches Risiko einzugehen?

Genervt schlug sie mit der flachen Hand auf den Schreibtisch. Obwohl sie sich anstrengte, verstand sie nur jedes dritte Wort. Es war fast zwanzig Jahre her, dass sie in der Schule Deutsch gelernt hatte. Merde! Obwohl sie ungefähr abschätzen konnte, worüber die beiden sprachen, ärgerte sie sich. Jedes noch so kleine Detail konnte wichtig sein, doch dafür fehlte ihr leider die Sprachkenntnis. Verärgert drehte sie die Lautstärke höher, doch auch das nutzte nichts. Die beiden schienen zu flüstern. Einzig das Rauschen wurde lauter, die Stimmen waren kaum noch zu verstehen.

Zornig presste sie ihre Lippen aufeinander. Erneut öffnete sie das Foto der deutschen Journalistin auf ihrem Computer und betrachtete deren Gesicht. Was führte diese Frau im Schilde?

Das Klingeln des Telefons riss sie aus ihren düsteren Gedanken. Sie blickte aufs Display, doch die Nummer sagte ihr nichts. »Ja?«

»Bonsoir, Madame, hier spricht Gérard Lambert.«

Hastig schaltete sie die Lautsprecher aus. »Professeur, was kann ich für Sie tun? Wir haben uns ja ewig nicht gesprochen.« Warum auch? Der Mann war seit Jahren im Ruhestand, und sie hatte keinerlei Verwendung mehr für ihn.

»Ich wollte Sie nur kurz darüber informieren, dass mich heute eine deutsche Journalistin kontaktiert und um ein Gespräch gebeten hat.« Er räusperte sich, doch sie schwieg, bis er weitersprach. »Es geht um den Mord an Simone Dubois.«

Seine Stimme zitterte so stark, dass sie den Eindruck bekam, Gérard Lambert sei gefühlte zwanzig Jahre gealtert, seit sie ihn zuletzt gesehen und gesprochen hatte.

»Ja, und? Gibt es deshalb ein Problem?« Ungeduldig schaute sie auf ihre Uhr. Schon wieder diese Seifert. Die Recherchen der Deutschen entwickelten sich langsam zu einem echten Ärgernis.

»Nein, kein Problem«, versuchte Lambert sie zu beruhigen. »Aber ich denke, es ist jetzt Zeit für die Wahrheit.«

Wütend musterte sie das Gesicht auf dem Monitor vor sich. »Was soll das heißen?« Natürlich wusste sie genau, was Lambert meinte.

»Madame, es ist mittlerweile mehr als fünf Jahre her. Denken Sie nicht, dass die Öffentlichkeit endlich ein Recht auf die Wahrheit hat?«

Obwohl er leise sprach, klang jedes Wort in ihrem Ohr nach. Während sie überlegte, schloss sie kurz die Augen. »Hören Sie, Professeur. Natürlich kann ich nur zu gut verstehen, dass Sie Ihr Gewissen erleichtern möchten. Aber bitte überlegen Sie einmal. Wem nützt es, wenn Sie ausgerechnet jetzt Ihren tadellosen Ruf aufs Spiel setzen? Für keinen der Beteiligten würde sich etwas ändern. Außer dass es wieder üble Gerüchte gäbe, die jeglicher Grundlage entbehren.«

»Bei allem Respekt, Madame, aber ich fürchte, ich habe meine Entscheidung bereits getroffen. Außerdem habe ich sowieso nie verstanden, warum es Ihnen derart wichtig war, dass die Öffentlichkeit nichts davon erfährt. Ich wüsste also nicht, wem ich damit schaden würde. Unsere Vereinbarung sehe ich als hinfällig an. Ich bin ein alter Mann und möchte keine Geheimnisse mit ins Grab nehmen.« Trotz des Zitterns in seiner Stimme klang er entschlossen. »Außerdem irren Sie sich, Madame, wenn ich mir erlauben darf, das zu sagen. Wenn die Wahrheit ans Licht käme, würde dies ein komplett neues Licht auf den Mord werfen, insbesondere auf Hoffmanns Motiv.«

Fieberhaft überlegte sie, wie sie ihn von seinem Vorhaben abbringen konnte, doch ihr wollte kein vernünftiges Argument einfallen. »Professeur, bitte überstürzen Sie nichts. Sie wissen nicht, was diese Journalistin in Wahrheit von Ihnen möchte. Möglicherweise hat sie es darauf angelegt, Sie zu verunglimpfen.« Sie merkte selbst, dass ihn ihre Worte nicht umstimmen würden.

Seine Stimme klang kühl, als er antwortete. »Wie bereits gesagt, mein Entschluss steht fest. Selbstverständlich werde ich Sie mit keinem Wort erwähnen, sondern allein die gesamte Verantwortung übernehmen. Niemand wird eine Verbindung zu Ihnen herstellen können. Sie haben nichts zu befürchten. Gute Nacht.«

Damit legte er auf, während sie wie vom Donner gerührt auf das Telefon starrte. Was war in Lambert gefahren? Drehten jetzt alle durch? Erst eine Journalistin, die sich mit einem Mörder in seiner Zelle einschließen ließ, nun ein renommierter Rechtsmediziner, der nach fünf Jahren öffentlich machen wollte, dass er vor Gericht gelogen hatte.

Nachdem sie alle Möglichkeiten abgewogen hatte, musste sie eine Entscheidung treffen. Bevor sie sich erneut dem Gespräch zwischen Hoffmann und Milla Seifert widmete, griff sie zum Telefon und wählte.

21

Erleichtert verließ Gérard Lambert die Telefonzelle, die auf seinem Weg lag, den er jeden Abend mit Guillaume, seinem hellbraunen Labrador, zum Abschluss des Tages lief. Der Hund, der gehorsam vor der Zelle gewartet hatte, sah ihn mit schief gelegtem Kopf an und wedelte mit dem Schwanz. Abwesend tätschelte Gérard ihm den Kopf, bevor sie gemeinsam in gemächlichem Tempo ihren abendlichen Spaziergang beendeten.

Es war kurz nach elf, als sie wieder zu Hause ankamen. Guillaume legte sich gleich in sein Körbchen und schloss nach wenigen Sekunden die Augen. Kurz darauf lauschte Gérard auf den gleichmäßigen Atem seines Hundes.

Er setzte sich an seinen Schreibtisch und betrachtete voller Wehmut das Foto seiner Frau, das in einem runden goldenen Rahmen vor ihm stand. Vor zwölf Jahren hatten sie Guillaume gemeinsam gekauft. Nur zwei Jahre später war Charlotte gestorben. Als man den Krebs bei ihr festgestellt hatte, war es bereits zu spät gewesen, die Ärzte hatten ihr nicht mehr helfen können. Drei Monate nach der Diagnose lebte sie nicht mehr. Immer stärker hatte Gérard das Gefühl, dass Guillaume das Letzte war, was ihn mit seiner verstorbenen Frau verband. Doch der Hund war alt und genauso müde, wie er selbst sich an manchen Tagen fühlte.

Im Augenblick allerdings verspürte er nicht die geringste Müdigkeit, sondern war aufgekratzt und unruhig. Das Telefonat war besser gelaufen als befürchtet. Ihm war durchaus bewusst, dass er mit Problemen rechnen musste. Doch das war ihm mittlerweile gleichgültig. Er würde sich nicht länger unter Druck setzen lassen. Sollte sie tatsächlich ihre Drohung von damals wahrmachen und seine Besuche bei stadtbekannten Edelprostituierten veröffentlichen, würde ihn das auch nicht umbringen. Nein, so wollte er seinen Lebensabend nicht beschließen. Sicher würde ihn seine Tochter irgendwann verstehen. Charlotte zumindest hätte es niemals zugelassen, dass er sich auf einen solchen Kuhhandel einließe. Morgen würde er der deutschen Journalistin gegenüber zugeben, dass er seinen Bericht manipuliert hatte. Seine Reputation war damit unwiderruflich zerstört. Professeur Gérard Lambert, über mehrere Jahrzehnte der kompetenteste und vertrauenswürdigste Rechtsmediziner von ganz Paris, hatte im wichtigsten

Mordprozess der letzten Jahre relevante Fakten verschwiegen. Er konnte sich die Schlagzeilen der nächsten Tage bildlich vorstellen. Gérard würde den Aufenthalt bei seiner Tochter für eine unbestimmte Zeit verlängern und für niemanden zu sprechen sein.

Entschlossen erhob er sich und legte ein Klavierkonzert von Chopin auf. Guillaume spitzte kurz die Ohren, um gleich drauf wieder einzudösen.

Gérard kehrte zu seinem Schreibtisch zurück und schloss für einen Moment die Augen, spürte, wie ihn die Musik beruhigte. Er lehnte sich zurück und überlegte.

Wahrscheinlich war seine Besorgnis übertrieben, aber falls dem so wäre, wie er vermutete, würde es niemals jemand erfahren. Andernfalls ... ja, andernfalls hätte er mit seinen Befürchtungen recht behalten. Gérard holte einen Bogen Papier aus der Schublade, nahm seinen Füller zur Hand und begann zu schreiben. Auf keinen Fall wollte er seine Tochter in Gefahr bringen. Ihm war jedoch klar, dass, falls sie seinen Brief jemals zu lesen bekam, sie sich allein aufgrund der Tatsache in Gefahr befand, dass er sich mit sehr gefährlichen Leuten eingelassen hatte. Nachdem er sein Schreiben fertiggestellt hatte, schob er es in einen Umschlag, den er mit dem Namen seiner Tochter versah. Bevor er das Kuvert an einem geeigneten Ort verstauen konnte, klingelte es an seiner Wohnungstür. Schläfrig hob der Labrador seinen Kopf und blickte ihn vorwurfsvoll an.

»Schon gut, Guillaume, bleib liegen. Ich schaue kurz nach.« Gérard sah ungehalten auf seine Uhr, es war kurz nach Mitternacht. War sie tatsächlich um diese Zeit gekommen, um ihn noch umzustimmen? Er schlurfte zur Eingangstür, Guillaume folgte ihm humpelnd.

Mit einem Auge spähte Gérard durch das Guckloch in der Tür. Hatte er es sich doch gedacht! Genervt öffnete er die Tür. Bevor er seinem Besuch jedoch erklären konnte, dass er sich den Weg hierher hätte sparen können, hob die Gestalt vor der

Tür die Hand und zielte auf einen imaginären Punkt, der sich genau zwischen seinen Augen befand.

22

»Milla, bist du noch wach?«

Die Stimme ihrer Freundin drang aus weiter Ferne zu ihr, doch Milla konnte nicht antworten.

»Milla, was ist denn hier los?« Sandrine stürmte ins Zimmer und blieb abrupt stehen. »Ist etwas passiert? Du bist ja kreidebleich.« Schwer schnaufend stellte sie sich hinter Milla und legte ihr eine Hand auf die Schulter. »Was ist geschehen?«

Milla hob die rechte Hand und drückte wahllos eine Taste ihres Laptops. Augenblicklich verschwand der Bildschirmschoner, auf dem etliche Fische in diversen Regenbogenfarben in endlosen Bahnen von links nach rechts schwammen.

Sandrine beugte sich vor und betrachtete das Bild, das nun auf dem Monitor erschien. »Wer hat dir das geschickt?« Sie klang fassungslos.

Eine Großaufnahme von Millas Gesicht blickte ihnen entgegen. Doch es war nicht das Porträt, das Sandrine schockierte, sondern das schwarze Fadenkreuz, das sich mitten auf Millas Stirn befand. *Geh nach Hause, sonst …*

»Was soll das? Wann hast du das bekommen?«

Sandrines panischer Tonfall holte Milla endlich aus ihrer Schockstarre. Entschlossen klappte sie den Laptop zu. Dann drehte sie sich um und blickte zu Sandrine auf. Diese schob den Schreibtischstuhl mit Milla ein Stück vom Schreibtisch weg und setzte sich auf die Tischkante.

Schweigend blickten sich die beiden einen Moment lang an, bevor Milla mit den Achseln zuckte. »Keine Ahnung. Ich habe die Nachricht gerade eben entdeckt, nachdem ich den ganzen Abend an dem Bericht für meinen Redakteur gesessen habe.« Sie blickte auf die Uhr. Es war bereits weit nach Mitternacht. Während des Schreibens hatte Milla gar nicht bemerkt, wie schnell die Zeit vergangen war. »Wo kommst du so spät her?«

Seufzend winkte Sandrine ab. »Scheint, dass unsere Chefs uns heute Abend keine Ruhe gönnen. Ich war in einer Redaktionssitzung, die eigentlich nur bis zehn gehen sollte, doch es gab Probleme mit dem Bericht über Montpellier. Also durfte ich noch eine Stunde dranhängen.« Für einen Moment schloss sie die Augen und gähnte.

»Was hältst du von der Mail?« Milla sah ihre Freundin abwartend an, während sie auf den zugeklappten Laptop zeigte.

»Irgendjemand scheint wegen deiner Recherchen ziemlich nervös zu sein. Ich denke, du solltest damit zur Polizei gehen.«

»Was sollen die denn machen? Der Absender ist anonym. Es ist heutzutage ein Kinderspiel, eine Mailanschrift anzulegen und boshafte Nachrichten zu verschicken. Ich wette, die Adresse existiert schon in diesem Moment nicht mehr.«

Sandrine nickte. »Du könntest recht haben, aber willst du sie einfach ignorieren?«

Milla schnaufte. »Was soll ich denn sonst machen? Heimfahren?«

»Könnte Hoffmann hinter der Mail stecken?«

Sandrines Frage überraschte Milla. »Wie kommst du darauf? Warum sollte er mir eine solche Nachricht schicken?« Sie überlegte. »Davon abgesehen, dass er im Gefängnis wohl kaum über die technischen Voraussetzungen verfügt, um unbemerkt anonyme Mails verschicken zu können.« Unruhig rückte sie ihre Brille zurecht, um sie im nächsten Moment abzusetzen und auf den Laptop zu legen.

»Vielleicht möchte er weiter bei dir den Eindruck verstärken, dass er das Opfer einer großen Verschwörung ist.« Besorgt sah Sandrine sie an. »Aber das hat er ja eh schon geschafft.« Sie ging vor Milla in die Hocke und betrachtete sie prüfend.

Milla senkte den Blick und schaute auf das Stück Fußboden zwischen ihnen.

»Habe ich recht?«

Als Milla den Kopf wieder hob, sah sie Sandrine direkt in die Augen. »Könnte Dubois dahinterstecken?«

Sandrine erhob sich aus ihrer unbequemen Position und streckte die Beine aus. Sie seufzte laut. »Und warum, bitte schön, sollte er dir eine solche Nachricht schicken?«

»Vielleicht hat er Angst, dass ich das Geheimnis der Mordnacht im Zuge meiner Recherchen aufdecke?« Milla musste zugeben, dass dies eine schwache Erklärung war.

Sandrine ließ ein kurzes Lachen erklingen. »Milla! Welches Geheimnis? Dieser Mord ist wahrscheinlich das bestuntersuchte Verbrechen der letzten Jahre.« Wütend stampfte sie mit ihrem Fuß auf. »Hoffmann hat sie umgebracht. Der Mörder hat seine gerechte Strafe erhalten. Punkt. Aus. Fertig.« Sie winkte ab. »Lass es gut sein. Du verrennst dich da in etwas.«

»Ich glaube nicht, dass Robert hinter der Nachricht steckt«, beharrte Milla mit fester Stimme.

»Aha.« Sandrine klang genervt. »Und warum glaubst du das nicht?«

Milla erhob sich von ihrem Stuhl. »Wahrscheinlich verstehst du das nicht, aber es ist einfach nicht seine Art.«

Fassungslos starrte Sandrine ihre Freundin an. »Es ist nicht seine Art? Milla! Der Mann hat seine Frau umgebracht. Wach endlich auf! Natürlich ist das seine Art. Es ist genau die Art, die ihm jeder zutraut. Pardon, jeder außer dir. Du hast dich ja offenbar in den letzten vier Tagen zur Expertin entwickelt, was die Gedankengänge eines psychopathischen Vergewaltigers und Mörders angeht.« Sandrine trat einen Schritt vor, doch Milla hob abwehrend die Hände.

»Gute Nacht, Sandrine. Wir kommen heute Abend wohl

auf keinen gemeinsamen Nenner mehr.« Mit diesen Worten verließ Milla das Zimmer, um ins Bad zu gehen.

23

Am nächsten Morgen verließ Milla früh das Haus. Professeur Lambert wohnte im siebzehnten Bezirk, der westlich von Montmartre und nördlich der Champs-Élysées lag. Die Stecke mit der Métro nahm einige Zeit in Anspruch.

Als sie aufgestanden war, hatte Sandrine noch geschlafen. Die Meinungsverschiedenheit mit ihrer Freundin lag Milla schwer im Magen. Innerhalb weniger Tage waren sie schon zum zweiten Mal aneinandergeraten. Noch nie waren sie wegen eines Mannes so gegensätzlicher Meinung gewesen. Wobei es hier natürlich nicht vordergründig um einen Mann ging, versuchte Milla sich einzureden. Es ging um ihre Arbeit, darum, wie sie den Artikel über Robert aufziehen sollte. Doch hatte sie sich tatsächlich in einer Sackgasse verrannt? War sie wirklich der Meinung, dass Robert ein unschuldiges Opfer war, das zu Unrecht hinter Gittern saß? Milla war sich nicht sicher. War es nicht vielmehr so, dass sie hoffte, er sei unschuldig? Wie sonst sollte sie ihr wachsendes Interesse an ihm vor sich selbst rechtfertigen?

Abgesehen von ihrem Gefühlschaos, über das sie jetzt nicht weiter nachdenken wollte, war sie fest entschlossen, diese Chance, die ihr der Artikel bot, zu nutzen, um endlich den Schritt von der Provinzreporterin zu einer ernst zu nehmenden Enthüllungsjournalistin zu machen.

Müde lehnte Milla den Kopf nach hinten und schloss die Augen. Die Gespräche um sie herum verebbten. Die Métro war brechend voll. Paris auf dem Weg zur Arbeit.

Millas Unruhe wuchs. Was würde ihr der Professor sagen

können? Hatte sie in seine gestrigen Worte ebenfalls zu viel hineininterpretiert?

Ihr Telefon klingelte. Milla schreckte hoch und zog es eilig aus ihrer Handtasche. Irene. Nachdem sie das Gespräch weggedrückt hatte, lehnte sie sich wieder in ihrem Sitz zurück. Für ihre zukünftige Ex-Schwiegermutter hatte sie jetzt wirklich keinen Nerv. Sie rief sich ihre heute anstehenden Gespräche ins Gedächtnis und überlegte, wie sie Robert endlich zum Reden bringen könnte.

An der Haltestelle Malesherbes stieg Milla aus und schaute sich suchend um, da sie diesen Stadtteil nicht kannte. Nachdem sie die Métrostation verlassen hatte, studierte sie die Schilder an den Straßenecken. Ein Blick auf die Uhr verriet ihr, dass sie noch genügend Zeit hatte, um die Adresse des Professors pünktlich zu finden. Unruhig zog sie ihr Handy aus der Tasche, um nachzuschauen, ob Sandrine sich gemeldet hatte. Keine neue Nachricht. Milla seufzte. Nun gut, sie konnte es nicht ändern.

Nach einem Fußweg von etwa fünfzehn Minuten erreichte sie endlich die Rue Cardinet. Als sie in die Straße einbog, erblickte sie schon von Weitem einen enormen Menschenauflauf. Was war denn hier los? Milla ließ ihren Blick über die Gebäude schweifen, um eine Hausnummer zur Orientierung zu finden. Langsam näherte sie sich der Menschenmenge, hinter der sie mehrere Polizeiwagen entdeckte. Beim Anblick der Absperrbänder, die vor dem Eingang eines dreistöckigen Gebäudes gespannt waren, wurde ihr mulmig zumute. Was war passiert? Milla beschleunigte ihre Schritte. Als sie erkannte, dass es sich bei dem abgeriegelten Haus um die Adresse des Professors handelte, blieb sie erschrocken stehen.

Hinter der Barriere herrschte dichtes Gedränge. Polizisten in dunkelblauen Uniformen hasteten zwischen Eingang und Einsatzwagen hin und her. Was sollte sie tun? Sie musste dringend den Professor anrufen. Falls er aufgrund der polizeilichen Ermittlungen das Haus nicht verlassen durfte, würde sie ihren Termin mit ihm verschieben. Mit Sicherheit würde die Polizei sie nicht in das Haus hineinlassen, wenn hier ein Verbrechen welcher Art auch immer stattgefunden hatte. Bevor Milla Lamberts Nummer wählte, wandte sie sich an einen jungen Mann, der neben ihr stand, und fragte ihn, ob er wüsste, was hier passiert sei. Der Angesprochene zuckte leicht mit den Schultern und murmelte undeutliche Worte vor sich hin. Milla meinte, verstanden zu haben, dass er auf der anderen Straßenseite wohne und sich gerade auf den Weg zur Universität habe machen wollen. Bevor Milla sich für die genuschelte Auskunft bedanken konnte, wandte er seinen Kopf wieder ab und drehte sich weg.

Milla wählte die Nummer des Arztes und wartete. Als sie schon wieder auflegen wollte, nahm am anderen Ende doch noch jemand ab.

»Oui?«

Milla stutzte. Das war nicht die Stimme des Professors.

»Hallo, wer ist am Apparat?«

Das war doch … Milla schluckte. »Bonjour, mein Name ist Milla Seifert. Ich bin Journalistin und möchte gerne mit Professeur Lambert sprechen.« Eine dunkle Vorahnung beschlich sie.

Am anderen Ende der Leitung breitete sich für einen Moment Schweigen aus, bevor sich die Stimme wieder meldete. »Madame Seifert, was für ein seltsamer Zufall. Hier spricht Capitaine Royaume. Wir hatten gestern das Vergnügen. Darf ich fragen, was Sie von dem Professor möchten?« Der Polizeibeamte klang misstrauisch.

Milla räusperte sich. »Ich stehe vor dem Haus, in dem der Professor wohnt, da ich mit ihm verabredet war.«

»Wieso ›war‹? Wie kommen Sie darauf, dass Ihre Verabredung hinfällig ist?«

Unruhig verlagerte sie ihr Gewicht von einem Fuß auf den anderen.

Ehe sie antworten konnte, ergriff Royaume erneut das Wort. »Hören Sie, Madame. Bitte bleiben Sie, wo Sie sind. Ich komme sofort zu Ihnen heraus. Ich denke, wir sollten uns etwas ausführlicher unterhalten. Bis gleich.« Mit diesen Worten beendete er das Gespräch.

Verwirrt packte Milla ihr Telefon weg und zog ihre Jacke enger um den Körper. Was war denn das? Warum war der Capitaine an das Telefon des Arztes gegangen? Und was hatte sie damit zu tun? Was wollte Royaume von ihr? Ungeduldig scharrte sie mit den Füßen. Es war kalt, und der schneidende Wind wehte ihr ins Gesicht. Die Leute um sie herum schien das nicht zu stören.

Nach einer gefühlten Ewigkeit tauchte der Capitaine endlich am Eingang auf. Umständlich krabbelte er unter dem Absperrband hindurch und sah sich suchend um. Da Milla es unangemessen fand, ihm wie einem guten Bekannten zuzuwinken, stellte sie sich auf die Zehenspitzen und reckte ihren Hals, sodass er sie früher oder später erblicken musste, wenn er die Menge absuchte.

Als er sie endlich entdeckte, nickte er ihr leicht zu und zeigte mit einer Hand die Straße hinunter.

Milla nickte ebenfalls und löste sich aus der Menge, die noch immer vor dem Eingang des Gebäudes ausharrte. Angespannt steuerte sie auf den Einsatzwagen zu, an dem der Capitaine auf sie wartete. Während er in seiner Jackentasche kramte, musterte er sie eingehend.

»Madame?«

Obwohl er ihr aufmunternd zuzwinkerte, wuchs Millas Nervosität in Anbetracht der Unmengen an Polizeibeamten, die um sie herum beschäftigt waren. Royaume selbst trug keine Uniform, sondern einen dicken grauen Parka. Als er seine Hand wieder aus der Tasche zog, erblickte Milla eine Packung

Zigaretten. Demonstrativ hielt er sie ihr hin, doch sie lehnte dankend ab.

Nachdem es Royaume nach mehreren umständlichen Versuchen gelungen war, sich eine Zigarette anzuzünden, wandte er sich ihr zu. »Madame Seifert? Was für eine Überraschung. Gestern noch in meinem Büro und heute schon an meinem neuen Tatort.« Während er sie ansah, runzelte er die Stirn.

Unter seinem durchdringenden Blick fühlte Milla sich zunehmend unwohl. Sie setzte zum Gegenangriff an. »Wieso Tatort? Was ist denn passiert?«

Royaume lächelte leicht. »Ich weiß, dass Sie es gewohnt sind, Fragen zu stellen, Madame. Doch da muss ich Sie enttäuschen. Heute bin ich derjenige, der die Fragen stellt.« Mit seinen Händen deutete er eine Rolle an. »Sozusagen vertauschte Positionen. Sie verstehen?«

Während sie nickte, blickte sie ihm offen ins Gesicht. »Wenn Sie Antworten von mir möchten, müssen Sie mir zumindest sagen, um was es geht.«

Der Capitaine warf einen kurzen Blick zu dem Gebäude, in dem Gérard Lambert wohnte. »Gut. Zuerst erzählen Sie mir, warum Sie sich mit dem Professor verabredet haben. Und danach werde ich sehen, was ich Ihnen sagen kann.«

Milla berichtete ihm von dem gestrigen Telefonat und dem heutigen Termin. Die kryptischen Worte des Professors, die er ihr zum Thema Wahrheit gesagt hatte, behielt sie fürs Erste für sich. Nachdem sie geendet hatte, spürte sie Royaumes eindringlichen Blick auf sich.

»Was haben Sie sich denn von einem Gespräch mit dem Arzt versprochen, der die Autopsie an Simone Dubois vorgenommen hat? Dachten Sie wirklich, er hätte neue Erkenntnisse für Sie? Nach fünf Jahren?« Er sah sie abwartend an.

Milla ließ sich nicht beirren. »Ich war der Ansicht, es sei hilfreich, mit jemandem zu sprechen, der damals in den Prozess eingebunden war.«

»Madame, bei allem Respekt, ich dachte, ich hätte mich gestern klar und deutlich ausgedrückt. Der Fall war so eindeutig wie kaum ein anderes Verbrechen, das ich kenne. Seien Sie versichert, dass wir den richtigen Täter hinter Gitter gebracht haben.«

»Was ist hier passiert?«, wechselte Milla das Thema, ohne auf Royaumes Bemerkung einzugehen.

Der Polizeibeamte inhalierte ein letztes Mal, bevor er die brennende Kippe auf den Boden warf und mit der Fußspitze austrat. »Professeur Lambert ist Opfer eines Gewaltverbrechens geworden. Mehr darf ich Ihnen leider nicht sagen.«

Der Arzt war tot. Ermordet, bevor er mit ihr hatte sprechen können. Ein schaler Geschmack machte sich in Millas Mund breit. Ihre Gedanken rasten. Was verschwieg ihr Royaume? »Was heißt das? Ist er in seiner Wohnung ermordet worden? Konnten Sie den Täter bereits fassen?«

Ein Hauch von Missbilligung lag in seinem Blick. »Madame, Sie haben zwar viele Fragen, doch ich habe leider keine Antworten für Sie. Bedaure. Ich möchte Sie allerdings bitten, sich bei mir zu melden, falls Ihnen noch etwas einfallen sollte.« Er machte eine kurze Pause, bevor er nachsetzte: »Oder hat er bei Ihrem Telefonat irgendetwas erwähnt, was Ihnen komisch oder verdächtig vorkam?«

Milla war bewusst, dass Royaume jede kleinste Regung registrieren würde. Sie bemühte sich um einen unbeteiligten Gesichtsausdruck, als sie ihm versicherte, dass sie Lambert nicht gekannt hatte und daher nicht beurteilen konnte, ob er sich am Telefon in irgendeiner Weise anders verhalten hatte als üblich. Seine ominöse Bemerkung ließ sie weiter unerwähnt. Ebenso verschwieg sie dem Beamten die Drohmail, die sie gestern Abend erhalten hatte.

Nachdem er ihr einen Kollegen vorgestellt hatte, der ihre Aussage und ihre Kontaktdaten aufnehmen sollte, verabschiedete sich Royaume hastig von Milla und verschwand wieder in dem Gebäude, in dem der Rechtsmediziner letzte Nacht umgebracht worden war.

24

Als Milla in Fresnes ankam, war es fast Mittag. Sie hoffte inständig, nicht zu spät zu sein. Obwohl die nachmittägliche Besuchszeit aufgrund des Wasserschadens in den nächsten Tagen ausfallen würde, musste der reguläre Tagesablauf trotzdem eingehalten werden. Was bedeutete, dass alle Insassen momentan beim Mittagessen saßen.

Sie eilte zum Eingang, wo sie der diensthabende Beamte an der Pforte mit mürrischer Miene bat zu warten.

Ungeduldig trat sie von einem Bein auf das andere. Der Justizvollzugsangestellte nickte mehrfach, während er in seinen Telefonhörer sprach. Als er schweigend auf die Antwort am anderen Ende der Leitung wartete, spürte Milla seinen neugierigen Blick auf sich. Vermutlich kamen nicht allzu oft Journalisten hierher, die sich für Häftlinge interessierten. Durch ihre Recherchen wusste sie, dass hier zum Großteil Kleinganoven aus den ehemaligen französischen Kolonien einsaßen. Robert hingegen war eines der kriminellen Schwergewichte dieser Einrichtung. Die meisten seiner Mitinsassen waren Menschen, an denen die Öffentlichkeit und damit die Presse keinerlei Interesse zeigte.

Kurz darauf winkte der Beamte sie kommentarlos durch. Wie die letzten Male auch schlug Milla sofort den Weg zum Gebäudekomplex der Sicherheitsstufe drei ein. Am Eingang öffnete ihr ein weiterer Mitarbeiter die Tür und brachte sie zu Monsieur Romain, der wie erwartet am Scanner stand. Im Gegensatz zu ihren bisherigen Besuchen begrüßte er sie nur kurz angebunden. Der junge Beamte wirkte auf Milla angespannt und übernächtigt. Da er heute nicht in Plauderlaune war, absolvierten sie die übliche Prozedur schweigend, während Milla ihren Gedanken nachhing, die immer noch um den toten Rechtsmediziner kreisten.

Was hatte er ihr erzählen wollen? Hatte möglicherweise jemand verhindern wollen, dass er mit ihr sprach? Milla nahm sich vor, noch einmal mit dem Capitaine zu sprechen und ihn zu bitten, die Telefonate des Arztes zu überprüfen. Dann fiel ihr ein, dass sie ihm ja gar nicht von Lamberts merkwürdiger Bemerkung erzählt hatte, womit sie den Capitaine folglich auch nicht über ihre ganz persönliche Theorie unterrichten konnte.

»Madame?« Romain sah sie fragend an.

Milla war derart in Gedanken versunken gewesen, dass sie ihm nicht zugehört hatte. Sie riss sich zusammen. »Pardon?«

»Ihr Telefon bitte.« Ein leichtes Lächeln huschte über sein Gesicht.

Sie verdrehte die Augen und holte es aus ihrer Tasche.

»Scheint, dass dies nicht unser Tag ist, nicht wahr?«

Sie stimmte ihm zu. Da sie heute allerdings einiges mit Robert zu besprechen hatte, musste sie sich jetzt unbedingt auf das Wesentliche konzentrieren. Wie stand Robert zu dem Verbrechen, das er begangen hatte? Diese Frage wollte Milla ihm stellen. Außerdem waren Unklarheiten aufgetaucht, die sie ebenfalls mit ihm durchgehen wollte.

»Hoffmann hat offenbar Gefallen an Ihren Gesprächen gefunden«, sagte Romain, während er Milla in den Zellenkomplex brachte.

»Wie meinen Sie das?« Sie sah ihn verwundert von der Seite an.

»Na ja, freiwillig auf das Mittagessen zu verzichten nenne ich ein sehr erwähnenswertes Opfer.« Er hielt kurz inne. »Das Abendessen ist nicht besonders … empfehlenswert.«

»Hoffmann bekommt kein Mittagessen? Auch später nicht?«

Der Beamte schüttelte bestimmt den Kopf. »Nein, Extrawürste gibt es hier nicht. Als mein Kollege mich eben angerufen hat, habe ich Hoffmann explizit gefragt, ob er nicht lieber morgen mit Ihnen sprechen möchte, da ja Essenszeit sei.«

Während er redete, musterte Milla Charles Romain. Er wirkte noch bleicher als in den letzten Tagen.

»Und als ich ihm gestern mitgeteilt habe, dass Sie nicht kommen, wirkte er völlig durcheinander«, fuhr Romain fort. »Ich glaube, dass es für ihn schwierig werden wird, wenn Sie am Ende Ihrer Interviews angekommen sind. Er scheint sich auf Ihre Befragungen zu freuen. Und natürlich ist es eine nette Abwechslung in diesem tristen Alltag.« Er zögerte. »Ehrlich gesagt hätte ich ja nicht gedacht, dass er erpicht darauf ist, mit Ihnen die Tatnacht durchzugehen. Hoffmann wirkt immer, als ob er über allem steht. Und er behauptet bis heute steif und fest, nichts mit dem Tod seiner Verlobten zu tun zu haben.« Er sah Milla an, als ob er hoffe, von ihr Details über die Gespräche zu erfahren.

Doch da musste sie ihn enttäuschen. »Bis jetzt sind wir noch gar nicht dazu gekommen, ausführlich über den Mord zu sprechen.« Sie blieb stehen. »Halten Sie es denn, natürlich rein theoretisch, für möglich, dass er die Wahrheit sagt?«

In den letzten Tagen hatte sie immer wieder das Gefühl gehabt, dass Charles Romain trotz seines jungen Alters eine gute Menschenkenntnis besaß. Doch jetzt blieb er überrascht stehen und sah sie verwirrt an.

»Was meinen Sie? Dass er unschuldig ist?« Er kratzte sich am Kinn. »Wie kommen Sie darauf? Er wurde rechtmäßig verurteilt. Was denken Sie, wie viele Insassen hier ›unschuldig‹ sind?« Er grinste. »Wenn Sie die Häftlinge fragen, sitzt jeder von ihnen unschuldig in Fresnes.«

Milla nickte nachdenklich, wollte aber noch einen weiteren Versuch unternehmen. »Sie kennen ihn jetzt schon eine ganze Weile. Sie trauen ihm die Tat also zu?«

Romain zögerte. »Ich traue jedem fast alles zu. Das hatte ich

Ihnen bereits gesagt. Außerdem bin ich sicher, dass die Polizei im Mordfall Dubois sehr gute und vor allem gründliche Arbeit geleistet hat. Hoffmann ist ein netter Kerl, gebildet, witzig und, wenn man den Frauen glauben mag, charmant. Aber er ist eben auch ein Mörder.«

Unerbittlich hallte Romains letzter Satz in Milla nach, während sie ihm zu dem Zellenkomplex folgte, in dem Robert untergebracht war.

Der diensthabende Beamte im Trakt begrüßte Milla nur kurz, bevor er sie zu Roberts Zelle führte. Routiniert schloss er die Tür auf, nickte ihr zu und ließ sie eintreten, um direkt hinter ihr wieder abzuschließen.

Robert, der bei ihrer Ankunft unter dem vergitterten Fenster gestanden hatte, drehte sich um und kam auf sie zu. Seine Augen leuchteten auf. »Milla! Schön, dass du da bist.« Seine Stimme überschlug sich fast.

Misstrauisch kniff sie die Augen zu, während sie seine Begrüßung wesentlich weniger emotional erwiderte. Er kam ihr vor wie ein kleiner Junge, der sich am Weihnachtsmorgen auf die anstehende Bescherung freute.

»Bitte, setz dich.« Er zeigte auf den Stuhl, der sich gegenüber seinem Bett befand.

Mit betonter Gelassenheit nahm sie Platz und wartete, bis auch er auf seiner Pritsche saß, bevor sie ihr Aufnahmegerät herausholte und auf das Waschbecken neben sich legte.

Robert bedeutete ihr, mit dem Einschalten zu warten. Dann beugte er sich vor und fixierte sie mit seinem eindringlichen Blick.

Milla versuchte, ihr viel zu schnell pochendes Herz zu ignorieren.

»Es tut mir ehrlich leid, was am Sonntag passiert ist. Was ich getan habe, ist unverzeihlich. Milla, bitte glaub mir. Ich wollte dir keine Angst einjagen.«

Seine Stimme war leise, doch Milla hatte jedes Wort verstanden. Sie räusperte sich und nickte nur, dann schaltete sie das Diktiergerät an.

Robert schlug die Beine übereinander.

»Gut, das wäre also geklärt«, setzte Milla an, um die aufgeladene Atmosphäre zu entspannen. Sie wollte endlich Antworten haben. »Marie Dubois hat mir erzählt, was bei einem der gemeinsamen Abendessen im Haus ihrer Eltern in der Küche geschehen ist.« Während sie Roberts Gesicht musterte, wartete sie auf seine Reaktion.

Sichtlich überrascht fuhr er sich mit der Hand über sein Haar. »Sie hat dir erzählt, was damals passiert ist?« Er wirkte verwirrt. »Das hätte ich ihr nicht zugetraut. Was bezweckt sie denn damit?«

Irritiert blickte Milla ihn an. »Was sie damit bezweckt? Vielleicht wollte sie mir aufzeigen, wie groß deine angebliche Liebe zu ihrer Schwester tatsächlich war.«

Schlagartig verdunkelten sich Roberts Augen. »Was soll das heißen? Meine angebliche Liebe?« Seine Stimme nahm einen gefährlichen Unterton an. »Schließlich bin ich nicht auf ihre Avancen eingegangen. Deinen Worten nach zu urteilen, behauptet sie aber wohl genau das.« Seine Lippen bildeten eine schmale Linie in seinem Gesicht. Seine Wangenmuskulatur arbeitete unentwegt.

Milla rang um Fassung. »Willst du etwa behaupten, dass sie es war, die versucht hat, dich in der Küche zu verführen?« Seine Dreistigkeit schockierte sie.

Statt zu antworten, starrte er sie nur regungslos an.

»Robert, hat Marie Dubois versucht, dich zu verführen?« Milla konnte es kaum glauben. Da sie die Zwillingsschwester der Toten jedoch noch weniger als Robert kannte, konnte sie nur schwer einschätzen, wer von beiden hier log.

»Was hat Marie dir erzählt?«, entgegnete er mit kalter Stimme.

»Du hättest versucht, sie bei einem gemeinsamen Abendessen mit ihren Eltern in der Küche nebenan flachzulegen.« Milla versuchte gar nicht erst, den Vorwurf in ihrer Stimme zu verbergen.

Er lachte bitter auf. »Ja, klar. Wie konnte ich überhaupt nur annehmen, dass du deine Voreingenommenheit innerhalb weniger Tage über Bord werfen würdest?«

Er sprang auf und lehnte sich mit Händen und Stirn gegen die nackte Zellenmauer.

Auch Milla erhob sich und ging einen Schritt auf ihn zu. »Erzähl mir, was damals passiert ist.« Sie sah ihn auffordernd an, als er sich wieder zu ihr umdrehte.

»Marie holte an jenem Abend das Dessert aus der Küche«, begann er mit monotoner Stimme. »Simone nickte mir unauffällig zu, dass ich ihrer Schwester helfen solle. Unser Verhältnis war nie das beste. Simone hoffte wohl, dass wir unsere Differenzen in einem Gespräch unter vier Augen klären könnten. Also folgte ich Marie in die Küche, um mit ihr zu sprechen.« Er zögerte kurz. »Obwohl sie Zwillingsschwestern waren, standen Simone und Marie sich nicht wirklich nahe. Marie war neidisch auf ihre Schwester. Simone war schon immer die Liebenswürdigere der beiden, Marie dagegen ist ein richtiges Biest. Simone war der Liebling ihres Vaters. Marie kam nur schwer damit zurecht, in der Familie die zweite Geige zu spielen. Simone legte es nicht darauf an, aber ihr flogen die Sympathien der Leute einfach zu. Sie war einzigartig, in jeder Hinsicht. Wenn sie einen Raum betrat, schien die Welt aufzuhören, sich zu drehen.« Mit verklärtem Blick legte Robert den Kopf in den Nacken und schloss einen kurzen Moment seine Augen.

Milla schwieg. Selten hatte sie eine schönere, ergreifendere Liebeserklärung von einem Mann gehört. Schlagartig wurde ihr klar, dass sie ihm glaubte. Dass sie ihm jedes einzelne Wort abnahm. In diesem Augenblick gab es keinen Zweifel mehr.

Dieser Mann konnte seine Verlobte nicht umgebracht haben. Seine Worte hatten Milla in ihrem Innersten berührt. Sie war völlig durcheinander, versuchte angestrengt, ihre Gedanken zu ordnen.

»Warum lügt Marie Dubois?«

Überrascht schaute Robert sie an. »Du glaubst mir?«

Sie nickte nur, da sie sicher war, keinen Ton herauszubringen.

»Ich weiß es nicht. Vielleicht wollte sie mir zuvorkommen. Wer glaubt einem Mörder, wenn er genau das Gegenteil dessen behauptet, was ihm vorgeworfen wird?«

»Was ist passiert?« Milla ärgerte sich über ihre belegte Stimme.

»Sie hat sich in der Küche an mich gedrängt und versucht, ihre weiblichen Reize einzusetzen. Zuerst war ich völlig überrumpelt, habe ihr dann aber ganz klar zu verstehen gegeben, dass sie das vergessen könne, da ich ihre Schwester liebe.« Seine Mundwinkel zuckten. »Tja, du kannst dir vorstellen, dass unser Verhältnis danach noch schwieriger war.«

Milla setzte sich auf die Pritsche. »Hast du Simone davon erzählt? Oder deinem Kumpel, Olivier?«

Er verneinte und ging auf Milla zu, doch bevor er an seinem Bett ankam, zögerte er, drehte sich um und setzte sich auf den leeren Stuhl. »Ich habe es ihr nicht erzählt. Wie gesagt, das Verhältnis der beiden war ohnehin nicht das beste, und ich wollte nicht noch mehr Öl ins Feuer gießen. Auch Olivier habe ich nichts davon gesagt. Warum auch? Letztlich war nichts geschehen.«

Milla atmete tief aus, bevor sie ihre Brille zurechtrückte. »Also, ich hätte schon wissen wollen, wenn meine Schwester versucht, meinen Mann zu verführen.«

Robert sah Milla an.

Für einen kurzen Moment schwiegen sie, während sie sich gegenseitig mit ihren Blicken fixierten.

»Vielleicht hätte ich mich bei einer anderen Frau anders verhalten. Aber Simone war nicht so. Für sie wäre es in Ordnung gewesen, dass ich es ihr nicht erzählt habe. Leider ist es jetzt zu spät dafür.« Er verstummte.

»Du hast sie sehr geliebt?«

Es war mehr eine Feststellung als eine Frage, doch Robert nickte. »Ja, das habe ich. Mehr als ich je mit Worten ausdrücken kann.«

Seine Worte verursachten Milla eine Gänsehaut. Wo war ihre professionelle Distanz geblieben? War sie überhaupt jemals vorhanden gewesen? Ohne sich dagegen wehren zu können, vielleicht sogar wehren zu wollen, wurde sie mehr und mehr in den Bann dieses charismatischen Mannes gezogen, der sie mit seinen Worten völlig verunsicherte.

»Was ist damals passiert?«, wechselte Milla unvermittelt das Thema.

Er zuckte mit den Achseln. »Ich gehe davon aus, dass du die Details kennst. Ich wüsste nicht, was ich dir noch sagen könnte.«

»Du behauptest, du warst es nicht. Warum sollte ich dir das glauben?« Verlegen strich Milla sich eine Haarsträhne hinters Ohr.

»Du weißt, dass ich es nicht war.« Roberts Stimme klang eindringlich.

Diese strahlenden Augen, die leicht nach oben gebogene Nase und die vollen Lippen, in deren Mundwinkeln sich zwei Grübchen versteckten, die seinem Gesicht den für ihn so bezeichnenden spöttischen Ausdruck verliehen. Milla war sich bewusst darüber, dass ihm ihr Blick nicht verborgen blieb. Doch aus dieser Nähe hatte sie ihn zuletzt so intensiv wahrgenommen, als sie sich auf dem Kongress in Paris zum ersten Mal begegnet waren. Sie blendete die Umstände, unter denen sie sich wiederbegegnet waren, aus. Ja, Milla war sich sicher, dass er Simone Dubois nicht umgebracht hatte. Auch wenn ihr bewusst war, dass alle Beweise, alle bereits angehörten Beteiligten, sämtliche bekannten Fakten das Gegenteil aussagten. In diesem Moment zählte für sie nur ihr Gefühl, welches ihr zweifelsfrei signalisierte, dass Robert Hoffmann kein Mörder war.

»Gib mir etwas«, bat sie ihn leise. »Irgendetwas.«

Robert wandte den Kopf ab und starrte aus dem Fenster. Nachdenklich ließ er die Szene, die sich gestern Abend in den Sanitärräumen abgespielt hatte, vor seinem geistigen Auge Revue passieren.

Üblicherweise war er als Letzter an der Reihe. Er war gerade dabei gewesen, die Dusche zu verlassen, als Jabar um die Ecke gebogen war. Robert erschrak, als er ihn entdeckte. Weit und breit war kein Aufseher in der Nähe. Zielstrebig war der Häftling auf ihn zugekommen, während Robert ihm unbekleidet gegenübergestanden hatte.

»Hoffmann, was für ein glücklicher Zufall, dass wir uns hier treffen.«

Während der kräftige durchtrainierte Jabar ihn von oben bis unten musterte, grinste er mit hinterhältiger Miene. »Hab gehört, dass die schöne Deutsche dir wieder einen Besuch abgestattet hat. Obwohl ich nicht weiß, was sie eigentlich von dir will.« Provokativ blickte er auf Roberts Unterleib. »Ich dachte eigentlich, ich hätte mich klar ausgedrückt. Vergiss die Kleine, wenn du dir nicht noch mehr Ärger einhandeln willst.« Ohne Vorwarnung hob er seine Hand und stieß Robert die geballte Faust in den Magen.

Der stechende Schmerz trieb ihm Tränen in die Augen. Als er sich zusammenkrümmte, riss Jabar Roberts Kopf mit beiden Händen hoch, auf seine eigene Augenhöhe, und näherte sich seinem Gesicht. Robert registrierte den schalen Geruch von abgestandenem Rauch.

Es war ein offenes Geheimnis, dass die »ranghöheren« Häftlinge mehr Privilegien als das gewöhnliche Fußvolk genossen.

Und dass Jabar zur »Regierungselite« in Fresnes gehörte, galt als unbestritten. Das Rauchverbot galt nicht für ihn.

Bevor die Situation weiter eskalieren konnte, tauchte unvermittelt ein Gefängnisangestellter auf. Jabar ging augenblicklich auf Distanz zu Robert, der seine Hände weiter auf seinen schmerzenden Magen drückte.

»Jabar, geh zu deiner Zelle. Hoffmann, zieh dich an, aber dalli«, bellte ihnen der Aufseher seine Befehle entgegen, ohne sich weiter um die beiden zu kümmern.

Jabar zwinkerte Robert zu, hob die Hand und formte mit Daumen und Zeigefinger eine Pistole, die er auf ihn richtete. »Denk daran, Hoffmann, was ich dir geraten habe. Eine weitere Warnung wird es nicht geben.«

»Robert? Ich brauche irgendetwas.« Millas flehende Stimme riss ihn aus seinen Gedanken.

Da er gestern davon ausgegangen war, dass sie nicht mehr kommen würde, war die Sache für ihn erledigt gewesen. Doch nun war sie zurückgekehrt. Und hatte angedeutet, dass sie ihm glaubte. Was sollte er ihr sagen? Natürlich wollte sie von ihm endlich die Wahrheit hören, doch dazu war er nicht bereit, zumindest im Moment noch nicht.

»Warum bist du damals nicht gekommen?«, erwiderte er statt einer Antwort leise, während er sie eindringlich musterte. Mit einer leichten Genugtuung verfolgte er, wie sie das Aufnahmegerät ausschaltete.

Milla stand auf und stellte sich unter das Fenster. Nach einem kurzen Zögern drehte sie sich um und sah auf ihn herab. Doch sie schwieg weiter.

Abwartend streckte er die Beine von sich, lehnte sich auf seinem Stuhl zurück und betrachtete Milla. Sie trug einen dicken dunkelroten Wollpullover, der sich eng an ihren Oberkörper schmiegte. Die schmale Hose betonte ihre schlanken Beine. Robert war sich sicher, dass sie sich ihrer Attraktivität durchaus bewusst war. Und auch er konnte sich ihrer Ausstrahlung nicht entziehen. Er stand auf und machte einen Schritt auf sie zu. »Warum, Milla?«

Sie lehnte sich gegen die Wand unterhalb des Gitterfensters. »Ich konnte nicht«, flüsterte sie heiser.

Er nickte. Damals war sie verlobt gewesen. Niemals hätte sie sich auf eine Affäre mit einem anderen Mann eingelassen. Dafür war sie zu loyal, zu integer. Genau diese Stärke war es, die ihn so magisch zu ihr hinzog, die ihn faszinierte.

Milla war klar, dass Robert sie falsch verstanden hatte. Doch dies war nicht der richtige Moment für die Wahrheit. Sie wollte endlich Antworten, emotionale Verwicklungen waren das Letzte, was sie jetzt benötigte. »Antworte mir, Robert. Bitte.« Er befand sich keinen halben Meter von ihr entfernt.

Seufzend fuhr er sich übers Haar, bevor er plötzlich unvermittelt mit der Faust gegen die Wand schlug.

Milla schrak zurück, doch Robert drehte sich bereits wieder um und kehrte zu seinem Stuhl zurück. Mit einer Geste bedeutete er ihr, sie solle sich ebenfalls setzen. Dann drehte er das abgeschaltete Aufnahmegerät demonstrativ um.

Abwartend blickte sie ihn an.

»Also gut. Alles, was ich dir jetzt erzähle, ist inoffiziell. Solltest du dich jemals auf dieses Gespräch berufen, werde ich vehement abstreiten, mit dir darüber gesprochen zu haben. Als Gegenleistung erwarte ich, dass du weiterhin gründlich recherchierst, dass du gewissen Leuten unbequeme Fragen stellst und am Ende hoffentlich die richtigen Schlüsse ziehst.«

Während Milla seinen fordernden Worten zugehört hatte, keimte Wut in ihr auf. Wer war Robert, dass er ihr vorschrieb, was sie zu tun, was sie zu denken hatte? Sie allein entschied, wie sie ihre Arbeit erledigte. Doch sie verkniff sich eine entsprechende Bemerkung, da sie ihn nicht verärgern wollte.

»Es stimmt, dass Simone und ich an jenem Abend Streit hatten.«

Milla triumphierte innerlich, bemühte sich jedoch, keine Reaktion auf sein Geständnis zu zeigen.

»Wobei ›Streit‹ das falsche Wort ist«, fuhr er unbeeindruckt fort. Weder schien er ihren Ärger wegen seiner Bevormundung noch ihre Fassungslosigkeit angesichts seiner jahrelangen Lüge wahrzunehmen.

Mit betont gleichgültiger Stimme hakte sie nach: »Worum ging es bei eurem Streit?«

»Simone wollte unsere Beziehung beenden.« Sein Blick wurde provokanter.

Ungläubig starrte Milla zurück. Ihre Gedanken rasten, überschlugen sich, doch sie bekam keinen einzigen davon zu fassen. Simone Dubois hatte sich von Robert trennen wollen. War das von ihr angedrohte Beziehungsende etwa das seit fünf Jahren fehlende Mordmotiv? Ihr gingen tausend Fragen durch den Kopf, doch keine einzige kam ihr über die Lippen.

»An jenem Abend teilte sie mir mit, dass sie nicht mehr mit mir zusammen sein könne«, erklärte Robert in diesem Moment.

Er hatte den Blick von Milla abgewandt und wirkte wie in sich versunken. Sein Schmerz war fast mit den Händen greifbar. Doch darauf konnte Milla im Moment keine Rücksicht nehmen. Sie musste die sich bietende Gelegenheit nutzen, diese Lektion hatte sie im Laufe ihres Berufslebens bereits des Öfteren gelernt. »Ich verstehe das nicht. Simone war schwanger. Warum wollte sie sich von dir trennen?«, tastete sie sich vorsichtig vor.

Überrascht schaute er zu ihr herüber. »Genau diese Frage stelle ich mir seit fünf Jahren.« Er klang aufgewühlt.

Sie schwieg und ließ ihm die Zeit, die er zu brauchen schien, um sich zu sammeln.

»Sie erklärte mir, dass sie lange nachgedacht habe. Ihr Entschluss stehe fest. Sie könne mich nicht heiraten.«

Milla kniff die Augen zusammen. »Du hattest doch ausgesagt, dass ihr, nun ja, dass du während der Party mit ihr auf ihrem Zimmer warst.« Sie stockte.

»Ja, ich habe versucht, sie umzustimmen. Mit allem, was mir zur Verfügung stand«, bestätigte er langsam. »Doch danach zog sie sich an, drehte sich zu mir um und meinte eiskalt, dass auch die letzten Minuten nichts an ihrer Entscheidung ändern könnten. Von der Schwangerschaft ahnte ich zu jenem Zeitpunkt nichts. Simone wusste jedoch, dass ich keine Kinder wollte.«

»Du warst enttäuscht. Sie wollte sich von dir trennen. Das muss ein sehr schwerer Schlag für dich gewesen sein. Du bist ihr nachgegangen, wolltest versuchen, sie umzustimmen, aber sie hat sich nicht erweichen lassen. Die Situation ist außer Kontrolle geraten, und am Ende war sie tot.« Sie überlegte. »Ich verstehe bloß nicht, warum du der Polizei gegenüber nicht die Wahrheit gesagt hast. Vielleicht hättest du dir mit einem umfassenden Geständnis sogar einige Jahre Gefängnis ersparen können. Du hattest doch nichts mehr zu verlieren.«

Milla räumte das Aufnahmegerät in ihre Tasche. Im Prinzip waren ihre Befragungen zu Ende, sie hatte ihre Sensation. Robert Hoffmann hatte ihr gegenüber endlich sein Motiv für den Mord beim Namen genannt.

Als sie wieder aufsah, zuckte sie jedoch erschrocken zusammen. Roberts Augen funkelten sie zornig an. Seine ganze Körperhaltung drückte eine Feindseligkeit aus, die sie noch nie bei ihm gesehen hatte. Er sprang von seinem Stuhl auf und durchquerte mit zwei großen Schritten die Zelle. Ohne Milla zu beachten, trat er mit voller Wucht gegen die Wand. Da sie befürchtete, er könne erneut die Kontrolle über sich verlieren, erhob sie sich hastig und wollte auf die Tür zusteuern.

Doch Robert kam ihr zuvor. Mit einer schnellen Bewegung zog er sie in die Ecke, die von außen nicht einsehbar war, wie Milla bereits zwei Tage zuvor festgestellt hatte. Er drückte sie sanft gegen die Wand und nahm ihr die Handtasche ab.

Obwohl sie von seiner Reaktion überrumpelt war, fühlte es sich diesmal anders an. Seine Hände umfassten ihre Unterarme. Da er so dicht vor ihr stand, musste sie den Kopf in den Nacken legen, um ihn direkt ansehen zu können. Als ihre Blicke sich trafen, nahm Roberts Miene sanftere Züge an. »Ich war es nicht, Milla. Ich habe sie nicht getötet.«

Er musterte ihr Gesicht. Als sie nichts erwiderte, fuhr er fort: »Ich bin kein Mörder. Und ich bin kein Vergewaltiger. Hätte ich der Polizei gesagt, was ich dir erzählt habe, hätte ich ihnen das beste Mordmotiv der Welt geliefert. So grotesk das Ganze anmutet, aber die Wahrheit hätte mir in meinem Fall nicht genutzt, sondern noch mehr geschadet.«

Milla dämmerte, dass er recht hatte. Auch sie hatte sofort vermutet, dass seiner Offenbarung ein Geständnis folgte. Eifersucht, verschmähte Liebe, das älteste Mordmotiv der Welt.

»Warum wollte sie sich von dir trennen?«, fragte sie leise. Seine Hände wanderten nach oben und blieben wie selbstverständlich auf ihren Schultern liegen.

Nachdenklich schüttelte er den Kopf. »Sie hat es mir nicht gesagt. Sie meinte nur, es würde nicht an mir liegen und sie wolle mich nicht verletzen. Einen Grund nannte sie mir nicht.«

Millas Körper durchfuhr ein warmer Schauder. Durch ihren Pullover spürte sie die Wärme seiner Hände. Sie versuchte, sich zu konzentrieren, und atmete tief durch. »Was war mit dem Baby?«, presste sie mühsam hervor.

Auch Robert atmete mit einem Mal schwerer, er schien sich ihrer körperlichen Nähe ebenso bewusst zu sein. »Davon hat sie mir nichts erzählt. Von der Schwangerschaft habe ich erst durch meinen Anwalt erfahren.«

Milla schloss für einen Moment die Augen. Sie konnte kaum noch einen klaren Gedanken fassen. Was war mit ihr los? Seit wann ließ sie sich derart leicht aus dem Konzept bringen? Als sie ihre Augen wieder öffnete, ruhte sein Blick noch immer auf ihrem Gesicht.

»Wo wären wir jetzt, wenn du damals nicht verlobt gewesen wärst, Milla?«

»Robert, wir sollten nicht …« Sie merkte selbst, wie wenig überzeugend ihr Tonfall klang.

Roberts Hände wanderten wieder abwärts, um auf ihren Hüften zu verharren. »Doch, Milla, wir sollten. Wo wären wir?«, unterbrach er sie fast ruppig.

Ihr Unterkörper brannte, sie hatte das Gefühl, gleich zu verglühen. Milla fürchtete, dass er nicht lockerlassen würde, solange sie ihm nicht antwortete. »Ich weiß es nicht, Robert. Wahrscheinlich werden wir das nie erfahren.«

Dass er die falsche Frage gestellt hatte, konnte sie ihm nicht sagen. Sie musste unbedingt die Kontrolle über die Situation behalten.

Mit letzter Willenskraft befreite sie sich aus seinem Griff und schob ihn ein Stück von sich weg. »Hör zu, das geht nicht. Ich bin als Journalistin hier. Du bist …«

»Wir sind ein Mann und eine Frau, die sich zueinander hingezogen fühlen. Zählt das nichts?«, unterbrach er sie sanft.

Milla hob ihre Hände, um ihn auf Abstand zu halten, zumindest körperlich. Sie traute sich selbst nicht mehr. »Es geht nicht. Nicht jetzt und nicht hier. Bitte akzeptiere das.«

Roberts Schultern sackten ab. »Also gut. Leider bin ich nicht in der Position, dich vom Gegenteil überzeugen zu können.« Sein Blick wurde intensiver. »Wobei ich nichts lieber täte.«

Seine Worte verursachten Milla eine Gänsehaut, doch sie versuchte, sich nichts anmerken zu lassen.

Entschlossen kehrte sie zur Pritsche zurück, zog das Aufnahmegerät wieder aus ihrer Tasche und bedeutete ihm, sich zu setzen.

Seufzend nahm Robert ihr gegenüber Platz.

»Wie wollen wir vorgehen?«

Er runzelte die Stirn. »Wir?«

»Hatten wir nicht eine Abmachung?« Sie lächelte schwach.

Er nickte zögernd, bevor er ihr Lächeln erwiderte. »Danke.«

Im Anschluss berichtete Milla ihm von ihren Besuchen bei Capitaine Royaume und bei Olivier und Yvonne Jarreau. Bei der Erwähnung seines ehemals besten Freundes verdunkelte sich Roberts Miene. Bekümmert bestätigte er die Angaben von Olivier und dessen Frau. Den Polizeibeamten lobte er für dessen faire und gründliche Ermittlungen.

Die anonyme Mail und den Tod des Rechtsmediziners ließ Milla unerwähnt. Wieder und wieder besprachen sie den Abend der Party. Doch auch zwei Stunden später waren sie keinen Schritt vorangekommen.

Als es an der Zellentür klopfte, fuhren beide erschrocken zusammen. Der Justizbeamte trat ein und teilte ihnen mit, dass Milla gehen müsse. Eilig packte sie ihre Tasche und verabschiedete sich mit einem unsicheren Blick von Robert. Der sah sie eindringlich an und zwinkerte ihr zu.

»Sehen wir uns morgen?«

Sie nickte. Als sie bereits in der Tür stand, rief Robert nochmals ihren Namen.

Fragend drehte sie sich zu ihm um.

»Bitte pass auf dich auf.« Er bedachte sie mit einem merkwürdigen Blick.

Schlagartig musste sie wieder an die gestrige Mail denken. Kam sie doch von Robert?

»Und, Milla?« Sein ernster Tonfall ließ sie erneut aufhorchen. »Ich muss meine Aussage von damals revidieren. Dein Mann scheint der größte Idiot zu sein, der mir je untergekommen ist.«

25

Im Taxi schaute Milla auf ihr Telefon. Irene hatte dreimal versucht, sie zu erreichen. Sandrines Nummer tauchte ebenfalls auf. Da Milla nicht im Beisein des Fahrers telefonieren wollte, verschob sie ihre Rückrufe auf später.

Erschöpft lehnte sie den Kopf gegen die Nackenstütze. Das Treffen mit Robert war anstrengender gewesen, als sie sich eingestehen wollte. Warum hatte sie ihm nichts von Lamberts Ermordung erzählt? Morgen würde sie es ihm sagen. Außerdem würde sie ihn direkt fragen, ob er ihr die anonyme E-Mail geschickt hatte.

Immer noch fassungslos von dem eben Gehörten ließ sie das Gespräch noch einmal Revue passieren. Robert war ihr gefährlich nahe gekommen. Unter anderen Umständen in einem anderen Leben wären ihr zig Dinge eingefallen, die sie gern getan hätte, als sie seine Hände an ihrem Körper gespürt hatte. Sie seufzte stumm. War sie mittlerweile derart verzweifelt, dass die harmlosen Berührungen eines Häftlings ein solches Feuer in ihr entfachen konnten? Warum belog sie sich schon wieder? Weder waren Roberts Berührungen harmlos gewesen noch war er ein gewöhnlicher Häftling. Robert Hoffmann war der Mann, der sie kurz vor ihrer Hochzeit beinahe dazu gebracht hätte, sämtliche Prinzipien und Moralvorstellungen über Bord zu werfen und die lange geplante Vermählung mit dem notorischen Fremdgänger Sebastian platzen zu lassen. Doch diesen Aspekt durfte Robert auf keinen Fall erfahren. Niemals durfte er wissen, wie sehr sie damals von ihrer Begegnung aus der Bahn geworfen worden war.

Als Milla wenig später in Montmartre das Taxi verließ, klingelte ihr Telefon.

»Ja?«

»Milla? Bist du es?«

»Papa!«, entfuhr es ihr überrascht.

»Kind, ich bin in Frankfurt, da ich mit dir reden wollte. Eben habe ich von deinem Chef erfahren, dass du gar nicht zu Hause bist.«

Das Telefon zwischen Ohr und Schulter geklemmt, bog sie eilig in eine ruhigere Seitenstraße ein. »Ich bin in Paris, da ich kurzfristig einen Auftrag bekommen habe«, entgegnete sie, während einige Passanten an ihr vorbeiströmten. Auf seine Nachfrage hin berichtete sie ihm von ihren Befragungen im Gefängnis, wobei sie verschwieg, in welche Richtung sich die Gespräche mit Robert entwickelt hatten.

Ihr Vater räusperte sich. »Milla, ich wollte mit dir reden. Ich, ja, äh, ich habe mich von Cynthia getrennt.« Er machte eine kurze Pause. »Ich dachte, das solltest du wissen. Na, jedenfalls habe ich gehofft, dass wir dieses Jahr Weihnachten vielleicht zusammen verbringen könnten. Was meinst du?« Seine Stimme klang erwartungsvoll.

Sie konnte es kaum glauben. »Das würde mich sehr freuen, Papa.« Zur Trennung äußerte sie sich lieber nicht. Milla beschlich das Gefühl, dass ihr Vater mit seinen Ankündigungen noch nicht am Ende sei.

Tatsächlich räusperte er sich erneut, bevor er wieder das Wort ergriff: »Ich bleibe übrigens einige Tage bei Irene. Da du nicht zu Hause warst, habe ich noch kurz bei ihr vorbeigeschaut. Netterweise hat sie mir ihr Gästezimmer angeboten. Ich würde gerne bei ihr warten, bis du wieder in Frankfurt bist, wenn es dir recht ist.«

Wenn es ihr recht war? Bei den letzten Begegnungen zwischen Irene und ihrem Vater waren jedes Mal die Fetzen geflogen. Ihr Vater mit seinen unzähligen Beziehungen und Irene, die ihr ganzes Leben mit einem einzigen Mann verbracht hatte. Da waren Konflikte vorprogrammiert. Milla war sprachlos. Andererseits, war er bei ihrer bodenständigen, zukünftigen Ex-Schwiegermutter nicht in besseren Händen als bei irgendeiner Cynthia, die altersmäßig seine Tochter sein könnte? Die Antwort auf diese Frage lautete eindeutig Ja.

Sie riss sich zusammen. »Papa, ich könnte mir wirklich nichts Schöneres vorstellen, als wenn wir uns nach meiner Rückkehr nach Deutschland endlich sehen würden.« Sie spürte, wie ihre Stimme zitterte. Wie sehr hatte sie ihn vermisst!

Doch ihr Vater schien nichts von ihrer Rührung bemerkt zu haben. »Was denkst du, wie lange du noch brauchst, Kind?«

»Ich weiß es noch nicht genau. Einige Tage, denke ich. Sobald ich abschätzen kann, wann ich fertig bin, melde ich mich bei dir.«

Bevor ihr Vater sich von ihr verabschiedete, reichte er ihr noch Irene, die unbedingt selbst von Milla hören wollte, dass alles in Ordnung war.

»Bitte pass auf Papa auf, bis ich zurück bin«, bat sie Irene zum Abschluss.

»Du kannst dich auf mich verlassen, Milla. In meinem Haus gelten schließlich meine Regeln.« Irene lachte. »Regel Nummer eins, ich dulde keine Frauen unter sechzig, die nicht zur Familie gehören.«

Im Hintergrund hörte Milla ihren Vater brummen. Grinsend verabschiedete sie sich von Irene, nicht ohne ihr noch starke Nerven für die kommenden Tage zu wünschen.

Als Nächstes versuchte sie es bei Sandrine in der Redaktion.

»Milla, wo bist du?«

Sie teilte ihrer Freundin mit, dass sie sich in Montmartre befand.

»Ich muss später noch zu einem Filmfestival im Süden der Stadt. Aber jetzt hätte ich ein Stündchen Zeit.« Sie verstummte kurz. »Mon Dieu, es ist ja schon vier Uhr! Wollen wir uns gleich zum Essen treffen?«

Milla stimmte Sandrines Idee zu, da auch sie wegen des Treffens mit Robert, das länger als erwartet gedauert hatte, seit dem Frühstück nichts mehr zu sich genommen hatte. Prompt meldete sich Millas Magen und begann zu grummeln. Sandrine nannte ihr den Namen eines kleinen Bistros ganz in der Nähe, wo Milla auf sie warten sollte.

Während sie durch das Viertel lief, senkten sich weiße Nebelschwaden auf die Straßen herab. Durch die einsetzende Dämmerung wirkten die alten Häuser grau und kalt. Milla fröstelte trotz ihrer dicken Kleidung, und sie beschleunigte ihre Schritte. Die Kälte ging einem durch Mark und Knochen. Unwillkürlich musste sie an Robert in seiner Gefängniszelle denken. Robert, der Wärme und Charme ausstrahlte. Robert, der wegen Mordes hinter Gittern saß, setzte Milla bitter hinzu. Robert, der seine Verlobte nach eigenen Angaben über alles geliebt hat. Und der von ihr am Tatabend eiskalt abserviert worden war. Wieder drehten sich Millas Gedanken im Kreis. Sie fühlte sich zwischen dem Wissen um die Fakten einerseits und ihrem Instinkt andererseits hin- und hergerissen. Sie traute ihm keinen Mord zu, hatte es noch keine Sekunde getan. War sie zu naiv? Konnte sich die Justiz bei einem öffentlichkeitswirksamen Prozess wie diesem wirklich ein Fehlurteil erlauben?

Als Milla das von Sandrine beschriebene Bistro entdeckte, klingelte erneut ihr Telefon.

Es war eine französische Vorwahl, die Milla nicht bekannt vorkam. »Oui?«

»Frau Seifert? Milla Seifert?«, fragte eine weibliche Stimme auf Deutsch.

»Ja, am Apparat. Wer spricht da, bitte?«

»Guten Tag, Frau Seifert. Mein Name ist Carole Renoir.«

Milla registrierte einen starken französischen Akzent, konnte mit dem Namen aber nichts anfangen und erwiderte deshalb nichts.

»Frau Seifert, ich bin die Mutter von Robert Hoffmann.«

Milla stutzte. Die Mutter von Robert! Was wollte die denn von ihr? Fieberhaft überlegte sie, wie sie sich verhalten sollte.

Doch Roberts Mutter redete bereits weiter. »Frau Seifert, Sie wundern sich bestimmt, warum ich Sie anrufe. Robert hat uns am Sonntag bei unserem Besuch von Ihnen erzählt. Nun, um es kurz zu machen, wir würden uns gern mit Ihnen treffen, da mein Sohn sich sehr wohlwollend über Sie geäußert hat.«

Meine Güte, Robert! Was hast du mir da eingebrockt?

»Madame Renoir …«, begann Milla zögernd, wurde jedoch sofort wieder unterbrochen.

»Nennen Sie mich bitte Carole. Unter den gegebenen Umständen.«

Unter den gegebenen Umständen? Millas Verwirrung wuchs.

»Carole, ich bin mir nicht ganz sicher, was Ihr Sohn Ihnen über mich erzählt hat. Ich bin eine Journalistin aus Deutschland und möchte einen Artikel über Ihren Sohn und … seine Tat schreiben.« Sie schluckte.

»Frau Seifert, wir, also mein Mann und ich, würden gern mit Ihnen über Robert sprechen. Wäre es denn in diesem speziellen Fall nicht auch interessant für Sie, die Eltern Ihres Interviewpartners kennenzulernen? Wir würden uns wirklich sehr über ein Treffen mit Ihnen freuen.«

Immer noch überfordert von Carole Renoirs freundlicher Art, dachte Milla einen kurzen Moment nach. Vielleicht wäre es wirklich hilfreich, mit seinen Eltern zu sprechen. Möglicherweise konnten sie dem Artikel die emotionale Note geben, auf die Milla bei ihrer Berichterstattung so großen Wert legte.

Kurzentschlossen willigte Milla ein. Nachdem Roberts Mutter sich bei ihr erkundigt hatte, wo sie wohne, beratschlagte sie sich mit ihrem Mann, während Milla abwartend von einem Fuß auf den anderen trat, da sie langsam die Kälte spürte, die ihren Körper hinaufkroch.

»Frau Seifert? Entschuldigen Sie bitte. Mein Mann schlägt vor, dass wir zu Ihnen nach Joinville kommen. Schließlich möchten wir Ihnen keine Umstände machen. Was halten Sie von heute Abend um zwanzig Uhr?« Sie nannte Milla die Adresse eines Restaurants in der Nähe von Sandrines Haus.

Nachdem sie sich von Roberts Mutter verabschiedet hatte, beeilte sie sich, durch den immer dichter werdenden Nebel zum Bistro zu kommen.

Eine halbe Stunde später kam Sandrine durch die Eingangstür gestürmt. Ihre Wangen waren von der Kälte gerötet, die Haare feucht vom Nebel. Als sie Milla erblickte, begann sie zu grinsen und steuerte auf ihren Tisch zu.

»Na, Süße? Wartest du schon lang?« Schwungvoll ließ sie sich auf die Bank fallen, während sie sich aus ihrer Jacke schälte, und ordnete hastig ihr Haar.

»Sandrine, ich muss mit dir sprechen«, begann Milla zögernd.

Schlagartig verschwand das Grinsen aus dem Gesicht ihrer Freundin. »Ist etwas passiert?«

Milla suchte nach den richtigen Worten. »Wegen gestern Abend …«

Sandrine winkte sofort ab. »Vergiss gestern Abend. Wir waren beide müde. Außerdem haben wir keine Ahnung, wer hinter dieser bescheuerten Mail steckt. Natürlich hattest du recht. Was kann die Polizei schon unternehmen? Die haben wahrscheinlich Wichtigeres zu tun, als einem anonymen Absender hinterherzuermitteln, der mit ziemlicher Sicherheit gar nicht mehr existiert. Und wie viele anonyme Mails werden jeden Tag verschickt?« Sandrines Blick wurde prüfend. »Du siehst erschöpft aus. Warum gehst du nicht heim und ruhst dich etwas aus?«

»Das geht leider nicht. Ich treffe mich später noch mit Roberts Eltern zum Abendessen.«

Überrascht sah Sandrine sie an. »Die Eltern von Robert Hoffmann? Wie kommst du denn zu der Ehre?«

Mit belegter Stimme erzählte Milla zuerst von dem Telefonat mit Carole Renoir, bevor sie auf den Mord an Professor Lambert zu sprechen kam. Zu guter Letzt berichtete sie ihrer Freundin noch von Roberts Geständnis in Bezug auf den Streit zwischen ihm und Simone in der Mordnacht.

Während Millas Ausführungen hatte Sandrine aufmerksam zugehört und sie nur selten unterbrochen, um bei Unklarheiten kurz nachzuhaken. Erschöpft lehnte Milla sich zurück.

»Ein Mord, ein Geständnis und ein Abendessen mit den Eltern eines Schwerverbrechers und das alles an einem einzigen Tag«, fasste Sandrine zusammen. »Das ist mehr als manche Menschen in zwanzig Jahren erleben. Und es ist in der Tat spannender als Modenschauen, Städtereportagen oder Promiklatsch.«

Milla atmete aus. »Sandrine, so habe ich es doch nicht gemeint ...«

»Lass gut sein, Milla. Ich weiß doch. Es war nur ein Spaß.« Gleich darauf wurde sie wieder ernst. »Was willst du jetzt machen?«

Milla zuckte mit den Achseln. »Was *kann* ich denn machen? Robert hat mir verboten, die Trennung jemand anderem gegenüber zu erwähnen. Er erwartet von mir, dass ich mit diesem Wissen weiterrecherchiere und die Wahrheit herausfinde.«

»Er *erwartet* von dir? Er hat dir *verboten*?«, wiederholte Sandrine mit schriller Stimme. »Milla, ich glaube nicht, dass dieser Mann in der Position ist, irgendetwas von dir zu erwarten oder dir gar zu verbieten. Was macht er mit dir? So kenne ich dich überhaupt nicht.« Sie hob die Hände, bevor sie weitersprach. »Gut, du hast dir von Sebastian sehr viel gefallen lassen. Ich habe nie verstanden, warum du dir das angetan hast. Aber er war dein Mann. Hoffmann dagegen ist ein Mörder, ein Krimineller. Du sprichst von ihm, als ob ...«, sie suchte nach Worten, »ja, als ob er ein alter Bekannter von dir wäre.«

Milla wandte ihren Kopf zur Seite.

»Was ist zwischen Hoffmann und dir?« Sandrine verengte die Augen, während sie mit ihrer Hand sanft Millas Kopf zurückdrehte.

Milla presste die Lippen aufeinander.

»Was ist los? Und erzähl mir nicht, da wäre nichts.«

In diesem Moment spürte Milla, dass sie ihrer Freundin nicht länger etwas vormachen konnte. Sie straffte ihre Schultern, setzte sich aufrecht hin und blickte Sandrine ins Gesicht.

»Also gut«, fing sie an. »Du hast recht. Ich kenne Robert von früher.« Dann erzählte sie Sandrine von ihrem Treffen auf dem Journalistenkongress.

Mit fassungsloser Miene lauschte Sandrine ihren Worten. Nachdem Milla mit ihrem Bericht geendet hatte, wartete sie ängstlich auf eine Reaktion ihrer Freundin. Diese starrte nur stumm auf die Tischplatte vor sich.

»Sandrine?«

Ihre Freundin holte tief Luft, bevor sie leise erwiderte: »Milla, ich weiß nicht, was ich sagen soll.« Mit einer fahrigen Handbewegung fuhr sie sich durchs Haar. »Warum hast du mir das alles nicht schon viel früher erzählt? Ich verstehe das einfach nicht.«

Milla fühlte sich in die Defensive gedrängt. »Wir kannten uns damals doch gar nicht. Als wir beide uns in Montpellier trafen, war ich bereits mit Sebastian verheiratet. Es gab keinen Anlass, dir von einer jahrelang zurückliegenden, völlig unwichtigen Begegnung mit irgendeinem Typen zu erzählen.«

»Also unwichtig haben sich deine Worte eben nicht angehört. Und ›irgendein Typ‹ trifft den Kern wohl auch nicht ganz, wenn ich richtig verstanden habe.« Sandrines Tonfall klang ironisch.

»Es stimmt. Robert hat mich damals wirklich beeindruckt. Aber nach Paris haben wir uns nie wiedergesehen. Am Rande habe ich ab und zu von seinen Enthüllungsstorys gehört oder gelesen.« Milla zögerte. »Bis vor wenigen Tagen. Bis mein Chef mir mitgeteilt hat, dass ich einen Leitartikel über ihn schreiben soll.«

Sandrine nickte. »Ein merkwürdiger Zufall, dass ausgerechnet du Hoffmann befragen solltest.« Sie nahm einen Schluck Kaffee. »Ich werde mich mal bei einigen Kollegen umhören, was mit diesem Rechtsmediziner passiert ist. Wie hieß er noch?«

Milla wiederholte Lamberts Namen.

»Glaubst du wirklich, dass Hoffmann unschuldig im Gefängnis sitzt?«

Bevor Milla antwortete, setzte sie ihre Brille ab, die immer wieder beschlug, und legte sie vor sich auf den Tisch. Kurzsichtig blinzelte sie Sandrine an. »Ganz ehrlich? Ich weiß es nicht. Royaume, der Capitaine der Polizei, hat mir klipp und klar erklärt, dass es damals nicht den geringsten Zweifel an seiner Schuld gab. Mein Gefühl sagt mir jedoch, dass an der Sache irgendetwas nicht stimmt. Die Reaktion der Familie Dubois, diese seltsame Bemerkung von Lambert.«

Abwesend ließ sie den Blick durch das Bistro wandern. Nur wenige Tische waren besetzt. Es war zu spät, um Mittag zu essen, und viel zu früh für Abendessen. Sie beobachtete ein Pärchen am Nebentisch, das sich gerade darüber unterhielt, was es heute Abend unternehmen sollte. Sie tendierte zu Kino, er wollte lieber Billard spielen gehen. Solche Diskussionen gab es momentan in Millas Leben nicht. Wehmütig wandte sie sich wieder Sandrine zu.

»Habe ich recht?«

»Was hast du gerade gesagt?«

Sandrine seufzte. »Ich habe dich gefragt, ob es nicht möglich wäre, dass du diese Bemerkungen überbewertest. Könnte es sein, dass du schlicht und einfach hoffst, dass er unschuldig ist?«

Unruhig rutschte Milla auf ihrem Stuhl herum. »Warum sollte ich das hoffen?«

Sandrine lachte auf. »Ich dachte, das könntest *du* mir sagen. Vielleicht, weil er dich noch immer fasziniert?«

Schweigend kaute Milla auf ihrer Unterlippe.

»Wäre es nicht das Beste, du würdest deine Recherchen abbrechen und das Material verwenden, das du bisher erarbeitet hast?«

»Nein. Was habe ich denn bis jetzt? Die fünfzigste Beschreibung des Tathergangs interessiert doch keinen Menschen mehr. Ich brauche einen echten Aufhänger.«

»Was machst du, wenn es keinen Aufhänger gibt? Wenn Hoffmann Simone umgebracht hat, weil sie ihn verlassen wollte? Wenn er diesmal tatsächlich die Wahrheit gesagt hat?«

»Dann fahre ich nach Hause, schreibe meinen Artikel und berichte die nächsten zwanzig Jahre von unwichtigen Bürgermeisterkandidaten und regionalen Stadtfesten. Wenn aber«, sie blickte Sandrine voller Entschlossenheit an, »wenn aber an dieser Geschichte irgendetwas faul ist, werde ich nicht lockerlassen, bis ich es herausgefunden habe!«

26

Kurz nach acht stand Milla vor der Pizzeria, die Carole Renoir ihr genannt hatte.

Nachdem Sandrine in die Redaktion zurückgekehrt war, hatte sie sich auf den Heimweg gemacht, da die zu kurz geratene letzte Nacht langsam ihre Wirkung zeigte. Karsten hatte angerufen und wissen wollen, ob es etwas Neues gab. Doch sie hatte ihn erfolgreich abgewimmelt, da sie nicht in der Lage gewesen war, mit ihm noch einmal die Ereignisse des Tages durchzukauen.

Nach ein paar Kuscheleinheiten mit dem Kater hatte sie sich frisch gemacht und war losgegangen.

Nun stand Milla vor der Eingangstür und fragte sich, wie sie sich verhalten sollte. Sie umfasste den Riemen ihrer Handtasche fester und betrat das Lokal.

Es war ein kleines Restaurant mit wenigen Tischen, doch die dunkle Massivholzeinrichtung war hochwertig und strahlte Eleganz aus. Die Wände waren in tiefem Weinrot gestrichen. Hinter der Theke stand ein dunkelhaariger Mann, der sie freundlich anlächelte. Nur ein einziger Tisch war besetzt. Zielstrebig steuerte Milla auf diesen zu und bedeutete dem Kellner mit der Hand, dass sie hier dazugehörte. Das Paar, das an dem Tisch saß, erhob sich gleichzeitig, als es Milla erblickte. Der Mann schob ihr einen Stuhl zurück.

Carole Renoir sah man die Ähnlichkeit mit Robert auf den ersten Blick an. Die hellen Augen der Frau blitzten auf. Ihr Sohn war ihr wie aus dem Gesicht geschnitten. Die gleiche Nase, der gleiche volle Mund, das blonde Haar. Milla schätzte sie auf Anfang sechzig. Die schlanke Französin begrüßte sie mit einem festen Händedruck. Auch ihr Ehemann, der sich als Jürgen Hoffmann vorstellte, machte einen sympathischen Eindruck. Von ihm hatte Robert die Augenfarbe, wie Milla sofort auffiel. Dieses stechende Grün, das sie bereits beim ersten Treffen mit Robert so fasziniert hatte. Sein Vater hatte dunkle Haare und war untersetzter als sein Sohn.

Sie nahmen wieder Platz.

»Frau Seifert, vielen Dank, dass Sie unsere Einladung angenommen haben. Wir sind Ihnen sehr dankbar dafür.«

Jürgen Hoffmann nickte zustimmend.

Als der Kellner kam und die Speisekarten brachte, stockte das Gespräch kurz, bis jeder ein Essen herausgesucht hatte. Nachdem sie ihre Bestellung aufgegeben hatten, räusperte Milla sich. »Carole, Herr Hoffmann …«

»Bitte nennen Sie mich Jürgen.«

Milla nickte. »Also gut, Carole, Jürgen«, sie blickte sie nacheinander an, »vielen Dank für die nette Einladung. Allerdings weiß ich nicht, was genau Sie von mir erwarten. Ich habe ein wenig die Befürchtung, dass Sie Hoffnungen in mich setzen, die ich nicht erfüllen kann.« Sie hielt inne. »Ich bin keine Anwältin. Ich wüsste wirklich nicht, wie ich Ihrem Sohn helfen könnte.«

Beide sahen sie weiter freundlich an. »Das wissen wir. Deshalb wollten wir auch nicht mit Ihnen sprechen«, entgegnete Jürgen Hoffmann.

»Nein. Wir möchten Ihnen einfach danken«, stimmte seine Frau zu.

Milla blickte zwischen den beiden hin und her. »Mir danken? Wofür denn?«

»Robert ging es die letzten Monate nicht besonders gut. Wir hegten die Befürchtung, er könne ernsthaft krank werden.« Carole suchte nach Worten. »Er wirkte völlig lethargisch, mutlos …« Bekümmert schüttelte sie den Kopf. »Fast schon depressiv.«

»Das ist ja wohl auch kein Wunder«, brummte ihr Mann.

»Nein, natürlich nicht. Natürlich ist das alles für Robert eine unglaubliche Belastung, das Gefängnis, dieses Gefühl der Machtlosigkeit.« Carole verstummte.

»Das tut mir sehr leid«, erwiderte Milla verständnisvoll, obwohl sie, wenn sie ehrlich war, bisher nicht das geringste Anzeichen einer drohenden Depression bei Robert bemerkt hatte.

»Das muss es nicht. Im Gegenteil, wir möchten Ihnen danken. Am Sonntag war Robert plötzlich wie ausgewechselt. Angesichts der Umstände ist das kaum zu glauben, aber er war so voller Tatendrang, voller Hoffnung … fast wie früher.« Sie klang resigniert.

»Carole, ich kann ihm keine Hoffnung machen«, unterstrich Milla ein weiteres Mal. »Ich schreibe einen Artikel über ihn. An seiner Situation wird dies nichts ändern.«

»Natürlich nicht. Allein, dass Sie ihn wie einen Menschen behandeln, scheint ihm aber enorm gutzutun«, beharrte Roberts Mutter. »Immer wird er überall als Monster hingestellt, als Schwerverbrecher, als Frauenschänder.«

»Ihr Sohn hat seine Verlobte ermordet«, merkte Milla vorsichtig an.

»Denken Sie, das könnten wir je vergessen? Keine Sorge, das wird nicht passieren. Dieses Stigma wird uns unser Leben lang begleiten«, erwiderte Jürgen Hoffmann in bitterem Ton.

Während des Essens herrschte für einige Minuten angespanntes Schweigen.

Als Carole Renoir aufgegessen hatte, wandte sie sich erneut an Milla und sah ihr fest in die Augen. »Robert ist unser Sohn. Es ist mir völlig egal, was die Leute über ihn sagen. Ich liebe ihn über alles, daran wird sich niemals etwas ändern. Und ich werde ihn niemals im Stich lassen.«

Der Begriff der Löwenmutter bekam für Milla eine ganz neue Bedeutung.

»Haben Sie Kinder?«, wechselte Roberts Mutter unvermittelt das Thema.

»Leider nicht.« Und das wird wohl auch so bleiben, da meine biologische Uhr unaufhörlich tickt und ein potenzieller Vater weit und breit nicht zu sehen ist. Doch Milla behielt ihre Gedanken für sich.

»Robert liebt Kinder«, sagte Carole mehr zu sich selbst, »er war am Boden zerstört, als er von dem Baby erfahren hat, seinem eigenen Fleisch und Blut.«

Welches er nach Auffassung der Richter eigenhändig getötet hatte, setzte Milla stumm hinzu. Ihr hatte Robert erzählt, dass er nie Kinder wollte.

»Wussten Sie, dass wir einen weiteren Sohn hatten?«, fragte Jürgen Hoffmann unvermittelt.

Milla hob überrascht den Kopf. »Was meinen Sie mit ›hatten‹?«

»Bernd ist mit zwölf Jahren gestorben«, entgegnete er tonlos.

»Wie furchtbar.« Milla war erschüttert. Wie viel Leid konnten Menschen ertragen? Der eine Sohn war verstorben, der andere saß im Gefängnis. Sie traute sich nicht nachzufragen, was passiert war.

Wenige Sekunden später fing Roberts Mutter jedoch von sich aus an zu erzählen. »Bernd war zwölf, Robert acht. Das ist jetzt dreißig Jahre her.«

Ihr trauriger Gesichtsausdruck bewegte Milla zutiefst.

»Wir wohnten damals in der Nähe von München. Mein

Mann kommt von dort. Die beiden Jungs spielten nach der Schule an unserem Dorfteich, der sich keine hundert Meter vom Haus entfernt befand. Es war ein heißer Tag im Juli, kurz vor den Sommerferien.« Für einen Moment hielt sie inne und schloss die Augen. »Robert kam auf einmal völlig aufgelöst ins Haus gerannt. Bernd sei untergegangen. Erst hatte er angenommen, dass sein Bruder ihm nur einen Schrecken einjagen wolle. Doch als er nicht mehr auftauchte, bekam er Panik und rannte nach Hause.« Sie schluckte und fasste sich mit der Hand an den Hals.

Ihr Mann sprang ein: »Meine Frau hat ihn aus dem Wasser gezogen und versucht, ihn wiederzubeleben. Aber es war zu spät. Der Notarzt, der kurz darauf eintraf, konnte nichts mehr tun. Bernd ist in einem Teich ertrunken, in dem er eigentlich stehen konnte.«

Das Ehepaar wechselte einen kummervollen Blick, der Milla fast das Herz zerriss. »Wie kann man mit einem solchen Schicksalsschlag weiterleben?«

Carole blickte sie lange an, bevor sie antwortete: »Das kann ich Ihnen nicht sagen. Ich weiß nicht, wie viel ein Mensch aushalten kann. Es gibt immer wieder Momente, in denen man sich fragt, was das Ganze eigentlich soll, auch heute noch. Habe ich zwei Söhne bekommen, um den einen zu begraben, bevor er überhaupt die Chance hatte, richtig zu leben, und um den anderen im Gefängnis zu besuchen, weil er angeblich seine Verlobte, die Frau, die er heiraten wollte, ermordet haben soll?«

»Sie denken, er ist unschuldig«, folgerte Milla.

Jürgen und Carole nickten gleichzeitig. »Wir wissen, dass er unschuldig ist. Robert hat seinen Bruder sterben sehen. Es hat sehr lange gedauert, bis wir wieder annähernd als Familie funktioniert haben. Nichts war mehr wie vorher.« Die Augen von Roberts Mutter schimmerten verdächtig. »Man sagt, die Zeit heile alle Wunden.« Sie stockte. »Aber das stimmt nicht, diese Wunde heilt nie. In fünfzig Jahren nicht. Wenn das eigene Kind stirbt, stirbt ein Teil von dir mit. Du kannst kaum noch atmen, musst dich zwingen, aufzustehen, zu essen. Alles wird sinnlos.« Tränen rannen über ihre Wangen. »Das Schlimmste ist, dass es nie wieder gut wird. Du musst damit leben. Es bleibt dir gar nichts anderes übrig. Du weißt, dass es keine Besserung gibt. Bist dazu verdammt, weiterzumachen.«

Milla blinzelte. Die Worte von Carole Renoir hatten sie in ihrem tiefsten Inneren berührt. Auch sie hatte vor vielen Jahren einen solchen Verlust erlitten und konnte die Gefühle von Roberts Eltern sehr gut nachempfinden.

Carole schien zu bemerken, wie sehr Milla um Fassung rang. Behutsam legte sie ihr eine Hand auf den Unterarm. »Pardon, ich wollte Sie nicht traurig stimmen. Es tut mir leid. Bitte verzeihen Sie mir.«

Milla imponierte das Verhalten der beiden. Sie hatten größtes Leid ertragen müssen, doch Carole entschuldigte sich bei ihr für den Kummer, den sie unabsichtlich bei ihr hervorgerufen hatte. Millas Respekt vor den beiden wuchs. »Sie müssen sich doch nicht entschuldigen.«

Nachdem sie beim Kellner noch einen Kaffee bestellt hatten, ergriff Jürgen Hoffmann erneut das Wort. »Haben Sie Fragen an uns?«

Milla wollte tatsächlich einige offene Aspekte ansprechen. Sie holte ihren Notizblock heraus und begann. Roberts Eltern erzählten ihr, dass sie damals nicht bei der Party eingeladen waren, da sie zu der Zeit noch in Deutschland lebten. Erst nachdem Robert verurteilt worden war, waren sie in die Nähe von Paris gezogen, um ihn regelmäßig besuchen zu können.

Wahre Elternliebe, dachte Milla.

Robert habe ihnen damals vorab erzählt, dass er vorhabe, Simone Dubois einen Heiratsantrag zu machen. Das hätte Milla ihm nicht zugetraut. Er schien familiärer veranlagt zu sein, als sie vermutet hatte.

Nein, der Familie Dubois seien sie vorher nie begegnet. Es sei geplant gewesen, dass die Familien sich in den Wochen vor der Hochzeit kennenlernen sollten. Doch daraus wurde aus bekanntem Grund nichts mehr. Man habe sich das erste Mal vor Gericht getroffen. Als Kennenlernen konnte man diese Begegnung verständlicherweise nicht bezeichnen.

Bereitwillig beantworteten Jürgen und Carole alle Fragen, die Milla unter den Nägeln brannten. Beide waren ernsthaft bemüht, ihr keine Antworten schuldig zu bleiben.

Als Milla das erste Mal auf ihre Uhr schaute, erschrak sie. Es war kurz vor Mitternacht. Wo war die Zeit geblieben? Saß sie tatsächlich seit vier Stunden mit Roberts Eltern zusammen?

Als sie unauffällig gähnte, rief Carole Renoir den Kellner und ließ sich die Rechnung bringen.

»Sie sind eine sehr sympathische Frau, Milla. Ihre Besuche tun unserem Sohn wirklich gut«, raunte Roberts Mutter ihr zum Abschied ins Ohr und drückte sie leicht an sich. Jürgen Hoffmann bedankte sich nochmals für ihre Bereitschaft, sich mit ihnen zu treffen.

Das Angebot, sich von Roberts Eltern nach Hause bringen zu lassen, lehnte Milla höflich, aber bestimmt ab. Ein paar Minuten in der kühlen Nachtluft würden ihr nach diesem aufwühlenden Gespräch sicher guttun.

27

Unruhig sortierte sie die Unterlagen auf ihrem Schreibtisch, während sie der Unterhaltung zwischen der Journalistin und Hoffmann folgte. Sie hatte gehofft, die Drohung wäre effektiv gewesen und Hoffmann würde die Befragungen abbrechen, doch sie hatte sich getäuscht. Und um dem Ganzen noch eins draufzusetzen, zog sich das Interview ellenlang hin. Genervt blickte sie auf die Uhr. Es war weit nach Mitternacht. Sie konnte dem bisherigen Gesprächsverlauf nicht entnehmen, dass ein Ende in Sicht wäre. Von Zeit zu Zeit tippte sie verschiedene Worte, die sie zwar aufschnappte, aber nicht verstand, in ihren PC, um sie sich übersetzen zu lassen. Im Großen und Ganzen konnte sie dem Inhalt gut folgen, auch wenn sie nicht jedes einzelne Wort verstand.

Gerade senkten die beiden ihre Stimmen, sodass sie schon rein akustisch kaum noch etwas verstehen konnte. Wütend ballte sie eine Hand zur Faust. Was ging da vor sich? Sie hielt ihr Ohr dichter an den Lautsprecher, um die Worte besser hören zu können. Von was sprachen die beiden? Was bedeutete »verlobt«? Eilig ließ sie sich das Wort übersetzen und nickte. Die beiden mussten sich kennen. Sie war sich jetzt sicher. Aber wovon sprach Hoffmann? Wo hatten die beiden sich schon einmal getroffen? Sie sprang auf und tigerte durch den Raum, als ihr Telefon klingelte. Misstrauisch schaute sie auf das Display und nahm das Gespräch an. »Oui?« Sie machte sich keine Mühe, ihre schlechte Laune zu verbergen.

»Madame, ich habe schlechte Neuigkeiten. Romain ist etwas … störrisch. Er weigert sich rigoros, mit uns zusammenzuarbeiten.«

»Romain? Der junge Justizbeamte? Finden Sie etwas, das ihn umstimmen wird«, befahl sie mit entschlossener Stimme. »Und finden Sie heraus, woher Hoffmann die Journalistin kennt.«

»Was meinen Sie? Ich hatte doch bereits alles überprüft.«

»Offenbar nicht«, widersprach sie giftig. »Die beiden kennen sich, das steht außer Frage. Finden Sie heraus, woher.« Sie machte eine kurze Pause. »Und zwar dalli.«

Kleinlaut verabschiedete sich der Anrufer.

Nachdem sie das Telefonat beendet hatte, startete sie das Tonband wieder und lauschte dem Rest des Gesprächs. Sie setzte sich auf ihren Schreibtischstuhl und verharrte. Wenn das so weiterging, würde es eine sehr lange Nacht werden. Hoffmann schien den Ernst der Lage nicht begreifen zu wollen. Sie würde sich andere Maßnahmen überlegen müssen. Mit geschlossenen Augen rief sie sich in Erinnerung, warum sie all diese Strapazen überhaupt auf sich nahm.

28

Während Milla bereits in ihrem Bett lag und schlief, fand am anderen Ende der Stadt ein Telefongespräch statt.

»Bist du sicher?«

»Ganz sicher. Sie war zum Zeitpunkt des Mordes zweifelsfrei einige Kilometer vom Tatort entfernt.«

Der Anrufer schwieg.

»Sie kann es nicht gewesen sein«, wiederholte der andere.

»Aber es kann doch kein Zufall sein, dass Lambert in dem Moment erschossen wird, wo sie hier auftaucht und diversen Leuten unbequeme Fragen stellt«, sagte der Anrufer skeptisch.

»Seltsam ist es in der Tat. Ich denke, wir sollten noch ein wenig abwarten und beobachten, wie sich die Sache weiterentwickelt«, schlug der andere vor.

»Meinetwegen. Etwas anderes fällt mir momentan auch nicht ein. Aber ich werde ein Auge auf sie haben. Irgendetwas stimmt hier ganz und gar nicht.«

»Ein wenig Kontrolle schadet sicherlich nicht.«

»Halt mich bitte auf dem Laufenden, wenn du Näheres erfährst.«

»Klar, wofür sind alte Freunde denn da? Du bist der Erste, den ich informiere, sollte ich in dieser Sache etwas Neues herausfinden.« Er zögerte. »Allerdings kann es genauso gut sein, dass es sich um falschen Alarm handelt. Das war uns schließlich von Anfang an klar.«

Seufzend stimmte der Anrufer zu. »Ja, natürlich. Aber ganz ehrlich? Die Sache stinkt. Ich weiß nicht, was hier gespielt wird. Ich befürchte jedoch stark, dass sie mehr Staub aufwirbeln könnte, als gut für sie ist.«

29

Roberts Kopf tauchte unter Wasser. Wo war er? Verzweifelt hielt sie Ausschau nach ihm, konnte ihn nirgends entdecken. Sie spürte, wie sie von Panik ergriffen wurde. Was sollte sie tun? Sie wollte wegrennen, Hilfe holen, konnte sich aber nicht bewegen.

Auf einmal rief Capitaine Royaume ihren Namen. »Milla, bleiben Sie hier! Ich habe noch einige Fragen an Sie.«

Endlich schaffte sie es, einen Fuß vor den anderen zu setzen, als Carole Renoir erschien und sie am Arm packte. Mit weit aufgerissenen Augen starrte sie sie an.

»Die Wunden heilen nicht. Sie müssen jeden Tag aufstehen und sind zum Leben verdammt.«

Milla zitterte am ganzen Körper, als Robert endlich aus dem Wasser kam und auf sie zurannte.

»Wo wären wir, wenn Sebastian im Teich ertrunken wäre?«

Sie schüttelte den Kopf, doch er ließ nicht locker.

»Wo wären wir, Milla? Wo wären wir?«

Royaume stellte sich schützend vor sie, als Robert ihn packte und in den See zerrte.

Während er den Kopf des Polizisten unter Wasser drückte, blickte er Milla mit toten Augen an. »Wo wären wir?«

Wieder versuchte Milla wegzurennen.

Carole Renoir erschien erneut und hielt sie fest. »Sie sind eine sympathische Frau. Sie tun meinem Sohn gut. Helfen Sie ihm. Zu zweit klappt es mit dem Morden besser.«

Milla spürte einen Widerstand am Rücken und fürchtete, keine Luft mehr zu bekommen.

»Sie müssen atmen, Milla. Sonst können Sie nicht morden.«

Der Druck auf ihren Rücken wurde stärker. Milla schnappte nach Luft. Sie schreckte hoch und unterdrückte einen Schrei.

Schweißgebadet wachte sie auf. Aus dem Augenwinkel bemerkte sie, wie der Kater beleidigt Reißaus nahm. Er hatte es sich an ihrem Rücken bequem gemacht und war durch ihre abrupte Bewegung aufgeschreckt worden.

Milla setzte sich auf und sah auf den Wecker. Die roten Ziffern zeigten kurz nach zwei Uhr an. Sie fühlte sich wie gerädert. Müde ließ sie sich auf ihr Kissen zurücksinken. Wo war sie nur hineingeraten? Gewöhnlich brachte sie nichts so schnell aus der Fassung. Dieser Auftrag ging ihr aber näher, als gut für sie war. Sie schloss die Augen und konzentrierte sich auf ihre Atmung. Vielleicht hatte Sandrine recht. Vielleicht sollte sie ihren Artikel schreiben und nach Hause fahren. Schließlich war sie niemandem etwas schuldig.

Bereits im nächsten Moment wusste Milla, dass sie das nicht tun würde. Sie steckte viel zu tief drin, als dass sie jetzt heimfahren und alles hier hinter sich lassen konnte. Sie musste die Wahrheit herausfinden. Auch Roberts Eltern hatten ihr vermittelt, dass ihre Aufgabe in Paris noch nicht zu Ende war. Milla war klar, dass sie Robert nicht retten konnte, doch sie musste für sich endlich die Gewissheit haben, ob er Simone umgebracht hatte oder nicht. Erst dann würde sie ihren Artikel schreiben, und erst dann würde sie ruhigen Gewissens nach Hause zurückkehren können. In diesem Fall gab es keine Grauabstufungen, es gab nur Schwarz oder Weiß. Schuldig oder nicht schuldig.

30

Am nächsten Morgen gähnten Milla und Sandrine um die Wette, während sie an ihren Kaffees nippten und kaum die Augen offen halten konnten.

»Wie war dein Treffen mit den Hoffmanns?«

Milla malte mit dem Zeigefinger Linien auf die Tischplatte. »Seltsam.«

»Seltsam? Was meinst du damit?«

»Ich weiß nicht. Es war irgendwie ... nicht real. Da sitzt dieses Ehepaar, unterhält sich mit dir, ist freundlich und sehr herzlich, und du weißt, dass ihr Sohn einen Menschen ermordet und vergewaltigt hat.« Sie hob ihren Kopf. »Wusstest du, dass Robert einen Bruder hatte?«

Sandrine runzelte die Stirn. »Wieso hatte?«

»Er ist gestorben. Als Kind ertrunken. Robert war damals dabei und musste alles mitansehen.«

Sandrine beugte sich vor. »Hoffmann war dabei, als sein Bruder verunglückt ist?«

Genervt verdrehte Milla die Augen. »Na klar, jetzt denkst du sicherlich, er hat auch seinen Bruder umgebracht, richtig? Das passt ins Bild. Einmal Mörder, immer Mörder.«

Grinsend lehnte sich Sandrine wieder zurück. »Im Gegensatz zu dir entwickle ich eben Theorien in alle Richtungen. Für dich ist der Tod des Bruders sicher ein Hinweis darauf, dass er Simone nicht umgebracht haben kann, da er schon einmal einen geliebten Menschen hat sterben sehen.« Sie kratzte sich am Kinn. »Habe ich recht?«

Milla legte den Kopf in den Nacken. »Ich weiß es nicht. Die Eltern haben mir einfach leidgetan. Schlimmer kann es für sie nicht mehr werden, oder?«

»Ja, leid können sie einem wirklich tun. Bei Hoffmann konnte man kein zerrüttetes Elternhaus als Motiv für den Mord geltend machen. Er scheint, mal abgesehen von dem

Tod seines Bruders, aus einer gewöhnlichen Durchschnittsfamilie zu kommen.«

»Die Eltern sind sehr sympathisch. Solchen Menschen wünscht man nur das Beste«, bestätigte Milla bekümmert und nahm einen weiteren Schluck von ihrem Kaffee.

»Ich habe gestern Abend Pierre Faubourg getroffen«, setzte Sandrine an.

Milla nestelte an ihrem Becher herum. »Den Vater von Yvonne Jarreau?«

Sandrine nickte. »Ja, mit seinem Schwiegersohn.«

Milla rief sich das Gespräch mit Yvonne ins Gedächtnis.

»Hast du mit ihnen gesprochen?«

Sandrine schnaufte verächtlich. »Faubourg ist nur auf Frauen unter dreißig spezialisiert. Ich entspreche nicht mehr ganz seiner Zielgruppe.«

»Was soll das heißen?«

»Keine Ahnung, ich kann den Mann einfach nicht leiden.« Sandrine stockte kurz. »Faubourg hat irgendetwas an sich, das mich kolossal stört. Diese arrogante Art, dieses Getue mit den jungen Mädels, die wie bunte Schmetterlinge um ihn herumflattern ...« Sie winkte ab.

»War seine Frau nicht dabei?«

»Nein, Madame Faubourg schwebt gern von einer Wohltätigkeitsveranstaltung zur nächsten. Promiaufläufe wie gestern meidet sie jedoch lieber.« Sandrine lachte. »Da schwirrt wohl zu viel jüngere Konkurrenz herum.«

Milla musterte das erschöpfte Gesicht ihrer Freundin. Die dunklen Ringe unter den Augen zeugten von einer kurzen Nacht. Das rote Haar stand Sandrine wirr vom Kopf ab.

»Du magst die Familie nicht«, stellte Milla nüchtern fest.

Sandrine zog die Mundwinkel nach unten. »Ich kenne sie zu wenig. Aber Pierre Faubourg stellte sich stets als König von Paris dar, dem die Frauenwelt zu Füßen liegt, während seine Frau sich als Mutter Teresa der Superreichen aufspielt.«

Sie zuckte mit den Schultern. »Wahrscheinlich hast du recht. Ich mag sie wohl tatsächlich nicht.«

»Was ist mit Yvonne und ihrem Mann?«

»Yvonne Jarreau habe ich noch nie getroffen. Ich glaube, sie legt keinen großen Wert auf öffentliche Auftritte.« Sandrine machte eine Pause. »Kein Wunder, bei den Eltern. Wahrscheinlich hat sie ein Kindheitstrauma durch die Geltungssucht der beiden davongetragen«, setzte sie ironisch nach.

Milla nickte. In der Tat hatte sich Yvonne ihr gegenüber ähnlich geäußert, wohl in anderen Worten, aber mit dem gleichen Ergebnis. »Und was ist mit Olivier?« Sie sah ihre Freundin abwartend an.

»Olivier. Ja, der ist wieder ein anderes Thema«, begann Sandrine zögernd.

»In Bezug auf was?«

»Olivier ist heiß. Ein richtiger Feger.« Sandrine grinste.

»Aha? Ich wusste gar nicht, dass du neuerdings auf seriöse, geerdete Männer stehst«, gab Milla überrascht zurück.

Sandrines Grinsen wurde breiter. »›Neuerdings‹ kann man das auch kaum nennen.«

Milla zog die Augenbrauen hoch.

»Na ja, es ist schon einige Jahre her«, druckste Sandrine herum. »Damals war er noch nicht mit Yvonne verheiratet.« Sie fuhr sich über ihr strubbeliges Haar. »Genauer gesagt haben sich die beiden damals noch gar nicht gekannt. Wir sind uns mal auf einer Party über den Weg gelaufen.« Sie überlegte kurz. »Ich glaube, das ist fünfzehn Jahre her. Mon Dieu, wie die Zeit vergeht.«

»Was ist damals passiert?« Milla platzte fast vor Neugier.

Sandrine zog eine Grimasse. »Sagen wir einfach, er hat mir gezeigt, wozu Autositze noch zu gebrauchen sind, außer zum Fahren natürlich.« Sie lächelte vielsagend.

Ungläubig starrte Milla ihre Freundin an. Gut, Olivier Jarreau war ein attraktiver Mann. Aber da Milla einige Beziehungen ihrer Freundin miterlebt hatte, staunte sie umso mehr über Sandrines Geschmack in diesem speziellen Fall, da der Schwiegersohn von Faubourg so gar nicht in Sandrines Beuteschema passte.

»Nun, seine Demonstration muss ja äußerst beeindruckend gewesen sein, wenn du noch nach so langer Zeit davon schwärmst«, merkte Milla spöttisch an.

»Ja, mit ihm hätte ich mir damals durchaus mehr vorstellen können.« Sie klang wehmütig.

»Warum wurde nichts aus euch?«

»Ein Mann wie er ist nicht für eine einzige Frau gemacht.«

»Es sei denn, sie heißt Yvonne Faubourg und ist eine der reichsten Frauen Frankreichs.«

»Es sei denn, sie heißt Yvonne Jarreau«, berichtigte Sandrine, während ihr Blick sich verdunkelte.

Milla nahm ein Croissant aus dem Brotkorb und riss sich ein Stück davon ab. »Hast du mit ihm gesprochen?«

»Nein, mit Sicherheit kann er sich überhaupt nicht mehr an mich erinnern. Wahrscheinlich war ich damals nur eine weitere Kerbe an seinem Bett.« Sie zögerte. »Marie habe ich übrigens auch getroffen.«

»Marie Dubois?«

»Ja, wir haben uns kurz unterhalten. Sie hat euer Gespräch erwähnt und dass ihr Vater sich dir gegenüber unmöglich benommen hat. Ich habe mich nicht weiter dazu geäußert.«

Minou schlich um sie herum und sprang nach längerem Abwägen auf Sandrines Schoß.

»Was machst du heute?«

»Erst mal ist Fresnes angesagt. Heute Nachmittag möchte ich dann nochmals versuchen, mit Royaume zu sprechen. Vielleicht kann er mir etwas mehr zum Tod des Professors sagen.«

»Du lässt wohl nicht locker. Eins sage ich dir, mein Schatz: Solltest du tatsächlich einer Verschwörung auf die Spur kommen, werde ich höchstpersönlich dafür sorgen, dass du die Zellentür von Robert Hoffmann aufschließen darfst.«

Grinsend warf Milla ihrer Freundin eine Kusshand zu.

31

»Guten Morgen, Milla«, begrüßte Robert sie, nachdem ihr der Justizbeamte die Zelle aufgeschlossen hatte. Das intensive Grün seiner Augen konnte es heute mit dem strahlend blauen Himmel über Paris aufnehmen.

Es war ein eiskalter, wolkenloser Dezembermorgen, doch die Sonne schien. Genau die Art Wetter, um dick eingepackt lange Spaziergänge zu unternehmen. Stattdessen befand sich Milla in einer Gefängniszelle, die kaum größer als Sandrines Küche war und in der man den traumhaften Sonnenschein durch das vergitterte Fenster bestenfalls erahnen konnte. »Guten Morgen, Robert.«

»Bitte.« Er deutete auf den Stuhl und setzte sich selbst auf sein Bett.

Bevor Milla Platz nahm, holte sie das Aufnahmegerät heraus und stellte es auf den Rand des Waschbeckens. »Ich hatte gestern Abend ein äußerst aufschlussreiches Gespräch.« Sie konnte keinerlei Regung in seinem Gesicht feststellen.

»Ja, und? Mit wem hast du denn gesprochen?«

»Mit deinen Eltern.«

Ungläubig starrte Robert sie mit offenem Mund an. »Mit meinen Eltern?«

Mit leichter Genugtuung erzählte sie ihm von dem Anruf seiner Mutter und dem späteren Treffen. Seinen Bruder erwähnte sie nicht.

»Das verstehe ich nicht. Was wollten sie denn von dir?«

Milla zuckte mit den Achseln. »Ich denke, sie wollten mir

von dir erzählen. Als Eltern. Sie wollten, dass ich dich als Menschen wahrnehme, nicht als Schwerverbrecher oder Monster. Du bist ihr Sohn.«

Sein Gesichtsausdruck versteinerte. »Das haben sie nicht verdient.«

»Nein, das haben sie nicht verdient. Übrigens finde ich sie sehr nett. Du hast wirklich Glück, solche Eltern zu haben.«

Er nickte. »Sie sind toll. Es freut mich, dass du sie magst.« Er brach kurz ab. »Wusstest du, dass sie kurz nach meiner Verurteilung von München hergezogen sind, nur um in meiner Nähe zu sein?«

Berührt von der Wärme, mit der er über seine Eltern sprach, nickte sie.

Robert kratzte sich am Kinn. »Sie haben es nicht leicht, vor allem, nachdem …« Seine Stimme versagte.

»Sie haben es mir erzählt«, erwiderte sie mitfühlend. »Es tut mir sehr leid.«

Er wandte den Blick ab. Für einen Moment schien er Millas Anwesenheit vergessen zu haben. »Es ist schon lange her«, versuchte er einige Augenblicke später, das Thema zu beenden.

»Er war dein Bruder«, beharrte Milla, da sie herausfinden wollte, wie sehr ihn dieses Ereignis noch beschäftigte.

Er erwiderte nichts.

Notgedrungen wechselte Milla das Thema. »Warum hast du mir diese Mail geschickt?«

Überrascht blickte Robert auf. Sie konnte nicht erkennen, ob er wusste, wovon sie sprach.

»Welche Mail?« Er schaute sie misstrauisch an.

»Die Mail mit dem Fadenkreuz«, erklärte sie kurz angebunden.

»Ich weiß nicht, wovon du sprichst. Ich habe dir keine Mail geschickt.« Angespannt fuhr er sich übers Gesicht. »Davon abgesehen, dass ich hier nur alle Jubeljahre mal Zugang zum Internet bekomme.«

Sie betrachtete ihn, blieb aber stumm.

»Von welcher Mail sprichst du?«, hakte er nach.

Nach kurzem Zögern erzählte sie ihm von der anonymen Botschaft und dem Foto.

Sein Gesicht nahm immer besorgtere Züge an.

»Vielleicht hat sich jemand einen bösen Scherz erlaubt«, relativierte sie am Ende ihre Ausführungen.

Robert beugte sich vor und nahm vorsichtig ihre Hand in seine.

Ihr Puls beschleunigte sich. Angespannt blickte sie auf ihrer beider Hände.

»Milla?«, fragte er mit sanfter Stimme.

Sie hob den Kopf, konnte ihm aber kaum in die Augen sehen. Sein Gesicht war kreidebleich.

»Du musst vorsichtig sein. Es gibt Leute, denen es ganz und gar nicht gefällt, was du hier tust. Bitte versprich mir, dass du auf dich aufpasst.«

Seine Stimme ängstigte sie. Sein Tonfall war so eindringlich, dass er ihr eine Gänsehaut verursachte. »Was meinst du damit?«

Er schien zu überlegen. »Ich kann dir leider nicht mehr sagen. Aber glaub mir, deine Befragungen machen einige Menschen hier sehr nervös.«

Wütend entriss sie ihm ihre Hand und sprang auf. »Was soll das heißen? Erst jagst du mir Angst ein, und dann rückst du nicht mit der Sprache heraus. Ich dachte, wir hätten eine Abmachung. Aber außer irgendwelchen kryptischen Andeutungen bekomme ich von dir nichts.«

Robert erhob sich langsam und musterte ihr Gesicht. »Verdammt, Milla. Kapierst du es denn nicht? Ich sitze seit fünf Jahren hier drin. Ich habe keine Ahnung, was da draußen«, mit einer ungeduldigen Handbewegung zeigte er zu dem Fenster hinauf, »los ist.« Er kam einen großen Schritt auf sie zu und blickte ihr fest in die Augen. »Nur eines weiß ich ganz sicher.«

Der Klang seiner Stimme ließ sie schaudern. »Ich war es nicht. Ich habe Simone nicht ermordet.« Er zögerte, bevor er weitersprach. »Du weißt, was das bedeutet, Milla?«

Sein Blick hielt ihren weiter gefangen. Ja, sie wusste, was das hieß. Wenn er seine Verlobte nicht umgebracht hatte, lief der wahre Mörder noch frei herum. Bei dieser Erkenntnis lief es ihr eiskalt den Rücken hinunter. Sollte Robert tatsächlich unschuldig sein, konnte der Täter nicht zulassen, dass sie weiter nachforschte und Befragungen durchführte. Dann musste er mit allen Mitteln verhindern, dass sie ihm auf die Schliche kam.

Für eine kleine Ewigkeit herrschte angespannte Stille. Sie standen sich keinen Meter voneinander entfernt gegenüber und schauten sich nur stumm an. Milla beschlich das Gefühl, tief in Roberts Seele blicken zu können. Sie verschleierten nichts, sondern gewährten dem anderen Einblicke in ihr Innerstes.

»Es tut mir leid.«

Für einen Augenblick schloss Milla ihre Augen. Der eben erlebte Moment der Vertrautheit, der Intimität warf sie völlig aus der Bahn. »Was meinst du?«, flüsterte sie kaum hörbar.

»Ich hätte dich da niemals hineinziehen dürfen.« Er presste seine Lippen aufeinander, seine Wangenmuskulatur arbeitete unaufhörlich.

»Du hast mich nirgends hineingezogen. Es ist mein Job, Fragen zu stellen«, widersprach sie.

»Trotzdem …«

Milla räusperte sich, kehrte zu ihrem Platz zurück und setzte sich, bevor Robert ihr folgte. Nachdenklich nahm sie ihre Brille ab und fuhr sich über die Augen.

»Diese Brille …«, begann er vorsichtig.

Sie hob ihre Hand. »Ich fühle mich sehr wohl damit.«

Er nickte und schwieg.

»Lambert ist tot, er wurde vorgestern Nacht in seiner Wohnung ermordet«, sagte sie zögernd.

Roberts Augen weiteten sich. »Der Rechtsmediziner?«

Milla nickte. »Ich hatte gestern Vormittag eine Verabredung mit ihm. Als ich an seiner Wohnung ankam, nahm mich Capitaine Royaume in Empfang.«

»Verdammte Scheiße«, fluchte Robert. »Du hast einen Termin mit ihm, und in der Nacht davor wird er umgebracht?« Er überlegte kurz. »Was ist denn passiert?«

Milla zuckte mit den Achseln. »Ich weiß es nicht. Royaume hat mir nichts gesagt. Außerdem denkst du doch wohl nicht wirklich, dass sein Tod in Zusammenhang mit mir steht.«

Roberts Mund verzog sich zu einem spöttischen Grinsen. »Denkst du, es ist an der Tagesordnung, dass renommierte Rechtsmediziner ermordet werden? Milla, wach auf. Du bekommst eine Drohmail, und Lambert wird umgebracht, bevor er mit dir sprechen kann. Hältst du das alles für einen Zufall?«

Milla schwirrte der Kopf. Was war hier los? Konnte es sein, dass ihr Auftrag einen solchen Wirbel verursachte, dass Menschen deshalb getötet wurden? Sie konnte kaum noch einen vernünftigen Gedanken fassen. »Robert, was du da sagst … Ich weiß nicht, was ich davon halten soll. Ich weiß im Moment gar nichts mehr«, erklärte sie mit brüchiger Stimme.

Er erhob sich und war mit zwei Schritten bei ihr. Vor Millas Stuhl ging er in die Hocke und sah zu ihr auf. Sein Blick war voller Wärme. Doch sie entdeckte noch etwas anderes, was sie nicht deuten konnte.

Erneut ergriff er ihre Hände. »Milla, sieh mich an«, bat er sie eindringlich.

Kurzsichtig blickte sie ihm in die Augen, bevor sie ihre Hände befreite, um ihre Brille wieder aufzusetzen.

»Ich bin kein Mörder.« Er seufzte. »Ich weiß nicht, wie oft ich diesen Satz in den letzten fünf Jahren wiederholt habe.« Er stockte kurz. »Doch noch nie war es mir wichtiger als jetzt, dass man mir glaubt. Genau in diesem Moment.«

Sie konnte ihren Blick nicht von seinen Augen losreißen, auch wenn sie wusste, dass es besser für sie gewesen wäre.

»Robert, bitte …«

»Milla, es ist mir ernst. Ich habe nicht getötet.« Unverwandt sah er sie an

»Was ist in Simones Zimmer passiert? Ich muss es wissen.«

Robert atmete tief aus und erhob sich.

An seinem Bett angekommen, setzte er sich und begann tonlos: »Simone war schon mehrere Tage zuvor seltsam abweisend gewesen. Als ob sie irgendwie gar nicht bei der Sache wäre. Verstehst du, was ich meine?« Er blickte sie an.

Milla nickte. Oja, und wie sie dieses Gefühl kannte! Schließlich hatte es sie während ihrer gesamten Ehe begleitet, doch sie schwieg.

»Vor der Party an jenem Abend hatten wir uns in ihrem Apartment in Paris getroffen, um gemeinsam zu ihren Eltern zu fahren. Sie wohnen etwas außerhalb.« Robert zögerte, als sie erneut nickte. »Stimmt, du warst bereits dort. Ich habe sie gefragt, was denn los sei. Sie wirkte durcheinander, stand völlig neben sich. Erst wollte sie nicht mit der Sprache rausrücken. Die übliche Leier. Was ist los? – Nichts. Nachdem wir dieses Spielchen gefühlte hundert Mal durchgekaut hatten, platzte es urplötzlich aus ihr heraus. Noch im Auto teilte sie mir mit, sie könne nicht mehr mit mir zusammen sein. Unsere Beziehung sei ein Riesenirrtum, aber es läge nicht an mir.« Er bedeckte sein Gesicht mit den Händen und fasste sich an die Schläfen.

Milla überkam das Gefühl, einem gebrochenen Mann gegenüberzusitzen.

Schließlich fuhr er fort: »Ich war wie vor den Kopf gestoßen, konnte mir nicht erklären, was mit ihr los war.« Er schnaufte. »Ich habe Simone geliebt, wollte sie heiraten. Und sie erklärt mir aus heiterem Himmel einige Wochen vor der Hochzeit, dass es das gewesen sei.« Er schüttelte den Kopf. »Den ganzen Abend ist sie mir ausgewichen, war abweisend, hat mir teilweise nicht einmal geantwortet.«

»Wussten ihre Eltern von ihrem Entschluss?«, hakte Milla nach.

»Ich glaube nicht. Zumindest benahmen sie sich mir gegenüber wie immer. Ich denke, niemand ahnte etwas. Auch später hat keiner gewusst, worum es in unserem Streit«, er malte mit den Händen Anführungszeichen in die Luft, »ging. Nein, ich vermute, sie hat tatsächlich mit niemandem über ihre Entscheidung gesprochen. Im Laufe des Abends wurde es immer schlimmer. Am liebsten hätte ich sie stehen lassen und wäre abgehauen. Aber irgendwie spürte ich, dass es meine letzte Chance sein würde, sie noch umzustimmen. Simone war mir komplett entglitten und ließ mich nicht mehr an sich heran. Ich bat sie, mir fairerweise die Möglichkeit zu geben, noch mal in Ruhe mit ihr zu sprechen. Ohne Zuschauer, ohne Partygäste. Daraufhin gingen wir in ihr altes Zimmer.« Er verstummte, während er Milla mit nachdenklicher Miene ansah. »Tja, ich habe es wirklich mit allem versucht. Letztendlich ist es darauf hinausgelaufen, dass wir … Nun ja, wir haben miteinander geschlafen.«

Milla fühlte sich von seinen Worten unangenehm berührt.

»Milla?« Seine Stimme klang eindringlich. »Du wolltest es wissen.«

Sie schluckte. Ja, sie wollte es wissen. Aber warum reagierte sie dann derart emotional auf sein Geständnis? »Erzähl weiter«, forderte sie ihn mit belegter Stimme auf.

»Nachdem sie … nachdem Simone sich wieder angezogen hatte, drehte sie sich zu mir um und meinte, die letzten Minuten könnten nichts an ihrer Entscheidung ändern. Es täte ihr leid, es läge nicht an mir, bla, bla.«

»Was ist dann passiert?«

»Wie vom Donner gerührt saß ich auf ihrem Bett. Ich konnte es nicht glauben. Ich habe die Welt nicht mehr verstanden. Sie hat mir keinen Grund genannt. Ich wollte und konnte es nicht akzeptieren.«

»Du bist ihr nachgegangen?«

»Nein, ich habe wie betäubt eine Ewigkeit im Zimmer gesessen und nachgedacht. Irgendwann habe ich den Entschluss gefasst, heimzufahren. Ich hatte keine Lust mehr auf Party und Small Talk. Ich habe kurz geduscht und gerade den Raum verlassen, als mir die Partygäste schon völlig aufgelöst entgegenkamen und durcheinanderschrien.«

Milla war unfähig, etwas zu erwidern. Alles, was er erzählt hatte, ergab für sie Sinn. War hier tatsächlich der Falsche verurteilt worden?

»Robert, ich weiß nicht, was ich sagen soll«, gab sie ehrlich zu.

Er nickte, erwiderte jedoch nichts.

»Warum hast du das alles nicht deinem Anwalt erzählt? Dem Gericht?« Was sollte sie denken?

»Das habe ich dir doch gesagt. Die Wahrheit hätte mich noch weiter hineingeritten«, erklärte er erneut.

Milla schaltete das Aufnahmegerät ab. Sie war völlig geschafft und lehnte sich erschöpft zurück. Noch immer fehlten ihr die Worte.

Robert stand zögernd auf und kam langsam auf sie zu. Die Spannung im Raum war fast physisch greifbar. Er nahm ihre Hand und sah sie abwartend an.

Millas Herz begann wild zu pochen.

Robert zog sie mit einem Ruck hoch und hob mit seinem Daumen ihr Kinn an.

»Glaubst du mir?«, raunte er ihr ins Ohr.

Ein Schaudern durchlief ihren Körper. Sie drehte ihren Kopf zur Seite.

»Milla?« Seine Stimme klang unnachgiebig.

Sie hatte keine Chance, sein Blick ließ sie nicht los. Milla registrierte das Funkeln seiner Augen, die schlagartig noch intensiver zu leuchten schienen. »Ich würde dir gern glauben.« Mehr konnte sie ihm nicht anbieten.

»Warum?« Er blieb unerbittlich.

Sie erwiderte nichts, schüttelte nur leicht den Kopf.

Mit den Fingern strich er über ihren Handrücken, während sein Blick weiter auf ihrem Gesicht ruhte. »Das reicht mir, Milla. Mehr kann ich nicht erwarten. Zumindest nicht im Moment.«

Seine Hand wanderte ihren Arm hoch. Am liebsten hätte Milla ihre Augen geschlossen, um seine Berührung noch intensiver genießen zu können. Mit letzter Willenskraft nahm sie all ihre Sinne zusammen und schüttelte grob seine Hand ab. »Ich gehe jetzt.« Ihre Stimme zitterte, während sie sich umdrehte und entschlossen ihre Tasche packte.

Als sie bereits an der Zellentür stand und dem Beamten ein Zeichen geben wollte, trat Robert erneut hinter sie. »Bitte geh nicht, Milla. Nur dieses eine Mal.«

32

Aus tränenverschleierten Augen schaute Milla aus dem Fenster des Taxis. Die Umgebung nahm sie nicht wahr. Sie bemerkte nicht, dass sie sich immer weiter von Fresnes entfernte. Dem Ort, der vor wenigen Minuten ihr ganzes Leben zerstört hatte. Was hatte sie sich nur gedacht? Sie erkannte sich selbst kaum wieder, war entsetzt über ihr eigenes Verhalten.

Als das Telefon in ihrer Tasche klingelte, schrak Milla zusammen. Mit zitternden Händen angelte sie es heraus. Da sie die Nummer nicht kannte, drückte sie das Gespräch weg. Sie wollte mit niemandem sprechen. Heute Abend würde sie Zodaine anrufen und ihm mitteilen, dass sie einen neuen Auftrag in Deutschland zu erledigen hätte. Dass sie ihre Interviews mit Robert beenden müsse. Es war ihr gleichgültig, was Zodaine von ihr halten würde. Milla musste jetzt an sich denken. Sie würde ihren Koffer packen und Paris morgen früh mit dem ersten Zug verlassen.

Für Sandrine musste sie sich noch etwas überlegen. Ihre Freundin würde Milla einen neuen Auftrag als Grund für die übereilte Beendigung ihres hiesigen Jobs nicht abkaufen. Dafür kannte Sandrine sie zu gut.

Doch darüber konnte Milla sich später Gedanken machen. Wichtig war jetzt einzig, nicht den Kopf zu verlieren. Sie lachte bitter auf. Das war gut! Vor wenigen Minuten hatte sie genau denselben verloren und nicht nur diesen. Sie hatte ihren kompletten Verstand verloren. Erschöpft lehnte sie sich im Sitz zurück. Wie hatte sie sich nur so unprofessionell verhalten können? Wenn Robert den Mund aufmachte, war sie ihren Job los.

Milla sah wieder aus dem Fenster. Das Bilderbuchwetter kam ihr wie ein bitterer Hohn vor. Sie hatte mit ihrem unbedachten Verhalten alles zerstört, was sie sich in den letzten Jahren aufgebaut, wofür sie hart gearbeitet hatte.

Als sie bemerkte, dass sie sich am Seineufer gegenüber dem Louvre befanden, bat sie den Fahrer mit brüchiger Stimme, sie hier hinauszulassen. Sie zahlte und verließ das Taxi.

Sie überquerte die Brücke und blickte auf das träge dahinfließende Wasser. Ihre Augen brannten, sie konnte die Tränen kaum noch zurückhalten. Warum konnte ihr Leben nicht in normalen Bahnen verlaufen? Warum musste sie sich immer wieder in solche Schwierigkeiten bringen? Erst der jahrelange Kampf mit Sebastian und jetzt das Debakel mit Robert.

Hastig lenkte sie ihre Gedanken auf den Artikel. In Erinnerungen an die letzten zwei Stunden zu schwelgen wollte sie sich nach wie vor nicht erlauben. Von Weitem schon erblickte sie die Glaspyramide des Louvre und bestaunte wie jedes Mal die architektonische Gesamtstruktur des prächtigen alten Museumsgebäudes und des modernen Eingangs. Dann wandte sie sich um und steuerte auf den Jardin des Tuileries zu, den weitläufigen Park, der sich vor dem berühmtesten Museum der Welt erstreckte.

Langsam schlenderte sie den Weg entlang und beschloss, noch heute Abend ihren Vater anzurufen und ihn zu bitten, sie morgen vom Bahnhof abzuholen. Milla würde ihr Leben in Frankfurt wieder in Ordnung bringen, die Ehe mit Sebastian endgültig abschließen und das Verhältnis zu ihrem Vater ändern, dem einzigen Rest Familie, den sie noch hatte. Bei dem Gedanken an ihre Einsamkeit spürte sie neue Tränen aufsteigen.

Wieder klingelte ihr Smartphone. Genervt schaute sie auf das Display. Die gleiche Nummer wie vorhin.

»Ja?«

»Madame Seifert?«

Milla kannte die weibliche Stimme nicht. »Wer spricht denn da?«

»Entschuldigen Sie bitte die Störung, Madame. Mein Name ist Madeleine Rinot. Wir kennen uns nicht. Ich bin Professeur Lamberts Tochter.« Die Anruferin klang unsicher. »Können wir uns treffen?«

Milla seufzte stumm. »Madame Rinot, es tut mir sehr leid, was mit Ihrem Vater geschehen ist. Allerdings habe ich ihn nicht gekannt. Pardon, aber ich wüsste wirklich nicht, warum wir uns treffen sollten.« Woher hatte die Tochter von Lambert überhaupt ihre Nummer?

»Madame, bitte. Es ist sehr wichtig.«

»Es tut mir leid, aber ich bin schon fast auf dem Heimweg nach Deutschland.« Milla wollte mit der ganzen Geschichte nichts mehr zu tun haben.

»Möglicherweise interessiert es Sie, dass mein Vater für den Fall, dass ihm etwas zustoßen sollte, einen Brief hinterlassen hat, in dem er auch Sie erwähnt«, erwiderte Madeleine Rinot mit kühler Stimme.

Milla war schockiert. Lambert hatte ihr für den Fall seines

Todes eine Nachricht hinterlassen? Sie konnte es kaum glauben, ihre Neugier siegte. »Gut«, willigte sie ein, »da ich aber morgen früh abreise, müssten wir uns heute sehen.«

»Das ist kein Problem«, erklärte Lamberts Tochter mit hörbarer Erleichterung. »Wenn Sie möchten, mache ich mich gleich auf den Weg. Wo kann ich Sie finden?«

Milla schlug vor, Madeleine Rinot solle zu ihr in den Jardin de Tuileries kommen. Hier hätten sie die Möglichkeit, ungestört zu reden. Vor allem konnte sie jederzeit gehen, sobald Lamberts Tochter ihr mitgeteilt hatte, was sie ihr so Dringendes zu sagen hatte.

Eine knappe Stunde später steuerte eine kleine brünette Frau auf Milla zu, die die Wartezeit mit einem Spaziergang durch die Parkanlage überbrückt hatte. Lamberts Tochter führte einen hellbraunen Labrador an einer Leine mit, der schwerfällig neben ihr herlief.

Milla ging der Frau entgegen, die in ihrem Alter zu sein schien.

»Madame Seifert?« Madeleine Rinot streckte Milla ihre Hand hin. Nachdem sie sich kurz vorgestellt hatte, öffnete sie ihre Handtasche und zog ein Foto heraus, welches sie Milla reichte. Auf dem Bild war ein älterer Mann mit dem Hund zu sehen, den Madeleine Rinot nun im Schlepptau hatte.

»Das ist mein Vater mit Guillaume«, erklärte sie mit leiser Stimme. »Das war er«, verbesserte sie sich sofort. »Ich wollte, dass Sie sich ein Bild von ihm machen können, da Sie am Telefon erwähnten, Sie würden ihn gar nicht kennen.«

»Es tut mir ehrlich leid, Madame«, wiederholte Milla voller Mitgefühl.

»Nennen Sie mich Madeleine«, bat Lamberts Tochter mit tränenerstickter Stimme.

Mitleidig musterte Milla die junge Frau. Was konnte man in einer solchen Situation schon sagen? Alles hörte sich falsch an. Sie hatte ihren Vater verloren. Nichts und niemand konnte ihn wieder lebendig machen.

»Mein Vater war ein guter Mensch«, erklärte Madeleine Rinot, nachdem sie sich geräuschvoll die Nase geputzt hatte. »Ich weiß nicht, wer einen alten, alleinstehenden Mann kaltblütig in seiner Wohnung erschießt.« Sie wandte sich ab und sah den Hund an. »Guillaume ist schon sehr alt. Er versteht nicht, wo sein Herrchen ist. Ständig hebt er den Kopf und schaut sich suchend um …«

»Weiß man mittlerweile, was passiert ist?« Krampfhaft versuchte Milla, den Besuch im Gefängnis zu verdrängen und sich auf die trauernde Frau vor sich zu konzentrieren.

Verzweifelt schüttelte Madeleine den Kopf. »Es wurde nichts gestohlen. Der Täter kam, erschoss meinen Vater, schleifte ihn in die Wohnung und verschwand.« Sie schluckte. »Wie eine Hinrichtung.«

Fassungslos starrte Milla die Tochter des Rechtsmediziners an. Was hatte das zu bedeuten? »Sie erwähnten am Telefon einen Brief Ihres Vaters?«

Madeleine nickte. »Er hat eine Nachricht für mich hinterlassen, für den Fall, dass ihm …« Tränen liefen ihr über die Wangen. »Er muss befürchtet haben, dass ihm etwas zustoßen könnte.«

»Aber wie konnte er das wissen? Ich verstehe das nicht«, sagte Milla mehr zu sich selbst.

Erneut kramte Madeleine in ihrer Tasche, steckte das Foto ihres Vaters weg und holte einen Briefumschlag heraus.

»Weiß die Polizei von dem Brief?«

Madeleine schniefte. »Noch nicht. Ich wollte erst mit Ihnen sprechen. Die Beamten haben den Brief in der Wohnung meines Vaters übersehen. Aber sie konnten ja auch nicht wissen, dass er sich auf …« Sie atmete schwer. »Sie haben die ganze Wohnung auf den Kopf gestellt und wollten von mir wissen, ob etwas fehlt. Soweit ich erkennen konnte, war alles da.« Erneut stockte sie. »Bei einem Mord sucht niemand nach einem Abschiedsbrief, nicht wahr?«

»Nein«, bestätigte Milla leise.

»Mein Vater schreibt, dass er vor Jahren einen großen Fehler begangen habe. Damals sei ihm das nicht so bewusst gewesen. Er habe sich mit Leuten eingelassen, die er anfangs unterschätzt habe, die jedoch keinen Spaß verstünden. Man habe ihn erpresst. Hier schreibt er …« Sie zitierte aus dem Brief: *»Ich dachte, es wäre unerheblich. Letztlich wollte ich sie doch nur schützen. Bitte kontaktiere die deutsche Journalistin, die mich um ein Treffen gebeten hat. Bitte sie, mit Catherine Wang zu sprechen. Die Wahrheit muss ans Licht kommen. Meine liebe Madeleine, mehr kann ich dir leider nicht sagen. Bitte glaub mir, dass dies nur zu deinem eigenen Schutz dient. Die Leute, mit denen ich mich eingelassen habe, sind gefährlicher als gedacht. Wenn du diesen Brief liest, bin ich tot. Ich hoffe, du kannst mir irgendwann verzeihen.«* Sie schluchzte auf.

Millas Gedanken rasten. Was meinte der Professor? »Wissen Sie, wovon Ihr Vater spricht?«

Madeleine verneinte leise.

Behutsam legte Milla der Frau ihren Arm um die Schulter und zog sie an sich. Es gab Menschen, denen es schlechter ging als ihr. Ihre Welt hatte kurz vor dem Einsturz gestanden. Nun musste Milla Stärke zeigen.

Langsam beruhigte sich Madeleine wieder. Der Hund schleckte ihre Hand, während er sie aus traurigen Augen ansah. Madeleine beugte sich zu ihm hinab und streichelte ihm sachte über den Kopf. Als sie sich aufrichtete, hatte sie sich so weit beruhigt, dass sie wieder reden konnte. »Mein Vater hat selten über seine Arbeit gesprochen, zumindest über die Rechtsmedizin. Von seinen Studenten erzählte er schon des Öfteren.« Mit der Hand fuhr sie sich über die Wange. »Warum wollten Sie meinen Vater treffen?«

»Ich rief ihn an, da ich einen Artikel über …« Milla brach ab.

Ihr wurde schlecht. Verzweifelt schlug sie eine Hand vor den Mund und betete, dass die Übelkeit sich wieder legen würde.

»Ist Ihnen nicht gut? Sie sind kreidebleich.«

Milla konzentrierte sich krampfhaft auf ihre Atmung.

»Worüber schreiben Sie einen Artikel?«

»Über Robert Hoffmann«, presste Milla mühsam hervor. Madeleine bemerkte nicht, welch verheerende Wirkung der Name auf Milla hatte.

»Was hat mein Vater mit Hoffmann zu tun?«

»Er hat die Autopsie an Simone Dubois durchgeführt.«

»Ach so. Warum wollten Sie mit ihm sprechen? Die Ergebnisse sind doch allseits bekannt.« Madeleine Rinot klang verwundert.

»Ich wollte nochmals die Details mit ihm durchgehen.«

»Ob mein Vater sich in seinem Brief auf den Mord an Dubois bezieht?«, überlegte Madeleine laut.

»Warum sonst sollten Sie mich kontaktieren? Wer ist diese Catherine Wang?«, erwiderte Milla statt einer Antwort.

»Die Nachfolgerin meines Vaters am Institut. Docteur Catherine Wang, seine frühere Assistentin und jetzige leitende Rechtsmedizinerin.«

Milla schwirrte der Kopf. Plötzlich schien ihre Heimreise in weite Ferne gerückt zu sein. Was hatte der Professor zu verbergen? Warum war er erschossen worden? Und was hatte sein Tod mit ihrem Artikel über Robert zu tun? Fragen über Fragen, die auf sie einströmten. Milla war mit einem Mal klar, dass sie Paris nicht verlassen konnte, ohne die Antworten darauf zu kennen.

33

Robert durchquerte seine Zelle, um sofort wieder umzudrehen und zurückzutigern. So ging es nun schon den ganzen

Nachmittag. Er hatte das Gefühl, der Raum verkleinere sich mit jedem weiteren Schritt, den er zurücklegte. Er musste hier raus. Das Gefängnis schnürte ihm die Kehle zu. Was würde er dafür geben, ein paar Minuten die kalte klare Winterluft einatmen zu können.

Sehnsüchtig blickte er zu dem vergitterten Fenster, durch das er ansatzweise den blauen Himmel erkennen konnte. Wo war sie? Ob sie auch gerade an ihn dachte? Beim Gedanken an Milla krampfte sich sein Magen schmerzhaft zusammen. Was hatte er getan?

Abrupt blieb er vor der Zellentür stehen und trat mit voller Wucht dagegen. Der Schall hallte durch die kahlen Flure mit ihren Betonwänden. Augenblicklich ertönte die Stimme eines Wachbeamten von draußen, der ihn in scharfem Ton ermahnte, sich ruhig zu verhalten.

»Leck mich«, zischte Robert wütend, ließ jedoch von der Tür ab, da er wusste, dass er seine Hofgänge in nächster Zeit vergessen konnte, sollte er den Wärter weiter verärgern. Stattdessen setzte er seine verzweifelte Wanderung durch die Zelle fort.

Er war sich sicher, dass Milla nicht mehr kommen würde. Diesmal hatte er den Bogen überspannt. Während der letzten Tage hatte er vermehrt das Gefühl gehabt, dass alles nach Plan liefe. Sie schien ihm zunehmend wohlgesonnen zu sein, hatte ihm viel von ihren Nachforschungen erzählt. Sein heutiges Verhalten jedoch hatte alles zerstört. Ohne Zweifel würde sie nach Hause fahren und ihren Artikel schreiben, da sie sich nun bestätigt sah, sich vor neun Jahren bei dem Kongress richtig entschieden zu haben.

Was hatte er sich nur gedacht? Wenn Robert in sich hineinhörte, wurde ihm klar, dass er jederzeit wieder genauso handeln würde. Er war auch nur ein Mensch mit Gefühlen, ein Mann, der seit fünf Jahren hinter Gittern saß, ohne Aussicht darauf, jemals wieder eine normale Beziehung zu einer Frau aufbauen zu können. Es lag in der Natur der Sache, dass ein verurteilter Vergewaltiger in der weiblichen Gunst nicht allzu hoch stand.

Voller Zorn schlug er mit der Faust gegen die Außenmauer. Warum belog er sich noch immer? Es ging hier nicht um ihn. Es ging einzig und allein um Milla. Schon seit ihrem ersten Besuch in Fresnes hatte er sie begehrt. Wieder falsch, verbesserte er sich ungehalten, bereits bei ihrer ersten Begegnung in Paris hatte sie ihn mit einer Intensität beeindruckt, wie es kaum eine andere bis heute geschafft hatte. Es war nie seine Art gewesen, ständig wechselnde Frauen abzuschleppen. Außer mit Simone hatte er nur wenige ernsthafte Beziehungen gehabt, auch wenn die Presse ihn in dieser Hinsicht gerne als Schwerenöter hingestellt hatte. Seine vielen Kontakte waren ihm immer wieder als neue Liebschaften angedichtet worden, wovon er sich in der Tat nicht deutlich genug distanziert hatte.

Im Grunde war ihm sein Ruf schon immer gleichgültig gewesen. Wenn es für seine Nachforschungen nützlich gewesen war, war ihm jedes Medieninteresse recht gewesen. Seine Darstellung als Frauenversteher hatte ihm des Öfteren manche Tür geöffnet, die unter anderen Umständen womöglich verschlossen geblieben wäre. Doch nur die wenigsten kannten den wahren Robert. Den Mann, der sich hinter der Maske des ewig gut gelaunten Journalisten und vermeintlichen Frauenhelden verbarg. Eine der Personen, der er sein wahres Ich gezeigt hatte, war mittlerweile tot. Die andere würde er nie wiedersehen, da er sie gerade bitter enttäuscht hatte.

34

Fröstelnd saß Milla vor dem flackernden Feuer und starrte in die Flammen. In Gedanken verloren zog sie die Decke enger um sich, doch weder die Wärme des Kamins noch das Einkuscheln in mehrere Lagen halfen gegen die Kälte, die in ihrem Inneren herrschte. Standhaft weigerte sie sich weiterhin, auch nur den kleinsten Gedanken an heute Vormittag zuzulassen. Die Stunden in Fresnes existierten nicht mehr in ihrer Erinnerung. Umso angestrengter ging sie Wort für Wort ihre Befragungen durch. Wer hatte was gesagt? Welche Aussagen und Bemerkungen stützten ihre Theorie, dass bei dem Mordfall irgendetwas faul war? Milla bewegte sich im Kreis und fand keinen Ausweg.

»Milla? Mon Dieu, was ist denn hier los?«

Erschrocken zuckte Milla zusammen, als die Stimme ihrer Freundin sie aus dem Grübeln riss.

»Sandrine! Bonsoir, ich habe dich gar nicht kommen gehört«, grüßte Milla tonlos, ohne aufzuschauen.

Noch mit Jacke und dicken Stiefeln bekleidet, trat Sandrine ins Wohnzimmer und musterte Milla. »Wirst du krank?«

Milla wandte den Kopf, um Sandrine ansehen zu können. »Nein, alles in Ordnung. Wie kommst du darauf?«

Sandrine zeigte mit einer Hand in den Raum. »Du sitzt hier mit dicker Decke bei gefühlten hundert Grad und siehst aus, als ob dir immer noch kalt sei.«

Milla rückte in ihrem Sessel etwas vor. Die Decke verrutschte, ihr Schlafanzug kam zum Vorschein.

Sandrine zog die Brauen hoch und blickte auf ihre Uhr, bevor sie Milla eingehend betrachtete. »Süße?«

Milla presste ihre Lippen aufeinander.

Sandrine zog sich den zweiten Sessel heran, streifte ihre Jacke ab und entledigte sich mit den Füßen ihrer Stiefel. Nachdem sie sich gesetzt hatte, nahm sie behutsam Millas Hand in ihre. »Was ist los?«

»Es ist alles in Ordnung, wirklich. Der Job war wohl nur etwas viel in letzter Zeit.«

»Das ist wahr. Vielleicht solltest du dir wirklich überlegen, nach Hause zu fahren. Du hast deine Arbeit doch erledigt.«

Milla spürte Sandrines fragenden Blick auf sich, erwiderte jedoch nichts.

»Dich bedrückt etwas. Warum sagst du es mir nicht? Du wolltest doch nach Fresnes. Was hat Robert jetzt wieder getan, um dich derart aus der Bahn zu werfen?« Sie klang leicht genervt.

Milla fröstelte erneut.

Sandrine stand auf und ging neben Millas Sessel in die Hocke.

»Was hat er getan?«, fragte sie leise. Ihre Stimme hatte einen gefährlichen Unterton angenommen.

Tränen stiegen in Milla auf.

Abwartend blickte Sandrine sie an. Dann legte sie ihren Arm um Millas Schulter und zog sie an sich. »Ich würde dir so gern helfen«, murmelte sie hilflos.

Die Besorgnis in Sandrines Stimme ließ bei Milla alle Dämme brechen. Sie schluchzte auf. Sandrine nahm ihr die Brille von der Nase und legte sie beiseite. Stumm umarmte sie Milla fester und wartete, bis ihr Weinen langsam abebbte.

Milla blickte sich suchend um, doch Sandrine angelte bereits eine Packung Taschentücher aus der Seitentasche ihrer Jacke, die sie ganz entgegen ihrer Gewohnheit achtlos auf den Boden geworfen hatte.

»Hier.« Sie reichte ihr die Tücher und wartete geduldig ab, bis Milla ihre Tränen getrocknet und die Nase geputzt hatte.

Als Milla ihre Fassung wiedererlangt hatte, lehnte sie sich zurück und blickte ihre Freundin resigniert an. »Du wirst mich hassen.«

Sandrine verzog irritiert die Mundwinkel.

Mit zittriger Stimme berichtete Milla von ihrem Besuch bei Robert und ihrem Gespräch über den Tatabend, während Sandrine aufmerksam zuhörte und von Zeit zu Zeit zustimmend nickte. Als sie ihr schließlich erzählte, was sich dann in der Zelle abgespielt hatte, starrte Sandrine sie fassungslos an.

Nachdem Milla mit ihrem Bericht geendet hatte, atmete Sandrine tief durch. Mit ernstem Gesichtsausdruck fixierte sie Milla mit ihrem Blick. »Ich bin sprachlos. Ich weiß nicht, was ich sagen soll.« Sichtlich aufgewühlt fuhr sie mit der Zunge über ihre Oberlippe.

»Ich weiß selbst, dass es ein Riesenfehler war. Du hattest recht, ich hätte gar nicht mehr nach Fresnes gehen dürfen.« Milla stöhnte.

»Merde. Was willst du jetzt tun?«

»Ich weiß es nicht«, gab Milla zu. »Heute Mittag hatte ich mir fest vorgenommen, heimzufahren.«

»Aber?«

»Aber dann hat Madeleine Rinot angerufen«, erwiderte sie zögerlich.

Sandrines Gesicht nahm einen verwirrten Ausdruck an. »Wer ist das?«

Milla berichtete ihr von dem Telefonat und dem Treffen mit der Tochter des Rechtsmediziners. »Bisher konnte ich diese Catherine Wang telefonisch nicht erreichen. Deshalb werde ich morgen früh in der Rechtsmedizin vorbeischauen«, schloss sie.

Sandrine seufzte. »Was hat dieser Mann nur mit dir gemacht?«

»Sandrine, ich …« Milla setzte zu einer Rechtfertigung an, wurde jedoch sofort unterbrochen.

»Ich will dir doch gar keinen Vorwurf machen.«

»Nicht?« Eine Standpauke war das Mindeste, was Milla von ihrer Freundin erwartet hätte, doch diese blickte sie nur ernst an und schwieg. »Ich kann nicht heimfahren, Sandrine. Verstehst du das?«

Zögernd nickte diese. »Ja, auf eine gewisse Art kann ich dich verstehen. Auch wenn ich fürchte, dass dir die ganze Sache im besten Fall über den Kopf wachsen, im schlimmsten Fall jedoch das Genick brechen wird.« Sie strich Milla leicht über den Arm. »Ich wünsche dir viel Glück.« Kurz stockte sie. »In jeder Hinsicht.«

35

Gähnend lehnte sie sich in ihrem Stuhl zurück. Jeden Abend dasselbe Prozedere. Langsam war sie es wirklich leid. Wie lange wollte sich diese Journalistin noch mit Hoffmann beschäftigen? Jetzt sprachen die beiden schon wieder über den Abend des Mordes.

Nach wie vor benutzte sie ihr Übersetzungsprogramm, doch die erzwungene Auseinandersetzung mit der deutschen Sprache zeigte bereits erste Wirkungen. Mittlerweile konnte sie dem Gespräch wesentlich besser folgen als die vorherigen Male. Vielleicht sollte sie sich die ersten Aufnahmen nochmals anhören. Sie massierte ihre Schläfen. Nein, das würde sie sich nicht antun.

Als sie erkannte, dass Hoffmann von seinem Streit mit Simone erzählte, beschleunigte sich ihr Puls. Was redete er da? Warum gab er plötzlich vor dieser Seifert zu, dass er damals gelogen hatte? Angespannt lauschte sie seinen Worten. Auch sie hörte diese Version zum ersten Mal. Sie konnte sich das erstaunte Gesicht der Deutschen bildlich vorstellen. Was er erzählte, klang schlüssig.

Sie musste sich dringend etwas einfallen lassen. Die ganze Sache wurde ihr langsam zu heiß. Diese kleine Journalistin legte viel zu viel Ehrgeiz an den Tag, als dass man sie länger ignorieren konnte. Sie musste aus beiden Richtungen angreifen. Unauffällig, aber wirksam. Sie ärgerte sich über sich selbst, dass sie nicht schon früher entsprechende Maßnahmen ergriffen hatte. Musste erst eine Zeitungstussi aus Deutschland kommen, bis sie auf die Idee kam, ihren Laden zusammenzuhalten?

Sie konzentrierte sich wieder auf das Gespräch. Es hatte den Anschein, als habe Seifert ihre Befragung beendet. Sie hatte schon die Hand auf den Ausschaltknopf gelegt, da hörte sie plötzlich Geräusche, die ihr das Blut in die Wangen trieben. Was war jetzt los? Sie kniff die Augen zusammen. Das durfte doch wohl nicht wahr sein! Zodaine, dieser Schlappschwanz! Betrieb er neuerdings etwa ein Freudenhaus anstatt eines Knasts?

Sie lauschte wie gebannt, doch nach einigen Minuten hielt sie es nicht mehr aus. Obwohl sie keinerlei Probleme damit hatte, Leute abhören oder beschatten zu lassen, konnte sie den Aufnahmen nicht weiter zuhören. Die Intimität zwischen den beiden war derart intensiv, dass sie das Eindringen in ihre Privatsphäre kaum ertragen konnte. Gereizt schaltete sie das Band aus und verharrte einen Moment. Das konnte sie nicht dulden. Sie musste dringend etwas unternehmen. Ein Plan reifte in ihr heran. Entschlossen setzte sie sich an den PC und suchte nach den benötigten Informationen.

Den Gedanken, der sie beschlichen hatte, während sie den beiden in ihrem innigsten Moment zugehört hatte, ignorierte sie konsequent. Niemals würde sie vor sich selbst zugeben, dass das eben Gehörte ihr deutlich vor Augen geführt hatte, dass es mit ihrem eigenen Liebesleben nicht zum Besten stand.

36

Einige Stunden zuvor

»Bitte geh nicht, Milla. Nur dieses eine Mal.«

Seine Worte ließen ihre Hand wieder sinken. Robert ergriff sie und umfasste sie sanft.

Milla schloss die Augen. Ihr war bewusst, dass sie im Begriff war, den größten Fehler ihres Lebens zu begehen. Doch sie konnte sich nicht dagegen wehren.

Robert schob den Ärmel des Wollpullis hoch und führte Millas Unterarm an seine Lippen. Seine Berührung löste ein Gefühlschaos in ihr aus. Hilfe suchend wollte sie sich an ihn lehnen, als er sie mit seinem Körper sanft ein Stück nach vorn schob.

»Sonst kann man uns von draußen sehen«, flüsterte er an ihrem Ohr.

Sie war nicht mehr in der Lage, etwas zu erwidern. Zärtlich fuhr er mit seinen Lippen ihren Arm entlang. Millas Körper bestand nur noch aus Verlangen. Verlangen nach diesem Mann, der ihre Sinne schon beinahe zehn Jahre völlig durcheinandergewirbelt hatte.

Ihr Rücken ruhte weiter an seinem Oberkörper, während er nicht aufhörte, ihren Arm zu liebkosen. Als sie meinte, es nicht mehr auszuhalten, entzog sie sich ihm und drehte sich um.

Seine Augen leuchteten auf, als sie ihren Blick einfingen. Vorsichtig strich er mit einer Hand über ihr Haar und lächelte schelmisch. »Warum hast du es abschneiden lassen?«

Sein spöttischer Ausdruck verstärkte sich, die Grübchen wurden tiefer, doch seine Stimme klang rau.

»Warum hast du deines schneiden lassen?«, fragte sie leise zurück, statt ihm zu antworten.

Sein Lächeln verschwand. »Du bist so schön, Milla.«

Roberts Worte ließen sie innerlich erbeben. Sie wollte es. Gegen jede Vernunft, gegen jede Besonnenheit begehrte sie diesen Mann. Als sie in Roberts Augen die gleichen Gefühle zu erkennen glaubte, gab es für sie kein Zurück mehr.

Begierig drängte Robert sie an die Wand, während er seinen Körper gegen ihren presste. Durch ihren dicken Pullover spürte Milla die kalte Betonmauer der Zelle, doch ihr Körper brannte. Sie konnte seine Erregung spüren und meinte zu zerspringen, wenn er sie nicht bald erlöste. Während er ihren Hals liebkoste, legte sie den Kopf zurück und stöhnte genüsslich auf. Ungeduldig schob er ihren Pullover hoch. Sein Gesicht näherte sich ihren Lippen. Als sich sein Mund nur noch wenige Millimeter von ihrem entfernt befand, hielt er inne und sah ihr in die Augen. »Milla?«

Statt einer Antwort umschlang sie seinen Nacken und zog ihn an sich. Endlich fanden sich ihre Lippen. Der Druck seines Unterleibs verstärkte sich. Millas Gedanken verschwammen, ihr Körper lechzte nach mehr.

Robert löste schwer atmend seine Lippen von ihren und schaute sie voller Sehnsucht an. Langsam ging er in die Hocke und schob ihren Pullover nach oben. Mit seiner Hand strich er über die zarte Haut um ihren Nabel, bevor er seine Lippen sanft über ihren Bauch gleiten ließ.

Milla schloss ihre Augen, genoss jede Berührung, bis sie meinte, es nicht mehr auszuhalten. Sie suchte Roberts Blick. »Lass mich nicht länger warten«, hauchte sie kaum hörbar, bevor sie ihn mit festem Griff nach oben zog. Ungeduldig nestelte sie an der Hose seines Gefängnisanzuges.

Als sie sie endlich geöffnet hatte, umfasste er ihre Handgelenke und sah sie mit ernster Miene an. »Noch können wir zurück.«

Milla betrachtete sein Gesicht, dem sie noch nie so nah gewesen war. Das sie noch nie mit diesem Ausdruck der Begierde gesehen hatte. Sie schüttelte den Kopf. »Ich möchte nicht zurück, Robert. Seit neun Jahren nicht.«

Für einen kurzen Moment huschte Erstaunen über sein Gesicht, bevor er sie erneut küsste, diesmal leidenschaftlicher und noch intensiver als zuvor.

Ihre Hand wanderte nach unten.

Robert atmete tief ein. Umständlich öffnete er ihre Hose und ließ sie herunterrutschen. Hastig streifte Milla ihre Stiefel ab, auf die nur Sekunden später ihre Hose folgte. Als sie nackt vor ihm stand, zog sie Robert an sich. »Lass mich nicht mehr warten«, wiederholte sie ihre Bitte.

Er umfasste mit seinen Händen ihren Po und drängte sie fester gegen die Wand.

Gierig schlang sie ihre Arme um ihn.

Im nächsten Moment hob er sie hoch, sodass ihre Beine seinen Unterkörper umklammerten. Sämtliche Zweifel lösten sich in nichts auf. Es gab kein Gefängnis und keinen Mord mehr. Es gab nur noch Milla und Robert, die ihre jahrelang aufgestauten Gefühle spüren wollten, die für einen kurzen Moment die Umstände ihrer erneuten Begegnung ausblenden wollten.

Als er sie endlich ausfüllte, überkam Milla das Gefühl, abzuheben. Weder nahm sie die kahle Gefängniszelle um sich herum wahr noch spürte sie den rauen Stoff von Roberts Gefangenenjacke auf ihrer weichen Haut. Was in diesem Moment zählte, war der Mann, der Emotionen in ihr auslöste, die sie in dieser Intensität lange nicht erlebt hatte. Sie krallte ihre Finger in seinen Rücken, murmelte seinen Namen und gab sich völlig den Gefühlen hin, die über sie hinwegschwappten.

Langsam klarten Millas Gedanken wieder auf. Robert stützte seinen Unterarm gegen die Wand und löste sich von ihr, während Milla ihre Füße wieder auf den Boden setzte. Erschöpft lehnte sie sich an die Mauer.

Schweigend blickten sie sich an. Milla wurde die Absurdität der Situation bewusst. Einer Situation, die sich so niemals wiederholen durfte. Die unwiderrufliche Einmaligkeit des gerade Geschehenen sowie die gleichzeitige Faszination, die Robert auf Milla ausübte, stürzte sie in ein Wechselbad der Gefühle. Sie wusste nicht, wie sie damit umgehen sollte.

Während Robert schweigend seine Hose hochzog, konnte Milla kaum fassen, was gerade geschehen war. Was hatten sie getan? Obwohl es sich so verdammt gut angefühlt hatte, war ihr klar, dass sie diesen Fehler ihr Leben lang bereuen würde.

Beschämt bückte sie sich, um ihre Kleidung aufzuheben. Während sie sich hastig anzog, stand Robert unsicher daneben und beobachtete sie.

Sie wagte nicht, ihn anzusehen, hatte Angst vor dem, was sie in seinen Augen entdecken würde. Was sollte sie bloß sagen? Angestrengt suchte sie nach Worten, doch es wollte ihr nichts einfallen. Nachdem sie die Stiefel angezogen hatte, packte sie ihre Tasche und wollte auf die Tür zusteuern. Doch Robert war schneller und packte ihren Oberarm. »Milla.«

Zögernd drehte sie sich zu ihm um. Sein Gesicht schien jegliche Farbe verloren zu haben. Das Leuchten in seinen Augen war erloschen.

Sie wandte den Kopf ab, da sie die Hoffnungslosigkeit in seinem Blick kaum ertragen konnte.

»Milla, bitte.«

Abwehrend hob sie ihre Hände, drehte sich jedoch nicht noch einmal zu ihm um. Als er resigniert ihren Arm freigab, steuerte sie zielstrebig auf die Tür zu und klopfte, um herausgelassen zu werden.

37

Als Milla am nächsten Morgen in die Küche kam, saß Sandrine bereits am Frühstückstisch, vor sich einen Brotkorb mit Croissants und Baguette. Minou schlich um sein Frauchen herum und wartete, dass sie ihm endlich auch sein Frühstück geben würde.

»Bonjour, wie geht es dir?«, begrüßte Sandrine sie, bevor sie aufstand und die Packung Katzenfutter aus dem Schrank holte. Mit hocherhobenem Schwanz näherte sich Minou, um jede Bewegung seiner Besitzerin mit seinen Augen zu verfolgen.

»Bonjour«, erwiderte Milla müde und setzte sich.

Während der Kater genüsslich fraß, ließ Sandrine sich wieder auf den Stuhl fallen. Sie betrachtete Milla. »Du scheinst genauso schlecht geschlafen zu haben wie ich.«

Milla bestrich sich ein Stück Baguette mit Butter und nickte zögernd.

Sandrine goss ihr Kaffee ein.

Vorsichtig ließ Milla ihren Kopf kreisen. Abrupt hielt sie in ihrer Bewegung inne und blickte Sandrine frustriert an. »Was habe ich getan?«

»Du hattest großartigen Sex mit einem verurteilten Schwerverbrecher«, gab Sandrine trocken zurück.

Ungläubig starrte Milla ihre Freundin an.

»Was ist? Ich war nicht dabei, aber deiner Erzählung nach habe ich es doch ziemlich genau auf den Punkt gebracht, oder nicht?«, wollte Sandrine mit unschuldiger Miene wissen.

Milla atmete tief durch. »Warum bist du nicht geschockt? Sauer? Total wütend auf mich?«

Sandrine zuckte mit den Schultern. »Gestern Abend war ich fassungslos darüber, dass du es wirklich durchgezogen hast. Aber du warst schon immer sehr konsequent bei allem, was du machst. Für mich war es eigentlich nur eine Frage der Zeit, bis es zwischen euch beiden knallt.«

»Was willst du damit sagen?«

Sandrine schüttelte den Kopf. »Milla, du stehst doch schon länger auf diesen Kerl. Und du hast mir erzählt, was damals auf dem Kongress passiert ist.« Sie hielt inne. »Gut, fast passiert ist«, korrigierte sie sich.

Während Sandrine sich erhob, um den Tisch abzuräumen, starrte Milla ungläubig auf die Tischplatte.

»Seit du das erste Mal in Fresnes warst, bist du doch krampfhaft auf der Suche nach Beweisen für seine Unschuld.«

Milla musste sich eingestehen, dass ihre Freundin recht hatte. »Er hat mich benutzt«, murmelte sie tonlos.

Bei Millas Worten drehte sich Sandrine um und lehnte sich gegen den Küchenschrank.

»Hat er dich benutzt?«

Milla blickte ihre Freundin an und nickte abwesend. Obwohl sie es nicht zugeben wollte, hatte sie es ihm viel zu leicht gemacht.

War es nicht von Anfang an sein Plan gewesen, bei ihr den Verdacht zu erwecken, dass an seiner Verurteilung etwas faul war? Dass er Leute manipulieren konnte, wusste sie nur allzu gut. Immerhin war es jahrelang sein Job gewesen, den er äußerst erfolgreich ausgeübt hatte.

Sandrine stellte ihren Stuhl neben Millas und setzte sich. Sie legte ihr einen Arm um die Schulter. »Hat er dich benutzt? Denkst du, er hat dir etwas vorgemacht?«, wiederholte Sandrine ihre Frage.

»Ich weiß es nicht.« Milla atmete tief durch. »Oh Gott, Sandrine, ich wünschte, ich wüsste es. Verdammt!«

Beschwichtigend fuhr ihr Sandrine übers Haar. »Würde er wirklich so weit gehen?«, stellte sie die Frage, die Milla die halbe Nacht wachgehalten hatte.

»Würde nicht jeder Mann in seiner Situation eine solche Gelegenheit nutzen? Seit fünf Jahren keine Kontakte zu Frauen. Endlich allein mit einer, fast unbeobachtet«, resümierte Milla bitter.

»Ich hatte bei deinen Ausführungen gestern nicht das Gefühl, dass er dich dazu zwingen musste«, merkte Sandrine leise an.

Nein, das konnte Milla wirklich nicht behaupten. Robert hatte sie nicht zwingen müssen. Sie fasste einen Entschluss. »Ich spreche mit Docteur Wang und höre mir an, was sie zu sagen hat. Dann fahre ich nach Hause.«

»Also kein Happy End.«

Milla runzelte die Stirn. »Happy End? Wie sollte das aussehen? Brieffreundschaft mit einem Schwerverbrecher? Alle sechs Monate einen persönlichen Besuch in Fresnes?«

»Wie wär's damit? *Deutsche Journalistin deckt den größten*

Justizirrtum in der jüngsten französischen Geschichte auf.« Sandrine grinste schief.

Milla schürzte die Lippen. »Du weißt, dass er Simone mit großer Wahrscheinlichkeit umgebracht hat. Ich wollte etwas aufdecken, wo es nichts aufzudecken gibt.« Sie zögerte. »Wie sagt man so schön? Die Hoffnung stirbt zuletzt.«

»Ich hätte nicht gedacht, dass du so schnell aufgibst.«

»Was willst du von mir, Sandrine?« Wütend sprang Milla auf und lief aufgebracht in der Küche herum. »Warst nicht du es, die mir die ganze Zeit gepredigt hat, dass ich mich in etwas verrenne? Dass ich mir Ungereimtheiten zusammenspinne, die gar nicht existieren? Jetzt hingegen wirfst du mir vor, ich gäbe zu früh auf.« Ungehalten stampfte sie mit dem Fuß auf. »Ich habe mit so vielen Leuten gesprochen. Und was habe ich herausgefunden? Nichts.«

Ungerührt beobachtete Sandrine ihre Freundin. »Immerhin hat er zugegeben, gelogen zu haben.«

Milla blickte sie irritiert an. »Du glaubst ihm?«

Sandrine zuckte mit den Achseln. »Warum nicht?«

»Vielleicht hat er das nur behauptet, um mich ... na ja, um besser bei mir landen zu können.«

»Ich glaube, du hättest dich auch von ihm flachlegen lassen, wenn er dir nichts von Simones Trennungsabsichten erzählt hätte«, erwiderte Sandrine trocken.

»Sandrine!«, rief Milla empört.

»Und ich bin mir sicher, dass auch er das wusste. Daher gab es für ihn keinen ersichtlichen Grund, dir weitere Lügen aufzutischen.«

Milla wollte etwas sagen, verkniff es sich dann aber und schloss für einen Moment die Augen. Als sie sich wieder gefangen hatte, fragte sie mit gefasster Stimme: »Was willst du, Sandrine?«

»Hör auf deinen Instinkt, Milla. Abgesehen von Sebastian hast du eine sehr gute Menschenkenntnis«, erwiderte Sandrine ernst. »Du würdest dich niemals mit einem Mörder einlassen. Finde die Wahrheit heraus. Für dich und vielleicht auch für Robert.«

38

Sandrindes Worte hallten noch immer in Milla nach, als sie an der Métrostation ausstieg. Obwohl ihre Freundin die ganze Zeit der festen Überzeugung gewesen war, dass sie sich im Mordfall Dubois in etwas verrannte, hatte die Tatsache, dass sie mit Robert … dass sie sich dazu hatte hinreißen lassen, mit ihm zu schlafen, Sandrine an Roberts Schuld zweifeln lassen. Doch überschätzte sie Millas Instinkt nicht? War sie sich in jenem Moment wirklich sicher gewesen, dass er unschuldig war? Milla wusste es nicht. Wenn sie ehrlich war, hatte sie in diesen Minuten nicht einen Gedanken an ihren Job und den Artikel verschwendet. Das Einzige, was für sie gezählt hatte, war Robert gewesen. Robert und sein wunderbarer Körper.

Beim Gedanken an seine Berührungen krampfte sich ihr Magen zusammen. Sandrine hatte recht. Es war großartig gewesen. Doch im nächsten Augenblick rief sie sich in Erinnerung, dass es eben nur Sex gewesen war, nicht mehr und nicht weniger. Sex, der seit fast zehn Jahren überfällig gewesen war. Gut, sie hatte nachgeholt, was sie schon damals hatte tun wollen. Konnte sie nun einen Haken dahinter setzen und die Erinnerung daran unter der Rubrik »Was ich schon immer einmal machen wollte« ablegen?

Milla musste an den Ausdruck in Roberts Augen denken, als sie die Zelle verlassen hatte, und es zerriss ihr beinahe das Herz. Nein, Sandrine hatte recht. Sie konnte Paris nicht verlassen, ohne vorher herausgefunden zu haben, was damals wirklich geschehen war. Ein weiteres ungeklärtes Kapitel in ihrem Leben konnte sie nicht zulassen.

Entschlossen bog sie in die Straße ein, in der sich die Rechtsmedizin befand, wo Docteur Wang arbeitete. Die Einrichtung entpuppte sich als längliches dreistöckiges Gebäude aus roten Backsteinen. *Médico-Légal* stand über dem von Säulen gezierten Eingang. Milla steuerte darauf zu. Die Rechtsmedizin von Paris befand sich direkt am Ufer der Seine. Milla ließ kurz ihren Blick über das Wasser schweifen, bevor sie die Eingangshalle betrat.

Der Tresen, hinter dem eine ältere grauhaarige Frau saß, wirkte wie aus dem letzten Jahrhundert. Eine abgewetzte, von Holzwürmern zerfressene Ablagefläche und ein PC, der augenscheinlich nicht dem neuesten Standard entsprach, verstärkten den Eindruck, dass der Staat finanziell nicht mehr in der Lage zu sein schien, seine Einrichtungen mit dem Nötigsten auszustatten.

»Bonjour, Madame«, wandte Milla sich an die Empfangsdame und nannte ihren Namen. »Könnte ich bitte Docteur Wang sprechen?«

»Um was geht es denn?«

»Ich wollte mit ihr über Professeur Lambert sprechen.«

»Über Professeur Lambert?«, wiederholte die Frau zögernd. »Der Professeur ist schon lange im Ruhestand.« Sie stockte und überlegte kurz. »Bestimmt drei oder vier Jahre.«

Milla nickte. »Ich weiß. Hören Sie, Madame. Es ist wirklich wichtig. Ist Docteur Wang da?«

Offensichtlich wusste die ältere Dame nicht, wie sie auf Millas Bitte reagieren sollte. Umständlich tippte sie auf ihrer Tastatur herum, bevor sie langsam zum Telefonhörer griff. Mit erhobener Hand bedeutete sie Milla zu warten, während sie sich auf ihrem Schreibtischstuhl zur Seite drehte, sodass Milla kaum hören konnte, was sie sagte.

Nachdem sie das Telefonat beendet hatte, wandte sie sich

wieder Milla zu. »Docteur Wang ist gerade in einer Autopsie. Sie fragt, ob Sie um die Mittagszeit noch einmal wiederkommen könnten?« Milla nickte, während die Frau weitersprach. »Gegenüber der Rechtsmedizin befindet sich ein kleines Café, in dem Docteur Wang regelmäßig zu Mittag isst. Gerne können Sie sie dort gegen ein Uhr treffen.«

Als Milla wieder vor die Tür trat, fröstelte sie. Nach dem überheizten Vorraum der Rechtsmedizin spürte sie die schneidende Kälte umso deutlicher. Nachdenklich sah sie auf ihre Uhr. Was sollte sie in der Zwischenzeit tun?

Sie hasste trockene Recherchearbeit, doch sie würde die nächsten Stunden dazu nutzen, um sich weitere Meinungsbilder und Eindrücke zum Tatabend einzuholen. Schnellen Schrittes kehrte sie zur Métrostation zurück und machte sich auf den Weg zur Bibliothèque Nationale.

Seit zwei Stunden saß Milla nun schon vor einem der wenigen begehrten Computerarbeitsplätze im großen Lesesaal. Der kleine Mann am Empfang hatte ihr gesagt, die Wahrscheinlichkeit sei gering, dass sie um diese Uhrzeit einen PC ergattern könne. Die vorhandene Anzahl reiche für die hohe Nachfrage bei Weitem nicht aus. Er erwähnte gekürzte Mittel, schwierige Zeiten und steigenden Bedarf. Milla hatte ihm zugehört und ihre Ungeduld unterdrückt, bis sie den größten der unzähligen Lesesäle aufsuchen konnte. Eine junge Studentin war gerade im Begriff gewesen, ihren Arbeitsplatz zu verlassen. Das Glück war auf Millas Seite. Sie hatte sich an dem Computer angemeldet und mit ihren Recherchen begonnen.

Als sie jetzt auf die Uhr schaute, erschrak sie. Sie hatte gar nicht bemerkt, wie schnell die Zeit vergangen war. Wie erwartet hatte sie unzählige Artikel über die Mordnacht gefunden. Jede Zeitung hatte ihre eigene Version zu dem Abend entwickelt. Frustriert musste Milla jedoch feststellen, dass sie nichts wirklich Neues entdeckte. Mit jedem weiteren Bericht schwand ihre

Hoffnung, noch etwas Durchgreifendes zu finden, ein wenig mehr.

Zu guter Letzt setzte sie bei den Angehörigen an, die sie mittlerweile kannte. Als Milla sich Pierre Faubourg zuwandte, erschienen zig Artikel über dessen Unternehmensimperium. Er lächelte sie von unzähligen Fotos an, die ihn mehrheitlich bei Empfängen und anderen festlichen Veranstaltungen zeigten.

Milla musste an Sandrines Worte denken. In der Tat gab es nur sehr wenige gemeinsame Fotos des Ehepaars Faubourg. Einer inneren Eingebung folgend, suchte sie nach einem bestimmten Artikel, den sie bereits vor über einer Stunde gelesen hatte. Hastig überflog sie den Text, bis sie die entsprechende Stelle fand: Am Abend des Mordes war das Ehepaar gemeinsam bei der Familie Dubois zu Gast gewesen. Nachdenklich starrte Milla auf den Monitor vor sich. Eigentlich war daran nichts ungewöhnlich. Dubois war ein einflussreicher Politiker in der Hauptstadt. Es war nicht weiter verwunderlich, dass einer der reichsten Pariser Großindustriellen Kontakte zur französischen Regierung unterhielt. Man kannte sich. Obwohl dies auch in Deutschland gang und gäbe war, hatte die Verquickung von Wirtschaft und Politik stets einen bitteren Beigeschmack für Milla. Sicher hätte sich auch Robert daran gestoßen.

Erneut gab sie den Namen »Faubourg« in die Suchmaske ein und ergänzte »junge Frau« als Stichwort. Es öffneten sich diverse Artikel, denen unterschiedliche Fotos angehängt waren. Gemein war ihnen, dass auf jedem Pierre Faubourg mit wechselnden Begleiterinnen abgelichtet war.

Kopfschüttelnd strich sich Milla eine Haarsträhne hinters Ohr. Kein Wunder, dass Madame Faubourg ihren Mann nur selten begleitete. Zügig überflog sie die Artikel, während sie nebenbei die Uhr im Auge behielt.

Plötzlich hielt sie inne. Einer der Artikel hob sich von den anderen ab, da er wesentlich kleiner gehalten war. Auch das Foto stach heraus, Faubourg blickte mit ernster Miene in die Kamera. Ungeduldig vergrößerte Milla den Ausschnitt und musterte das Gesicht des Unternehmers, das angespannt und seltsam erstarrt wirkte. Während sie den Artikel las, wuchs ihre Unruhe. Faubourg hatte eine junge Frau sexuell belästigt. Kurz bevor es zum Prozess gekommen war, wurde die Klage fallen gelassen, da man sich auf einen Vergleich einigte. Faubourg hatte der Frau eine fünfstellige Summe gezahlt, woraufhin die Sache aus den Akten verschwand. Die ganze Angelegenheit war fast fünfzehn Jahre her. Fieberhaft suchte Milla nach weiteren Artikeln, die mögliche Übergriffe Faubourgs dokumentierten, blieb jedoch erfolglos.

Nach einem weiteren Blick auf die Uhr packte sie eilig ihre Unterlagen zusammen und hastete aus dem Saal. Wenn sie Docteur Wang nicht verpassen wollte, musste sie sich beeilen. Mit Faubourgs Vorliebe für junge Frauen würde sie sich später weiter befassen.

39

Mit nur fünfzehn Minuten Verspätung betrat Milla das Café, das die Sekretärin der Rechtsmedizin ihr heute Vormittag genannt hatte. Abgehetzt sah sie sich um. Das Lokal war voll besetzt. Da Milla nicht wusste, wie Docteur Wang aussah, blieb sie stehen und ließ ihren Blick über die besetzten Tische schweifen. Eine Bedienung bemerkte ihre Hilflosigkeit.

»Kann ich Ihnen helfen, Madame?«

»Ich bin mit Docteur Wang aus der Rechtsmedizin gegenüber verabredet. Leider kenne ich sie nicht.«

Lächelnd bedeutete ihr die junge Frau, ihr zu folgen. Geschickt schlängelte sie sich durch die enge Gasse zwischen den

Tischen und schleuste Milla in den hinteren Teil des Cafés. »Dort vorne sitzt sie. Die Dame mit den schwarzen Haaren, das ist Docteur Wang.«

Milla bedankte sich bei der Angestellten und steuerte auf den Tisch zu, an dem eine junge Frau mit asiatischen Gesichtszügen saß und gerade an ihrem Wasserglas nippte.

»Docteur Wang?«

Die junge Frau blickte auf und nickte. Dann erhob sie sich und streckte Milla die Hand hin. Nachdem Milla sich ebenfalls vorgestellt hatte, setzten sie sich wieder.

Docteur Wang sah sie erwartungsvoll an.

»Ich hatte Ihrer Mitarbeiterin bereits gesagt, dass ich gern mit Ihnen über Professeur Lambert sprechen würde«, begann Milla. Sie bemerkte, wie sich der Gesichtsausdruck von Docteur Wang verfinsterte. Milla musterte die junge Frau, die ihr glänzend schwarzes Haar zu einem hohen Pferdeschwanz gebunden trug. Ihr porzellanfarbener Teint wirkte fast zerbrechlich, so hell war ihre Gesichtshaut. Die Rechtsmedizinerin war eine attraktive Frau.

»Madame Seifert, ich habe vor neun Jahren als Assistentin von Professeur Lambert bei der hiesigen Rechtsmedizin angefangen. Er hat meine Doktorarbeit betreut und war mir ein großartiger Lehrer. Vor knapp vier Jahren hat er sich dann aus dem Arbeitsalltag zurückgezogen und sich nur noch um seinen Lehrauftrag an der Sorbonne gekümmert.«

Milla nickte.

Docteur Wang beugte sich vor. »Was genau kann ich für Sie tun, Madame?«

In diesem Moment kam die Bedienung und fragte nach Millas Wünschen. Als sie wieder allein waren, berichtete Milla von ihrem Telefonat mit dem Professor.

Docteur Wang kratzte sich an der Wange. »Was meint er damit, es sei der richtige Zeitpunkt für die Wahrheit?« Sie ließ ihren Blick über die Tische schweifen.

»Ich hatte gehofft, dass Sie mir das sagen könnten, Docteur.«

»Der Mordfall Dubois war der wohl bestuntersuchte der letzten Jahre. Sie können sich nicht vorstellen, wie hoch das Medieninteresse damals war. Wir wurden regelrecht belagert, wenn wir zur Arbeit kamen. Es war furchtbar.« Sie stockte. »Ich habe dem Professeur bei der Obduktion assistiert. Glauben Sie mir, jeder Aspekt dieser Untersuchung wurde öffentlich gemacht. Dubois«, sie verzog missbilligend ihr Gesicht, »der Vater des Opfers bestand darauf, täglich informiert zu werden, sobald es neue Erkenntnisse gab. Bei den ermittelnden Polizeibeamten muss er sich noch schlimmer aufgeführt haben.« Als die Bedienung die bestellten Speisen brachte, unterbrach sie sich, bis sie wieder ungestört waren. Dann nahm sie ihr Besteck auf und sah Milla fest an. »Es war ein Albtraum.«

Die Frauen konzentrierten sich auf ihr Essen, und für einige Minuten herrschte Schweigen am Tisch. Nachdem sie fertig waren, erzählte Milla Docteur Wang von dem merkwürdigen Brief des Toten und ihrem Treffen mit Madeleine Rinot.

»Er hat aber nicht explizit erwähnt, in welchem Zusammenhang er den angeblichen Fehler begangen hat?«, hakte Docteur Wang nach, als Milla geendet hatte.

»Nein, der Name Simone Dubois wurde nicht erwähnt«, räumte sie ein. »Aber da ich ihn wegen Robert Hoffmann befragen wollte, erschien es mir naheliegend, dass er mir zu ebendiesem Mordfall etwas mitteilen wollte. Deshalb vermute ich, dass die Bemerkungen, die sich in seinem Brief auf mich beziehen, mit dem Fall zu tun haben.«

»Davon kann man ausgehen«, stimmte Docteur Wang nachdenklich zu. »Lambert war ein guter Mensch. Ich kann mir überhaupt nicht vorstellen, was er gemacht haben soll, dass man ihn dafür sogar umbringt.« Ihre Augen wurden feucht. Sie wischte sich verstohlen mit dem Handrücken über ihr Gesicht. »Haben Sie bereits mit Hoffmann gesprochen? Konnte er Ihnen denn nicht weiterhelfen? Er müsste seinen eigenen Fall doch in- und auswendig kennen.«

Bei der Erwähnung von Roberts Namen spannte sich alles in Milla an. Hastig blendete sie die Bilder aus, die sich ihr unweigerlich aufdrängten. Sie räusperte sich. »Ich war bereits in Fresnes. Aber ich habe noch nicht mit ihm über die Äußerung und den Brief von Lambert gesprochen.«

Docteur Wang betrachtete das Aufnahmegerät, das Milla zu Beginn ihres Gesprächs angestellt hatte. »Was sagt denn die Polizei dazu?«

Milla erklärte ihr, dass Lamberts Tochter den Brief erst mit ihr hatte besprechen wollen, bevor sie weitere Schritte unternahm.

»Es tut mir wirklich leid, dass ich Ihnen nicht weiterhelfen kann, Madame. Leider muss ich gleich gehen, da ich noch einen Termin mit dem Staatsanwalt habe«, erklärte die Rechtsmedizinerin, während sie auf ihre Armbanduhr schaute. »Aber ich werde mir die Akte Dubois heraussuchen lassen und noch einmal durchschauen.« Sie zuckte mit den Achseln. »Viel Hoffnung kann ich Ihnen nicht machen, aber natürlich habe ich auch nicht mehr alle Details von damals im Kopf. Sollte ich tatsächlich Anhaltspunkte finden, die darauf hindeuten, dass der Professeur einen Fehler gemacht hat, melde ich mich bei Ihnen.«

Milla bedankte sich bei Catherine Wang für deren Zeit und Hilfe.

Diese winkte ab. »Der Mordfall Dubois stellte einen Wendepunkt in meiner beruflichen Laufbahn dar. Kurz darauf hatte der Professeur sein Mitspracherecht dazu genutzt, mich als seine legitime Nachfolgerin aufzubauen, bevor er in Ruhestand gegangen ist. Ich habe diesem Mann sehr viel zu verdanken.« Sie zögerte. »Als Kind von vietnamesischen Einwanderern ist es nicht einfach, eine Stelle wie diese zu bekommen. Sie glauben gar nicht, was ich mir schon alles habe anhören müssen.

Doch Lambert interessierten immer nur meine Leistungen. Er unterscheidet nicht nach Herkunft oder Status.« Sie schien zu bemerken, dass sie noch in der Gegenwart von ihm sprach. Sie musste schlucken. »Er behandelte jedes Opfer mit Respekt. Egal, ob es sich um einen namenlosen Stadtstreicher oder eben eine Berühmtheit wie Simone Dubois handelte.« Vorsichtig strich sie über ihr Haar. »Lambert war ein sehr anständiger Mensch. Allein, um seinen guten Ruf zu bewahren, werde ich mir die Akte noch einmal ganz genau anschauen. Ich kann mir beim besten Willen nicht vorstellen, dass er wissentlich falsche Angaben gemacht hat.«

Nachdem Milla das Café verlassen hatte, klingelte ihr Telefon. Ein Blick auf das Display zeigte ihr, dass es ihr Chef war. »Hallo, Karsten.«

»Milla, wie geht es dir?«

»Gut. Ich habe gerade mit der Rechtsmedizinerin gesprochen, die bei der Autopsie von Simone Dubois assistiert hatte.«

»Hör zu«, begann Karsten zögernd, »ich habe Markus vorhin deinen Bericht vorgelegt, den du mir geschickt hattest.«

Sein Tonfall verhieß nichts Gutes.

»Und, was meint er?«

»Also, es ist so.« Er stockte. »Er möchte, dass du zurückkommst und den Artikel umgehend schreibst. Der bereits vorliegende Umfang ist für den *Mainkurier* völlig ausreichend.« Bedauernd setzte er nach: »Leider sind wir nicht der *Stern*.«

Enttäuscht starrte Milla die vorbeieilenden Passanten an, während ihre Gedanken sich überschlugen. Sie konnte Paris noch nicht verlassen. Nicht jetzt. Kurzerhand entschloss sie sich, Karsten reinen Wein einzuschenken, und berichtete ihm ausführlich von ihrer Verabredung mit Lambert und dem Mord an ihm. Da Karsten nichts erwiderte, setzte sie ihre Ausführungen mit den Trennungsabsichten von Simone Dubois und Roberts damit verbundener Lüge fort. Zu guter Letzt erzählte sie ihrem Chef noch von dem Abschiedsbrief des Professors und der darin an Milla gerichteten Bitte.

»Milla, ich weiß nicht, was ich sagen soll.« Seine Stimme klang angespannt.

»Karsten, bitte. Ich brauche noch etwas mehr Zeit«, bat Milla mit Nachdruck.

Für einen Moment herrschte Stille in der Leitung, bevor Karstens Stimme wieder ertönte. »Du weißt, dass du den Fall nicht neu aufrollen solltest …«

»Das habe ich nicht, aber ich kann diese Ungereimtheiten doch auch nicht ignorieren«, unterbrach sie ihn gereizt.

»Nein, das kannst du in der Tat nicht. – Aber wäre es nicht an der Zeit, mit der Polizei darüber zu sprechen?«

Milla lachte auf. »Was soll ich denen denn sagen? Außer ein paar merkwürdigen und möglicherweise sogar unbedeutenden Ungereimtheiten habe ich doch keinerlei Beweise, dass hier etwas nicht stimmt.« Bedeutungsvoll senkte sie ihre Stimme. »Aber wenn ich recht habe, und hier wurde tatsächlich etwas unter den Teppich gekehrt, könnte sich die ganze Sache zu einer echten Sensation entwickeln.«

»Du denkst doch nicht wirklich, dass Hoffmann unschuldig ist, oder?«

»Ich weiß es nicht«, gab Milla ehrlich zu, während sie hartnäckig die aufkeimende Erinnerung ignorierte. »Aber allein die Möglichkeit, dass in diesem Fall Fehler begangen wurden, sollte uns doch Anlass genug sein, der Sache auf den Grund zu gehen. Meinst du nicht? Sind wir nicht genau deswegen Journalisten geworden?«

Ihr eindringlicher Tonfall verfehlte seine Wirkung nicht. Karsten seufzte lautstark. »Also gut. Du hast noch drei Tage. Ich spreche mit Markus.« Er zögerte, bevor er fortfuhr: »Ich hoffe, dass ich meine Entscheidung nicht bereue.«

»Das wirst du nicht, Karsten. Versprochen! Was haben wir

denn zu verlieren? Sollte ich nichts weiter finden, schreibe ich mir die drei Tage nicht auf die Abrechnung.«

»Ich nehme dich beim Wort, Milla. Viel Erfolg! Und bitte sei vorsichtig.«

Nachdem Milla das Gespräch beendet hatte, fiel ihr ein, dass sie Irene und ihren Vater noch über ihre Planänderung informieren musste.

»Kampert.«

»Irene, ich bin's, Milla.«

»Milla, wie geht es dir? Wann kommst du heim?« Ihre Schwiegermutter klang leicht außer Atem.

»Ich denke, es dauert noch einige Tage. Deshalb rufe ich an. Ich möchte nicht, dass Papa dir weiter auf die Nerven geht …«

»Das ist doch kein Problem. Dein Vater kann hierbleiben, bis du wieder zurück bist. Auf ein paar Tage kommt es doch nicht an«, unterbrach Irene sie.

Milla stutzte. Beim besten Willen konnte sie sich kaum vorstellen, dass Irene und ihr Vater auch nur ein paar Stunden friedlich miteinander auskommen konnten, geschweige denn mehrere Tage.

»Irene, denkst du nicht, es wäre besser, wenn …«

»Papperlapapp«, wurde sie erneut unterbrochen. »Dein Vater kann bleiben, bis du wieder da bist. Mach dir deswegen keine Sorgen.«

»Ist Papa auch da? Könnte ich kurz mit ihm sprechen?«

»Natürlich. Ich reiche dich weiter. Tschüss, Milla. Bis bald.«

Keine drei Sekunden später meldete sich ihr Vater. »Kind, wie geht es dir?« Auch er wirkte leicht gehetzt.

Milla bot ihm an, dass er in ihrer Wohnung übernachten und auf sie warten könne, bis sie aus Frankreich zurück sei.

Aber ihr Vater versicherte ihr ebenfalls, dass sie sich keine Sorgen zu machen brauche.

Milla verstand die Welt nicht mehr. Sie hatte fest damit gerechnet, dass zwischen Irene und ihrem Vater schon nach kürzester Zeit die Fetzen fliegen würden. Und nun erklärten ihr beide, dass ihr Zusammenleben offenbar hervorragend harmonierte. Verwundert steckte Milla ihr Telefon weg.

40

Nachdenklich schlenderte Milla an den großen Schaufenstern der Luxusmarken entlang, die sich auf den Champs-Élysées aneinanderreihten. Die Preise, die hier verlangt wurden, würde sie sich niemals leisten können, doch Träumen war erlaubt. Sie benötigte dringend ein wenig Ablenkung. So zuversichtlich, wie sie sich bei dem Telefonat mit Karsten gegeben hatte, war sie nicht annähernd. Drei Tage hatte er ihr gegeben, doch im Grunde hatte Milla keine Ahnung, wie sie die Sache weiter angehen sollte.

Vor einem der exklusiven Schuhgeschäfte blieb sie stehen und betrachtete gedankenverloren ein Paar Stiefel, das einsam auf einem roten Kissen thronte. Vergeblich suchte sie nach einem Preisschild. Ein solcher Kauf würde wahrscheinlich ein ganzes Monatsgehalt verschlingen.

»Madame Seifert? Milla?«

Als sie ihren Namen hörte und sich überrascht umdrehte, erblickte sie Corinne Mercier in Begleitung einer älteren schlanken Frau.

»Bonjour, Corinne. Was für ein Zufall«, stellte Milla mit Erstaunen fest.

Corinne lächelte. »Manchmal ist Paris ein Dorf. Das ist Milla Seifert, die Journalistin, von der ich dir erzählt habe«, sagte sie, an ihre Begleiterin gewandt.

Diese nickte unmerklich, während sie Milla abschätzend

musterte. »Wie kommt man dazu, einem solchen Monster eine Plattform in Form eines Berichts über ihn zu bieten?« Ihre Stimme klang kühl.

Irritiert wanderte Millas Blick von Corinne zu der Frau, die sie auf Mitte bis Ende fünfzig schätzte. Das schwarze Haar war mit einigen silbrigen Fäden durchzogen, was ihrem Gesicht ein attraktives und frisches Aussehen verlieh.

»Ich bin Journalistin. Es ist mein Job, über solche Themen zu berichten. Daher verstehe ich nicht ganz …« Warum musste Milla sich vor einer Fremden rechtfertigen?

»Das ist Vanessa Puillot. Sie war lange Jahre Simones Managerin, bis … bis zu ihrem Tod«, erklärte Corinne fast entschuldigend.

»Pardon, Madame. Das wusste ich nicht. Aber ich versichere Ihnen, dass der Artikel der Würde des Opfers gerecht werden wird.«

»Gerecht.« Vanessa Puillot lachte verächtlich. »Simone ist tot, und der Bastard lebt und verbreitet weiter seine Lügen. Gerecht ist in diesem Fall überhaupt nichts.«

»Was meinen Sie mit Lügen?« Sofort war Millas Neugier geweckt.

»Hat er Ihnen gegenüber etwa endlich zugegeben, dass er Simone und sein eigenes Kind umgebracht hat?«, antwortete Vanessa Puillot mit einer Gegenfrage.

»Nein«, erwiderte Milla, »er beteuert nach wie vor, unschuldig zu sein …«

»Sehen Sie? Sie bieten ihm eine Plattform, sodass er Simone noch aus dem Knast heraus verhöhnen kann«, unterbrach Vanessa Puillot sie ungeduldig. Kopfschüttelnd wandte sie sich ab und signalisierte offenkundig, dass das Gespräch für sie beendet war.

Irritiert konzentrierte Milla sich wieder auf Corinne.

»Mittlerweile arbeitet Vanessa für mich. Simones Tod hat sie damals hart getroffen. Nehmen Sie es nicht persönlich.

Auf mich war sie übrigens auch sauer, weil ich mich mit Ihnen getroffen habe«, erklärte Corinne leise.

Milla überlegte einen Moment, bevor sie einen Schritt auf Vanessa Puillot zumachte. »Madame, hätten Sie vielleicht Interesse daran, mit mir über Simone Dubois zu sprechen?«

Die Managerin starrte sie an, als hätte sie ihr gerade ein unmoralisches Angebot gemacht. Doch Milla ließ sich nicht aus der Fassung bringen. Sie schenkte ihr ihr aufrichtigstes Lächeln.

»Haben Sie mich nicht verstanden? Auf keinen Fall möchte ich in einem gemeinsamen Artikel mit diesem«, sie schien nach dem richtigen Ausdruck zu suchen, »mit diesem Mörder erscheinen. Ich habe Ihnen nichts zu sagen.« Auffordernd sah sie zu Corinne, die weiter bei Milla stehen blieb.

»Schade. Mit Sicherheit hätten Sie mir einiges über Simone erzählen können, was unsere Leser interessieren würde. Meines Erachtens sollte man die Erinnerung an einen besonderen Menschen so lange es geht lebendig erhalten. Gegebenenfalls auch durch einen Artikel über sein viel zu frühes Ableben«, erwiderte Milla in bedauerndem Tonfall.

Mit zusammengekniffenen Augen starrte Vanessa Puillot sie an. »Sie sind gut. Das muss ich Ihnen lassen«, gab sie nach einigen Sekunden zögernd zu.

Mit Genugtuung registrierte Milla Corinnes triumphierendes Lächeln.

»Ich überlege es mir«, erklärte Vanessa Puillot in diesem Moment mit belegter Stimme.

Bevor sie sich nach ihrem Stadtbummel auf den Heimweg machte, rief Milla Capitaine Royaume an. Sie hatte Glück, der Beamte meldete sich nach dem dritten Klingeln.

»Polizeirevier zwölftes Arrondissement, Capitaine Royaume am Apparat.«

»Bonjour, Capitaine. Hier spricht Milla Seifert. Ich bin …«

»Ich weiß, wer Sie sind, Madame«, unterbrach Royaume sie mit sanfter Stimme. »Was kann ich für Sie tun?«

»Es geht noch mal um Professeur Lambert.« Sie stockte.

»Ja, und? Ist Ihnen dazu noch etwas eingefallen?« Royaumes Stimme wirkte leicht ungeduldig.

»Vielleicht«, antwortete Milla vage.

»Was soll das heißen, Madame? Vielleicht?« Nun klang der Capitaine tatsächlich genervt.

»Gibt es neue Erkenntnisse? Haben Sie schon einen Tatverdächtigen?«

»Bei allem Respekt, aber Sie werden verstehen, dass ich Ihnen zu den laufenden Ermittlungen nichts sagen kann«, knurrte er. »Im Übrigen bearbeite ich den Fall nicht selbst, der Mord geschah im Bezirk der Kollegen. Ich habe nur die Erstuntersuchung am Tatort geleitet, da die Beamten des zuständigen Reviers in einer anderen Sache ermittelt haben.«

»Verstehe«, erklärte Milla nachdenklich.

»Madame Seifert, Sie haben mich angerufen. Warum erzählen Sie mir nicht, was Sie auf dem Herzen haben? Ich kann Ihre Aussage gern an die Kollegen weitergeben, sollte sie relevant sein.«

Milla fasste sich ein Herz und wiederholte Lamberts Bemerkung, die er ihr gegenüber am Telefon gemacht hatte.

Für einen kurzen Moment herrschte am anderen Ende der Leitung Schweigen, bevor Royaume wieder das Wort ergriff. »Mehr hat er nicht gesagt? Was hat er damit gemeint?«

»Das weiß ich nicht, Capitaine. Aber ich werde das Gefühl nicht los, dass der Mord an Lambert irgendwie mit meinem Anruf bei ihm zusammenhängt.«

Sie hörte ihn auflachen. »Madame, ich glaube nicht, dass ein Anruf jemanden umbringen kann.«

Wut stieg in ihr auf. »So hatte ich das auch nicht gemeint.« Wollte er sie für dumm verkaufen?

Als Royaume ihre Verärgerung zu bemerken schien, lenkte

er ein. »Pardon. Ich denke nur, Sie sollten sich nicht allzu viele Gedanken deswegen machen. Vielleicht war dieses Wahrheitsgetue nur die Bemerkung eines senilen alten Mannes, der sich durch Ihren Anruf und die damit verbundene Interviewanfrage etwas Aufmerksamkeit erhoffte. Der Rechtsmediziner war ein angesehener Mitbürger und hat sich durch sein Wirken in vielerlei Hinsicht verdient gemacht. Ich kann Ihnen daher versichern, dass die Kollegen alles unternehmen werden, um den Fall so schnell wie möglich aufzuklären.« Er zögerte kurz. »Der Mann hat sich aufgrund seiner Arbeit leider nicht nur Freunde gemacht. Unter uns gesagt, geht man davon aus, dass ein wegen seiner Aussage vor Gericht Verurteilter hinter der Tat steckt. Das ist aber noch nicht offiziell, und ich möchte nirgends etwas in dieser Richtung lesen. Auch nicht in einem deutschen Regionalmagazin.« Erneut machte er eine Pause. »Madame, Sie trifft keinerlei Schuld an Lamberts Tod.«

Milla bedankte sich bei dem Beamten für dessen Offenheit und versprach ihm gleichzeitig, dass sie seine Bemerkung selbstverständlich vertraulich behandeln würde.

41

Robert saß auf seiner Pritsche und starrte die Wand an. Das Licht war bereits vor über einer Stunde ausgeschaltet worden, die Mauer wurde nur vom fahlen Mondlicht angestrahlt, das durch das kleine Fenster fiel.

Sie war nicht gekommen. Er seufzte. Ihm war klar, dass sie auch morgen nicht käme. Dass er sie nie wiedersehen würde. Sie hatte alle Informationen bekommen, die sie benötigte. Es gab für sie keinen Anlass mehr, nochmals mit ihm zu sprechen. Ihr Job war erledigt.

Ob ihre letzten gemeinsamen Minuten auch zu ihrem Auftrag gehört hatten? Robert wusste, dass seine Gedanken unfair waren. Und er spürte, wie sich die Resignation wieder ihren Weg bahnte. Er hatte so sehr gehofft, dass Millas Besuche ihn aus seinem luftleeren Raum herausholen könnten. Doch dies war wohl ein Trugschluss gewesen. Wie hatte er je annehmen können, dass sie etwas an seiner Situation verändern würde? Sie war keine Anwältin.

Aber allein ihre Bestätigung, dass sie ihm gern glauben würde, hatte ihm das Gefühl gegeben, wieder jemand zu sein. Kein Häftling, kein Mörder, sondern ein Mann. Ein Mann, der noch eine gewisse Anziehungskraft auf eine Frau ausüben konnte. Sofort korrigierte er sich. Nicht auf eine Frau, auf Milla.

Was war nur schiefgelaufen in Roberts Leben? Er war überzeugt davon gewesen, Simone geliebt zu haben. Mit Milla hingegen war es völlig anders. Obwohl es so falsch gewesen war, wie nur etwas falsch sein konnte, in jenem Moment hatte es sich richtig angefühlt. Richtig und verdammt gut.

Robert war sich sicher, dass, wenn die Nacht vor über neun Jahren anders verlaufen wäre, er jetzt nicht hier säße.

Er hasste sich für sein Selbstmitleid. War er nicht ein Kämpfertyp? Schon immer gewesen? Diese destruktive Haltung hatte er sich erst in den letzten Jahren zugelegt. Seine Wut auf sich selbst wuchs. Nein, er durfte sich nicht unterkriegen lassen. Er musste kämpfen. Jetzt hatte er doch einen Grund dafür. Und diesen Grund würde er nicht so einfach wieder ziehen lassen. Etwas beruhigter legte er sich auf sein Bett und dachte angestrengt über seine nächsten Schritte nach.

42

Trotz stundenlanger Suche hatte Milla keine weiteren Artikel über Faubourgs Vorliebe für junge Frauen finden können.

Sie lehnte sich in ihrem Stuhl zurück und machte dem Kater Platz, der schon länger vor ihr gesessen und auf seine Chance gewartet hatte. Ohne Zögern sprang er auf ihren Schoß, um sich augenblicklich auf ihren Oberschenkeln einzurollen. Sie betrachtete Minous stahlblaue Augen und fuhr ihm mit der Hand über das weiche Fell. Während ihres Aufenthalts hatte sie bereits mehrfach darüber nachgedacht, sich zu Hause ebenfalls eine Katze zuzulegen. Bei dem Gedanken musste sie schmunzeln. Wenn es mit den Männern in ihrem Leben nicht klappte, würde sie eben auf einen tierischen Mitbewohner umsteigen.

Sie wollte gerade den Laptop ausschalten, als die Eingangstür unten geöffnet wurde.

»Sandrine?«

Wenige Augenblicke später tauchte ihre Freundin im Türrahmen auf. Als sie Milla mit dem Kater erblickte, zog sie lachend die Augenbrauen hoch. »Was sollen wir nur machen, wenn du wieder zu Hause bist? Minou scheint gar nicht genug von deinen Streicheleinheiten bekommen zu können.«

»Leider ist er wohl der Einzige«, gab Milla trocken zurück.

»Das halte ich für ein Gerücht«, erwiderte Sandrine ebenso sarkastisch.

»Sieh dir mal bitte diesen Artikel an.«

Mit einem schiefen Seitenblick demonstrierte Sandrine ihre Missbilligung über Millas abrupten Themenwechsel, ging aber neben ihr in die Hocke, um besser auf den Bildschirm schauen zu können.

»Wow.« Für einen Moment schienen ihr die Worte zu fehlen.

»Du wusstest nichts davon«, stellte Milla fest.

Mit einem leisen Seufzer erhob Sandrine sich wieder und setzte sich auf Millas Bett. »Nein, das wusste ich nicht. Ich hatte dir ja erzählt, dass ich Faubourg nicht leiden kann. Sein ständiges Getue mit all diesen jungen Frauen. Sexuelle Belästigung ist allerdings ein ganz anderes Kaliber.« Nachdenklich kaute sie auf ihrer Unterlippe.

»Er war an jenem Abend auch auf der Party«, merkte Milla zögernd an.

»Was willst du damit andeuten? Dass er es war, der Simone vergewaltigt und umgebracht hat?«

Milla zuckte mit den Achseln.

»Also, sexuelle Belästigung und Vergewaltigung mit Mord sind aber auch zwei Paar Schuhe, Milla«, mahnte Sandrine an.

»Ich weiß«, gab Milla zu. »Aber irgendetwas gefällt mir an dieser Sache nicht.«

Sandrine zog eine Grimasse. »Klar gefällt dir daran etwas nicht. Dein Robert sitzt im Knast, anstatt hier mit dir vor dem Kamin zu kuscheln.«

Milla warf ihrer Freundin einen wütenden Blick zu, schwieg jedoch.

»Es war ein Scherz, Milla. Tut mir leid. Aber du hast recht. Irgendwie ist es seltsam. Wo ist denn der Artikel erschienen?« Nachdem Milla ihr den Namen der Zeitung genannt hatte, überlegte Sandrine kurz. »Nie gehört. Vielleicht solltest du mal dort nachfragen. Der Vorfall ist zwar schon ein Weilchen her, aber jede halbwegs seriöse Zeitung hat ein Aktenarchiv.«

Überrascht schaute Milla ihre Freundin an. Darauf hätte sie auch selbst kommen können. Gleich morgen würde sie sich auf die Suche machen. Irgendjemand musste sich doch an die Sache erinnern. »Ich frage mich, warum keine der großen Zeitungen darüber berichtet hat«, murmelte Milla nachdenklich.

»Weil sich niemand mit Faubourg anlegen will. Er fördert alle möglichen Projekte. Da wird die Presse einen Teufel tun und die Anschuldigungen einer namenlosen Unbekannten gegen den großen Unternehmer und Wohltäter Faubourg abdrucken.«

»Das Recht des Stärkeren«, stellte Milla leise fest.

»Genau das.«

Während die beiden ihren Gedanken nachhingen, klingelte irgendwo Millas Telefon.

»In der Tasche.« Milla wies mit dem Kinn auf die Handtasche, die neben Sandrine auf dem Bett lag. Hastig angelte diese das Telefon heraus und reichte es ihr.

Nach einem Blick auf das Display verdrehte Milla die Augen, während sie Sandrine ansah. Es war fast Mitternacht.

»Ja?«

»Madame Seifert? Hier spricht Docteur Wang.« Die Stimme der Ärztin klang gepresst.

»Bonsoir, Docteur Wang.« Milla formte mit den Lippen das Wort »Rechtsmedizinerin« in Sandrines Richtung.

»Madame, bitte entschuldigen Sie die späte Störung. Leider ist es bei mir an der Tagesordnung, erst mitten in der Nacht nach Hause zu kommen.«

»Kein Problem, Docteur. Bei mir ist es oft ähnlich. Von Arbeitszeiten von acht bis fünf kann ich nur träumen«, entgegnete Milla verständnisvoll.

»Madame, unser Gespräch heute Mittag hat mir keine Ruhe gelassen. Nach meinem Termin beim Staatsanwalt habe ich mir sofort die Akte Dubois bringen lassen.«

»Und, ist Ihnen etwas Ungewöhnliches aufgefallen?« Milla hielt den Atem an.

Als sie am anderen Ende der Leitung Docteur Wang tief durchatmen hörte, fing ihr Herz an, schneller zu schlagen. Hatte die Ärztin etwas gefunden? »Docteur Wang?«, hakte sie nach, als die Rechtsmedizinerin schwieg.

»Ja, ich bin tatsächlich auf etwas gestoßen, dass ich mir nicht recht erklären kann«, erwiderte Catherine Wang langsam.

Milla reckte einen Daumen in die Luft, um Sandrine zu signalisieren, dass sie etwas entdeckt hatten.

»Im Obduktionsbericht fehlen zwei Seiten«, erklärte Wang mit zittriger Stimme.

Milla konnte die Bedeutung dieser Feststellung nicht abschätzen. »Was heißt das?«

Erneut schnaufte die Rechtsmedizinerin schwer. »In meiner Zeit als Professeur Lamberts Assistentin war grundsätzlich ich es, die die Berichte verfasst hat. Am Ende jedes Berichts habe ich stets zwei leere Seiten angefügt, die jedoch nicht im Inhaltsverzeichnis aufgelistet waren. Ich benutzte diese Seiten, um im Nachhinein noch Anmerkungen ergänzen zu können. Falls zum Beispiel nach den Obduktionen noch wichtige Fakten auftauchten oder einfach nur für mich als Gedankenstütze.«

Noch immer verstand Milla nicht, worauf sie hinauswollte. Sie versuchte, ihre Ungeduld zu zügeln.

»Im Bericht über Simone Dubois existieren die beiden leeren Seiten ebenfalls«, fuhr Docteur Wang fort.

»Und?« Milla konnte sich nicht mehr beherrschen. »Ich kann daran jetzt nichts Ungewöhnliches erkennen.«

»Ich habe diesen Bericht gar nicht verfasst«, ließ die Rechtsmedizinerin die Bombe platzen. »Aufgrund des starken Medieninteresses hatte der Professeur ihn selbst geschrieben. Zu meinem und auch seinem Schutz. Schließlich saß uns Dubois im Nacken. Das hatte ich Ihnen bereits erzählt. Lambert ist damals mehrfach der Kragen geplatzt. Mehr als einmal hat er zu mir gesagt, dass Dubois seine Tochter am besten selbst obduzieren solle, wenn er alles besser wisse. Ständig rief er an und bat um Zwischenergebnisse.« Sie stockte. »Jedenfalls wollte Lambert mich aus dem Kreuzfeuer der beteiligten Parteien heraushalten und entschloss sich daher, den Bericht selbst zu verfassen. Er wollte um jeden Preis vermeiden, dass in diesem Fall auch nur die unbedeutendste Kleinigkeit schiefging.«

»Ich verstehe es immer noch nicht ganz, Docteur«, brachte Milla vorsichtig an.

»Der Professeur hat einem Obduktionsbericht niemals leere Seiten angehängt. Niemals!«, entgegnete die Rechtsmedizinerin mit scharfer Stimme. »Pardon.« Sie machte eine Pause.

»Außerdem tauchen diese beiden leeren Seiten im Inhaltsverzeichnis auf, anders als bei mir, was bedeutet, dass sie ursprünglich Informationen zu der Obduktion enthalten haben müssen.«

Für einen Moment herrschte angespannte Stille. Milla versuchte, sich auf das eben Gehörte zu konzentrieren.

Irgendjemand hatte also den Bericht nachträglich manipuliert. Was hatte das zu bedeuten? Genau diese Frage stellte sie Docteur Wang.

»Ich weiß es nicht«, gab diese unumwunden zu. »Im Moment kann ich es mir selbst nicht erklären. Ich habe die gesamte Akte mehrmals durchforstet. Mir ist absolut nichts aufgefallen, was fehlen würde.« Sie zögerte. »Es kann natürlich sein, dass es sich um unwichtige Informationen handelte, die sich auf diesen beiden Seiten befanden, aber …«

»Aber das glauben Sie nicht«, vollendete Milla den Satz.

»Nein«, bestätigte die Rechtsmedizinerin, »das glaube ich nicht. Da hat sich jemand die Mühe gemacht, die Seiten exakt zu ersetzen. Beide Blätter sind mit Seitenzahlen versehen. Meiner Meinung nach sollte damit der Eindruck erweckt werden, dass sich nie etwas anderes auf diesen Seiten befunden hat.«

»Die Akte wurde also vorsätzlich manipuliert«, resümierte Milla.

»Ich fürchte, so ist es.«

»Wo ist die Originalakte?«

»Das ist die Originalakte«, erklärte Catherine Wang.

»Gibt es Kopien?«

»Soviel ich weiß, nicht«, bedauerte die Rechtsmedizinerin. »Aber morgen früh werde ich mich etwas umhören und mit den Sekretärinnen sprechen, die die Berichte abtippen. Vielleicht finde ich dabei noch etwas heraus.«

»Was denken Sie darüber, Docteur Wang? Immerhin haben Sie lange Jahre mit dem Professeur zusammengearbeitet.«

»Wenn ich das wüsste, Madame Seifert. Die Sache erscheint

in der Tat sehr merkwürdig. Vor allem kann ich mir absolut nicht erklären, welche Informationen in dem Bericht so besonders brisant gewesen sein könnten, dass sie nicht an die Öffentlichkeit gelangen sollten. Der ganze Fall war ein einziges verdammtes Pulverfass, das uns jederzeit um die Ohren hätte fliegen können. Wäre vor Gericht entdeckt worden, dass der Bericht unvollständig vorgelegt wurde, hätte Lambert seinen Hut nehmen können. Ich kann mir nicht vorstellen, wofür er seinen guten Ruf auf diese Art aufs Spiel hätte setzen sollen. Wie bereits erwähnt, kann ich aber leider nicht nachvollziehen, welche Informationen unterschlagen wurden. Meines Erachtens scheint der Bericht vollständig zu sein.«

Kaum hatte Milla das Gespräch beendet, wurde sie von Sandrine bestürmt, und sie wiederholte die Ausführungen von Catherine Wang.

»Lambert wurde ermordet, weil er im Fall Dubois Fakten vertuscht hat«, folgerte Sandrine sichtlich verwirrt.

Millas Gedanken fuhren Achterbahn.

»Was wirst du jetzt tun?«

Milla erhob sich und trat ans Fenster. Am dunklen Himmel funkelten unzählige Sterne. Ja, was würde sie jetzt tun? Sie wusste es nicht. Endlich hatte sie einen Anhaltspunkt gefunden, der andeutete, dass bei Roberts Verurteilung Fehler begangen wurden. Konnte man aufgrund eines manipulierten Obduktionsberichts eine Wiederaufnahme des Verfahrens beantragen? Milla wusste es nicht.

Die Drohmail, der Mord an Lambert, der Artikel über Faubourg. Und als wäre es nicht schon kompliziert genug, einen Zusammenhang zwischen all den unerklärlichen Ereignissen herzustellen, kam noch das emotionale Chaos hinzu, das seit gestern in ihrem Inneren tobte. Sie fasste sich an die Schläfen und schloss die Augen.

»Milla?« Sandrine trat hinter sie. Mit leichtem Druck umfasste sie Millas Schultern. »Heute Nacht wird es eiskalt.«

Milla drehte ihren Kopf zur Seite und nickte. »Ich muss ständig an ihn denken.«

»Es tut mir so leid, Milla.«

»Was soll ich nur machen?« Verzweiflung stieg in ihr auf.

»Geh zu ihm. Sprich mit ihm«, riet Sandrine ihr leise.

»Nein«, widersprach Milla heftig. »Sandrine, er ist ein verurteilter Mörder.«

»Ich schätze, diese Erkenntnis kommt etwas zu spät.«

»Ich muss nach Hause. Irgendetwas stimmt nicht zwischen Irene und meinem Vater. Ich befürchte, die beiden haben sich zerstritten und verheimlichen mir etwas.«

Sandrine ließ ihre Hände sinken und seufzte. »Geh endlich zur Polizei, Milla. Sprich mit diesem Capitaine Royaume. Der scheint doch ganz vernünftig zu sein. Vielleicht kann er sogar etwas über die verschwundenen Seiten im Obduktionsbericht herausfinden. Er hat doch ganz andere Mittel und Wege als wir.«

»Ich weiß nicht. Im Moment kann ich keinen klaren Gedanken fassen«, murmelte Milla unschlüssig.

»Lass uns schlafen gehen. Morgen ist auch noch ein Tag. Vielleicht fällt uns dann ein, was wir unternehmen können.«

43

»Bonjour, Schlafmütze«, grüßte Sandrine, als Milla die Küche betrat.

Mit einem schiefen Lächeln erwiderte sie den Gruß und setzte sich ihrer Freundin gegenüber an den Tisch. Beide Ellbogen vor sich aufgestützt, legte sie den Kopf in die Hände und blickte Sandrine an.

»Und, was steht heute auf dem Programm der Hobbydetektivin?«, wollte diese grinsend wissen.

Milla holte tief Luft. »Ich bin keine Detektivin, und ich bin keine Polizistin. Juristin bin ich auch nicht. Mein Job ist es, Artikel über interessante und weniger interessante Menschen zu schreiben. Nicht mehr und nicht weniger. Also werde ich genau dies tun.«

»Soll heißen?«

»Ich schreibe den Artikel und spreche mit Royaume. Der Capitaine soll sich dann um alles Weitere kümmern. Er wird wissen, was zu tun ist«, erklärte Milla bestimmt. Sie zog ihre Tasse zu sich heran und nippte vorsichtig an dem heißen Kaffee.

»Damit ist dein Aufenthalt hier beendet«, folgerte Sandrine mit enttäuschter Stimme.

Milla nickte. »Ja, und damit ist mein Auftrag erledigt.«

Ihr Smartphone klingelte. Nach einem Blick auf das Display, auf dem die Nummer des Gefängnisses erschien, fiel ihr siedend heiß ein, dass sie vergessen hatte, Zodaine Bescheid zu geben.

»Das ist der Directeur. Wahrscheinlich will er wissen, ob ich meine Befragungen in Fresnes beendet habe«, murmelte sie in Sandrines Richtung, bevor sie das Gespräch annahm.

»Bonjour, Monsieur Zodaine.«

Für einen kurzen Moment herrschte Schweigen in der Leitung.

»Ich bin es, Robert.«

Beim Klang seiner Stimme durchfuhr Milla ein Zittern. Für einen kurzen Augenblick schloss sie die Augen.

»Robert, einen Moment bitte.« Während sie um Fassung rang, erhob sie sich. Mit einer Geste bedeutete sie ihrer Freundin, dass sie ins Wohnzimmer ginge.

Diese nickte und legte die rechte Hand auf ihr Herz.

Nachdem Milla die Verbindungstür hinter sich geschlossen hatte, musste sie sich kurz sammeln. »Guten Morgen. Mit deinem Anruf hatte ich jetzt nicht gerechnet.«

Robert entgegnete auf Französisch: »Hör mir bitte zu, Milla. Da ich nur fünf Minuten telefonieren darf, komme ich gleich zur Sache. Ich würde mich sehr freuen, wenn du später nach Fresnes kommen könntest.« Er zögerte kurz. »Falls du noch keine anderen Pläne hast, meine ich natürlich.«

Millas Knie begannen zu zittern. Hastig setzte sie sich auf einen Sessel.

»Robert, ich weiß nicht …«, sagte sie auf Deutsch.

»Milla, bitte. Dieses eine Mal. Es wäre mir wirklich sehr wichtig.«

Seine Stimme klang eindringlich. Milla vermutete, dass einer der Justizbeamten neben ihm stand und das Gespräch verfolgte.

»Mein Job ist beendet, Robert. Ich muss wieder nach Hause.« Während sie sprach, spürte sie, wie ihr ganzer Körper sich vor Schmerz verkrampfte.

»Ich habe nur diese eine Chance. Für mich gibt es keine weitere Möglichkeit außer diesem einen Anruf. Bitte überleg es dir noch mal.«

Ihre Augen fingen an zu brennen. Seine Wortwahl bestätigte ihren Verdacht, dass er nicht allein war. Sie spürte, dass er ihr eigentlich etwas ganz anderes mitteilen wollte. Wieder setzte sich ihr Gedankenkarussell in Bewegung. Ihr war bewusst, dass sie im Begriff war, den nächsten Fehler zu begehen. »In Ordnung. Ich komme später. Gegen elf kann ich bei dir sein.«

Sie hörte ihn aufatmen. »Danke. Bis später.«

Bevor sie noch etwas erwidern konnte, wurde das Gespräch unterbrochen.

Minutenlang starrte sie auf den kalten Kamin. Das Telefon noch in der Hand, überschlugen sich ihre Emotionen. Warum hatte sie zugesagt? Hatte sie nicht erst vor zehn Minuten Sandrine gegenüber deutlich zum Ausdruck gebracht, dass der Auftrag für sie beendet sei?

Als Sandrine den Raum betrat, hatte sich Milla nicht vom

Fleck bewegt. Sie setzte sich auf die Armlehne des Sessels und musterte Milla. »Ich vermute, Deutschland muss noch ein Weilchen warten?«

Endlich löste Milla ihren Blick von dem Kamin und sah ihre Freundin an. »Ich glaube, ich bin ein hoffnungsloser Fall.«

»Ich glaube, du bist eine starke und mutige Frau. Und deinem Robert scheint das auch aufgefallen zu sein.«

Milla betrachtete sie nachdenklich. Noch immer konnte sie ihren Sinneswandel nicht nachvollziehen. Anstatt an Millas Verstand zu zweifeln, vertraute Sandrine ohne Wenn und Aber auf ihre Menschenkenntnis. Doch nicht einmal Milla selbst könnte beschwören, dass Robert wirklich unschuldig war.

»Ich fürchte, du überschätzt mich.«

»Du hast doch von Anfang an vermutet, dass bei diesem Fall nicht alles mit rechten Dingen zugegangen ist. Mittlerweile hast du eine Vielzahl an Hinweisen entdeckt, die deine Theorie stützen. Warum fängst du jetzt plötzlich an zu zweifeln?«

»Ich bin keine Juristin ...« begann Milla erneut, wurde aber umgehend unterbrochen.

»Ich weiß, du bist auch keine Polizistin und keine Detektivin. Verdammt, Milla! Du bist aber eine großartige und gründliche Journalistin.«

Gedankenversunken erwiderte Milla Sandrines Blick, bevor sie nickte. »Vielleicht hast du recht. Karsten hat mir noch etwas Zeit gegeben. Und diese sollte ich nutzen.«

Abrupt erhob sie sich aus dem Sessel und fuhr sich verlegen übers Gesicht.

»Na, geh schon«, bedeutete ihr Sandrine mit dem Kinn. »Es ist nicht verboten, sich etwas zurechtzumachen, wenn man einen Interviewtermin mit einem wichtigen Menschen hat.«

Bevor Milla den Raum verließ, drehte sie sich noch einmal zu Sandrine um. »Danke! Das meine ich wirklich ernst. Du bist eine tolle Freundin.«

Übertrieben fuchtelte Sandrine mit ihren Händen herum, um Milla aus dem Zimmer zu scheuchen. »Bitte keine Sentimentalitäten. Die brauchst du wahrscheinlich später noch.«

Selig lächelnd verschwand Milla im Bad.

44

Als sie vor dem Gefängnis stand, klingelte Millas Telefon. Die Nummer des Anrufers war unterdrückt.

»Ja?« Milla vernahm, wie sich eine weibliche Stimme räusperte.

»Bonjour, spreche ich mit Milla Seifert?«

»Wer spricht da bitte?«, erwiderte Milla irritiert.

»Mein Name ist Giselle Royal«, stellte sich die Anruferin vor.

»Was kann ich für Sie tun, Madame?«

»Es geht um Robert Hoffmann«, erklärte die Frau mit zögerlicher Stimme. »Mir ist zu Ohren gekommen, dass Sie seinen Fall neu aufrollen möchten.«

Überrascht schwieg Milla einen Moment, bevor sie sich wieder gefasst hatte. »Ich weiß nicht, woher Sie Ihre Informationen haben, Madame. Aber ich bin Journalistin. Um was geht es denn?« Am anderen Ende der Leitung hörte sie die Frau leise aufschluchzen.

»Madame?«

»Es tut mir leid. Möglicherweise war es doch keine so gute Idee, Sie anzurufen«, erwiderte die Anruferin mit erstickter Stimme.

»Das können wir nur herausfinden, wenn Sie mir sagen, was Sie auf dem Herzen haben.«

»Vielleicht haben Sie recht. Aber ich möchte nicht am Telefon darüber sprechen. Können wir uns irgendwo treffen?«

Milla verabredete sich mit der Frau für den Nachmittag am Place des Vosges, bevor sie das Gespräch beendete.

Eilig steckte sie ihr Telefon weg und steuerte den Eingang des Gefängnisses an. Ihr Herzschlag beschleunigte sich. Was würde sie erwarten?

»Milla.« Roberts Stimme klang belegt.

Nachdem der Justizbeamte die Tür von außen wieder verschlossen hatte, blieb sie verlegen stehen und sah Robert unsicher an. Er machte einen Schritt auf sie zu und umfasste vorsichtig ihre Hände mit seinen. Mit fragender Miene erwiderte er ihren Blick.

Als er sie berührte, musste Milla kurz die Augen schließen. Eine Woge von widersprüchlichen Emotionen überrollte sie. Behutsam führte Robert sie in die Ecke und blieb dicht vor ihr stehen. Obwohl sich nur ihre Hände berührten, begann ihr Unterleib zu kribbeln. Noch immer hielten Roberts Augen ihren Blick gefangen, dass sie befürchtete, darin zu versinken.

»Milla«, wiederholte er leise.

Sie spürte, wie ihre Knie zu zittern begannen.

Auch er schien ihre Angespanntheit zu bemerken. Zögernd trat er dichter an sie heran, umfasste ihre Taille und zog sie an sich.

Als sie seinen Herzschlag spüren konnte, entspannte sie sich ein wenig. Instinktiv legte sie ihren Kopf an seine Schulter. Robert strich über ihr Haar. Milla durchströmte ein Gefühl von Wärme und Geborgenheit. So absurd die Situation sich anfühlen mochte, Robert stellte für Milla in diesem Moment einen Hort der Ruhe und des Friedens dar. Vergangenheit und Zukunft vermischten sich und verschwammen ineinander. Es war ein Moment inniger Zweisamkeit und Vertrautheit, in dem sie sich ohne Worte, aber in stillem Einverständnis dem anderen öffneten.

Nach einer gefühlten Ewigkeit lösten sie sich voneinander.

Milla setzte sich auf den Stuhl, während Robert sich auf die Pritsche fallen ließ.

Er ergriff ihre Hand und sah sie ernst an. »Danke, dass du gekommen bist. Ich muss dir etwas sehr Dringendes sagen.« Er schluckte. »Es tut mir leid, Milla. Ich …« Er brach ab. »Ich hätte das nicht tun dürfen. Diese Umgebung, diese Umstände. Du hast etwas viel Besseres verdient als das hier.« Mit frustrierter Miene zeigte er in die Zelle.

»Du warst nicht allein daran beteiligt«, gab Milla genauso ernst zurück.

»Stimmt! Aber ich fühle mich einfach …«

»Es war ein Fehler«, unterbrach sie ihn, während Enttäuschung sich in ihr breitmachte. »Das wolltest du mir damit sagen, oder nicht?«

»Ja, äh, nein. Der Ort, an dem es passiert ist, war ein Fehler. Aber ich bereue es nicht, keine Sekunde.« Abrupt ließ er ihre Hand los, erhob sich und durchquerte den Raum. Zu dem vergitterten Fenster gewandt, murmelte er: »Ich wünschte, ich wäre damals hartnäckiger gewesen.«

Die Verzweiflung in seiner Stimme ließ sie erzittern.

»Robert …«

»Nein, Milla«, unterbrach er sie, während er sich wieder zu ihr drehte, »du bist ein ganz besonderer Mensch, eine ganz besondere Frau.« Sein Blick wurde eindringlicher. »Schon damals warst du es.«

Er kehrte zu seinem Bett zurück, setzte sich wieder und nahm erneut ihre Hand. »Und jetzt? Du bist hierhergekommen und hast mich wie einen Menschen behandelt, nicht wie Abschaum, nicht wie einen Mörder, wie einen ganz normalen Menschen. Kein falsches Mitleid, keine Wut. Du hast nicht einmal Angst vor mir gehabt, lässt dich allein mit einem mutmaßlichen Vergewaltiger einschließen.«

Milla wandte ihren Blick ab.

»Du bist eine starke Frau! Stark und mutig. Eine Kämpferin. Ein wenig erinnerst du mich an mich selbst zu meinen besten Zeiten. Aber nur ein wenig. Du hast nämlich wesentlich mehr Feingefühl, als ich je besessen habe.« Er lächelte schwach. »Auch wenn du dies nicht immer einsetzt.«

»Was sollen wir tun?«, flüsterte Milla.

Resigniert zuckte er mit den Achseln. »Ich weiß es nicht.« Er starrte auf seine Hand, die unentwegt über ihre strich. »Ich würde so gern mit dir essen gehen, ins Theater, abends neben dir einschlafen und morgens neben dir aufwachen.«

Milla spürte, wie ihre Augen feucht wurden. Warum war sie hergekommen? Warum quälte sie sich dermaßen? Es gab keine Zukunft für sie. Niemals.

Sein Blick ruhte ununterbrochen auf ihr, während er ihr vorsichtig die Brille absetzte und die Tränen mit seinem Daumen wegwischte. »Erzähl mir etwas von dir«, bat er leise.

Stirnrunzelnd blickte sie ihn an.

»Irgendetwas«, wiederholte er. »Was sonst niemand von dir weiß.«

Sie legte ihren Kopf in den Nacken. »Ich zähle Häuser.«

»Du zählst Häuser?«, fragte er verwundert.

Sie nickte bekräftigend. »Wenn ich zum ersten Mal durch eine Straße laufe, die ich nicht kenne, zähle ich die Häuser von der einen bis zur anderen Seite.« Nun gelang auch ihr ein Lächeln.

Robert runzelte die Stirn. »Warum?«

»Keine Ahnung. Ich kann nicht anders. Es ist wie ein Zwang. Ich muss einfach wissen, wie viele Häuser sich in der Straße befinden.«

»Also nicht nur stark und mutig, sondern auch sehr speziell.«

Sie versanken in Schweigen.

Nachdenklich betrachtete Milla den Mann, der ihr gegenübersaß und dessen Augen sie voller Zärtlichkeit anblickten. Fast fürchtete sie, er könne ihr Herz hören, das viel zu laut und viel zu schnell pochte.

»Ich war noch nie auf dem Eiffelturm«, ergriff sie erneut das Wort. »Obwohl ich bestimmt schon zwanzigmal in Paris war, habe ich um den Eiffelturm immer einen großen Bogen gemacht.«

Robert sah sie fragend an.

Für einen kurzen Moment meinte Milla etwas in seinen Augen aufblitzen zu sehen. »Als junges Mädchen«, begann sie schmunzelnd, »war ich auf Studienfahrt in Paris. Damals habe ich mir geschworen, dass ich diesen Turm erst mit dem Mann besteigen werde, mit dem ich mein Leben verbringen möchte. Insgeheim habe ich immer von einem Heiratsantrag über den Dächern der Stadt der Liebe geträumt, strahlend blauer Himmel und der perfekte Moment.« Sie spürte, wie ihr das Blut in die Wangen schoss.

»Das also war dein geheimster Wunsch. Ein Heiratsantrag auf dem Eiffelturm«, fasste er zusammen.

»Das ist noch immer mein geheimster Wunsch«, verbesserte sie ihn lächelnd.

»Ist? Du bist doch bereits verheiratet?«

»Sebastian hat mir seinen Heiratsantrag im Bett gemacht«, erklärte sie betont gleichgültig.

Roberts Augen verengten sich. »Warum nicht auf dem Eiffelturm?«

Milla zuckte mit den Schultern. »Romantik war nie Sebastians Stärke.« Ihre Stimme versagte. »Zumindest nicht, wenn er mit mir zusammen war«, setzte sie bitter nach.

»Du liebst ihn noch immer?«, wollte Robert leise wissen.

Milla schüttelte den Kopf. »Die Zeiten, als ich dachte, ich liebe ihn, sind lange vorbei. Der Tag, an dem er mir endlich die Scheidungspapiere zurückgibt, wird einer der schönsten meines Lebens.« Sie blinzelte ihn kurzsichtig an. »Nein, ich liebe ihn nicht mehr. Ich bin mir mittlerweile gar nicht mehr sicher, ob ich ihn überhaupt wirklich geliebt habe.«

»Milla, du solltest nicht mehr herkommen.«

Seine Worte trafen sie ohne Vorwarnung. Milla setzte ihre Brille auf und funkelte ihn an. »Dafür hast du mich herbestellt? Damit du mir sagen kannst, das war's?« Ein Frösteln durchfuhr sie. Verzweifelt wandte sie den Kopf ab.

»Milla, bitte! Glaubst du wirklich, der Gedanke, dich nie wiederzusehen, zerreißt mir nicht das Herz?« Er drehte ihr Gesicht wieder in seine Richtung und zwang sie, ihn anzusehen. »Milla! Wie gern würde ich dir sagen, dass wir eine gemeinsame Zukunft haben können. Wie gern würde ich mit dir auf diesen verdammten Turm hochfahren, ach was, jede einzelne Stufe würde ich mit dir gehen, nur um dieses Erlebnis mit dir teilen zu können.« Er presste seine Lippen aufeinander, bevor er fortfuhr: »Aber ich sitze in diesem Loch, aus dem ich nicht herauskomme. Ich kann dir nichts bieten. Nach der Enttäuschung mit deinem Mann hast du etwas Besseres verdient.« Er fuhr sich über sein Gesicht. »Ich wünsche dir, dass du endlich den Richtigen findest, der mit dir den Eiffelturm erklimmt. Der all das mit dir macht, wozu ich niemals in der Lage sein werde.«

Der verzweifelte Klang seiner Stimme zerriss Milla beinahe das Herz. Nun war sie es, die seine Hand ergriff. Mit ihren Fingern fuhr sie zart über seine Handinnenfläche.

»Bitte nicht«, bat er leise.

»Warum nicht?«

»Weil es danach noch schlimmer wäre«, erwiderte er tonlos.

»Es ist zu spät, Robert.«

Er hob seinen Kopf.

»Ich kann nicht einfach nach Deutschland zurückkehren. Dafür stecke ich viel zu tief in dieser Sache drin.«

»Was willst du damit sagen?« Seine Stimme hatte einen gefährlichen Unterton angenommen.

»Dass ich herausfinden werde, was damals passiert ist«, entgegnete sie voller Entschlossenheit.

»Nein, Milla.« Sein barscher Ton überraschte sie.

»Was soll das? War es nicht genau das, was du wolltest?« Wütend ließ sie seine Hand los. »Wie oft hast du mir in der letzten Woche erklärt, du seist unschuldig? Du seist kein Mörder, kein Vergewaltiger.«

Für einen Moment schloss er seine Augen. »Fahr nach Hause, Milla. Vergiss mich. Schreib deinen Artikel und widme dich anderen Themen. Du bist eine großartige Journalistin. Bitte, fahr nach Hause.«

»Der Obduktionsbericht von Simone wurde manipuliert«, sagte sie unvermittelt.

Seine Augen weiteten sich. »Was soll das heißen?«

»Es fehlen zwei Seiten. Docteur Wang, die Rechtsmedizinerin, kann sich leider nicht erinnern, was auf diesen fehlenden Seiten vermerkt war.«

Nachdenklich schaute Robert auf den Boden und schwieg.

»Robert? Hast du gehört, was ich gesagt habe?« Warum sagte er nichts?

Als er wieder aufblickte, konnte sie Schmerz und Verzweiflung in seinen Augen erkennen. Er wusste etwas.

»Was ist los? Was steht auf diesen verfluchten Seiten?«, fragte sie. Er schüttelte den Kopf, doch Milla ließ nicht locker. »Du weißt, was nachträglich entfernt wurde, stimmt's? Sag es mir. Bitte.«

»Ich weiß es nicht, aber ich habe eine Vermutung«, murmelte er kaum hörbar.

»Was vermutest du?« Sie machte sich nicht die Mühe, ihre Gereiztheit zu verbergen.

»Das kann ich dir nicht sagen. Tut mir leid.«

»Verdammt, Robert! Vielleicht könnten wir beim Staatsanwalt sogar eine Wiederaufnahme des Verfahrens beantragen. Dafür muss ich aber wissen, was hier gespielt wird.« Milla wurde lauter.

Doch er blieb ungerührt. »Du verrennst dich in etwas, Milla. Wenn das fehlt, was ich vermute, würde es mich noch tiefer hineinreiten. Auf keinen Fall würde es eine Wiederaufnahme des Verfahrens rechtfertigen.«

Sprachlos sah sie ihn an. Was war plötzlich in ihn gefahren? War es nicht die ganze Zeit sein Ziel gewesen, sie von seiner Unschuld zu überzeugen? Jetzt war sie so weit, ihm annähernd zu glauben, und nun machte er einen Rückzug.

»Was ist los? Du weißt, dass hier etwas ganz und gar nicht stimmt. Lambert ist wahrscheinlich wegen meiner Nachforschungen ermordet worden. Die Akte wurde manipuliert. Warum willst du auf einmal nicht mehr, dass ich herausfinde, was damals tatsächlich passiert ist?«

Als er sie wieder anschaute, hatte sein Gesicht jeglichen Ausdruck verloren. Er wirkte um Jahre älter. Behutsam nahm er ihre Hände in seine. »Simone konnte ich nicht schützen. Aber ich werde nicht noch einmal zulassen, dass sich die Frau, die ich liebe, in Gefahr begibt.«

Seine Augen blitzten auf, während er ihr Gesicht musterte.

Milla wurde schwindlig. Seine Worte trafen sie völlig unvorbereitet in ihrem Inneren. Er liebte sie. War das unter diesen Umständen überhaupt möglich? Was war mit ihr? Warum war sie ins Gefängnis zurückgekehrt? Hatte sie das Kapitel nicht endgültig beenden wollen?

»Es geht nicht.« Die Worte kamen ihr über die Lippen, bevor sie überhaupt darüber nachdenken konnte. »Es ist zu spät, Robert. Ich kann nicht mehr zurück, selbst wenn ich wollte.« Sie zögerte kurz. »Und ich will auch nicht. Du kannst mir nicht einfach den Kopf verdrehen, mit mir schlafen und dann sagen, okay, das war's. So läuft das nicht.« Provozierend sah sie ihn an.

»Was willst du denn von mir? Ich sitze im Gefängnis. Wie soll das zwischen uns funktionieren?«

»Ich weiß es nicht. Aber wenn du unschuldig bist, muss es einen Weg geben, das zu beweisen. Die Drohmail an mich, der tote Professor, die manipulierte Akte. Royaume kann das nicht ignorieren.«

Robert sah sie ungläubig an.

»Zu der Frage, was ich von dir will: Ich würde gern noch mal mit dir schlafen, allerdings in etwas ansprechenderer Umgebung. Ich möchte mit dir essen gehen, ins Theater, abends mit dir einschlafen und morgens mit dir aufwachen«, wiederholte sie seine Worte lächelnd.

»Was für eine Frau«, fluchte er.

»Wir können nicht mehr zurück. Wenn du unschuldig bist, musst du mir jetzt helfen.«

Robert zögerte. »Also gut, aber nur unter einer Bedingung.«

Sie erwiderte nichts, sah ihn nur fragend an.

»Du musst auf dich aufpassen. Versprich mir das!«

Milla hob ihre rechte Hand zum Schwur.

»Wer ist Giselle Royal?«, fragte sie dann.

Seine Mundwinkel zuckten. »Eine zweitklassige Pornodarstellerin?« Er grinste schief.

»Eine Frau, die mit mir über dich reden möchte«, gab sie tadelnd zurück.

Er hob seine Schultern. »Ich habe den Namen noch nie gehört. Keine Ahnung, was sie dir zu sagen hat.«

45

Auf dem Weg zu ihrem Treffpunkt mit Giselle Royal überprüfte Milla ihr Smartphone. Sandrine hatte mehrmals versucht, sie zu erreichen, aber keine Nachricht von der Rechtsmedizinerin. Verdammt! Milla musste unbedingt wissen, was auf den fehlenden Seiten stand. Robert war ein solcher Sturkopf. Wenn er zumindest angedeutet hätte, was er vermutete, hätte sie Docteur Wang einen entsprechenden Hinweis geben können. So tappte die Ärztin vermutlich weiter im Dunkeln.

Während Milla auf den Springbrunnen zusteuerte, der den

Place des Vosges mit seiner Wuchtigkeit beherrschte, trieb ihr der eisige Wind Tränen in die Augen. Selbst ihre Brille war keine Hilfe gegen die kalten Böen. Es war ein Tag wie aus dem Bilderbuch, strahlend blauer Himmel mit nur wenigen Schleierwolken.

Milla zog sich ihren Schal vors Gesicht, um die Kälte wenigstens etwas abzuhalten. Am Brunnen erblickte sie eine große, sehr schlanke Frau, die sich scheu umblickte und zu warten schien. Milla schätzte sie auf höchstens Mitte zwanzig.

»Madame Royal?«

Die Frau nickte.

Milla gab ihr die Hand. »Momentan lerne ich sämtliche Pariser Springbrunnen kennen«, versuchte sie, die Situation etwas aufzulockern, doch die junge Frau blickte sie nur verschreckt an.

»Madame, haben Sie etwas dagegen, wenn ich unser Gespräch aufnehme?«

»Nein, bitte nicht«, erwiderte Giselle Royal leise.

»Gut, kein Problem«, beschwichtigte Milla sie, da sie völlig neben sich zu stehen schien. »Lassen Sie uns ein paar Schritte gehen, bevor wir hier festfrieren.«

Giselle Royal folgte ihr langsam, während sie auf die Wohngebäude zusteuerten, die den weitläufigen Platz umrahmten.

»Madame, warum haben Sie mich angerufen?« Milla musterte die Frau neben sich unauffällig.

»Als ich erfahren habe, dass Sie versuchen, Robert Hoffmanns Unschuld zu beweisen, kam alles wieder hoch«, begann Royal gedehnt.

Milla blieb stehen und sah sie scharf an. »Wie kommen Sie darauf? Ich bin Journalistin. Ich schreibe lediglich einen Artikel über Hoffmann. Ich weiß nicht, wer Ihnen mitgeteilt hat, dass ich seine Unschuld beweisen möchte.« Stirnrunzelnd betrachtete sie Giselle Royal, während sie auf eine Antwort wartete.

»Da habe ich wohl etwas falsch verstanden«, murmelte sie undeutlich.

»Was haben Sie mir zu sagen, Madame Royal?«, wiederholte Milla ihre Frage, während sie weiterliefen.

Giselle Royal holte tief Luft. »Hoffmann hat mich ebenfalls vergewaltigt. Sie dürfen ihm auf keinen Fall helfen, jemals wieder auf freien Fuß zu kommen.«

Die hellen Augen der Frau waren angstgeweitet. Unter der dicken Pudelmütze lugte hellblondes kurzes Haar hervor. Genau Roberts Beuteschema, schoss es Milla durch den Kopf. Extrem jung, blond, hübsch, wahrscheinlich Schauspielerin oder Model. Milla wurde übel. Ihre Kehle schnürte sich zu. Roberts Worte, seine Beteuerungen kamen ihr plötzlich wie blanker Hohn vor. Vor ihr stand ein weiteres Vergewaltigungsopfer. Der Boden unter ihr schien zu schwanken. Wie hatte sie so blöd sein können? Ließ sich von einem Mörder für seine Zwecke einspannen.

»Wann?«, fragte sie tonlos.

»Es ist knapp sieben Jahre her. Ich habe ihn damals auf einer Party getroffen. Er hat mich angesprochen, wir haben uns amüsiert. Im Laufe des Abends hat er mir immer deutlicher signalisiert, dass er die Nacht mit mir verbringen möchte. Eigentlich war ich auch nicht abgeneigt. Doch gegen zwei oder drei Uhr, ich weiß es nicht genau, ging es mir mit einem Mal immer schlechter, obwohl ich gar nicht viel getrunken hatte. Er hat mir angeboten, mich nach Hause zu fahren.« Sie brach ab.

»Lassen Sie mich raten.« Milla erkannte ihre eigene Stimme nicht. »Ab diesem Zeitpunkt können Sie sich an nichts mehr erinnern.«

Giselle Royal nickte, bevor sie weitersprach. »Ja, ich weiß überhaupt nichts mehr. Als ich am nächsten Morgen aufgewacht bin, ging es mir extrem schlecht. Ich habe sofort gemerkt, dass etwas nicht stimmte.«

»K.-o.-Tropfen«, folgerte Milla leise.

»Das vermute ich auch.« Die Wangen der jungen Frau schimmerten feucht, doch Milla war es nicht möglich, Mitleid zu empfinden. Die Leere, die sich in ihr ausbreitete, wog schwerer als alles, was sie je erlebt hatte. Ein weiteres Mal war sie benutzt worden.

Die folgenden Worte der jungen Frau nahm sie nur noch wie durch einen dichten Schleier wahr.

Eilig verabschiedete sie sich, nicht ohne sich für die Informationen zu bedanken, die Giselle Royal ihr geliefert hatte. Informationen, die ihren Traum vom unschuldig verurteilten Helden auf einen Schlag zunichtegemacht hatten.

Es gab keine Zukunft für Robert und sie. Wie war sie überhaupt auf diese absurde Idee gekommen? Selbst wenn, und das war noch nicht einmal erwiesen, selbst wenn an jenem Abend Dinge vertuscht, eventuell sogar manipuliert worden waren: Was war mit Corinne Mercier? Und nun Giselle Royal? Dafür hatte Robert keine Erklärung parat. Angeblich kannte er Royal nicht. Pornodarstellerin? War das seine Art, seine Opfer im Nachhinein zu verhöhnen? Hatte nicht Vanessa Puillot Milla genau davor gewarnt? In ihrem Kopf herrschte völliges Durcheinander. Als sie sich auf den Heimweg machen wollte, klingelte ihr Telefon.

»Sandrine«, begrüßte sie ihre Freundin ohne jede Gefühlsregung.

»Milla, hör zu, ich habe heute meine Kontakte etwas, nun ja, aktiviert, um herauszubekommen, was es mit dem Artikel über Faubourg auf sich hat.«

Während Sandrines Stimme sich fast überschlug, hätte Milla am liebsten nichts mehr von der ganzen Sache gehört. Da sie jedoch wusste, dass ihre Freundin ihr nur helfen wollte, bemühte sie sich, sich nichts anmerken zu lassen. »Und, was hast du erfahren?«

»Die Zeitung, die den Artikel damals veröffentlicht hatte,

gibt es nicht mehr. Achtung! Zwei Monate, nachdem sie den Bericht über Faubourg gedruckt hatten, mussten sie den Betrieb einstellen, da annähernd sämtliche Anzeigenkunden innerhalb kürzester Zeit abgesprungen waren.« Sie stockte. »Was sagst du dazu?«

»Keine Ahnung. Zufall?«

»Milla, denk nach! Als einzige Zeitung in ganz Paris diskreditiert sie Pierre Faubourg mit diesem Artikel, und zwei Monate später ist sie ruiniert. Das war kein Zufall. Mit ziemlicher Sicherheit hat da Faubourg seine Hände im Spiel gehabt.« Als Milla nichts erwiderte, fuhr Sandrine fort: »Außerdem habe ich heute mit dem Journalisten gesprochen, der den Artikel damals geschrieben hat. Weißt du, wo er mittlerweile arbeitet?«

»Sandrine, ich weiß es nicht. Aber ich habe auch keine Lust auf irgendwelche Ratespielchen«, murrte Milla genervt.

»Danke, Sandrine, dass du mir geholfen hast. – Ja, gern geschehen, meine Süße, ich wollte nur helfen«, entgegnete ihre Freundin sarkastisch. »Was ist denn los, Milla? Hast du dich mit Robert gestritten?«

Milla seufzte.

»Hallo, bist du noch dran?« Sandrine wurde lauter.

»Ich habe gerade mit einem weiteren Vergewaltigungsopfer von Robert gesprochen«, erwiderte Milla leise.

»Merde. Nein!«

»Doch. Giselle Royal.«

»Wo bist du? Ich komme sofort zu dir.«

»Ich bin bereits auf dem Weg nach Hause«, entgegnete Milla mit tränenerstickter Stimme.

»Okay, ich muss nur noch ein paar Fotos sichten. Anschließend mache ich Schluss. Spätestens in zwei Stunden bin ich bei dir. Dann reden wir. Mon Dieu, Milla. Was ist nur los?«

46

Robert setzte sich an den Rand des Käfigs, der offiziell »Außenbewegungszelle« hieß. Er lehnte sich mit dem Rücken an den Maschendraht, schloss die Augen und genoss die kalte Wintersonne in seinem Gesicht. Wegen der niedrigen Temperaturen war der Aufenthalt im Freien auf eine halbe Stunde pro Tag gekürzt worden, normalerweise durften sie die doppelte Zeit draußen verbringen.

Robert fühlte sich hin- und hergerissen. Was war bloß mit ihm los? Endlich hatte er Milla so weit, dass sie ihm helfen wollte. Er war selbst darüber erstaunt, was sie in der kurzen Zeit, seit sie sich in Paris aufhielt, bereits herausgefunden hatte. Eine solche Entwicklung hätte er sich in seinen kühnsten Träumen nicht erhofft. Warum also wollte er jetzt unbedingt verhindern, dass sie weitersuchte? Ihr zart geschnittenes Gesicht, ihr schlanker Körper mit den seiner Ansicht nach perfekten Proportionen tauchte vor seinem geistigen Auge auf. Fast hatte er das Gefühl, ihren Duft riechen zu können, doch das war eher Einbildung. Der strenge Geruch der Gefängniskleidung überlagerte jede andere Note, die ihn auch nur annähernd an das Leben da draußen hätte erinnern können. An ein Leben, wie er es niemals wieder führen würde.

Jedes seiner Worte vorhin hatte er ernst gemeint. Milla weckte Gefühle in ihm, die er längst vergessen und verdrängt hatte. Natürlich erinnerte er sich klar und deutlich an ihre erste Begegnung. Keine Frage, schon damals war sie eine überaus attraktive und begehrenswerte Frau gewesen. In den letzten Tagen jedoch hatte Robert sie von einer Seite kennengelernt, die er damals bestenfalls erahnen konnte. Für mehr war ihr Aufeinandertreffen vor neun Jahren viel zu kurz gewesen. Sie war unglaublich stark und empathisch, eine echte Kämpferin. Er konnte nach wie vor nicht verstehen, wie sie sich je auf einen Mann einlassen konnte, der sie nach ihren eigenen Worten von

Anfang an betrogen und belogen hatte. Diese Demütigung passte in keiner Weise zu ihrem selbstbewussten Auftreten. Ihm war aber auch klar, dass Liebe allgemeingültige Regeln außer Kraft setzen konnte.

Als er einen Schatten auf seinem Gesicht spürte, öffnete er die Augen.

»Hoffmann, schön, dich hier draußen wiederzusehen.« Jabar grinste ihn an und zeigte eine Reihe gelb verfärbter Zähne.

Hastig sprang Robert auf, als er hinter Jabar zwei weitere Häftlinge entdeckte, in denen er dessen treue Gefolgsleute erkannte.

»Was macht ihr hier?« Robert sah sich Hilfe suchend um.

»Keine Sorge, einige Minuten sind wir ungestört«, erwiderte Jabar mit kalter Stimme, während die beiden anderen Robert ohne jegliche Gefühlsregung anstarrten.

»Was soll das?«

»Ich habe dich gewarnt, Hoffmann. Stimmt's?« Jabar wandte sich an seine beiden Begleiter. Die nickten leicht und stellten sich mit verschränkten Armen rechts und links neben ihrem Anführer auf. »Ich habe dir den überaus freundlichen Tipp gegeben, dich von dieser deutschen Schlampe fernzuhalten.« Mit seinem Zeigefinger tippte er auf Roberts Brust.

»Was willst du? Lass Milla aus dem Spiel.«

»Milla.« Jabar lachte kalt. Doch sofort wurde sein Gesichtsausdruck wieder ernst. »Du solltest hier mit Milla keinen Puff eröffnen. Hast du das verstanden, Hoffmann, Starreporter?«, höhnte er weiter. »Scheint so, dass wir dir mal wieder ein paar Regeln beibringen müssen. Dachte eigentlich, die Lektion in deiner ersten Nacht hier wäre dir noch im Gedächtnis. Habe mich wohl geirrt.«

Mit dem Kinn bedeutete er den beiden Häftlingen zu beginnen.

Der erste Schlag traf Robert unvorbereitet. Der größere von

Jabars Handlangern rammte ihm mit voller Wucht die Faust in den Magen.

Keuchend krümmte Robert sich zusammen und japste nach Luft. Vorsichtig versuchte er, tief durchzuatmen. Im nächsten Moment traten die beiden mit ihren Füßen nach. Robert hatte keine Chance. Er fiel ungebremst nach hinten und prellte sich den Rücken. Instinktiv riss er die Arme hoch, um sich vor dem Angriff zu schützen. Nach dem dritten Schlag hörte er auf zu zählen. Als er Blut in seinem Mund schmeckte, fasste er an seine Lippe, die unter einem der Tritte aufgeplatzt war.

Sein Kopf dröhnte. Die beiden Schläger waren noch nicht fertig mit ihrer »Lektion«, wie Jabar die Prügelattacke genannt hatte. Robert blieb nichts anderes übrig, als sich weiter notdürftig vor den Schlägen und Tritten zu schützen.

Allein hatte er keine Chance gegen die drei. Das Atmen fiel ihm schwerer, die Luft wurde ihm abgedrückt. Er befürchtete, dass sie ihm mindestens eine Rippe gebrochen hatten. Seine Nase schmerzte und fühlte sich an, als sei sie doppelt so dick wie vorher. Der Schwindel in seinem Kopf wurde immer stärker. Er versuchte, die Augen zu öffnen, doch die Sonne blendete ihn. Roberts Kopf drohte zu zerspringen, als er in das helle Licht blinzelte.

Jabar baute sich dicht vor ihm auf und grinste verächtlich auf ihn herab. »Schätze, dein jetziger Anblick wird die Schlampe endlich zur Besinnung bringen. Und Hoffmann? Lass es dir gesagt sein, das war nur der Anfang. Wir können auch anders. Du weißt, was wir alles auf Lager haben. Das hier«, er deutete auf seine beiden Helfer, »das war nur ein freundschaftlicher Rat unter Kumpels. Aber ich denke, du hast es verstanden.« Er rieb die Hände an seiner Hose, bevor er weitersprach. »Sollte deine Schlampe es übrigens nötig haben, stehen wir gern zur Verfügung. Wir würden ihr zeigen, wie es ihr richtige Männer besorgen können.«

Als Robert den Kopf hob, spuckte Jabar ihm ins Gesicht.

Von Weitem erkannte er undeutlich einen Justizbeamten, der sich schlendernd ihrem Verschlag näherte. Als er einen Pfiff ertönen ließ, drehten sich die drei Häftlinge wie auf Kommando um und beachteten Robert nicht länger.

»Jabar! Los, raus hier, die Zeit ist um«, rief der Beamte in scharfem Ton und öffnete die Tür des Käfigs. Aus dem Augenwinkel verfolgte Robert, wie ein weiterer Beamter die drei Häftlinge eilig wegbrachte, während der erste sich ihm näherte.

»Komm, Hoffmann, steh auf.« Der Wärter beugte sich zu ihm hinunter und versuchte, ihm aufzuhelfen.

Robert atmete vorsichtig aus. Die Schmerzen in seiner Brust waren unerträglich. Als er stand, knickten ihm sofort seine Knie weg. Hätte der Wärter ihn nicht gestützt, wäre er wie ein Kartenhaus in sich zusammengefallen.

»Na komm, stell dich nicht so an«, maulte ihn der Beamte an. »Warum musstest du die Schwarzen provozieren?« Kopfschüttelnd zog er Robert halb hinter sich her, halb stützte er ihn mit seiner Schulter.

Ohnmächtig presste Robert seine blutenden Lippen aufeinander und ignorierte den stechenden Schmerz, der seinen Körper durchfuhr.

47

»Woher hat die Frau deine Nummer?«, fragte Sandrine zum wiederholten Mal, während Milla abwesend in die Flammen starrte. Ihre Freundin hatte Wort gehalten und war eine Stunde nach Milla heimgekommen.

Als sie Milla zusammengekauert auf dem Sofa vorgefunden hatte, hatte sie ohne Umschweife ein Feuer im Kamin entfacht und darauf bestanden, dass Milla sich davor aufwärmte.

»Ich weiß es nicht. Das habe ich dir doch alles mehrmals erzählt. Sie hat es mir nicht verraten«, entgegnete Milla gereizt.

»Woher weißt du dann, dass sie die Wahrheit sagt?«, bohrte Sandrine weiter.

Wütend sah Milla zu ihr hinüber. Ungerührt erwiderte Sandrine mit hochgezogenen Augenbrauen den Blick.

»Warum sollte sie lügen?«, blaffte Milla statt einer Antwort.

»Vielleicht will sie sich wichtigmachen.«

»Was soll das? Auf wessen Seite stehst du eigentlich?«, schnauzte Milla weiter.

»Süße, natürlich auf deiner. Denk doch mal nach! Plötzlich taucht diese Frau aus dem Nichts auf und erzählt dir fast dieselbe Geschichte wie Corinne Mercier. Aber sie war damals nicht bei der Polizei und hat auch sonst niemandem etwas davon gesagt. Findest du das nicht merkwürdig?«

Milla zuckte mit den Achseln. »Und Corinne Mercier lügt auch?«

»Ich weiß es nicht. Aber ich verstehe nicht, was mit dir los ist. Du warst dir so sicher, dass Robert Simone nicht umgebracht hat, hast Beweise gesucht, Aussagen der Leute hinterfragt. Der Mord an Lambert, die manipulierte Akte. Du warst felsenfest davon überzeugt, dass hier etwas nicht stimmt. Und jetzt plötzlich, nachdem du ihm derart nahegekommen bist, traust du ihm zu, ein Serienvergewaltiger zu sein?« Sandrine schüttelte ungläubig den Kopf.

»Ich habe Angst, Sandrine. Als ich heute bei ihm war …« Milla brach ab und seufzte.

»Ja?«

»Es war schön, zu schön. Wir befanden uns zwar in dieser Gefängniszelle. Aber einen Moment lang …« Verzweifelt schlug sie eine Hand vor den Mund. Sie schluchzte auf. »Was soll ich denn tun?«

»Glaubst du ihm?«

»Ich möchte ihm glauben«, flüsterte Milla, während sie ihre

Brille abnahm und sich die Tränen wegwischte. »Ich möchte ihm so sehr glauben.«

Als sie ihre Füße anzog, kam der Kater um den Sessel herum und drückte seinen Kopf fest an Millas Hand. Gegen ihren Willen musste sie lächeln. Vorsichtig hob sie ihn hoch, setzte ihn auf ihren Schoß und begann, ihn zu streicheln. »Ich weiß, dass es sich total blöd und unpassend anhört, aber ich habe mich bei ihm geborgen gefühlt, geliebt und irgendwie …«, sie suchte nach dem richtigen Wort, »… angekommen.«

»Sieht so aus, als ob es dich total erwischt hätte«, meinte Sandrine auf ihre trockene Art.

Milla blickte zu ihrer Freundin, bevor sie verbittert auflachte. »Jeder halbwegs professionelle Journalist hätte aus dem Thema den Bericht seines Lebens gemacht. Aber nein! Steck Milla Seifert mit einem Schwerverbrecher buchstäblich in eine Zelle, und garantiert endet diese Aktion in absolutem Chaos.« Sie verdrehte die Augen.

»Milla, du hast dich verliebt. Das ist eben passiert.«

»Nein, so etwas darf nicht passieren.« Sie schnaubte verächtlich. »Jeder andere hätte sich professioneller verhalten.«

»Du bist aber nicht jeder andere. Du bist Milla Seifert. Du hast getan, was du in jenem Moment für richtig gehalten hast.«

»›Richtig‹! Ein großes Wort. Im Moment weiß ich nicht einmal, ob es richtig ist, dass ich noch hier sitze«, presste Milla hervor. Als ihr Telefon klingelte, schreckte Minou hoch und sprang hastig von ihrem Schoß, um flugs durch die Küchentür zu verschwinden. Nach einem Blick auf das Display raunte sie in Sandrines Richtung: »Docteur Wang.« Dann meldete sie sich.

»Madame Seifert, hier spricht Catherine Wang«, erklang die leise Stimme der Rechtsmedizinerin. »Entschuldigen Sie bitte die späte Störung.«

»Docteur Wang, sind Sie fündig geworden?«

Am anderen Ende der Leitung herrschte für einen Moment

Schweigen, bevor die Ärztin sich räusperte. »Madame Seifert, ich habe die fehlenden Seiten ausfindig machen können.«

»Das gibt es nicht! Und?«

»Können wir uns morgen früh treffen?«, flüsterte sie.

Milla seufzte. »Ist es möglich, dass Sie mir vorab …?«

»Bitte, Madame Seifert. Ich habe um zehn meine erste Autopsie. Können wir uns um neun wieder in dem Bistro treffen?«, unterbrach die Rechtsmedizinerin sie.

Widerwillig stimmte Milla zu. »Entlasten die Seiten Robert Hoffmann?«, versuchte sie nochmals, Docteur Wang aus der Reserve zu locken.

Sie spürte deren Zögern, bevor diese ausweichend erwiderte: »Ich bin Ärztin, keine Ermittlerin, Madame.«

Frustriert verabschiedete sich Milla von Catherine Wang und blickte schweigend ins Feuer.

»Erde an Milla? Was hat die Leichenärztin gesagt?«, brachte sich Sandrine mit genervter Stimme in Erinnerung.

Milla löste ihren Blick vom Kamin und wiederholte die Worte der Rechtsmedizinerin. Nachdenklich strich sie sich eine Haarsträhne hinters Ohr.

»Das heißt, heute Abend passiert nichts mehr«, resümierte Sandrine.

»Nein, aber morgen wissen wir hoffentlich endlich, was der Professeur vor fünf Jahren zu vertuschen versucht hat.«

48

Ihre Wut auf die deutsche Sprache wuchs. Wie lange sollte das noch so weitergehen? Nach gestern hatte sie gehofft, dass die Treffen zwischen Hoffmann und der Deutschen endgültig beendet seien. Doch wieder einmal hatte sie sich getäuscht. Diesmal sprachen die beiden noch leiser, sodass sie kaum noch etwas verstehen konnte. Obwohl sie ihr Ohr dicht an den Lautsprecher drückte, war es ihr fast unmöglich, dem Gespräch zu folgen. Zornig presste sie die Lippen aufeinander. Während sie erfolglos versuchte, die Lautstärke zu regulieren, klingelte ihr Telefon.

»Oui?«

»Madame, ich habe eine gute Nachricht.«

Eine gute Nachricht, dachte sie bitter. Was konnte in ihrer Situation als gute Nachricht bezeichnet werden? »Nun reden Sie schon.«

»Diese Seifert, diese deutsche Journalistin …«

»Ich weiß, wer Milla Seifert ist. Also, was haben Sie für mich?«, unterbrach sie den Anrufer ungehalten.

»Die beiden müssen sich in Paris getroffen haben. Vor über neun Jahren bei einem großen Kongress«, kam die triumphierende Antwort.

»Vor neun Jahren«, murmelte sie mehr zu sich selbst. »Sind Sie ganz sicher?«

»Ja«, bekräftigte der Anrufer. »Beide waren dort angemeldet. Ansonsten gibt es keine weiteren Übereinstimmungen. Sie können sich nur damals über den Weg gelaufen sein. Wenige Monate später hat Seifert übrigens geheiratet.«

Nachdenklich kratzte sie sich am Kinn. »Gute Arbeit. Sonst noch was?«

»Alles andere ist ebenfalls erledigt, Madame.«

Zufrieden beendete sie das Telefonat und drehte die Lautstärke bis zum Anschlag. Dadurch schwoll nur das Rauschen zu einem unangenehmen Knistern an. So verstand sie kein Wort mehr. Aufgebracht schaltete sie das Gerät aus. Was säuselten die beiden bloß die ganze Zeit?

Müde legte sie den Kopf in den Nacken und schloss die Augen. Ihr Mann war noch nicht zu Hause, doch heute würde sie es kaum schaffen, auf ihn zu warten.

Hoffentlich fruchteten ihre Aktionen endlich. Sie konnte sich definitiv keine weitere Einmischung der Deutschen mehr leisten. Trotzdem musste sie sich gut überlegen, ob sie im Moment bereit war, einen Schritt weiterzugehen.

49

Robert presste sich genervt das Kissen aufs Ohr. Das Geschnarche seines Zimmergenossen hielt ihn bereits die halbe Nacht wach. Erschöpft schloss er die Augen. Als er sich zu schnell umdrehte, schoss ihm ein stechender Schmerz in die Brust. Der Arzt hatte wie befürchtet zwei angebrochene Rippen diagnostiziert. Roberts Körper war mit blauen Flecken übersät. Die Platzwunde am Auge war genäht worden, auf den offenen Lippen hatten sich mittlerweile dünne Krusten gebildet. Momentan sah er aus wie ein Boxer nach seinem alles entscheidenden Kampf. Der Unterschied war nur, dass Robert nicht gekämpft hatte. Doch das hätte auch nichts geändert.

Robert war sich darüber im Klaren, dass er nur deshalb noch am Leben war, weil Jabar kein Interesse daran gehabt hatte, ihn umzubringen. Noch nicht. Der nächste Angriff konnte anders ausgehen.

Vorsichtig legte er sich auf den Rücken zurück und starrte an die dunkle Decke. Er spürte, wie die Wirkung der Schmerzmittel nachließ, doch das störte ihn nicht. Die Medikamente hatten ihn nur am Denken gehindert, und er musste jetzt unbedingt einen klaren Kopf behalten.

Warum war er nur nicht früher auf die Idee gekommen, seinen Plan mit Millas Hilfe umzusetzen? Was würde sie sagen, wenn sie ihn morgen so sah? Robert konnte ihre Sorge förmlich spüren, wobei dies das Letzte war, was er beabsichtigte. Er wollte ihr auf keinen Fall noch mehr Kummer bereiten.

Fahles Mondlicht fiel durchs Fenster. Die Krankenstation befand sich im Trakt der SS1. Der Justizbeamte hatte ihn heute

Nachmittag den langen Weg bis zu dem Gebäude neben dem Haupteingang mehr geschleppt als gestützt. Der Arzt hatte ohne Umschweife angeordnet, dass Robert die Nacht auf der Krankenstation verbringen solle. Morgen früh würde er in seine Zelle zurückkehren. Doch jetzt wollte er erst einmal die wesentlich bequemere Matratze des Krankenbettes auskosten und versuchen, sich so gut es ging von seinen Verletzungen zu erholen.

50

»Es kam heute zu einem kleinen Zwischenfall.«

»Was ist passiert?«

»Hoffmann ist zusammengeschlagen worden.«

»Wie konnte das geschehen?«

Der Anrufer seufzte. »Du weißt doch, wie so etwas läuft. Ich habe erst davon erfahren, als es bereits vorüber war.«

»Müssen wir uns Sorgen machen?«

»Ich denke nicht. Zumindest ist mir nichts Neues bekannt. Die Deutsche ist weiter kräftig dabei, Staub aufzuwirbeln, nehme ich an?«

»Sie lässt nicht locker, fürchte ich«, entgegnete der andere sorgenvoll.

»Du hast sie weiter im Blick?«

»Wie besprochen, du kannst dich auf mich verlassen. Obwohl ich bezweifle, dass die Aktion uns in irgendeiner Weise weiterbringen wird.«

»Abwarten«, erklärte der Anrufer mit Nachdruck. »Ich glaube, sie könnte noch für die eine oder andere Überraschung gut sein. Ich habe da so eine Vermutung.«

51

Um kurz vor neun betrat Milla das Bistro und sah sich suchend um. Als sie Catherine Wang nirgends entdecken konnte, entschied sie sich für einen kleinen Tisch in einer ruhigen Ecke und bestellte sich einen Kaffee. Immer wieder wanderte ihr Blick zur Eingangstür.

Während sie ihren Kaffee trank, versuchte sie, sich zu beruhigen.

Um Viertel nach neun tauchte die Ärztin endlich auf und steuerte direkt auf Milla zu.

»Bonjour, Madame«, grüßte sie und setzte sich ihr gegenüber. »Entschuldigen Sie bitte die Verspätung. Meine Linie ist ausgefallen, irgendwelche Gleisarbeiten. Ich musste einen riesigen Umweg machen, um überhaupt herkommen zu können.« Genervt verdrehte sie die Augen und bedeutete der Kellnerin, ihr ebenfalls einen Kaffee zu bringen.

»Kein Problem, Docteur Wang, obwohl ich die halbe Nacht wach gelegen und über diese Akte nachgedacht habe.« Milla lächelte.

Die Rechtsmedizinerin erwiderte ihren Blick. »Pardon, Madame. Wenn ich gewusst hätte, dass der Fall Sie derart mitnimmt, hätte ich Ihnen auch gestern Abend sagen können, um was es auf den fehlenden Seiten geht.« Sie nahm einen kleinen Schluck des heißen Kaffees. »Wir haben Glück, dass wir die Seiten überhaupt rekonstruieren konnten.«

Milla beugte sich vor und legte das Aufnahmegerät auf den Tisch. Abwartend betrachtete sie Docteur Wang, die sich unauffällig im Café umsah.

»Also, ich habe gestern Nachmittag gleich im Archiv nachschauen lassen. Wie erwartet existiert dort eine Kopie«, sie machte eine kurze Pause, »allerdings ebenfalls ohne die beiden Seiten. Meine Sekretärin, die ich mit der Suche beauftragt hatte, fragte mich daraufhin, worum es überhaupt ginge. Ohne ihr

Einzelheiten zu verraten, erklärte ich ihr, dass ich dringend die vollständige Akte benötigen würde.« Sie nahm einen weiteren Schluck, während Milla ungeduldig auf ihrem Stuhl herumrutschte. »Und jetzt kommt es: Sie hat mir erklärt, dass die Schreibkraft, die noch vor fünf Jahren die Berichte von Professeur Lambert bearbeitet hat, als junges Mädchen zu Beginn ihres Berufslebens einmal großen Ärger bekommen hatte, weil damals ein Bericht verschwunden war. Das muss wohl ein Fall von ähnlicher Brisanz wie unserer gewesen sein. Zumindest hat diese Angestellte ab jenem Tag, das muss gute fünfzig Jahre her sein, jeden einzelnen Bericht kopiert und mit nach Hause genommen.«

Ungläubig starrte Milla die Rechtsmedizinerin an, die sich in aller Ruhe eine Strähne aus der Stirn strich.

»Jene Schreibkraft ist vor vier Jahren in Ruhestand gegangen«, erklärte Catherine Wang weiter. »Meine Sekretärin hat mir die Adresse der Dame herausgesucht, sodass ich sie gestern Nachmittag sofort angerufen habe. Die Frau hat ungefähr zweieinhalb- bis dreitausend Berichtskopien in ihrem Keller gestapelt.« Einen Moment lang starrte sie regungslos auf die Tischplatte.

»Hat sie den Bericht von Simone Dubois gefunden?« Milla konnte es kaum glauben.

Docteur Wang nickte. »Ja, sie hat ihn gefunden. Und das war unser Glück. Ich bin gleich gestern Abend noch bei ihr vorbeigegangen. Stellen Sie sich vor, sie zieht in den nächsten Tagen zu ihrer Tochter, die gerade dabei ist, die Wohnung aufzulösen, und die sämtliche alte Akten entsorgen wollte. Wären wir ein paar Tage später dran gewesen …«

Milla rückte ihre Brille zurecht.

»Die Kopien waren nach Jahren geordnet. Mit einem einzigen Handgriff hat sie die Akte Dubois herausgezogen«, erzählte die Ärztin weiter. »Sie hätten mal sehen sollen, wie vorwurfsvoll sie ihre Tochter danach angeschaut hat. Jetzt wird sie es noch schwerer haben, ihre Mutter dazu zu bewegen, sich von dem alten Papierkram zu trennen.« Catherine Wang lächelte leicht, was ihrem Gesicht einen milden Ausdruck verlieh.

»Haben Sie die Akte dabei?« Milla konnte ihre Ungeduld nicht mehr verbergen.

»Nein. Ich kann Ihnen aber sagen, um was es auf den beiden Seiten geht. Ich bin mir übrigens ziemlich sicher, dass der Professeur nichts davon wusste, dass seine damalige Mitarbeiterin sämtliche Akten kopiert hat.«

»Sie machen es aber spannend.«

»Das war nicht meine Absicht. Lambert hat den Embryo untersuchen lassen«, erklärte Wang mit ernster Stimme.

»Auf den Seiten stehen die Daten des Babys?« Milla verstand nicht, wo die Brisanz lag.

Docteur Wang nickte.

»Warum hat Lambert die Seiten entfernt?«

»Der Embryo, übrigens männlichen Geschlechts«, erklärte Wang mit gesenkter Stimme, »hatte die Blutgruppe null.«

Als sie nicht weitersprach, zog Milla fragend die Augenbrauen hoch.

»Gut, ich erkläre es Ihnen«, erwiderte die Rechtsmedizinerin, während sie ihre Schultern straffte. »Simone Dubois hatte die Blutgruppe B. Wenn ihr Kind die Blutgruppe null hat, muss der Vater entsprechend A, B oder null haben.«

Irritiert blickte Milla sie an.

»Robert Hoffmann hat aber die Blutgruppe AB. Ein gemeinsames Kind von Dubois und Hoffmann könnte die Blutgruppe A, B oder AB haben, auf keinen Fall jedoch null«, schloss sie.

»Er war nicht der Vater des Kindes«, folgerte Milla geschockt, während ihre Gedanken sich überschlugen.

»Nein«, bestätigte Catherine Wang, »er kann definitiv nicht der Vater sein.«

Plötzlich ergab alles, was Robert ihr erzählt hatte, Sinn. Er hatte tatsächlich nichts von der Schwangerschaft gewusst. Simone Dubois hatte es ihm nicht verraten, weil er gar nicht der Vater gewesen war. Mit ziemlicher Wahrscheinlichkeit hatte sie sich von Robert trennen wollen, um mit dem Vater des Kindes zusammen sein zu können. Somit hatte Robert recht gehabt. Wenn bekannt geworden wäre, dass Simone ihn betrogen hatte, hätte er das beste Mordmotiv der Welt gehabt.

»Warum wollte Lambert verhindern, dass dem Gericht diese Tatsache bekannt wurde?«, überlegte Milla laut.

»Eine gute Frage, auf die ich leider keine Antwort weiß. Die ganze Sache sieht dem Professeur überhaupt nicht ähnlich.« Docteur Wang machte eine Pause. »Ich kann nur spekulieren, wer hinter der Vertuschungsaktion steckt. Dubois hat uns ja damals täglich belagert. Es wäre durchaus möglich, dass er Lambert bat, die Untersuchungsergebnisse unter den Tisch fallen zu lassen. Vielleicht fürchtete er, dass durch die ungeklärte Vaterschaft ein schlechtes Licht auf seine Tochter fallen könnte.«

»Aber er hätte doch ein Interesse daran haben müssen, Hoffmann das Kind, das nicht von ihm war, als Mordmotiv anzuhängen«, murmelte Milla mehr zu sich selbst.

»Sollte man meinen, ja.«

»Was werden Sie mit der Akte machen?«

»Erst mal behalte ich sie bei mir. Sollte es tatsächlich zu neuen Ermittlungen kommen, übergebe ich sie selbstverständlich der Polizei oder dem Staatsanwalt«, antwortete Catherine Wang. »Werden Sie Hoffmann die Neuigkeiten erzählen?«

Milla zögerte. »Ich habe den dumpfen Verdacht, dass er schon eine Ahnung hatte, um was es auf den fehlenden Seiten ging.«

»Das würde bedeuten, dass er in der Tat ein starkes Motiv hatte. Wenn er wusste, dass Simone Dubois ihn betrogen hatte …«

Genau das glaubte Milla aber nicht, denn die Daten hatte der Professeur verschwinden lassen, nicht Robert. Die Frage war nur, warum? Sollte wirklich Dubois hinter der Vertuschung stecken, würde Roberts Aussage ihr gegenüber dadurch eher bestärkt. Warum hatte der Politiker nicht gewollt, dass bekannt wurde, dass seine Tochter ein Kind von einem anderen Mann als ihrem Verlobten erwartet hatte? Sie lebten nicht mehr im Mittelalter. Ein Kind von einem anderen Mann hätte nicht zwangsläufig Simones Ruf zerstört. Es kam natürlich darauf an, wer der tatsächliche Vater des Kindes war.

Steckte Dubois überhaupt dahinter? War Milla nicht vielleicht komplett auf der falschen Fährte? Und welche Rolle spielte Pierre Faubourg, der vor Jahren schon einmal seine Finger nicht von einer jungen Frau hatte lassen können?

52

Der Justizbeamte, der sie normalerweise direkt zur Sicherheitskontrolle brachte, schlug heute den entgegengesetzten Weg zum Verwaltungstrakt ein.

»Vor Ihrem Besuch bei Hoffmann möchte der Directeur mit Ihnen sprechen.«

Nervös nestelte Milla an ihrer Brille herum, während sie dem Gefängnisangestellten mit pochendem Herzen folgte.

An der Tür des Directeurs klopfte der Beamte kurz an und wartete.

»Herein.«

Der Mitarbeiter bedeutete Milla einzutreten.

Als sie die Tür öffnete, erhob Henri Zodaine sich von seinem Stuhl und umrundete seinen Schreibtisch. »Madame Seifert, schön, Sie zu sehen.« Er gab ihr die Hand. »Wie geht es Ihnen?«

»Bonjour, Monsieur Zodaine. Ganz gut, danke.« Nach seiner Aufforderung nahm sie Platz und blickte ihn abwartend an.

»Madame, ich wollte kurz mit Ihnen sprechen, bevor Sie mit Ihren Befragungen fortfahren«, begann Zodaine in ernstem Ton, während er sich am Kinn kratzte.

»Um was geht es denn?« Milla befielen die schlimmsten Befürchtungen. Wollte er ihr möglicherweise beibringen, dass sie ihre Interviews in nächster Zeit einzustellen hatte?

»Wie geht es voran, Madame?«, antwortete er mit einer Gegenfrage. Eine dumpfe Vorahnung beschlich sie. Ihre Zeit in Fresnes war abgelaufen.

»Ganz gut«, entgegnete sie zögernd. »Es gibt noch den einen oder anderen Aspekt, den ich mit Hoffmann abklären möchte, aber im Großen und Ganzen läuft es wirklich ordentlich.«

Zodaine nickte, während er planlos einige Unterlagen auf seinem Schreibtisch herumschob.

»Madame, es gab gestern leider einen unerfreulichen Zwischenfall.«

Milla hielt den Atem an.

»Hoffmann hatte einen kleinen Zusammenstoß mit einem Mitinsassen«, erklärte er weiter.

Millas Magen krampfte sich zusammen. »Wie konnte das passieren?« Sie bemühte sich um einen ruhigen Tonfall.

Zodaine schüttelte den Kopf. »Ein bedauerlicher Fehler seitens des Wachpersonals. Wir sind stets aufs Äußerste bemüht, Konflikte zwischen den Gefangenen zu vermeiden. Leider gelingt uns das nicht immer«, fügte er fast entschuldigend hinzu.

Milla verschränkte ihre zitternden Hände ineinander.

»Der Mitinsasse bekommt selbstverständlich Disziplinarmaßnahmen auferlegt.« Zodaine versuchte offensichtlich, den Eindruck aufrechtzuerhalten, dass er alles unter Kontrolle hatte.

»Was ist geschehen?«, fragte Milla mit einer Stimme, die nicht mehr ihre eigene zu sein schien.

»Er wurde zusammengeschlagen, Madame.«

Erschrocken legte Milla die Hand vor den Mund. »Meine Güte. Wie schlimm ist es?«

Der Directeur musterte sie prüfend. »Es sieht wohl schlimmer aus, als es ist.« Er fuhr sich mit der Hand über die kahle Fläche auf seinem Kopf. »Ich möchte vermeiden, dass bei Ihnen ein falscher Eindruck entsteht. Alles ist in der Regel gut durchgetaktet. Für gewöhnlich verbringt Hoffmann seinen Aufenthalt in der Außenbewegungszelle allein.« Er machte eine entschuldigende Geste. »Wo Menschen arbeiten, passieren Fehler. Leider. Ich hatte Ihnen bereits bei Ihrem ersten Besuch von unseren Personalproblemen erzählt. Die Kameras können nur viermal in der Stunde kontrolliert werden. Das Personal wird bis zur Schmerzgrenze reduziert, die Zahl der Insassen wächst unaufhörlich. Letztlich müssen wir unter diesen Umständen dankbar sein, dass nicht noch mehr passiert.«

Milla ließ seine Worte einen Moment auf sich wirken. »Wo ist er jetzt?«

»Wieder in seiner Zelle. Wir haben ihn gestern auf die Krankenstation gebracht, wo er auch die Nacht verbracht hat. Heute geht es ihm schon wesentlich besser, und er wollte unbedingt in seine Zelle zurück.« Während er auf seinem Stuhl hin und her rutschte, sah er Milla mit nachdenklicher Miene an. »Alles in Ordnung bei Ihnen, Madame?«

»Was meinen Sie?« Sie fühlte sich beobachtet.

»Sie sehen etwas blass aus. Außerdem wurde mir zugetragen, Sie seien vor zwei, drei Tagen ziemlich aufgelöst aus Hoffmanns Zelle gekommen«, erklärte Zodaine mit einem seltsamen Unterton, den Milla nicht zu deuten wusste. »Ich hoffe, dass Hoffmann sich an die Regeln hält.« Sein Blick wurde eindringlicher.

Krampfhaft überlegte Milla, wie sie reagieren sollte. »Nein, alles in Ordnung. Hoffmann ist sehr kooperativ.«

Zodaine nickte langsam, während er sich mit den Ellbogen auf seinem Schreibtisch abstützte. »Nichts anderes hatte ich von ihm erwartet. Trotzdem kann ich für keinen der Insassen die Hand ins Feuer legen. Hoffmann ist ein Sexualverbrecher, und Sie sind eine attraktive Frau.« Er zögerte. »Ich habe Ihnen bereits gesagt, was ich von der ganzen Aktion halte. Aber ich gehe davon aus, dass Ihre Besuche sich hier demnächst dem Ende zuneigen?«

»Ja, ich denke, in ein paar Tagen habe ich genug Material zusammen.« Milla merkte, wie sich ein Kloß in ihrer Kehle bildete. »Haben Sie von dem Mord an Professeur Lambert gehört?« Die Frage war ihr spontan in den Sinn gekommen.

Zodaine nickte. »Eine schlimme Sache.«

»Merkwürdig, dass er ausgerechnet dann ermordet wird, als ich mit ihm zu einem Interview verabredet war«, sinnierte sie mit einem Seitenblick auf den Directeur.

»Sie wollten mit ihm sprechen? Weshalb?«

»Er hat Simone Dubois obduziert.«

»Ja, ein wirklich spektakulärer Fall, in jeder Hinsicht«, bestätigte Zodaine vieldeutig, bevor er sich langsam erhob.

Nachdem Milla sich von ihm verabschiedet hatte, verließ sie sein Büro und wunderte sich im Hinausgehen noch immer über seinen veränderten Tonfall, als sie den ermordeten Rechtsmediziner erwähnt hatte.

»Was ist denn mit Ihnen passiert? Sind Sie überfallen worden?«

Charles Romain hatte eine Platzwunde auf der Stirn und ein blutunterlaufenes Auge. Er schüttelte den Kopf. »Ein Unfall, bin zu Hause blöd gegen den Türrahmen gelaufen«, antwortete er kurz angebunden.

Milla glaubte ihm kein Wort, erwiderte jedoch nichts, da es offensichtlich war, dass Romain nicht darüber sprechen wollte.

Da der junge Mann heute genauso still war wie bei ihren letzten Besuchen, ließ sie sich schweigend in den Zellentrakt bringen, während ihr Puls sich zunehmend beschleunigte.

Der Justizbeamte, der für den Zellenbereich zuständig war, nestelte in aller Seelenruhe an seinen Schlüsseln herum. Am liebsten hätte sie ihm den Bund aus der Hand geschlagen.

Endlich hatte er den passenden Schlüssel gefunden und öffnete ihr mit einem schwachen Grinsen die Zellentür.

»Zurück, Hoffmann«, rief er im Befehlston und schloss eilig die Tür hinter Milla, nachdem sie eingetreten war.

»Na, kommst du vom Häuserzählen?«, versuchte Robert sich zur Begrüßung an einem Scherz.

Wie vom Donner gerührt blieb sie an der Tür stehen und betrachtete sprachlos sein Gesicht. Sein rechtes Auge war geschwollen und wurde halb von einem weißen Verband verdeckt, seine Lippen waren blutverkrustet. Auf der linken Wange prangte ein faustgroßer blauer Fleck.

»Was ist passiert? Zodaine sprach von einem kleinen Zusammenstoß«, flüsterte sie und konnte ihr Entsetzen kaum unterdrücken.

Während er langsamen Schrittes auf sie zusteuerte, hob er den rechten Zeigefinger an seine Lippen.

Mit fragendem Blick verfolgte sie die Geste.

Als Robert dicht vor ihr stand, beugte er sich zu ihr hinab und raunte ihr ins Ohr: »Wir werden abgehört. Hast du dein Aufnahmegerät dabei?«

Bei seinen Worten blieb Milla beinahe das Herz stehen. Abgehört? Von wem?

Er streckte ihr eine Hand hin und wartete, bis Milla das Gerät aus ihrer Tasche gefischt hatte. Skeptisch beobachtete sie, wie er sich umdrehte und zielstrebig auf das Waschbecken zusteuerte. Als er in die Hocke ging, fasste er sich mit schmerzverzerrtem Gesicht an seine rechte Seite. Besorgt verfolgte sie jede seiner Bewegungen. Nachdem er das Gerät eingeschalten hatte, befestigte er es mit einem kleinen Stück Stoff unter dem Waschbecken. Während er sich wieder zu seiner vollen Größe aufrichtete, presste er erneut eine Hand auf seinen Oberkörper.

Als er sich zu Milla umdrehte, lächelte er schwach. »Jetzt können wir reden. Das Aufnahmegerät müsste den Empfang der Wanze stören. Unser unbekannter Zuhörer dürfte sich in diesem Moment über ein nettes Rauschen freuen.«

Milla ging einen Schritt auf ihn zu und berührte vorsichtig seine aufgeplatzten Lippen.

Er zuckte leicht zurück.

»Was ist passiert?«, wiederholte sie leise ihre Frage. Obwohl es so viel gab, was sie mit ihm besprechen musste, zählte in diesem Moment nur ihre Sorge um ihn, ihre Angst, dass ihm Schlimmeres hätte passieren können.

»Es sieht dramatischer aus, als es ist«, versuchte er sie zu beruhigen.

Fast hätte sie gelacht. »Hast du dich mit Zodaine abgesprochen?«

Sein linkes Auge zuckte. »Warum?«

Milla winkte ab. »Nicht so wichtig.« Sie ließ ihre Hand von seinem Mund zu seiner Wange wandern und fuhr ihm sanft über die rechte Seite seines Gesichts. Er schmiegte seinen Kopf dagegen, während er ihren Blick weiter mit seinen Augen gefangen hielt, die heute stumpf und getrübt wirkten. Milla vermutete, dass man ihm Medikamente gegen die Schmerzen verabreicht hatte. »Wie schlimm ist es wirklich?«

»Zwei angebrochene Rippen, ein paar blaue Flecken. Heilt alles wieder. In ein paar Tagen laufe ich einen Marathon.«

Obwohl sie wusste, dass er seine Verletzungen vor ihr herunterspielte, sparte sie sich jeden weiteren Kommentar.

Sie hatte gesehen, wie er das Gesicht vor Schmerzen verzogen hatte. Ihr war allerdings klar, dass er ihr ohnehin nicht die Wahrheit sagen würde. Daher beließ sie es dabei.

»Wie konnte das geschehen?«

»Jabar hat mich in die Finger bekommen, besser gesagt, seine Gefolgsleute«, entgegnete Robert bitter.

»Aber warum?«

»Er wusste von uns.«

Ihre Augen verengten sich, und sie sah ihn fragend an.

Er nickte leicht.

»Um Himmels willen, die Wanze.«

»Genau! Jabar«, Robert stockte kurz, »beziehungsweise seine Hintermänner haben uns die ganze Zeit abgehört. Zumindest wusste er, dass wir …«

»Man hat uns gehört, als wir, ich meine, als du und ich …«

»Als wir miteinander geschlafen haben, ja«, beendete er den Satz.

Milla ließ sich auf den Stuhl sinken und starrte nachdenklich auf den Boden. Robert setzte sich vorsichtig auf die Pritsche.

»Was ist hier los, Robert? Warum wirst du zusammengeschlagen? Warum hört man uns ab? Bitte sag mir endlich die Wahrheit. Ist es wegen mir, wegen der Befragungen?« Abwartend sah sie ihn an.

Er zuckte mit den Achseln. »Ich weiß es nicht, Milla. Irgendjemand scheint wegen deiner Recherchen sehr nervös zu sein. Es war auch nicht das erste Mal, dass Jabar mir wegen dir gedroht hat.«

Sie schwieg beharrlich, während sie auf eine Erklärung von ihm wartete.

Mit niedergeschlagenem Blick berichtete er ihr von Jabars Bemerkungen beim Mittagessen und dem Zusammenstoß in der Dusche.

»Warum hast du mir das nicht längst erzählt? Ich dachte, wir hätten eine Abmachung?«, fragte sie vorwurfsvoll.

»Ich hatte Angst, dass du nicht mehr kommen würdest«, erwiderte er leise.

Fassungslos starrte sie ihn an und atmete tief durch. Hatte er recht mit seiner Vermutung? Wäre sie nicht mehr hergekommen, wenn sie gewusst hätte, dass sie ihn mit ihren Besuchen in Gefahr brachte? Sie wusste es nicht. Ihre Enttäuschung darüber, dass er ihr nicht von Beginn an die Wahrheit gesagt hatte, wog schwer. »Das ist unfair«, murmelte sie.

»Unfair.« Er lachte bitter. »Unfair ist, dass ich hier drinnen verrotte. Ja, vielleicht war es auch unfair von mir, dir nichts zu sagen. Aber unter diesen Umständen ist es, denke ich, legitim, nicht immer mit fairen Mitteln zu spielen.«

»Was war mit Giselle Royal?«, wechselte Milla ohne Vorwarnung das Thema.

»Die Pornodarstellerin?« Er schenkte ihr ein missglücktes Lächeln.

»Was soll das? Die Frau behauptet, von dir vergewaltigt worden zu sein. Sie sieht übrigens aus wie eine jüngere Version von Simone und Corinne. Blond, schlank, hübsch, genau dein Fall«, sagte Milla aufbrausend.

Robert schloss kurz seine Augen. »Na, das passt ja wieder gut ins Bild, oder? Das nächste Opfer von Robert Hoffmann. Mal sehen, wie viele sich noch bei dir melden. Lass mich raten: Ich habe ihr K.-o.-Tropfen eingeflößt, und sie kann sich an nichts erinnern.«

Milla strich sich eine Strähne hinters Ohr. »Genau. Du hattest sie nach einer Party nach Hause gefahren, und danach fehlt ihr jede Erinnerung. Schon seltsam, wie sich die Berichte ähneln.«

»Das ist in der Tat seltsam«, Roberts Stimme klang sarkastisch, »insbesondere vor dem Hintergrund, dass wir in jeder Einzelheit die Aussage von Corinne durchgegangen sind, während wir abgehört wurden. Unser unbekannter Zuhörer konnte also in aller Seelenruhe eine passende Blondine auf dich ansetzen, die dir erzählt, was du hören willst.«

»Was ich hören will?«, fragte Milla empört. »Du denkst, es fühlt sich gut an, sich in einen Mörder und Serienvergewaltiger verliebt zu haben? Du denkst, es ist toll, wenn man den Mann, den man seit Jahren nicht aus dem Kopf bekommt, nur im Knast besuchen kann?«

Robert sah sie mit offenem Mund an und erwiderte nichts.

Milla wurde bewusst, was ihr gerade herausgerutscht war. Sie sprang auf und ballte die Hände zu Fäusten. »Ach, vergiss es einfach.«

Robert erhob sich ebenfalls und umfasste ihre Hände. »Nein, das vergesse ich nicht. Kein Wort davon.« Er zog sie an sich. »Es tut mir leid, Milla. Ich bin so ein Idiot. Verzeih mir.«

Mit seinem Daumen hob er ihr Kinn und blickte sie mit ernster Miene an. »Ich bin kein Mörder, Milla. Und ich bin auch kein Vergewaltiger. Mir ist sehr bewusst, wie schwer es für dich sein muss, mir das zu glauben. Doch ich weiß einfach nicht, wie ich es dir beweisen soll.« Er wandte den Blick ab. »Niemals könnte ich einer Frau etwas derart Entsetzliches antun.«

Milla glaubte ihm. Doch sie konnte keinen klaren Gedanken mehr fassen.

»Milla?«

»Es ist alles so furchtbar kompliziert. Was sollen wir nur tun?«

Er sank in sich zusammen. »Ich würde dir so gern etwas versprechen, eine Alternative bieten, eine gemeinsame Zukunft aufzeigen, mit dir auf diesen verdammten Eiffelturm fahren. Leider liegt das alles außerhalb meiner Möglichkeiten. Die nächsten zwanzig Jahre komme ich hier nicht raus.«

Milla fuhr sich übers Gesicht. »Docteur Wang hat die vollständige Akte ausfindig machen können.«

Er ließ ihre Hände frei und trat einen Schritt zurück. »Du bist wirklich gut, Milla. Und? Was steht auf den fehlenden Seiten?«

»Es geht um den Embryo.«

»Das ungeborene Kind«, raunte er. Ein Ausdruck von Wehmut legte sich auf sein Gesicht.

»Es tut mir so leid, Robert, aber das Kind war nicht von dir.«

Er schnaufte schwer. »Ich habe es gewusst«, murmelte er mehr zu sich selbst.

Einige Sekunden blieb sie regungslos stehen, um ihm die Zeit zu geben, ihre Worte zu verinnerlichen. Obwohl sie vermutet hatte, dass er es geahnt hatte, musste sich die jetzt erwiesene Tatsache für ihn wie ein Schlag ins Gesicht anfühlen.

Nach einer halben Ewigkeit ließ er die Hände sinken und starrte an die Decke, bevor er wieder zu Milla schaute.

»Ich habe es gewusst«, wiederholte er mit fester Stimme. »Ich wusste, dass irgendetwas nicht stimmen konnte. Als man mir damals nach der Obduktion von der Schwangerschaft erzählt hat, bin ich aus allen Wolken gefallen. Schließlich wollte sie sich an jenem Abend von mir trennen«, erklärte er. »Es passte einfach nicht zusammen.«

»Du hattest recht.«

Robert setzte sich wieder auf die Pritsche.

»Hast du einen Verdacht?«, wollte Milla vorsichtig wissen, während sie sich mit dem Rücken gegen die kalte Wand lehnte.

»Wer der Vater ist? Nein, keine Ahnung, wer der Glückliche war, mit dem sie herumgevögelt hat.« Robert klang verbittert.

»Aber warum?«

»Ich weiß es nicht, Milla.« Er zuckte mit den Achseln. »Ich hatte ja schon länger den Eindruck, dass sie nicht mehr komplett bei mir war. Verstehst du, was ich meine?«

Sie nickte.

»So richtig, mit Herz und Seele. Von Anfang an beschlich mich immer wieder das beklemmende Gefühl, ich müsse ihr unsere Beziehung, ja, mich selbst schmackhaft machen. Sie davon überzeugen, dass es das Richtige ist. Vielleicht konnte ich für sie einfach nicht der Mann sein, den sie zum Glücklichsein gebraucht hätte. Ich war wohl nur zweite Wahl.«

Milla verstand so gut, was er meinte. Mit Sebastian war

es ihr ähnlich ergangen. Während ihrer gesamten Beziehung hatte sie immer wieder das enttäuschende Gefühl begleitet, ihm nicht zu genügen, ihm nicht alles zu bedeuten. Andererseits hatte Milla sich in den letzten Tagen immer öfter gefragt, ob Sebastian ihr denn eigentlich genug gegeben hatte. Auch sie war selten glücklich gewesen. Vielleicht war ihre Hoffnung, den einen Richtigen zu finden, der alles für sie verkörperte, was sie sich wünschte, doch nicht vergebens. Vielleicht hatten Sebastian und sie sich einfach nicht gegenseitig glücklich machen können.

»Was denkst du?«

Roberts Frage riss sie aus ihrem Grübeln. Sie blinzelte und sah zu ihm hinunter. »Ich verstehe, was du meinst. Du warst einfach nicht der Richtige für sie.« Um ihren Worten die Härte zu nehmen, fuhr sie fort: »Aber sie war auch nicht die Richtige für dich. Sonst hätte sie sich nicht von einem anderen Mann ein Kind machen lassen.« Sie zögerte kurz, bevor sie weitersprach. »Ich bin davon überzeugt, dass das die Richtige nie tun würde.«

Ein schwaches Lächeln erschien auf seinem Gesicht. »Das hast du nett gesagt. Vielleicht muss ich erst mal ein Weilchen in meinem Selbstmitleid baden, bis ich die Sache ähnlich sehen kann wie du.« Seufzend erhob er sich. »Und ich bezweifle stark, dass ich irgendwann überhaupt noch der Richtige für irgendwen sein kann.«

Verzweifelt stemmte Milla ihre Hände gegen die Mauer. Sie konnte die Aussichtslosigkeit der Situation kaum noch ertragen. »Ich halte das nicht mehr aus«, sagte sie leise.

Robert stellte sich vor sie und zog sie von der Mauer weg. Sanft fuhr er ihr mit einer Hand über den Rücken.

Milla schloss die Augen.

»Sag mir, dass ich draußen der Richtige für dich hätte sein können«, forderte er sie mit brüchiger Stimme auf.

Sie brachte kein Wort hervor.

»Milla, sieh mich an«, bat er sie eindringlicher.

Als sie ihre Augen wieder öffnete, wurde sie von der Wärme und Besorgnis in seinem Blick überwältigt.

Sie räusperte sich. »Du bist der Richtige, egal, ob draußen oder hier drinnen.«

»Das ist unfair.« Sein Mund näherte sich ihrem Gesicht. Als seine Lippen ihre berührten, zuckte er zurück. »Scheiße.« Genervt fasste er sich an die Wunde.

»Kannst du nicht mit Jabar sprechen und ihn fragen, wer sein Auftraggeber ist? Vielleicht bekommen wir über ihn heraus, wer die Wanze installiert hat«, versuchte Milla, ihn abzulenken.

»Wenn ich wiederhergestellt bin, dann gnade dir Gott«, knurrte er gereizt, bevor er sich über sein Haar fuhr. »Nein, Jabar ist brandgefährlich. Wenn seine Hintermänner Wind davon bekommen, dass wir von der Wanze wissen, bin ich tot.«

Sie schrak zusammen.

»Noch wissen sie es ja nicht«, sagte er hastig, um seine Worte zu relativieren.

»Das Aufnahmegerät.« Milla deutete zum Waschbecken.

»Technischer Defekt«, erwiderte er gleichgültig. »Wenn ich beim Mittagessen bin, wird einer der Beamten das Gerät überprüfen und feststellen, dass es einwandfrei funktioniert.«

»Du denkst, dass ein Beamter in der Sache mit drinsteckt?« Milla konnte es nicht glauben.

»Da ich außer dir keine weiteren Besucher in meiner Zelle empfange, müssen wir wohl davon ausgehen.«

»Ich spreche mit Royaume«, beschloss Milla in diesem Moment. »Er muss etwas unternehmen. Es ist offensichtlich, dass hier einiges nicht stimmt.«

»Versuchen kannst du es«, sagte Robert, »aber mach dir nicht zu viel Hoffnungen. Dass ich nicht der Vater des Kindes bin, bedeutet nicht zwingend, dass ich auch nicht der Mörder von Simone bin.« Er brach ab. »Im Gegenteil, der Streit, die

Trennung und Simones Affäre geben mir das beste Mordmotiv überhaupt.«

Milla überlegte. »Du hast die Akte nicht manipuliert. Wer auch immer dahintersteckt, muss einen guten Grund dafür gehabt haben. Dieser Grund hat mit Sicherheit nichts mit deinem angeblichen Mordmotiv zu tun.«

»Mein angebliches Mordmotiv? Soll das heißen, du glaubst mir?« Seine Miene wurde weicher.

»Ja, ich glaube dir. Zum einen möchte ich dir von ganzem Herzen glauben, zum anderen bin ich aber auch der festen Überzeugung, dass du in irgendeiner Weise hereingelegt wurdest. Der Mord, die Wanze, die Prügelei mit Jabar, das sind mir ein paar Zufälle zu viel.«

»Nicht zu vergessen Giselle Royal, die Pornodarstellerin«, ergänzte er grinsend.

»Robert!«, ermahnte sie ihn.

»Tut mir leid, aber der Name …«

»Du könntest recht haben. Der Zeitpunkt, zu dem sie sich bei mir gemeldet hat, ihre Weigerung, mir den Namen ihrer Kontaktperson zu nennen. Das klingt alles mehr als verdächtig.«

Er nickte, bevor er sie zärtlich in seine Arme zog.

Milla konzentrierte sich ganz auf seine Nähe, atmete seinen Duft ein, genoss die Wärme seines Körpers. »Ich hole dich hier raus«, raunte sie. »Koste es, was es wolle.«

53

Aufgewühlt von ihrem Besuch holte Milla erst einmal tief Luft, nachdem sie das Gefängnis verlassen hatte. Die Justizvollzugsanstalt war ein eigenständiger kleiner Mikrokosmos mit eigenen Regeln. Mit der Welt außerhalb dieser Mauern hatte der

Gefängnisalltag nichts mehr zu tun. Sie musste wohl oder übel Robert vertrauen, wenn er davon abriet, auf herkömmliche Weise zu versuchen, Näheres über die Abhörwanze und deren Besitzer herauszubekommen.

Auch wenn er vor ihr nicht hatte zugeben wollen, dass ihn der körperliche Angriff zutiefst getroffen hatte, und er seine Verletzungen stattdessen noch verharmloste, schockierte sie seine nüchterne Bemerkung, dass Jabar ihn umbringen würde, umso stärker. In jenem Moment war ihr klar geworden, dass sie nicht mehr viel Zeit hatten. Zodaine würde nicht in der Lage sein, Robert vor etwaigen neuen Übergriffen seiner Mitinsassen zu schützen. Korrupte Beamte und Kriminelle, die ein breit gespanntes Netz gewaltbereiter Mithäftlinge innerhalb der Anstalt aufgebaut hatten, bedeuteten für Robert eine dauerhafte unterschwellige Gefahr, die im schlimmsten Fall tödlich für ihn enden konnte. Beim Gedanken an ihre Hilflosigkeit krampfte sich Millas Magen zusammen.

Zum ersten Mal wurde ihr in aller Deutlichkeit bewusst, dass sie ihre berufliche Distanz komplett verloren hatte. Mittlerweile ging es nicht mehr nur um einen Artikel, um ein Porträt eines Schwerverbrechers. Es ging darum, dem Mann zu helfen, der sich gegen jede Vernunft, gegen jedes noch so überzeugende Argument in ihr Leben geschlichen hatte. Milla war klar, dass ihre Hoffnung, mit Robert eine gemeinsame Zukunft zu haben, allein auf der Tatsache beruhte, dass sie fest an seine Unschuld glaubte. Einen Beweis dafür konnte er ihr nicht liefern.

Wie Sandrine bereits vor Tagen richtig bemerkt hatte, hatte Milla sich von Anfang an nicht vorstellen können, dass Robert ein Mörder war. Aber worauf fußte ihre Einschätzung, ihr Vertrauen in einen Mann, dem sie erst einmal in ihrem Leben begegnet war? War es möglich, einen Menschen nach so kurzer Zeit richtig einschätzen zu können? Wie lange hatte es gedauert, bis sie erkannt hatte, was Sebastian ihr all die Jahre angetan hatte? Nein, das konnte man nicht vergleichen. Bei Sebastian hatte sie es nicht sehen wollen. Im Grunde war ihr bereits vor ihrer Heirat klar gewesen, dass diesem Mann die Liebe einer einzigen Frau nie genügen würde. Sebastian brauchte die Bestätigung, schon immer. Doch die Hoffnung auf eine eigene Familie hatte Milla über seine Schwächen hinwegsehen lassen, jahrelang.

Robert dagegen ... Seine Ausstrahlung hatte sie gefesselt, wie sie es noch nie zuvor erlebt hatte.

Oder war sie einfach nur naiv? Was war mit den Frauen, die irgendwann feststellen mussten, dass sie jahrelang mit einem Serienmörder, einem Vergewaltiger das Bett geteilt hatten, ohne seine abartige Neigung bemerkt zu haben? Fielen diese denn nicht auch aus allen Wolken, weil sie sich einfach nicht vorstellen konnten, dass der Mann, den sie liebten, zu solch abscheulichen Taten fähig war?

Das Klingeln des Telefons riss sie aus ihren Gedanken. »Ja?«

»Madame Seifert? Hier spricht Vanessa Puillot, ich bin die frühere Managerin von Simone Dubois ...«

»Madame Puillot, ich weiß, wer Sie sind. Schön, von Ihnen zu hören«, sagte Milla überrascht. »Ehrlich gesagt hätte ich nicht damit gerechnet, dass Sie sich melden.«

Die Managerin zögerte. »Ursprünglich hatte ich das auch nicht vor. Corinne hat mich dann aber doch überzeugt. Sie meinte, es sei wichtig, dass Simone nicht nur als Opfer dargestellt würde, sondern als Mensch, als Frau mit all ihren Facetten. Der Gegenpart zum Täter.«

Milla nickte. »Corinne hat recht, Madame. Bisher habe ich noch nicht allzu viel über Simone erfahren. Leider war ihre Familie nicht sehr kooperativ ...«

»Die können Sie eh vergessen«, unterbrach Vanessa Puillot sie energisch. »Hören Sie, ich habe heute Nachmittag noch einige Termine. Aber möchten Sie vielleicht gegen fünf bei mir im Büro vorbeischauen?«

Milla stimmte zu und notierte sich die Adresse, die die Managerin ihr nannte.

54

Nachdem Milla die überheizte Vorhalle des Polizeireviers betreten hatte, wandte sie sich an die Sekretärin am Empfang. »Ist Capitaine Royaume zu sprechen?«

Skeptisch blickte diese Milla an. »Um was geht es denn?«

»Unter anderem um den Mord an Professeur Lambert.«

»Unter anderem?« Zweifel klangen aus ihrer Stimme.

Statt einer Antwort nickte Milla nur, worauf die junge Frau seufzend den Telefonhörer ergriff und wählte.

Milla drehte sich um und betrachtete eine Tafel, die einen Überblick über die einzelnen Polizeireviere von Paris gab.

»Der Capitaine erwartet Sie in seinem Büro. Es befindet sich …«

»Danke, ich kenne den Weg«, unterbrach Milla die Sekretärin ungeduldig, durchquerte den Flur zu Royaumes Büro und klopfte.

»Herein!«

Als Milla die Tür öffnete, erhob sich Royaume hinter seinem Schreibtisch und streckte ihr die Hand entgegen.

»Bonjour, Madame. Bitte, nehmen Sie doch Platz.«

Als auch er sich wieder gesetzt hatte, blickte er sie abwartend an.

Das überfüllte Zimmer schien genauso unaufgeräumt und durcheinander zu sein wie bei Millas erstem Besuch. Sie fragte sich ernsthaft, wie man in einem solchen Chaos arbeiten konnte.

»Madame?« Er beugte sich vor. »Was führt Sie zu mir?«

»Capitaine Royaume«, begann sie in sachlichem Tonfall,

»ich bin im Laufe meiner Recherchen auf eine Reihe von Ungereimtheiten im Fall Robert Hoffmann gestoßen.«

Royaumes rechtes Auge zuckte leicht, er erwiderte jedoch nichts.

Daher fuhr Milla unbeirrt fort und berichtete ihm von dem Artikel über Pierre Faubourg, dem Brief des Professors und der manipulierten Obduktionsakte. Als sie mit der Prügelattacke gegen Robert endete, blickte sie den Polizeibeamten angespannt an.

Dieser hatte ihren Ausführungen schweigend zugehört und starrte nun auf einen Bilderrahmen auf seinem Schreibtisch. Endlich räusperte er sich und hob den Kopf. »Sie waren sehr fleißig, Madame.«

Irritiert erwiderte sie seinen Blick. »Wie meinen Sie das?«

»Diese Akte ... Erstaunlich, dass das niemandem vorher aufgefallen ist.« Er lehnte sich in seinem Stuhl zurück.

»Mehr haben Sie dazu nicht zu sagen?«

»Madame, ich weiß nicht, was Sie sich vorstellen. Hoffmann ist vor fünf Jahren verurteilt worden. Meiner Meinung nach zu Recht. Dass das Kind offenbar nicht von ihm war, belastet ihn in meinen Augen eher noch stärker«, erklärte Royaume ernst.

»Und die Drohungen, die Prügelei?«, fragte sie gereizt.

»Gefängnisalltag, Madame. Was denken Sie, wie viele Schlägereien uns wöchentlich aus den Haftanstalten gemeldet werden? Die meisten können wir aufgrund der angespannten Personalsituation gar nicht weiterverfolgen. Die Gefängnisse haben die inoffizielle Befugnis, kleinere Konflikte mit Körperverletzung selbst zu regeln, sprich, die Beteiligten entsprechend zu sanktionieren.«

»Also ein Zufall. Ebenso wie der Mord an dem Professeur«, sagte Milla bitter.

»Der Mord an Lambert ist so gut wie aufgeklärt. Heute Morgen haben die Kollegen einen ehemaligen Häftling festgenommen, der für die Tatzeit kein Alibi hat. Wie vermutet, hat Lambert mit seinem Gutachten die damalige Verurteilung des mutmaßlichen Täters bewirkt. Es scheint sich tatsächlich um einen Racheakt zu handeln. Der Brief und die Auszüge daraus, die Sie erwähnten, würden durchaus zu diesem Szenario passen.«

Milla konnte es nicht glauben. »Hat der Mann gestanden?«

»Noch nicht, das ist jedoch nicht ungewöhnlich. Es wird immer erst mal versucht, unbehelligt aus der Sache herauszukommen. Spätestens wenn die Kollegen die Tatwaffe gefunden haben, wird der Verdächtige einknicken. Keine Sorge, Madame.«

Milla atmete tief durch. So hatte sie sich ihr Gespräch mit Royaume nicht vorgestellt. Wie sollte sie weiter vorgehen?

»Was ist mit Faubourg?«, versuchte sie es erneut.

»Ich kenne den Vorfall nicht, von dem Sie mir berichtet haben …« Er zögerte, bevor er aufstand. »Aber unter uns: Ich bin kein Fan von Faubourg. Diese Neureichen meinen doch, ihnen gehöre die Welt. Faubourgs Vorliebe für das weibliche Geschlecht ist ein offenes Geheimnis. Es ist für mich durchaus vorstellbar, dass er das ein oder andere Mal übers Ziel hinausgeschossen ist. Allerdings verstehe ich nicht ganz, was Faubourgs, sagen wir mal, außereheliche Aktivitäten mit Hoffmann und dem Mord zu tun haben sollen.«

»Faubourg war damals auch auf der Party von Dubois«, erwiderte Milla ruhig.

»Und? Insgesamt waren mehr als zweihundert Gäste auf dem Fest. Sie wollen doch nicht etwa andeuten, Faubourg habe Simone Dubois umgebracht?« Er blickte sie streng an.

»Warum nicht? Der Vater des Kindes hat sich bis heute nicht zu erkennen gegeben. Faubourg hätte genügend Gründe gehabt, die Vaterschaft zu verschweigen«, entgegnete sie trotzig.

»Madame, Ihre Bemühungen in allen Ehren. Bitte seien Sie vorsichtig mit solchen Äußerungen. Ihre Vermutungen sind doch sehr spekulativ. Es gibt nicht einen einzigen Anhaltspunkt, der Ihre Theorie stützen würde, wenn ich Sie richtig verstanden habe. Möglicherweise wusste, oder besser gesagt, weiß der Vater von Simone Dubois' Baby überhaupt nichts von seiner Vaterschaft.«

Ein schlagkräftiges Argument, das Milla nicht widerlegen konnte. Es wäre durchaus denkbar, dass Simone Dubois ihren Geliebten nicht über ihre Schwangerschaft informiert hatte. Vielleicht hatte sie zuerst die Situation mit Robert klären wollen. Aber das waren Spekulationen, die sie an diesem Punkt nicht weiterbrachten.

»Wäre es theoretisch möglich, eine Wiederaufnahme des Verfahrens zu beantragen?« Dies war ihre letzte Hoffnung.

»Warum?« Royaume klang verwundert. »Dafür müssten schwerwiegende Gründe vorliegen. Stichhaltige Hinweise, dass während des Verfahrens gravierende Fehler begangen wurden.« Für einige Sekunden blickte er schweigend aus dem Fenster. »Die sehe ich hier nicht. Es tut mir leid, Madame.«

Enttäuscht betrachtete Milla die überfrachteten Regale.

»Darf ich Sie etwas fragen?«

Sie drehte ihren Kopf in Royaumes Richtung und zog die Augenbrauen hoch.

»Warum verbeißen Sie sich so in diesen Fall? Welches Interesse haben Sie daran, Beweise für Hoffmanns Unschuld zusammenzutragen?« Er zögerte. »Wenn ich Ihnen einen guten Rat geben darf: Fahren Sie nach Hause, Madame. Schreiben Sie Ihren Artikel, feiern Sie Weihnachten und leben Sie Ihr Leben.« Er setzte sich vor Milla auf die Schreibtischkante. »Mir ist bewusst, wie solche Fälle einen aufreiben können, auch persönlich. Man verliert leicht die nötige Distanz. Lassen Sie sich das einfach von mir gesagt sein. Ich mache diesen Job lang genug, um zu wissen, dass man nur allzu schnell den richtigen Blickwinkel verlieren kann.«

55

Um kurz vor fünf betrat Milla das Gebäude, in dem sich Vanessa Puillots Büro befand. In der Eingangshalle empfing sie ein großer, festlich geschmückter Weihnachtsbaum, der sie daran erinnerte, dass das Fest der Liebe vor der Tür stand. Fest der Liebe, dachte Milla genervt. Im Moment gab es wirklich kein Entkommen, ob sie wollte oder nicht. Dank ihrer Einkäufe war sie jedoch mehr oder weniger auf Heiligabend vorbereitet.

Nach ihrem Besuch bei Capitaine Royaume war sie über den Weihnachtsmarkt geschlendert und hatte ein paar Kleinigkeiten besorgt. An einem Stand, der außergewöhnliches Tierzubehör verkaufte, erstand sie einen Futternapf in Form einer Maus für Minou. Als Geschenk für Sandrine entschied sie sich für einen schicken gelben Seidenschal. Ihr Vater konnte sich auf ein Paar Hausschuhe aus Lammfell freuen, und für Irene hatte Milla ein Paar elegante blaue Ohrringe gekauft.

»Kann ich Ihnen helfen, Madame?«

Gedankenverloren blickte Milla die ältere Frau mit der dunkelblauen Uniform an, offensichtlich die Concierge des Gebäudes.

»Ich möchte zu Madame Puillot.«

»Madame Puillot sitzt im dritten Stock, Zimmer 305. Wenn Sie an der Treppe vorbeigehen, kommen Sie direkt zum Fahrstuhl.« Die Frau zeigte mit ihrer Hand über Millas linke Schulter.

Nachdem Milla das Büro gefunden hatte, blieb sie einen Moment davor stehen, um zu überlegen, wie sie vorgehen wollte.

»Ja, bitte!«

Vanessa Puillot stand am Fenster und blickte gedankenversunken auf die Straße, bevor sie sich umdrehte und Milla entgegenkam.

»Bonsoir, Madame.«

Der freundliche Ton der Managerin überraschte Milla. Sie reichte ihr die Hand und erwiderte die Begrüßung.

Vanessa Puillot trug ein eng geschnittenes weinrotes Kostüm, das ihre schlanke Silhouette vorteilhaft betonte. Die silbergrauen Haare waren hochgesteckt. Eine zeitlos elegante Französin, dachte Milla anerkennend.

»Kommen Sie.« Vanessa Puillot fasste sie sanft am Arm und steuerte mit ihr auf die Fensterfront zu.

Milla sah nach unten und konnte die Autos erkennen, die sich durch den dichten Feierabendverkehr quälten. Ein Meer von Dächern erstreckte sich vor ihnen. Zahlreiche Fenster auf der gegenüberliegenden Straßenseite waren weihnachtlich dekoriert, blinkten und glitzerten um die Wette. In der Ferne entdeckte sie den beleuchteten Eiffelturm.

»Sehr beeindruckend«, merkte Milla fasziniert an.

»Simone liebte diesen Ausblick. Sie konnte stundenlang hier stehen und hinaussehen«, erzählte Vanessa Puillot wehmütig.

Milla betrachtete die Managerin von der Seite. »Sie mochten sie sehr.«

»Ich liebte sie«, verbesserte Puillot. »Sie war wie eine Tochter für mich. Der Mord damals«, sie schluckte, »ihr Tod riss mir den Boden unter den Füßen weg. Eine Mutter, die ihr Kind verliert, muss sich genauso fühlen, wie es mir damals ging.« Sie drehte sich um. »Es war furchtbar, die Hölle. Eine Zeit lang dachte ich, ich schaffe es nicht. Ich meine, sehen Sie mich doch an. Ich bin dreißig Jahre älter als Simone. So darf es nicht sein. Niemand sollte so jung sterben müssen.« Ihre Augen glänzten verdächtig. »Auf keinen Fall auf diese schreckliche Weise.« Mit der Hand zeigte sie zu einer Sitzgruppe. »Bitte, nehmen wir doch Platz.«

Mit Bedauern riss Milla sich von dem grandiosen Anblick los und folgte Vanessa Puillot zu der Besucherecke.

»Möchten Sie etwas trinken? Tee, Kaffee?«

Dankbar ließ Milla sich eine Tasse Tee geben. Die zwei Stunden auf dem Weihnachtsmarkt wirkten bei ihr nach, sie fror noch immer. Draußen herrschten Temperaturen knapp unter dem Gefrierpunkt.

Sie nippte an ihrer Tasse, bevor sie ihr Aufnahmegerät aus der Tasche holte und Vanessa Puillot fragend ansah.

Diese winkte gleichgültig ab.

»Madame Puillot, erzählen Sie mir bitte von Simone. Was war sie für ein Mensch? Wie empfanden Sie die Beziehung zwischen ihr und Robert Hoffmann?«, begann Milla.

Die Managerin strich sich übers Haar. »Simone war ... bezaubernd. Ein Engel, der herzlichste und sanftmütigste Mensch, den ich je kannte.« Puillots Stimme war voller Wärme. »Sie hatte keinerlei Allüren, war immer freundlich und höflich. Selbst wenn mal etwas nicht so lief: Sie blieb ruhig, ließ sich durch absolut nichts aus der Ruhe bringen.« Eine einzelne Träne löste sich und rollte über ihre Wange. »Ja, ich habe sie geliebt, liebe sie noch immer.«

Seltsam berührt von der fühlbaren Trauer, die in Puillots Stimme mitklang, wartete Milla einen Moment, bevor sie nachhakte: »Wie war die Beziehung zwischen Simone und Robert Hoffmann?«

Die Managerin zögerte. »Ich mochte diesen ... diesen Mistkerl wirklich. Er hat ihr gutgetan, am Anfang. Für mich hatte es damals den Anschein, als ob sie auch privat dort angekommen sei, wo sie hinwollte.« Sie stockte. »Wie man sich täuschen kann.«

»Sie hat ihn geliebt?«

Vanessa Puillot zuckte mit den Achseln. »Ich dachte es. Aber ich sage Ihnen etwas. Von Anfang an hatte ich das Gefühl, dass er zwar total vernarrt in Simone war, sie hingegen ...« Sie brach ab.

»Ja?«

»Simone erweckte manchmal den Eindruck, als ob ...«,

Puillot suchte nach den richtigen Worten, »... als ob Hoffmann nur ein netter Zeitvertreib für sie sei. Ich denke, sie hat seine Gesellschaft geschätzt.«

Verwundert über ihre Wortwahl, runzelte Milla die Stirn. »Geschätzt? Das klingt nicht nach der großen Liebe. Immerhin hatte sie vor, ihn zu heiraten.«

Die Managerin nickte. »Manchmal dachte ich, diese Heirat wäre wieder eine ihrer Vernunftentscheidungen.«

»War sie ein Vernunftmensch?«

»Absolut. Simone konnte stundenlang diskutieren, bis sie schlussendlich zu einer für sie sinnvollen Entscheidung kam. Meistens hörte sie mehr auf ihren Verstand als auf ihr Herz.« Vanessa Puillot klang wehmütig.

»Madame, die Obduktionsakte von Simone wurde manipuliert.« Milla hatte die Bemerkung wie nebenbei fallen lassen, um Puillots Reaktion zu testen.

Ruckartig hob diese den Kopf und blickte Milla aus zusammengekniffenen Augen an. »Manipuliert? Was soll das heißen?« Ihre Stimme hatte einen gefährlichen Unterton angenommen.

»Robert Hoffmann war definitiv nicht der Vater von Simones ungeborenem Kind.« Gezielt ließ Milla die Bombe platzen.

Vanessa Puillot begann zu zittern.

Milla berichtete ihr von Catherine Wangs Entdeckung. Jegliche Farbe war aus dem Gesicht der Managerin gewichen.

»Wussten Sie davon?«

»Woher soll ich das denn gewusst haben?«, fragte Puillot empört.

»Sie waren ihre Agentin. Sie haben ihre Termine koordiniert. Ich gehe davon aus, dass Simone einen engen Zeitplan hatte. Aufgrund ihrer Bekanntheit war es mit Sicherheit nicht so einfach für sie, sich unerkannt mit einem anderen Mann zu treffen. Außerdem entnehme ich Ihren Worten, dass Sie auch befreundet waren.«

Vanessa Puillot starrte ins Leere und schwieg.

»Madame?«, versuchte Milla es erneut.

»Pardon, ich habe Sie nicht gehört«, stammelte sie verwirrt.

Milla wiederholte ihre Bemerkung.

»Sie haben recht. Ich habe absolut keine Ahnung, wann sie sich mit einem anderen Mann getroffen haben kann. – Madame, es tut mir leid, aber ich bin gerade ehrlich schockiert. Das ist ja ein Albtraum.« Sie schüttelte den Kopf.

Vanessa Puillot schien nichts von der Affäre ihres Schützlings gewusst zu haben. Im Gegensatz zu Simone war sie keine Schauspielerin. Die ältere Dame wirkte, als sei sie durch Millas Neuigkeit völlig aus der Bahn geworfen worden.

»Hat Hoffmann sie deshalb ermordet? Weil sie eine Affäre hatte?«, fragte sie leise.

»Ich weiß es nicht«, gab Milla ehrlich zu. »Es wäre möglich, dass der Vater des Kindes nicht zu Simone stehen wollte und sie deshalb sterben musste.«

Entgeistert blickte die Agentin sie an. »Sie meinen, Hoffmann könnte unschuldig sein?«

Milla erwiderte offen ihren Blick. »Ich weiß es nicht, Madame. Wenn Hoffmann nicht der Vater war, würde sich auf jeden Fall die Frage stellen, wer es dann war. Und warum hat er sich nie zu erkennen gegeben? Man sollte doch meinen, dass ihm etwas an Simone gelegen haben muss, wenn er eine Affäre mit ihr hatte. Finden Sie das nicht auch höchst merkwürdig?«

56

Auf dem Rückweg von der Métro zu Sandrines Haus dachte Milla über ihr Gespräch mit Vanessa Puillot nach. Auch die Managerin war an jenem Abend auf der Party der Familie Dubois gewesen. Sie hatte ihr nochmals bestätigt, dass die Beziehung zwischen Marie und Simone äußerst schwierig und von Neid und Eifersucht geprägt gewesen war. Und trotz der Tatsache, dass Simone von ihrem Vater stets bevorzugt worden war, war Puillot der festen Überzeugung gewesen, dass er auch mit ihrem Werdegang als Schauspielerin ein Problem gehabt hatte.

Komplizierte Verflechtungen, dachte Milla bitter. In welcher Familie gab es die nicht? Was hatte Elke noch vor wenigen Tagen gesagt? Die Familie, die glückselig unter dem Weihnachtsbaum sitzt und gemeinsam Lieder singt und Plätzchen isst, sei ein Auslaufmodell, eine Wunschvorstellung, die jeder versuche umzusetzen, um letztendlich doch feststellen zu müssen, dass die heutigen Weihnachtsfeste nicht mehr viel mit Frieden, Gemütlichkeit und Familiensinn zu tun hatten.

Frustriert schloss Milla die Haustür auf. Nein, diese Illusion wollte sie sich einfach nicht nehmen lassen. Nach allem, was sie mit Sebastian erlebt hatte, die gescheiterten Beziehungen ihres Vaters, da musste es noch etwas anderes geben. Wenn nur der eine Richtige käme ... Seufzend streifte sie ihre Schuhe ab. Warum tauchte gerade jetzt Robert vor ihrem geistigen Auge auf?

»Milla?«

Erleichtert darüber, dass Sandrine schon zu Hause war, betrat sie die Küche, wo ihre Freundin am Herd stand und in einem silbernen Kochtopf rührte.

»Salut. Du hast schon Feierabend?« Milla beugte sich über den Topf und schnupperte.

»Ratatouille. Ich dachte mir, ab und zu eine warme Mahlzeit würde uns ganz guttun.«

»Prima Idee nach so einem Tag! Die Situation ist derart verworren. Royaume hingegen sieht alles ganz pragmatisch.«

»Das Gemüse ist fertig, der Tisch gedeckt. Was hältst du davon, wenn du mir beim Essen erzählst, was passiert ist?« Sandrine sah sie aufmunternd an.

»Die Polizei sieht also keine Notwendigkeit, sich noch einmal näher mit der manipulierten Akte zu befassen?«, hakte Sandrine nach, als Milla mit ihren Ausführungen zu Ende war. »Das ist wirklich merkwürdig.«

»Vielleicht befürchtet Royaume auch, dass Dubois nicht besonders begeistert wäre, wenn er von den neuen Ermittlungsansätzen erfahren würde.«

»Na und? Auch Dubois muss ein Interesse daran haben zu erfahren, was mit seiner Tochter kurz vor deren Tod geschah. Zumindest, mit welchem Mann sie sich eingelassen hatte. So ignorant kann er doch nicht sein.«

»Das war nur eine Vermutung. Vielleicht ist Royaume wirklich der Ansicht, dass die Tatsache, dass Robert nicht der Vater des Babys ist, keine Relevanz für den Mord an sich hat. Wer weiß, sein Motiv wird dadurch ja sogar noch stärker«, merkte Milla nachdenklich an.

Einen Moment lang starrte Sandrine auf den leeren Topf auf dem Tisch, bevor sie sich erhob und ihre Handtasche holte. Sie fischte einen kleinen Zettel heraus und reichte ihn Milla.

»Was ist das?«

»Die Telefonnummer von André Richmont«, erklärte Sandrine. »Richmont hatte damals den Artikel über den sexuellen Übergriff von Pierre Faubourg geschrieben. Ich wollte dir gestern schon sagen, wo er mittlerweile arbeitet, aber du hattest nach deinem Gespräch mit diesem angeblichen Vergewaltigungsopfer keinen Kopf dafür.«

»Wo arbeitet er?«

»Bei *Paris-Le Jour*«, entgegnete Sandrine triumphierend.

»Bei Roberts ehemaligem Arbeitgeber?« Milla überlegte. »Ein Gespräch mit ihm könnte durchaus aufschlussreich sein.«

»Ruf ihn an«, bestärkte Sandrine sie.

Milla nickte entschlossen und sah auf die Uhr. »Das werde ich! Und zwar jetzt sofort.«

Als sie ihren Teller nehmen wollte, um ihn in die Küche zu

tragen, winkte ihre Freundin bestimmt ab. »Erledige deinen Anruf, ich kümmere mich hier um alles.«

Dankbar warf Milla ihr eine Kusshand zu und wechselte ins Wohnzimmer, um ungestört sprechen zu können. Aus dem Augenwinkel sah sie, dass der Kater sich auf einem der Sessel zusammengerollt hatte.

Während sie dem Tuten des Telefons lauschte, setzte sie sich und wartete.

»Richmont.«

»Monsieur Richmont? Bonsoir, mein Name ist Milla Seifert. Ich bin eine Kollegin von Ihnen aus Deutschland. Im Moment arbeite ich an einem Bericht über Robert Hoffmann.«

»Bonsoir, Madame. Robert? Oh, là, là. Er war mal mein Kollege.«

»Das habe ich gesehen.«

»Was kann ich für Sie tun, Madame?«

Milla schätzte ihn aufgrund seiner Stimme etwa auf das gleiche Alter wie Zodaine und Royaume, Anfang sechzig.

»Monsieur Richmont, die Frage, die ich an Sie habe, hat nicht direkt mit Robert Hoffmann zu tun«, begann sie und erzählte ihm von ihren Recherchen in der Bibliothèque Nationale.

Nachdem sie ihre Ausführungen beendet hatte, herrschte am anderen Ende der Leitung Schweigen.

»Monsieur? Sind Sie noch da?«, fragte Milla irritiert.

André Richmont räusperte sich. »Ja, ich erinnere mich natürlich an den Artikel.« Er machte eine Pause. »Nur kurze Zeit nach Veröffentlichung dieses Berichts sprangen annähernd drei Viertel der Anzeigenkunden ab. Mein Chef war damals leider gezwungen, Insolvenz anzumelden. Von einem auf den anderen Tag waren wir angeblich zu teuer. Wir bekamen damals eine ganze Reihe fadenscheiniger Ausreden zu hören.« Seine Stimme klang bitter. »Faubourg hatte ganze Arbeit geleistet. Wir waren übrigens die Einzigen, die überhaupt darüber berichtet haben. Leider hatten wir nicht die Mittel, um ihm etwas entgegenzusetzen.« Er seufzte. »So viel zu unserer viel gepriesenen Pressefreiheit.«

»Was war an der damaligen Sache dran? War die Frau glaubwürdig?«

Er lachte auf. »War sie glaubwürdig? Nun ja, sie war keines dieser Häschen, die ihr hübsch zurechtgemachtes Gesicht bei jeder Gelegenheit der Öffentlichkeit präsentieren müssen. Faubourg hat eine Schwäche für junge nichtssagende Damen, die für einen Moment scheinbarer Berühmtheit fast alles tun würden. Sie war anders, eine Angestellte aus seinem Unternehmen.«

»Er hat sie belästigt?«

»Ich war nicht dabei, Madame. Ich bin mir aber ziemlich sicher, dass ihre Anschuldigungen nicht aus der Luft gegriffen waren. Seine damalige Reaktion sprach für sich. Keines der anderen Blätter hatte sich an die Geschichte herangewagt.«

»Warum Sie?«

»Weil ich genau deshalb diesen Beruf ergriffen habe, Madame. Ich weiß nicht, wie Sie darüber denken, aber ich bin der Meinung, dass unsere Gesetze für alle gelten, unabhängig von Status, Beruf und Kontostand. Wenn sich eine der sogenannten Säulen unserer Gesellschaft, ein Mann, der sich bei jeder Gelegenheit als Wohltäter und Unterstützer vieler Benachteiligter präsentiert, nicht an die Regeln hält – massiv nicht an die Regeln hält«, setzte er nach, »hat eben diese Gesellschaft ein Recht darauf, davon zu erfahren. Zum Glück hatte mein Chef den Mut, die Sache zu veröffentlichen.«

Insgeheim stimmte Milla ihm zu, kommentierte seine Ausführungen jedoch nicht.

»Wie geht es Robert?«

»Den Umständen entsprechend«, erwiderte sie distanziert.

»Robert hatte die gleiche Einstellung. Hätte er damals bereits in Frankreich gelebt, hätte er diesen Artikel geschrieben.«

»Was denken Sie über den Mord an Simone Dubois?«

»Was soll ich darüber denken?«, fragte er statt einer Antwort. »Als ich erfuhr, dass Robert Simone umgebracht haben sollte, konnte ich es nicht glauben. Er war vernarrt in diese Frau. Ich habe es nicht begriffen.« Er zögerte. »Man meint, jemanden gut zu kennen, und doch weiß man nicht, was in ihm vorgeht.«

»Sie haben ihn geschätzt?«

»Mehr als das. Ich mochte ihn«, erwiderte Richmont. »Ein toller Kollege, ein toller Mensch«, verbesserte er sich. »Immer hilfsbereit, stets gewillt, sich bis zum Äußersten für andere einzusetzen. Wirklich schade, dass er an jenem Abend den Kopf verloren hat.«

»Haben Sie noch die Kontaktdaten des damaligen Opfers von Faubourg?«

»Ja«, entgegnete er gedehnt.

»Wäre es möglich, dass Sie bei der Dame anfragen, ob sie bereit wäre, mit mir zu sprechen?«

Er seufzte. »Das wird nicht gehen, Madame.«

Milla fluchte stumm.

»Sie hat sich vor sieben Jahren das Leben genommen. Ich hatte lange Kontakt zu ihren Eltern, für die nach dem Vorfall mit Faubourg natürlich eine Welt zusammengebrochen ist. Das Opfer war ihre einzige Tochter.« Er schwieg einen Moment. »Vor sieben Jahren rief mich eines Tages ihr Vater an und teilte mir mit, dass sie sich die Pulsadern aufgeschnitten habe. Sie wohnte allein und wurde erst einen Tag später gefunden. Nach ihrer Anzeige gegen Faubourg hatte sie keinen Job mehr gefunden. Dieser Mistkerl hatte dafür gesorgt, dass sie keinen Fuß mehr auf den Boden bekam.« Erneut brach er ab. »Furchtbare Geschichte. Ich bin mir ziemlich sicher, dass Faubourg nichts von ihrem Tod weiß. Der feiert unbehelligt weiter mit seinen Gespielinnen. Ja, Madame Seifert, manchmal ist unser Job zum Kotzen.«

57

Robert hatte den ganzen Nachmittag über Millas Worte gegrübelt, die sie ihm am Ende ihres Besuchs ins Ohr geflüstert hatte. Und er hatte ihr geglaubt. Was für eine Frau! Sie hatte sich dermaßen fest in den Fall verbissen, dass sie nicht mehr lockerlassen würde, bis sie die ganze verfluchte Wahrheit ans Licht gezerrt hatte. Unglücklicherweise hatte ihr Chef sie bereits zurückgepfiffen.

Während er sich aus seinem Arbeitsanzug schälte, entwich ihm ein resigniertes Seufzen. Milla musste wieder nach Hause. Was hatte er erwartet? Dass sie ihn die nächsten zwanzig Jahre tagtäglich besuchen würde? Bei dem Gedanken wurde sein Herz schwer. Er konnte sich kaum vorstellen, wie er die Zeit nach ihrer Abreise ertragen sollte. Da war nichts, nur Leere. Für eine unendlich lange Zeit. Wenn er aus dem Gefängnis herauskäme, wäre er knapp sechzig. So weit in die Zukunft reichte selbst sein Vorstellungsvermögen nicht. Wann würde er jemals wieder ein annähernd normales Leben führen können?

Vorsichtig tastete er nach seinem Verband am Auge. Er hatte das Gefühl, dass die Schwellung schon etwas zurückgegangen war. Seine Lippen fühlten sich immer noch an, als gehörten sie nicht zu ihm, doch in ein paar Tagen würden auch diese Verletzungen verheilt sein. Und dann? Wieder verharrten seine Gedanken bei der gleichen Frage. Dann wäre auch Milla weg. Für einen Moment schloss er die Augen. Diese Gefühlswirren hatte er nicht vorhergesehen, obwohl er seinen Plan monatelang überdacht hatte. Dass ihm seine Gefühle in die Quere kommen könnten, hatte er nicht eingerechnet. Verdammt!

Er betrat den Duschraum und stellte das Wasser an. Dann stützte er sich mit den Händen an der gefliesten Wand ab und genoss die Hitze auf seinem geschundenen Körper.

Als er ein Geräusch in seinem Rücken vernahm, drehte er sich ruckartig um. Wieder schoss ihm der Schmerz in seine

Eingeweide. Fluchend presste er seine Hand auf die angebrochenen Rippen. Als er wieder aufblickte, stand Jabar nackt im Türrahmen und grinste ihn verächtlich an.

Panisch sah Robert sich um.

»Keiner da, Hoffmann. Weißt du doch. Beim Duschen gönnen sie uns etwas Privatsphäre.«

Jabar näherte sich mit zusammengekniffenen Augen. Instinktiv trat Robert einen Schritt zurück und spürte im nächsten Moment die kalte Wand an seinem Rücken.

»Dein Gesicht sieht schlimm aus«, raunte Jabar leise. Einen halben Meter vor Robert blieb er abrupt stehen. Das Wasser war automatisch ausgegangen. Mit bedrohlicher Miene musterte er Robert von oben bis unten. »Nicht nur dein Gesicht«, fuhr er mit kalter Stimme fort, »Starreporter, du siehst richtig scheiße aus.«

»Was willst du?«, fragte Robert laut, in der Hoffnung, dass ihn einer der wachhabenden Beamten vor der Tür hören würde. Insgeheim ahnte er, dass diese korrupten Mistkerle haargenau wussten, was in diesem Moment im Duschraum geschah. Einer der Hurensöhne musste Jabar schließlich zu ihm geschleust haben.

Mit einer blitzschnellen Bewegung zog Jabar eine Hand hinter seinem Rücken hervor.

Robert hielt den Atem an, als er das Messer erblickte.

Wie war dieses Arschloch hier drinnen an die Stichwaffe gekommen? Ihm war bekannt, dass die Häftlinge mit Drogen, Geld und anderen »Tauschmitteln« handelten, um für ihre körperliche Unversehrtheit zahlen zu können. Bei Waffen allerdings drückten die Beamten kein Auge zu.

»Hast du Angst?« Jabar hauchte ihm ins Gesicht.

Der Schwall nikotin- und alkoholgeschwängerter Atemluft ließ Robert zusammenzucken. Urplötzlich wurde ihm klar, dass er die Situation nicht mehr unter Kontrolle bringen konnte. Jabar würde ihn hier in aller Ruhe abschlachten, ohne dass einer der diensthabenden Mitarbeiter es mitbekäme. Schlimmer noch, einer von ihnen musste den Häftling ja sogar decken. Robert hatte keine Chance.

Die weißen Fliesen verschwammen vor seinen Augen. Er spürte, wie ihm schwindlig wurde. Mit aller Kraft versuchte er, gegen die aufsteigende Panik anzukämpfen. Er musste jetzt unbedingt einen klaren Kopf bewahren.

Einer der Beamten würde ihn hier höchstwahrscheinlich mit durchgeschnittener Kehle finden. Eine Messerstecherei unter Häftlingen. Kein Hahn würde danach krähen. Wie würde Milla sich fühlen, wenn sie von seinem Tod erführe? Seine Eingeweide verkrampften sich. Er wollte nicht sterben. »Bring es hinter dich.« Er bemühte sich um einen ruhigen Tonfall. Diesmal würde ihn Jabar nicht davonkommen lassen. Zu deutlich konnte er die Mordlust in dessen Augen sehen.

»Du begreifst schnell, mein Freund.« Jabar beugte sich vor, sodass sein Gesicht nur wenige Zentimeter von Roberts entfernt war. »Einige Leute sind sehr, sehr böse auf dich«, flüsterte er. »Keine Ahnung, was sie für ein Problem mit dir haben. Hast schließlich nur diese Schauspielschlampe gemeuchelt.« Er verstummte kurz. »Ich mag dich zwar auch nicht, aber mein Motto lautet für gewöhnlich ›Leben und leben lassen‹.« Er bohrte seinen Zeigefinger in Roberts Brust. »Sicher erinnerst du dich noch daran, als wir unseren Spaß miteinander hatten.«

Jabar verzog seinen Mund zu einem dreckigen Grinsen. Der Ausdruck seiner Augen beschwor ekelerregende Erinnerungen in Robert herauf. Wieder fühlte er Übelkeit in sich aufsteigen.

Betont langsam hob Jabar das Messer vor Roberts Nase und drehte es demonstrativ in alle Richtungen. »Langsam oder schnell?« Er hielt inne. »Ich denke, schnell. Mir wird nämlich kalt.« Seine Stimme troff vor Sarkasmus. Im nächsten Moment riss er Robert mit einer ruckartigen Bewegung herum, sodass dieser mit dem Rücken gegen Jabars Brust klatschte.

Roberts Rippen meldeten sich augenblicklich. Als er die

kalte Klinge des Messers an seiner Kehle spürte, versuchte er angestrengt, seinen Kopf weiter nach hinten zu neigen, um den Kontakt zu der tödlichen Waffe zu vermeiden. Doch Jabar zerrte brutal an seinen Haaren, was jede Bewegung Roberts unmöglich machte.

Robert wagte kaum noch zu atmen. Ihn überkam das furchtbare Gefühl, auf ganzer Linie versagt zu haben. Es war ihm nicht gelungen, seinen Plan umzusetzen. Stattdessen würde er gleich in dieser verdreckten Knastdusche seinen letzten Atemzug tun. Hoffentlich ließen sie Milla in Ruhe. Er hatte Angst um sie. Verzweifelt schloss er die Augen, als er spürte, wie Jabar mit dem Messer seine Haut aufzuschlitzen begann.

»Was ist hier los?«, ertönte die Stimme von Henri Zodaine in ihrem Rücken.

Jabar ließ augenblicklich das Messer sinken.

Robert fasste sich an den Hals. Obwohl die Haut nur oberflächlich aufgeritzt zu sein schien, war seine Hand blutig, als er sie wieder senkte.

»Du verlässt sofort diesen Raum und ziehst dich an«, befahl Zodaine Jabar in beherrschtem Ton. Dieser ließ das Messer auf den Boden fallen, bevor er auf den Ausgang zusteuerte.

Henri Zodaine rief laut über seine Schulter: »Jacques, Jabar kommt fünf Tage in die Einzelhaftzelle. Keine Außenbewegungszelle, kein Aufschluss zum Mittagessen.« Dann sah er Robert an. »Ah, und Jacques? Sie kommen bitte morgen früh um acht in mein Büro.«

Robert verfolgte, wie der Directeur mit einem lauten Knall die Tür schloss. Er wagte nicht, sich von der Stelle zu rühren, stand noch immer nackt in einem der Duschabteile.

»Was wird hier eigentlich gespielt?« Der Directeur stemmte seine Hände in die Hüften.

58

Zorn wallte in ihr auf. Zodaine hatte die Aktion in letzter Sekunde vereitelt. Merde!

Wütend sprang sie von ihrem Stuhl hoch und fluchte lautstark. Als die Tür aufging und ihr Mann ins Zimmer trat, rang sie um Fassung.

»Unsere Gäste sind da, bist du so weit?« Er blickte sie besorgt an. »Ist etwas passiert?« Seine Stimme klang skeptisch.

Mit aller Kraft versuchte sie sich zusammenzureißen. Während sie ihr Haar ordnete, bemühte sie sich um ein angedeutetes Lächeln. »Gib mir zwei Minuten, ich komme gleich.«

»Ist wirklich alles in Ordnung?« Er musterte sie mit einem merkwürdigen Ausdruck in seinen Augen.

»Alles bestens«, wiederholte sie und intensivierte ihr Lächeln. »Ich bin gleich da.«

Nachdem ihr Mann den Raum verlassen hatte, legte sie ihre Hände an die Schläfen und dachte nach. Die Wanze schien defekt zu sein. Zumindest hatte man ihr mitgeteilt, dass sie nichts übertragen hatte. Ihr bester Mann war gerade für längere Zeit aus dem Verkehr gezogen worden. Ihre Augen begannen zu brennen. Es war zu viel. Sie hätte früher für Ordnung sorgen müssen. Nun wurde ihr die eigene Nachlässigkeit zum Verhängnis. Obwohl der Begriff »Panik« in ihrem Wortschatz nicht existierte, wusste sie, dass sie dringend etwas unternehmen musste, um wieder Herrin der Lage zu werden. Die Dinge liefen völlig aus dem Ruder. Diese Seifert hatte in den wenigen Tagen ihres Aufenthalts mehr Details ans Licht gebracht als Royaume und seine Kollegen in den letzten Jahren. Ihr wurde bewusst, dass sie diese Provinzreporterin kläglich unterschätzt hatte.

Sie holte tief Luft, ließ ihre Schultern ein paarmal kreisen und betrachtete ihr Spiegelbild im Fenster. Sie zog ihre Bluse zurecht und rief sich den bevorstehenden Abend ins Gedächtnis. Ihr Mann würde wieder zu Höchstform auflaufen. Aufgewühlt verließ sie das Zimmer und setzte ihr freundlichstes Gesicht auf.

»Bonsoir, Monsieur, wie schön, dass wir Sie wieder einmal als Gast bei uns begrüßen dürfen«, hieß sie ihren Besucher im nächsten Moment willkommen.

59

Die junge Frau in der Badewanne war nackt, beide Handgelenke blutverschmiert. Das Wasser war rot verfärbt. An den Fliesen prangten Tausende roter Spritzer. Panisch versuchte Milla, die Frau aus dem Wasser zu ziehen, doch sie ließ sich nicht bewegen.

Roberts Mutter stand hinter ihr. »Lass sie liegen. Robert hat seinen Bruder auch sterben sehen.«

Milla zerrte weiter an der Leiche.

»Halten Sie sich da raus, Madame. Sie sind nicht schuld an ihrem Tod«, bellte die Stimme von Capitaine Royaume aus weiter Ferne.

Als Milla die Tote näher betrachtete, erkannte sie die Gesichtszüge von Giselle Royal. »Er hat mich vergewaltigt«, hallte es in Millas Kopf.

Robert lachte auf. »Genau, und sie kann sich an nichts erinnern. Ich habe alle vergewaltigt, und keine kann sich erinnern.«

Milla wollte widersprechen, dass sie ihm nicht glauben konnte, doch ihr kam kein Laut über die Lippen.

Roger Dubois steuerte mit drohendem Zeigefinger auf sie zu. »Mörderhure. Mit deinem Artikel hast du Simone ein zweites Mal getötet.«

Milla wich zurück, als hinter ihr Marie Dubois auftauchte.

Oder war es Simone? »Warum hat er nicht mich umgebracht? Das wäre dir doch sowieso lieber gewesen. Warum hast du ihm nicht gesagt, er solle mich statt Simone töten?«

Schweißgebadet schreckte Milla in ihrem Bett hoch. Als sie begriff, dass es nur ein böser Traum gewesen war, holte sie tief Luft und wartete, bis ihr Atem sich wieder beruhigt hatte. Nachdenklich starrte sie ins Dunkel. Was war nur mit ihr los? Sie konnte sich nicht erinnern, jemals derart wirre Träume gehabt zu haben.

Milla stieg aus dem Bett und holte sich ein Glas Wasser aus der Küche. Nur das Ticken der Wanduhr war zu hören. Es war drei Uhr morgens. Noch immer war sie zu aufgewühlt, um wieder ins Bett zurückzukehren. Kurz entschlossen holte sie ihr Notizbuch hervor und schrieb sich sämtliche Gedanken von der Seele.

Keine halbe Stunde später waren drei Seiten mit Stichwörtern und Schlussfolgerungen vollgekritzelt. Hatte sie alles Wichtige aufgeschrieben? Sie überflog ihre Notizen noch einmal. Jedes dritte Stichwort begann mit Roberts Namen.

Wenn Milla nicht noch vollkommen den Verstand verlieren wollte, musste sie endlich eine Entscheidung treffen.

60

Während Charles Romain am nächsten Morgen ihre Tasche durch den Scanner laufen ließ, musste Milla sich zwingen, die Augen offen zu halten. Nach ihrer nächtlichen Schreibaktion war sie zu durcheinander gewesen, um noch einmal einzuschlafen. Stundenlang hatte sie sich von der einen auf die andere Seite gewälzt. Der Kater, der ihre Unruhe bemerkt hatte, war irgendwann auf ihr Bett gesprungen und hatte ihr durch seine einnehmende Art auch noch die letzte Möglichkeit genommen, ein paar verbleibende Stunden Schlaf zu finden. Da Minous Anwesenheit ihre Anspannung aber etwas gelindert hatte, hatte Milla es nicht übers Herz gebracht, ihn aus dem Bett zu verbannen.

Sie musste erneut gähnen und wartete geduldig, bis Romain seine Kontrolle beendet hatte.

Schweigend ließ sie sich zu Roberts Zelle bringen. Auch Romain machte keine Anstalten, ein Gespräch in Gang zu bringen. Die Farbe um sein Auge war von Blau zu Lila übergegangen. Milla ignorierte sein verletztes Gesicht, da er ihr gestern deutlich zu verstehen gegeben hatte, dass er nicht darüber sprechen wollte.

Als sie die Zelle betrat, saß Robert auf der Kante seiner Pritsche und starrte teilnahmslos zu Boden. Da er keinerlei Anstalten machte, aufzustehen, steuerte sie verunsichert einen Schritt auf ihn zu.

»Guten Morgen«, begrüßte sie ihn.

Erst jetzt hob er seinen Kopf und betrachtete sie ausdruckslos. »Guten Morgen, Milla.«

Irritiert zeigte sie in Richtung Waschbecken.

»Ist entfernt worden.« Er winkte gleichgültig ab.

Zögernd ging sie auf den Stuhl zu und setzte sich langsam. »Wie geht es dir?«

»Ganz gut.«

Milla betrachtete sein Gesicht. Der Verband an seinem Auge war verschwunden. Die Schwellung schien etwas zurückgegangen zu sein. Seine Lippen waren noch aufgesprungen und rau, doch auch sie sahen besser als gestern aus. Was Milla ernsthaft erschreckte, war der Ausdruck seiner Augen. Jegliche Lebensenergie schien aus ihnen gewichen zu sein.

»Was ist los?«, fragte sie leise.

Er starrte weiter mit ausdruckslosem Gesicht ins Leere.

Sie erhob sich und ging dicht vor Robert in die Hocke. »Was ist los?«

»Fahr nach Hause, Milla. Dein Auftrag ist beendet«, entgegnete Robert mit distanzierter Stimme.

Milla rückte ihre Brille zurecht. Ihr Magen krampfte sich zusammen. Sie hatte die ganze Zeit gewusst, dass dieser Augenblick irgendwann kommen würde, doch nun musste sie feststellen, dass sie nicht darauf vorbereitet war. Langsam erhob sie sich wieder. »Das war's also. Einfach so«, sagte sie bitter, während sie ihn weiter ansah.

Er wich ihrem Blick aus.

»Du kannst mir also nicht einmal ordentlich auf Wiedersehen sagen«, presste sie zwischen zusammengekniffenen Lippen hervor. Sie konnte ihre Enttäuschung kaum verbergen. »Schade.«

Abrupt stand er auf und trat einen Schritt auf sie zu. »Du willst einen ordentlichen Abschied?« Lieblos presste er seine Lippen auf ihre, während er sie unsanft an der Taille packte und sie an sich zog.

Überrumpelt von seiner barschen Art, stemmte sie ihre Hände gegen seinen Oberkörper und schubste ihn wütend von sich weg. »Spinnst du? Was soll das?« Zorn wallte in ihr auf.

Er fasste sich an die Kehle und atmete tief durch. Durch die Bewegung rutschte der Kragen seines Gefängnisoberteils nach unten und entblößte den Ansatz seines Halses.

Als Milla die dünne rote Linie entdeckte, die sich unterhalb seines Kehlkopfes entlangschlängelte, verrauchte ihre Wut mit einem Schlag.

»Was ist das?« Ein taubes Gefühl machte sich in ihr breit. Vorsichtig fuhr sie mit dem Zeigefinger die Linie entlang.

»Nicht.« Robert hob seine Hände.

»Was ist geschehen?«, flüsterte sie.

»Milla, fahr nach Hause.« Er umfasste ihr Handgelenk.

»Was hat er dir angetan?«, wiederholte sie fassungslos. Eine dunkle Ahnung stieg in ihr auf. Sie konnte ihm ansehen, wie er mit sich kämpfte, doch er schwieg weiter.

Ihre Augen begannen zu brennen. Hastig wandte sie sich ab. Verstohlen fasste sie unter die Brille und wischte sich die Tränen weg. Ohne sich noch einmal umzudrehen, nahm sie ihre Handtasche und wollte an die Zellentür klopfen, als Robert plötzlich hinter ihr stand, sie zu sich umdrehte und sanft in seine Arme zog.

Erleichtert ließ sie ihre Handtasche fallen und schmiegte sich bereitwillig an ihn. Den Kopf dicht an seiner Brust konnte sie seinen Herzschlag hören. Während er ihren Rücken streichelte, schloss sie die Augen, genoss seine Nähe, die Geborgenheit, die er ihr gab.

Nach einer halben Ewigkeit löste er sich ein Stück von ihr und sah sie liebevoll an. »Danke.« Seine Grübchen vertieften sich. »Für alles, was du für mich getan hast. Ich meine es ernst. Du hast mich nie, nicht ein Mal, wie einen Schwerverbrecher behandelt. Aber jetzt wird es Zeit, in die Realität zurückzukehren, Milla.« Eindringlich sah er sie an. »Du hast deinen Job erledigt, und du hast großartige Arbeit abgeliefert. Dein Chef kann sehr stolz auf dich sein.«

Ungläubig erwiderte sie seinen Blick. »Was ist mit uns?«

Robert holte tief Luft. »Milla, es gibt kein Uns. Es gab nie eines, und es wird auch nie eins geben. Ich sitze im Gefängnis.«

»Er wollte dich umbringen, stimmt's?« Milla kämpfte erneut mit den Tränen. »Er hat dir beinahe die Kehle durchgeschnitten.« Ein kalter Schauer lief ihr über den Rücken. »Und er wird es wieder versuchen. Er wird nicht aufgeben.« Millas Stimme versagte. Ihr wurde schwindlig. Unsicher taumelte sie einen Schritt zurück.

Robert war sofort da und stützte sie. Vorsichtig half er ihr, sich auf sein Bett zu setzen, bevor er selbst dicht neben ihr Platz nahm.

»Was ist los, Liebes?«

Sie schloss die Augen und konzentrierte sich auf ihren Atem. Langsam ging es ihr wieder besser, der Schwindel ließ nach. »Ich möchte, dass du mir erzählst, was passiert ist. Vorher werde ich diese Zelle nicht verlassen.«

»Milla, ich glaube nicht …«

»Es ist mir egal, was du glaubst. Deinetwegen habe ich eine anonyme Drohung erhalten. Sag mir endlich, was geschehen ist«, unterbrach sie ihn verärgert.

Er schüttelte den Kopf, während er mit einer Hand über sein Gesicht fuhr. »Also gut. Du lässt ja doch nicht locker.«

Als er ihr von den Geschehnissen im Duschraum berichtete, wuchs Millas Angst. Sie begann zu zittern. »Er wird dich töten. Was ist in fünf Tagen, wenn er aus seiner Einzelhaft kommt?«

»Zodaine lässt sich etwas einfallen«, erwiderte Robert lapidar.

»Zodaine lässt sich etwas einfallen?«, wiederholte sie ungläubig. »Du bist innerhalb von achtundvierzig Stunden zweimal massiv angegriffen worden, einmal hat man dich halb totgeprügelt, und beim zweiten Mal wurde dir fast die Kehle aufgeschlitzt. Wenn Zodaine nicht rechtzeitig gekommen wäre …« Milla begann zu schluchzen. Zornig riss sie ihre Brille von der Nase und schniefte.

Behutsam legte Robert seinen Arm um ihre Schulter und zog sie erneut an sich.

»Er wird dich umbringen«, flüsterte sie hilflos.

»Bitte, Milla, fahr nach Hause.«

»Meine Befragungen haben irgendjemanden dermaßen aufgeschreckt, dass man dich jetzt töten muss«, murmelte sie. Entschlossen löste sie sich von ihm und setzte sich aufrecht hin. Sie berichtete ihm von ihrer Entdeckung bezüglich Pierre Faubourg und von ihrem Gespräch mit André Richmont.

Mit finsterer Miene lauschte Robert ihren Ausführungen und nickte ab und zu leicht. »André ist ein toller Journalist, zuverlässig, fair. Er besitzt eine sehr gute Menschenkenntnis«, bestätigte er im Anschluss. »Ich kenne den Vorfall nicht.« Einen Augenblick starrte er an die gegenüberliegende Wand.

»Faubourg hätte durchaus die Mittel, einen Autopsiebericht fälschen zu lassen. Aber Mord?« Er klang zweifelnd.

»Er war an jenem Abend auch auf der Party«, sagte Milla ernst.

Robert nickte. »Ich weiß. Aber ich kann mir einfach nicht vorstellen, dass Simone mit ihm …« Er brach ab.

»Wir brauchen mehr Zeit.«

»Mehr Zeit? Wofür?« Er runzelte die Stirn.

»Um herauszufinden, wer hinter all dem«, sie deutete mit ihrer Hand einen Halbkreis an, »wer hinter all den furchtbaren Ereignissen der letzten Tage steckt.«

»Du bist süß.« Sanft fuhr er über ihre Wange.

»Robert!« Milla legte ihre Hand auf seine und blickte ihn eindringlich an.

»Verdammte Scheiße!«

»Ich meine es ernst. Auf keinen Fall werde ich zulassen, dass man dich in diesem Loch hier abschlachtet.«

»Du musst zurück, Milla. Dein Chef wartet.«

Sie wusste, dass Robert recht hatte.

Einige Minuten lang herrschte Schweigen zwischen ihnen. Milla stierte nachdenklich vor sich hin. Was konnte sie tun? Und wer wollte Robert töten? Ein Gedanke reifte in ihr heran.

Während sie Robert in ihre Idee einweihte, entgleisten ihm die Gesichtszüge.

Eindringlich versuchte er, an ihre Vernunft zu appellieren, versuchte, ihr den Wahnsinn ihres Plans aufzuzeigen, doch Milla ließ sich nicht abbringen.

»Gib mir drei Tage«, sagte sie schließlich zum Abschied und blinzelte ihm verschwörerisch zu, bevor sie an die Zellentür klopfte.

Im Taxi wuchs ihre Idee mehr und mehr zu einem handfesten Plan heran. Obwohl sie auf der Fahrt nach Paris unterschiedliche Ansätze und Szenarien verfolgte, landete sie immer wieder bei ihrem ursprünglichen Gedanken. Sie wusste nicht, was auf sie zukommen würde, doch Milla war fest entschlossen, nicht unverrichteter Dinge nach Deutschland zurückzukehren.

Sie hatte vor neun Jahren die falsche Entscheidung getroffen. Diesmal würde sie sich nicht beirren lassen. Ihr war durchaus bewusst, dass ihr Leben, wie sie es bis heute kannte, bald nicht mehr existieren würde. Doch was war die Alternative? Robert würde sterben.

Als sie ihm gegenüber ihre Befürchtungen geäußert hatte, hatte er zwar nichts dazu gesagt, doch sie hatte gespürt, dass ihm die Gefahr, in der er schwebte, durchaus bewusst war.

Robert. Beim bloßen Gedanken an ihn durchlief sie ein Schauder. Hätte sie sich damals anders verhalten, säße er jetzt nicht hier. Ihr erneutes Aufeinandertreffen konnte kein Zufall sein. Milla war Roberts einzige Chance. Selbst Royaume sah keine Notwendigkeit, die Ermittlungen neu anzustoßen.

Nachdem der Taxifahrer sie an der Métrostation Les Halles hatte aussteigen lassen, griff Milla entschlossen zu ihrem Smartphone und wählte die Nummer ihres Chefs.

»Grüß dich, Milla. Sitzt du bereits im Zug?«

Sie schloss die Augen und zählte stumm bis zehn. »Karsten, genau deshalb rufe ich an. Ich möchte kurzfristig ein paar Tage Urlaub nehmen. Denkst du, das geht?«

Einen Augenblick lang herrschte am anderen Ende der Leitung Schweigen, bevor er zögernd erwiderte: »Das kommt jetzt etwas überraschend …«

»Ich weiß. Und ich verspreche dir, dass ich den Artikel in den nächsten Tagen schreiben werde. Sobald er fertig ist, schicke ich ihn dir«, versprach sie, während sie betete, dass er zustimmte. »Die letzten Tage waren wirklich anstrengend. Ich würde gern noch ein wenig Zeit für mich haben, um mich etwas ausruhen zu können.«

»Du willst in Paris bleiben?« Karsten klang irritiert.

»Ich bin mir noch nicht sicher«, log sie unverblümt.

»In Ordnung, Milla. Ich sehe zu, dass ich einen Teil deiner Arbeit Elke gebe. Den Rest verteile ich an die anderen. Bitte schick mir den Artikel bis spätestens übermorgen zu. Markus möchte ihn noch vor der Redaktionssitzung mit mir besprechen.«

»Danke, Karsten. Du hast etwas gut bei mir.« Sie bemühte sich, ihre Erleichterung zu verbergen.

»Ja, schon okay. Zu gegebener Zeit erinnere ich dich daran.« Karsten lachte. »Und Milla? Nutz deine Chance. Dieser Artikel könnte dein Aushängeschild für größere Aufträge werden.«

»Danke«, wiederholte sie. »Für alles! Du bist ein Superchef.«

»Alles in Ordnung bei dir, Milla?«, fragte er in argwöhnischem Ton.

»Alles okay. Mach's gut.«

»Bis bald. Genieß deine freien Tage.«

Nachdem Karsten aufgelegt hatte, starrte Milla sekundenlang auf das Telefon in ihrer Hand. Ihr war bewusst, dass sie gerade eben zum letzten Mal mit Karsten gesprochen hatte. Es würde keinen Artikel geben, und ihren Job würde sie auch verlieren. Nichts würde mehr sein, wie es war.

61

Robert saß auf seiner Pritsche, mit dem Rücken gegen die Mauer gelehnt. Grenzenlose Enttäuschung bahnte sich in seinen Gedanken ihren Weg. Vor ihm lag nichts als Leere. Öder Gefängnisalltag für die nächsten zwanzig Jahre.

Bestimmt saß Milla längst im Zug nach Deutschland. Für einen kurzen Moment musste er über ihre hanebüchene Idee schmunzeln. Milla und ihre Fantasie. Einen wunderschönen Augenblick lang hatte er ihr ihren optimistischen Plan tatsächlich abgenommen. Hatte befürchtet, dass sie es ernst meinte. Was für eine Powerfrau! Kämpfte wie eine Löwin für ihre Überzeugungen. Robert war sich fast sicher, dass sie ihn tatsächlich für unschuldig hielt.

Vorsichtig drehte er sich etwas zur Seite, da seine angebrochenen Rippen wieder zu schmerzen begannen. Fluchend fasste er sich an die rechte Hüfte.

Kurz hatte er sich ernsthaft Sorgen um Milla gemacht. Urplötzlich war sie leichenblass geworden und vor seinen Augen fast zusammengeklappt. Was war er nur für ein Idiot? Wie hatte er ihr eine solche Last aufbürden können? Kein Wunder, dass sie kurz vor einem Nervenzusammenbruch stand. Er könnte es sich niemals verzeihen, wenn ihr etwas zustoßen sollte.

Hoffentlich hatte sie Paris bereits verlassen, außer Reichweite von all den Gefahren, die durch ihre Nachforschungen heraufbeschworen worden waren. Vielleicht hatte sogar er Glück, und Jabar würde von seinem Auftraggeber zurückgepfiffen werden, da Milla ihre Recherchen eingestellt hatte. Zwar rechnete er noch immer mit dem Schlimmsten, aber die Hoffnung starb zuletzt. War es überhaupt erstrebenswert, die nächsten Jahrzehnte in diesem Loch verbringen zu müssen? War es nicht vielleicht die bessere Alternative, dem Ganzen ein Ende zu setzen?

Entsetzt über seine eigenen Gedanken, ermahnte sich Robert selbst. Seine Eltern würden es niemals verkraften, einen weiteren Sohn zu verlieren. Und Milla? Sie würde sich die größten Vorwürfe machen und sich möglicherweise sogar eine Mitschuld an seinem Tod geben.

Nein, diesen Kummer konnte er ihr nicht aufhalsen, auch wenn ihm klar war, dass die Entscheidung darüber sowieso nicht in seiner Hand lag. Sehnsüchtig blickte er zum Fenster hinauf. Was würde er dafür geben, einfach hier hinausspazieren zu können!

Jemand, der noch nie in dieser Situation gewesen war,

würde niemals verstehen können, wie wertvoll Freiheit war. Die Freiheit hinzugehen, wohin man wollte. Die Freiheit zu tun, was man wollte. In diesem Moment war er sich sicher, dass er niemals wieder einen anderen Wunsch als nach dieser verdammten Freiheit hegen würde.

62

Als Milla am frühen Nachmittag Sandrines Haus betrat, verfärbte sich der Himmel bereits grau.

Meine Güte, es wird schon wieder dunkel, dachte sie genervt. Nachdem sie Minou ausgiebig gestreichelt hatte, schnappte sie sich ihren Laptop und verschanzte sich in ihrem Zimmer. Während sie in Gedanken durchging, was sie in den nächsten Tagen alles benötigen würde, fertigte sie eine Liste an, damit sie ja nichts vergaß. Eine penible Vorbereitung war jetzt das Allerwichtigste. Dann notierte sie sich, welche Probleme ihr bevorstünden, die sie zu bewältigen haben würde. Sie recherchierte stundenlang im Internet und wurde glücklicherweise auch fündig. Angestrengt las sie sich durch unzählige medizinische Berichte und Erklärungen, bis ihr dermaßen der Kopf schwirrte, dass sie sich einen Moment zurücklehnen und ihre Augen schließen musste. Wieder und wieder spielte sie die verschiedenen Szenarien durch und ließ vor ihrem geistigen Auge den kompletten Plan ablaufen. War sie verrückt geworden? Doch je länger sie über ihre Idee nachdachte, umso konkreter wurden ihre Vorstellungen.

Sie war der festen Überzeugung, das einzig Richtige zu tun. Das einzig Richtige für sich, aber auch das einzig Richtige, um diesen immer undurchsichtiger erscheinenden Fall endlich aufklären zu können. Obwohl ihr bewusst war, dass niemand sie würde verstehen können, ließ sie sich nicht beirren.

Sie nahm ihr Smartphone und wählte die Nummer ihres Vaters.

»Seifert.«

»Papa, ich bin's. Wie geht es dir?«

»Milla, Kind. Wie schön, dass du dich meldest! Wann kommst du denn nach Hause?«

»Es wird noch etwas dauern, Papa. Möchtest du nicht doch lieber in meine Wohnung ziehen?«

»Milla, Mädchen, hör zu«, begann ihr Vater herumzudrucksen.

Milla horchte alarmiert auf.

»Die Sache ist die«, fuhr er zögernd fort, »Irene und ich, na ja ...«

»Was ist mit Irene und dir?«, fragte sie besorgt, während sie das Schlimmste vermutete. Sie hatte von Anfang an damit gerechnet, dass ihr Vater und Irene es nicht lange gemeinsam unter einem Dach aushalten würden.

»Also, Irene und ich, wir haben uns die letzten Tage ganz gut verstanden.«

»Ja, und?« Sie verstand nicht, worauf er hinauswollte.

»Sehr gut, wenn du verstehst, was ich meine.« Er räusperte sich verlegen.

Für einen Moment schloss sie die Augen. Was wollte ihr Vater damit andeuten? Doch nicht etwa, dass Irene und er ...? Nein, entsetzt schüttelte sie den Kopf. Irene war ihre Ex-Schwiegermutter in spe, die Mutter von Sebastian, dem Mann, der sie jahrelang betrogen und belogen hatte. Obwohl sie Irene wie eine eigene Mutter liebte, würde ihr Vater ihr das nicht antun. Oder etwa doch? Hatte er nicht genau das gerade gesagt? Sie rang um Fassung. »Papa, ich hoffe, du willst mir nicht sagen, dass du mit Irene, also, dass ihr beiden mit dem Gedanken spielt ...«

»Über ›mit dem Gedanken spielen‹ sind wir schon hinaus, Milla«, unterbrach ihr Vater sie mit fester Stimme.

»Nein«, platzte es aus ihr heraus. Das konnte nicht wahr sein! War Sebastian jetzt ihr, ja, was eigentlich, ihr Stiefbruder? Sie wollte es nicht glauben. Ungläubig starrte sie auf den Monitor vor sich, während sie sich an den eigentlichen Grund ihres Anrufs erinnerte. Obwohl sie ihrem Vater tausend Dinge zu sagen hatte, musste sie ihre Schimpftirade für den Moment hinten anstellen. »Papa, hör zu. Ich weiß nicht, was ich dazu sagen soll. Irene, nun ja, nichts gegen Irene, aber sie passt irgendwie so gar nicht in dein …« Sie verschluckte das letzte Wort.

»Beuteschema«, vollendete ihr Vater trocken den Satz. »Milla, ich weiß. Glaub mir, auch für Irene und mich ist das alles sehr ungewohnt. Aber wir denken wirklich, dass es passen könnte. Mit uns, meine ich.«

Milla stieß einen stummen Fluch aus. »Papa, bitte lass uns ein andermal darüber unterhalten.« Am besten niemals, widersprach sie sich in Gedanken. »Ich müsste dringend mit Irene reden. Ist sie auch da?« Milla musste sich jetzt unbedingt konzentrieren.

»Steht neben mir, mein Schatz.«

Genervt verdrehte sie die Augen. Irene hatte das komplette Gespräch mitverfolgt. Nachdem ihr Vater ihr noch viel Erfolg für ihren Auftrag gewünscht hatte, reichte er sie an Irene weiter.

»Hallo, Milla«, begrüßte diese sie im nächsten Moment.

»Irene«, erwiderte Milla, während sie hastig die Bilder verdrängte, die vor ihrem inneren Auge erschienen.

»Milla, ich hoffe, du bist nicht zu sehr geschockt …«

»Ehrlich gesagt, möchte ich jetzt nicht darüber reden. Die Neuigkeit kam doch sehr überraschend für mich.« Milla versuchte, Ruhe zu bewahren. »Ich rufe an, weil ich eine große Bitte an dich habe. Es geht um die Ausarbeitung eines medizinischen Berichts, für den ich deine pharmazeutischen Kenntnisse bräuchte«, log sie, ohne mit der Wimper zu zucken. »Ich stelle mir das folgendermaßen vor …«

Nachdem Irene schweigend ihren Ausführungen gelauscht hatte, willigte sie ohne Zögern ein, Milla behilflich zu sein.

Sie war sich zwar nicht sicher, ob Irene ihr die Geschichte wirklich abgekauft hatte oder ob sie ihr gegenüber nur ein schlechtes Gewissen wegen der Sache mit ihrem Vater hatte, aber letztlich erklärte Irene sich bereit, ihr die gewünschten Materialien zur Verfügung zu stellen.

So einfach war es, auf die andere Seite zu wechseln, dachte Milla, nachdem sie das Telefonat beendet hatte. Zufrieden hakte sie den ersten Punkt auf ihrer Problemliste ab. Nun sollten die anderen Hindernisse ebenfalls zu bewältigen sein.

Zwei Stunden später hatte sie mehrere Bestellungen aufgegeben, ihre geografischen Kenntnisse von Paris vertieft und für die nächsten drei Tage ein Auto reserviert. Der größte Kraftakt jedoch stand ihr noch bevor.

Bekümmert ließ Milla ihre Freundschaft mit Sandrine Revue passieren. Sandrine, die ihr in all den schweren Jahren ihrer Ehe mit Sebastian immer eine große Stütze gewesen war, die sie manchmal sogar besser hatte einschätzen können als sie sich selbst. Die auch mit Kritik nie hinterm Berg hielt, gleichzeitig aber stets Lösungsvorschläge parat hatte. Für Milla verkörperte Sandrine den Inbegriff der perfekten Freundin. Trotz der vielen hundert Kilometer, die sie trennten, bestand zwischen ihnen eine Nähe und Vertrautheit, die Milla bisher nur selten in ihrem Leben gefunden hatte. Diese kostbare Verbindung würde nun ein Ende finden. Bei dem bloßen Gedanken an die Lügen, die sie ihr später auftischen musste, wurde Milla erneut schwindlig.

War sie mit der Situation nicht überfordert? Beging sie einen Fehler? Sollte sie nicht besser nach Hause zurückkehren und ihr bisheriges Leben weiterführen?

Doch bei der bloßen Vorstellung, Robert seinem Schicksal zu überlassen, ihn nie wiederzusehen, nie wieder seinen Geruch einzuatmen, krampfte sich ihr Herz zusammen. Nein, diesmal würde sie nicht kneifen. Zu viel stand auf dem Spiel. Robert befand sich in Lebensgefahr. Wer auch immer hinter dem Mord an Lambert, der anonymen Mail an sie und hinter der Manipulation der Akte von Simone steckte, dieser Jemand würde nicht ruhen, bevor Robert mundtot gemacht worden war.

Robert! Wie gern hätte sie mit ihm alles noch einmal durchgesprochen. Wie besorgt er sie vorhin angeschaut hatte, als ihr schlecht geworden war. Hatte Sebastian sie in all den Jahren auch nur ein einziges Mal auf diese Art angesehen? Die Antwort darauf kannte sie längst.

Als sie die letzten Vorkehrungen für den heutigen Tag beendet hatte, hörte Milla, wie unten die Haustür aufgeschlossen wurde. Eilig fuhr sie den Laptop herunter und packte ihre Notizen unters Bett.

»Milla?« Schon im nächsten Moment streckte Sandrine ihren Kopf durch den Türspalt.

»Ich komme sofort, habe gerade noch an meinem Artikel geschrieben«, sagte Milla schnell.

»Darf ich ihn lesen?«

»Auf Deutsch?«

Sandrine zuckte mit den Achseln und ging vor ihr die Treppe hinunter.

Als sie die Küche betraten, knabberte Minou gerade sein Trockenfutter und sah die beiden missbilligend an.

»Mon Dieu, was für ein Tag«, stöhnte Sandrine und ließ sich auf einen der Stühle fallen. Milla holte zwei Gläser aus dem Schrank und stellte sie mit einer Flasche Wasser auf den Tisch, bevor sie sich ebenfalls setzte.

Während Sandrine ihnen einschenkte, betrachtete Milla ihre Freundin mit Wehmut.

»Was ist?« Sandrine hob den Kopf und schaute Milla fragend an.

»Ich fahre übermorgen früh nach Hause.« Milla griff nach ihrem Wasserglas.

Sandrine pfiff leise durch die Zähne. »Es ist also so weit.«

Milla spürte, wie sich die Härchen auf ihren Armen aufstellten. »Ja, es ist so weit.«

»Wie war es?«

Milla starrte schweigend auf die Tischplatte.

Sandrine fasste über den Tisch und nahm ihre Hand. »Es tut mir so leid.«

Hastig drehte Milla ihren Kopf zur Seite, um Sandrines Blick auszuweichen. Ihre Augen begannen zu brennen. »Danke, Sandrine. Eigentlich war es doch von Anfang an klar, dass er, na ja, dass wir, dass es eben nicht geht.« Ihr fehlten die richtigen Worte.

»Unser Herz sieht die Dinge oft weniger rational«, entgegnete Sandrine mitfühlend.

Minou schlich zu Millas Stuhl und drückte sich an ihre Beine.

»Sieht so aus, als ob du hier nicht nur ein gebrochenes Männerherz hinterlassen würdest«, sagte Sandrine und warf einen schiefen Blick in Richtung ihres Katers.

»Er ist toll«, erwiderte Milla mit einem traurigen Lächeln.

»Wer jetzt?« Sandrine grinste. »Robert oder Minou?«

»Ich meinte Minou«, erklärte Milla ernst, doch Sandrine winkte ab.

»Tut mir leid, Süße.« Sie nickte nachdenklich. »Also ist das unser vorletzter Abend.«

Ihr vorletzter Abend! Sandrine konnte nicht wissen, wie sehr sie mit ihrer Aussage ins Schwarze traf.

»Mein Vater und Irene sind ein Paar«, wechselte Milla das Thema, während sie den Kater auf ihren Schoß hob und zu kraulen begann. Schnurrend drehte er sich auf den Rücken.

Sandrine runzelte die Stirn. »Ist das dein Ernst?«

»Meiner nicht, aber ihrer.« Milla seufzte. »Ich kann es immer noch nicht glauben. Mein Vater und Irene! Wahrscheinlich sitzen wir Weihnachten gemeinsam mit Sebastian und seiner Verlobten unterm Tannenbaum und singen *Stille Nacht, heilige Nacht*.«

»Vielleicht solltest du einfach bis Silvester hierbleiben. Frag deinen Chef, ob du nicht noch ein paar Tage Urlaub machen kannst«, schlug Sandrine vor.

Milla schluckte. »Das geht leider nicht. In Frankfurt wartet bereits einiges an Arbeit auf mich.«

Sandrine nickte verständnisvoll, bevor sie Millas Hand leicht drückte. »Lass dich nicht unterkriegen. Auf keinen Fall Weihnachten mit Sebastian!«

»Das habe ich ganz bestimmt nicht vor.« Milla musste an ihren Plan denken.

63

Wütend warf sie den geöffneten Briefumschlag auf den Schreibtisch. Dabei fielen die sich darin befindlichen Fotos heraus. Erschöpft ließ sie sich auf den Stuhl fallen. Nicht schon wieder! Sie konnte nicht mehr. Immer und immer wieder dasselbe Spiel, dachte sie bitter. Ein Scheißspiel.

Genervt zog sie das oberste Foto zu sich heran und drehte es widerwillig um. Die Frau darauf war jung und ausgesprochen attraktiv. Sie musterte das Gesicht der Blondine auf dem Foto, die ihre makellosen Zähne aufblitzen ließ, während sie den Mann neben sich buchstäblich anschmachtete. Ihren Mann! Die beiden befanden sich vor dem Eingang eines Hotels und schienen die Welt um sich herum vergessen zu haben. Sie schätzte, dass die Frau allerhöchstens halb so alt war wie ihr Mann. Fassungslos starrte sie auf das Bild. Warum? Warum tat sie sich das überhaupt noch an? Warum zog sie nicht endlich einen Schlussstrich unter eine Beziehung, die diesen Namen überhaupt nicht verdiente?

Als sie spürte, wie Tränen in ihr aufstiegen, wurde sie noch zorniger. Warum konnte sie ihn nicht verlassen? Wie oft wollte sie sich noch von ihm demütigen lassen? Warum ließ sie es wieder und wieder zu, dass er rücksichtslos auf ihren Gefühlen herumtrampelte? Was hatte sie nicht schon alles für ihn getan? Und was war der Dank? Dass er die nächstbeste dahergelaufene Straßenschönheit in irgendeinem drittklassigen Hotel vögelte und sich einen Dreck darum scherte, wie es ihr dabei ging. Das musste ein Ende haben! Sobald sie das Problem mit Hoffmann und der Journalistin gelöst hatte, würde sie mit ihm sprechen und ihm die Pistole auf die Brust setzen. Es wurde Zeit, dass sie sich endlich um ihr eigenes Leben kümmerte.

Mit spitzen Fingern schob sie die Fotos zurück in den Umschlag und verstaute sie in der Schreibtischschublade. Es war von Vorteil, wenn der Gegner die Waffen noch nicht kannte. Sie schmunzelte, als sie bemerkte, dass sie endlich auf dem richtigen Weg war. Als Gegner hatte sie ihren Mann bisher noch nie bezeichnet. Doch ihr war klar, dass er genau das war.

64

Milla starrte abwechselnd aus dem Fenster und auf ihre Uhr. Es war bereits später Vormittag. Seit Stunden regnete es ununterbrochen. Seufzend wandte sie sich ab und packte ihre Tasche. Es half alles nichts. Sie hatte eine Menge wichtiger Dinge zu erledigen und konnte nicht länger warten.

Im strömenden Regen eilte sie zur Métrostation. Wie es Robert wohl ging? Hoffentlich heilten die Verletzungen seines Gesichts. Falls nicht, wäre ihr ganzer Plan gefährdet.

Milla musste zweimal umsteigen, bis sie endlich die Station

Porte d'Orléans erreichte. Mittlerweile war es Mittag. Mist! Warum war sie nur nicht früher aufgebrochen?

Nachdem sie die Treppen der U-Bahn-Station hinaufgestiegen war, sah sie sich suchend auf dem Place du 25-Août-1944 um.

Etwa fünfzig Meter von ihr entfernt entdeckte sie den Parkplatz, der im Internet beschrieben worden war. Während sie auf ihn zuhastete, hielt sie nach dem von ihr reservierten Automodell Ausschau. Aus gutem Grund hatte sie sich für einen kleinen Renault Twingo entschieden, der zu Zehntausenden in Paris zu finden war.

Wie beschrieben befand sich unter der Fahrertür ein kleiner Kasten, auf dem eine Tastatur angebracht war, ähnlich einem Geldautomaten. Milla holte ihr Notizbuch aus der Tasche, in dem sie sich den Code notiert hatte, der ihr vom System nach ihrer Reservierung angezeigt worden war. Konzentriert gab sie die achtstellige Kombination ein. Die Verriegelung löste sich. Erleichtert entnahm sie den Schlüssel und öffnete den Wagen.

Da es noch immer schüttete, setzte sie sich eilig in das Fahrzeug und legte für einen Moment die Stirn auf das Lenkrad. Obwohl sie nichts Verbotenes tat, fühlte sie sich unwohl. Sie spürte, wie ihr erneut schwindlig wurde.

Sie schloss die Augen und konzentrierte sich ganz auf ihren Atem. Ruhig, Milla! Sie durfte jetzt auf keinen Fall schlappmachen. Als es ihr langsam wieder besser ging, startete sie den Wagen. Sie kramte in ihrer Tasche, bis sie den Stadtplan und ihre Notizen gefunden hatte, die sie sich gestern gemacht hatte. Das Navigationsgerät ignorierte sie.

Erst als Milla Paris hinter sich gelassen hatte, entspannte sie sich etwas. Da sie verhindern wollte, dass man ihre Route nachvollziehen konnte, mied sie die mautpflichtige Autobahn. Stattdessen benutzte sie die parallel verlaufende Nationalstraße, was zwar etwas länger dauerte, aber unauffälliger war.

Nach zwei Stunden hatte sie ihr Ziel erreicht.

Sie folgte der Beschilderung zur Innenstadt von Orléans und machte sich auf die Suche nach einem Parkhaus. Nachdem sie den Wagen abgestellt hatte, sprach sie den ersten Passanten an, der ihr über den Weg lief, und fragte nach der Adresse, die sie gestern im Internet herausgesucht hatte. Mittlerweile war es früher Nachmittag. Milla hatte keine Zeit mehr zu verlieren. Als sie das gesuchte Geschäft gefunden hatte, nahm sie ihre Brille ab und steckte sie in die Tasche. Niemand sollte sich später an sie erinnern können. Unsicher blickte sie sich um und kam sich plötzlich unglaublich albern vor. Wie sollte sie halb blind vernünftig einkaufen gehen? Aber sie hatte keine andere Wahl. Die bestellten Kontaktlinsen würden erst im Laufe des Tages eintreffen. Es blieb ihr also nichts anderes übrig, als irgendwie das Beste aus der Situation zu machen. Mit klopfendem Herzen betrat sie das Geschäft.

Erwartungsgemäß kam sofort jemand auf sie zu. Milla konnte nicht erkennen, ob es sich um eine Frau oder einen Mann handelte. Ohne sich ihre Unsicherheit anmerken zu lassen, lächelte Milla die unscharfen Konturen der Person an.

»Bonjour, Madame, kann ich Ihnen helfen?«, fragte die Verkäuferin in freundlichem Ton.

Als diese sich nur noch einen knappen Meter von Milla entfernt befand, erkannte sie eine ältere, leicht pummelige Frau.

»Bonjour! Ja, das können Sie in der Tat. Die Sache ist die«, sie senkte verschwörerisch ihre Stimme, »meine Schwester muss sich demnächst einer Chemotherapie unterziehen. Und ich möchte ihr vorsichtshalber eine Perücke kaufen.«

»Das tut mir leid, Madame. Bei uns sind Sie mit Ihrem Anliegen genau richtig. Kommen Sie bitte, ich zeige Ihnen einige Modelle.« Mit diesen Worten drehte sich die Verkäuferin um und durchquerte das Geschäft.

Milla folgte ihr unsicher. Rechts und links von ihr konnte sie schemenhaft unzählige Plastikköpfe erkennen, die Perücken mit Frisuren in allen erdenklichen Varianten und Farben trugen.

»Diese Perücke, übrigens aus Echthaar, entspricht Ihrer Frisur am ehesten.« Die Verkäuferin nahm eines der Haarteile aus dem Regal.

Milla schüttelte den Kopf. »Nein, entschuldigen Sie bitte. Meine Schwester hat blondes Haar, kurz und etwas wellig.« Sie verzog leicht ihr Gesicht. »Ich komme eher nach unserem Vater, sie nach unserer Mutter«, fügte sie erklärend hinzu.

»Ich verstehe«, sagte die Verkäuferin, während sie die Perücke zurücklegte und ein anderes Regal ansteuerte. »Etwa in dieser Art?« Sie reichte Milla ein helles gelocktes Exemplar.

Milla schenkte der Verkäuferin ein freundliches Lächeln und nahm die Perücke entgegen. Behutsam strich sie mit ihren Fingern über die blonden Strähnen. Sie fühlten sich tatsächlich wie echtes Haar an. »Toll! Sie wird so gut wie keinen Unterschied erkennen.« Dankbar nickte sie der Verkäuferin zu. »Ich nehme sie.« Je kürzer und unauffälliger sie sich in dem Laden aufhielt, desto geringer war die Wahrscheinlichkeit, dass die Frau sich später an sie erinnern konnte.

Die Verkäuferin führte sie zur Kasse und verpackte die Perücke in einem Karton.

Nachdem Milla kurz darauf den Laden verlassen hatte, holte sie ihre Brille hervor und setzte sie wieder auf. Erleichtert atmete sie durch. Dann kehrte sie zum Parkhaus zurück. Im Wagen riss sie ungeduldig den Karton auf und betrachtete die Perücke zum ersten Mal im Detail.

Vorsichtig strich sie ihr eigenes Haar hinters Ohr und streifte die blonde Perücke über. Milla blickte in den Spiegel und zupfte die kurzen Strähnen in Form. Nein, so würde sie niemand erkennen.

Nachdem sie die Perücke wieder abgezogen und verstaut hatte, machte sie sich auf den Heimweg.

65

Als Milla um kurz vor acht Joinville-le-Pont erreichte, hörte es auf zu regnen. Sie überlegte, wo sie den Wagen abstellen konnte, und fuhr einige Male durch die Seitenstraßen des Viertels, in dem sich Sandrines Haus befand.

Als sie in der Nähe ein kleines zurückgesetztes Haus entdeckte, bei dem alle Rollläden heruntergelassen waren, stieg sie aus und nahm den Briefkasten in Augenschein. Wie vermutet quoll er über vor Briefsendungen und Prospekten. Die Bewohner schienen verreist zu sein.

Milla parkte den Wagen direkt davor, in der Hoffnung, dass sich bis morgen niemand beschweren würde. Den Karton mit der Perücke ließ sie im Kofferraum liegen. Wenn Sandrine ihren Einkauf entdeckte, müsste Milla ihr nur weitere Lügen auftischen.

Am Haus ihrer Freundin angelangt, entdeckte sie einen Vermerk des Postboten, dass er bei der Nachbarin zwei Pakete für sie hinterlassen hatte. Sandrine schien noch nicht zu Hause zu sein. Milla steuerte auf die Tür der indischen Nachbarin zu und klingelte.

»Oui?« Madame Sullah erschien im Eingang. Heute war sie in einen elegant verzierten hellblauen Sari gehüllt, an dem Milla sich kaum sattsehen konnte.

»Bonsoir, Madame Sullah. Der Paketdienst hat eine Nachricht hinterlassen, dass Sie freundlicherweise zwei Päckchen für mich angenommen haben.«

»Ah, die deutsche Freundin von Sandrine. Oui, Madame, einen Moment bitte.«

Madame Sullah verschwand kurz im Inneren des Hauses, um zwei Minuten später mit zwei mittelgroßen Kartons zurückzukehren.

»Voilà. Weihnachtseinkäufe?« Lächelnd sah sie Milla an.

Sie nickte und bedankte sich für die Annahme.

»Was macht der Kater?« Madame Sullah senkte ihre Stimme. »Ein furchtbares Tier, nicht wahr?«

Milla zuckte mit den Achseln. »Bis jetzt hatte ich keine Probleme mit ihm. Aber Sandrine hat mir auch erzählt, dass er für gewöhnlich sehr schwierig zu sein scheint.«

»Schwierig! Eine absolute Katastrophe, würde ich sagen.« Sie zögerte. »Ihre Freundin bräuchte einen Mann. Die Katze kann doch keinen Partner ersetzen! Mon Dieu.«

Milla verkniff sich ein Grinsen.

»Wie lange bleiben Sie noch in Paris?«

Milla räusperte sich. »Ich reise morgen ab.«

»Wie schade.« Die Nachbarin blickte sie mit Bedauern an.

Nachdem sie sich gegenseitig schöne Feiertage gewünscht hatten, kehrte Milla in Sandrines Haus zurück.

Eilig rannte sie die Treppe hoch und schloss die Tür des Gästezimmers hinter sich. Ungeduldig riss sie die beiden Pakete auf, bis sie ihre Bestellungen in den Händen hielt. Sie löste eine Spritze aus der Verpackung und hielt sie sich testweise an den Hals.

Ein mulmiges Gefühl überkam sie. Was würde passieren, wenn etwas schiefging? Doch diesen Gedanken wollte sie jetzt nicht zu Ende denken. Es gab keine Alternative, das hatte sie in den letzten Tagen doch mehrfach feststellen müssen. Auch vonseiten der Polizei konnte sie keine Hilfe erwarten.

»Milla?«

Verdammt, Sandrine war schon da! Schnell verstaute Milla die Verpackungen samt Inhalt unter ihrem Bett und zog die Tagesdecke zurecht. Sie verschnaufte einen Moment, bevor sie die Tür öffnete und ihrer Freundin antwortete.

»Na, ist der Artikel fertig?« Sandrine blickte ihr entgegen, während Milla die Treppe hinabstieg.

»So gut wie«, flunkerte sie, und ihr schlechtes Gewissen meldete sich.

»Ich habe uns etwas Leckeres eingekauft. Komm mit.« Sandrine zog sie hinter sich in die Küche, wo sie voller Stolz ihre Tasche auspackte.

Lächelnd präsentierte sie Milla eine Flasche Champagner und eine Riesenportion Sushi.

»Wow«, entfuhr es Milla. »Wofür ist das?«

»Das, liebe Milla«, entgegnete Sandrine feierlich, »wird uns unseren letzten gemeinsamen Abend versüßen.«

Sie holte Geschirr aus dem Schrank und schob den Kater sanft zur Seite, der mit einem Blick auf den rohen Fisch um sie herumschlich.

Nach dem Essen machten Milla und Sandrine es sich vor dem Kamin gemütlich. Das Feuer flackerte und verbreitete eine wohlige Wärme. Milla lehnte sich in ihrem Sessel zurück, in der linken Hand das Champagnerglas, und starrte in die Flammen. Zwischen ihnen herrschte ein vertrautes Schweigen, während sie ihren Gedanken nachhingen.

»Manchmal ist das Leben Mist«, unterbrach Sandrine die Stille. »Entscheidungen, die wir im einen Moment vielleicht gar nicht als so schwerwiegend empfinden, stellen sich im Nachhinein als furchtbare Fehler heraus.«

Milla sah ihre Freundin von der Seite an. So melancholisch zeigte sie sich nur selten.

»An was denkst du?« Sie ahnte, worauf Sandrine hinauswollte.

»Na ja, vielleicht wäre dein Leben komplett anders verlaufen, hättest du dich damals auf diesem Kongress, von dem du mir erzählt hast, anders entschieden«, murmelte Sandrine, bevor sie ihren Kopf wandte und Millas Blick erwiderte. »Und vielleicht nicht nur dein Leben.«

Milla nickte. »Darüber habe ich die letzten Tage auch mehrfach nachgedacht.«

Sandrine streckte ihre Hand aus, Milla ergriff sie dankbar.

Seufzend wandte sie ihren Blick wieder ab und starrte erneut in die Flammen. »Es hört sich bestimmt dämlich an, aber ich habe mich bei ihm wirklich geborgen gefühlt.« Sie runzelte die Stirn. »›Geborgen‹, ein seltsames Wort in diesem Zusammenhang.« Sie stockte. »Aber das trifft es genau. Ich fühlte mich bei ihm sicher, beschützt. Ein Gefühl, das mir Sebastian nie vermitteln konnte.« Sie lachte bitter auf.

Sandrine drückte ihre Hand. »Ich würde dir so gern helfen, Süße.« Ihre Stimme klang bekümmert. »Aber ich weiß nicht, wie.« Mit der anderen Hand fuhr sie sich durchs Haar. »Das Leben kann so beschissen sein. – Und wenn du doch noch mal mit der Polizei sprichst?«

Milla schüttelte den Kopf. »Keine Chance. Es ist, wie es ist. Der Fall ist abgehakt.« Doch sie konnte ihre Verzweiflung nicht verbergen.

»Milla …«, setzte Sandrine an.

Milla winkte ab. »Es ist vorbei. Lass gut sein. Erzähl mir lieber, wie Olivier Jarreau dir vor vielen Jahren den Kopf verdrehen konnte.«

Sandrine schnaufte. »Olivier. Mon Dieu, das ist eine Ewigkeit her.« Sie lehnte ihren Kopf gegen die Sessellehne und hielt einen Moment inne. »Wird dies der Abend der unglücklichen Lieben?«

Milla betrachtete ihre Freundin, die wehmütig ins Leere starrte.

»Auch so eine Geschichte. Was wäre geschehen, wenn ich ihn damals angerufen hätte?« Sandrine kaute auf ihrer Unterlippe. »Wäre vielleicht ich jetzt Madame Jarreau?«

Milla hob feierlich ihr Glas und prostete ihrer Freundin zu. »Auf die Männer, die uns vielleicht eventuell möglicherweise hätten glücklich machen können, wenn wir sie nur gelassen hätten.«

Sie lachten und nippten dann an ihren Gläsern.

Millas Telefon begann zu klingeln. Nach einem Blick auf

die Uhr angelte Milla sich das Smartphone vom Tisch und schaute aufs Display. Sie kannte die Nummer nicht. »Ja?«

»Madame Seifert? Hier spricht Vanessa Puillot.«

»Bonsoir, Madame Puillot.« Überrascht erhob sich Milla aus ihrem Sessel und stellte sich vor den Kamin.

»Madame, ich wollte nicht stören, aber …«

»Nein, nein, Sie stören überhaupt nicht«, beeilte sie sich zu sagen, während sie Sandrines neugierigen Blick erwiderte.

»Madame, ich habe nach unserem Gespräch noch lange über das nachdenken müssen, was Sie mir erzählt haben.« Die Agentin machte eine Pause. »Ich meine die Sache mit dem Baby.«

»Ja?«

»Nun, Sie wissen, dass ich Ihnen erzählt habe, dass ich Simone wie eine eigene Tochter geliebt habe.« Wieder zögerte sie. »Ich kann es noch immer kaum fassen, dass Hoffmann nicht der Vater des Kindes war.«

Milla konnte Vanessa Puillots Schmerz fast durchs Telefon greifen, doch sie erwiderte nichts.

»Weswegen ich mit Ihnen sprechen wollte: Ich war heute Abend bei meiner Massage, bei der auch Simone vor ihrem Tod wöchentlich einen Nachmittag verbracht hatte. Sie wissen schon. Massage, Sauna, Wellness. Simone war jeden Donnerstagnachmittag dort. Der Termin war ihr heilig. In all den Jahren habe ich nicht einmal erlebt, dass sie diesen Termin hatte ausfallen lassen geschweige denn abgesagt hätte.«

Milla verstand nicht, worauf die Agentin hinauswollte, hatte aber im Laufe der Jahre gelernt, ihre Gesprächspartner nicht zu unterbrechen, sondern geduldig zuzuhören. Wann würde Vanessa Puillot auf den Punkt kommen?

»Heute habe ich erfahren, dass Simone mehrere Monate vor ihrem Tod nicht mehr hingegangen ist.«

»Was soll das heißen?«

»Ich gehe davon aus, dass sie sich an diesem Termin immer mit ihrem, nun ja, mit dem anderen Mann getroffen hat.«

»Wie kommen Sie darauf?«

»Weil sie mir nie erzählt hat, dass sie nicht mehr zu *Beauté et santé*, diesem Massagesalon, ging. Warum sonst sollte sie mich anlügen, wenn nicht, weil sie verhindern wollte, dass ich von ihrem … anderweitigen Termin erfahre?«

»Und das wissen Sie seit heute?«

»Ich war damals noch keine Kundin bei dem Salon. Erst seit etwa einem Jahr gehe ich regelmäßig dorthin. Bisher hatte ich immer tunlichst vermieden, über Simone zu reden. Da mir jedoch unser Gespräch nicht mehr aus dem Kopf gegangen ist und die Masseurin mich vorhin wegen meiner Verspannung angesprochen hat, kamen wir zufällig auf das Thema zu sprechen.« Sie machte eine Pause. »Warum hätte Simone mich anlügen sollen?«, wiederholte sie leise.

Zögernd stimmte Milla ihr zu, bevor sie sich für ihre Offenheit bedankte und ihr zusicherte, ihre Aussage vertraulich zu behandeln. Dann verabschiedete sie sich und beendete das Gespräch.

Nachdenklich setzte Milla sich wieder in ihren Sessel und berichtete Sandrine, was Vanessa Puillot erzählt hatte.

»Simone hat sich also höchstwahrscheinlich jeden Donnerstag mit ihrem unbekannten Geliebten getroffen. Das ändert nur leider nichts an der Tatsache, dass Robert die nächsten zwanzig Jahre hinter Gittern verbringen muss«, resümierte Sandrine, während sie Milla voller Wehmut betrachtete.

66

Unruhig wälzte Robert sich auf die andere Seite. Warum hatte er nicht darauf bestanden, dass Milla sich kurz bei ihm meldete, sobald sie wieder wohlbehalten in Deutschland angekommen war? So hätte er jetzt gewusst, dass sie sich in Sicherheit befand.

Seine Mutter hatte ihm heute Nachmittag am Telefon die Hölle heißgemacht. Obwohl er strikt dagegen gewesen war, hatte Zodaine sie darüber informiert, was hier in den letzten Tagen geschehen war. Angespannt presste Robert seine Kiefer aufeinander. Sicher machte sie sich unendliche Sorgen und kam fast um vor Angst um ihn. Aufgrund des Wasserschadens im Besucherraum, der immer noch nicht getrocknet war, war es seinen Eltern weiterhin nicht möglich, ihn zu sehen. Robert wusste, wie wichtig seiner Mutter die wöchentlichen Besuche waren. All das hier hatten seine Eltern nicht verdient. Fluchend fasste er sich an die Seite. Dann drehte er sich zurück auf den Rücken.

Irgendwo weit entfernt hörte er einen Mithäftling schreien. Doch Robert lebte bereits zu lang in Fresnes, als dass ihn derartige Geräusche noch aus der Fassung bringen konnten. Jeder war sich hier drinnen selbst der Nächste. Er versuchte, die Schreie auszublenden, und rief sich Millas Besuche ins Gedächtnis. Ihren Duft, ihren Körper, ihre warmen Augen und ihr waches, intelligentes Wesen.

Obwohl Robert klar war, dass er für dieses eine unglaubliche Mal dankbar sein musste, war die Erinnerung daran derart schmerzlich, die Gewissheit, sie nie wieder berühren zu dürfen, so bitter, dass er nicht wusste, wie er ohne irgendeine Hoffnung oder Perspektive die nächsten Jahre, die nächsten Monate, ja, allein den nächsten Tag in dieser Zelle überstehen sollte.

Zodaine hatte er versprechen müssen, keine Interviewanfragen mehr anzunehmen, da der ganze dadurch entstandene Aufruhr komplett aus dem Ruder gelaufen war.

Vorsichtig fasste er sich ans Auge. Die Schwellung war zum Großteil zurückgegangen. Die Schmerzen bewegten sich mittlerweile in einem erträglichen Rahmen, sodass er heute auf Medikamente verzichtet hatte. Er schloss die Augen und hoffte, schnell einzuschlafen. Wenn er schlief, musste er nicht mehr grübeln. Über seinen Plan, der ihn in Lebensgefahr gebracht hatte. Über Milla, die ihm den Kopf verdreht hatte. Und über sein Dasein, das sich noch für eine unendlich lange Zeit auf diesen zehn Quadratmetern abspielen würde.

67

Als Millas Wecker am nächsten Morgen klingelte, war sie sofort hellwach. Tag eins ihres neuen Lebens hatte begonnen! Sie stand auf und blickte aus dem Fenster, hinter dem der Morgen gerade zu dämmern begann. Es nieselte. Das perfekte Wetter für ein paar Weihnachtseinkäufe, dachte sie beklommen.

Nach einem kurzen Frühstück packte sie ihre Sachen zusammen und machte sich auf den Weg zu ihrem Leihwagen. Sie verstaute ihr Gepäck im Kofferraum und nahm den Karton mit der Perücke mit ins Haus zurück.

Im Badezimmer starrte Milla nachdenklich in den Spiegel, bevor sie langsam ihre Brille absetzte. Sie holte eine der Kontaktlinsen aus der Verpackung und betrachtete sie skeptisch. Nachdem sie beide eingesetzt hatte, musterte sie verblüfft ihr blauäugiges Gegenüber. Die Wirkung war stärker, als sie erhofft hatte. Wow! Milla zwinkerte kokett. Anschließend holte sie die Perücke aus dem Karton und zog sie über. An den Seiten lugten noch braune Strähnen hervor. Milla schaute sich im Bad um. In einer kleinen Schale neben der Dusche entdeckte sie einige Haarklammern. Sicher hatte Sandrine nichts dagegen, wenn sie sich zwei davon borgte. Sorgfältig steckte sie die seitlichen Strähnen nach hinten und zupfte die Perücke zurecht. Einige Haare ihres Ponys zog sie in die Stirn. Milla drehte den Kopf nach rechts und links, um ihr Profil besser betrachten zu können. Jetzt hatte sie mit der dunkelhaarigen braunäugigen Milla Seifert nichts mehr gemeinsam. So würde sie niemand erkennen, nicht einmal Sandrine. Einen kurzen Moment verharrte sie noch vor dem Spiegel.

Kurz darauf löschte sie das Licht und sah sich noch einmal im Gästezimmer um, um sich zu vergewissern, dass sie nichts vergessen hatte.

Während sie im Flur ihre Schuhe anzog, kam Minou angeschlichen und drückte sich gegen ihr Bein. Beim Anblick des flauschigen Knäuels bildete sich ein dicker Kloß in ihrer Kehle. Ob Milla den Kater jemals wiedersehen würde? Ob sie Sandrine je wieder in diesem Haus besuchen konnte?

Milla nahm Minou hoch und vergrub ihr Gesicht für einige Sekunden in seinem weichen Fell. Doch er schien ihre Angespanntheit zu spüren und begann zu zappeln, sodass sie ihn gleich wieder auf dem Boden absetzte.

»Au revoir, Minou«, murmelte sie, bevor sie sich erhob und das Haus verließ. Unsicher blickte sie sich auf der Straße um, bevor sie, zum zweiten Mal heute früh, zu ihrem Wagen ging. Im Auto holte sie ihre Notizen aus der Handtasche, um sich nochmals die Beschreibung durchzulesen, die sie sich notiert hatte. Milla hatte lange suchen müssen, bis sie ein Hotel gefunden hatte, in dem man problemlos ohne Ausweispapiere einchecken konnte.

Le Village Hostel war eine Art gehobene Jugendherberge und lag in Montmartre, direkt gegenüber der Kathedrale Sacré-Cœur. Ein Viertel, in dem Robert und sie nicht auffallen würden. Bevorzugter Treffpunkt junger Reisender, unkonventionell, extrovertiert, teilweise recht schrill.

Da der Berufsverkehr in vollem Gange war, benötigte Milla eine halbe Ewigkeit, bis sie an ihrem Ziel ankam. Langsam fuhr sie über die Rue d'Orsel, während sie nach dem kleinen Hotel Ausschau hielt. Als sie am Ende der Straße ankam, entdeckte sie den Schriftzug am letzten Eckhaus. Erleichtert fuhr sie ein Stück weiter, bis sie den Eingang eines Parkhauses ausmachte. Milla stellte den Wagen ab, nahm ihr Gepäck und ging zu Fuß zurück zu dem Gebäude, in dem sie ein Zimmer reserviert hatte.

Als sie durch die Eingangstür trat, musste sie fast schmunzeln, da sie das merkwürdige Gefühl beschlich, in einen neuen Lebensabschnitt einzutauchen. Der Vorraum erweckte tatsächlich den Eindruck einer Jugendherberge.

Die Rezeption bestand aus einer langen Holztheke, in deren Mitte dicke Glasbausteine eingelassen waren. Dahinter stand ein junges schwarzhaariges Mädchen, das gerade telefonierte. Milla vermutete, dass es sich um eine Studentin handelte, die sich mit dem Job ihr Studium finanzierte. Neugierig schaute sie sich um und erblickte an der Wand neben der Theke ein schwarzes Brett. Sie machte einen Schritt darauf zu und überflog die Angebote. Alternative Stadtführungen, Malkurse in Montmartre, ein Fahrradverleih, ein afrikanischer Feinkostladen. Die komplette Bandbreite, die dieser Stadtteil zu bieten hatte.

»Madame?«

Lächelnd drehte sich Milla zu der jungen Frau um.

»Kann ich Ihnen helfen, Madame?«

Sie packte ihre Tasche fester und näherte sich dem Holztresen. »Bonjour. Ja, mein Name ist Carine Clouseau. Ich habe vorgestern ein Doppelzimmer online reserviert.« Ihre Lüge ging Milla ohne Probleme über die Lippen. Ungerührt blickte sie die junge Frau an und strich sich wie zufällig eine blonde Strähne aus der Stirn.

Stirnrunzelnd starrte die Rezeptionistin auf den Monitor vor sich und murmelte leise etwas vor sich hin. »Ah, oui. Hier sind Sie. Carine und Stéphane Clouseau.« Sie blickte hinter Milla in den Raum und wieder zurück auf den Monitor.

»Mein Mann ist bereits im Louvre«, erklärte Milla entschuldigend und zuckte mit den Achseln. »Ein wichtiger Auftrag. Wahrscheinlich sehe ich ihn erst irgendwann heute Nacht wieder. Ich dagegen werde mich erst mal ins Einkaufsgetümmel stürzen. Vorher wollte ich unser Gepäck wegbringen.«

Wieder lächelte sie und sah der jungen Frau offen in die Augen. Es wimmelte im Louvre von Gastwissenschaftlern, die ihren Forschungen nachgingen.

»Ich verstehe.« Die Angestellte nickte gelangweilt. »Sind Sie mit dem Wagen hier?«

»Nein, wir bevorzugen die Métro«, log Milla.

»Gut, also benötigen Sie keinen Garagenplatz«, sagte die Schwarzhaarige mehr zu sich selbst, bevor sie einen Schlüssel unter dem Tresen hervorholte und ihn Milla reichte.

»Zimmer Nummer 207. Zweiter Stock. Die Treppe befindet sich am Ende des Flurs.« Sie zeigte mit dem Daumen rechts hinter sich. »Daneben ist auch der Aufzug.« Erneut griff sie unter den Tresen und holte eine Kopie hervor, auf der Milla eine Karte von Montmartre erkannte. »Waren Sie schon mal bei uns in Paris?«

Milla nickte zögernd. »Ja, einmal, aber das ist schon eine halbe Ewigkeit her. Wahrscheinlich waren Sie damals noch nicht einmal geboren«, versuchte sie zu scherzen.

»Also, mit diesem Plan können Sie sich zumindest hier im Viertel orientieren. Métropläne sowie größere Stadtpläne finden Sie im Frühstücksraum, links im Regal.« Die Rezeptionistin machte eine Pause. »Frühstück gibt es von sieben bis zehn. Die Kosten dafür werden extra berechnet.«

»Vielen Dank«, erwiderte Milla, nahm Schlüssel und Plan an sich und nickte der jungen Frau zu, bevor sie sich Richtung Treppe wandte.

Im Hotelzimmer angekommen, schloss sie hastig die Tür hinter sich und lehnte sich von innen dagegen. Für einen kurzen Moment hielt sie inne und atmete tief durch. Geschafft! Die erste Etappe hatte sie problemlos gemeistert.

Im Bad überprüfte sie kurz ihr Haar. Alles saß am richtigen Platz. Milla musste zugeben, dass der Preis des Haarteils tatsächlich gerechtfertigt war. Die Perücke war in keiner Weise als solche zu erkennen. Sie kehrte ins Zimmer zurück. Obwohl es sich bei dem Hotel nicht um ein Sterne-Haus handelte, machte der Raum einen ordentlichen, sogar gemütlichen Eindruck. Auf dem Doppelbett lag eine hellgrün geblümte Tagesdecke. Die Wände waren in einem freundlichen Gelbton gestrichen. Der Schrank war groß genug, um Kleidung für mehrere Tage darin zu verstauen. Das Zimmer war nicht groß, aber ausreichend.

Sie trat ans Fenster. Der Ausblick war überwältigend. Keine hundert Meter entfernt befand sich die Kathedrale Sacré-Cœur. Trotz des trüben Tages leuchteten die Mauern des weißen Gotteshauses so intensiv, dass Milla fast geblendet wurde. Das war Paris, wie sie es liebte. Was würde Robert zu ihrem Domizil sagen? Millas Aufregung wuchs.

Nachdem sie ihre Tasche ausgepackt hatte, verließ sie das Hotel und fuhr mit der Métro in die Innenstadt. Am Knotenpunkt Les Halles stieg sie aus und mischte sich unter die Menschenmassen, die in dem vorweihnachtlichen Trubel auf der Suche nach Geschenken für das bevorstehende Fest waren. Niemand würde sich in diesem Getümmel an Milla erinnern.

Zuerst betrat sie ein Elektrogeschäft und kaufte zwei Prepaidhandys sowie einen neuen Laptop. Sie achtete darauf, sich unauffällig zu bewegen und keine Aufmerksamkeit zu erregen, ließ sich von keinem der Verkäufer ansprechen.

Anschließend besorgte sie mehrere Kleinigkeiten in der Drogerie, die sich genau gegenüber dem Elektroladen befand.

Bei einem Optiker kaufte sie eine Herrenbrille, die sie kommentarlos bezahlte, obwohl der Verkäufer mehrmals nachfragte, ob sie noch mal mit ihrem Mann wegen dem Einpassen der Gläser vorbeikommen wolle. Statt einer Antwort strahlte sie den Mann an, schüttelte den Kopf und zuckte mit den Achseln. Eine Touristin, die kein Französisch sprach. Nur keine Diskussionen, an die der Optiker sich später würde erinnern können.

Da Milla Roberts Schuhgröße nicht kannte, kaufte sie zwei

verschiedene Paare wetterfeste Schnürschuhe. Eines davon würde ihm sicherlich annähernd passen.

Die schwierigste Aufgabe hatte sie sich für den Schluss aufgehoben. Männerklamotten. Nachdem sie sich einen ganzen Stapel an diversen Kleidungsstücken herausgesucht hatte, verschwand sie mit diesen in einer Umkleidekabine. Sie sichtete jedes Teil mehrfach, hielt es sich selbst vor und begutachtete es von jeder Seite. Dann entschied sie sich für drei Pullover, zwei Jeans und ein Cordhemd. Hinzu kamen ein Packen Unterwäsche, Socken, Mütze und Schal.

Mit all ihren anderen Errungenschaften hatte Milla einiges zu schleppen. Wenige Tage vor Weihnachten ging sie in der konsumwütigen Menge jedoch komplett unter. Die Leute kauften, als gäbe es kein Morgen. Zufrieden machte sie sich auf den Rückweg.

Es lief besser als erwartet. Niemand sah sie schief an. Keiner Menschenseele schien aufzufallen, dass ihr Äußeres nicht »echt« war. Auch Milla selbst hatte sich mittlerweile an die Kontaktlinsen gewöhnt und empfand es als angenehm, keine Brille zu tragen, die stets beschlug, wenn sie vom Kalten ins Warme wechselte.

Lediglich ihr Unterbewusstsein musste sich noch an die neue Situation gewöhnen. Mehrmals ertappte sie sich dabei, wie ihre Hand nach dem nicht vorhandenen Gestell auf ihrer Nase tastete. Und jedes Mal sah sie sich verstohlen um, ob jemandem ihre seltsame Bewegung aufgefallen war. Doch niemanden schien zu interessieren, was Milla Seifert tat.

Sie musste an morgen denken, wenn mit Sicherheit ganz Frankreich an ihrem Leben teilhaben würde. An einem Imbiss holte sie sich ein Sandwich, danach kehrte sie ins Hotel zurück. Sie verstaute ihre Einkäufe und machte sich auf den Weg zu ihrem Leihwagen.

Es war bereits nach Mittag. Milla konnte nicht abschätzen, wie lange ihre nächste Aktion dauern würde. Konzentriert studierte sie den Stadtplan, den sie sich aus dem Hotel mitgenommen hatte. Sie markierte mehrere Straßen und prägte sich die unterschiedlichen Strecken ein.

Dann startete sie den Motor und fuhr los. Zuerst versuchte sie es über die Schnellstraße, welches zwar der kürzeste, aber wohl auch riskanteste Weg sein würde. Da es essenziell war, morgen sämtliche Möglichkeiten problemlos aus dem Gedächtnis abrufen zu können, fuhr sie jede Strecke mehrmals ab.

Obwohl es ein nervtötendes Unterfangen war, war Milla klar, dass eine gründliche und perfekte Vorbereitung ausschlaggebend für den Erfolg ihrer Mission sein würde.

Fünf Stunden später stellte Milla den Wagen wieder im Parkhaus ab. Sie war erschöpft, mittlerweile war es lange dunkel. Milla hoffte, dass die Rezeptionistin in der Zwischenzeit abgelöst worden war, sodass sie ihr nicht erneut eine Lüge auftischen musste, wo »ihr Mann« sich gerade aufhielt.

Sie hatte tatsächlich Glück. Eine ältere Rothaarige stand hinter dem Tresen.

»Zimmer 207«, gab Milla an und rieb sich müde die Augen.

Die Rezeptionistin schien ebenfalls kein Interesse an einem Gespräch zu haben und widmete sich sofort wieder ihrer Lektüre, nachdem sie Milla den Schlüssel ausgehändigt hatte.

In ihrem Zimmer angekommen, riss sie sich ungeduldig die Perücke vom Kopf und nahm die Kontaktlinsen heraus.

Nachdem sie geduscht hatte, betrachtete sie sich im Spiegel, jetzt wieder mit Brille auf der Nase. Würde morgen alles klappen? Hatte sie wirklich an alles gedacht? Oder war sie viel zu naiv, zu gutgläubig an die Sache herangegangen? Wie würde Robert reagieren, wenn sie plötzlich vor ihm stand?

Wahrscheinlich nahm er an, dass sie längst nach Deutschland zurückgekehrt war. Obwohl er mit Entsetzen auf ihren Plan reagiert hatte, war er mit Sicherheit überzeugt davon gewesen, dass es sich nur um Hirngespinste ihrerseits handelte.

Milla musste schmunzeln. Das würde sich morgen als fataler Irrtum herausstellen.

Als sie die Medikamente aus der Verpackung holte, klingelte ihr Smartphone. Genervt von der Unterbrechung zog sie es aus der Tasche. Karsten! Nach kurzem Überlegen nahm sie das Gespräch an und bemühte sich um einen ruhigen Tonfall. »Karsten, guten Abend!«

»Hallo, Milla! Ich möchte dich nicht unter Druck setzen, aber …«

»Ich weiß, der Artikel«, unterbrach sie ihn. »Hör zu, er ist so gut wie fertig. Ich wollte noch ein, zwei Änderungen daran vornehmen. Ist es okay, wenn ich ihn dir gleich morgen früh schicke?«

Er zögerte. »Milla, Markus sitzt mir deinetwegen wirklich im Nacken. Die ganze Sache dauert in seinen Augen schon viel zu lange. Könntest du ihn mir bitte vorab zumailen? Noch heute Abend?«

Milla überlegte. Hastig rannte sie ins Badezimmer, stellte die Dusche an und hielt das Telefon vor das plätschernde Wasser. »Karsten, ich kann dich ganz schlecht verstehen. Irgendetwas stimmt nicht mit dem Empfang. Aber ich schicke dir den Artikel morgen früh. Versprochen.« Sie beendete das Gespräch.

Übelkeit stieg in ihr hoch. Sie legte sich aufs Bett und atmete mehrmals tief durch.

Was war mit ihr los? Die ganze Anspannung, der Stress, das alles war einfach zu viel. Milla schloss die Augen und rief sich ihre erste Begegnung mit Robert ins Gedächtnis.

68

Der Anruf kam kurz nach Mitternacht. Sie lag bereits im Bett und schlief. Als das Klingeln sie aufschreckte, drehte sie sich eilig zu ihrem Mann um, der neben ihr tief atmete und das Geräusch nicht zu hören schien.

Sie packte das Telefon und verließ hastig das Schlafzimmer. Leise schloss sie die Zimmertür hinter sich und lehnte sich an die Wand im Flur. »Sind Sie verrückt geworden? Wissen Sie, wie spät es ist?«, blaffte sie.

»Pardon, Madame«, sagte der Anrufer kleinlaut. »Aber ich habe sehr gute Nachrichten für Sie. Leider ging meine Schicht heute länger als gedacht. Ich wollte aber auch nicht bis morgen warten …«

»Kommen Sie auf den Punkt«, unterbrach sie ihn verärgert.

»Die Deutsche scheint abgereist zu sein. Sie hat Hoffmann die letzten beiden Tage nicht besucht.«

Sie horchte auf. Sollte sich ihr Problem von allein erledigt haben?

»Außerdem ließ Zodaine verlauten, dass Hoffmann keine Interviews mehr geben darf.«

Sie beendete das Telefonat. Zodaine, dieser Trottel! Die Erkenntnis kam bei ihm reichlich spät. Sollte er künftige Anfragen abblocken, konnte sie sich ihre weitere Vorgehensweise noch einmal durch den Kopf gehen lassen und vielleicht davon absehen, den Directeur auffliegen zu lassen. Andererseits schöpfte er offenbar nicht den geringsten Verdacht. Ein harmloser Idiot wie Zodaine war allemal einfacher zu kontrollieren als sein gerissener Vorgänger, der zwar kooperativ gewesen, aber auch immer gieriger geworden war. Der »Autounfall« war leider unvermeidbar gewesen. Mitarbeiter, die ihren Status nicht kannten, hatten keinen Platz in ihrem perfekt funktionierenden Netzwerk. Gut, wenn die Deutsche tatsächlich aufgegeben hatte, dann musste sie sich nicht mehr allzu dringend um Hoffmann kümmern. Sie hatte in nächster Zeit Wichtigeres zu tun.

Seufzend kehrte sie ins Schlafzimmer zurück, wo ihr Mann

leise schnarchte. Ihr nächstes Projekt, dachte sie verbittert und schlüpfte leise unter die Decke.

69

Paris, neun Jahre zuvor

»Was machst du heute Abend noch?«

Milla rieb sich müde die Augen. »Der Kongress war sehr anstrengend. Ich werde wohl früh ins Bett gehen. Morgen möchte ich spätestens gegen neun losfahren.«

»Du fehlst mir.« Sebastians Stimme klang brüchig.

»Wo bist du?« Misstrauen stieg in Milla auf.

»Zu Hause, warum?«

»Die Verbindung ist schlecht. Es hört sich an, als seist du unterwegs«, erwiderte sie, während sie sich auf einen Barhocker setzte.

»Nein, ich sitze zu Hause in unserem Wohnzimmer. Du weißt doch, was ich dir versprochen habe.«

»Hör zu, wir sehen uns morgen. Ich bin wirklich erschöpft.« Warum drängte sich ihr erneut der starke Verdacht auf, dass Sebastian sie belog?

Er verabschiedete sich von ihr, nicht ohne ihr nochmals zu versichern, wie sehr er sie vermisste. Nachdem sie das Telefonat beendet hatte, angelte sie sich eine der Getränkekarten.

»Sie sind auch Deutsche?«

Überrascht drehte sie sich zu dem Mann um, der neben ihr auf dem Barhocker saß. Er musterte sie amüsiert mit seinen grünen Augen, und sie nickte.

»Robert Hoffmann.« Er streckte ihr die Hand hin.

»Milla Seifert.« Sie erwiderte die Begrüßung, während sie ihn betrachtete.

Zwei kleine Grübchen neben seinem Mund verliehen seinem Gesicht einen leicht arroganten Ausdruck. Die dichten blonden Haare sahen aus, als habe er versucht, ihnen den Anschein einer Frisur zu geben, und sei auf halbem Weg gescheitert. Am faszinierendsten jedoch fand sie seine Augen. Nie zuvor hatte sie ein so intensives Grün gesehen. Der Ton erinnerte sie an die Farbe tiefer Bergseen, die sie aus früheren Urlauben mit ihrem Vater kannte.

»Wo kommen Sie her, Milla?« Aus seinen Augen sprach Interesse.

»Aus Frankfurt«, erwiderte sie, während sie seinem Blick standhielt.

»Madame? Kann ich Ihnen etwas bringen?« Der Kellner hinter der Bar schaute sie freundlich an.

Hastig klappte sie die Karte auf und entschied sich für einen Weißwein.

»Für mich dasselbe«, brachte sich Robert in Erinnerung.

Nachdem der Kellner sich entfernt hatte, drehte Robert sich erneut zu Milla. »Aus Frankfurt also. Sie sind ebenfalls Journalistin?«

»Ja, ich ...«, sie zeigte mit dem Daumen über ihre Schulter, »... war auf dem Kongress.«

Als er lächelte, vertieften sich die beiden Grübchen. »Ich auch.«

»Wo kommen Sie her?«, fragte sie, mehr aus Höflichkeit.

»Aus Paris.«

Als der Kellner ihre Getränke brachte, entstand eine kleine Gesprächspause.

»Eigentlich komme ich aus einem Vorort von München. Aber seit vier Jahren lebe ich in der Nähe von Paris«, erzählte Robert weiter.

»Wieso Paris?« Milla sah ihn von der Seite an.

»Paris ist ein Paradies für Journalisten. Viel Korruption, viele Skandale.« Sein Grinsen nahm seinen Worten etwas die

Schärfe. »Meine Mutter ist Französin«, fuhr er fort. »Sind Sie festangestellt oder freischaffend?«

»Im Moment habe ich keine Festanstellung, da ich …« Milla brach ab.

»Da Sie …?«, wiederholte er abwartend.

»Ich heirate im Juli. Da meinem Verlobten ein Stellenangebot aus Stuttgart vorliegt, werden wir demnächst umziehen. Momentan suche ich dort nach einer festen Stelle«, erklärte sie widerwillig. Wieso fühlte es sich falsch an, einem Wildfremden von ihrer bevorstehenden Hochzeit zu erzählen? Vielleicht, weil dieser Fremde äußerst attraktiv war und seine Ausstrahlung sie gerade leicht aus dem Konzept brachte?

»Was macht Ihr Mann beruflich?« Robert schien sich nicht an der bevorstehenden Hochzeit zu stören. Warum auch? Sie hatten sich gerade erst vor zehn Minuten kennengelernt.

»Er ist Vorstand bei einer großen Bank«, antwortete Milla und kam sich augenblicklich blöd vor. Warum konnte Sebastian nicht Polarforscher oder Astronaut sein?

»Bodenständig und seriös. Ein Mann, mit dem eine Frau gerne eine Familie gründet.« Er erhob sein Glas und prostete ihr zu. »Auf Ihre Hochzeit, Milla.«

Sie tat es ihm gleich. »Was ist mit Ihnen?«

»Ich heirate nicht«, erwiderte er und grinste.

Tadelnd zog sie die Augenbrauen hoch.

»Nein, im Ernst. Ich hatte bis heute leider noch nicht das Glück, die Richtige zu treffen.« Sein intensiver Blick ließ sie verlegen den Kopf abwenden.

»Wo arbeiten Sie?«, fragte sie, um zu einem unverfänglicheren Thema zu wechseln.

»Bei Paris-Le Jour*, einer der unzähligen Tageszeitungen dieser Stadt.« Während er ihr von dem Thema erzählte, an dem er gerade arbeitete, hörte Milla ihm interessiert zu.*

Er hatte eine witzige, charmante Art an sich und brachte sie mit seinen Ausführungen immer wieder zum Lachen. Als sie beim zweiten Glas Weißwein angekommen waren, wechselten sie wie selbstverständlich zum Du.

Im Gegenzug wollte er von Milla wissen, wie ihre bisherige Ausbildung gelaufen war und wie sie den Kongress beurteilte. Sie fühlte sich geschmeichelt. Sebastian interessierte sich meist nur oberflächlich für ihre Arbeit, Robert hingegen kommentierte ihre Erfahrungen ernsthaft und auf eine Art, die weder von oben herab noch gönnerhaft bei ihr ankam. Seine Ratschläge klangen hilfreich und professionell. Er ereiferte sich leidenschaftlich über bestehende Ungerechtigkeiten, über die sie diskutierten. Er schien ein sehr ausgeprägtes Gerechtigkeitsempfinden zu haben. Dieser Mann beeindruckte sie, wie es bis jetzt selten jemand geschafft hatte.

Nachdem sie das zweite Glas geleert hatten, entschuldigte Milla sich kurz, um zur Toilette zu gehen. Ein Blick auf die Uhr zeigte ihr, dass es bereits nach elf war. Oh Gott, saß sie wirklich seit drei Stunden mit Robert an der Bar? Das konnte doch nicht sein! Während sie ihre Hände wusch, betrachtete sie sich im Spiegel. Sie ordnete sorgfältig ihr langes Haar und verließ den Waschraum wieder.

Milla musste den Abend beenden. Sie wollte morgen früh aufstehen, um nach Hause zu fahren. Als sie sich der Bar näherte, blickte Robert ihr entgegen. »Na, alles klar?« Er lächelte.

»Robert, ich muss morgen sehr früh raus. Ich denke, ich sollte jetzt ins Bett gehen«, murmelte sie und wich seinem Blick aus.

Er nickte und fixierte sie mit seinen Augen. »Hast du ein Zimmer hier?«

»Ja, aber …« Sie kam sich unendlich blöd vor.

»Ich weiß, du bist verlobt«, sagte er und erlöste sie damit aus der angespannten Situation.

Mit fragendem Blick nahm er ihre Hand und führte sie an seinen Mund.

Sie verfolgte seine Geste mit ihren Augen. Ihr Magen krampfte sich zusammen.

»Es war sehr schön, dich kennenzulernen, Milla Seifert«, erklärte er leise. »Dein Verlobter muss ein sehr glücklicher Mann sein.«

Als er ihre Hand freigab, spürte sie etwas Festes zwischen ihren Fingern. Sie begann zu zittern, hielt ihre Hand aber weiterhin geschlossen. Dann verabschiedete sie sich und drehte sich eilig um.

Erst im Hotelzimmer wagte Milla es, nachzusehen, was er ihr in die Hand gedrückt hatte. Obwohl sie eine Ahnung hatte, faltete sie den zusammengeknüllten Papierfetzen ungeduldig auseinander.

Seine Schrift war sauber, die Zahlen und Buchstaben akkurat angeordnet. »Zimmer 415, überleg es dir«.

Atemlos starrte sie auf die Worte, bis sie vor ihren Augen verschwammen. Was war mit Sebastian? Der bevorstehenden Hochzeit? War es nicht immer ihr Traum gewesen, irgendwann eine eigene Familie zu gründen?

Obwohl Milla wusste, dass Sebastian nicht ohne Fehler war, war sie bisher der Ansicht gewesen, er sei der Richtige. Wie hatte Robert ihn bezeichnet? Seriös und bodenständig. Genau das war er, durch und durch. Der perfekte Schwiegersohn. Auf den ersten Blick. Bei genauerem Hinsehen wurde leider offensichtlich, dass er den Avancen anderer Frauen nur schwer widerstehen konnte. Doch er hatte Milla versprochen, sich zu bessern. Wie oft hatte er ihr versichert, dass sie die Einzige für ihn sei? Warum sonst sollte er sie heiraten, wenn er es nicht ernst mit ihr meinte?

Ihr Blick wanderte zurück zu dem Zettel in ihrer Hand. Robert Hoffmann, ein sehr interessanter Mann. Das Gegenteil von Sebastian, nicht nur äußerlich. Sehr feinfühlig und ganz offensichtlich an ihr interessiert. Er wusste eine Frau mit seinen Worten zu fesseln. Die Zeit mit ihm war wie im Fluge vergangen.

War das ein Test, ein Wink des Schicksals? War sie sich ihrer Sache mit Sebastian wirklich sicher?

Milla zerknüllte den Zettel, warf ihn in den Papierkorb und betrat das Badezimmer.

Doch statt sich auszuziehen, stützte sie ihre Hände am Waschbecken ab und starrte gedankenverloren in den Spiegel. Wann hatte sie das letzte Mal herzhaft mit Sebastian gelacht? Wieder tauchte Roberts Gesicht vor ihrem inneren Auge auf. Wie oft traf man in seinem Leben einen Menschen, mit dem man sich auf Anhieb auf eine Art verbunden fühlte, die man nicht in Worte fassen konnte? Noch dazu einen Mann, der einen auf Gedanken brachte, die man zwei Monate vor der eigenen Hochzeit nicht einmal annähernd denken sollte?

Milla schloss die Augen und überlegte. Dann traf sie endlich eine Entscheidung. Eilig verließ sie das Badezimmer wieder. Sie wusste nicht, ob sie das Richtige tat. Wollte nicht an die Konsequenzen denken, die sie erwarteten. Es war einzig ihr Herz, das gesprochen hatte. Nachdem sie den Zimmerschlüssel aus der Kommode geholt hatte, verließ sie den Raum und machte sich auf den Weg zum Fahrstuhl.

»Milla!«

Voller Entsetzen drehte sie sich um und erblickte Sebastian vor ihrer Zimmertür.

Oh nein! Das durfte nicht wahr sein! Milla rang um Fassung und bemühte sich, ein freudiges Gesicht aufzusetzen. Mit zugeschnürter Kehle kehrte sie zu Sebastian um.

»Was machst du denn hier?« Sie ließ seine Umarmung seltsam emotionslos über sich ergehen.

»Du hast mir so gefehlt«, flüsterte er ihr ins Ohr.

Enttäuscht schloss sie die Augen. So viel zum Wink des Schicksals. Sie löste sich aus seinen Armen und öffnete ihre Zimmertür.

»Was für eine schöne Überraschung. Komm.« Jedes Wort blieb ihr fast im Hals stecken.

Sebastian blickte sich im Raum um. »Wo wolltest du gerade hin?«

Milla spürte seinen Blick auf sich, während sie fieberhaft nach einer Antwort suchte. »Ich wollte an der Rezeption nachfragen, ob ich eine Schmerztablette bekommen kann. Ich habe Kopfschmerzen.« Die Lüge ging ihr problemlos über die Lippen.

Sebastian drehte sich um und holte seine Tasche, die noch an der Tür stand. »Ich habe welche dabei. Warte.« Er kramte in seinen Sachen herum.

»Es ist schon etwas besser«, behauptete Milla und ging auf ihn zu. »Dein Überraschungsbesuch scheint mir schon geholfen zu haben.«

Lächelnd nahm er sie in die Arme.

70

Als Milla zum ersten Mal auf die Uhr schaute, war es halb acht. Sie war spät eingeschlafen, da sie immer wieder an ihre erste Begegnung mit Robert hatte denken müssen.

Sie stand auf. Als sie die Spritzen auf ihrem Nachttisch erblickte, bildete sich ein Kloß in ihrem Hals. Was hatte sie sich nur dabei gedacht?

Ihr wurde erneut schwindlig. Hastig stützte sie sich an der Wand ab und schloss für einen Moment die Augen. Statt nach Fresnes zu fahren, sollte sie endlich einen Arzt aufsuchen. Sie hatte noch nie mit Kreislaufproblemen zu tun gehabt. Instinktiv spürte sie, dass irgendetwas mit ihr nicht stimmte. Wenn sie ehrlich war, stimmte bei ihr momentan rein gar nichts mehr. Sie tüftelte seit Tagen an einem Plan, um Robert bei der Flucht aus Fresnes zu helfen. Eine derartige Idee konnte niemandem kommen, in dessen Leben alles mit rechten Dingen zuging.

Milla atmete mehrmals langsam ein und aus. Als der Schwindel endlich nachließ, ging sie ins Bad, um sich fertigzumachen. Sie zog die älteste Hose an, die sie dabeihatte, und packte eine neuere weinrote in ihre Tasche. Die dicke Winterjacke würde sie im Auto liegen lassen, wenn sie zu Robert ging. Dann zog sie ihre graue Strickweste über und packte Stift und Zettel in die Jackentaschen. Die Spritzen befestigte sie sorgfältig nebeneinander in ihrem rechten Stiefelschaft. Sie zog die Schuhe an, lief ein paar Schritte herum und trat absichtlich mehrmals fest auf. Es würde funktionieren. Die Kontaktlinsenbehälter für Robert und sich selbst stopfte sie ebenfalls in die Taschen der Strickweste. Der Scanner würde diese nicht aufspüren können.

Das Herz klopfte ihr bis zum Hals, als sie einen Teil der Klamotten, die sie gestern für Robert gekauft hatte, in ihre Tasche packte. Sie musste jetzt die Nerven behalten, durfte keinen Fehler machen und vor allem nichts vergessen. Konzentriert überflog sie ihre Liste, die sie sich für heute erstellt hatte. Seine Schuhe! Verdammt, wie sollte sie die großen Schuhe aus dem Hotel tragen, ohne dass die Rezeptionistin dies mitbekam?

Sie überlegte und versuchte sich zu erinnern, welche Schuhe er in seiner Zelle trug. Mit Sicherheit würden diese auffallen, wenn sie mit der Métro zum Hotel zurückkehren würden. Nein, die neuen Schuhe mussten mit. Außerdem war es draußen viel zu kalt für irgendwelche dünnen Stoffschuhe.

Da Milla nichts anderes einfiel, kramte sie eine Tüte aus dem Schrank und verstaute die Schuhe darin. Sie hatte sich für das größere der zwei Paare entschieden. Sie mussten letztlich nur den Weg ins Hotel bewältigen.

Bepackt mit der vollen Tasche und der großen Tüte verließ Milla um kurz nach halb neun das Hotel. Freundlich nickte sie der jungen dunkelhaarigen Rezeptionistin zu, als sie bei ihr den Schlüssel hinterlegte.

»Bonjour, Madame, ist alles zu Ihrer Zufriedenheit?«

Milla fluchte innerlich. »Ja, alles bestens. Vielen Dank. Auch meinem Mann gefällt es sehr gut. Er musste heute schon sehr früh in den Louvre.« Lügen über Lügen, doch sie gingen ihr mittlerweile erstaunlich locker über die Lippen.

Die Dunkelhaarige zog die Augenbrauen hoch. »Mon Dieu, ich bin seit sechs hier. Da muss er wirklich sehr früh angefangen haben.«

Milla nickte, während sie scheinbar genervt die Augen verdrehte. »Zu früh«, entgegnete sie mit einem schiefen Grinsen.

Mit einem letzten Gruß verabschiedete sie sich, bevor sie das Hotel verließ. An ihrem Leihwagen angekommen, verstaute sie Tasche und Plastiktüte im Kofferraum und setzte sich hinters Steuer. Unter dem Beifahrersitz lagen ihre Karten und Notizen, die sie sich gestern während ihrer Testfahrten gemacht hatte. Es konnte losgehen!

71

Als sie Fresnes erreichte, parkte sie den Wagen zwei Seitenstraßen vom Gefängnis entfernt. Mit Sicherheit wurde das Außengelände videoüberwacht, und Milla wollte vermeiden, dass man ihren Fluchtwagen zu früh identifizierte. Bevor sie in der Anonymität der Großstadt untertauchen konnten. Routiniert zog sie die Perücke ab und nahm die Kontaktlinsen heraus. Nachdem sie ihre Haare mit den Fingern durchgekämmt und ihre Brille wieder aufgesetzt hatte, verließ sie den Wagen. Sie überprüfte ein letztes Mal ihr Telefon und schaltete es aus, bevor sie es ebenfalls im Kofferraum verstaute. Die Tasche legte sie in den Fußraum vor dem Beifahrersitz, sodass sie ohne Verzögerung losfahren konnten.

Am Eingang des Gefängnisses grüßte sie den diensthabenden Beamten an der Pforte. Unauffällig beobachtete sie, wie er das Tor per Knopfdruck öffnete. Der Angestellte war nicht allzu groß, was von Vorteil für ihr Vorhaben sein konnte. Den Weg zur Haftanstalt legte sie zurück, ohne sich noch einmal umzublicken.

Der Justizbeamte, der am Eingang zum Gebäude der SS3 stand, nickte ihr schweigend zu. Auch Milla grüßte nur stumm zurück. Während er den Code eingab, um die Tür zu öffnen, stellte sie sich schräg hinter ihn. Durch die hohen Absätze ihrer Stiefel überragte sie ihn um einige Zentimeter. Sie atmete stumm aus. Problemlos hatte sie die Zahlenfolge mitschreiben können, ohne dass der Angestellte etwas mitbekommen hatte.

Als er sich zu ihr umdrehte, zog sie hastig die Hand aus der Tasche und setzte ihr freundlichstes Lächeln auf.

Nachdem sie das Gebäude betreten hatten, begleitete er sie in den Raum, den sie »das Hoheitsgebiet von Charles Romain« nannte. Heute war der junge Beamte zum ersten Mal nicht zu sehen. Da Milla so wenig Aufsehen wie möglich erregen wollte, verkniff sie sich die Frage, ob Romain heute seinen freien Tag hatte. Insgeheim war sie erleichtert, dass er nicht im Dienst war. Sein Stellvertreter war ein älterer, etwas pummeliger Beamter, der die Ruhe weg zu haben schien. Da Milla keine Tasche dabeihatte, wandte er sich ihr direkt zu.

»Madame?« Er deutete auf ihre Strickweste, woraufhin sie ihren Kopf leicht schüttelte. »Ich bin etwas erkältet. Ist es möglich, dass ich sie anbehalte?« Sie setzte einen flehenden Blick auf.

Nach kurzem Überlegen nickte er leicht und fuhr mit dem Scanner über ihren Körper, der wie erhofft nicht anschlug.

Als er Milla in den Gang begleitete, in dem die Zellen lagen, stellte sie sich wie kurz zuvor schräg hinter ihn, um die Codeeingabe verfolgen zu können. Da er größer als sein Kollege war, musste sie sich etwas strecken, doch auch diesmal konnte sie problemlos alle Ziffern notieren. Das ging ja einfacher als gedacht!

»Madame?« Der ältere Beamte hielt ihr die Tür auf und nickte seinem diensthabenden Kollegen vor den Zellen stumm zu. Milla dankte ihm und wartete, bis sich die Stahltür hinter ihr schloss.

»Mit Ihnen hatte ich nicht mehr gerechnet. Ich dachte, Ihre Arbeit sei beendet«, bemerkte der Justizbeamte und grinste süffisant. Es war derselbe Mann, der mitbekommen hatte, wie sie völlig verstört aus Roberts Zelle gestürmt war, nachdem sie …

Milla verkniff sich eine entsprechende Erwiderung, zuckte nur gleichgültig mit den Achseln. Bloß nicht unangenehm auffallen, war heute ihre Devise.

»Zurücktreten, Hoffmann«, blaffte der Beamte, nachdem er die Zellentür aufgeschlossen hatte.

Als Milla den kleinen Raum betrat, stand Robert vor seiner Pritsche und starrte sie fassungslos an.

Sie drehte sich kurz um und wartete ab, bis die Tür hinter ihr geschlossen worden war.

»Was machst du hier?« Er klang ungläubig.

»Nette Begrüßung«, murmelte sie, während sie ihn musterte.

»Verdammt, Milla.« Mit einem großen Schritt kam er auf sie zu und zog sie in »ihre« Ecke. Robert drückte sie sanft an sich und strich über ihren Rücken.

Milla erlaubte sich einen winzig kurzen Moment der Zweisamkeit und schmiegte ihren Körper an seinen. Ja, es fühlte sich richtig an. So richtig wie kaum etwas anderes in ihrem Leben. Nach wenigen Sekunden legte sie ihren Kopf in den Nacken, um sein Gesicht besser begutachten zu können. Die Schwellung am Auge war kaum noch festzustellen. Seine Lippen wirkten etwas spröde, aber die Verletzungen waren fast nicht mehr zu erkennen. »Okay, du siehst gut aus«, stellte sie, mehr zu sich selbst, fest.

»Danke«, gab Robert trocken zurück und runzelte die Stirn.

Sie löste sich von ihm, setzte sich auf sein Bett und zog einen ihrer Stiefel aus.

»Mach's dir ruhig bequem, fühl dich wie zu Hause«, sagte er mit ironischem Unterton, während er sie mit vor der Brust verschränkten Armen beobachtete.

Genervt kniff sie die Augen zusammen und schaute zu ihm auf. »Hast du vergessen, was ich dir versprochen habe?«

Er zog seine Augenbrauen hoch.

Als sie die Spritzen zum Vorschein brachte, konnte er seine Überraschung nicht verstecken. »Was machst du da, Milla?«

»Ich hole dich hier raus«, erwiderte sie ruhig und sah ihn für einen Moment an. »Wir haben nur diesen einen Versuch«, erklärte sie ihm, während er sie mit offenem Mund musterte. »Hier, deine Kontaktlinsen.« Sie gab ihm den kleinen Behälter, den sie aus der Tasche ihrer Strickjacke geholt hatte.

»Kontaktlinsen?«

»Ja, deine Augen verraten dich auf hundert Meter Entfernung. Ab sofort hast du braune Augen. Also, bitte setz sie ein.«

»Milla.« Er setzte sich neben sie und nahm ihre Hand. »Du weißt, dass das nicht geht.« Er zögerte. »Niemals könnte ich zulassen, dass du dein Leben meinetwegen ruinierst.« Er blickte sie liebevoll an. »Es ist total süß, was du für mich tun würdest. Aber ich denke, du weißt genauso gut wie ich, dass wir hier niemals lebend rauskämen.«

»Wir haben fünfzehn Minuten. In dieser Zeit müssen wir Fresnes verlassen und uns so weit wie möglich von hier entfernt haben. Bevor sie entdecken, dass du weg bist.« Sie zog eine Grimasse. »Kleidung und Schuhe liegen in meinem Wagen bereit. Wir haben ein Hotelzimmer in Montmartre, gegenüber von Sacré-Cœur. Ab sofort heißen wir Carine und Stéphane Clouseau.«

»Bist du verrückt geworden?« Als er zu realisieren schien, dass sie es ernst meinte, packte Robert sie an ihren Oberarmen.

»Nein, warum?«

»Milla«, er suchte nach Worten, »das ist Wahnsinn. Weißt du, was du da sagst? Wir werden hier nicht rauskommen. Die Türen sind mit Sicherheitscodes gesichert.«

Triumphierend zog sie einen Zettel aus ihrer Jackentasche. »Meinst du diese hier?«

Sprachlos blickte er von dem beschriebenen Papier zu Milla und wieder zurück zu dem Zettel.

»Etwas undeutlich, aber unter den gegebenen Umständen mehr als ausreichend«, erwiderte sie mit einem Blick auf die Zahlen.

»Du bist verrückt geworden«, bestätigte Robert tonlos.

»Und du bist tot, wenn du noch länger hierbleibst«, entgegnete sie verzweifelt.

»Milla, das geht nicht. Ich kann das nicht zulassen.«

»Es ist zu spät. Ich habe bereits alles vorbereitet. Wenn du deine Worte ernst gemeint hast, der Eiffelturm, deine Sorgen um mich«, sie stockte kurz, »dann kommst du jetzt mit.«

Robert legte den Kopf in den Nacken und starrte für einen Moment an die Decke. »›Dann kommst du jetzt mit‹.« Er seufzte schwer. »Bei dir hört sich das so leicht an.«

»Ich habe nicht gesagt, dass es leicht wird«, widersprach sie ihm.

»Du meinst es ernst. Du willst das tatsächlich durchziehen.« Er konnte es noch immer nicht fassen.

Sie nickte, während sie auf ihre Uhr blickte. »Bitte setz die Linsen ein. In fünf Minuten ist die nachste Kamerakontrolle. Danach kann es losgehen.«

Schweigend streckte er die Hand aus, in die sie den Linsenbehälter legte. Er öffnete das kleine Gefäß und entnahm die erste Kontaktlinse.

Mit ihrem Blick folgte Milla gespannt seinen Bemühungen.

Robert zögerte kurz, bevor er die Linse schließlich mit einer schnellen Handbewegung einsetzte. Die zweite folgte

Sekunden später. Nachdem er mehrere Male geblinzelt hatte, rieb er sich kurz über die Lider.

Milla drehte sanft seinen Kopf in ihre Richtung und musterte sein Gesicht. Roberts Augen strahlten jetzt in einem warmen Braun.

»Unglaublich«, hauchte sie und küsste ihn leicht auf die rauen Lippen.

»Mehr«, raunte er, als sie sich von ihm löste.

Sie legte ihm kurz eine Hand auf seine Brust. »Später.«

Nach einem weiteren Blick auf ihre Armbanduhr steckte sie alle Spritzen bis auf eine in ihre Jackentasche.

Robert sah sie fragend an und deutete mit dem Kinn auf ihre Hand.

»Insulin«, erklärte sie nüchtern. »Löst bei einem gesunden Menschen unter anderem eine vorübergehende Ohnmacht aus. Sollte aber schnellstmöglich in die Blutbahn gelangen.«

»Wie?«

Wortlos zeigte sie auf ihre Halsschlagader. »Bist du so weit?« Sie versuchte, ihre eigene Nervosität zu überspielen.

Robert schüttelte den Kopf, wies aber mit der Hand zur Tür. »Nach dir.«

Milla holte tief Luft, schloss einen Moment die Augen und klopfte entschlossen an die Zellentür. Die Spritze verbarg sie in der Hand hinter ihrem Rücken.

Sie lauschten voller Anspannung, wie der Schlüssel im Schloss gedreht wurde. Im nächsten Moment sprang die Tür auf. Milla trat in den Flur.

Als der Beamte die Tür wieder schließen wollte, hastete sie mit einem Schritt schräg neben ihn und rammte ihm mit aller Kraft die Spritze in die Stelle, wo sie seine Halsschlagader vermutete.

»Merde! Was …?« Mit schmerzverzerrtem Gesicht griff sich der Beamte an die Kehle, doch Milla hatte ihm den Inhalt bereits injiziert.

Mit hasserfüllten Augen sah er sie an, während er langsam taumelnd zu Boden ging. Zu ihrem Entsetzen war er jedoch immer noch bei Bewusstsein.

Robert stürmte aus der Zelle.

»Verdammt«, fluchte der Justizbeamte mit letzter Kraft, bevor Robert ihn mit einem gezielten Fausthieb außer Gefecht setzte. Der Mann sackte zur Seite und blieb reglos liegen.

Milla schaute erst auf den Boden, bevor sie Robert anblickte.

Der zuckte nur mit den Achseln. »Jetzt gibt es wohl kein Zurück mehr.«

Seine Worte holten Milla aus ihrer Schockstarre. »Los, hinein mit ihm. Schnell! Wir ziehen ihn aus.« Die Idee war ihr in dieser Sekunde gekommen.

Robert packte den Beamten und zog ihn in die Zelle.

Als Milla sich an der Hose des Mannes zu schaffen machte, stieß sie auf seine Waffe. Ein kurzer Blick zu Robert bestätigte ihr, dass er denselben Gedanken hegte wie sie. Entschlossen nahm sie die Pistole aus dem Holster und legte sie zur Seite.

In der Zwischenzeit zog Robert dem Angestellten die Uniformjacke aus. Schweiß lief ihm über die Stirn. »Bin einfach nicht mehr in Form«, fluchte er leise, während er sich seines Arbeitsanzuges entledigte und Hose und Jacke des Beamten überzog. Die Ärmel waren etwas zu kurz und die Hose viel zu weit. Auf den ersten Blick würde Robert aber als Wärter durchgehen.

Skeptisch sah er an sich hinab, doch Milla trieb ihn an. »Sieht gut aus. Weiter.« Sie blickte kurz auf ihre Uhr. Drei Minuten waren um. Sie holte einen Zettel aus ihrer Tasche und legte diesen neben den entkleideten Angestellten. »Eine kurze Info für den Arzt, was ich ihm gespritzt habe«, erklärte Milla ungerührt auf Roberts fragenden Blick hin.

»Das ist doch nicht dein Ernst!«

»Doch, schließlich möchte ich niemandem schaden«, erwiderte sie unwirsch. »Ein Arzt wird wissen, was zu tun ist.« Sie erhob sich und rannte aus der Zelle, bevor sie sich zu ihm umdrehte. »Los, komm. Die Zeit läuft.«

Er folgte ihr, während Milla die nächste Spritze aus ihrer Tasche holte. An der Tür tippte sie den Code in die Tastatur ein. Die Tür schwang langsam auf. Mit einem triumphierenden Lächeln drehte sie sich kurz zu Robert um, bevor sie den Kontrollraum betrat.

»Ist etwas passiert?« Der ältere Angestellte blickte ihr stirnrunzelnd entgegen, da er sich offensichtlich wunderte, dass sein Kollege sie nicht begleitete.

Milla begann zu schreien und zeigte mit hysterisch anmutenden Gesten in Richtung Zellen. Der ältere Mann wandte sich irritiert um, um die Ursache von Millas Ausbruch zu eruieren. Sie zog die Spritze hervor, rammte sie ihm mit einer gezielten Bewegung in den Hals und drückte hastig zu, bis sich der ganze Inhalt entleert hatte.

Mit entrücktem Gesichtsausdruck verdrehte der Ältere die Augen und klappte augenblicklich zusammen.

»Volltreffer«, murmelte Robert, bevor er den Raum betrat.

Sie spürte seinen Blick auf sich. Ihre Wangen glühten. »Nicht schlecht, oder?«

»Wie viele noch?« Sorge spiegelte sich auf seinem Gesicht wider.

»Zwei. Aber das muss jetzt schnell gehen.« Sie erklärte ihm, was sie vorhatte.

An der Eingangstür tippte Milla den nächsten Code ein, während sie betete, dass er stimmte.

Robert hielt neben ihr den Atem an.

War es die richtige Eingabe der Zahlenkombination oder höhere Gewalt? Die Tür öffnete sich. Keine zwei Sekunden später stieß Milla dem überraschten Beamten, der davor Wache hielt, die Spritze in den Hals.

Mittlerweile hatte sie schon beinahe Routine erlangt. Diesmal war der Einstichwinkel allerdings scheinbar nicht optimal gewesen. Das Gesicht des Beamten verzog sich vor Schmerz. Er versuchte, seine Waffe zu ziehen.

Robert zögerte keinen Moment zu lang und schlug ihm mit der rechten Faust gegen die Schläfe. Augenblicklich sackte der Beamte zusammen.

»Autsch«, kommentierte Milla leise. »Sieben Minuten«, murmelte sie und holte die letzte Spritze hervor.

Hastig steuerte sie auf die Hauptpforte zu. Als der Beamte am Empfang sie kommen sah, nickte er ihr leicht zu und öffnete das Tor. Direkt vor seinen Augen ließ sie sich umständlich zu Boden sinken und verharrte reglos.

Wie erhofft stürmte der Wärter aus seinem Glasverschlag und steuerte schnellen Schrittes auf sie zu.

»Madame?« Der Mitarbeiter ging neben ihr in die Hocke.

Sie öffnete die Augen und blinzelte mehrmals.

»Geht es wieder?« Er näherte sich ihrem Gesicht.

Milla konnte deutlich die Ader am Hals erkennen, die sich unter der weißen Haut abzeichnete. Sie zog die Spritze hervor und stach punktgenau hinein. Innerhalb weniger Sekunden sackte er kraftlos zu Boden.

Milla erhob sich in Windeseile und winkte Robert heran, der bereits auf sie zulief. Gemeinsam rannten sie auf das geöffnete Tor zu und verließen das Gefängnisgelände. Ohne Sirene oder sonstige Warnsignale. Das Gefängnispersonal würde frühestens in fünf Minuten entdecken, dass Robert Hoffmann aus Fresnes geflohen war.

Hektisch zog Milla ihn hinter sich her. Sie hasteten durch die Seitenstraßen. »Hier«, rief sie, immer noch voller Adrenalin, und deutete auf den kleinen Renault am Straßenrand.

»Du bist verrückt.« Robert blickte sie mit fassungsloser Miene an, bevor sie ins Auto stiegen. Nur Sekunden, nachdem sie sich in den Wagen gesetzt hatten, hatte Milla ihre Brille bereits gegen die blauen Kontaktlinsen eingetauscht. Sprachlos verfolgte Robert ihr Tun. Sie holte die Perücke aus der Tasche und zog sie sich über ihr Haar.

»Du bist ja nicht wiederzuerkennen!«

Sie startete den Motor. »Das ist der Plan.«

Ohne ihren Blick von der Straße zu nehmen, deutete sie mit der rechten Hand auf die Tasche. »Zieh dich um. Ich hoffe, ich habe annähernd deine Konfektionsgröße getroffen.«

Aus dem Augenwinkel verfolgte sie, wie Robert in die Tasche hineinsah und die Pullover und die Hose herausholte.

»Du bist verrückt«, wiederholte er. »Du bist komplett verrückt.«

Milla blickte ihn an und lachte.

»Verrückt und wunderschön.« Robert strich ihr kurz über die Wange, bevor er sich daran machte, sich umzuziehen.

Nachdem er zwei Pullover übereinandergezogen hatte, sah Milla ihn einen Augenblick an. »Perfekt«, urteilte sie. »Bevor wir zum Hotel fahren, kaufen wir dir noch eine dicke Jacke. Schließlich kann ich nicht zulassen, dass du jetzt erfrierst, nachdem ich dich gerade vor deiner sicheren Ermordung gerettet habe.«

»Nicht nur davor hast du mich gerettet«, murmelte er. »Wo fahren wir hin?«

Sie erzählte ihm von ihren gestrigen Testfahrten. »Diese Strecke ist die beste. Niemand wird darauf kommen, dass wir direkt nach Paris zurückfahren. Hier gibt es nur Wohngebiet, unzählige kleine Straßen. Unmöglich, in diesem Viertel Straßensperren zu errichten. Wir müssen«, sie holte die Karte vom Rücksitz und reichte sie ihm, »wir müssen diesen Parkplatz erreichen.«

Während sie das Tempo reduzierte, sah sie immer wieder auf den Plan, bis sie fand, wonach sie gesucht hatte.

»Hier«, sie deutete mit dem Finger auf eine markierte Stelle, »hier lassen wir den Wagen stehen. Wir steigen in die Métro, und das war's.« Sie lächelte Robert an. »Sobald wir in der Bahn sitzen, kann niemand mehr unseren Weg nachvollziehen.«

»Wow.« Er fuhr sich übers Haar. »Nicht schlecht für eine Anfängerin.«

Erneut wies sie auf die Tasche. »Bitte zieh die Mütze auf.« Besorgt kaute sie auf ihrer Unterlippe. »Bis wir uns um deine Haare gekümmert haben, solltest du nicht ohne herumlaufen.«

»Um meine Haare gekümmert?«

Milla grinste in sich hinein, erwiderte jedoch nichts.

Während sie den Wagen zielsicher durch das Wohngebiet in Fresnes lotste, schaute Robert zum Fenster hinaus. Sie konnte ihm ansehen, dass ihm tausend Fragen durch den Kopf gingen. Doch dafür hatten sie später genügend Zeit. Jetzt war nur wichtig, dass sie ohne Zwischenfälle das Hotel erreichten.

»Wir sind gleich da«, ergriff sie erneut das Wort, als sie sich dem südlichen Stadtrand von Paris näherten.

Robert sah sie von der Seite an und legte seine Hand auf ihren rechten Unterarm. »Wir schaffen das«, erklärte er leise.

Sie drehte ihren Kopf und schenkte ihm ein kurzes Lächeln, dann nickte sie. »Ja, wir schaffen das«, bestätigte sie, während sie sich wieder auf den Verkehr konzentrierte. »Da vorne befindet sich der Parkplatz.« Sie zeigte auf eine Einfahrt rechts von ihnen.

Robert überprüfte den Plan, der noch immer auf seinen Oberschenkeln lag.

»Porte d'Orléans«, las er vor, als Milla blinkte und langsam auf den großen Platz fuhr.

Sie stellte den Wagen neben einem kleinen silbernen Peugeot ab und verharrte einen Moment schweigend auf ihrem Sitz.

Robert wollte die Uniform des Wachbeamten in die Tüte packen, als er die Schuhe darin entdeckte. Er zog sie heraus und sah sie von allen Seiten an.

»Ich hoffe, sie passen dir.« Milla beobachtete ihn lächelnd.

Er blickte auf die Sohle. »Größe fünfundvierzig, na ja, zwei Nummern zu groß.« Er lächelte. »Besser als zu klein.«

»Im Hotel liegen noch kleinere«, erwiderte sie, woraufhin er sie beeindruckt anblickte.

»Du hast ja wirklich an alles gedacht.«

Sie seufzte. »Ich hoffe es.«

Während Robert die Schuhe wechselte, zog Milla die mitgebrachte Hose an. Die alte stopfte sie zusammen mit Roberts Gefängnisschuhen in die Tüte. »Sollen wir sie hierlassen?«

Er überlegte kurz. »Nein, wir entsorgen sie an irgendeiner Métrostation. Warum sollen wir unnötig Spuren hinterlassen? Bis die Polizei herausfindet, dass wir dieses Auto benutzt haben, können Tage vergehen, wenn sie es überhaupt je erfahren.«

Sie stiegen aus, und Milla zog ihre Jacke an, da nur wenige Grad über dem Gefrierpunkt herrschten.

Robert setzte die Wollmütze auf und zog sie tief in die Stirn. Den Schal band er sich zweimal um, sodass man seinen Mund kaum noch sehen konnte.

Milla musterte ihn. Nein, so würde ihn niemand erkennen. Sie wollte nach der Tasche greifen, doch Robert kam ihr zuvor.

Sie verschlossen den Wagen und verstauten den Autoschlüssel wieder in dem Kasten unter der Fahrerseite, dann steuerten sie auf die Métrostation zu, die sich nur einen Steinwurf von ihnen entfernt befand.

Als Robert wie selbstverständlich seinen Arm um ihre Schultern legte, wusste Milla, dass sie sich richtig entschieden hatte. Trotz der Kälte wurde ihr warm ums Herz.

Nachdem Robert die vollgepackte Tüte unauffällig in einem Müllcontainer entsorgt hatte, kauften sie noch eine Winterjacke für ihn, bevor sie sich auf den Weg ins Hotel machten. Während der gesamten Fahrt hielten sie immer wieder Ausschau, ob sie ein erhöhtes Aufkommen an Polizeibeamten entdeckten, doch sie konnten keinerlei Hinweise ausmachen, die darauf schließen ließen, dass man bereits verstärkt nach ihnen suchte.

Da sie nicht ein weiteres Mal umsteigen wollten, liefen sie die letzten zwei Kilometer zu Fuß. Immer wieder blieb Robert auf dem Fußweg stehen und blickte Milla nur schweigend an. »Ich kann es nicht glauben. Du bist einfach so in dieses Gefängnis hineinmarschiert und hast mich ohne mit der Wimper zu zucken da rausgeholt. Ich fasse es nicht!«

Milla schloss einen Moment die Augen. »Ich auch nicht, aber ...« Ihre Stimme versagte. »Aber wir haben es geschafft.« Sie räusperte sich. »Ohne Waffengewalt.«

Robert stockte. »Milla, wo ist die Waffe des Wärters?«

»Mist! Ich habe sie in deiner Zelle liegen lassen. Es tut mir leid.«

»Zum Glück hast du mich nicht dort vergessen.« Er grinste.

Doch ihr war nicht nach Scherzen zumute. »Verdammt!«

»Lass gut sein. Du hast mich ohne Waffen rausgeholt. Und du hast dem Arzt einen netten Brief hinterlassen. Eine Waffe passt überhaupt nicht zu dir«, versuchte er, sie zu beschwichtigen.

»Vielleicht hast du recht. Eigentlich brauchen wir sie nicht.« Als sie in die nächste Straße einbogen, zeigte sie geradeaus. »Das Eckhaus ist es.«

»Und, wie viele Häuser stehen hier?« Mit amüsiertem Lächeln sah er sie von der Seite an.

Sie musste lachen. »Vierunddreißig.«

Erstaunt schüttelte Robert den Kopf.

72

Als sie die Vorhalle betraten, unterhielt sich die dunkelhaarige Rezeptionistin gerade mit einem anderen Hotelgast. Der Mann war etwas älter und entsprach so gar nicht der üblichen Klientel.

Milla wollte nur schnell den Schlüssel holen, doch die Angestellte verabschiedete den Gast und wandte sich ihr zu.

»Madame.« Sie blickte auf einen Zettel vor sich und suchte nach Millas Namen. »Madame Clouseau, es tut mir leid, aber Ihre Anzahlung ist noch nicht bei uns eingegangen. Die Buchhaltung hat mir einen Vermerk hingelegt, dass ich Sie fragen soll, ob es Probleme gibt?« Mit hochgezogenen Augenbrauen wartete sie auf eine Antwort.

»Ah, pardon«, erwiderte Milla, während sie sich um einen normalen Tonfall bemühte. »Meine Bank hat mir heute Morgen in der Tat mitgeteilt, dass es wohl irgendwelche Probleme bei der Überweisung gab. Die Summe wurde mir wieder zurücktransferiert. Kann ich bar zahlen?«

Die Angestellte strich sich eine Haarsträhne hinters Ohr, während ihr Blick Robert streifte, der hinter Milla stehen geblieben war. »Selbstverständlich. Voilà! Dieser Betrag ist offen.« Sie legte die Rechnung auf den Tresen und tippte mit dem Finger darauf.

Milla holte ihren Geldbeutel hervor und legte die entsprechende Summe neben die Rechnung. Als sie sich bereits zum Gehen gewandt hatte, ertönte die Stimme der Angestellten nochmals: »Moment, Madame.«

Milla warf Robert einen genervten Blick zu, drehte sich dann aber noch einmal um. »Ja?«

»Ihre Quittung?«

»Legen Sie sie in unser Fach. Ich nehme sie morgen mit. Merci.« Milla bedeutete Robert, der nur stumm in sich hineingrinste, ihr zu folgen.

»Wow!« Beeindruckt blickte Robert aus dem Hotelfenster und betrachtete die weiße Kathedrale, die sich keine hundert Meter von ihnen entfernt befand.

»Zufrieden?« Milla lächelte, als sie hinter ihn trat.

»Machst du Witze? Das hier«, er machte eine ausladende

Geste, »ist fünf Sterne de luxe.« Als er ihren Blick bemerkte, hielt er inne und sah sie liebevoll an. »Du bist verrückt, Milla.«

»Ich glaube, das habe ich heute schon mal gehört.« Sie legte den Kopf schief.

Eine unwirkliche, nicht greifbare Spannung baute sich zwischen ihnen auf.

Milla räusperte sich und unterbrach die entstandene Stille. »An die Arbeit!«

»Arbeit?« Robert runzelte die Stirn.

»Dein Haar.« Sie zeigte auf seinen Kopf.

»Was ist damit? Willst du mir etwa eine Glatze scheren?«

Als sie seinen entsetzten Gesichtsausdruck sah, musste sie lachen. Sie steuerte auf das Badezimmer zu und bedeutete ihm, ihr zu folgen.

Voller Skepsis betrachtete er die Packung, die Milla aus der Tasche holte. »Braun?«

»Brünett«, verbesserte sie ihn und winkte ihn näher zu sich.

73

In tiefe Gedanken versunken, saß Capitaine Luc Royaume an seinem Schreibtisch. Ein Blick auf die Uhr sagte ihm, dass er seit über einer halben Stunde wieder und wieder dieselben Gedankengänge verfolgte.

Zweiunddreißig Monate, drei Wochen und zwei Tage. So lange hätte er sich noch um die Verbrecher, Kleinkriminellen und den sonstigen Abschaum von Paris kümmern müssen, bis er nach einer über vierzigjährigen Laufbahn im Polizeidienst in seinen wohlverdienten Ruhestand hätte gehen können. Hätte! Bis vor fünf Stunden. Bis Robert Hoffmann aus Fresnes geflohen war. Mithilfe einer deutschen Journalistin, die in den letzten Tagen kriminelle Energien in einem Ausmaß entwickelt hatte, das so nicht vorhersehbar gewesen war. Seine Mitarbeiter waren seit Stunden auf der Suche nach den beiden Flüchtigen.

Er griff nach dem Bilderrahmen mit dem Foto seiner Familie und betrachtete es. In seiner vierzigjährigen Dienstzeit war er stets korrekt vorgegangen, hatte sich ausnahmslos an sämtliche Regeln und Vorschriften gehalten. Nur dieser eine verdammte Fehler, diese eine Abweichung vom rechten Weg! Seine Pension, die er so herbeigesehnt hatte, konnte er nun abschreiben. Egal, wie er sich entschied, gleichgültig, welche Option er in Erwägung zog, sein Fehlverhalten würde diplomatische Verwicklungen auf höchster Ebene nach sich ziehen. Zu oft schon hatte er mitbekommen, wie langjährige loyale Kollegen wegen wesentlich geringerer Fehltritte von heute auf morgen von der Bildfläche verschwunden waren. Nein, er saß so tief in der Scheiße, dass ihm nicht einmal mehr der Polizeipräsident helfen konnte.

Unruhig trommelte er mit den Fingern auf die Schreibtischplatte. Wenn die Sache nicht so verdammt ernst wäre, hätte ihm die Aktion dieser Milla Seifert fast Respekt abringen können. Marschierte am helllichten Tag unbewaffnet nach Fresnes und floh mit dem meistgehassten Mann Frankreichs innerhalb von nur zehn Minuten aus dem Hochsicherheitsgefängnis. Nun, den Aspekt mit der Sicherheit mussten sie dann wohl noch einmal überdenken. Er schmunzelte kurz, bevor er sich wieder ins Gedächtnis rief, was ihm bevorstand.

Nachdem Luc zum tausendsten Mal die Möglichkeiten, die ihm blieben, gedanklich durchgespielt hatte, griff er zum Telefonhörer und wählte.

»Bist du wahnsinnig geworden, mich jetzt anzurufen?«, wurde er statt einer Begrüßung angeblafft.

»Danke der Nachfrage, mir geht es auch beschissen«, entgegnete Luc mürrisch.

»Pardon, aber deine Leute stellen hier mit den Kollegen

gerade alles auf den Kopf. Es ist ein einziger Albtraum«, erwiderte Henri Zodaine mit gepresster Stimme.

»Passiert schließlich auch nicht alle Tage, dass bei euch einer ausbüxt. Noch dazu ein gefährlicher Schwerkrimineller.«

»Du weißt, dass er mehr als das ist«, berichtigte ihn Henri. »Wenn herauskommt, dass er …« Er brach ab. »Hier werden Köpfe rollen, allen voran meiner.«

»Willkommen im Club! Auch meine Pension hat sich seit heute erledigt«, brummelte Luc.

»Hast du dir schon überlegt, was du tun wirst?«

»Was ich tun werde?« Luc lachte bitter auf. »Allzu viele Alternativen habe ich nicht.«

»Du weißt, wo sie sind?«

»Zumindest ungefähr.«

»Also?«

»Wir warten ab. Vielleicht kommen sie zur Vernunft.«

»Unwahrscheinlich, aber nicht unmöglich«, entgegnete Zodaine.

Beide schwiegen einen Moment.

»Es tut mir leid, Luc. Ehrlich! Ich hätte dich da niemals mit hineinziehen dürfen.«

Luc seufzte. »Schon gut. Niemand konnte ahnen, dass die Dame ihre Abenteuerlust entdecken und zur Fluchthelferin mutieren würde.«

»Ich fürchte, mit Abenteuerlust«, Zodaine machte eine Pause, »hat Milla Seiferts Motivation nicht allzu viel zu tun.«

»Du denkst, sie ist dem Charme unseres Reporterknaben erlegen?«

»Ich vermute es. Und du weißt ja, was man über liebende Frauen sagt: Sie entwickeln übernatürliche Kräfte, wenn es darum geht, ihre Liebe zu schützen und zu verteidigen.«

»Verdammt! Was denkt sich diese Frau nur? Sie muss doch wissen, dass sie mit ihrer Flucht alles nur verschlimmert hat. Sie hat mir ja mehrfach zu verstehen gegeben, dass sie glaubt, dass bei Hoffmanns Verurteilung gravierende Fehler begangen wurden.« Luc wurde nachdenklich. »Vielleicht hätte ich ihr deutlicher zeigen müssen, dass ich ihre Bedenken durchaus ernst nehme.«

»Du kannst es nicht mehr ändern. Sehen wir zu, dass wir diese fürchterliche Situation irgendwie halbwegs überstehen«, erwiderte Zodaine mit ernster Stimme. »So können wir ihnen vielleicht noch am ehesten helfen.«

74

»Robert, komm schnell«, rief Milla Richtung Badezimmer.

Sekunden später tauchte er im Türrahmen auf, die dunklen Haare noch feucht von der Dusche, nur ein weißes Handtuch um die Hüfte geschlungen.

Nach einem längeren Blick auf die dünne rote Linie an seinem Hals, die noch immer von der lebensgefährlichen Situation zeugte, in der er sich vor wenigen Tagen befunden hatte, riss Milla sich von dem Anblick los und winkte ihn zu sich.

»Komm, die Nachrichten gehen los«, wiederholte sie aufgeregt.

Während er sich mit einem kleinen Handtuch die Haare trocknete, kam er zu ihr und setzte sich neben sie auf das Bett.

»Meinst du …«

Sie bedeutete ihm zu schweigen. »Pscht!«

»Heute Vormittag gegen elf Uhr kam es in der Haftanstalt in Fresnes zu einer spektakulären Flucht. Dem Schwerverbrecher Robert Hoffmann, der seine Verlobte, die Schauspielerin Simone Dubois, vor fünf Jahren vergewaltigt und ermordet hat …«

»Arschloch«, murmelte Robert, was Milla mit einem Stirnrunzeln quittierte.

»… und zu lebenslanger Haft verurteilt worden war, gelang mithilfe einer deutschen Journalistin die Flucht aus Fresnes. Die Fahndung nach den beiden läuft auf Hochtouren. Die Polizei von Paris ist zuversichtlich, dass man die Flüchtigen schnell aufspüren wird …«

Robert lachte.

»… Durch die schnelle Hilfe eines herbeigerufenen Arztes geht es den im Zuge der Flucht verletzten Wachbeamten den Umständen entsprechend gut …«

»Vor allem aufgrund der Fürsorglichkeit der Fluchthelferin«, raunte Robert.

Milla sah ihn von der Seite an und lächelte. Das dunkle Haar und die braunen Augen veränderten sein Äußeres dermaßen, dass ihn wahrscheinlich nicht einmal mehr seine eigene Mutter erkannt hätte.

»… Milla Seifert ist fünfunddreißig Jahre alt, hat braune Augen …«

»Bla, bla, bla«, brummte Robert, während er den Ton am Fernseher leiser stellte. Auf dem Bildschirm tauchten Fotos von ihm und Milla auf. »Die haben keinen Schimmer, wo wir sind.«

»Sonst wären sie schon hier«, stimmte sie ihm zu. Sie ließ ihren Blick über seinen nackten Oberkörper wandern.

»Nicht mehr ganz meine alte Form.« Er grinste spöttisch.

Sie streckte die Hand aus und strich über seine Brust.

»Milla«, flüsterte er und schloss die Augen.

»Hm?«

»Wir sollten darüber sprechen, wie wir weiter vorgehen.« Seine Stimme klang belegt.

Gedankenverloren fuhr sie mit ihrem Finger über seinen Arm und registrierte, wie sich seine Härchen aufstellten.

»Milla!«, wiederholter er strenger.

»Ja?« Mit unschuldiger Miene sah sie ihn an.

»Was machen wir? Wie gehen wir weiter vor?«

»Wir warten«, erklärte sie ruhig.

»Warten?« Er kratzte sich am Kinn. »Auf was?«

»Bis sich Simones Mörder bei uns meldet.«

Robert wirkte irritiert.

»Denk doch mal nach! Sobald der Täter erfährt, dass du aus dem Gefängnis ausgebrochen bist, muss er zwangsläufig versuchen, mit dir Kontakt aufzunehmen. Jabar sollte dich umbringen. Nur zwei Personen auf dieser Welt wissen zu hundert Prozent, dass du unschuldig bist. Einer davon bist du.«

»Du bist unglaublich.« Liebevoll strich er ihr über die Wange.

»Okay«, erklärte sie in geschäftsmäßigem Ton, »du gehst dich anziehen, und ich schaue kurz meine E-Mails durch.«

Seufzend stand Robert auf und verschwand im Bad.

Als Milla kurz darauf das Wasser rauschen hörte, musste sie schmunzeln. Seit sie im Hotel angekommen waren, hatte Robert bereits fünfmal geduscht. Die Gewissheit, endlich wieder Herr über seinen Tagesablauf und seine persönlichen Vorlieben zu sein, schien für ihn derart ungewohnt zu sein, dass er sich wohl symbolisch von den letzten fünf Jahren säubern musste. Sie konnte sich kaum vorstellen, wie es sich anfühlen musste, nur duschen zu können, wenn es Dritte gestatteten.

Nachdem sie den neuen Laptop gestartet hatte, sah sie, dass sie Mails von ihrem Vater und Sandrine empfangen hatte. Ihr Puls beschleunigte sich. Sicher wussten beide mittlerweile, was geschehen war.

Zuerst öffnete sie die Nachricht ihrer Freundin. Wie erwartet konnte Sandrine nicht glauben, was sie in den Nachrichten gehört hatte. Die Mail endete mit der Bemerkung, dass sie sie nicht angerufen hatte, da sie vermutete, dass Milla ihr Telefon ausgeschaltet hatte. Der ganze Satz war fett gedruckt und unterstrichen.

Sandrine, dachte Milla liebevoll. Sie wollte ihr zu verstehen geben, dass man sie bei ausgeschaltetem Handy nicht orten konnte. Eine Warnung ihrer Freundin, vorsichtig zu sein. Milla war sich sicher, dass Sandrine sie verstand. Auch wenn sie den Ausbruch mit großer Wahrscheinlichkeit nicht als die beste Lösung ansah, wusste Milla, dass Sandrine immer auf ihrer Seite stehen würde.

Die Nachricht ihres Vaters öffnete Milla mit noch größerem Unbehagen, bis sie beim Lesen erkannte, dass sie ihn völlig falsch eingeschätzt hatte. Auch er konnte natürlich, ähnlich wie Sandrine, kaum fassen, was sie getan hatte. Doch zwischen den Zeilen erkannte Milla etwas, womit sie beim besten Willen nicht gerechnet hatte. Stolz! Ihr Vater schien tatsächlich stolz auf sie zu sein und bot ihr indirekt sogar seine Hilfe an, sollte sie in größere Schwierigkeiten geraten.

Für einen Moment schloss Milla voller Dankbarkeit die Augen. Auch wenn sie aus dieser Sache nicht unbeschadet herauskäme, ihr Vater würde für sie da sein. Er verurteilte sie nicht.

Plötzlich realisierte sie, wie wichtig ihr sein Urteil war. All die Jahre war ihr Verhältnis nur von seinen Beziehungen zu diesen jüngeren Frauen bestimmt gewesen. Doch hier und jetzt zeigte sich die wahre Natur ihrer Bindung. Wenn es darauf ankam, konnte sie auf ihn zählen.

Milla schaltete den Laptop aus, während sie lächelnd registrierte, dass das Wasser in der Dusche abgestellt worden war.

75

Fassungslos starrte sie auf den Fernseher. Obwohl sie bereits wenige Minuten nach Hoffmanns Flucht davon erfahren hatte, konnte sie es immer noch nicht glauben. Das war der absolute Super-GAU. Immer mehr verstärkte sich bei ihr das Gefühl, dass die Situation schon vor Tagen komplett außer Kontrolle geraten war.

Während sie Seifert auf dem Weg nach Deutschland wähnte, hatte diese – voller Zorn suchte sie nach einer passenden Bezeichnung –, hatte diese verfluchte Schlampe einen ausgeklügelten und doch so einfachen Fluchtplan ausgeheckt.

Sie dachte an die Tonbandaufzeichnungen, die sie sich tagelang unter größter Anstrengung angehört hatte. Diese Vertrautheit, dieses ganze Gesülze! Viel früher hätte ihr klar werden müssen, dass sich hier eine Katastrophe größeren Ausmaßes anbahnte.

Doch die Affären ihres Mannes … Letztlich hatte sie nicht ihre gesamte Energie darauf verwendet, die mehr als brenzlige Situation wieder unter Kontrolle zu bringen. Auch ihr Versuch, Hoffmann zu beseitigen, war viel zu spät gekommen.

Nein, sie war die ganze Angelegenheit viel zu stümperhaft angegangen. Fieberhaft überlegte sie, was sie nun unternehmen konnte, um den angerichteten Schaden zumindest einzudämmen.

Der Bericht im Fernsehen zeigte gerade Fotos der beiden Flüchtigen. Ihr Gesichtsausdruck verfinsterte sich. Diese Idioten! Die beiden hatten doch längst ihre Optik verändert. Haare geschnitten, gefärbt. Es gab wahrlich genügend Möglichkeiten, sein Aussehen zu manipulieren.

Sollte sie mit ihrem Mann sprechen? Sicher hatte er ebenfalls mitbekommen, was geschehen war. Würde ihn Hoffmanns Flucht beunruhigen? Wahrscheinlich war er wieder der Ansicht, er stehe über allem, sei unantastbar. Sicher machte er sich nicht halb so viele Gedanken wie sie über die drohende Gefahr, die von den beiden ausging.

Nein, sie musste die Angelegenheit selbst regeln. Wie immer!

Während sie weiter dem Reporter lauschte, der gerade mit einem sogenannten Sicherheitsexperten über die Zustände in den französischen Gefängnissen sprach, kam ihr eine Idee. Ja, so müsste es funktionieren. Zwar konnte sie sich diesmal nicht im Hintergrund halten, wie es ihr eigentlich lieber war, doch sie würde zumindest den Menschen, der ihr wirklich gefährlich werden konnte, endgültig zum Schweigen bringen. Entschlossen setzte sie sich an ihren Laptop und verfasste die Nachricht.

76

»Das war die beste Pizza meines Lebens«, verkündete Robert und lehnte sich in dem beigen Korbsessel, der einzigen Sitzgelegenheit des Hotelzimmers, zurück.

»Wenn das hier«, Milla zeigte in den Raum hinein, »wenn das vorbei ist, zeige ich dir, wo es die beste Pizza gibt.« Sie lächelte. »Diese hier scheidet definitiv aus dem engeren Kreis aus.«

»Schätze, dass unsere Ansprüche momentan meilenweit auseinanderliegen«, frotzelte er.

»Da könntest du recht haben.« Sie stand auf und brachte die beiden leeren Kartons in den Mülleimer im Bad.

Mittlerweile war es dunkel geworden.

Sie hatten den ganzen Nachmittag die Berichterstattung über ihre Flucht verfolgt. Erwartungsgemäß hielt sich die Pariser Polizei mit Aussagen bedeckt, in welche Richtung ihre Ermittlungen sich bewegten. Übereinstimmend waren Milla und Robert zu dem Ergebnis gekommen, dass die Beamten bislang völlig im Dunkeln tappten. Auch ihr Fluchtfahrzeug war bisher nicht zur Sprache gekommen. Sie gingen davon aus, dass noch niemand wusste, wie sie aus Fresnes geflohen waren, geschweige denn, wo sie sich zum gegenwärtigen Zeitpunkt aufhielten.

Nachdenklich blickte Milla in den Badezimmerspiegel. Da sie nicht vorhatte, das Zimmer heute nochmals zu verlassen, nahm sie die Perücke vom Kopf und lockerte ihr eigenes Haar etwas auf. Dann nahm sie die Kontaktlinsen heraus und setzte die Brille wieder auf. Zurück im Zimmer spürte sie Roberts kritischen Blick auf sich. »Was?«

»Ich könnte wirklich nicht sagen, was dir besser steht. Diese Rühr-mich-nicht-an-Sekretärinnen-Brille oder dieser blonde Hausfrauen-Look.« Er grinste.

Wütend funkelte sie ihn an, bevor sie einen Kugelschreiber von ihrem Nachttisch nahm und nach Robert warf.

»Au!«, rief er, während er auflachte.

»Idiot!«, murmelte sie und holte die zwei Handys aus ihrer Tasche. Genervt setzte sie sich ihm gegenüber auf das Bett. Als sie ihm eines der Handys reichte, begegneten sich ihre Blicke. Milla musste daran denken, wie oft sie sich in dieser Position in Roberts Zelle gegenübergesessen hatten.

Nach einem Augenblick des verlegenen Schweigens räusperte sich Robert. »Okay, das ist also mein neues Handy.«

»Genau. Meine Nummer ist bereits bei dir abgespeichert«, erklärte Milla distanziert. Sie schaltete ihr Telefon an und wählte seine Nummer.

Der Klingelton entlockte ihr ein Lächeln. »Funktioniert.«

»Du willst es wirklich durchziehen«, stellte er mit ernster Stimme fest. »Wir haben immer noch die Karibik oder Südamerika als Alternative.«

»Und dann? Leben wir unter falscher Identität irgendwo weitab von unseren Familien, ständig in Angst, immer mit einem Blick über die Schulter, ob uns jemand folgt?« Milla sah ihn abwartend an.

»Du möchtest also wieder in ein normales Leben zurückkehren«, folgerte Robert gedehnt. »Mit mir?«

Millas Herzschlag beschleunigte sich bei seinen Worten. Für einen Moment schloss sie die Augen. »Erst müssen wir diese Sache hier überstehen. Alles Weitere wird sich zeigen.«

»Also wieder ganz die Pragmatikerin«, erwiderte er hörbar enttäuscht.

Milla sah ihm an, dass er sich mehr erwartet hatte. Doch sie war von der gegenwärtigen Situation komplett überfordert. Nach außen spielte sie ihm die Abgebrühte vor, aber allein die Tatsache, dass sie sich mit Robert dieses Hotelzimmer teilte, zum ersten Mal in Freiheit, wühlte sie mehr auf, als sie sich selbst eingestehen wollte.

Er schien ihr Gefühlschaos zu spüren, denn er fasste nach ihrer Hand und drehte sie vorsichtig um. Als Milla sie nicht zurückzog, strich er sanft über die Handinnenfläche.

»Nicht«, bat sie halbherzig.

Eindringlich blickte er sie an und schwieg.

Milla spürte, wie ihr die Situation zu entgleiten drohte. Ihr Magen krampfte sich schmerzhaft zusammen, sie schaffte es einfach nicht, sich diesem Mann zu entziehen. Doch es würde sich alles ändern, wenn sie jetzt die Nähe zwischen ihnen zuließe.

»Du bist wunderschön, Milla. Mit oder ohne Brille, braun oder blond«, sagte Robert leise.

Lange kaute sie auf ihrer Unterlippe, bevor sie sich endlich dazu durchringen konnte, ihm die Wahrheit zu sagen. »Bei dem Kongress damals …«, begann sie zögernd, während sie ihn ansah. Sie spürte, wie sie der Mut verließ.

»Bei dem Kongress damals?«, hakte Robert nach.

Milla holte tief Luft. »Ja. Also, ich hatte dir bereits gesagt, dass ich …« Sie brach ab. »Also, dass ich damals nicht zu dir ins Zimmer kommen konnte.«

Er nickte. »Ja, ich weiß. Du warst verlobt und wolltest kurz darauf heiraten. Es war der falsche Zeitpunkt.« Er betrachtete sie liebevoll. »Das ist Vergangenheit, Milla. Es ist okay. Damals dachte ich …« Er wandte kurz seinen Blick ab. »Nun, ich dachte, dass da irgendetwas zwischen uns ist, was ich so noch nie erlebt hatte. Mein Gott, das klingt wie aus einem schlechten Liebesroman.« Er verdrehte die Augen. »Es hatte mich einfach getroffen. Ich konnte es nicht ignorieren. Also habe ich mir gesagt, nimm dir ein Zimmer, versuch es. Vielleicht geht es ihr genauso. Eine blöde Idee, ich weiß.«

Ungläubig riss sie ihre Augen auf. »Was soll das heißen? Du hast dir nur wegen mir ein Zimmer genommen?«

Robert zuckte mit den Achseln. »Ja, natürlich. Ich habe doch in Paris gewohnt. Warum hätte ich im Hotel übernachten sollen?« Er lächelte. »Als du auf der Toilette warst, habe ich den Barkeeper gebeten abzuklären, ob sie noch ein freies Zimmer hätten.«

»Und dann bin ich nicht aufgetaucht«, murmelte Milla mehr zu sich selbst.

»Vergangenheit, Milla. Ich bin schon ein großer Junge. Ich kann eine Abfuhr wegstecken.« Er machte eine Pause. »Auch wenn ich zugeben muss, dass mich dein Korb sehr lange beschäftigt hat. Ich war ganz schön beeindruckt von dir.« Er zögerte. »Und bin es immer noch.«

»Es war kein Korb, Robert«, erwiderte sie heftig. »Ich wollte mich an jenem Abend gerade auf den Weg zu dir machen, als Sebastian plötzlich überraschend vor meinem Hotelzimmer aufgetaucht ist.« Nervös strich sie sich eine Haarsträhne hinters Ohr. »Du hattest mich ebenfalls ziemlich aus dem Konzept gebracht. Aber irgendwie schien Sebastian einen siebten Sinn gehabt zu haben. Es sollte wohl einfach nicht sein.«

Völlig perplex blickte Robert sie an. »Du hättest deinen Verlobten … du hättest ihn damals tatsächlich mit mir betrogen?«

Milla lachte auf. »Ich weiß nicht, was dir vorgeschwebt ist, als du mir deine Zimmernummer zugesteckt hattest. Aber so ganz abwegig war die Vorstellung für mich nicht.«

»Was wäre passiert, wenn er nicht aufgetaucht wäre?«, fragte Robert mit gesenkter Stimme.

»Das werden wir nie erfahren«, entgegnete sie bedauernd, während sie seinen Blick erwiderte.

»Warte.« Er gab ihre Hand frei und verschwand im Bad.

Kurz darauf kehrte er ins Zimmer zurück. Er stellte sich vor sie und zog sie langsam zu sich hoch.

Milla bemerkte, dass er die Kontaktlinsen herausgenommen hatte. Seine grünen Augen betrachteten sie liebevoll, er zog sie zärtlich dichter zu sich heran.

Sie spürte, dass es zwischen ihnen keiner weiteren Worte bedurfte. Obwohl die Umstände alles andere als einfach waren, waren sie in diesem Moment zwei Menschen, die sich nacheinander sehnten. Zwischen denen innerhalb kürzester Zeit eine Vertrautheit entstanden war, die mit Vernunft nicht zu erklären war. Ein Mann und eine Frau, die sich stärker miteinander verbunden fühlten als manch langjährige Paare es je empfinden würden.

»Milla«, flüsterte Robert heiser. Sanft hob er ihren Arm an und schob den Ärmel ihres Pullovers zurück.

Als er seine Lippen auf ihren Unterarm senkte, meinte Milla zu verglühen. Er beugte sich weiter hinab und küsste die zarte Haut ihres Handgelenks.

Genussvoll schloss sie die Augen und musste an die Szene in Fresnes denken, als sie zum ersten Mal ... Milla beschlich das Gefühl, es nicht mehr aushalten zu können. Sie nahm Roberts Kopf zwischen ihre Hände und zog ihn zu sich hinauf. »Was machst du mit mir?«, raunte sie. Sie sah das Verlangen in seinen Augen, als er sie anblickte.

»Alles, was du willst«, sagte er mit rauer Stimme.

»Das ist ...« Sie fühlte sich benommen. »Das ist Wahnsinn.«

»Du bist Wahnsinn.« Er lächelte. »Meine Retterin.«

Gegen ihren Willen musste sie schmunzeln. Mit den Fingerspitzen berührte sie seine Lippen.

»Mehr«, flüsterte er ihr ins Ohr, in Anspielung auf ihren letzten Kuss in der Zelle. Robert näherte sich ihr mit seinem Mund und küsste sie.

Es fühlte sich so gut an, so verdammt richtig. Milla verdrängte all ihre Gedanken und erwiderte seine Liebkosungen.

Seine Hand wanderte unter ihren Pullover und öffnete ihren BH. Als er ihre Brüste berührte, presste sie ihren Unterleib enger an ihn. »Robert«, murmelte sie sehnsüchtig.

Er umfasste ihren Po und dirigierte sie langsam zum Bett.

Gemeinsam ließen sie sich auf die Matratze sinken und sahen sich für einen unendlich langen Moment nur stumm an. Vorsichtig nahm Robert ihre Brille ab und legte sie zur Seite. In stummer Übereinkunft küssten sie sich erneut, erst zart, dann leidenschaftlicher. Sanft streichelte Robert die Haut ihres Bauchs. Sie bog sich ihm entgegen. Endlich! Dieser Mann berührte eine Stelle in ihrem Inneren, von der sie bis jetzt nicht einmal geahnt hatte, dass sie überhaupt existierte. Ungeduldig zerrte sie an seiner Kleidung, bis auch er nackt neben ihr lag. Als er seinen Blick über ihren Körper wandern ließ, spürte sie keinerlei Schamgefühl.

»Du bist so schön.« Er zeichnete ihre Silhouette mit seinen Fingern nach.

Die Berührungen ließen Milla erschaudern. »Was wolltest du vor neun Jahren von mir?«

Statt einer Antwort küsste er sie erneut und zog sie näher an sich. Er wollte sie. Genauso, wie Milla ihn wollte. Ungeduldig drängte sie ihn auf den Rücken, bevor sie sich langsam auf ihm niederließ.

»Milla«, stieß er gepresst hervor, als sie ihn endlich umschloss. Sie bewegte sich langsam auf und ab und beobachtete sein Gesicht. Als Milla nicht mehr an sich halten konnte, drängte sie sich enger auf ihn und bewegte sich schneller. Robert atmete schwerer, umfasste ihre Hüften fester.

Als Milla atemlos auf ihm zusammenbrach, strich er ihr sanft über den Rücken.

»Wow! Nicht schlecht.«

Spielerisch boxte sie ihm gegen seinen Oberkörper. »Nicht schlecht? Wie wäre es mit gigantisch, grandios, fantastisch, unbeschreiblich?«

Lachend nahm er ihre Hände in seine. »Wie wäre es mit wahnsinnig schön?«

Zufrieden legte sie sich wieder auf seine Brust und kuschelte sich genüsslich an ihn.

»Milla?«

»Hm?« Schläfrig hob sie den Kopf.

»Vielleicht ist es nicht der richtige Zeitpunkt dafür, aber ich habe gelernt, dass man die schönen Momente nutzen sollte, denn man weiß nie, wie lange sie anhalten.«

Jetzt hatte er Millas volle Aufmerksamkeit. Ihre Müdigkeit war wie weggeflogen.

Während er sie mit ernster Miene betrachtete, setzte er sich etwas auf und lehnte sich mit dem Rücken gegen das Kopfende.

Milla glitt von ihm herunter und schmiegte sich an seine Schulter.

»Egal, wie das hier ausgehen wird«, begann er, »allein für die letzten Minuten werde ich dir mein Leben lang dankbar sein. Wenn mir vor vier Wochen jemand gesagt hätte, dass ich heute mit der schönsten und wundervollsten Frau, die ich mir überhaupt vorstellen kann, hier einen grandiosen Abend verbringen werde, hätte ich ihn für komplett verrückt erklärt.« Er küsste sie und berührte ihre Wange. »Milla, du hast mich heute zu einem sehr glücklichen Mann gemacht.«

Die Wärme und Ehrlichkeit, die sie aus seinen Worten heraushörte, ließen sie erzittern. Ihre Augen wurden feucht. Hastig wandte sie sich ab.

»Was ist los? Habe ich etwas Falsches gesagt?«

Milla zögerte. »Nein …« Ihre Stimme ließ sie im Stich. Sie räusperte sich. »Nein, es ist nur …« Verzweifelt suchte sie nach der richtigen Formulierung. »Deine Worte sind das Schönste, was mir jemand …« Wieder hielt sie inne. »Nicht jemand, sondern ein Mann, du, seit langer Zeit gesagt hat.« Sie verstummte. »Bisher hatte ich nicht viel Glück mit Männern.«

»Die Mehrheit der Bevölkerung wäre in diesem Moment

mit großer Wahrscheinlichkeit wohl auch der Ansicht, dass du nicht gerade ein glückliches Händchen beweist, indem du mit einem geflohenen Häftling schläfst«, erwiderte er trocken.

»Es fühlt sich richtig an.« Sie legte eine Hand auf ihr Herz. »Hier fühlt es sich verdammt richtig an«, flüsterte sie traurig.

Robert strich ihr eine Haarsträhne aus dem Gesicht und betrachtete sie eindringlich. Dann nahm er ihre Hand in seine. »Mir geht es genauso. Die Tatsache, dass du an meine Unschuld glaubst, ist für mich ein solcher Antrieb, dass ich fest davon überzeugt bin, dies auch beim Rest der Menschheit zu schaffen, irgendwie, irgendwann.« Er küsste sie erneut, bevor er über ihre feuchten Wangen fuhr. »Alles wird gut, Milla. Ich verspreche es dir. Was du getan hast, war nicht umsonst.«

Ihr Herz krampfte sich zusammen, während eine Welle der Zärtlichkeit in ihr aufstieg. Sie befürchtete, unter ihren Gefühlswirren gleich zusammenzubrechen. Vorsichtig löste sie sich von ihm. »Ich springe schnell unter die Dusche«, murmelte sie mehr zu sich selbst, bevor sie eilig im Bad verschwand. Den leichten Schwindel, der sie beim Aufstehen erneut überkam, ignorierte sie geflissentlich.

Das Rauschen des Wassers übertönte Millas Schluchzen, während sie sich mit den Händen an der kalten Fliesenwand abstützte. Heißes Wasser lief über ihr Gesicht und vermischte sich mit den Tränen, die unaufhörlich flossen. Was war nur mit ihr los? Wie hatte das geschehen können? Verzweifelt schloss sie die Augen und konzentrierte sich ganz auf die Wärme des Wassers, die ihren Körper tröstlich umschloss.

Nach einer halben Ewigkeit spürte sie zwei Hände auf ihrem Rücken. Robert drehte sie langsam zu sich um und sah sie schweigend an.

Das Wasser floss unaufhörlich. Mit ihrem Blick signalisierte sie ihm, dass sie sich wieder unter Kontrolle hatte. »Können wir ›wahnsinnig schön‹ nochmals wiederholen?«, hauchte sie ihm ins Ohr.

Roberts Griff wurde fester, während Millas Gedanken langsam verschleierten.

77

Am nächsten Morgen dröhnte Millas Kopf, als läge sie neben einem Presslufthammer. Sie bekam kaum Luft, ihr Hals kratzte fürchterlich.

Als sie sich umdrehen wollte, durchfuhr sie ein stechender Schmerz. Ihre Arme fühlten sich bleischwer an. Erschöpft ließ sie sich auf das Kissen zurückfallen.

Eine schwere Erkältung, möglicherweise sogar eine Grippe hatte sie erwischt. Verdammt! Vorsichtig drehte sie den Kopf, um nachzusehen, ob Robert bereits wach war. Wie von der Tarantel gestochen fuhr sie hoch. Das Bett neben ihr war leer. »Robert?« Sie bekam kaum einen Ton heraus, ihre Stimme klang wie das verunglückte Krächzen eines heiseren Raben.

Keine Antwort. Beunruhigt schlug Milla die Decke zurück und stand langsam auf. Sie stützte sich kurz an der Wand ab, bevor sie vorsichtig ins Bad tappte. Leer! Wo war er?

Ihr Blick fiel auf den Wecker auf dem Nachttisch. Kurz vor acht. Sie hatte fast zehn Stunden geschlafen. Vielleicht besorgte Robert ihnen Frühstück. Doch allein der Gedanke an Essen verursachte Milla Übelkeit. Sie schien ernsthaft krank zu sein. Ausgerechnet jetzt!

Mit schleppenden Schritten kehrte sie zum Bett zurück und ließ sich schweißgebadet wieder auf die Matratze sinken. Sie schloss die Augen und dachte nach. Natürlich hatte sie keine Medikamente mitgenommen. Sie konnte sich kaum erinnern, wann sie das letzte Mal krank gewesen war. Robert würde ihr ein paar Schmerztabletten besorgen müssen, sobald er zurückkam. Noch während sie darüber nachdachte, döste sie wieder ein.

Die Sonne schien zum Fenster herein, als Milla blinzelte. Sie schaute auf die Uhr. Viertel nach zwölf. Das Zimmer war leer, die Tür zum Bad stand offen. Robert war immer noch nicht da. Sie quälte sich unter der Decke hervor und schlurfte ins Bad. Suchend sah sie sich um, bis sie den Behälter für Roberts Kontaktlinsen entdeckte. Als sie das Gefäß dicht vor ihre Augen hielt, registrierte sie, dass die Linsen fehlten. Milla ergriff Panik.

Sie kehrte ins Zimmer zurück und ließ ihren Blick durch den Raum wandern. Seine Klamotten waren verschwunden, ebenso die Schuhe. Völlig erschöpft ließ sie sich wieder aufs Bett sinken. Ihr Hals brannte, sie konnte kaum noch schlucken. Robert war weg. Abgehauen. Wahrscheinlich saß er in diesem Moment in irgendeinem Flugzeug auf dem Weg in sein neues Leben. Er hatte nie vorgehabt, mit ihr nach dem wahren Mörder zu suchen. Hatte sie sich derart in ihm täuschen können? Milla begann zu frösteln. Sie kroch ins Bett und vergrub sich unter ihrer Decke. Vor Schmerzen konnte sie kaum einen klaren Gedanken fassen. Sie schloss die Augen und schnaufte schwer.

Als Milla spürte, wie die Müdigkeit sie erneut zu übermannen drohte, zwang sie sich, wieder aufzustehen. Schließlich konnte sie nicht den ganzen Tag verschlafen. Sie fühlte sich wie in einer Falle. Hatte sie die Situation tatsächlich so falsch eingeschätzt? War sie für Robert nur Mittel zum Zweck gewesen? Ihr fielen die Szenen von gestern Abend ein. Seine Berührungen auf ihrer nassen Haut, seine Hände und Lippen auf ihrem Körper. Die Sehnsucht packte sie erneut. Nein, das durfte nicht sein.

Um sich abzulenken, schaltete Milla den Fernseher ein und

versuchte krampfhaft, halbwegs konzentriert der Berichterstattung zu folgen. Ihre Flucht war noch immer das Thema Nummer eins auf allen Kanälen. Einige Minuten lauschte sie gleichgültig einer Diskussion über Gewalt in Gefängnissen, bevor sie umschaltete und erstarrte.

Auf dem Bildschirm war Roberts Mutter in Großaufnahme zu sehen, im Hintergrund unzählige Reporter, die der Frau ihre Mikrofone unter die Nase hielten.

»Nein, ich wusste nichts von seinen Plänen. Aber«, Carole Renoir sah sichtlich wütend in die Menge, »aber es ist ein Skandal, dass mein Sohn in Fresnes fast umgebracht wurde. Es ist einzig dem kompetenten Anstaltsdirektor zu verdanken, dass nichts Schlimmeres passiert ist. Daher hoffe ich von ganzem Herzen«, nun nahm ihr Gesicht eine triumphierende Miene an, »dass er niemals gefasst wird.«

Das Raunen der Reporter übertönte ihre weiteren Worte. »Ja, ich habe die Journalistin vor Kurzem kennengelernt. Falls Sie dies jetzt sehen können, Madame Seifert, wo auch immer Sie sich gerade aufhalten«, sie blickte direkt in die Kamera, sodass Milla das Gefühl bekam, Roberts Mutter spreche nur zu ihr allein, »ich werde Ihnen ewig dankbar sein für das, was Sie für meinen Sohn getan haben. Sie sind eine starke Frau. Merci beaucoup!« Und wieder zu den Reportern gewandt: »Mein Sohn Robert ist unschuldig. Ich schwöre Ihnen bei meinem Leben, dass er Simone Dubois niemals umgebracht hat.« Mit diesen Worten drehte sie sich um und verschwand in der Menschenmenge. Gegen ihren Willen musste Milla schmunzeln.

Nachdem sie sich die Nase geputzt hatte, holte sie den Laptop hervor und fuhr ihn hoch. Zwei neue Nachrichten waren gekommen, eine davon von Karsten. Was schrieb er da? Milla konnte es kaum glauben. Die Buchstaben begannen, vor ihren Augen zu verschwimmen. Übelkeit stieg in ihr hoch. Nein, das konnte nicht sein. Wie hatte er sie nur so in die Falle laufen lassen können? Verzweiflung machte sich in ihr breit, als sie das ganze Ausmaß seiner Worte begriff. Ihr Kopfschmerz verstärkte sich. Sie musste stark bleiben, durfte jetzt auf keinen Fall zusammenbrechen.

Gespannt öffnete sie die zweite Mail, da sie sich beim besten Willen nicht vorstellen konnte, was die Verfasserin der Nachricht von ihr wollte. Nachdem sie die Mail gelesen hatte, überschlugen sich ihre Gedanken. Was hatte das zu bedeuten? Wollte sie ihr wirklich helfen, wie sie schrieb, oder steckte mehr dahinter? Lag Milla nicht vielleicht sogar mit ihrem Verdacht richtig, der vor einigen Tagen in ihr aufgekeimt war? Nachdenklich stützte sie den Kopf auf ihre Hände. Ja, sie würde die Dame treffen und hören, wie sie sie unterstützen wollte.

Völlig entkräftet schaltete sie kurz darauf den Laptop aus und verkroch sich erneut ins Bett.

Milla wachte auf, als es fast schon wieder dunkel wurde. Ein Blick auf die Uhr verriet ihr, dass es jedoch erst viertel nach drei war.

In diesem Moment wurde die Tür aufgeschlossen. Ein dumpfer Schmerz durchfuhr sie, als sie ihren Kopf hob. »Robert«, krächzte sie kaum hörbar. Er erschien im Türrahmen, in der Hand eine Papiertüte, aus der es verdächtig nach Essen roch.

Eilig schloss er die Tür hinter sich, bevor er zu ihrem Bett hastete und sie bestürzt betrachtete. »Mein Gott, Milla! Was ist passiert? Was hast du denn?«

»Es geht mir nicht gut«, flüsterte sie heiser.

»Das sehe ich. Dein Gesicht glüht ja, deine Augen glänzen. Ich mache mich sofort auf den Weg in die Apotheke und hole dir Medikamente.«

Milla schilderte ihm ihre Beschwerden, während sein besorgter Blick auf ihr ruhte.

Die Hand auf ihrer Stirn, erklärte er ernst: »Du hast Fieber, Milla. Ich schätze sogar, ziemlich hohes.« Kopfschüttelnd wandte er sich zum Gehen. »Wenn ich das geahnt hätte …

Verdammt!« Er holte die Tüte und entnahm ihr einen kleinen Pappkarton. »Chinesisch. Ich hoffe, es schmeckt dir.« Vorsichtig stellte er das Essen auf den Nachttisch neben Milla und reichte ihr eine Plastikgabel, bevor er ihr half, sich im Bett etwas aufzusetzen. »Iss. Du musst bei Kräften bleiben.« Er zögerte. »Ich bin bald zurück.«

»Wo warst du?«, krächzte sie.

Mit finsterem Gesichtsausdruck wandte er sich ab. »Bei Simone.«

Mit diesen Worten verließ er das Zimmer, während Milla ihm fassungslos hinterhersah.

78

Die beiden waren noch nicht gefasst. Insgeheim hatte sie fast gehofft, man würde sie finden, bevor sie größeren Schaden anrichten konnten. Doch eigentlich wunderte es sie nicht. Die Unfähigkeit der Pariser Polizei war ihr bereits seit Langem bekannt. Das Unvermögen der Beamten war bisher jedoch immer von Vorteil für sie gewesen. Und auch diesmal musste sie die Angelegenheit wohl selbst regeln.

Inständig hoffte sie, dass Milla Seifert anbeißen würde, dass ihre Neugier sie dazu bringen würde, ihr Angebot anzunehmen. Mit hoher Wahrscheinlichkeit ahnte die Deutsche nicht einmal annähernd ihre wahre Motivation.

So tief die Journalistin bisher auch im Dreck gegraben hatte, das ganze Ausmaß ihrer Nachforschungen konnte sie sich kaum ausmalen. Wobei sie keinesfalls vorhatte, Seifert die Hintergründe zu offenbaren. Wozu auch? Wenn ihr Plan funktionierte, wäre einer der beiden am Ende tot und der andere würde für den Rest seines Lebens wegen Mordes hinter Gitter wandern.

Wieder schaute sie auf den Bildschirm. Zum hundertsten Mal wurden Fotos der beiden gezeigt. Dümmer als die Polizei erlaubt. Momentan bekam diese Redewendung eine ganz neue Bedeutung.

Falls Hoffmann und Seifert sich wider Erwarten bereits im Ausland befanden, wäre ihr Plan hinfällig. Allerdings bezweifelte sie stark, dass die beiden sich einfach aus dem Staub machen würden. So wie die Deutsche sich bisher verhalten hatte, schien sie sich fest in den Kopf gesetzt zu haben, keinen Stein mehr auf dem anderen zu belassen. Diese Frau würde nicht ruhen, bis sie die ganze verfluchte Wahrheit herausgefunden hatte. Doch die Schlampe hatte die Rechnung ohne sie gemacht. Höchstpersönlich würde sie dafür sorgen, dass es niemals so weit käme.

79

Robert kehrte zurück, als Milla gerade ihre Mahlzeit beendete.

Lächelnd hielt er die Tüte der Apotheke hoch. »Ich habe alles bekommen.« In der anderen Hand hatte er einen Wasserkocher und einen großen Keramikbecher. »Mit vielen Grüßen von der dunkelhaarigen Rezeptionistin. Sie wünscht dir gute Besserung.« Während er sich dem Bett näherte, holte er die Medikamente hervor. »Nasentropfen, fiebersenkende Schmerztabletten und Lutschtabletten gegen die Halsschmerzen«, zählte er auf. »Jetzt versorgen wir dich erst mal.« Er setzte sich auf die Bettkante und reichte ihr die Verpackungen.

Milla holte die Tabletten heraus und überprüfte die Beipackzettel. Während sie die Medikamente einnahm, kochte Robert Wasser und brühte ihr Tee auf.

»Damit geht es dir sicherlich bald besser.« Er stellte die

Tasse auf ihren Nachttisch und setzte sich erneut an ihr Bett. Dann nahm er Millas Hand und betrachtete sie.

Da sie keine Brille trug, kniff sie die Augen zusammen, um ihn besser sehen zu können. »Wo warst du den ganzen Tag?«, wiederholte sie ihre Frage von vorhin. »Ich dachte, du seist …« Ihre Stimme versagte.

Wieder verfinsterte sich sein Gesicht. »Du dachtest, ich sei abgehauen?« Für einen Moment schloss er die Augen. »Hast du so wenig Vertrauen zu mir?«

»Du warst acht Stunden lang weg«, krächzte sie wütend.

Robert nickte. »Du hast recht. Es tut mir leid. Ich wusste nicht, dass …« Er zögerte. »Es gab Probleme. Wenn ich gewusst hätte, dass du krank bist …« Wieder verstummte er.

»Wo warst du? Welche Probleme?«

»Ich war bei Simone«, erklärte er erneut.

Sie musterte ihn stirnrunzelnd.

»Auf dem Friedhof«, ergänzte er. »Ich musste ihr Grab sehen, musste endlich einen Abschluss für mich finden.« Vorsichtig streichelte er ihre Hand. »Kannst du das verstehen?« Hoffnungsvoll blickte er sie an.

Milla nickte. Mit Sebastian ging es ihr ähnlich. Obwohl er sie jahrelang betrogen und belogen hatte, konnte sie das Kapitel wohl erst vollständig abschließen, wenn sie auch offiziell geschieden waren.

Die Tatsache, dass Simone von einem anderen Mann schwanger gewesen war, machte diesen endgültigen letzten Schritt für Robert sicher nicht leichter.

»War es schlimm?«, fragte sie vorsichtig.

Er presste seine Lippen aufeinander. »Ich habe ihre Leiche nie gesehen«, murmelte er nach einigen Sekunden. »Sie wollten mich an dem Abend nicht zu ihr lassen, dachten, ich würde zusammenbrechen.«

»Sie?«, hakte Milla nach.

»Olivier und Yvonne. Yvonne hatte Simone …«, er zögerte, »… hatte ihre Leiche gefunden.« Sein Blick verdunkelte sich. »Als die Beamten eintrafen, wurde ich von ihnen befragt und kurz darauf festgenommen.« Er machte eine Pause. »Ich musste von ihr Abschied nehmen. Musste mich davon überzeugen, dass sie ihren Frieden gefunden hat.«

»Und?«

»Was, und?«

»Hast du Abschied genommen?«, fragte sie und entzog ihm im gleichen Moment ihre Hand.

Er nickte langsam. »Was hast du?«

»Du hast mich belogen«, erwiderte sie ohne jede Emotion in der Stimme.

Robert sah sie scharf an. »Ich habe dich nicht belogen. Ich hätte es dir sagen sollen, aber ich musste das allein durchstehen.« Bekümmert runzelte er die Stirn. »Ich wollte längst zurücksein, bis du aufwachst. Aber …« Er verstummte.

»Aber?«

»Ich hatte auf einmal das Gefühl, dass mir jemand folgt«, entgegnete er achselzuckend.

»Das sagst du mir so nebenbei?«, fragte Milla empört.

»Ich bin kreuz und quer durch Paris gefahren, habe bestimmt zwanzigmal die Métrolinie gewechselt.«

»Wer ist dir gefolgt?«, wollte sie mit kalter Stimme wissen.

Robert sah sie überrascht an. Er zuckte erneut die Achseln. »Keine Ahnung, wahrscheinlich war es nur ein Gefühl. Sonst hätten sie mich sicher gleich an Ort und Stelle festgenommen, oder?« Auch sein Tonfall wurde provokativer.

»Du hast mich belogen«, wiederholte sie leise.

»Milla, ich habe dir bereits gesagt …«

»Mein Redakteur hat mir eine Mail mit einigen sehr interessanten Informationen geschickt.« Sie sah ihn abwartend an.

»Was meinst du?« Verwirrt erwiderte er ihren Blick.

»Du hattest meinem Chef die Interviews nur unter der Bedingung angeboten, dass *ich* sie durchführe.« Die Tabletten schienen langsam zu wirken. Millas Gedanken klarten auf. Mit Genugtuung registrierte sie, wie er in sich zusammensackte. »Du hattest von Anfang an geplant, mich zu manipulieren, weil du dachtest, ich sei leicht zu beeinflussen. Spiel ihr den armen unschuldig Verurteilten vor, dann wird sie weich werden. Vögel sie richtig durch, dann wird sie dir schon helfen, deinen Plan durchzuziehen.« Wütend blickte sie zur Decke. »Und siehe da, es hat funktioniert. Allzu schwer habe ich es dir ja nicht gemacht. Ich habe mich von dir einwickeln lassen, weil ich tatsächlich gedacht habe, zwischen uns sei etwas Besonderes.« Sie machte eine Pause. »Und jetzt erfahre ich, dass alles nur ein abgekartetes Spiel war.«

Aufgebracht zeigte sie zur Tür. »Na los, du kannst gehen. Du bist ein freier Mann. Ich habe meine Schuldigkeit getan, und das war's.«

»Milla, du weißt, dass das nicht stimmt.« Robert sah sie eindringlich an und ergriff erneut ihre Hand. Widerwillig wandte sie ihren Kopf ab.

»Sieh mich bitte an«, bat er leise.

Genervt erfüllte sie seine Bitte.

»Du hast recht«, bestätigte er und machte ein betretenes Gesicht. »Ich wollte nur dich für die Befragungen. Ebenfalls richtig ist, dass ich deinen Chef gebeten hatte, dir nichts von meinem Wunsch zu sagen.« Er überlegte. »Weil ich befürchtet habe, dass du den Auftrag ablehnst, wenn du es gewusst hättest.«

»Warum?«

»Denk doch nach, Milla. Unsere erste Begegnung. Ich wusste nicht, dass du damals ähnlich empfunden hast wie ich. Übrigens hatte ich keine Ahnung, dass du mittlerweile geschieden ...«, er räusperte sich, »... fast geschieden bist.«

»Warum ich?«

»Weil du die Beste bist.«

Sie lachte auf. »Die Beste? Klar! Deshalb arbeite ich auch bei einem kleinen, unbedeutenden Provinzblatt.«

»In meinen Augen bist du die Beste. Dein Artikel über den leukämiekranken Jungen war fantastisch.« Er führte ihre Hand an sein Herz. »Er hatte mich tief berührt. Ich hoffte, du würdest mich wie einen Menschen behandeln und nicht den durchgeknallten Psychopathen in mir sehen, den unsere Kollegen gern aus mir machen.«

»Die Beste für deine Spielchen«, ergänzte sie wütend.

»Milla, ich musste dich irgendwie aus der Reserve locken. Mir war klar, wenn überhaupt jemand neue Details in dieser Sache herausfinden konnte, dann du.«

»Also hast du auch sämtliche Mittel, die dir zur Verfügung standen, eingesetzt.«

»Was meinst du?« Irritiert sah er sie an.

»Was hättest du denn getan, wenn dieser Wasserrohrbruch nicht passiert wäre?«, wollte sie zornig wissen.

»Ich weiß nicht, worauf …«

»Hättest du mich dann im Besucherraum flachgelegt, auf einem der Tische, vor den Augen des Aufsehers?«, unterbrach sie ihn ungehalten.

Fassungslos funkelte er sie an. »Verdammt, Milla! Denkst du, ich hatte es eingeplant, dass wir … dass ich mich in dich verliebe?«

Nun war es Milla, die ihn ungläubig anstarrte.

»Ja, ich habe mich in dich verliebt.« Er verdrehte die Augen. »Wieder so ein Zitat aus diesem schlechten Liebesroman. Denkst du, das macht die Situation einfacher? Ganz bestimmt nicht. Natürlich habe ich gehofft, dass du mir helfen würdest. Neue Fakten ausgräbst, etwas Staub aufwirbelst, einige Leute nervös machst. Ganz bestimmt hatte ich nicht vor, mich fast umbringen zu lassen.« Er zögerte. »Und dann spazierst du in meine Zelle und holst mich einfach so raus. Eine Löwin ist nichts gegen dich!« Er nickte nachdrücklich. »Du bist eine großartige Frau, Milla. Wunderschön, klug, eine starke Kämpferin.« Er hob seine Schultern. »Ich konnte nicht anders. Du hattest mich schon, als du zum ersten Mal nach Fresnes gekommen bist. Als du nach meiner Hand gegriffen hast.«

Milla erinnerte sich an die Szene während ihres ersten Besuchs in der Haftanstalt. Ihre Wut verrauchte, erschöpft sackte sie zusammen.

Robert beugte sich über sie. »Verdammt, du bist krank! Ich hätte dich nicht so aufregen sollen.«

Mit letzter Kraft schlang sie ihre Arme um seinen Nacken und zog ihn zu sich heran. »Lass mich nie wieder los«, raunte sie ihm ins Ohr.

»Niemals«, erwiderte er, während er sie festhielt und sein Gesicht in ihren Haaren vergrub.

80

Schlimme Hustenanfälle hatten Milla die halbe Nacht wach gehalten. Sie fühlte sich am nächsten Morgen wie gerädert. Vorsichtig hob sie den Kopf und betrachtete Robert. Er lag auf der Seite, das Gesicht zu ihr gewandt, und schlief noch. Langsam ließ sie sich wieder auf das Kissen sinken und dachte an ihr heutiges Treffen. Verdammt, warum musste sie sich auch ausgerechnet jetzt eine so schlimme Erkältung einfangen? Es war von immenser Wichtigkeit, dass sie heute einen klaren Kopf behielt. Möglicherweise konnte sie die Absenderin der Mail sogar dazu bringen, ihnen bei der Aufklärung all der Ungereimtheiten zu helfen. Immerhin war sie ebenfalls an jenem Abend auf der Party gewesen.

Eine weitere Hustenattacke ergriff ihren Körper.

»Milla!« Robert blickte sie besorgt an.

Nachdem der Hustenreiz vorüber war, legte Milla sich wieder neben ihn und sah ihm in die Augen.

»Du solltest zu einem Arzt gehen.«

Sie seufzte. »Du weißt, dass das nicht geht.«

»Dein Husten hört sich nicht gut an«, widersprach er. »Gar nicht gut.«

»Nein, aber in ein paar Tagen ist es sicher besser.«

»Hoffentlich. Bitte bleib heute im Bett und ruh dich aus.« Er legte den Kopf auf seinen Arm und kratzte sich am Kinn. »Ich besorge uns gleich etwas zum Frühstück und hole in der Apotheke stärkere Medikamente gegen deinen Husten.«

»Danke«, entgegnete sie schwach und schloss wieder ihre Augen.

»Milla, ich gehe jetzt. Irgendwelche Wünsche für das Mittagessen?«

»Meine Geschmacksnerven sind aktuell nicht die allerbesten, daher schließe ich mich deinen Wünschen an.« Sie lächelte leicht.

Robert sah sie liebevoll an und nickte. »Italienisch und Chinesisch haben wir durch, heute tendiere ich zu Französisch. Ich beeile mich, schlaf noch ein bisschen.«

Milla stützte sich auf die Ellbogen und betrachtete ihn. Er hatte die Mütze tief in die Stirn gezogen und den Schal um seinen Mund geschlungen. Außer seinen Augen und der Nasenspitze konnte man nicht viel von ihm sehen. Obwohl sie wegen seines gestrigen Verdachts weiterhin besorgt war, schien es so gut wie unmöglich, dass ihn jemand in diesem Aufzug erkennen würde.

»Deine Mutter war gestern im Fernsehen«, sagte sie unvermittelt.

»Meine Mutter?« Er runzelte die Stirn.

Milla nickte. »Sie hat mir gedankt und hofft, dass man dich niemals findet.«

Er lachte. »Ja, das klingt in der Tat nach meiner Mutter.« Die Hand auf der Türklinke, drehte er sich nochmals um. »Du würdest dich gut mit ihr verstehen.«

»Wieso würde?«, erwiderte sie mit unschuldiger Miene.

Sein Blick verlor sich im Raum. »Der Tag, an dem ich mit meiner Mutter und dir an einem Tisch sitze, wird der schönste meines Lebens.« Mit diesen Worten verließ er das Hotelzimmer.

Milla wartete fünf Minuten, bevor sie sich unter der Decke hervorkämpfte. Als sie sich erhob, wurde ihr erneut schwindlig. Sie versuchte, langsam und regelmäßig zu atmen, bis es ihr wieder besser ging. Dann lief sie ins Bad und setzte die Kontaktlinsen ein. Ihre Hände zitterten. Sorgfältig zupfte sie die blonden Strähnen der Perücke zurecht, bevor sie sie hastig anzog. Sie wollte weg sein, bevor Robert zurückkehrte. Erst überlegte Milla, ihm eine Nachricht zu hinterlassen. Aber was sollte sie ihm mitteilen? Sie entschied sich dagegen. Wenn er nicht wusste, wo sie war, konnte er ihr auch nicht hinterherfahren.

Milla hatte beschlossen, erst einmal allein zu klären, was genau hinter dem ominösen Angebot steckte. Sollte es sich wider Erwarten um eine Falle handeln, würde zumindest nur einer von ihnen hineintappen.

Ein weiterer Hustenanfall schüttelte sie. Robert hatte recht. Der Husten hörte sich nicht gut an, trocken und bellend. Nachdem sie sich wieder beruhigt hatte, nahm sie zwei Schmerztabletten und Nasentropfen. Ihr Hals schmerzte so stark, dass sie kaum noch schlucken konnte. Ihr Vorhaben war Wahnsinn! Sie gehörte eindeutig ins Bett. Stattdessen musste sie durch halb Paris fahren.

Als Milla eine Stunde später an ihrem Ziel ankam, blickte sie sich unauffällig um, doch niemand schien ihr zu folgen. Nachdem sie die Umgebung gründlich inspiziert hatte, blieb sie einen Moment vor dem Haus stehen und holte tief Luft. Ihr Mut drohte sie zu verlassen. War sie zu leichtsinnig? Sollte sie ihre Tarnung tatsächlich aufgeben? Andererseits wollte sie endlich wissen, was damals wirklich passiert war. Um die Wahrheit herauszufinden, mussten sie gewisse Risiken eingehen.

Schweren Schrittes stieg Milla die Treppenstufen zum Eingang hinauf und klingelte.

»Madame Seifert, wie schön, Sie zu sehen.«

Milla erwiderte die Begrüßung. Dann trat sie durch die Eingangstür, die hastig hinter ihr geschlossen wurde.

Milla wollte sich gerade zur Herrin des Hauses umdrehen, da spürte sie plötzlich etwas Feuchtes, Übelriechendes in ihrem Gesicht. Als ihr schwindlig wurde, erkannte sie schlagartig, dass sie gerade einen großen Fehler begangen hatte. Doch es war zu spät. Nur Sekunden später verlor sie das Bewusstsein.

81

»Schatz, ich bin wieder da.« Als Robert das Hotelzimmer betrat, fiel sein Blick auf das leere Bett. »Milla?«

Die Tüte mit dem Essen und den Medikamenten noch in der Hand, steckte er verwundert den Kopf durch die Badezimmertür. Wo war sie? Einer inneren Eingebung folgend, schaute er unters Waschbecken, wo Milla ihre Perücke abgelegt hatte. Sie war weg! Robert nahm den Kontaktlinsenbehälter hoch und drehte ihn langsam in der Hand. Auch dieser war leer. Nachdenklich schaute er in den Spiegel. Dabei entdeckte er hinter sich im Regal ihre Brille.

Verdammt, wo war Milla hingegangen? In der Hoffnung, dass sie ihm eine Nachricht hinterlassen hatte, verließ er das Bad wieder und schaute auf den Nachttischen nach. Aber auch hier: nichts!

Fluchend suchte er sein Handy und wählte ungeduldig ihre Nummer. Natürlich! Der Teilnehmer war nicht erreichbar. Voller Besorgnis ließ er sich aufs Bett sinken und starrte auf den Boden. Sie war krank, wo konnte sie nur hingegangen sein? Und warum hatte sie ihm nichts gesagt? Offensichtlich vertraute sie ihm immer noch nicht hundertprozentig.

Was sollte er machen? Milla hatte hohes Fieber, draußen herrschten Minusgrade. Roberts Magen krampfte sich zusammen, während er sich ausmalte, was ihr alles zustoßen konnte. Er erhob sich und trat frustriert gegen den Unterbau des Bettes. Er hatte nicht die leiseste Ahnung, wo sie hingegangen sein könnte. Sollte er besser hierbleiben und auf ihre Rückkehr warten? Nein, auf keinen Fall konnte er tatenlos stundenlang in diesem Zimmer herumsitzen. Er musste sie unbedingt finden, und zwar schnellstmöglich. Nur wie?

Nachdem er eine Weile hin und her überlegt hatte, griff er zu seinem Telefon und wählte.

»Justizvollzugsanstalt Fresnes, Directeur Zodaine am Apparat.«

Robert atmete langsam aus. »Ich bin's.«

Einige Sekunden herrschte Schweigen am anderen Ende der Leitung. »Einen Moment!«

Robert hörte Henris Schritte, bevor dieser wenige Sekunden später ins Telefon zischte: »Bist du verrückt geworden?«

»Hör zu, ich habe jetzt keine Zeit für Diskussionen. Milla ist verschwunden.«

Henri schnaufte laut ins Telefon. »Du hast Nerven. Das muss ich dir lassen.« Er machte eine Pause. »Haust mit deiner deutschen Freundin ab und besitzt jetzt die Unverfrorenheit, ausgerechnet mich um Hilfe zu bitten.«

»Also?«

»Was, also?«, blaffte Henri zurück.

»Hilfst du mir?«, presste Robert hervor.

»Dir ist schon klar, in was für eine Situation du mich gerade bringst.« Es war eine Feststellung, keine Frage.

»Ja, und es tut mir auch ehrlich leid! Aber ich würde dich nicht bitten, wenn ich mir nicht sehr große Sorgen um sie machen würde. Sie ist krank und hat hohes Fieber. Ich habe absolut keine Ahnung, wo sie hingegangen sein könnte. Ich befürchte allerdings, dass sie wieder irgendeine Spur verfolgt.« Er zögerte. »Henri, ich habe große Angst um sie.«

»In Ordnung. Gib mir zwanzig Minuten. Was ist das für ein Anschluss, den du benutzt?«

»Prepaid, nicht registriert. Keine Sorge. Was hast du vor?«

»Zwanzig Minuten, okay?« Henri legte auf.

Wie vom Donner gerührt starrte Robert auf sein Telefon. Er konnte sich beim besten Willen nicht vorstellen, was Henri vorhatte. Doch er vertraute ihm. Wenn ihm überhaupt irgendjemand in seiner Situation helfen konnte, dann Henri Zodaine.

82

»Wo ist sie?«

Luc Royaume zögerte. »Wen meinst du?«

»Ich denke, du weißt genau, von wem ich spreche«, erwiderte Henri Zodaine ruhig.

»Warum willst du das plötzlich wissen? Sollen wir unseren Plan ändern?«, fragte Luc verunsichert.

»Nein, alles läuft wie besprochen. Es gibt nur gewisse Anzeichen«, Henri suchte nach den richtigen Worten, »gewisse Hinweise, dass sie sich in Schwierigkeiten befinden könnte.«

»Schwierigkeiten? Ich denke, größere Schwierigkeiten als die, in denen sie sich bereits befindet, sind kaum möglich. Meinst du nicht auch?«, fragte Luc gereizt.

»Luc, wenn wir mit unserer Theorie richtigliegen, könnte sie sich in ernsthafter Gefahr befinden«, beschwichtigte Henri ihn.

Luc seufzte. »Warte einen Moment.«

Wenige Sekunden später meldete er sich zurück. »Im sechzehnten.«

»Genauer geht's nicht?«

Fluchend bat Luc ihn um einen weiteren Augenblick Geduld. »In der Nähe des Parks Bois de Boulogne.«

»Merci, Luc.«

83

»Woher weißt du das?«, fragte Robert entgeistert, nachdem Henri Zodaine ihm den Bezirk genannt hatte, in dem sich Milla aufhielt.

»Du hattest mich um Hilfe gebeten, und ich habe dir hiermit geholfen. Ich denke, mehr kannst du nicht von mir erwarten«, erwiderte Henri anstatt einer Erklärung.

»Danke, das vergesse ich dir nie.« Robert beendete das Telefonat.

Fieberhaft überlegte er, was sie in der genannten Gegend zu suchen hatte. Woher wusste Henri von Millas Aufenthaltsort? Robert blickte sich um. Ihr altes Handy lag auf dem Nachttisch. Seit ihrer Flucht aus Fresnes hatte Milla es nicht mehr angeschaltet, da sie vermeiden wollten, dass man sie anhand der Handydaten orten konnte.

Also, woher hatte Henri seine Information? Wurden Millas Mails überprüft? War möglicherweise anhand ihrer Nachrichten zu erkennen, wo sie sich befand? Doch warum nahm man sie dann nicht fest? Und woher sollte der Gefängnisdirektor über solch brisante polizeiinterne Informationen verfügen?

Während Robert weiter grübelte, fiel ihm plötzlich ein, wer in dem Arrondissement wohnte. Wie Schuppen fiel es ihm von den Augen. Warum war er nicht gleich darauf gekommen?

Milla hatte ihm gegenüber bereits vor einigen Tagen von

ihrer Vermutung erzählt. Er erstarrte. Wenn Milla mit ihrem Verdacht tatsächlich recht hatte, befand sie sich in großer Gefahr.

Entschlossen sprang er auf und machte sich auf den Weg.

84

Capitaine Luc Royaume stand am Fenster und blickte auf die Straße. Was hatte Henris Anruf zu bedeuten? Und machte er selbst einen Fehler, indem er dem Polizeidirektor nicht längst gemeldet hatte, was er wusste? Konnte er es wirklich verantworten, wenn möglicherweise weitere Personen zu Schaden kämen?

Frustriert schüttelte er den Kopf. So kam er einfach nicht weiter. Was war in dieser Situation wichtiger? Das Einhalten von Richtlinien, von ungeschriebenen Gesetzen, unter anderem auch das Sichern seiner Pension, oder die klare Umsetzung seines Berufskodex? Der Grund, warum er diesen Beruf vor mehr als vier Jahrzehnten ergriffen hatte. Ohne Rücksicht auf die diplomatischen Verwicklungen, die sein Handeln nach sich ziehen würde. Wieder stand er vor der Frage, die er sich seit gestern ununterbrochen stellte.

Wenn er doch nur mit seiner Frau darüber sprechen könnte! Sicher wüsste sie, was richtig wäre. Richtig im Sinne von vertretbar, moralisch genauso wie menschlich. Doch sie wusste nichts von dem Dilemma, in dem er steckte. Obwohl sie Henri Zodaine ebenfalls seit vielen Jahren kannte, hatte sie keine Ahnung, in welche Bredouille sein langjähriger Freund ihn mit seiner Bitte gebracht hatte.

Luc wandte den Blick ab und schaute sich in seinem Büro um, betrachtete die überfüllten Regale. Höchstwahrscheinlich würde er vor seiner Pensionierung nicht einmal mehr das Ende ihrer Umstrukturierung erleben. Hier herrschte ein einziges Chaos, genau wie in seinem Kopf.

In diesem Augenblick wurde ihm endlich klar, was er zu tun hatte. Er konnte die Sache nicht länger aussitzen. Entschlossen griff er zum Telefonhörer.

85

Als Milla erwachte, überkam sie das ungute Gefühl, sich hinter einer dichten, wabernden Nebelwand zu befinden. Vorsichtig öffnete sie das linke Auge und erstarrte.

Yvonne Jarreau saß ihr gegenüber, hochschwanger, mit einer Waffe in der Hand, die in Millas Richtung zeigte. Sie trug ein weites Hemd, das ihren mächtigen Bauch kaum verdecken konnte.

Milla versuchte angestrengt, ihre Gedanken zu ordnen. Die starken Kopfschmerzen verhinderten jegliche Konzentration.

Ganz langsam fiel ihr alles wieder ein. Es war die Frau von Roberts bestem Kumpel gewesen, die ihr ein widerlich riechendes Tuch auf das Gesicht gedrückt hatte, nachdem sie das Haus betreten hatte. Vermutlich mit Betäubungsmittel getränkt. Milla konnte sich danach an nichts weiter erinnern. Sie musste das Bewusstsein verloren haben.

Ihr Kopf glühte, ihre Brust schmerzte von den nächtlichen Hustenattacken. Ihr ging es hundsmiserabel. Sie hielt still und versuchte angestrengt, sich auf ihre gegenwärtige Situation zu fixieren.

Yvonne saß in einem Sessel gegenüber, während Milla sich auf einer Couch befand, mehr liegend als sitzend. Ihr Hals kratzte, sie konnte kaum schlucken. Langsam wurden ihre Gedanken etwas klarer. Milla realisierte, in welcher Gefahr sie sich befand. Niemand wusste, wo sie war. Sie überlegte.

Welche Rolle spielte Yvonne Jarreau bei diesem Fall? Warum bedrohte sie Milla? Was war in die Unternehmertochter gefahren?

Milla schloss ihr Auge wieder, das Dröhnen ihres Kopfes verstärkte sich. Erneut wurde ihr schwindlig. Was war hier bloß los?

Als sie ein Stöhnen neben sich vernahm, zuckte sie erschrocken zusammen. Robert! Was machte er denn hier?

»Verdammt! Er blutet«, schrie Milla entsetzt auf, als ihr Blick auf sein rechtes Hosenbein fiel, das in Höhe des Schienbeins dunkelrot verfärbt war.

»Madame Seifert«, erwiderte Yvonne Jarreau in höhnischem Ton, »auch schon wach.« Sie lachte. »Leider haben Sie Ihren …«, sie machte eine theatralische Pause, »… Ihren gewalttätigen Liebhaber – oder soll ich lieber Verbrecherfreund sagen? – angeschossen. Kleine Meinungsverschiedenheit unter Kriminellen.« Achselzuckend lehnte sie sich zurück.

Milla starrte sie sprachlos an. »Was …?«

Robert versuchte sich etwas aufrechter hinzusetzen und winkte ab. »Lass gut sein, Milla. Sie ist total durchgedreht.«

»Halt's Maul, Robert!«, giftete Yvonne ihn an und richtete die Waffe auf ihn. »Oder willst du die ganze Sache etwas beschleunigen?«

Beschwichtigend hob er die Hände, während Milla seinen warnenden Blick registrierte.

»Was ist hier los? Ich verstehe das alles nicht.« Milla bemühte sich, den Schwindel zu ignorieren, der sie in diesem Moment erneut überkam.

Yvonne Jarreau lachte hämisch auf. »Sie sind wirklich gut! Stecken seit Tagen Ihre Nase in alte Kamellen, die Sie überhaupt nichts angehen. Und am Ende erklären Sie mir, Sie wüssten nicht, um was es hier geht.« Sie schüttelte den Kopf, während sie sich schwerfällig erhob. »Wären Sie nur nach Hause gefahren«, fluchte sie leise.

»Ich verstehe es nicht«, wiederholte Milla verzweifelt. »Robert ist verletzt! Er braucht dringend einen Arzt. Warum haben Sie ihn angeschossen?«

»Sie sind ja noch naiver, als ich dachte! Schätzchen, *Sie* haben ihn angeschossen! Wenn die Polizei eintrifft, wird sie lediglich an Ihren Händen Schmauchspuren feststellen, nicht an meinen. Und man wird Ihre Fingerabdrücke an der Waffe entdecken, nicht meine! Zuvor werden Sie ihn allerdings erschießen und dafür lebenslang in den Knast wandern.« Wieder lachte sie hysterisch auf.

Milla musste Robert recht geben. Die Frau schien wahnsinnig zu sein. »Ich …«

»Sie hat dir die Waffe in die Hand gedrückt und mir ins Bein geschossen«, erklärte Robert lapidar, während er sich bemühte, gleichmäßig zu atmen.

Milla starrte ihn entsetzt an. Roberts Gesicht war erschreckend blass. Er musste unter furchtbaren Schmerzen leiden.

»Sie können doch nicht …«, versuchte Milla es ein weiteres Mal, bevor ihr Kreislauf sich verabschiedete. Sie begann zu zittern und legte den Kopf auf die Lehne der Couch.

»Yvonne, damit kommst du niemals durch! Ruf die Polizei! Die buchten mich wieder ein, und die ganze Sache hier bleibt unter uns.« Mit schmerzverzerrtem Gesicht presste Robert die Hände an sein Schienbein. Der Jeansstoff war auf der Höhe seines Knies mit dunkelrotem Blut vollgesogen, und der Fleck breitete sich immer weiter aus.

»Ich glaube kaum, dass du in der Position bist, mir Anweisungen zu erteilen«, erwiderte Yvonne mit kalter Stimme. »Vögelst deine kleine Freundin und wunderst dich dann, dass du den Zorn der anderen Häftlinge erregst.«

Unauffällig warf Robert Milla einen kurzen Blick zu. Also war sie es gewesen, die sie abgehört hatte. Mit großer Wahrscheinlichkeit steckte sie ebenfalls hinter Jabars Mordversuch.

»Yvonne, niemand muss wissen, was hier geschehen ist.

Lass mich als Simones Mörder in den Knast zurückgehen! Milla hat mit der ganzen Sache doch gar nichts zu tun.«

Yvonnes Augen verengten sich zu schmalen Schlitzen. »Du gehst nirgends mehr hin, Robert! Du wirst als Simones Mörder sterben. Erschossen von deiner kleinen Fluchthelferin im Eifer des Gefechts.« Sie blickte von Milla zu Robert und wieder zurück.

»Ich bin mir sicher, dass du sehr genau weißt, dass ich Simone nicht umgebracht habe. Und du weißt das deshalb so genau, weil du den wahren Mörder kennst. Was ich nicht verstehe, ist, warum du dich in deinem Zustand dazu hinreißen lässt, die Drecksarbeit für ihn zu erledigen.«

Die Waffe vor sich herschwenkend, stand Yvonne auf und kam einige Schritte auf sie zu. »Du hast absolut keine Ahnung! Ich erledige für niemanden die Drecksarbeit. Deine kleine deutsche Hobbydetektivin meinte, sie sei besonders schlau. Wollte beweisen, dass ihr strahlender Held unschuldig ist. Opfer eines Justizirrtums, wie man so schön sagt. Aber ihr seht die Wahrheit doch nicht mal, wenn sie sich direkt vor euren Augen befindet.« Vorsichtig setzte sie sich wieder auf den Sessel.

In diesem Moment wurde die Haustür geöffnet und gleich darauf wieder geschlossen.

Yvonne Jarreau stöhnte leise auf. »Verflucht! Was macht der schon hier?«

Robert sah Milla mit einem verschwörerischen Blick an. Jetzt wird sich die Situation gleich klären, wollte er ihr damit wohl signalisieren.

Für einen Moment schloss Milla erleichtert die Augen. Die Kopfschmerzen waren so stark, dass sie kaum noch einen klaren Gedanken fassen konnte. Der ganze Raum schien sich zu drehen. Wie hatte sie nur so leichtsinnig sein können, hierherzukommen? Und woher hatte Robert erfahren, wo sie sich befand? Darüber musste sie später nachdenken. Jetzt galt es erst einmal, die brisante Situation zu entschärfen. Hoffentlich würde es Olivier gelingen, seine Frau wieder zur Vernunft zu bringen.

Mittlerweile war sich Milla mehr als sicher, dass Yvonne Jarreau ihren Vater zu schützen versuchte. Höchstwahrscheinlich war er nicht nur der Mörder von Simone Dubois, sondern auch der Vater ihres ungeborenen Kindes. Seine Tochter schien irgendwie davon erfahren zu haben und meinte nun anscheinend, die furchtbare Wahrheit vertuschen zu müssen.

»Chérie, wo bist du?«, ertönte es laut aus der Vorhalle. Milla atmete langsam aus, als sie Oliviers Stimme erkannte. Jetzt würde alles gut werden! Als sie zu Robert blickte, registrierte sie, dass sich sein Gesichtsausdruck ebenfalls entspannt hatte. Er schien ähnliche Gedanken wie sie zu hegen.

»Hier, Olivier«, rief Yvonne zurück, während sie die Waffe wieder auf Robert richtete.

»Wie geht es meiner schwangeren …« Olivier Jarreau verstummte abrupt, als er in der Tür auftauchte und die Situation erfasste. »Was ist hier los?« Er sah zu seiner Frau, die ungerührt auf den Boden starrte.

Milla konnte seine Miene nicht deuten.

»Salut, Olivier.« Robert versuchte, auf sich aufmerksam zu machen.

Seinen ehemals besten Freund jedoch ignorierend, schaute Olivier weiter abwartend seine Frau an. »Chérie?« Dann lauter: »Was ist hier los?«

Nach einigen Sekunden hob Yvonne urplötzlich den Kopf und erwiderte den Blick ihres Mannes.

Milla zuckte zusammen. In Yvonnes Gesicht spiegelten sich Hass und Verachtung wider.

»Was denkst du denn?«

»Yvonne, lass das«, forderte Olivier sie in barschem Ton auf. »Was ist das überhaupt für eine Waffe?« Er deutete auf ihre Hand.

»Keine Angst! Sie ist nicht registriert. Unsere Heldin, Madame Seifert, die Königin aller Ausbrecher, hat sie mitgebracht. Hier«, sie deutete auf Roberts Bein, »sie hat ihn angeschossen.« Erneut erklang ihr hysterisches Lachen. Milla beobachtete die Schwangere voller Sorge.

»Erzähl keinen Quatsch, Yvonne. Leg jetzt die Waffe weg, und wir sprechen über alles«, redete Olivier weiter auf seine Frau ein, doch die winkte nur ab. »Was macht ihr denn hier?« Olivier wandte sich an Robert. »Was ist passiert?« Er wirkte verwirrt.

»Ihre Frau ...«, begann Milla, als sie bemerkte, wie Robert vor Schmerzen keuchte. »Sie hatte mir ihre Hilfe angeboten und ...«

»Halt's Maul, du Schlampe.« Yvonne Jarreau sprang wütend auf und hielt Milla die Waffe unter die Nase.

»Yvonne«, setzte ihr Mann erneut an, während er und Robert einen kurzen Blick wechselten.

»Yvonne«, äffte ihn seine Frau gehässig nach. »Was? Was willst du? All die Jahre, all die Frauen. Was denkst du?«

Wieder blitzte der blanke Hass in ihren Augen auf.

Worum ging es hier eigentlich gerade? Hatte Olivier seine Frau betrogen? Was war zwischen den beiden geschehen, dass sie jetzt so austickte? Milla versuchte, sich zu konzentrieren.

»Yvonne«, versuchte es nun auch Robert mit ruhiger Stimme, was Milla mit großer Verwunderung registrierte.

Sie selbst hingegen war kaum noch in der Lage, dem Geschehen um sie herum bewusst zu folgen. Hilflos musste sie mitansehen, wie Robert zusehends schwächer wurde, während sich auch ihr eigener Zustand weiter verschlechterte.

»Was willst du?«, blaffte Yvonne Robert an. »Interessiert es dich, was damals mit Simone geschehen ist?« Provozierend blickte sie zu Milla. »Und was ist mit Ihnen? Wollen Sie nicht auch endlich wissen, was passiert ist? Der Lohn Ihrer großartigen Arbeit ist doch die Wahrheit, nicht wahr?«

Ohne Vorwarnung nahm Yvonne die Waffe aus Millas Gesicht und richtete sie auf ihren Mann.

Ihre letzten Kraftreserven mobilisierend, versuchte Milla, sich aufzusetzen. »Es gibt mit Sicherheit Möglichkeiten, Ihrem Vater zu helfen. Er kann sich mit seinem Geld die besten Anwälte der Welt nehmen. So«, Milla zeigte auf die Waffe in Yvonnes Hand, »machen Sie doch alles nur noch schlimmer.«

Wieder lachte Oliviers Frau schrill auf. Das Kind in ihrem Bauch schien sie komplett vergessen zu haben.

»Schätzchen, Sie sind gut! So naiv, so unglaublich gutgläubig, moralisch absolut unverdorben.« Aus ihrem Mund klangen die Worte gehässig. Mit versteinertem Gesicht wandte sie sich an ihren Mann, der wie hypnotisiert auf die Waffe vor seinem Gesicht starrte. »Los, erzähl es ihnen«, forderte sie ihn mit frostigem Tonfall auf.

Stirnrunzelnd blickte Olivier seine Frau an. »Was …?«

»Erzähl es ihnen«, zischte sie erneut und setzte die Waffe an seiner Schläfe an.

»Yvonne«, flüsterte er mit erstickter Stimme, während er Hilfe suchend zu Robert blickte.

Irgendetwas lief hier plötzlich ganz gehörig schief. Warum war Yvonne derart wütend auf ihren Mann? Was hatte dieser Streit mit dem Mord an Simone zu tun?

»Was? Denkst du, ich wusste es nicht?« Fassungslos schüttelte Yvonne den Kopf. »Ich habe alles gesehen, du Idiot! Was denkst du, was sich zuhinterst in meinem Kleiderschrank befindet? In einem verschlossenen Geheimfach.« Ihre Augen blitzten zornerfüllt auf.

Milla hielt den Atem an. Sie verstand überhaupt nichts mehr. Wovon sprach Yvonne Jarreau eigentlich?

»Erzähl es, Olivier! Jetzt«, wiederholte diese tonlos.

Fluchend schloss ihr Mann für einen Moment die Augen.

»Olivier?«, wandte Robert sich in eisigem Ton an seinen

besten Kumpel. Milla erschrak, als sie den wütenden Ausdruck in Roberts Gesicht registrierte.

»Ja, Olivier, erzähl uns doch endlich, wer der Vater von Simones Bastard war!« Ihr eigentliches Vorhaben schien Yvonne Jarreau gänzlich vergessen zu haben. Ihr Zorn richtete sich jetzt ausschließlich gegen ihren Mann.

»Ich.« Olivier sackte in sich zusammen.

Robert starrte ihn an. »Du? Mein bester Freund hat meine Verlobte gevögelt?«

»Robert, bitte …«, setzte Olivier vorsichtig an.

Milla wandte ihren Kopf und musterte Robert von der Seite. Für ihn musste gerade eine Welt zusammenbrechen. Olivier und seine Verlobte. Obwohl sie lange hin und her gerätselt hatten, wer der unbekannte Liebhaber von Simone gewesen war, Olivier hatten sie bei ihren Überlegungen nicht einmal in Betracht gezogen. Doch wer hatte sie dann umgebracht? Yvonnes Vater, um seiner Tochter die Schande zu ersparen? Millas Gedanken rasten unaufhörlich, während sie angestrengt versuchte, die Schmerzen und den wieder aufsteigenden Schwindel zu ignorieren.

»Robert, bitte …, Yvonne, bitte …«, äffte Yvonne erneut ihren Mann nach, der nach wie vor regungslos neben ihr stand und die Waffe unentwegt im Blick behielt. »Ja, er hat sie gevögelt. Nicht nur einmal. Monatelang haben sie sich hinter unserem Rücken getroffen. Jeden Donnerstag im Hotel *Petit Paris*. Möchtest du Fotos sehen?« Yvonne sah Robert abwartend an. Bei jedem einzelnen ihrer Worte schien Olivier zusammenzuzucken.

»Sie wollte immer nur dich. Von Anfang an«, murmelte Robert mehr zu sich selbst. »Sie wollte sich damals von mir trennen. Wegen dir.« Voller Schmerz sah er Olivier an. »Dir hat sie gesagt, dass sie schwanger war. Du wusstest es.«

Es war mehr eine Feststellung statt einer Frage. Robert schien langsam zu dämmern, dass der Mann, dem er jahrelang vertraut hatte, ihn aufs Übelste hintergangen hatte, ein Lügner und Verräter war. »Du wusstest es die ganze Zeit.«

Milla konnte es kaum fassen. Schlagartig wurde ihr klar, dass Roberts Leben durch Oliviers Lügen für immer zerstört worden war.

»Hast du sie auch vergewaltigt?«, presste Robert voller Hass zwischen seinen Lippen hervor.

Olivier zuckte mit den Achseln.

»Er hat sie vergewaltigt. Vergewaltigt und erwürgt«, erwiderte Yvonne anstelle ihres Mannes. »Sie hat um ihr Leben gebettelt, aber Olivier kannte kein Erbarmen.«

»Du hast alles gesehen«, stellte ihr Mann geschockt fest. »All die Jahre, und du hast nie etwas gesagt.«

»Du hast ihr nicht geholfen«, murmelte Robert ungläubig.

»Es war zu spät«, stieß sie hervor. »Ihr Schal befindet sich hier im Haus. Vielleicht kann man noch Oliviers DNA daran feststellen. Dieser Idiot hat es nicht einmal für nötig erachtet, die Mordwaffe verschwinden zu lassen.«

Die Abgebrühtheit, mit der Yvonne Jarreau über die Ermordung eines anderen Menschen sprach, schockte Milla zutiefst. Besaß diese Frau überhaupt keine Empathie? Wie hatte sie Olivier Jarreau heiraten können, obwohl sie gesehen hatte, zu was er fähig war? Milla konnte nicht abschätzen, wer von den beiden gefährlicher war. Abgrundtief böse und menschenverachtend waren zweifellos beide.

Als sie an ihren ersten Besuch in diesem Haus dachte, fröstelte sie. Milla hatte die beiden um ihre glückliche Beziehung beneidet. Damals, dachte sie zynisch, das war nur wenige Tage her. Wie hatte sie sich so täuschen können?

In diesem Moment klingelte es an der Tür.

Misstrauisch sah Yvonne ihren Mann an. »Erwartest du Besuch?«

Olivier reagierte nicht.

Milla bemerkte, dass sich der Blutfleck auf Roberts Jeans

weiter vergrößert hatte. Er brauchte dringend ärztliche Hilfe, sonst würde er verbluten. Hoffentlich war der Besucher hartnäckig.

Als die Klingel ein weiteres Mal ertönte, sahen sich Yvonne und Olivier erneut an.

In diesem Augenblick verstand Milla, was die beiden verband. Zwischen ihnen existierte eine Art stillschweigende Vereinbarung, von der zumindest Olivier bis heute nichts gewusst hatte.

Olivier, der seine Frau offenbar regelmäßig betrog.

Yvonne, die über die außerehelichen Eskapaden ihres Mannes genauestens Bescheid wusste, diese jedoch aus unerfindlichen Gründen duldete.

Olivier, der Simone Dubois umgebracht hatte.

Yvonne, die ihrem Mann ohne dessen Wissen geholfen hatte, den Mord zu vertuschen.

Gewissenlos hatten beide in Kauf genommen, dass ein unschuldiger Dritter für die Tat verurteilt wurde.

Milla wurde schlecht. Noch nie zuvor in ihrem Leben war sie mit solch tiefen menschlichen Abgründen, einem solchen Ausmaß an Bösartigkeit und todbringender Verachtung konfrontiert worden.

Nach wie vor rührten sich weder Yvonne noch Olivier vom Fleck. Bitte, bleib da, versuch es weiter, betete Milla still. Wer auch immer da vor der Tür stand.

Wenige Augenblicke später wurde erneut geklingelt, nun ertönte der Ton ohne Pause.

»Verdammt! Wer ist das?« Yvonne wurde zusehends nervös.

»Ich gehe nachsehen«, bot Olivier hastig an.

»Gut. Aber keine Spielchen.«

Olivier fixierte seine Frau sekundenlang.

Während er den Raum verließ, wandte Yvonne sich an Robert und Milla. »Kein Ton, verstanden? Sonst ist er tot.« Sie richtete die Waffe erneut auf Robert.

Einen Augenblick lang herrschte gespenstische Stille, bis die drei Oliviers Stimme vernahmen: »Capitaine, ich glaube nicht, dass Sie die Befugnis haben, hier ohne Durchsuchungsbefehl einzudringen.«

Wortfetzen waren zu hören. »Gefahr in Verzug … Verdächtige Geräusche …«

Yvonne wurde leichenblass.

Im nächsten Moment öffnete sich die Tür zum Wohnzimmer. Capitaine Royaume stand im Rahmen, in der Hand seine Dienstwaffe.

Milla atmete erleichtert aus.

»Lassen Sie die Waffe fallen, Madame Jarreau.«

Während hinter Royaume zwei weitere Beamte auftauchten, drehte sich Yvonne Jarreau langsam in die Richtung der Polizisten.

»Madame, lassen Sie die Waffe fallen! Sofort! Denken Sie an Ihr Kind«, forderte Royaume sie ein weiteres Mal auf. »Wir wollen nicht, dass ihm etwas zustößt.«

Als ihre Schultern absackten, erkannte Milla, dass die Gefahr gebannt war.

Yvonne senkte die Hand, in der sie die Waffe hielt, und starrte schweigend zu Boden.

»Rufen Sie einen Krankenwagen.« Der Capitaine drehte sich zu einem der Beamten um. »Yvonne Jarreau, ich nehme Sie fest wegen Freiheitsberaubung, Körperverletzung und unerlaubten Waffenbesitzes. Robert Hoffmann, Sie sind festgenommen wegen unerlaubter Flucht aus der Justizvollzugsanstalt Fresnes. Milla Seifert, ich nehme Sie fest wegen Beihilfe zur Flucht.«

Aus dem Augenwinkel erkannte Milla, wie ein weiterer Beamter Olivier Jarreau Handschellen anlegte, bevor sie das Bewusstsein verlor.

86

»Kind, wie geht es dir heute?«

Milla blinzelte und erkannte ihren Vater, der auf einem Stuhl neben ihrem Krankenbett saß. Voller Sorge sah Gerd Seifert seine Tochter an, während er aufmunternd lächelte.

»Papa«, flüsterte sie und räusperte sich. Vergeblich versuchte sie, sich in eine bequemere Position zu bringen.

Ihr Vater beugte sich über sie und half ihr vorsichtig, sich etwas aufzusetzen. »Der Arzt meint, das Fieber würde endlich langsam sinken.« Er blickte zum Fenster. »Gott sei Dank.«

Als Milla ebenfalls hinaussah, stellte sie überrascht fest, dass es schneite.

»War der Polizeibeamte schon da?«

Milla zuckte mit den Achseln. »Ich bin gerade eben erst aufgewacht. Er war gestern Abend kurz hier, aber da gab es noch keine Neuigkeiten.« Sie verstummte, während sie an den Besuch des Ermittlungsbeamten dachte.

Seit vier Tagen lag Milla nun im Krankenhaus. Nach ihrer Festnahme hatte man Robert und sie in getrennten Krankenwagen direkt ins Krankenhaus Saint-Antoine gebracht. Erst hier hatte sie das Bewusstsein wiedererlangt. Nach diversen Untersuchungen war bei ihr eine schwere Lungenentzündung diagnostiziert worden. Das Fieber ging nur langsam zurück, auch der Husten hielt sich weiter hartnäckig. Die Schmerzmittel wirkten aber glücklicherweise, sodass zumindest die furchtbaren Halsschmerzen seit zwei Tagen verschwunden waren.

Royaume hatte Milla gestern darüber informiert, dass er bei ihrem ersten Besuch in seinem Büro einen Peilsender in ihrer Handtasche deponiert hatte, ein ausrangiertes Gerät, welches nicht so genau sendete wie die modernen Abhörwanzen, aber exakt genug, um sie zumindest ungefähr orten zu können.

Milla hatte sich aufgrund Royaumes überraschender Enthüllung an seine Tollpatschigkeit erinnert, als er über ihre Tasche gestolpert war. Im Nachhinein gesehen, war die ungenehmigte Aktion möglicherweise ihre Lebensrettung gewesen. Woher Robert von ihrem Aufenthaltsort erfahren hatte, war Milla jedoch noch immer schleierhaft. Sie wollte dringend noch einmal mit dem Capitaine sprechen, der ihr einige Zusammenhänge erklären musste.

Robert hatte sie seit ihrer Einlieferung nicht mehr gesehen. Ihr Vater hatte ihr aber mitgeteilt, dass seine Schussverletzung umgehend behandelt und versorgt worden war.

Von ihm wusste sie auch, dass beide Krankenzimmer unter strengsten Sicherheitsmaßnahmen von Polizeibeamten bewacht wurden. Milla und Robert befanden sich offiziell in Untersuchungshaft.

Royaume hatte aber bereits signalisiert, dass der Staatsanwalt möglicherweise gewillt wäre, eine Bewährungsstrafe für die Flucht aus Fresnes in Betracht zu ziehen. Bis Roberts Verurteilung rechtskräftig aufgehoben werden konnte, würde es wohl noch ein Weilchen dauern.

Robert! Milla musste ihn endlich vergessen. Je schneller, desto besser.

»Was ist los?«, fragte ihr Vater in diesem Moment und betrachtete sie bekümmert. »Es wird alles gut, Milla. Glaub mir. Dieser Polizeibeamte, dieser …« Er suchte nach dem Namen.

»Royaume.«

»Genau, dieser Capitaine Royaume macht einen sehr netten und kompetenten Eindruck. Ich habe das Gefühl, er ist auf deiner Seite.«

»Auf der Waffe waren meine Fingerabdrücke. Und die Spurensicherung hat Schmauchspuren an meiner Hand festgestellt. An diesen Fakten kann auch Royaume nichts ändern«, erwiderte Milla bitter.

»Robert hat ausgesagt …«, versuchte ihr Vater es erneut.

Milla winkte ab. »Ja, ja, ich weiß, was er ausgesagt hat.

Royaume hat es mir bereits mitgeteilt. Es wäre trotzdem besser, wenn die beiden endlich gestehen würden.«

Bis jetzt bissen die Verhörspezialisten bei Yvonne und Olivier Jarreau auf Granit. Hartnäckig schwiegen die beiden seit Tagen zu allen Vorwürfen. Selbstverständlich wurden sie von den teuersten Anwälten der Hauptstadt verteidigt.

Sie presste die Lippen aufeinander. »Tut mir leid, Papa. Ich wollte dich nicht so anfahren. Es ist nur …« Sie brach ab. »Es geht mir nicht so besonders.« Als Milla spürte, dass ihre Augen feucht wurden, wandte sie ihren Blick ab. Verzweiflung stieg in ihr auf.

»Hab Geduld«, beschwichtigte sie ihr Vater und nahm ihre Hand.

Für einen Moment saßen sie schweigend zusammen und hingen ihren Gedanken nach.

»Robert würde gern mit dir sprechen«, durchbrach ihr Vater kurz darauf die Stille.

Milla verdrehte die Augen, schwieg jedoch.

»Es scheint ihm sehr wichtig zu sein. Warum redest du nicht endlich mit ihm?«

Milla spürte seinen Blick auf sich.

»Was ist denn zwischen euch vorgefallen?«

Sie schloss für einen Moment die Augen.

»Er würde dich wirklich gern sehen. Mit dem geschienten Bein kann er schon gut laufen, zumindest ein paar Schritte.« Er zögerte. »Er ist dir nicht böse. Du warst doch bewusstlos, als diese …« Seine Stimme versagte. »Als diese Mörderin dich für ihre Zwecke missbraucht hat.«

Als Milla die Sorge im Gesicht ihres Vaters erkannte, brach sie ihr Schweigen: »Das ist es nicht. Ich weiß, dass er mir nicht böse ist. Aber …« Sie schluckte schwer. »Es geht nicht.« Wieder schwieg sie sekundenlang, während ihr Vater geduldig wartete. »Wenn diese Sache hier abgeschlossen ist, möchte ich nach Hause.«

Beruhigend tätschelte ihr Vater ihre Hand. »Ich bleibe so lange in Paris, bis alles erledigt und geklärt ist. Du bist nicht allein. – Und dann fahren wir gemeinsam nach Hause.«

Erleichtert darüber, dass ihr Vater ihr keine weiteren Vorwürfe machte, schenkte sie ihm ein schwaches Lächeln, als es an der Tür klopfte.

»Ja, bitte?«, fragte Milla misstrauisch.

Capitaine Royaume trat ein.

Milla erschrak, als sie ihn ansah. Das Gesicht des Beamten wirkte eingefallen, er schien um Jahre gealtert. Seine Haut schimmerte grau, seine Augen blickten sie erschöpft an.

»Bonjour, Madame Seifert«, grüßte er sie, bevor er ihrem Vater zunickte.

»Ich werde mir mal einen Kaffee holen.« Ihr Vater erhob sich und drückte Milla aufmunternd die Hand. Er hauchte ihr einen flüchtigen Kuss auf die Wange und verließ das Zimmer.

»Wie geht es Ihnen, Madame?« Royaume trat an ihr Bett.

»Besser«, erwiderte Milla und zeigte auf den leeren Stuhl neben sich.

Nachdem Royaume sich umständlich gesetzt hatte, starrte er einen Moment schweigend auf Millas Bettdecke. Nervös zeichnete sie die gewebten weißen Linien mit ihrem Zeigefinger nach und wagte nicht, ihn anzusehen.

»Madame … Milla«, begann er schließlich und beugte sich zu ihr vor. »Sie haben gestanden.«

Erleichterung durchströmte Milla. »Endlich! Gott sei Dank«, murmelte sie leise auf Deutsch.

Royaume runzelte die Stirn. »Ich komme direkt aus dem Präsidium. Wir haben sie die ganze Nacht vernommen. Am frühen Morgen kam endlich das Ergebnis der DNA-Analyse des Schals.«

Er machte eine Pause, während Milla ihn gespannt ansah.

»Man hat Olivier Jarreaus DNA darauf sicherstellen können. Robert Hoffmann ist somit vollständig entlastet. Der

Schal ist aufgrund der Beschaffenheit der Verletzungen an Simone Dubois' Hals eindeutig als Mordwaffe identifiziert worden.«

Milla atmete aus. Jetzt war es amtlich! Robert war unschuldig. Ihr Instinkt hatte sie nicht getrogen. »Was ist mit Yvonne?«

Royaume bedeutete ihr mit einer Handbewegung, nicht so ungeduldig zu sein. »Als sie mit den Ergebnissen konfrontiert wurden, sind sie eingeknickt. Beide haben allerdings versucht, sich gegenseitig zu belasten.« Er schüttelte den Kopf. »Man sollte es nicht meinen, zwei ausgebildete Juristen.« Er seufzte. »Es scheint, dass Hoffmanns Aussage korrekt war. Nachdem Simone und er ...« Er zögerte. »Nun ja, nachdem die beiden sich für eine Weile in ihr Zimmer zurückgezogen hatten, war Simone zu der Feier zurückgekehrt, während Hoffmann noch geduscht hatte. Kurz danach muss sie mit Jarreau gesprochen haben, hat ihm wahrscheinlich von dem Kind, seinem Kind, erzählt und ihm mitgeteilt, sie habe sich gerade von Hoffmann getrennt.« Er stockte. »Wegen ihm. Jarreau muss ausgeflippt sein. Er hatte von Yvonnes Vater zu jenem Zeitpunkt gerade das Angebot bekommen, groß bei ihm in seinem Unternehmen einzusteigen. Wahrscheinlich befürchtete er, dass Faubourg ihn fallen ließe, wenn er von der Affäre zwischen ihm und Simone erführe.« Müde rieb er sich das Gesicht. »Was wahrscheinlich auch der Fall gewesen wäre. Die Situation eskalierte zwischen den beiden, Jarreau müssen völlig die Nerven durchgegangen sein, er vergewaltigte Simone und brachte sie im Anschluss um.« Er fuhr sich mit der Zunge über die Lippen. »Zur selben Zeit muss sich Yvonne, während sie eine Zigarettenpause machte, zufällig in der Nähe des Tatorts aufgehalten und die ganze Szene beobachtet haben.«

Milla wandte ihr Gesicht ab.

»Jarreau hat auch Corinne Mercier vergewaltigt. An jenem Abend war er, nachdem Robert Corinne nach Hause gebracht hatte, zu deren Wohnung zurückgekehrt. Jarreau war es auch, der die Tropfen in ihr Getränk geschüttet hatte. Er fuhr Yvonne nach Hause und machte sich auf den Weg zu Corinne. Bei seiner Ankunft stand sie bereits unter dem Einfluss der K.-o.-Tropfen. Er vergewaltigte sie und ging wieder. Sie kann sich leider nach wie vor an nichts erinnern. Was für ein krankes Schwein!«

Wie konnte man an einem Mann festhalten, der einen betrogen und belogen hatte? Der Frauen vergewaltigt und sogar ermordet hatte? Schlimmer noch, wie konnte man sehenden Auges zulassen, dass ein Mensch umgebracht wurde? Fassungslos angesichts dieser Brutalität, beobachtete Milla die Schneeflocken vor ihrem Fenster, die in einem unregelmäßigen Takt zur Erde sanken. Yvonne Jarreau musste zutiefst verbittert und gestört sein. Schon bei ihrem ersten Besuch hatte Milla den Eindruck gehabt, dass der immense Reichtum, die Macht, die ihr Name mit sich brachte, diese Frau nicht glücklich machten.

»Was ist mit Professeur Lambert?«, fragte sie dann.

Royaume seufzte laut. »Madame, mit Ihren Nachforschungen haben Sie ein mittleres Erdbeben losgetreten. Direkt nach Simones Ermordung ahnte Yvonne offenbar noch nichts von deren Schwangerschaft. Außer Olivier hat es niemand gewusst. Da sie aus gutem Grund befürchtete, dass ihr Mann an dem Leichnam des Opfers DNA-Spuren hinterlassen hatte, muss sie Lambert erpresst haben …«

»Erpresst?«, wiederholte Milla überrascht.

»Ja. Wir haben auf ihrem Laptop einen Ordner mit jeder Menge kompromittierender Fotos gefunden. Lambert ist bei Weitem nicht das einzige Erpressungsopfer von Yvonne Jarreau gewesen.« Er gähnte. »Er wurde mehrmals fotografiert, während er ein stadtbekanntes Bordell verließ.« Langsam lehnte er sich zurück. »Wie es aussieht, hat Yvonne Jarreau sich ein weit verzweigtes kriminelles Netzwerk innerhalb der Pariser Justiz aufgebaut. Lambert scheint nur die Spitze des

Eisbergs zu sein. Es wurden Hinweise gefunden, dass Directeur Zodaines Vorgänger, nun ja, dass der Autounfall, bei dem dieser vor mehreren Jahren ums Leben gekommen ist, kein Unfall war. Außerdem scheint sie einige Beamte in Fresnes rekrutiert zu haben. Ihre rechte Hand, dieser ominöse Sekretär, steckt wohl ebenfalls mit in der Sache drin. Bis jetzt weist alles darauf hin, dass er es war, der Professeur Lambert erschossen hat.«

»Sie war genau über den Stand meiner Recherchen informiert, da sie die Gespräche in Roberts Zelle abgehört hatte«, folgerte Milla nachdenklich.

»Ja, Sie wurden abgehört. Jedes Ihrer Gespräche«, er räusperte sich, »alles, was in der Zelle geschehen ist, haben wir auf Band im Haus der Jarreaus gefunden.« Sein Tonfall klang unaufgeregt.

Milla errötete. Ihr war klar, worauf Royaume anspielte. Robert hatte ihr ja bereits von der Wanze erzählt. Dass Yvonne sie jedoch seit Beginn ihrer Recherche im Visier gehabt hatte, schockte sie selbst jetzt noch.

»Die Bänder werden nicht vor Gericht angehört, da sie illegal aufgezeichnet wurden. Keine Sorge ...«, beschwichtigte Royaume sie.

»Danke.«

»Sie muss befürchtet haben, dass Lambert reinen Tisch machen würde. Irgendwie hat sie von Ihrem Termin erfahren«, spekulierte Royaume. »Ein junger Justizbeamter aus Fresnes hat ausgesagt, dass er in den letzten Tagen mehrmals anonym unter Druck gesetzt worden war, Interna aus der Vollzugsanstalt zu verkaufen. Da er sich jedoch geweigert hat, wurde er vor einigen Tagen brutal überfallen und zusammengeschlagen.«

»Charles Romain«, hauchte Milla entsetzt, während sie sich an sein geschundenes Gesicht und sein seltsames Verhalten bei ihren letzten Besuchen erinnerte.

»Woher wissen Sie das?«, fragte Royaume sichtlich irritiert.

Milla winkte ab. »Nicht so wichtig.«

Der Capitaine schwieg einen Moment. »Vieles liegt noch im Dunkeln. Es ist durchaus möglich, dass Yvonne Jarreau bereits während dieses Falls, von dem Sie mir berichtet hatten – der Vorwurf der sexuellen Belästigung gegen ihren Vater –, dass sie bereits damals damit begonnen hat, Leute zu kaufen und zu erpressen. Die Festplatte ihres Laptops ist erst zu einem kleinen Teil ausgewertet. Wer weiß, was wir noch alles finden.« Er zuckte mit den Schultern.

»Warum haben Sie die Wanze in meine Tasche gesteckt?«, fragte Milla unvermittelt.

Royaume zuckte zusammen. Schweigend sah er sie an, bevor er zögernd erwiderte: »Henri hatte mich darum gebeten. Nachdem Robert seinem Onkel erzählt hatte, dass er einer Interviewreihe mit Ihnen zugestimmt hat …«

»Was hat Roberts Onkel mit der ganzen Sache zu tun?«, unterbrach ihn Milla. Ihr gegenüber hatte er seinen Onkel nicht einmal erwähnt.

Der Capitaine warf Milla einen merkwürdigen Blick zu. »Hat er Ihnen nichts gesagt?«

»Was? Was soll er mir gesagt haben?«, entgegnete sie gereizt.

»Henri Zodaine ist Roberts Onkel, der Bruder seiner Mutter«, erklärte Royaume mit erhobenen Brauen.

»Der Directeur ist Roberts Onkel?«, wiederholte Milla fassungslos. Das konnte doch nicht sein! Warum hatte er ihr das nicht gesagt? Ihre Gedanken fuhren Achterbahn.

»Auch Yvonne Jarreau wusste darüber Bescheid. Wie es aussieht, hatte sie vor, die Info demnächst dazu zu nutzen, Henri unter Druck zu setzen. Wir haben dazu entsprechende Hinweise auf dem Laptop gefunden«, fuhr Royaume fort, ohne zu merken, dass Milla ihm nur mit einem Ohr zuhörte.

»Robert betonte fortwährend, dass er unschuldig sei. Er erzählte seinem Onkel also, dass er mich im Zuge der Interviews dazu bringen möchte, den Fall neu anzugehen, Staub aufzuwirbeln, Leute zu beunruhigen. Zodaine bittet Sie daraufhin, mir einen Peilsender zu verpassen, sollte ich bei Ihnen auftauchen. Wahrscheinlich hat Robert vermutet, dass ich auch Sie befragen werde. Vielleicht habe ich es ihm sogar erzählt. Ich erinnere mich nicht genau. Aber warum?« Nachdem sie ihre eigenen Worte verinnerlicht hatte, blickte Milla ihn fragend an.

»Zu Ihrem Schutz«, erklärte Royaume. »Wir hatten Angst, dass Sie sich in Gefahr bringen könnten, sollte Robert tatsächlich die Wahrheit sagen. Auf diese Weise wussten wir jederzeit, wo Sie sich aufhielten.« Er zögerte. »Obwohl Henri von Anfang an den Verdacht hatte, dass an der Sache etwas faul war, hatten wir ja keine Beweise. Sie waren Roberts letzte Chance, seine Unschuld zu beweisen. Keiner von uns ahnte jedoch, welch kriminelle Energien Sie entwickeln würden.«

»Warum haben Sie unsere Flucht nicht gestoppt?«

»Nun, damit haben Sie mich tatsächlich in eine echte Zwickmühle gebracht. Der Peilsender war nicht genehmigt. Offiziell wusste ich also nicht, wo Sie sich aufhielten. Aber da Sie mir erzählt hatten, welche Ungereimtheiten in dem Mordfall aufgetaucht waren, habe ich mich letztlich dafür entschieden, Sie ungehindert ›flüchten‹ zu lassen. Immerhin bestand die Möglichkeit, dass Sie den wahren Täter nervös machen.« Er seufzte. »Und genau das haben Sie ja auch getan! Verhaften hätte ich Sie jederzeit noch können. Ich wusste, wo Sie sich versteckten. Tag und Nacht waren Beamte in Ihrer Nähe positioniert. Robert wurde von uns einmal kreuz und quer durch Paris verfolgt. Alles inoffiziell und nicht genehmigt.« Er atmete aus.

Roberts Besuch auf dem Friedhof. Er hatte sich also nicht getäuscht. Milla schluckte. Was für eine unglaubliche Geschichte! Menschliche Abgründe, ein furchtbares Fehlurteil, unzählige Verstrickungen, die ihr Fassungsvermögen im Moment bei Weitem überstiegen. Letztlich war sie unfreiwillig zum Lockvogel geworden. Da sie allerdings selbst genau darauf gehofft hatte, konnte sie Royaume kaum einen Vorwurf machen, zumal die Aktion mit dem Peilsender ihr das Leben gerettet hatte. »Was ist mit Dubois?«

Royaume schüttelte den Kopf. »Er scheint nichts von all dem gewusst zu haben. Wir werden ihn nochmals befragen, doch bisher weist nichts darauf hin, dass er in irgendeiner Weise in die Sache verwickelt war.« Erneut gähnte er und rieb sich die Augen. »Nun sind Sie grob im Bilde, Madame. Die Verurteilung von Hoffmann wird demnächst aufgehoben, und die Jarreaus werden angeklagt. Leider muss ich Sie bitten, bis zur endgültigen Entscheidung des Staatsanwalts in Paris zu bleiben. Ich gehe zwar nicht davon aus, dass Sie mit größeren Schwierigkeiten rechnen müssen, aber so sind nun mal die Vorschriften. Übrigens hat sich diese Giselle Royal als Praktikantin von Faubourg entpuppt. Yvonne Jarreau hat die Frau engagiert, um Ihnen ein weiteres Vergewaltigungsopfer von Robert zu präsentieren. In Wahrheit ist sie Hoffmann nie über den Weg gelaufen.«

Milla nickte nachdenklich. »Was ist mit Ihnen? Was erwartet Sie?« Ihr war klar, dass Royaumes inoffizielle Abhöraktion nicht ohne Folgen bleiben würde, insbesondere da es sich bei ihr noch nicht einmal um eine französische Staatsbürgerin handelte.

»Tja, für mich war es das wohl. Man hat mich noch an den Verhören teilnehmen lassen, wahrscheinlich, weil ich Hoffmanns Fall damals bearbeitet habe. Aber meine Pension kann ich mir abschminken. Im besten Fall werde ich nur unehrenhaft entlassen«, antwortete er resigniert.

»Aber ...« Milla überlegte kurz. »Aber Sie haben Robert und mir das Leben gerettet. Wenn Sie nicht eingeschritten wären, wäre er verblutet. Und ich? Wer weiß, zu was Yvonne in ihrem Zorn noch fähig gewesen wäre.«

»Nun, so schnell wäre er nicht verblutet«, merkte Royaume

ruhig an. »Es sah schlimm aus, doch es bestand keine akute Lebensgefahr.«

»Trotzdem! Ihr Mut und Ihre Weitsicht dürfen nicht noch bestraft werden«, sagte Milla empört.

»Das ist nett, Madame, dass Sie das sagen.« Er lächelte. »Aber darauf habe ich keinen Einfluss mehr.«

»Ich werde mich für Sie einsetzen«, erklärte sie bestimmt.

»Robert hat recht. Sie sind eine Kämpferin. Mutig, etwas eigen, aber sehr stark«, erwiderte Royaume anerkennend. »Er kann sich glücklich schätzen. Sie sind eine ganz besondere Frau. Ich wünsche Ihnen beiden von Herzen alles Gute!« Er reichte ihr die Hand, um sich zu verabschieden.

Als Milla allein war, ließ sie sich müde in ihr Kissen zurücksinken und dachte über das eben Gehörte nach. Erschöpft schloss sie die Augen. Warum hatte Robert nicht erwähnt, dass Zodaine sein Onkel war? Während sie weiter über die Verwicklungen der ganzen Angelegenheit nachdachte, schlief sie ein.

87

Zwei Wochen später

»Danke, Monsieur Dubois. Ich überlege es mir«, sagte Milla hastig und verabschiedete sich. Nachdem sie das Telefonat beendet hatte, sah sie ihren Vater an und verdrehte die Augen.

»Und?«

»Dubois möchte mir für meine hervorragende journalistische Arbeit danken. Für meine Hartnäckigkeit und dafür, dass ich mich nicht habe einschüchtern lassen«, erklärte Milla lapidar.

»Das ist doch sehr nett von ihm«, merkte Irene an, die gerade den Raum betrat und Millas Worte noch gehört zu haben schien.

»Ja, schon. Aber er möchte das in einem offiziellen Rahmen machen, einer Art Empfang im Gedenken an seine Tochter. Ich habe das Gefühl, dass ich auf so einer Veranstaltung fehl am Platz bin.«

Irene zupfte ihre Bluse zurecht, während sie sich auf das Sofa setzte. »Das finde ich ganz und gar nicht! Schließlich war es Dubois, der dir unterschwellig gedroht hat. Möglicherweise möchte er sich auf diese Art auch bei dir entschuldigen.«

Nachdenklich betrachtete Milla ihre Ex-Schwiegermutter. Da sie eine Vertretung für ihre Apotheke hatte organisieren müssen, war Irene erst vor wenigen Tagen nach Paris gekommen. Mittlerweile hatte sich Milla an den Umstand gewöhnt, dass sie und ihr Vater zusammen waren. Bei näherem Hinsehen hatte sie feststellen müssen, dass die zwei tatsächlich mehr gemeinsam hatten, als sie anfangs vermutet hätte. Deshalb freute sie sich für ihren Vater. Auf jeden Fall war Irene mit großem Abstand seine beste Wahl seit dem Tod ihrer Mutter. In den letzten Tagen hatte Milla Irene mehrmals scherzhaft »Stiefmama« genannt, was diese gelassen aufgenommen hatte.

Da mittlerweile klar war, dass Millas Ehe mit Sebastian endgültig geschieden werden würde, erwiderte Irene jedes Mal ebenso belustigt, dass es mit Sicherheit nicht allzu oft vorkäme, dass die Schwiegertochter zur Stieftochter wurde.

Irenes Bemerkung quittierte Milla mit einem gleichgültigen Achselzucken. »Ja, vielleicht. Ich überlege es mir.«

Ihr Vater sah zu Irene. »Bist du so weit?«

»Natürlich«, erwiderte diese und erhob sich eilig.

Die beiden wollten den Louvre besuchen.

»Viel Spaß«, murmelte Milla, während sie sich auf die Couch fallen ließ und gelangweilt ein Modemagazin durchblätterte.

Ihr Vater und Irene verabschiedeten sich und machten sich auf den Weg.

Seit sie vor zwei Wochen aus dem Krankenhaus entlassen worden war, hatte sie das Apartment, das ihr Vater für die Zeit angemietet hatte, die sie aufgrund der Ermittlungen noch in Paris bleiben musste, keine fünf Mal verlassen.

Meist saß sie nur gedankenverloren in ihrem Sessel und starrte ins Leere. Auch auf die vielen Reporteranfragen reagierte sie nicht, ließ sich stattdessen von ihrem Vater verleugnen. Sie schien mit der Aufklärung des Falls ihre komplette Lebensfreude, ihre unbändige Energie, die sie ausgezeichnet hatte, verloren zu haben.

Frustriert warf sie die Zeitschrift auf den Boden.

Seit ihrer Entlassung aus dem Krankenhaus hatte lediglich Sandrine sie besucht. Millas Freundin war völlig aufgelöst gewesen, als sie erfahren hatte, dass Olivier Simones mutmaßlicher Mörder war. An dieser Tatsache würde sie mit Sicherheit eine Weile zu knabbern haben.

Müde schloss Milla die Augen. Im Moment musste sie sich auf ihre eigenen Probleme konzentrieren. Wie hatte sie sich nur in eine solche Situation bringen können?

Ihre Augen begannen zu brennen. Vor ihrem Vater und Irene versuchte sie stets, ihr Gefühlschaos zu verbergen. Doch nun, wo sie zum allerersten Mal allein war, bahnte sich ihr Kummer unaufhaltsam seinen Weg. Bisher hatte ihr Vater sie keine Minute aus den Augen gelassen, immer in Sorge um ihr Wohlbefinden. Doch heute wollten die beiden einen Tag in dem berühmten Museum verbringen, was Milla ihnen auch von ganzem Herzen gönnte. Keiner der beiden hatte ihr bisher irgendwelche Vorwürfe gemacht. Irene hatte die Rezepte für das Insulin, die sie Milla aufgrund ihrer Lüge zugemailt hatte, mit keinem Wort erwähnt, was Milla ihr hoch anrechnete. Es war ein schwerwiegender Vertrauensbruch, dass sie Irene ohne deren Wissen indirekt in ihre Fluchtpläne mit hineingezogen hatte.

Als es an der Tür klingelte, schreckte Milla hoch. Wer konnte das sein? Vielleicht Capitaine Royaume? Seit Tagen wartete Milla auf die erlösende Nachricht, dass sie nach Deutschland zurückkehren dürfe. Hastig wischte sie die Tränen weg, stand auf und zog ihre Strickjacke enger um sich. Sie drückte die Taste für die untere Haustür, da es in dem alten Gebäude keine Sprechanlage gab, und trat in den Flur hinaus. Als sie Robert erkannte, der langsam die Stufen hinaufstieg, wich sie zurück.

Woher wusste er, wo sie wohnte? Ein Gedanke durchfuhr sie. War es vielleicht kein Zufall, dass ihr Vater und Irene den ganzen Tag im Louvre verbringen wollten?

Schwer atmend erreichte er den oberen Treppenabsatz. Er hob den Kopf und blickte sie abwartend an. »Hallo, Milla.« Seine Stimme klang belegt.

Sie registrierte, dass er das rechte Bein noch etwas nachzog. »Robert«, erwiderte sie leise.

»Störe ich?« Er sah sie eindringlich an.

Achselzuckend erwiderte sie seinen Blick und blieb stumm.

»Darf ich vielleicht reinkommen?«

Für einen Moment senkte Milla den Blick und kaute auf ihrer Unterlippe herum. »Bitte.« Sie zeigte in den Flur. »Immer geradeaus«, erklärte sie, während sie hastig die Tür hinter sich schloss und ihm folgte.

Im Wohnzimmer angekommen, blieb Robert unschlüssig stehen und sah sich um. »Ganz nett«, murmelte er befangen.

Wieder zuckte Milla mit den Achseln. »Möchtest du etwas trinken?«

Er verneinte und machte einen Schritt auf sie zu.

Abwehrend hob sie die Hände und zeigte auf die Couch. »Bitte, setz dich.«

Robert ließ sich auf die Couch sinken. Milla entschied sich für den Sessel, der am weitesten von ihm entfernt stand.

»Wie geht es dir?«

»Ganz gut«, erwiderte sie kurz angebunden. »Und selbst?« Sie deutete auf sein Bein.

»Glatter Durchschuss. Laut den Ärzten kann ich spätestens in einem halben Jahr wieder einen Marathon laufen.«

Milla lächelte höflich über seinen Scherz und nickte.

Betretenes Schweigen machte sich breit. Beide starrten vor sich hin.

Unruhig rutschte Milla auf ihrem Sessel herum.

»Was ist los, Milla?« Robert bedachte sie mit durchdringendem Blick. »Was habe ich falsch gemacht?«

»Nichts«, erklärte Milla leise.

»Warum willst du mich dann nicht sehen? Dein Vater sagte mir im Krankenhaus ...«

»Warum hast du mir nicht erzählt, dass Zodaine dein Onkel ist?«, platzte es aus ihr heraus.

»Das ist es also«, erwiderte er. »Es tut mir leid, aber es wäre zu gefährlich gewesen. Niemand wusste, dass Henri der Bruder meiner Mutter ist. Meine Großeltern sind sehr früh verstorben. Meine Mutter und Henri wuchsen in einem Kinderheim auf, bevor sie einzeln adoptiert wurden. Deshalb auch die unterschiedlichen Nachnamen.« Er stockte. »Die Familie meiner Mutter lebte in Paris, während Henri in der Normandie groß wurde.«

Milla musterte ihn. Sein Haar war wieder blond, die brünette Tönung hatte sich in der Zwischenzeit herausgewaschen. Er trug es jetzt etwas länger als im Gefängnis. Trotz der bevorstehenden Urteilsaufhebung sah er nicht glücklich aus. Sicherlich hatte er in den letzten Wochen ebenfalls viele Befragungen über sich ergehen lassen müssen.

»Die beiden hielten immer Kontakt, doch ihr Verwandtschaftsgrad war kaum jemandem bekannt. Klar, mein Vater wusste natürlich davon. Und auch Henris Familie ist bekannt, dass er eine Schwester hat.« Er stockte. »Henri arbeitete in der Haftanstalt in Dieppe. Als der Directeur von Fresnes vor einigen Jahren ums Leben kam, ergriff mein Onkel die Chance und bewarb sich. Meine Mutter war heilfroh, ihn in meiner Nähe zu wissen. Wenn die Sache allerdings aufgeflogen wäre …«

Milla nickte.

»Ich habe gestern mit Royaume gesprochen«, fuhr Robert fort, während er sie unentwegt ansah. »Die Anklage gegen dich wurde fallen gelassen. Der Staatsanwalt hat zugestimmt, dass du ausreisen darfst.«

Überrascht rückte sie ihre Brille zurecht. »Warum hat er mir das nicht persönlich gesagt?«

»Weil ich ihn darum gebeten hatte, dir die gute Nachricht überbringen zu dürfen«, erwiderte er leise.

»Robert, es geht nicht«, sagte sie entschlossen. »Wir beide …« Sie schluckte. »Wahrscheinlich war es der Reiz des Verbotenen, aber …« Sie verstummte.

»Der Reiz des Verbotenen«, wiederholte er bitter. »Mit einem Häftling zu schlafen hat dich also angemacht? Und als freier Mann bin ich uninteressant. Ich verstehe! Du hast nur ein Abenteuer gesucht. Den ultimativen Kick! Sex in einer Gefängniszelle.« Er seufzte. »Dann scheine ich dich tatsächlich falsch eingeschätzt zu haben.«

»Robert, so ist es nicht«, widersprach sie bestimmt. »Ich meine damit nur, dass wir …« Sie suchte nach den richtigen Worten. »Wir kennen uns doch gar nicht. Wir haben uns in einer Ausnahmesituation getroffen. Im normalen Alltag sieht die Sache doch ganz anders aus.«

»Ich für meinen Teil würde liebend gern den normalen Alltag mit dir teilen. Mein Bedarf an Nervenkitzel ist wahrscheinlich für den Rest meines Lebens gedeckt, das kannst du mir glauben«, entgegnete er mit Nachdruck. Die Entschlossenheit in seiner Stimme ließ sie erzittern. Zum tausendsten Mal dachte sie an die Worte des Arztes. Nein, es ging nicht.

»Habe ich mir wirklich nur eingebildet, dass da etwas zwischen uns ist? Etwas Besonderes, etwas Einzigartiges?« Er erhob sich und kam langsam auf sie zu. Dicht vor ihrem Sessel ging er in die Hocke. Sein Gesicht befand sich nur wenige Zentimeter von ihrem entfernt.

Sie hob den Kopf und sah ihm in die Augen. Als sie das Funkeln darin bemerkte, krampfte sich ihr Herz zusammen. Seine Lippen verzogen sich zu einem Lächeln. »Was ist los, Milla? Ich glaube dir nicht.« Er hob seine Hand und strich sanft über ihre Wange.

Für einen Moment schloss sie die Augen, genoss seine Berührung und überlegte.

»Ich bin schwanger«, stieß sie heiser hervor.

Schlagartig verdunkelte sich Roberts Miene. Milla hatte recht gehabt. Das Kind schreckte ihn ab.

»Schwanger?«, wollte er mit finsterer Stimme wissen. »Ich dachte …« Er ließ seine Hand sinken. »Ich dachte, Sebastian und du … Du hattest doch erzählt, dass ihr …« Er schnaufte tief durch.

»Sebastian?«, fragte Milla empört. »Du denkst, das Kind ist von Sebastian?«

»Ja, aber …«, stammelte er verwirrt.

»Es ist dein Kind, du Idiot!« Sie sprang auf. »Das Kind ist von dir«, wiederholte sie leise.

Roberts Augen weiteten sich. »Mein Kind?« Er fasste sich an die Stirn.

»Unser Kind«, verbesserte sie ihn zögernd.

»Und jetzt?«

»Jetzt?«, erwiderte sie bitter. »Jetzt fahre ich nach Hause und bringe dieses Kind auf die Welt. Keine Sorge, ich erwarte nicht von dir, dass du mich unterstützt. Ich schaffe das allein! Ich weiß ja, dass du keine Kinder willst.«

Er sah sie stirnrunzelnd an. »Wie kommst du darauf, dass ich keine Kinder möchte?«

»In Fresnes hast du …«

»In Fresnes saß ich im Knast. Ohne irgendwelche Perspektiven! Ohne die Hoffnung, jemals aus diesem Loch herauszukommen!« Er zögerte. »Denkst du nicht, dass man unter solchen Umständen Dinge sagt, die man gar nicht so meint?«

Milla horchte auf. »Was soll das heißen?«

Er zog sie an sich. »Was das heißen soll? Milla, verflucht! Das soll heißen, dass ich dich liebe und mir nichts Schöneres vorstellen kann, als gemeinsam mit dir unser Kind großzuziehen.«

Ungläubig erwiderte sie seinen Blick. War es möglich, dass sie sich derart getäuscht hatte? Konnte es wirklich so einfach sein? So großartig, so wunderbar? Ein Blick in sein Gesicht verriet ihr die Antwort auf ihre Fragen. Milla traten Tränen in die Augen. Genervt versuchte sie, sie wegzublinzeln. Doch Robert nahm ihr bereits die Brille ab und wischte sie ihr weg.

»Bitte nicht aufregen, Schatz! Denk an das Kind. Unser Kind.« Er lächelte. »Wow, das hört sich fantastisch an. Unser Kind.«

Epilog

Einige Monate später

»Wie geht es meinen beiden Lieblingsfrauen?« Robert betrat das Zimmer.

Milla saß bereits fertig angezogen auf dem Bett und blickte ihm entgegen.

»Meiner kleinen Süßen scheint es gut zu gehen«, beantwortete er sich seine Frage selbst, als er seine Tochter betrachtete, die friedlich in den Armen ihrer Mutter schlief.

»Seit genau fünf Minuten«, erwiderte Milla leise.

Robert beugte sich zu ihr hinab und küsste sie sanft.

»Dann wollen wir hoffen, dass sie noch eine Weile schläft«, sagte Robert grinsend und nahm das Baby aus Millas Armen.

Überrascht blickte sie ihn an. »Ich hatte noch gar nicht so früh mit dir gerechnet. Papa sagte, dass er …«

»Kleine Planänderung«, unterbrach Robert sie, während er mit der Linken das Baby hielt und mit der rechten Hand Millas Tasche ergriff. »Lass uns gehen.«

»Was soll das bedeuten? Kleine Planänderung?« Sie sah ihn von der Seite an. Robert strahlte über das ganze Gesicht. Seit drei Tagen gab es für ihn nur noch ein Thema: seine kleine Caroline. Milla musste schmunzeln. Vater mit Leib und Seele. Kopfschüttelnd folgte sie ihm durch den Krankenhausflur, als Roberts Eltern um die Ecke bogen.

»Da seid ihr ja«, begrüßte Robert sie.

Carole ging auf Milla zu und umarmte sie. »Wie geht es dir, Milla?«

»Die Nacht war etwas kurz, aber es geht schon.« Sie begrüßte Roberts Vater ebenfalls.

»Jetzt hast du ja erst einmal Unterstützung. Wenn die Kleine satt ist …«, Carole wandte sich lächelnd ihrer Enkelin zu und nahm sie ihrem Sohn ab, »… soll Robert sich um sie kümmern. Dann kannst du dich ein wenig ausruhen.«

»Robert, aber er muss doch …«

»Hast du ihr noch nichts gesagt?« Carole Renoir sah ihren Sohn tadelnd an.

Der holte tief Luft. »Es sollte eine Überraschung werden. Danke, Maman!«

Carole lachte nur, während sie das Baby auf ihrem Arm liebevoll betrachtete.

»Um was geht es eigentlich?«, brachte Milla sich in Erinnerung.

»Mein Chef hat mir drei Wochen Urlaub gewährt. Während der Zeit kann ich einiges von daheim erledigen und muss nur einmal die Woche zur Redaktionssitzung erscheinen.«

»Robert! Das ist ja … das ist großartig.«

Nach seinem Freispruch hatten fast alle großen französischen Magazine Schlange gestanden, um Robert ein Angebot zu unterbreiten. Jeder hatte ihn als Mitarbeiter gewinnen wollen. Nach langen Diskussionen und Überlegungen hatten Milla und er sich letztlich dafür entschieden, in Paris zu bleiben und sich hier ein gemeinsames Leben aufzubauen.

Roger Dubois hatte ihnen ebenfalls Stellen in der Presseabteilung des Außenministeriums angeboten, aber da sowohl Milla als auch Robert unabhängige Berichterstatter bleiben wollten, hatten sie dankend abgelehnt.

Seit sechs Monaten arbeitete Robert nun bereits bei einem großen Wochenmagazin in Paris, während Milla freiberuflich für diverse kleinere Zeitschriften Artikel schrieb. Mit der Unterstützung von Roberts Eltern würde Milla stundenweise weiterarbeiten können, ohne zu lange von Caroline getrennt zu sein. Die ideale Lösung für alle.

»Wir holen gleich deine Eltern vom Bahnhof ab«, erklärte

Jürgen Hoffmann in dem Moment, während auch er das schlafende Baby betrachtete.

»Aber warum ...?«, begann Milla erneut und wandte sich an Robert.

»Ich sagte doch, kleine Planänderung«, erwiderte er mit hochgezogenen Augenbrauen und zwinkerte seiner Mutter zu.

Seufzend folgte Milla ihm und seinen Eltern. Vor dem Krankenhaus nahm Jürgen seinem Sohn die Tasche ab und verstaute sie im Kofferraum seines Wagens.

»Wenn ihr fertig seid, kommt ihr nach.« Verschwörerisch blickte er Robert an, bevor er Milla leicht an sich drückte. »Bis später. Carole kocht für alle«, raunte er ihr zu.

Milla und Robert warteten, bis auch Roberts Mutter mit dem Baby in den Wagen eingestiegen war.

»Da vorne steht unser Taxi.« Robert deutete zum Parkplatz. »Warte«, forderte er Milla auf, als sie einsteigen wollte.

»Was ist?« Als sie sich zu ihm umdrehte, hielt er ein Tuch in der Hand.

»Überraschung«, erklärte er und verband ihr die Augen.

Genervt stieg sie in das Taxi. »Muss das wirklich sein?«

Er lachte. »Ja, mein Schatz, das muss sein!«

Als er ebenfalls auf der Rückbank Platz genommen hatte, wies er den Fahrer an, zu dem vereinbarten Ziel zu fahren.

»Nächste Woche beginnt der Prozess gegen Olivier«, begann Robert kurze Zeit später.

»Woher weißt du das?«

»Luc Royaume hat mich angerufen. Die Ermittlungen gegen Yvonne hingegen werden noch eine Weile andauern. Sie scheint einen großen Teil des Pariser Justizsystems torpediert zu haben. Unter anderem befinden sich auch ein oder zwei Richter unter ihren Opfern.« Er machte eine Pause. »Korruption im großen Stil. Unfassbar!« Er lachte kurz auf. »Sie wurde mit dem Kind nach Fresnes verlegt. Ist das zu glauben?«

Behutsam nahm er Millas Hand und hielt sie fest umschlossen. »Bitte reg dich nicht auf, Schatz.«

Milla schüttelte den Kopf. »Es ist vorbei«, sagte sie leise.

»Ja«, bestätigte er, »für uns ist es vorbei! Wir müssen wohl irgendwann vor Gericht aussagen, aber das ist reine Formsache. Royaume meinte, vielleicht würde sogar meine Aussage für eine Verurteilung ausreichen. So müsstest zumindest du dich nicht noch einmal mit dieser furchtbaren Geschichte befassen.«

Sie drückte seine Hand. »Ich schaffe das schon, keine Sorge! Ich bin mit dir aus Fresnes geflohen. Da wird mich eine harmlose Gerichtsverhandlung kaum aus der Bahn werfen können.«

Robert lachte. »Da hast du allerdings recht! Eine derart abgebrühte Ausbrecherin wie dich dürfte nicht mehr allzu viel schocken.«

Zwanzig Minuten später hielt der Wagen an.

»Wir sind da«, stellte Robert fest.

Ungeduldig krabbelte Milla aus dem Auto und wartete mit verbundenen Augen, bis Robert den Taxifahrer bezahlt hatte.

»Voilà.« Er nahm ihr das Tuch ab.

Staunend blickte sie in den strahlend blauen Himmel, in den sich der hohe Stahlkoloss des Eiffelturms vor ihr emporstreckte.

Mit klopfendem Herzen wandte sie sich zu Robert und blickte ihn an. Sie musste an den Moment denken, in dem sie ihm von ihrem Herzenswunsch erzählt hatte.

Robert zog sic an sich und küsste sie.

»Heute fahren wir hoch«, raunte er Milla zu, als er sich von ihr löste und ihr die Tickets zeigte.

Für einen Moment schloss sie die Augen, da ihre Gefühle sie zu überwältigen drohten.

Robert nahm ihre Hand und steuerte mit Milla auf den Fahrstuhl zu.

Nachdem sie sich mit unzähligen anderen Menschen in den

kleinen Aufzug gezwängt hatten, der sie zu der obersten Plattform des Turms bringen würde, beugte Robert sich zu Milla hinab und erklärte ihr mit einem Lächeln: »Ich war auch noch nie oben.«

Milla runzelte die Stirn. »Du warst noch nie auf dem Eiffelturm?«

»Nein«, gab er grinsend zurück. »Davorgestanden schon oft, oben gewesen noch nie.«

»Das ist schön«, hauchte Milla leise. »Kaum zu glauben, aber wunderschön!«

Robert zog sie an sich. Dicht aneinandergeschmiegt warteten sie, bis sie oben angekommen waren.

»Wow«, entfuhr es Milla, als sie ins Freie trat. Die Sicht von hier war überwältigend. Ganz Paris lag ihnen zu Füßen. Keine Wolke trübte den klaren Himmel.

Robert trat neben sie.

Gemeinsam umrundeten sie die Plattform und genossen den grandiosen Ausblick. Hier oben schienen die Probleme der letzten Jahre vergessen. Sowohl Millas unglückliche Ehe, die seit fünf Monaten Vergangenheit war, als auch Roberts jahrelanger Gefängnisaufenthalt existierten in diesem Moment nicht mehr.

Erst jetzt bemerkte Milla die Tasche in Roberts Hand, aus der er eine kleine Flasche und zwei Gläser herausfischte.

»Ich hoffe, es passt alles«, murmelte er mit angespannter Miene.

Milla verfolgte nervös, wie er die Flasche öffnete und die Gläser füllte. »Champagner!«, entfuhr es ihr überrascht.

Als er alles arrangiert hatte, nahm er ihre Hände in seine und sah sie liebevoll an. »Milla, ich bin kein Mann der großen Worte. Ich denke, das weißt du mittlerweile. Deshalb sage ich es frei heraus: Ich liebe dich. Dich und unsere kleine Maus, die vor drei Tagen in unser Leben getreten ist! Du bist die großartigste Frau, die ich je getroffen habe! Seit zehn Jahren geisterst du in meinem Kopf herum. Du hast mir mein Leben gerettet. – Nein, du hast mir mein Leben zurückgegeben. Ohne dich säße ich noch immer in dieser Zelle.«

Vorsichtig kniete er nieder, da ihm sein rechtes Bein ab und an immer noch Probleme machte. Gespannt blickte er zu ihr auf. »Willst du meine Frau werden, Milla?«

Ihr Herz pochte wild. Sie nickte, da sie fürchtete, keinen Ton herauszubekommen. »Ja«, flüsterte sie und zog ihn zu sich hoch.

Mit einem Strahlen auf seinem Gesicht reichte Robert ihr eines der Gläser und prostete ihr zu. »Ich liebe dich, Milla. Auf uns! Du hast mich gerade zum glücklichsten Mann der Welt gemacht.«

»Ich liebe dich auch, Robert«, erwiderte sie gerührt und ließ ihren Blick über die Dächer von Paris wandern.

»Da!« Er zeigte mit einem Finger auf das Häusermeer. »Da ist Sacré-Cœur! Und gleich daneben ist unser Hotel.«

Milla folgte seinem Blick mit einem Lächeln auf ihren Lippen und nickte. Ihr Hotel! Ja, die Zeit ihrer Wiederbegegnung würde wohl keiner von ihnen jemals vergessen. So schrecklich die Umstände gewesen waren, so wunderbar lag nun ihre gemeinsame Zukunft vor ihnen.

Als Robert seinen Arm um ihre Schultern legte, lehnte Milla sich zufrieden zurück und genoss den magischen Moment.

Danksagung

Das Manuskript von »Am Ende der Unschuld« habe ich 2015 geschrieben, es war mein zweites Buchprojekt. Da es mein bisher einziger Text ist, dessen Handlungsort in Paris angesiedelt ist, hängt mein Herz ganz besonders daran. Die französische Hauptstadt ist für mich eine der schönsten Städte überhaupt. Jedes Mal, wenn ich dort bin, staune ich aufs Neue über diese pulsierende Atmosphäre und die gleichzeitige Gelassenheit ihrer Einwohner.

Zwischen dem ursprünglichen Schreiben und der neuen Veröffentlichung des Manuskripts liegen sechs Jahre. Als ich den Text nun ein weiteres Mal überarbeitet habe, konnte ich kaum glauben, wie sehr sich mein Schreibstil, die Beschaffenheit meiner Manuskripte im Laufe der Zeit verändert hat. Es hat unglaublich viel Spaß gemacht, noch einmal in die Geschichte von Milla und Robert einzutauchen und das Manuskript mit meinem jetzigen Wissen zu »schleifen«.

Die Veröffentlichung eines Buches ist immer wieder ein Gemeinschaftsprojekt. Daher möchte ich an dieser Stelle all denjenigen danken, die daran mitgewirkt haben.

An erster Stelle stehen mein Mann und meine Kinder, die mir den Freiraum ermöglicht haben, mich neben Alltag, Job und den üblichen Familienwirrungen ein weiteres Mal diesem Projekt zu widmen, um es zu verfeinern und zu verbessern.

Weiter möchte ich meinem Hausarzt Dr. Frank Reibel danken, der mir bereitwillig geholfen hat, das Gefängnispersonal »außer Gefecht« zu setzen. Die Wirkung des Insulins musste ich aus dramaturgischen Gründen etwas der Handlung anpassen. Sämtliche Fehler, die womöglich daraus resultieren, gehen allein auf mein Konto.

Meiner Testleserin Claudia Hugo, die mir bereits vor Jahren ihr Feedback zu dem Originaltext mitgeteilt hat, danke ich auch an dieser Stelle ein weiteres Mal.

Ein riesengroßes Dankeschön möchte ich meinem Verlag Grafit aussprechen. Das Cover ist einfach umwerfend geworden. Ich bin unglaublich dankbar, dass »Am Ende der Unschuld« bei euch eine neue Heimat finden durfte. Lieben Dank an Daria Gaberdan für die tolle Zusammenarbeit und das stets offene Ohr. Ein großer Dank geht auch an meinen Verleger Hejo Emons und all die Mitarbeiter, die im Hintergrund jeden Tag ihr Bestes geben, um uns Autoren zu unterstützen. Von Herzen danken möchte ich meiner Lektorin Hannah Naumann für unsere erste Zusammenarbeit, die mir sehr gut gefallen hat und mir auch neue hilfreiche Tipps beschert hat.

Liebe Leserinnen, liebe Leser, vielen Dank, dass Sie mir über Hunderte von Seiten Ihre Zeit und Ihre Aufmerksamkeit geschenkt haben. Ich hoffe, ich konnte die Stunden, die Sie mit dem Buch verbracht haben, mit Spannung und Mitfiebern füllen. Ich danke Ihnen für Ihre Treue und Ihre Rückmeldungen, die mich immer wieder auf den unterschiedlichsten Wegen erreichen. Ihr Feedback ist die schönste Motivation, die man sich als Autorin wünschen kann. Vielleicht lesen wir uns ja an anderer Stelle ein weiteres Mal.

Liebe Grüße
Ihre Silke Ziegler

Spannung und Romantik

Im Licht der Erinnerung

ISBN 978-3-89425-580-0
Auch als eBook erhältlich

Eine Frau wird verdächtigt, zwei Jugendliche niedergeschossen zu haben, aber sie leidet an einer Amnesie. Um ihrem Gedächtnis auf die Sprünge zu helfen, erklärt sich Polizist Cédric Douchet widerwillig bereit, bei einem waghalsigen Spiel mitzuspielen. Schon bald muss er feststellen, dass ihn die schöne Unbekannte alles andere als kaltlässt – und ganz eigene Pläne verfolgt …

Im Tal der Hoffnung

ISBN 978-3-89425-594-7
Auch als eBook erhältlich

Eine grausame Verbrechensserie erschüttert das südfranzösische Montpellier: Jahr für Jahr wird eine Studentin entführt, missbraucht und getötet. Als Adèle Nélard verschwindet, wendet sich ihr Vater an Raphaël Dumont. Der charmante Ex-Polizist genießt einen hervorragenden Ruf als Privatdetektiv und sieht nur einen Weg, sich dem Täter zu nähern: Er muss Coralie Beladier finden und sie überzeugen, ihm zu helfen. Denn sie ist das einzige Opfer, das der Entführer hat laufen lassen. Und dafür muss es einen Grund geben …

Sina-Engel-Krimis von Silke Ziegler

Die Nacht der tausend Lichter

ISBN 978-3-89425-488-9
Auch als eBook erhältlich

Ein ermordeter Verlobter, sie selbst hochschwanger – in Sina Engels Leben passt gerade nichts zusammen. Doch als in Weinheim an der Bergstraße das größte Sommerfest der Region näher rückt, muss das Privatleben der Kommissarin zurückstehen. Denn seit zwei Jahren treibt ein Serienmörder auf der Kerwe sein Unwesen. Die Polizei arbeitet mit Hochdruck, um ein weiteres Opfer zu verhindern. Da wird Sina ausgerechnet der ehemalige Kollege ihres Verlobten zur Seite gestellt. Matthias Sommer ist charmant und intelligent, doch Sina ist alles andere als gut auf ihn zu sprechen. Können die beiden sich zusammenraufen, um den Mörder rechtzeitig zu stoppen?

Stille Sünden

ISBN 978-3-89425-588-6
Auch als eBook erhältlich

Dieser Fall geht der alleinerziehenden Hauptkommissarin Sina Engel unter die Haut. Der elfjährige Fabian ist von zu Hause weggelaufen. Die eisigen Temperaturen erhöhen den Druck, ihn zu finden: Lange kann ein Kind auf der Straße nicht überleben. Dann wird ein Flüchtling vor seiner Unterkunft erschossen, der Mörder entkommt unerkannt. Auch hier drängt die Zeit. Unterstützung erhält Sina von Matthias Sommer, mit dem sie ein kurzer Flirt verbindet. Zwischen den beiden knistert es noch immer. Können sie das Gefühlschaos hinter sich lassen und die Fälle aufklären?